언어의 무게

언어의 무게

Das Gewicht der Worte

파스칼 메르시어 장편소설

PASCAL MERCIER

전은경 옮김

비채

일러두기

- 이 책의 인명, 지명 등 외국어의 우리말 표기는 국립국어원 외래어 표기법을 따르되, 입말로 굳은 단어 등은 예외로 하였습니다.
- 모든 주는 옮긴이 주입니다.

글쓰기는 새로운 사람을 창조하지는 않는다. 그러나 명확성과 이해를 만들어낸다. 또는 그런 착각을 하게 한다. 자신의 언어에 운이 좋은 사람은 스스로를 향해 눈을 뜨는 것과 같아서 새로운 시간을 경험한다. 시의 현존이라는 시간이다.

페드루 바스쿠 드 알메이다 프라두

《시의 시간》

1903년, 리스본

1

"선생님, 귀국을 환영합니다." 런던 공항 여권심사 직원이 말했다. 사이먼 레이랜드는 뭔가 정확하고 중요한 말을 들은 것처럼 그를 바라봤다. 레이랜드는 여권을 받으며 "고맙습니다, 정말 고맙습니다"라고 인사했다. 그러고 통로를 따라 천천히 움직여 에스컬레이터로 향했다. 아래층에 가서 수하물을 찾아야 했다. 이따금 옆으로 걸음을 옮겨 멈춰 선 채, 마치 처음 본다는 듯이 주위를 둘러보기도 했다. 계단에 들어서서 여권을 넘기다가 자기 사진을 들여다봤다. 마지막으로 이 사진을 본 것은 이탈리아 트리에스테의 개인 서재에 있을 때였다. 그때는 미래가 없는 사람의 사진이었지만, 이제는 가능성이 다시 열린 어떤 남자의 모습이었다. 여전히 믿기지 않았다. 사진을 한참 들여다보던 그는 아래층에 도착해서 에스컬레이터가 단단한 바닥 밑으로 사라지는 바람에 비틀거렸다. 가방을 기다리면서, 트리에스테에서의 일을 떠올렸다. 다른 문서들이 들어 있는 서랍에 여권을 넣던 일. 아이들이 나중에 찾게 될 문서였다. 왜 그러는지 설명할 수는 없었지만 그는 손바닥으로 그 문서들을 눌렀다. 뭔가를 봉인하는 누름, 최종을 의미하는 동작이었다. 누르는 동안 그걸 깨닫고 소스라치게 놀랐다. 그때는 북아프리카에서 불어오는 무더운 바람 '시로코'가 가득한 9월이었다. 지금은 11월이고, 착륙하는 비행기는 미세한 안개 속을 미끄러졌다.

레이랜드는 지하철과 연결되는 계단으로 다가갔다. 반짝이는 지하철 로고를 바라봤다. 붉은색 넓적한 원을 가로지른 푸른 막대에 '언더그라운드'라는 하얀색 글씨가 쓰여 있었다. 그가 이 로고를 처음 본 건 네댓 살 때였다. 엄마와 기차를 타고 옥스퍼드에서 런던으로 와서, 패딩턴 역에서 내려 지하철을 탔다. 엄마는 런던 사람들이 지하철을 '더 튜브the tube'라고 부른다고, 이곳 지하철이 세상에서 가장 오래됐다는 걸 자랑스러워한다고 설명했다. 레이랜드는 어둑한 터널 입구를 넋을 잃고 바라봤다. 검댕이 묻은 두툼한 전선 무더기가 벽을 따라 이어졌다. 어둠 속에서 흐릿한 노란 불빛이 나타나더니 위협적인 굉음과 함께 점점 더 밝아졌다. 그러다 기차가 기습 같은 동작으로 천둥치듯 터널을 빠져나와 승강장에 있던 종이가 흩날렸다. 그 공기는 지하실과 먼지와 석탄 난로와 비슷한 냄새를 풍겼지만, 어떤 면에서는 아주 달랐다. 엄마 손을 잡고 있던 소년은 이곳 아래에만 있는 그 냄새를, 비밀이 가득한 대도시의 공기를 깊이 들이마셨다.

이제 레이랜드는 승강장으로 향하는 계단을 내려갔다. 히스로 공항은 피카딜리 라인의 종착역이었다. 기차는 이미 도착해서 서 있었다. 기차에 올라, 노선을 다 외우면서도 지하철 노선도가 보이는 좌석에 앉았다. 그가 한 번이라도 내려보지 않은 역은 없었다. 이렇게 거대한 도시 지하에, 수없이 긴 급경사 에스컬레이터를 내려와야 하는 깊은 지하 곳곳에 터널이 있고, 수백 대의 기차가 흐릿한 불빛을 비추며 검댕이 묻은 그 터널들을 달린다는 사실에 그는 늘 감탄했다. 그의 서재 벽에는 노선도가 걸려 있었다. 아들 시드니는 휴대전화를 사라고 그를 설득했지만 소용없었다. 그러다가 생일에 전화기를 선물하고, 런던 지하철의 불규칙한 운행 정보 프로그램을 설치해줬다. 느릿하게 떨어지는 맑은 물방울 소리 같은 신호음이 들린 후에는 '센트럴 라인: 본드 스트리트 2분 연착'과 같은 문자가 보였다. 아무리 읽어도 싫증이 나지 않았다. 레이랜드는 어디서나 연락이 닿는 걸 증오하면서도 항상 휴대전화를 가지고 다녔다. 신호음이 들리면 전화기를 꺼내 무표정한 얼굴로 소리 내어 읽었다. '서클 라인: 빅토리아 역 3분 연착.' 사람들은 괴벽이라고 불렀지만, 그건 괴벽 이상이었다. 레이랜드는 때때로 트리에스테 항구의 거대한 부두 '몰로 아우다체'에 앉아, 다리를 번갈아 흔들며 런던에서 오는 신호음을 기다렸다. 신호음을 듣고 문자를 읽고서야 자리를 떴다. '부두'와 '튜브'가 한 장소에 있다면 얼마나 좋을까 생각하며.

기차가 출발하자 레이랜드는 둔중하게 울리는 바퀴 소리에 귀를 기울였다. 그 소리를 오랜만에 들을 때면 부드럽고 리드미컬한 그 울림을 자신이 얼마나 그리워했는지 깨닫곤 했다. 모든 것을 더 가볍게 만드는 소리였다. 9월에 여권을 영원히 내려놓으며 이곳 기차에 앉아 소리를 듣고 있다고 상상해봤지만, 그때는 이 소리도 더는 도움이 되지 않을 거라고 생각했다. 아무것도 도움이 될 수 없다고. 이제 그는 눈을 감았다. 지나간 일이다. 그래, 다 지나간 일이다.

레스터 스퀘어. 레이랜드는 통로를 따라 걸어 노던 라인으로 향했다. 승강장에서 캐드버리 초콜릿 자동판매기 앞에 멈춰 섰다. 런던에 올 때마다 자동판매기에 동전을 넣어 암청색 종이에 금빛 글씨가 쓰인 초콜릿 한 판을 샀다. 초콜릿을 입에 넣고 천천히 녹여 먹으며 기차 여러 대를 그냥 보냈다. 바람이 밀려올 때면 심호흡을 했다. 그러면서 지난번과 지지난번에 이곳을 방문하던 때를 추억했고, 그사이에 무슨 일이 있었는지 떠올렸다. '내 인생의 시간으로 뭘 했지?' 그럴 때마다 드는 생각이었다. 가끔은 단순명료한 질문처럼 보였다. 하지만 어떨 때는 자기가 무슨 질문을 하는지, 어떻게 대답할지 더는 확신할 수 없기도 했다. 그럴 때면 머릿속으로 트리에스테로 가서 모든 것을 정확하게 눈앞에 떠올려봤다. 모든 거리와 장소, 중요한 사건도 전부 기억할 수 있었지만, 이 모든 것이 완벽한 현실은 아니라는 불안감은 여전했다. 만사가 자기와 상관없이 지나쳐간다는 느낌. 이런 게 어떻게 가능할까? 반대로 트리에스테에서 길을 걸을 때면 런던에서 지낸 지난날이 점점 더 현실성을 잃는 듯했다. 그런 순간이면 전화기에서 울리는 런던 지하철의 밝은 신호음은 빛바랜 먼 추억이나 환각 또는 순수한 상상 속 일화 같았다. 번역을 하면서 알맞은 단어를 부단히 찾을 때만 현실감이 흐려지지 않고 온전했다. 오로지 그때만 모든 것이 괜찮았고 완벽한 현재였다.

이번에 레이랜드는 자동판매기에서 초콜릿을 사지 않았다. 이번은 달라야 했다. 자기 인생의 시간에 대한 질문을 새로 던져야 했다. 새로운 방식으로 시간을 마주하려고 이곳에 왔으니까. 어떤 방식이 될지는 아직 알 수 없었다. 삼촌인 워런 숀이 그에게 햄프스테드에 있는 집을 유산으로 남겼다. 최근에 레이랜드는 트리에스테에서 이에 관해 무척 자주 생각했는데, 그럴 때마다 다음 여정을 고민하기에 적절한 장소는 그 집이라는 느낌이 점점 더 많이 들었다. 시드니와 소피아는 그가 커다란 여행 가방을 챙기는 걸 알아챘다. 공항에서 헤어질 때 소피아는 그의 여권을 가리키며 말했다. "아빠는 한 번도 이탈리아 여권을 신청한 적이 없어요." 그는 곧 의사가 될 딸의 머리를 쓰다듬으며 대답했다. "걱정 마라. 다시 올 테니까." 비행기가 이륙하자 그는 아래를 내려다보며 생각했다. 24년이 지났군. 이제 어떻게 하지?

기차 바퀴가 덜컹거렸다. 토트넘 코트 로드, 굿지 스트리트, 워런 스트리트, 유스턴. 벨사이즈 파크 역까지는 아직 네 정거장 더 남았다. 기차가 역에 진입했다. 벨사이즈 파크 역은 레이랜드가 벨사이즈 리트리트 호텔 다락방에 머물면서 박봉을 받고 야간경비원으로 일하던 3년 동안 수없이 타고 내려서, 많은 역들 중에 가장 잘 아는 곳이었다. 40년도 더 지난 일이었다. 그는 승강장의 모든 벤치와 광고를, 벽에 붙은 거의 모든 타일과 이음새를 알고 있었다. 역 건너편에는 캐드버리 초콜릿 자동판매기 두 대가 있었지만 이쪽 편에는 한 대뿐이었다. 레이랜드가 지난번에 이곳에 왔을 때 자동판매기 중 한 대가 훼손되어 벽에 비스듬하게 매달려 있었다. 조용하고 눈에 띄지는 않았지만 그는 마음의 평정을 잃었다. 꿈속에서 자동판매기를 제대로 고정했는데도 그 자리를 떠나서 뒤돌아보면 기계는 다시 비스듬하게 걸려 있었다.

기차가 햄프스테드에 들어서자 레이랜드는 추억을 털어냈다. 엘리베이터를 통해 안개 낀 거리로 나섰다. 가로등 불빛이 산만하고 불투명한 띠를 만들었다. 레이랜드는 고요한 거리를 걸었다. 여행 가방 바퀴들이 포장석 위를 굴러가며 덜컹거렸다. 삼촌 집에서 대각선으로 건너편에 찻집이 하나 있었는데, 이곳에서 삼촌은 오후 4시 정각에 차를 마셨다. 레이랜드는 창가 우묵한 벽감에 앉아 건너편 집을 바라봤다. 거리에서 좀 들어가, 잎사귀가 떨어진 과일나무들 사이에 서 있는 그 집은 어둡고 조용했다. 저 집이 이제 정말 내 소유인가? 삼촌은 마흔 살에 런던 대학교 동양 및 아프리카 학부의 동양어 교수가 됐을 때 집을 샀다. 베이루트와 다마스쿠스, 이스파한과 예루살렘 등 동양에서 오랫동안 지낸 그는 아주 이른 나이에 교수직을 얻은 사람 가운데 한 명이었다. 그때는 레이랜드가 옥스퍼드 학교에서 도망쳐 나와 벨사이즈 리트리트 호텔에 숨어든 해였다. 그는 늦여름에 삼촌을 찾아갔다. 집은 막 칠한 페인트 냄새를 풍겼고, 외국 우표가 붙은 책 상자들이 포장도 풀지 않은 채 여기저기 흩어져 있었다. 레이랜드는 옥스퍼드에서 도망친 이유를 묻지 않는 삼촌이 고마웠다. 여기서 살면 좋겠다고 생각했지만, 삼촌이 혼자 살기를 원하는 사람임을 첫 방문 때 이미 깨달았다. 나중에 호텔 다락방 침대에 누워 생각하니 그 사실이 마음에 들었다. 혼자 이 세상을 헤쳐 나간다는 것도. 러셀 스퀘어에 있는 강의실에서 아라비아어와 페르시아어, 히브리어에 대한 삼촌의 강의를 들었는데, 강의를 마친 뒤에 삼촌이 강당에서 단면이 타원형인 이집트 담배에 불을 붙이던 모습이 지금도 눈에 선했다. 강의는 오전이었다. 레이랜드는 밤샘 근무 때문에 피곤했지만 강의에 참석했고, 삼촌은 그를 보면 가볍게 고개를 끄덕여 인사했다. 한 달에 한 번, 집으로 찾아가 함께 차를 마실 때면 삼촌은 동양 이야기를 들려줬다.

어느 날엔가 거실에 커다란 지중해 지도가 걸렸다. 레이랜드는 지중해에 면해 있는 모든 나라의 언어를 배우고 싶다고 불쑥 말했다. 스스로도 놀랄 만큼 즉흥적이었지만, 나중에 돌아보니 자기에게 중요한 모든 것을 요약하는 생각이었고 또한 자신을 옥스퍼드에서 내몰아낸 삶의 허기를 표현하는 생각이기도 했다. 삼촌은 웃음을 터뜨렸다. 그러고는 지도와 그를 한참이나 바라봤다. "불가능한 게 아니다. 너라면 믿을 수 있지. 당장 시작해라. 몰타어도 잊지 마!"

이제 이웃집에서 케네스 버크가 창문을 열고 담배에 불을 붙였다. 불이 붙은 담배 끝부분도 가로등처럼 안개 속에서 미세하고 불투명한 빛의 띠를 만들었다. 그는 오래전부터 이곳에 살았고, 최근 몇 년 동안 레이랜드의 삼촌을 돌봤다. "나중에 그 사람이 다 처리할 거다." 지난번에 마지막으로 이곳에 왔을 때 삼촌이 한 말이었다. 트리에스테로 전화해서 삼촌의 죽음을 알려준 사람도 버크였다. 그때는 7월이었고, 레오나르디 박사가 레이랜드의 병을 진단한 직후였다. 소피아가 여행 가방을 꾸리는 그에게 말했다. "그런 진단을 받고서는 못 떠나요. 길에서 발작이 일어나면 어쩌시려고요." 그를 부드럽게 눌러 침대 가장자리에 앉힌 소피아는 그가 떨기 시작하자 조용히 붙잡았다. 그런 다음 여행 가방을 풀고 먹을 것을 만들었다. 소피아는 의학 공부를 시작하기 전에는 간호사였는데, 환자들은 차분하고 단호한 태도로 불안을 달래주는 그녀를 좋아했다. 소피아는 버크에게 전화해서 하얀 거짓말로 아버지가 갈 수 없는 이유를 댔다. 집을 상속하게 됐다고 알려주는, 삼촌의 변호사가 발송한 편지가 2주 후에 도착했다. 불면의 밤을 보내던 어느 날, 그 집을 다시 한번 보고 집 안을 거닐며 지중해 지도 앞에 서보고 싶은 레이랜드의 욕구는 이루 말할 수 없이 강렬해졌다. 현실을 잊게 하는 꿈속의 일처럼. 그는 작은 여행 가방을 챙겨 공항으로 갔다. 그러나 공항 대합실에 들어서자마자 두통이 몰려와 화장실에 가서 토했다. 한 시간 후에 집으로 돌아왔다. 소피아는 이런 사실을 눈치채지 못했다.

이제 그는 여기 앉아, 어두운 맞은편 집을 건너다봤다. 집만 어두운 게 아니었다. 정원 문에서 현관문 사이에 있는 전등도 예전처럼 불이 꺼져 있었다. 삶이 끝난 후의 어두움, 시간이 더는 흐르지 않는 암흑이었다. 레이랜드는 나중에 사방에 불을 켜고 다시 시간이 흐르게 할 생각이었다. 하지만 지금 당장은 아니었다. 차 한 잔을 더 주문하고, 먹을 것도 좀 시켰다. 이제 다시 미래가 생겼으니 시간을 낭비하며 지낼 작정이었다. 무엇도 하지 않고 시간이 어떻게 흘러가는지 느끼고 싶었다. 숨도 못 쉬며 종말을 향하는 게 아니라는 것, 뭔가 미루어도 나중에 후회하지 않는다는 걸 느껴보고 싶었다. 새로운 시대의 첫날을 그는 트리에스테와 무자를 오가는 페리에서 보냈다. 하루 종일 페리를 타고 오가고 또 오갔다. 세 번째가 되자 승무원이 돈을 받지 않으려 했다. "됐어요!" 마지막 운행 때 승무원은 그의 옆에 앉아 담배를 물었다. "이 노선이 당신 마음에 드는 모양이군요." 여자는 이렇게 말하며 담배 연기를 내뿜었다. "매번 처음 타는 것 같습니다." 레이랜드의 대답에 여자는 놀란 얼굴로 그를 바라봤다. "정말요?" 배가 일으키는 바람에 여자 얼굴에는 머리카락이 휘날렸다. 그는 이 낯선 여자에게 잠깐 자기 이야기를 했다. 둘은 함께 배에서 내려 나란히 서서 부두를 몇 걸음 걸었다. "안녕." 여자가 인사하고 가다가 다시 몸을 돌려 손을 흔들었다. 레이랜드는 몰로 아우다체에 앉아 발을 번갈아 흔들었다. 배 한 척이 도착하자 그는 철썩거리는 물에 바짓단과 신발을 담그고, 바닷말이 발목을 감는 모습을 지켜봤다.

이제 레이랜드는 계산을 하고 천천히 길을 건넜다. 케네스 버크의 집으로 가서 초인종을 눌렀다. 삼촌 집을 방문할 때면 정원에 있는 그를 이따금 본 적이 있는데, 그럴 때면 둘은 짤막하게 인사만 하곤 했다. 레이랜드는 그가 분노하는 사람, 마음이 상한 남자라고 짐작했다. 타인을 모두 적으로 여기며 자신의 창백한 얼굴을 도발적으로 내미는 듯했으니까. 그는 까칠하고 짧은 머리카락에 면도하지 않은 모습으로 문간에 서 있었다. 레이랜드를 빤히 바라보다가 말했다. "아, 당신이군요." 그러고서 안으로 들어오라고 했다. 복서 종인 개 한 마리가 나타나서 으르렁거렸다. 버크가 개를 꽉 잡고 말했다. "빌리, 조용히 해." 삼촌을 발견한 사람은 그였다. "워런은 다리가 좋지 않았고, 확대경 없이는 글을 읽지 못했습니다. 거의 집에만 있었고 건너편 찻집에도 가지 않았지요. 내가 장을 봐다 주었고, 그때 말고도 자주 들여다봤답니다. 그래도 워런이 요리는 할 수 있었어요. 요리하는 걸 늘 좋아했는데, 그것도 점점 줄었지요. 모든 것에 흥미를 잃었다고, 다 지루해했다고 표현하고 싶군요. 그러다가 저녁에 전등이 켜지지 않았습니다. 내가 건너갔다가 소파에 이불을 덮고 누워 있는 그를 발견했지요. 그가 낮잠을 자곤 하던 소파였습니다." 버크는 창문 너머로 어두운 집을 건너다봤다. "집이 어쩌면 저렇듯 쓸쓸하고 적막할까요. 워런은 옥스퍼드에 있는 가족 묘지로 가지 않으려 했습니다. 화장을 원했고, 자기 집 정원에 재를 뿌려달라고 했지요. 그래서 그렇게 했습니다. 나에게 위임장이 있었거든요." 버크는 한동안 입을 다물었다가 다시 말을 이었다. "'내가 존재하지 않았던 것처럼.' 우리가 대화를 나눌 때 워런이 한 말입니다. 워런은 부드러우면서도 동시에 뭔가 맹렬하고 과격한 데가 있었지요. 그거야 당신도 물론 잘 아실 겁니다." 시계가 똑딱거리는 소리가 들려왔다. 개가 으르렁거렸다. "상속 문제 때문에 변호사 주소를 찾느라 서류를 뒤졌습니다. 그거 말고는 모든 걸 그대로 뒀어요. 당신이 집을 물려받는다는 사실은 나중에 알게 됐습니다." 그가 잠시 망설였다. 레이랜드는 그의 목소리에서 실망이 묻어난다고 생각했다. "나에게는 현금을 남겼어요. 상당히 큰돈입니다. 그는 아무것도 낭비하지 않았으니까요."

버크가 레이랜드에게 열쇠를 건넸다. "당신이 온다는 말을 듣고 난로를 켜두었습니다. 필요한 게 있으면 날 부르세요." 레이랜드가 집에서 나올 때 버크는 개와 함께 문간에 서 있었다. 그의 태도는 거부가 아니라 그저 거리를 두는 몸짓이었다. 누군가 이 거리를 극복하려고 시도한다면 상당히 오랜 시간이 걸릴 터였다.

2

레이랜드는 열쇠로 문을 열고 전등을 켰다. 여행 가방은 현관에 일단 세워두고 거실로 들어갔다. 지중해 지도는 여전히 그곳에 걸려 있었다. 소파에 앉았다. 예전에 이곳에 앉아 지도를 바라보며 스스로도 놀라운 백일몽을 이야기한 적 있었다. "너라면 믿을 수 있지. 몰타어도 잊지 마!" 삼촌 목소리가 다시 들리는 듯했다. "네르귀 나라우 릴 슐신Nergghu naraw lil xulxin." 헤어질 때 삼촌이 몰타어로 한 말이었다. "또 만나자"였다. 레이랜드는 그날 저녁에 당장 영국박물관 열람실에 앉아, 브리태니커 백과사전에서 몰타와 몰타어 항목을 찾아 읽었다. 마그레브 아라비아어에서 나왔으며 유럽에서 유일한 셈어족이고, 셈어족 중에 유일하게 라틴어 알파벳을 사용하는 언어였다. 도서관에 오래된 문법책과 대형 사전이 있었다. 레이랜드는 열중하여 책을 읽다가 제일 마지막에 도서관을 나서는 바람에 호텔 근무에 지각했다. 다음 날은 시내 고서점들을 샅샅이 뒤져 그 문법책과 사전을 찾아내어 구입했다. 그 달에 남은 마지막 돈이었다. 다음 며칠은 야간 근무 후의 호텔 조식으로 종일 버텨야 했다. 밤이면 접수대 뒤에 앉아 몇 시간이나 책장을 넘겼다. 호텔 주인 존 테일러가 무슨 책이냐고 물었다. "몰타? 얼마 전까지 우리 영토라서 그곳에선 누구나 영어를 하잖아. 그런데 왜 몰타어를 배워?" 레이랜드는 그냥 할 줄 알고 싶다고 대답했다. 그냥 '할 줄 알고' 싶다고. "그냥 그 이유에서?" "그냥 그 이유에서." "알았다." 테일러는 이렇게 대답하고서 묘한 눈빛으로 그를 바라봤다. 나중에도 이따금 이런 말을 했다. "사르데냐어라고?

거기서는 누구나 이탈리아어를 알아들어." 레이랜드는 그 언어의 울림을 듣고 싶다고, 단어의 울림뿐 아니라 사람들의 목소리를, 그들 삶의 울림을 듣고 싶다고 대답했다.

지도가 어딘지 모르게 이상했다. 레이랜드는 거실 전등을 모두 켰다. 그러나 조명이 문제가 아니었다. 지도는 너무 '조용'했다. 물론 지도에 대해 이런 말을 할 수는 없지만 이게 정확한 말이었다. 거실 전체가, 집 전체가 고요했다. 자신의 존재로 공간을 가득 채우던 사람이 자리를 비웠을 때 드러나는 고요함이었다. 이 고요함은 또한 적막이었다. 이미 오래전에 가장자리가 바랜 지도는 유물처럼 보였다. 앞으로 삼촌과 함께 여기 서서 어떤 언어가 빠졌는지 세어볼 일이 없기 때문에 그렇게 보이는 걸까? 아니면 지도가 조용하고 적막한 이유는—뭐라고 표현하기는 어렵지만— 예상치 못한 새로운 시간에 더는 어울리는 장소가 없기 때문이기도 할까?

열려 있는 미닫이문을 지나 서재로 향하는 레이랜드의 발밑에서 쪽매널마루가 삐걱거렸다. 언젠가 삼촌은 삐걱거리는 소리가 늘 들리기를 바란다고, 예루살렘의 어떤 집이 떠오른다고, 그 집에서는 걸음을 옮길 때마다 바닥이 삐걱거렸다고 말했다. 책상, 그리고 독서용 소파 옆 소형 탁자에 커다란 확대경들이 놓여 있었다. 삼촌의 망막을 지속적으로 파괴한 병명은 '망막색소변성증'이었다. 삼촌은 글자를 확대하는 스크린에 익숙해지지 않아서 그 기기를 사용하지 않은 채 책 무더기 아래 놓아두었다. 그는 희미한 무늬가 들어간 값비싼 종이를 사랑했고 만년필로 글을 썼다. "이 방식이 아니라면 안 쓰고 말지." 그가 늘 하던 말이었다. 레이랜드는 캐네스 버크가 한 말을 떠올렸다. "워런은 부드러우면서도 동시에 뭔가 맹렬하고 과격한 데가 있었지요." 버크는 삼촌을 얼마나 잘 알았던 걸까? 워런은 오랫동안 동양에 머문 사람이었다. 언제나 집을 떠나 있었고, 집에는 온갖 먼 나라의 언어들이 있었다. 그는 그곳의 정치적 소요에도 겁을 먹지 않았고, 외국 우표와 소인이 찍힌 엽서가 이따금 옥스퍼드로 날아들었다. 고위 공무원이던 아버지 크리스토퍼 셸던 레이랜드 경은 인도 독립을 강력하게 반대했는데, 이 문제 때문에 아들과 마찰을 일으켰다. 그럼에도 아들의 성숙함을 은근히 자랑스러워했고 아들이 교수직을 얻자 파티를 열었다.

레이랜드는 삼촌 집에서 여자를 두 명 마주쳤다. 페르시아 학생이었던 첫 번째 여자와는 페르시아어로 대화를 나눴지만 기억이 흐릿했다. 문을 열어주고 나중에 차를 가져다주던 사람, 넘실거리는 머리카락에 무늬 있는 긴 실크 치마를 입고 유향 냄새가 얼핏 풍기는 향수를 쓰던 사람으로 기억에 남아 있었다. 삼촌은 레이랜드와 대화를 나누면서도 눈길로는 그 여자를 좇았다. 몇 년 후에 그녀와 그녀의 물건이 삼촌 집에서 사라졌다. "이제 나는 다시 혼자 산다." 조카 얼굴에서 여자의 부재에 놀란 낌새를 알아챈 워런 숀이 말했다. 레이랜드는 그의 목소리에서 배어나오는 것이 슬픔인지 안도인지 정확하게 알 수 없었다. 확실한 건 삼촌이 이제 더는 그 여자와 관련된 이야기를 하지 않으리라는 사실뿐이었다. 두 번째 여자가 문을 연 것은 나중에 레이랜드가 트리에스테에 살면서 런던에 방문차 왔을 때였다. 무채색 옷을 반듯하게 입은 그 사십 대 여자는 명령하는 듯한 영국식 억양으로 말했다. 그사이에 알이 두툼한 안경을 쓰고 머리가 허옇게 세어 늙은 학자처럼 보이는 워런 숀은 여자가 방에서 나가면 안도하는 눈치였다. "이제 나는 다시 혼자 산다." 2년 후에 찾아갔을 때 워런이 말했다. 지난번과 똑같은 말이었는지는 물론 확실하지 않았다. 하지만 똑같은 말이었다고 생각하는 게 더 마음에 들었다. 레이랜드는 그 말에 깃든 단호함과 조용한 고집을 좋아했고, 후렴구처럼 들리는 그 방식은 어딘지 모르게 워런에게 어울려서 그가 그렇게 말했다고 생각하고 싶었다.

레이랜드는 망설이다가 책상 앞에 앉았다. 케네스 버크가 일련의 편지와 책 한 상자 등 나중에 온 우편물을 책상에 두었다. 레이랜드는 우편물을 옆으로 밀었다. 그건 나중에 볼 시간이 있었다. 납작한 황갈색 이집트 담뱃갑에 눈길이 멎었다. 워런은 슬론 스퀘어에서만 살 수 있는 그 담배를 대량으로 사곤 했다. 거기 적힌 글자는 레이랜드가 처음 본 아라비아어였다. 옥스퍼드에 온 워런이 그 담뱃갑을 꺼냈다. 레이랜드는 아직 학교에 입학하기 전이었지만 이미 오래전부터 글자를 읽을 줄 알았다. 낯선 글자에 매혹되어 빤히 바라보다가 물었다. "이거 읽을 줄 알아요?" 워런이 고개를 끄덕였다. '수쿤'이라고 소리 내어 읽고, '고요'라는 뜻이라고 설명했다. 레이랜드는 표현은커녕 제대로 생각조차 할 수 없었지만 뭔가 새로운 것, 삶의 새로운 멜로디가 시작된다고 느낀 마법 같은 순간이었다. 며칠 후에 우편으로 아라비아어 알파벳 표와 발음 방법에 대한 긴 풀이가 도착한 걸로 미루어 워런도 그걸 알아챈 게 틀림없었다. 레이랜드는 연습하고 또 연습해서, 일주일도 되지 않아 그 알파벳을 다 알게 됐다. 글자와 단어, 그리고 점점 더 많은 글자와 단어. 중요한 것은 오로지 그것뿐이었다.

이제 그는 담배를 한 개비 꺼내 불을 붙이고, 마른 담뱃잎 연기를 현기증이 날 때까지 폐 깊숙이 들이마셨다. 눈을 감았다. 이제까지 중요한 것은 언어였다. 모든 것은 이름이 불리고 이야기된 후에야 실제로 존재했다. 레이랜드가 찾아 나선 게 아니라 그게 그에게 와서 부딪쳤다. 처음부터 그랬다. 언어 없이 사물에 도달하기를, 사물과 사람과 감정과 꿈에 닿기를 원할 때도 자주 있었지만 언제나 그 사이에 언어가 다시 끼어들었다. 언어로 이해해야 제대로 경험할 수 있다고 말할 때면 사람들은 어이없다는 표정으로 그를 바라보곤 했다. 리비아와의 경우에만 언어가 필요하지 않았다.

케네스 버크가 냉장고를 비우고 꺼두었다. 찬장에는 캔과 기타 식료품이 들어 있고, 서랍에 든 그릇과 식사 도구에는 워런이 더는 볼 수 없었던 음식 찌꺼기가 묻어 있었다. 욕실 수건은 그가 마지막으로 몸을 닦은 수건일 터였다. 레이랜드는 창가로 다가섰다. 안개가 더 짙어져서 버크의 집은 윤곽만 보였다. 여기서 뭘 해야 하나? 이 집에서, 자주 찾아왔지만 여전히 낯선 이 집에서 앞으로의 인생에 대한 분별을 얻을 수 있을 거라고 도대체 왜 생각한 걸까? "선생님, 귀국을 환영합니다." 공항 직원의 말이 다시 귓가에서 울렸다. 그 말은 아주 올바르게 들렸다. 모든 감각이 왜 이렇게 덧없을까. 영속하는 건 왜 아무것도 없을까.

위층에는 한 번도 올라간 적이 없었다. 그곳은 오로지 워런 숀의 세계였다. 워런이 이제 더는 없는데, 계단을 올라가 그 세계로 들어가는 일이 왜 이다지도 힘들고 뭔가 금지된 일을 한다는 느낌이 들까? 닳은 양탄자 밑에서 계단이 삐걱거렸다. 난간 칠도 벗겨져 있었다. 지난번에 그가 방문했을 때 워런은 손으로 난간을 짚으며 계단을 내려왔는데, 자기 손에 핀 수많은 검버섯을 보는 조카의 눈길을 알아챘다. 나중에 차를 마실 때 워런은 검버섯이 핀 손등을 이따금 쓸었다. 무의식적으로 그러는 듯했다. 그는 베이루트에 살던 옛 친구가 얼마 전에 사망했다고 말했다. 비행기를 타고 가려고 공항에 갔다고, 그런데 탑승권을 기계에서 출력해야 하더라고, 어떻게 해야 하는지 몰랐다고 했다. "그래서 집으로 돌아와서 비행기 표를 버렸다. 다 지나갔다고 생각했지. 비행만 끝난 게 아니야. 예전에 할 수 있던 모든 게 끝난 거다."

첫 번째 방의 문은 열려 있었다. 레이랜드는 전등을 켰다. 워런의 침실이었다. 협탁에 놓인 책들 옆에 확대경이 하나 있었다. 워즈워스, 콜리지, T. S. 엘리엇의 작품들이 보였다. 워런은 동양 언어의 우주에서 살던 삶을 마치고 노년에 자신의 원래 언어를 확인하려 한 것 같았다. 그가 마지막으로 읽은 것은 시가 아니었다. 손을 대지 않은 두 번째 침대 이불 위에는 다른 책 한 권이 펼친 면을 아래로 한 채 놓여 있었다. 저자는 톰 커트니, 제목은《사랑하는 톰Dear Tom》이고 부제는 '집에서 온 편지들Letters from home'이었다. 레이랜드는 흥분하여 그 책을 집어 들었다. 그랬다, 그건 헐에 사는 영화배우 톰 커트니의 엄마가 런던에서 공부하고 나중에 배우학교에 다닌 아들에게 보낸 편지들을 출간한 책이었다. 그는 편지와 함께 자신과 부모님의 인생 이야기도 책에 실었다. 리비아는 톰 커트니에게 완전히 빠져 있었다. 레이랜드가 리비아를 만나고 얼마 지나지 않아, 런던 나이츠브리지에 있는 작고 곰팡내 나는 독립영화관에서 〈장거리 주자의 고독〉을 상영했다. 1960년대 초에 커트니가 출연한 첫 번째 영화였다. 거기서 그는 소년원에 수감된 반항적인 소년 역할을 연기했는데, 모두에게서 도망침으로써 스스로를 방어했다. 조명이 켜졌지만 리비아는 그대로 앉아 있었고, 둘은 그 영화를 다시 한번 봤다. "나에게도 일어날 수 있던 일이군." 나가면서 그가 영화 내용 중 교도소를 암시하며 말했다. "무슨 말이야." 리비아가 그렇게 말하고서 팔로 그의 허리를 감았다. 레이랜드는 삼촌 침대에 앉아서 책을 넘기는 지금도 그 팔을 느낄 수 있었다.

커트니의 문장들은 서정적으로 울렸다. 온갖 인위적인 것이나 부자연스러운 것과는 거리가 먼, 은근하고 느긋한 정확성에 그 시적 매력이 있었다. 문장이 마음에 들면 늘 그렇듯이 레이랜드는 크게 소리 내어 읽으며 그 리듬에, 음색의 리듬과 뜻의 리듬에, 그리고 그 두 리듬이 서로 섞이는 방식에 귀를 기울였다. 잠시 후에 그는 자신이 말의 울림을 즐기는 것 말고 다른 일도 하고 있음을 깨달았다. 리비아에게 문장을 낭독해주고 있었던 것이다. 11년이라는 세월이 지난 후에. 아내가 그의 말에 귀를 기울일 때 집중하는 방식은 그를 사로잡고 불길에 휩싸이게 했다. 20년이 지나도 마찬가지였다. 트리에스테 집에서 둘은 계단 제일 위쪽 층계에 앉아 단어와 그 의미에 대해서, 그리고 그걸 독일어와 영어, 이탈리아어와 프랑스어, 가끔은 트리에스테 사투리로 어떻게 번역해야 하는지 이야기를 나누곤 했다. 워런 숀의 침실에서 왔다 갔다 걸으며 톰 커트니의 문장을 허공에 대고 말하는 지금도 그는 그때 계단에서처럼 자신의 언어를 나눔으로써 삶을 함께하던 리비아가 옆에 있는 듯했다.

아래층에서 전화가 울렸다. 레이랜드는 못 들은 척하려고 했다. 트리에스테 집 계단을 상상하고 리비아의 향수를 떠올림으로써 스스로를 보호하고 연락을 피하려 했다. 향수 향기가 리비아가 피우는 담배 연기와 섞일 때면 특히 더 좋았다. 그러나 전화 벨소리는 그의 상상력보다 강력해서, 톰 커트니의 언어는 불현듯 마법을 잃고 텅 빈 집에서 공허하고 낯설게 울렸다. 벨소리가 멎었다. 레이랜드는 책을 원래 있던 그대로 내려놓았다. 이유는 알 수 없지만 방금 겪은 일을 일어나지 않은 것으로 하거나 비밀로 하고 싶은, 그것도 자기 스스로에게 비밀로 하고 싶은 느낌이었다. 그러고 불을 껐다.

다른 두 개의 방도 침실인데 소파와 책장이 가득했다. 레이랜드는 천장이 비스듬한 작은 방의 침대에 앉았다. 창밖 어둠은 짙은 안개 때문에 박제된 것 같았고, 밖에서 들려오는 택시의 익숙한 소음은 모터를 덮개로 감은 듯 흐릿했다. 그는 이제 드디어 막 도착한 사람처럼 숨을 내쉬었다. 잠시 후에 편두통의 전조를 느꼈다. '편두통, 편두통일 뿐이야.' 부엌으로 내려가서 알약을 먹었다. 물과 함께 삼킨 쓴맛은 격하게 쑤시는 통증을 없애줄 약속 같았다. 주머니에 든 휴대전화가 맑은 물방울 소리를 냈다. '서클 라인: 글로스터 로드 2분 연착.' 정신 나간 소리처럼 들리겠지만, 그는 이 신호음이 그리움의 상징이던 트리에스테의 몰로 아우다체가 아니라 원래 들어야 할 이곳 런던에서 듣는 데 실망했다. 혼란스러운 마음으로 거실에 앉아 약효가 나기를 기다렸다. 십팔 분에서 십구 분쯤 지나면 시간은 현재로 좁게 한정될 터였다. 뒤에는 부드러운 망각이, 앞에는 태연함이라고 말할 만한 안락한 느긋함이 있는 차분하고 명백한 현재로. 생각은 조용해지고 불안은 모두 물러날 것이다. 이유 없이 약을 먹을 때도 있었다. 주치의 이반치크는 그 사실을 알면서 아무 말도 하지 않았다.

글로스터 로드 역은 해링턴 가든스 집에서 리비아와 어린 자녀들과 살던 때, 레이랜드가 번역한 문장을 나지막하게 읊조리며 아이들을 안고 집 안을 거닐던 시기에 이용하던 역이었다. 5년 동안 그 역에서 타고 내렸다. 그때는 앞으로도 계속 런던에서 살 거라고 생각했다. 그러나 어느 날 밤, 가구가 얼마 없고 천장이 높던 그 집에 전화가 오랫동안 시끄럽게 울렸고, 그 후 얼마 지나지 않아 온 가족이 트리에스테에 살게 됐다. 레이랜드가 그 사실을 받아들이기까지는 오랜 시간이 걸렸다. 그때 시작된 새로운 현재는 지금 이 순간에도 여전히 비현실적으로 생각됐다.

약효가 나타났다. 레이랜드는 텔레비전을 켰다. 워런 숀은 여행을 하지 않게 되면서 세상 곳곳의 방송을 잡을 수 있는 안테나를 설치했다. 그가 마지막으로 본 채널은 BBC 뉴스였다. 귀를 기울이던 레이랜드는 시간이 좀 흐른 뒤에 자신이 뉴스 내용이 아니라 그것을 표현하는 언어에 관심을 쏟고 있음을 깨달았다. 이게 정말 내 언어일까? 다른 언어를 이걸로 번역하는 바로 그 언어? 언어는 그저 상투어나 빈껍데기 같았다. 편집국에서 미리 상의하여 온순하게 만들어서 온갖 규칙에 모두 순응했고, 그 결과 감각과 유머와 색깔을 잃어 생기 없는 살균 상태였다. 게다가 언제나 똑같은 표현, 늘 같은 상투어였다. 레이랜드는 워런 숀의 협탁에서 책을 가지고 와서 텔레비전 소리를 끄고 읽기 시작했다. 이 얼마나 큰 차이인가!

다음 채널에서는 토론이 진행 중이었다. 이제 그를 방해하는 것은 텅 빈 표현이 아니었다. 토론 참가자들의 말투가 거슬렸다. 낯설지 않은 불편함인데도 이것을 가리키는 말이 한참 뒤에야 떠올랐다. 토론 참가자들은 '말의 진창에서 뒹굴며 지껄이고' 있었다. 진흙에서 굴러다니듯이 언어 속에서 느긋하게 나뒹구는 것 같았다. 영국인들은 뾰족하게 부풀린 입술로 상궤를 벗어난 진흙 속에서 "유 노, 유 노you know, you know"를 반복했고, 미국인은 시끄러운 금속성을 울리는 진흙 속에서 입을 옆으로 한껏 늘려 "오케이, 오케이okay, okay"라고 말했다. 영어를 선택 언어로 사용하는 인도 여자 한 명도 토론에 참석했다는 사실은 일종의 자선이었다. 그 교수는 이방인의 조용한 거리두기를 보이며 라틴어를 쓰듯 적절하게 엄선된 영어를 사용했다.

레이랜드는 독일어와 프랑스어 채널로 돌렸다. 그의 엄마가 자라면서 사용한 언어들이었다. 엄마는 아들이 영어 외에 이 두 가지 언어도 배우기를 바랐고, 그 결과 그는 세 언어를 힘들이지 않고 당연하게 쓰며 성장했다. 엄마와는 독일어 또는 프랑스어로, 아버지와는 영어로 대화를 나눴다. 셋이 있을 때도 마찬가지였다. 올바른 단어들이 꿈같은 확신을 품고 다가왔다. 올바르다는 것은 서로 상대를 향해 느끼는 감정에 어울리는 단어라는 뜻이었다. 아버지에게 독일어, 게다가 프랑스어로 말한다는 것은 곧 반항을 의미했고, 그럴 때면 세련된 영어 장광설을 대답으로 돌려받곤 했다. 엄마와 어떤 언어로 대화할지 선택하는 것은 이를테면 온도의 문제였다. 친밀함 자체가 아니라 친밀함의 종류에 따라 온도가 달랐다. 잘못 시작했다가 말하는 도중에 분위기에 맞게 언어를 바꾸는 일도 있었다. 엄마가 지나칠 만큼 올바르고 약간 뻣뻣한, 어쩔 수 없이 독일어 억양이 묻어나는 영어로 아버지에게 말할 때면 친밀함과 신의가 느껴졌다. 아이들에게 소중한 순간이었다. 아버지의 거만한 영어 말투에 엄마가 번쩍이는 플뢰레의 타격 같은 프랑스어로 대답할 때는 분위기가 싸늘해졌다. 그럴 때면 완벽한 타인이 마주보고 있는 듯했다. 공직에 있는 법률가 애슈턴 챈들러 레이랜드와 옥스퍼드 모들린 칼리지에서 독일문학과 프랑스문학을 가르치는 리디아 사르토리우스가 대면했다. 그래서 아들은 언어가 감정의 외형도 아니고 어설픈 의미에서 감정의 단순한 표현도 아니라는 사실을 일찌감치 알게 됐다. 감정은 언어 '안에', 바로 그 안에 있었고 언어의 울림을 통해 자신을 드러냈다.

엄마가 불의의 사고를 당한 뒤에 독일어와 프랑스어는 한동안 옥스퍼드 집에서 사라졌다. 그러다가 프랑스 북동부 보주 산지에서 이 두 언어를 하는 오페어 걸* 메난느 소메르펠이 살림을 돌보러 왔다. 메난느가 아들을 잘 돌봤으므로 아버지는 오페어 걸을 그대로 고용했다. 이따금 부엌에 모두 함께 앉아 있을 때면 프랑스어로 대화를 나누었고 가끔 독일어도 했다. 그러나 엄마와 있을 때와는 달랐다. 아주 달랐다. 아들은 언어란 어딘지 모르게 뭔가 보편적이라는 사실도 알게 됐다. 온 세상이 언어를 사용했다. 하지만 다른 한편으로 뭔가 특별하기도 했다. 그 언어를 누구와 사용하는가에 따라 뚜렷하게 구별됐다.

* 외국 가정에 입주하여 육아 등의 가사노동을 하고 보수를 받으며 언어와 문화를 배우는 젊은 여성.

그다음 텔레비전 방송은 오스트리아 빈에서 송출했다. 리비아의 엄마는 결혼해서 트리에스테로 오기 전까지 빈에서 자랐고, 딸이 이탈리아어만큼이나 독일어도 잘할 수 있게 신경을 썼다. 레이랜드는 텔레비전 소리를 끈 후에 눈을 감고 리비아가 독일어로 말하던 목소리를 떠올렸다. 그 목소리에는 오스트리아 말투의 미세한 흔적이 있었는데, 방금 텔레비전에서 들은 것보다 훨씬 미미해서 주의를 기울여야 들렸다. 그는 아내가 이탈리아어로 말하는 목소리를 더 좋아했다. 두 사람이 대부분 이탈리아어로 이야기한 데는 그 이유도 한몫했을 것이다. 그 목소리에는 엄청난 에너지가 담겨 있었고, 느릿하게 말하거나 노래하는 모든 단어는—그저 전기료나 고장 난 자동차 배기장치에 대한 이야기라고 해도— 생기가 돌고 생명력이 넘쳤다. 목소리는 11년 전에 사라졌지만 그 기억은 여전히 그를 숨쉬기 어렵게 했다.

레이랜드는 이탈리아 방송을 켰다. 뉴스 진행자는 목소리가 밝다 못해 거의 날카로운 여자였는데, 다리를 꼰 채 유리 책상 앞에 앉아 시청자들 집에 놀러 와서 편지를 읽어주듯이 종이에 적힌 뉴스를 읽고 있었다. 며칠 전 뉴스 시간에 본 그 여자였다. 레이랜드는 불현듯 더 깊숙한 추억의 복도로 내려가서, 아들과 함께 트리에스테 집의 텔레비전 앞에 앉아 있는 느낌이었다. 그때 '현란한 사탕 색깔'이라고 시드니가 말했었다. "뭐가?" "스튜디오, 진행자의 옷과 목소리, 방송 전체가." 둘은 적절한 그 단어에 웃음을 터뜨렸다. 아들이 웃는 모습을 본 건 아주 오랜만이었다. 법원에서 사법연수를 하면서부터 시드니의 얼굴에는 그늘이 드리워 있었다. 그 웃음은 잘 만들어낸 어휘 덕분일 뿐 아니라 아버지가 다시 삶으로 돌아왔기 때문이었다. 시드니는 갑자기 몸을 일으키더니 아버지에게 다가와 몸을 숙여 그를 안았다. 레이랜드는 아들의 손이, 짧게 자란 수염 때문에 거칠거칠한 뺨이 지금도 느껴졌다. 그가 현실로 다시 돌아왔을 때 뉴스는 이미 끝난 뒤였다.

몸을 세우고 앉았다가 화면과 가까워지게 앞으로 숙였다. 첫 부분을 놓친 방송에서 카메라는 지중해 도시를 비추는 중이었다. 영어 간판들이 보이다가 불쑥 몰타어 단어들이 나타났다. 항구marsa, 교회knisja, 닫힘mbarrat, 열림miftuħ. 몰타의 수도 발레타였다. 눈에 익은 골목과 건물, 광장이 보였다. 43년 전의 일이었다. 그 여행을 하려고 벨사이즈 리트리트 호텔에서 일하며 1년 이상 돈을 모았다. 답답하고 시끄럽고 아주 작은 호텔 객실, 샌드위치와 커피……. 그 이상을 누리기는 불가능했다. 간단한 몰타어 문장 몇 가지는 읽을 수 있었지만 종업원끼리 하는 말은 거의 아무것도 알아듣지 못했다. 종업원들은 그에게 영어로 말했다. 더운 객실 침대에 누워, 자기가 뭘 기대했던가 자문했다. 어학원에 들러 몰타어 수업료를 물어봤다. 돌아온 이유가 그런 식의 체류를 감당할 수 없었기 때문만은 아니었다. 카페에서 누군가 그대로 둔 신문 앞에 앉아 있던 레이랜드는 자기에게 중요한 게 뭔지 더는 알 수 없었다. 이제 그는 텔레비전 옆쪽 벽에 걸린 지중해 지도를 빤히 바라봤다. 그 카페에서 그는 지금은 가장자리가 바래고 약간 말린 이 지도를 떠올렸다. 자신의 백일몽과 언어에 관한 꿈을 불현듯 더는 이해할 수 없었다. 사흘 뒤 저녁에는 이미 런던 지하철에 앉아 있었다. 이제 그 꿈은 다시 의미를 얻었다. 이유는 알 수 없었지만 어쨌든 그랬다.

워런 숀이 아마 그를 이해해줄 유일한 사람이었을 테지만 레이랜드는 삼촌에게 기이한 몰타 여행에 대해 설명하지 않았다. 리비아와 아이들과 함께 트리에스테로 가야 할지 고민할 때는 그에게 털어놓았다. "거기서는 네 꿈 한가운데에서 살게 되겠구나!" 삼촌이 소리 높여 한 말에 레이랜드가 대답했다. "지하철이 없는걸요." 농담처럼 들렸지만 워런은 그의 표정에서 그 말이 농담이 아님을, 더 많은 게 문제라는 사실을 깨달았다. "이해한다." 워런이 잠시 후에 말했다. "넌 땅 아래 '언더그라운드'에서 열차에 앉거나 에스컬레이터에 선 채 온갖 언어를 듣고 싶겠지. 네가 원하는 건 그게 '전부'야. 또는 밤에 호텔 접수처에 앉아서 번역을 하거나. 그것뿐이지. 그런데 환상적인 여자가 나타나서, 사람들이 정말 그 언어를 말하는 트리에스테로 너를 데려가려고 해. 그런데 넌 지금 기분이 안 좋고. 그런 거지. 안 그래?"

다음 채널에서는 트리에스테에서 찍은 영화를 내보냈다. 항구와 이탈리아 통일 광장, 그가 집에서 내려다보던 운하가 눈에 들어왔다. 레이랜드는 화면을 정지했다. "운하 옆에서 사는 것도 괜찮을 것 같아." 리비아가 자주 하던 말이었다. 그래서 그 집을 산 걸까? 아내가 없어도 아내와 함께 그곳에 들어간 건가? 화면을 다시 움직이게 했지만 내용에는 관심이 없었다. 소피아가 근무하는 병원이 보였다. 병원에서 나온 젊은 여자는 물론 그의 딸이 아니었다. 하지만 단추를 잠그지 않은 하얀 가운을 입고 머리카락을 흩날리며 힘차게 걷는 그 여자는 그의 딸일 수도 있었다. 식사 시간에 그가 이따금 어떤 단어에 대해 생각하느라 크게 혼잣말을 하면 딸은 자리에서 일어나 그런 걸음걸이로 나가버렸다. 그럴 때면 단어를 향한 그의 권위주의적 헌신을 딸이 얼마나 싫어하는지 표정에서 읽을 수 있었다. 그는 언제나 단어들에만 묻혀 사는 아버지, 늘 그 안에 있을 뿐 그것 말고는 절대, 절대로 온전하게 옆에 있는 법이 없는 아버지였다. 하지만 간호사인 딸은 그런 다음에는 그가 생각해내지 못했을 탁월한 번역 제안을 가지고 돌아왔다. 그건 온갖 단어와 책을 향한 시위였을까? 구체적인 일과 구체적인 고통, 피와 상처가 충분히 언급되지 않는 세상을 향한 시위? 그렇게 나갈 때면 딸은 집 뒤쪽의 높다란 삼나무에 여러 번 오르락내리락했는데, 마치 스스로에게 이렇게 말하려는 것 같았다. 단어에 헌신하는 것 말고 다른 삶도 있다고. 지극히 생생하고 강력한 삶, 근육과 행동하는 손과 송진 냄새가 있는 삶, 얼굴에 바람이 불어오고 무릎이 생채기투성이인 삶. 레이랜드는 소리가 들리지 않는 텔레비전 화면을 바라보며, 이렇듯 침묵하는 반란 때문에 환자들이 딸을 좋아했을 거라고 짐작했다. 환자들이 이 사실을 알 수는 없을 테지만 예감했는지도 모른다. 몰라도 예감할 수 있고, 어쩌면 그래서 환자들은 소피아가 이따금 지나치게 엄격하게 굴어도 관대하게 넘겼을 수도 있다. 그럴 때면 흰 가운을 입은 소피아는 군병원에서 냉혹하게 명령하는, 사람들이 믿고 무기도 맡길 수 있는 응급간호사처럼 보였다. 예전에 환자들은 무릎까지 오는 붉은 스타킹을 신은 소피아를 '라 로사*'라고 불렀다. 모두 소피아가 최대한 오래 자기 병실에 머물러 있기를 바랐다.

레이랜드는 텔레비전을 껐다. 나지막하게 쇄쇄 소리를 내는 난

* La Rossa, '빨간 여자'라는 뜻.

로 때문에 정적이 더욱 도드라지게 느껴졌다. 트리에스테가 없는 정적. 물론 말이 안 되는 문장이었다. 정적이 어떤 도시와 함께 있거나 없을 수는 없으니까. 그런데도 그 말은 정확하게 옳았다. 트리에스테가 없는 정적. 그는 망설이며 시드니와 소피아에게 전화를 걸었다가, 신호음이 들리기 전에 끊었다. 지금은 적절한 말이 떠오르지 않을 터였다. 전화로 그런 말을 해내기란 힘들었다. 그의 눈길이 워런 숀의 협탁에 있던 책들로 향했다. 그 책들을 다시 위로 가져가고 싶다는 유혹, 자신이 손댔던 일을 없었던 걸로 하고 아까 톰 커트니의 책에 그랬듯이 모든 것을 다시 원래대로 돌리고 싶다는 유혹을 느꼈다. 책을 그대로 두고, 부엌에서 아까 마신 컵으로 물을 다시 마셨다. 책과는 달리 왜 컵의 경우에는 망설이지 않을까? 물컵과 책 사이에 어떤 특별한 차이점이 있을까?

창가로 다가섰다. 안개에 틈이 생겨, 케네스 버크가 유일하게 불이 켜진 방에서 첼로 연주를 하는 모습이 눈에 들어왔다. 사실 보이는 것은 보면대와 첼로 아랫부분, 그리고 이리저리 활을 움직이는 손뿐이었다. 이따금 손가락으로 높은 위치를 짚을 때는 몸을 앞으로 많이 숙여서 각진 머리와 꺼칠해 보이는 잿빛 머리카락이 시야에 들어왔다. 레이랜드는 그가 뭘 연주하는지 알고 싶었다. 이렇게 큰 거리두기가 필요한, 자기 주위에 큰 간격이 있어야 하는 이 남자에게 어떤 음악이 어울릴까.

천장이 비스듬한 침실의 침대에는 시트가 깔려 있지 않았다. 레이랜드는 가방에서 꼭 필요한 것만 꺼내고 욕실에서 세수를 한 다음 이불 속으로 들어갔다. 편두통 약은 평소와 달리 잘 듣지 않았다. 잠시 후에 다시 일어나 욕실에서 약을 한 알 더 먹었다. 잠이 오지 않아 어두운 거실로 내려가서 작은 전등을 켜고 난로에서 나는 솨솨 소리에 귀를 기울였다. 트리에스테가 없는 정적은 아직 런던의 정적은 아니었다. 모든 것 사이의 정적, 장소가 없는 정적이었다. 손가방은 워런 숀의 서재에 있었다. 그는 서재로 건너가 두툼한 서류철 두 개를 꺼내서 책상에 내려놓았다. 아내가 사망한 후에 그녀에게 쓰기 시작한 편지들이었다. 전등을 켠 다음 첫 번째 서류철을 펴고, 9월에 아이들에게 써서 표지처럼 앞에 놓은 편지를 읽었다.

사랑하는 딸, 사랑하는 아들에게

이건 너희 엄마가 사망한 후 내가 몇 년 동안 그녀에게 쓴 편지다. 내가 리비아의 죽음을 속으로 받아들이지 않고 남몰래 부인한 것처럼 보일지도 모르겠지만 그렇지 않아. 이 편지의 의미는 죽음을 넘어 리비아를 계속 살려두려는 게 아니야. 다른 뜻이 있단다. 리비아에게 쓰는 일은 나 자신에게 쓰는 행위와도 같았지. 우리가 리비아를 발견한 그날 밤 이후로 나는 나 자신과 대화를 나누고픈 갈망, 내 생각과 느낌과 요구를 명확한 형태로 알고 싶은 갈망을 자주 느꼈다. 그중 몇 가지는 너희 둘과 다른 사람들 앞에서 말하기도 했다. 하지만 이런 진술이 진정한 도움이 되지는 않았지. 내가 표현한 말은 말하는 도중에 이미 틀리게 들리기도 했고, 틀리지는 않았다고 해도 너무 지나치게 간단했다. 다른 사람들 앞에서 자기 이야기를 할 때 원래 하고 싶은 말을 정확하게 그대로 하는 경우는 거의 없다. 스스로는 이 사실을 깨닫지 못한다고 해도, 자기 말이 타인에게 끼칠 영향을 고려하거나 이 말 때문에 자신이 남에게 어떻게 보일지 생각하기 때문이지. 나중에는 자신의 명료함에서 한 걸음 나아가는 게 아니라 이 말이 타인에게 끼친 영향 때문에 번민해야 한단다. 다른 한편으로 속으로 혼잣말을 할 때면 생각이 앞으로 나아가지 못하는 경우가 무척 많았다. 이해가 깊어지기는커녕 모든 것이 단편적이었고 서로 들어맞지 않는 조각으로 가득했지. 그래서 리비아에게 내 상태를 이야기하기 시작했다. 리비아는 내가 속을 터놓을 수 있는 사람, 내 마음을 가장 잘 아는 사람이었으니까. 하지만 조용히 마음속에서만 리비아를 생각하기에는 호흡이 너무 짧았고, 과거로 멀리 거슬러 올라가는 게 중요하다고 느낄 때가 많았다. 내가 누구인지 전체적이고 완전하며 깊게 이해할 수 있을 만큼 멀리까지 거슬러 가자고.

편지를 쓸 때면 무슨 대가를 치르더라도 스스로를 위장하지 않기로 마음먹었다. 완벽하게 솔직한 보고서가 되어야 했지. 텅 빈 종이를 앞에 두고 앉아 있을 때면 이따금 솔직해지는 것만큼, 두려움 없이 솔직해지는 것만큼 힘든 일도 없다는 생각이 들었다. 한 번도 해본 적이 없을 정도로 자신을 열어 보이니 해방되는 느낌이었다. 나는 리비아를 위해, 그리고 같은 내면의 움직임 속에서 또한 나 자신을 위해 스스로를 열었다. 사람들은 아마 아무 거리낌 없이 자기 자신에게 솔직할 수 있다고 기대하겠지. 자기와 가장 가까운 사람은 자기 자신이라고 생각하니까. 그러면 스스로를 향해, 스스로를 위해 완전히 열려 있어야 해. 그런데 왜 자신에게 마음을 열기 위해서도 노력이 필요할까?

나는 리비아를 불편하거나 당황하게 할 염려가 전혀 없었으니 아무 숨김 없이 그녀에게 나를 드러내 보일 수 있었다. 무감각하고 말이 없는 벽 또는 전혀 모르는 사람, 그러니까 감정에 신경 쓸 필요 없는 낯선 사람들에게 말하는 것과는 아주 달랐지. 듣는 사람은 리비아여야만 했다. 내 언어는 그녀의 영혼에 가닿고 그곳에서 이해를 얻어내야 했고, 이런 이해가 충분해야 나는 내 내면이 어떤 모습인지 깨달을 수 있을 터였다.

이 편지를 없애겠다고 늘 마음먹고 있었다. 나와만 상관있는 내 삶의 실마리니까. 그러다가 왜인지는 설명할 수 없지만 그건 끔찍하다는 생각이 들었지. 그래서 읽고 보관하라고 너희에게 남긴다. 이 내용이 리비아가 사망한 후 오랫동안, 그리고 내가 삶의 마지막에 보인 행동을 너희가 이해하는 데 도움이 되길 바란다.

아빠가.

서류철을 덮고 불을 껐다. 두 번째 알약이 약효를 나타내서 쑤시던 통증이 가라앉았다. 케네스 버크 집의 유리창은 불이 꺼져 모두 어두웠다. 레이랜드는 거실에 작은 전등을 켜두고 위층으로 올라가 다시 이불을 덮었다. 아이들은 이제 그의 편지를 읽을 필요가 없었다. '하마터면 읽을 뻔했지.' 잠들기 전에 그가 생각했다. '정말 하마터면.'

3

"시간이 얼마나?" 레이랜드는 깜짝 놀라 잠에서 깼다. 마른세수를 하고 침대 가장자리에 걸터앉았다. 꿈에서 했던 그 말을 다시 한번 반복했다. 두려움 가득한 꿈속의 말이었지만 기억 속의 말이기도 했다. 오랫동안 말을 하지 않은 사람의 목소리처럼 거칠고 서툴게 울렸다. 그 끔찍했던 순간에 했던 유일한 말이지만, 아침 폭우가 쏴쏴 소리를 내며 잎사귀들 사이로 쏟아지던 레오나르디 박사 진료실의 열린 창가에서는 무엇이든 말을 할 수 있다는 사실 자체가 기뻤다.

욕실에 가서 오랫동안 세수를 하고 부엌으로 내려갔다. 케네스 버크는 커피 한 병과 설탕, 비스킷 한 통을 미리 준비해뒀다. 물이 끓는 동안 레이랜드는 거실 창문을 열고 안개에 젖어 공기가 축축한 바깥으로 얼굴을 내밀었다. 이 유리창과 안개는 지금이고 현재였으며, 이 현재는 당시의 그 유리창과 폭우와 기억의 충격을 막아주는 단단한 보루였다. 유리창 손잡이를 잡았다. 이번에는 그때와 달리 버티려고 꽉 잡는 게 아니었고, 이제 안개에 대고 시험 삼아 해보는 말도 망설임이나 복잡함에 대한 불안 없이 평소처럼 물 흐르듯 가볍고 경쾌한 기쁨을 드러냈다. 평생 지속됐고, 그에게 다른 그 무엇보다도 더 큰 행복을 의미했던 가벼움과 기쁨이었다. 케네스 버크가 개와 함께 집에서 나오다가 그를 발견하고는 더 잘 보려고 울타리로 다가왔다. "커피 고맙습니다." 레이랜드의 말에 버크가 대답했다. "별말씀을요." 레이랜드는 그가 말하는 방식이, 말하는 내용과 방식이 모두 마음에 들었다. 오늘 아침에 선원 모자를 쓴 그의 거칠고 창백한 얼굴이나 인사하는 간결한 동작과 아주 잘 어울렸다.

레이랜드는 커피를 따른 다음, 위층에서 가지고 내려온 삼촌의 책들이 놓인 작은 탁자 옆에 김이 나는 컵을 들고 앉았다. 한 권씩 차례로 손에 들어봤지만 펼치지는 않았다. 어제저녁에는 작가의 언어를 BBC의 수다에 저항하는 도구로 사용하는 일이 중요했지만, 오늘 아침은 다른 것이 문제였다. 책들은 유리창 손잡이와 안개, 그리고 조금 전의 버크처럼 현재와 현실의 증거였다. 이 현실은 꿈에서 시작된 불안을 막아주었다. 열어둔 창문으로 들어오는 씁쓸한 안개 향기를 깊이 들이마셨다. 섬세하고 나지막한 빗소리가 들려왔다. 레이랜드는 비에 얼굴을 내밀고 있기를 늘 좋아했다. 억수처럼 쏟아지는 빗속에서 우산을 접은 다음 눈을 감고 몸에 닿는 빗방울을 즐길 때도 있었다. 또는 소나기가 쏟아지기 시작하면 카페에서 불쑥 일어나 후드득후드득 퍼붓는 빗방울을 맞으려고 바깥으로 나가기도 했다. 그러나 감각적인 즐거움, 서늘한 빗방울이 부딪칠 때의 그 순수한 즐거움은 이유 중 하나일 뿐이었다. 더 깊은 다른 이유도 있었다. 삶에서 무겁고 괴로운 모든 것이 축축하게 젖은 면전에서 빛이 바래기를, 빗방울이 많이 흐를수록 더욱 많이 씻겨 내리기를 바라는 소망이었다. 밀려오는 잠의 물결에 걱정거리도 고통도 무의식에 씻겨서 영원히 사라지기를 바라는 사람과도 같았다. 당시에 그는 이 소망, 이 엄청난 소망을 품고 레오나르디 박사의 진료실 창가에 서 있었다. 박사의 소름 끼치는 말을 생각하며, 쏟아지는 빗속으로 달려나가 이 모든 것을 지울 수 있기를 바랐다.

삼촌의 모닝가운을 걸치고 맨발에 실내화를 신은 채로 정원으로 나가, 얼굴에 섬세한 빗방울을 맞으며 집 전체를 빙빙 돌았다. 붉은 벽돌집을 이렇듯 자세하게 살피기는 처음이었다. 지붕은 이끼에 덮여 어둑하고 창틀 니스는 비바람에 벗겨졌으며 한쪽 구석의 추녀 물받이가 꺾여서 물이 흘러내렸다. 그러나 하나하나 살필수록 집이 점점 더 마음에 들었다. 레이랜드는 발걸음을 멈추고 몇 분이나 얼굴에 비를 맞으며 서 있었다. 꿈의 충격이 물러났다. 눈을 뜨자 건너편 집 여자가 의아한 표정으로 그를, 모닝가운과 실내화 차림으로 빗속에 꼼짝도 않고 서 있는 중년 남자를 정신병동에서 도망친 환자 보듯이 바라보고 있었다.

마른 옷으로 갈아입고 거실에 앉자 집이 어느 정도 자기 소유처럼 느껴졌고, 어제저녁에는 무척 혼란스럽던 생각을 비로소 이해하게 됐다. 이 집이 앞으로의 삶에 대한 명료함을 얻기에 올바른 장소가 될 수도 있다는 생각이었다. 이 명료함에는 서류철에 담겨 워런의 서재에 있는, 리비아에게 쓴 편지를 모두 다시 읽는 것도 포함될 터였다. 11년 동안 쓴 편지인데, 레오나르디 박사의 말로 시작하여 그 끔찍한 말에 그가 어떤 행동을 하게 됐는지 나중에 설명하는 편지도 있었다. 모든 것이 지나간 지금, 당시 자신의 말이 이제 어떻게 와닿을지 알고 싶었다. 시간을 거슬러 올라가 그때 어땠는지, 그때 이후로 예상하지 못한 새로운 것을 알게 되면서 경험이 어떻게 바뀌었는지 늘 스스로에게 질문하며 한 문장 한 문장 모두 읽을 예정이었다. 그때 어땠는지, 지금은 어떤지, 그리고 어떤 미래로 향하게 될지 알려주는 빛이 그의 내부에서 선회할 터였다.

그러나 기다리고 있을 삼촌의 변호사 프랜시스 페이지부터 만나야 했다. "잊지 말고 여권 가지고 오십시오." 며칠 전에 통화할 때 변호사가 말했다. 레이랜드는 여권을 집어넣기 전에 히스로 공항 에스컬레이터에서 그랬던 것처럼 사진을 들여다봤다. 이 사진을 찍을 때 그는 출판사 사장이었다. 원래는 평생 번역가로 살 거라고 예상했다. 그러다가 아내가 갑자기 사망해서 출판사를 유산으로 받았다. 그는 이 힘겨운 도전에 응해서 속으로는 자주 떨면서도 겉으로는 단단한 손과 목소리로 일했고, 11년이 지난 지금 출판사는 든든하게 섰다. 출판사가 리비아 시절보다 더 빛난다고 말하는 사람도 있었다.

레이랜드는 부엌으로 가서 큰 컵 가득 물을 한 잔 마셨다. '열흘.' 진실을 열흘만 일찍 알았더라면 출판사는 지금도 그의 소유일 것이다. 취소하기 힘들긴 했을 테지만. '그래도. 열흘, 그 하찮은 열흘만 일찍 알았더라면.' 레이랜드는 텅 빈 눈빛으로 손에 컵을 쥔 채, 외투 차림으로 부엌에 서 있었다. 움켜쥐고 있던 컵이 갑자기 깨졌다. 소스라치게 놀라, 조각이 바닥으로 떨어지기 전에 겨우 잡았다. 엄지가 베여 피가 났다. 욕실에 있던 밴드를 엄지에 붙이면서 다시 한번 놀랐다. 뒤늦게 밀려오는 내부 충격파 같았다. 미래가 그에게 다시 열린 지 6주가 지났다. 이해하는 데 시간이 오래 걸렸고, 처음 며칠은 슬로모션처럼 지나갔다. 겨우 열흘이 문제였다는 생각은 한밤중에 돌연 그를 엄습했다. 레이랜드는 어둠 속에서 모습을 드러내어 물컵을 짓눌러 깨게 하는, 이 말없는 원망의 격렬함에 놀랐다. 변호사 사무실에 가면서, 이건 어떤 특정한 사람을 향한 게 아니라 삶과 우연의 부당함에 대한 원망이라고 생각했다.

프랜시스 페이지가 그에게 유서를 읽어줬다. 유서에 따르면 워런 숀은 레이랜드에게 집과 그 안에 있는 모든 것을—가구와 책을 포함하여 모든 것— 유산으로 남겼다. 레이랜드는 필요한 서명을 했다. 마지막에 변호사가 봉해진 봉투를 그에게 건넸다. 단정하고 꾸미지 않은 워런 숀의 글씨체로 '사이먼 커티스 레이랜드'라고 쓰여 있었다.

"때가 되면 이 편지를 당신에게 주라고 단단히 이르셨습니다. 이게 진짜 유산이라고 하셨지요."

페이지가 말했다. 둘은 문간에 섰다.

"서명할 때 커다란 확대경을 가지고 오셨더군요. 그것 말고는 환자 같지 않았습니다. 그저 지루해 보였을 뿐."

레이랜드는 케네스 버크도 그렇게 생각하더라고 대답했다.

"떠나기 좋은 이유지요. 최고의 이유."

페이지의 말에 레이랜드는 고개를 끄덕였다. 이 변호사를 좋아하지 않았는데, 갑자기 달라졌다.

돌아오는 길에 장을 봤다. 냉장고가 웅웅 소리를 냈다. 레이랜드는 여행 가방을 완전히 풀고 작은 방 침대에 침대보를 씌웠다. 이제 이곳에 살기 시작했다. 워런 숀의 편지를 뜯기 전에 그의 책상 앞에 오랫동안 앉아 있었다. 이곳에서 워런은 필기구함에 놓인 만년필로 이 편지를 썼다. 잉크가 말라 있었다. 레이랜드는 만년필을 필기구함에 도로 놓았다. 검버섯 낀 워런의 손이 눈앞에 떠올랐다. 더는 존재하지 않는 손이 쓴 글을 곧 읽게 된다고 생각하니 약간 섬뜩했다. 워런은 '으스스한eerie'이라고 말했을 터였다.

그는 이 단어가 두 개의 'e' 때문에 '요정fee'이라는 독일어를 연상시킨다고, 두 단어는 밝은 울림으로 서로 연결되고 둘 모두 이러한 밝음으로 이루어져 있으며, 살짝 눈부실 정도로 밝고 약간 신경질적인 울림은 마치 눌리면서 늘어난 커다란 반점 같다고, 하지만 둘을 이어주는 것은 이런 울림뿐 아니라 의미와 이 말을 할 때 느껴지는 마법의 아우라라고, 그래서 자신은 웹스터 사전이 허용하는 것보다 더 많은 경우에 'eerie'를 사용한다고 말했다. 그런 다음 'eerie'와 'fee'를 나란히 두어 번 연거푸 말하며 허공에 손으로 가볍게 물결치듯 천천히 그 단어를 썼는데, 금빛으로 흐릿하게 빛나던 그의 인장반지가 그럴 때면 뭔가 고귀하고 소중해 보였다. 지금 이 순간 레이랜드는 예상보다 더 강렬하게 워런이 그리웠다.

워런은 희미한 무늬가 들어간 두툼한 노란 종이에 가느다란 만년필로 편지를 썼다. 그림을 그리듯 아주 천천히 쓴 듯했다. 레이랜드는 워런이 확대경을 들고 편지지를 들여다보는 모습을 상상했다. 워런의 평소 글씨보다 크기가 컸다. 몇몇 글자는 비스듬하게 미끄러져 있었고, 전체적으로 세상에 더는 굳건하게 발을 딛고 있지 않은 사람이 썼다는 인상을 주었다.

사랑하는 사이먼,

네가 이 편지를 읽을 때면 난 세상에 없을 테지. 나를 이루었던 물질이 재가 되게, 비가 오면 서서히 정원 흙에 묻혀 들어가서 다른 생명체들과 연결되게 케네스 버크가 처리했을 거야. 이 생각을 하면 늘 구원과 위로를 받는 기분이었지. 지난 몇 년 동안 심장 때문에 독한 약을 먹었다. 눈이 걷잡을 수 없이 나빠지자 약을 그냥 끊어야겠다는 생각을 점점 더 자주 했다. 그럴 경우 어떤 일이 벌어지는지 의사에게 물어봤지. "흠, 그러면 언젠가는 심장 박동이 멈추겠지요." 그가 대답했다. 우리는 한동안 아무 말 없이 서로 바라봤지. "괜찮습니다." 내가 대답하자 그의 얼굴에 미소가, 따뜻한 미소가 떠올랐다. 문간에서 헤어질 때 그는 그동안 한 번도 하지 않은 행동을 했다. 우린 그런 식으로 마주 선 적이 없었지. 그가 내 어깨에 손을 올리고 말했다. "당신이 올바른 행동을 할 거라고 확신합니다." 택시에서 나는 우리가 지극히 솔직하면서도 조심스럽게 작별했다고 생각했지. 다음 날 내 변호사 프랜시스 페이지에게 유서를 준비하라고 부탁했다.

그다음 며칠 동안은 내 책을 한 권 한 권 모두 손에 들어봤다. 동양에서 가져온 책들은 어디서 샀는지 여전히 또렷하게 기억났다. 어느 시장, 어느 골목, 어느 책방에서 샀는지. 책 냄새를 맡아봤다. 내가 그 많은 골목과 시장을 천천히 누비고 다닐 수 있었다는 사실에 감사하고 행복했지. 이런 감정에 젖어 44년 동안 산 집을 이리저리 걸으면서 모든 것을, 특히 동양에서 온 가구들을 자세히 살펴봤다. 조금 전에는 뉴스를 보려고 텔레비전 앞에 앉았다. 처음 몇 장면을 보자마자 저런 것은 나와 더는 상관이 없다는 생각이 들더구나. 단절. 세상이 나에게서 떨어져 나가는 느낌이었지. 그래서 텔레비전을 끄고 너에게 편지를 쓰려고 여기 와서 책상 앞에 앉았다.

애슈턴 챈들러와 리디아의 옥스퍼드 집에서 내 담뱃갑에

쓰인 아라비아어를—'수쿤'이었지— 읽을 줄 아냐고 나에게 물었을 때 너는 대여섯 살이었다. 내가 그걸 읽어주자 너는 놀라고 마법에 걸린 아이의 눈빛을 보였다. 뭔가 새롭고 아름다운 것에 깊이 감동한 눈빛이었지. 그 눈빛은 오후 내내 남아 있었다. 런던으로 돌아오는 기차에서 그 눈빛이 계속 떠올라서 아라비아어 알파벳이 쓰인 표를 너에게 보냈지. 다음번 여행이 끝나고 너희 집에 다시 들렀을 때, 리디아가 너를 위해 산 아라비아어 신문이 있더구나. 너는 손가락으로 글자를 짚으며 내 앞에서 신문을 읽었지. 발음은, 특히 아주 어렵고 우리에게 낯선 후음은 아직 정확하지 않았지만 네가 읽을 줄 안다는 건 확실했다. 게다가 상당히 잘 읽었지. 리디아는 너를 자랑스러워하며 말했다. "나도 시도해봤지만 사이먼이 날 앞섰어요." 내가 신문에서 한 단락을 읽어주자 너는 또 그 눈빛을 보였다. 아라비아어 사전을 함께 사 와서, 어근 자음을 찾아야 한다고 너에게 사전 사용법을 설명했다. 리디아가 들어왔을 때 너는 어린 교수처럼 말했지. "어근을 알아야 해요."

몇 년 후에 네가 내 강의에 들어온 일을 아직도 기억한다. 널 보면 늘 기뻤다. 그 무렵 내가 막 이사 온 이 집에 네가 차를 마시러 정기적으로 들렀을 때도. 네가 소파에 앉아 있던 모습이 눈앞에 떠오른다. 지금도 똑같은 그 소파지. 지도와 모든 지중해 언어를 향한 네 꿈 이야기가 나왔다. 너한테 한 번도 말한 적 없지만, 그 지도는 내가 이스탄불에서 여름 한철을 함께 보낸 손귈이라는 여인이 준 선물이었다. 나는 금각만 뒤편, 유대인 구역에 있던 그 사람 집에 살았다. 손귈과 나는 아주 작은 옥상 정원에 앉아 단어를 주고받으며 말장난을 했지. 나는 그 사람이 알려주는 튀르키예어 단어들을 모두 빨아들이며 거의 그곳에 머물 뻔했지만 뭔가 깨졌고, 그렇게 튀르키예어 단어들은 내 기억에서 새어나갔다. 그러나 지도는 남았고 거기에 네 공상도 얹혔다. 그래서 지금도 여전히 저쪽에 걸려 있지.

나는 그 공상을 은유라고 이해했다. 단어에 관한 한, 모든 단어에 관한 한 너의 걱정은 지칠 줄 몰랐다. 나는 지금도 너에게서 단어에 중독된 야간경비원의 모습을 본다. 모두 잠든 조용한 시간에 가장 낯선 언어, 가장 낯선 단어를 배우며 그 문학적 매력을 즐기는 야간경비원을. 너는 몰타어와 사르데냐어, 베르베르어도 배웠지. 그러다가 어느 날, 리비아와 함께 내 집으로 왔다. 세상에, 사이먼. 넌 정말 행운아였다! 그 행운을 너에게서 알아볼 수 있었지. 야간경비원의 밤에서 환한 낮으로 걸어 나온 듯했다. 그 여인을 위해서라면 나라도 먼 길을 갔을 거다. 리비아는 너를 트리에스테로, 여러 언어를 쓰는 그 도시로 데리고 갔지. 망설이는 너에게 내가 욕을 했던 그때 우리가 나눈 대화가 희미하게 기억난다. 나중에 난 멍청한 짓을 했다고 생각했다. 낯선 글자와 단어, 울림과 시의 연들이 너에게는 바깥세상에 흩어져 있는 게 아니라 네 안에 모여 있었으니까. 이 모든 것은 현실임에도 네 상상 속의 허상이었고, 새로운 단어나 언어와 더불어 점점 더 넓어져가는 네 정신과 상상력의 공간을 채웠다. 좀 더 시간이 지나서 이런 생각도 했다. 네가 어쩌면 진짜 언어에는 화상을 입을지 누가 알겠냐고.

늘 말하지는 않았지만 네 번역은 모두 읽었다. 점점 더 좋아지고 점점 더 독립적이 되고, 독자적인 음색을 갖게 되어 개작이라고 부를 만하더구나. 네가 올바른 울림을 찾을 수 있게 해주는 작가들의 작품을 읽는 게 전혀 이상하지 않았다. 네가 사십 대 후반이었을 때 햄프스테드 히스 공원을 함께 산책한 적이 있지. 안개 낀 가을날이었는데 넌 알레산드로 만초니의 작품을 새로 번역하며 사느라 열기에 휩싸여 있었다. 《약혼자들》. 그래, 그랬다. 넌 번역과 함께 살고 있었다. ('번역에서 나오며' 또는 '번역으로 들어가며'라고 말할 수도 있을 테지.) 네가 하는 첫 번째 이탈리아어 명작 번역이 될 터였다. 그게 만초니였다. 만초니! 너는 몇 번이나 그 이름을 말했지. 학창 시절에 만초니와 그의 언어에 대한 논문을 쓴 리비아가 널 도울 거라고 했다. 넌 리비아와 하는 협업을, 그 협업이 의미하는 큰 친밀함을 기대했으니 그렇게 들떠 있었지. 너는 원문 단락을 무척 많이 외워서 낭독하고 네 번역문도 낭독했다. 네 말에, 네 언어 용암의 강에 귀를 기울이는 건 경이로운 일이었다. 저녁에 우린 내 오랜 친구인 동양학자에게 초대받았다. 자정쯤 됐을 때 그는 지금 두 번째 소설을 쓰는 중인데 진전이 없다고 말했지. 그가 글쓰기에 대해 이야기할 때 너는 아무 말도 없었지만 뭔가에 기이하게 사로잡힌 표정이었다. 호텔로 돌아가는 택시 안에서 나는 네가 혹시 이따금 뭔가 직접 쓰고 싶은 욕구를 느끼는지 물어보고 싶었다. 하지만 그건 지뢰가 묻힌 지역처럼 보여서 차마 묻지 못했다. 그다음에 만났을 때는 리비아의 죽음이라는 재난이 너를 덮친 때라서 그런 걸 묻기란 불가능했지. 그 후에는 출판사 문제가 생겼으니 또 물을 수 없었다.

너에게 내 마지막 말을 하면서 다시 한번 그 이야기를 꺼내고자 한다. 너는 언제나 다른 사람들이 네 언어로 말하는 걸 도왔다. 그들에게 네 언어의 목소리를 주었고, 네 언어가 그들의 목소리가 되게 해주었다. 네 언어에서 네 목소리는 어떠하지? 너 자신에게는 어떤 울림이 있을까? 누구나 똑같은 울림을 내는 시장에서나 은행 창구, 버스 안에서나 전화 통화할 때를 말하는 게 아니다. 네 경험과 생각, 추억과 인상을 말할 때 네 울림은 어떨까? 네 불안과 실망, 리비아를 향한 슬픔, 런던이나 트리에스테에 대한 향수는? 누군가에게 다가가서 그 자신만의 특별한 목소리는 어떻게 울리는지, 어떻게 말하고 상상하는지 묻는 일은 뭔가 위대하고 강력하다. 이 질문은 누군가를 당황하게 하기 쉬우므로, 상대방이 대답에 필요한 솔직함과 단호함을 갖추었다고 확신할 때만 질문해야 한다. 사랑하는 사이면, 너는 늘 강하고 경탄스러운 아이였고, 아무도 모르게 학교와 부모님 집을 떠나서 대도시의 불빛과 그 아래 다니는 기차로 도망친 소년이었다. 이 얼마나 놀랍고 진기하며 위험한 의지인가! 도박꾼의 의지다! 두려움에 떨 때도 많겠지만 얼마나 큰 자신감이 필요한 일인가! 네가 이렇듯 뜨겁고 정신 나간 의지, 그리고 그 의지의 바탕이 되는 흔들리지 않는 자신감을 다시 한번 불태워서 너 자신의 단어로 스스로에 대해 이야기하기 위해 펜을 잡길 바란다. 회고록 형식도 괜찮지만, 이야기 형식이 더 좋겠지. 내면 가장 깊은 것을 주인공들이 촘촘한 시적 형태로 경험할 수 있으니까. 나는 네가 이 일에 필요한 솔직함과 단호함을 갖추었다고 확신한다. 그리고 덧붙여 말하자면, 아무도 네 계획을 알 필요는 없다.

네게브 사막 가장자리에 있는 베르셰바에서 아라비아어 소설과 아람어 시를 쓰는 팔레스타인 여성 집에서 한동안 머문 적이 있다. 그 사람은 자기가 쓴 최고의 소설 한 편과 시 두 편을 내가 영어로 번역해주길 바랐지. 나는 창가에 놓인 소박한 나무 책상 앞에 앉아 그 일을 했는데, 창밖을 내다보면 항상 가벼운 바람이 불었고 나지막한 적막 속에서 움직이는 사막 모래가 눈에 들어왔다. 그 일은 모험이었다. 얼마 지나지 않아 내 언어학적 지식이 별로 도움이 되지 않는다는 사실을 깨달았다. 그때 다루던 두 언어와 영어는 시적 격차가 엄청났다. 고민 끝에 선택한 모든 문장과 단어에서 나는 붙잡을 곳이라고는 전혀 없는 허공으로 뛰어드는 느낌이었다. 아라비아어 산문 문장도 그랬지만 (너도 어느 정도 할 줄 아는 분야지) 아람어 시는 훨씬 심했다. 나보다 그 언어를 훨씬 잘하는 사람이 하더라도 놀랄 일이 가득해서, 이런 식으로 계속 번역해도 될지 의심했을 것이다. 너에게는 이미 오래전에 제2의 천성이 됐을 사실을 나는 서서히 깨닫기 시작했다. 낯선 목소리를 자신의 목소리로 바꾸는 게 중요하다. 그 목소리는 이방인의 것이지만 나 자신의 법칙을 따라야 했다. 이런 일시적인 변화 과정이 없었다면 나는 사라의 글에 적합한 영어 목소리를 전혀 발견하지 못했을 것이다. 하나하나 기계적으로 번역된 단어들이 다리를 질질 끌면서 절뚝였겠지. 작업이 끝날 때, 이렇듯 낯선 목소리를 자연스레 자신의 것으로 습득하는 일은 그게 원래 자신의 목소리라는 망상을 낳는다는 생각이 들었다. 번역자의 독자성은 여러 가능성 중 하나를 선택한다는 점에 있고 이런 선택은 또한 패턴으로도 존재하는데, 이걸 번역자의 필체라고도 부를 수 있다. 그래서 번역자는 자기 자신의 고유한 목소리로 말한다고 믿을지도 모르지만, 이는 번역하기의 고유한 방식일 뿐이다. 그런데 똑같은 텍스트를 옮긴 다른 번역자들과 내 언어가 다르다는 점에서, 이건 사실 나 자신의 언어이기도 하다. 그래서 '내가 말한다'라고 할 수도 있겠지. 그러므로 이 텍스트는 내 것이 아니면서도 내 것이다. 나는 그곳에서, 사막의 가장자리에서 어떤 위험을 느꼈다. 이 목소리에서 언젠가는 다시 나에게로 빠져나갈 수 있을까? '나에게'라니, 그건 어디일까?

이 질문은 사실 누구나 스스로에게 던진다. 그러나 번역자는 특별히 더 절박하게 묻지. 저자에게 자신의 언어를 빌려주고 저자의 텍스트를 자신의 것으로 만듦으로써 그게 자기 자신의 목소리라는 망상 속에 살고, 번역이 끝나면 당황하여 이제 언어를 어떻게 해야 할까 자문하기 때문이다. 이 질문에 대한 답은 자신의 독자적인 번역에서 자신의 고유한 텍스트로 큰 발걸음을 떼는 것이다. 나는 수십 년 번역을 한 네가 이 발걸음이 얼마나 크고 힘든지 알 거라고 확신한다. 나는 이 문제를 피해 갔다. 아니, 문제는 괄호에 넣어버리고, 다시 일상 언어와 학술 언어에 빠졌다고 말하는 게 더 옳겠지. 학술 언어에는 시적인 면이 전혀 없다. 아주 개인적인 편지, 다시 말해서 연애편지를 쓸 때만 시적 언어가 다시 나타났다. 특별한 문장, 특히 진짜 문장을 쓰는 데 성공하면 이런 순간적인 기쁨을 넘어서, 그동안 나 자신의 목소리에 더는 신경을 쓰지 않고 지냈다는 사실에 불행해졌다. 나이가 들자 이런 불행뿐 아니라 다른 불편한 감정도 느꼈지. 동양이라는 것으로 내가 나 자신에게 아주 큰 낯설음을 가한 게 아닌가라는 생각이 가끔 들었으니까. 내가 동양을, 그 많은 다양성과 현란함과 색다름을 온전히 좋아했나? 정말 좋아했던가? 이 질문을 하자 현기증이 났다. 최근 몇 년 동안 영어를 향한 뜨거운 그리움이 생겼다. 이상하지. 매일 말하는데 그립다니. 그러나 그 그리움은 시간을 놀라운 방식으로 늦추고 특별한 현재를 만들어주는 위대한 시적 문장들을 향한 것이었다. 그러면 이런 문장들과 직면했을 때 나는 어디에 있었던가 스스로에게 묻곤 했다.

나는 나 자신의 목소리를 향해 걸음을 내딛지 못했다. 하지만 너는 용기를 내길! 이제 곧 네 집이 될 내 집이 그렇게 하는 데 어떤 식으로든 도움이 되길 빈다. 네가 언제든 런던으로 돌아올 수 있게 이 집을 너에게 상속한다. '홈home'이 올바른 단어라면, 이 집이 그렇게 되길. 네가 리비아와 함께 트리에스테로 갈 때, 네가 런던을 얼마나 그리워할지 느낄 수 있었다. 지하철만이 아니었다. 내가 아는 한 너는 이 집에서 뭔가 바꾸는 걸 망설이겠지. 타인의 삶에 대한 존중은 타고난 네 천성이다. 넌 리디아의 아들이니까. 그러나 이 집은 내 삶의 박물관이 되어서는 안 된다. 네 집으로 만들어라!

마지막으로 지난 몇 년 동안 나를 잘 돌봐주고 내가 점점 더 시력을 잃어버리는 상황에서 견딜 만하게 해준 케네스 버크에 대해 하나 알려줘야겠다. 용감하고 아주 정직한, 공명정대한 사람이다. 그는 오래전 아버지가 물려준 집만 빼고 거의 모든 것을 잃는 어떤 결정을 내렸다. 아마 언젠가 너에게 직접 말해줄지도 모르겠구나. 그런 일에 시간이 필요한 사람이야. 나는 그에게 돈을 남겼다. 그가 통조림 제품만 먹고 기차표를 사지 못하는 상황이 더는 이어지지 않기를 바라니까. 함께 음악회에 가렴. 그 사람은 음악을 좋아하고 첼로를 연주하는데, 그걸 듣고 있으면 다른 모든 것을 잊어버리게 된다. 시를 사랑하고 상처받기 쉬운 외톨이인 너희 두 사람이 친구가 되면 좋겠구나.

이제 편지를 맺을 때가 됐다. 일주일 동안 썼는데, 쓰고 나면 눈이 정말 아플 때가 많았다. 이게 내가 쓰는 마지막 글자다. 나는 어느 나라 알파벳이 됐든 정말 한 글자 한 글자 쓰길 좋아했다. 언어적인 상징, 정신의 신비인 글자를.

두 팔을 벌려 너를 안는다. 레이랜드 집안사람들은 냉정한 성격이라서 애정을 일깨워줄 누군가가 필요하지. 우린 자신을 활짝 열었다가 다시 닫곤 하는데, 그러면 마치 아무 일도 없었던 것만 같다.

프랜시스 페이지가 유언장이 준비됐다고 전화했다. 너에게 쓴 이 편지를 그에게 줄 생각이다. 돌아오면 약을 서랍에 넣고 잠근 다음, 자연의 섭리에 맡기려고 한다.

행운을 빈다.

워런

4

레이랜드는 편지를 여러 번, 매번 조금씩 속도를 늦추며 읽었다. 워런은 편지에 날짜를 쓰지 않았다. 저번에 케네스 버크가 트리에스테로 전화했을 때는 레오나르디 박사의 진단을 받은 지 아흐레에서 열흘쯤 된 시기였다. 워런의 심장이 약을 먹지 않고 얼마나 오래 버텼는지 레이랜드는 알지 못했다. 며칠밖에 견디지 못했을까? 그랬다면 워런은 레이랜드의 사진이 레오나르디 박사의 엑스레이 스크린에 걸린 날 아침에 이 편지를 쓴 거였다. 그러니까 레이랜드에게서 언어가 사라지던 바로 그 순간에 워런은 조카에게 자기 자신의 말과 목소리를 찾으라고 조언한 것이다. 레이랜드가 종말을 눈앞에 떠올리는 순간에 워런은 새로운 시작을 제안했다. 레이랜드는 다시 언어를 찾은 뒤에도 그에게 전화하지 않았다. 그런 말은 전화로 할 수 없었다. 지금 생각하니 안 한 게 다행이었다. 했더라면 이 편지 내용은 완전히 달라졌거나 쓰이지도 않았을 거고, 그러면 워런이 그를 어떻게 봤고, 어떤 생각을 했는지 결코 알지 못했을 테니까.

레이랜드는 리비아에게 쓴 편지가 있는 서류철을 손으로 훑었다. 서류철은 그의 목소리였다. 정말 그런가? 어쨌든 자신의 목소리에 이보다 더 가까이 다가간 적은 없었다. 그와 아이들이 조용하게 빛이 꺼진 리비아를 발견했을 때, 그는 그 충격과 허무의 무게에 맞는 언어를 찾아야만 중압에서 벗어날 수 있다고 느꼈다. 지금 일어난 일이 무슨 뜻인지, 자신이 느끼는 감정이 무엇인지 알아채게 도와줄 문장이 떠오른다면. 처음에는 평소에 번역하는 글이 놓인 왼쪽으로 고개를 돌려 보고픈 유혹을 가끔 느꼈다. 움켜쥘 수 있는 글이 '있어야' 했다. 고개를 돌려 보고 싶은 외적인 유혹은 곧 사라졌지만 내적인 관점에서의 유혹은 남았다. 다른 문장들을 흉내 내는 기억 속 수많은 문장에서 자신의 경험을 표현할 만한 본보기를 찾으려는 성향이 바로 그것이었다. 이러한 탐색이 옳은 언어로 그를 인도하기보다는 오히려 멀어지게 했다는 사실을 그가 깨닫기까지 시간이 오래 걸리는 경우가 많았다. 그럴 때면 잘못 추정된 본보기를 뿌리쳐야 했는데, 트리에스테 만灣을 오가는 페리에서 떨쳐내기가 가장 쉬웠다. 그 유혹은 워런이 묘사한 자기 자신의 목소리라는 환상과 가까웠다. 워런은 이제 겨우 아라비아어 소설 하나와 아람어 시 두 편을 번역했을 뿐인데, 많은 번역자들이 당연히 경험하면서도 깨닫지 못하는 것을 정확하게 표현했다. 레이랜드는 워런이 너무도 그리웠다!

7월에 레이랜드는 하루 밤낮 동안 말을 잃었다. 사라진 것은 생각이 아니라 말이었다. 그를 움켜쥐었던 온갖 절망에도 불구하고 레이랜드는 그 사실을 느끼며 안도했다. '이걸 써야 해.' 당시에 그가 한 생각이었다. 말로 할 수는 없었지만 명확한 문장이었다. 다른 그 어떤 것도 아닌 바로 이 생각이었고, 윤곽이 너무나 선명해서 특정한 생각으로 기억에 남을 수 있었다. 24시간 후에 모든 게 다시 정상으로 돌아오자 레이랜드는 펜을 들고, 발작이 언제 다시 일어날지 모른다는 불안에 떨며 리비아에게 다급하게 편지를 쓰기 시작했다. 그 이후로는 당시에 쓴 것을 읽지 않았다. 그다음 몇 주 동안 쓴 것도 마찬가지였다. 뭘 만나게 될지 두려웠으니까. 이제 그 문장들과 마주해야 할 시간이었다.

하지만 뭔가가 그를 막고 있었다. 레이랜드는 창가로 다가섰다. 케니스 버크가 정원에서 장작을 패는 중이었다. 개가 집 주위를 돌아다녔다. '그는 오래전 아버지가 물려준 집만 빼고 거의 모든 것을 잃는 어떤 결정을 내렸다.' 워런의 편지에 쓰인 말이었다. 지금 건너가볼까? 하지만 일단 시내로 갈 예정이었다. 글 읽기를 바로 시작하지 못하는 이유도 이것이었다. 먼저 자신이 런던에 있다는 걸 확인하고 싶었다. 예상과 전혀 달리, 언어와 자기 자신과 함께 실제로 이곳에 있다는 것을. 그런 후에는 인생의 종말처럼 보였던 77일을 다시 한번 훑기가 좀 더 쉬울 터였다.

그때 레이랜드는 트리에스테에서 몰로 아우다체에 자주 앉아, 런던에 다시 간다면 뭘 보고 뭘 할지 상상했다. 벨사이즈 리트리트 호텔 접수처에 한동안 앉아 있다가 다락방에 올라가야지. 캠든 타운의 캐럴 스트리트에 서서, 번역으로 돈을 벌고 난 후에 이사해서 살던 곳을 올려다봐야겠다. 낡아서 삐걱대고 덜컹거리는 엘리베이터도 타볼까. 해링턴 가든스 집 앞에도 가봐야지. 하지만 당시에 이 모든 것은 손 닿을 수 없는 곳에 있었다. 마치 레오나르디 박사의 엑스레이 사진이 모든 미래를 차단하는, 눈에 보이지는 않으나 극복할 수 없는 감옥의 벽을 세운 것만 같았다. 두통이 없는 날에는 평소처럼 시내를 걸으며 익숙한 술집에서 커피와 이탈리아 브랜디 그라파를 마시기도 했다. 가벼우면서도 확고한 발걸음으로 거리를 활보하는, 웃고 요란한 몸짓을 하는 사람들을 내다보았다. 그럴 때면 번쩍이는 자기 뇌 사진을 잠깐이나마 잊을 수 있었고, 바로 다음 비행기를 타고 런던으로 날아가고 싶었다. 한번은 실제로 여행사로 가기도 했지만 예약을 하던 중 불안해져서 그만뒀다. 당연히 소피아가 옳았다. 여행중 발작이 일어나면 어쩔 건가? 발작은 계속 일어날 터였다. 사진이 이를 증명했다. 그랬다, 사진이 증명했다.

케네스 버크는 여전히 장작을 패고 있었다. 레이랜드는 이마를 유리창에 가져다 대고 생각했다. '난 여기 있다. 이곳 런던에.' 외투를 걸치고 집을 이리저리 거닐었다. 그는 워런 숀의 집에, 햄프스테드에, 런던에, 이제 그의 소유가 된 집에 있었다. 당시에 극복할 수 없었던 것처럼 보인, 미래가 없다는 허무의 벽을 부수고 그 증거로 우선 벨사이즈 리트리트 호텔로 가고 싶었다. 벽을 그냥 통과하여, 당시 이 도시에서 모든 것이 시작된 그곳으로 갈 작정이었다.

기차가 벨사이즈 파크로 들어섰다. 레이랜드는 그대로 앉아 있는 자기 자신에게 놀랐다. 부드럽고 리드미컬하게 덜컹대는 바퀴 소리에 다시 한번 사로잡혔고, 그래서 지금 당장 더 많이 듣고 싶었다. 그 소리가 자신을 계속 남쪽으로, 초크 팜과 캠든 타운과 모닝턴 크레센트로, 그리고 역마다 들리는 "열차와 플랫폼 사이의 간격이 넓으니 주의하시기 바랍니다"라는 소리로 데려다주기를 바랐다. 리비아는 이 안내 문구를 무척 좋아했다. 무엇보다도 플랫폼platform에서 알r 발음을 하지 않고 오o를 길게 빼서 마치 플랫포옴platfōm처럼 발음한다는 것, 게다가 공식적이고 거의 공무적인—그런데 두 형용사의 차이가 뭘까?— 음색도 흥미롭다고 했다. 둘은 부드럽게 덜컹이는 기차에 나란히 앉아 이런저런 단어에 대해 이야기했다. 레이랜드는 오로지 이곳에만 있고 싶었다.

토트넘 코트 로드, 레스터 스퀘어. 그가 내렸다. 엘리베이터가 꽉 찼다. 평소에는 가끔 비상계단을 이용했지만 오늘은 사람들이 빽빽하게 서 있다거나 옆에 선 남자가 술 냄새를 풍기는 게 아무렇지도 않았다. 엘리베이터에서 내려 불빛과 시끄러운 군중 틈으로 나섰다. 편두통에 좋지 않은 환경이지만 약을 통째 가지고 왔으니 걱정 없었다. 제일 가까운 카페 화장실에 가서 두 알을 먹었다. 드나드는 사람들 시선은 상관없었다. 이제 그는 결심이나 계획 없이, 시간을 계산하는 일 없이 움직이고 싶었다. 그렇게 움직이며 앞을 향해 살고 싶었다. 어두운 시기의 편지들을 뭐 하러 다시 한번 읽는가. 이제 겨우 예순한 살, 아무것도 아니었다. 20년, 아니 반평생인 30년을 더 살 수 있었다. 이제 불빛과 사람들을, 현재와 삶을 원했다. 안개에 싸인 세인트 제임스 파크는 그가 사랑하는 모습 그대로 아름다웠지만 오늘은 조용했다. 약효가 나타나기 시작했다. 그는 쾌감이 섞인 가벼운 현기증을 느끼며, 이곳에 있다는 사실과 열린 미래에 취하기를 바랐다. 음악이 있는 트라팔가 스퀘어까지 계속 걸어가 분수 앞에 서서 물을 떠 얼굴을 적셨다. 불빛이 물에 반사됐다. 그는 얼굴 전체를 물에 담그고는 주머니에서 휴대전화 진동을 느낄 때까지 그대로 있었다.

"아빠, 어디예요? 잘 지내세요?" 소피아였다. 레이랜드는 젖은 귀를 소매로 쓸었다. "트라팔가 스퀘어 분수에서 물에 얼굴을 담그고 있다." 그의 말에 소피아가 대답했다. "아주 잘 지내시는 것 같네요. 아니면 그 반대거나." "좋아, 잘 지낸다. 궤도도, 케이블도 없는 모노레일을 타고 커브를 부드럽게 움직여 간다면 참 좋겠구나." "집에서는 어떻게 지내세요?" "이제 그곳에 살기 시작했지. 톰 커트니의 책이 한 권 있는데, 워런이 마지막으로 읽은 책이다."

"아빠가 그 책을 이탈리아어로 번역하시겠군요." 레이랜드는 웃음을 터뜨렸다. "네가 그걸 어떻게 아니?" "난 아빠를 아니까요." "시험은?" "신경학에서 막혔어요." 둘은 한동안 아무 말도 하지 않았다. 분수가 찰박거리는 소리가 들려왔다. "지나갔으니 신경 쓰지 마." "그건 불가능해요. 아시잖아요. 건강에 신경 쓰실 거죠?" "물론이지, 카라. 물론이다." 그가 대답했다.

그러고는 헤이마켓을 따라 천천히 걸어 피카딜리 광장으로, 거기서 섀프츠베리 애비뉴로 갔다. 카라*……. 그는 소피아를 이렇게 부른 적이 없었다. 카라는 오로지 리비아를 위한 단어였다. 그 사실이 소피아의 마음에 들었는지 아닌지는 알 수 없었다. 기껏해야 아주 작고 미세한 망설임이었을 것이다. 발작이 일어난 날 밤에 소피아는 자기 집에서 그를 돌봤고, 그 후에는 매일 전화를 걸었으며 저녁에 들르는 날도 많았다. 어두운 시간을 통과하는 내내 소피아는 꾸준하고 믿음직스러운 동반자였으므로, 이따금 소피아가 이런 의미에서 리비아의 역할을 넘겨받은 것처럼 느끼기도 했다.

레이랜드는 이번에 벨사이즈 파크에서 내려 예전에 늘 그랬듯이 좁은 호윗 로드로 들어선 다음, 교회에서 벨사이즈 스퀘어로 접어들었다. 벨사이즈 리트리트 호텔. 네온사인 전구의 알파벳 두 개가 고장이었다. 그가 44년 전에 이곳에 왔을 때는 글씨체가 달랐다. 신문 광고 문구는 '야간경비원 구함'이었다. 몇 살이냐는 질문에 스무 살이라고 대답했다. 존 테일러는 그 말을 믿지 않았지

* Cara, 이탈리아어로 '소중한 사람'이라는 뜻.

만, 레이랜드가 마음에 든다는 눈빛이었다. 이제 10시였다. 그의 근무가 이미 시작된 시간이었다. 중년 남성이 접수처에 앉아 신문을 읽는 중이었다. 테일러는 아직 사무실에 있었다. 예전에도 그는 아침 일찍부터 밤늦게까지 그곳에 있었다. 지금은 틀림없이 팔십 대 중반일 것이다. 그가 지팡이를 짚으며 자리에서 일어나 잠시 눈을 감았다 뜨더니 외쳤다. "레이랜드. 사이먼 레이랜드! 이게 도대체 얼마 만인가요?" 레이랜드는 24년 전에 여기 왔었다고 대답했다. 트리에스테로 떠나기 얼마 전에 일종의 작별 인사를 하러 잠시 위쪽 다락방에 갔었다고, 지금 다시 가봐도 되는지 물었다. "향수병?" 테일러가 웃음을 터뜨리며 되묻고는 보더라도 놀라지 말라고, 지금은 허섭스레기 창고라고 말했다.

접수대는 새것이었다. 다이얼 판이 달린 검은색 구식 전화가 아니라 요즘 전화가 놓여 있었다. 당시에 일하던 접수대 뒤쪽 책상도 새것으로 바뀌었다. 레이랜드는 이런 게 마음에 들지 않았다. 그때와 다른 모든 것이 방해가 됐다. 엘리베이터 문은 혐오스러운 갈색이었는데, 벗겨진 페인트를 긁어내지 않고 덧칠한 터라 지저분하고 저렴해 보였다. 유일하게 마음에 든 것은 엘리베이터가 움직일 때 덜컹대는 소리뿐이었다. 그건 변하지 않았다. 다락방 문의 페인트칠은 갈라졌고 문 높이는 기억보다 낮았지만, 삐걱거리는 소리는 그때와 다름없었다.

작은 다락방은 청소 도구와 공구와 낡은 여행 가방으로 가득했다. 그가 책을 올려두던 선반 자리에는 못 자국만 남았다. 송진과 먼지 냄새가 났다. 레이랜드는 지붕에 낸 창을 열고, 얼룩이 잔뜩 묻은 침대 매트리스에 누웠다. 천장의 물자국은 기억하는 것보다

켰다. 바깥에서 들려오는 야간 교통 소음에 귀를 기울이며, 이곳 경찰차와 소방차의 사이렌 소리를 트리에스테와 비교했다.

그때는 4월 어느 수요일이었다. 레이랜드는 지난 몇 주 동안 저금한 8파운드 11실링을 주머니에 지니고 패딩턴 역에서 내렸다. 잔뜩 흥분한 채 대합실에 서서, 일 때문에 바삐 오가는 수많은 사람을 바라봤다. 정신이 그 순간만큼 깨어 있던 적은 일찍이 없던 듯했다. 바로 지금이다! 승강장에 진입하는 지하철 바람이 불어오자, 그는 자신이 이제 내디딜 세상의 많은 것을 뭔가 기묘한 방식으로 숨기는 듯한 터널 공기를 힘껏 들이마셨다. 패링던까지는 서클 라인으로 여섯 정거장이었다. 다음 차량으로 향하는 연결 문에 기관사 교육생 모집 포스터가 붙어 있었다. 1주에 20파운드를 지급한다고 했다. 샛노란 바탕에 굵게 쓰인 그 숫자가 지금도 눈앞에 선하게 떠올랐다. 직접 돈을 벌어 독립한다는 것, 앞쪽에 앉아 레버를 잡고 검댕이 묻은 전선들이 있는 검은 터널로 곧장 들어간다는 것, 그런 다음 역의 불빛들이 보이면 정확하게 멈추고, 전철기와 신호등과 비상조명이 있는 어둠 속으로 다시 들어간다는 것. 도시를 훤하게 내려다보는 사무실에 앉아 있는 그의 아버지 애슈턴 챈들러 레이랜드가 들으면 경악할 소리였다. 오페어 걸 메난느 소메르펠……은 좀 다를 터였다.

패링던. 그는 패링던 로드에서 내려, 엄마의 우아한 여행 가방을 든 채 유스호스텔 YMCA 건물로 갔다. 엄마는 아름다운 가방을 무척 좋아해서 아버지는 그걸 중독이라고 불렀고, 옥스퍼드 집 다락방에는 온갖 여행 가방이 크기별로 있었다. 어느 날은 전혀 사용할 일이 없는 엄청난 이민 가방도 배달됐다. 뭐 어때, 내 돈이야. 리디아가 애슈턴에게 말했다. 모서리에 와인색을 덧댄 중간 크기의 베이지색 가죽 가방을 들고 유스호스텔로 다가가던 그때, 레이랜드는 이 여행 가방과 음울한 건물이 전혀 어울리지 않는다고 생각했다.

기분이 안 좋아 보이는 수위가 공동 침실의 딱딱한 침대 하나를 하룻밤에 1실링에 제공했다. 레이랜드는 이제 호텔 다락방에 누워 오래된 과거의 그 시간에 집중하면서, 눈앞에 떠오르는 소소한 일들에 놀랐다. 삼촌이 편지에 쓴 것처럼 언어적 상징만 정신의 신비인 게 아니라, 어떤 장면과 감정을 수십 년 이상 유지하는 능력 또한 못지않은 수수께끼였다. 마늘과 세제 냄새가 기억났다. 주변 사람들이 침대에서 이리저리 몸을 움직이며 코를 골았고, 통로 끝 화장실은 끔찍했으며, 옆 간식 코너 핫도그는 토할 것 같은 맛이었다. '야간경비원 구함'이라는 구인 광고가 적힌 구겨진 신문이 어딘가에 놓여 있었다. 고르지 못한 잠에서 깰 때면 호텔 접수처에 있는 자기 모습을 상상해봤다. 벨사이즈 리트리트 호텔. 그 이름도 멋지고 우아했고, 부유한 사람들이 조용하게 지내고 싶을 때 찾는 장소 같았다. 다음 날 아침 호텔에 들어선 그는 실망했다. 삐걱거리는 출입문과 닳고 보풀이 일어난 양탄자부터 이미 그랬다. 작은 접수처와 그 뒤편 공간은 비스듬한 대들보 때문에 더 좁아 보였다. "빌어먹는 놈이 쓰다 달다 할 수 있나." 아버지가 늘 하시던 말씀이었다. 존 테일러가 사무실에서 나왔다. 사십 대로 보이는 그는 조끼에 빨간 나비넥타이 차림이었고, 걸음걸이가 힘차고 악수하는 손아귀 힘도 강했다. "멋진 슈트케이스군." 그가 살짝 조소 섞인 어투로 말하고, 일주일에 7일, 밤 10시부터 아침 7시까지 근무에 14파운드를 제시했다. 다락방 숙소와 아침식사도 포함이었다.

밤마다 접수처에 앉아 있던 3년 동안 레이랜드는 그 전에는 책으로만 알던 일을 직접 보고 들었다. 술에 취해 돌아온 손님들은 자기 객실 번호를 기억하지 못했다. 서류를 잃어버리고 숙박비를 갚지 못하기도 했다. 복통이 심해서 의사를 불러야 한 손님도 있었다. 어떤 여자는 산통이 예상보다 일찍 시작되어 구급차가 달려왔다. 경찰이 나타나 누군가를 데려가는 일도 있었다. 정신 나간 어떤 음악가는 새벽 3시에 트럼펫을 연주했다. 너무 급해서 미처 침대까지 가지 못하는 연인도 있었다. 어떤 영화 팀은 하필 한밤중에 촬영하려고 했다. 낯선 도시에 와서 급하게 변호사를 구하는 사람도 있었다. 그냥 이야기를 하려는 사람들은 자기 모국어를 할 줄 아는 레이랜드를 반가워했다. 실망과 불안, 고독에 대한 토막 난 이야기들이었다. 그들은 이런 고백을 터놓기에 레이랜드가 너무 젊다는 생각을 이따금 눈빛에 드러내기도 했지만, 그럼에도 이야기를 이어갔다. 이탈리아 배우 클라우디아 카르디날레를 살짝 닮은 어떤 젊은 여자는 아침식사를 하는 식당에서 의자를 하나 가지고 와서 바깥이 훤해질 때까지 옆에 앉아 있었다. "당신이 없으면 우리가 도대체 이런 난리를 어떻게 극복해야 할까요." 헤어질 때 테일러가 한 말이었다.

그러나 그는 여기서 다른 그 무엇보다도 언어를, 삼촌이 빌려준 책으로 그리스어와 튀르키예어, 히브리어를 배웠다. 언젠가 러시아어와 영어 통역을 하는 알바니아인과 오래 이야기한 적이 있었다. 언어를 향한 레이랜드의 열정을 알아챈 그 남자는 얼마 후에 영어로 쓴 알바니아어 문법책과 영어-알바니아어 사전, 알바니아어로 쓴 러시아어 문법책 소포를 보냈다. 마지막 책 앞쪽에는 커다란 느낌표 하나만 그려진 카드가 꽂혀 있었다. 레이랜드는 지금도 아주 중요한 책을 읽을 때면 그 카드를 책갈피로 사용했다.

2년째 되던 해 연초에 그는 번역가로서 첫 계약을 하게 됐다. 늦은 밤에 침착하지 못한 표정으로 들어온 어떤 남자가 가방에서 어린이책 요약본과 그 책에 관한 출판사 편지를 꺼내더니, 독일어 텍스트를 영어로 옮겨줄 사람을 혹시 아는지 물었다. 무척 중요하다고, 급한 일이라고 했다. 거의 10페이지였으니 사실 하룻밤에 해낼 수 있는 양은 아니었다. 밤새 레이랜드는 확실하지 않은 독일어 관용구를 만날 때마다 메난느에게 전화했다. 호텔 타자기로 번역 원고를 쳐서 다음 날 아침식사를 하는 남자에게 가져다줬다. 대가로 받은 돈은 그에게는 상당히 큰 액수였다. 그러나 그가 많은 단어로 뭔가 '했다'는 것, 뭔가 '영향을 끼쳤다'는 사실이 훨씬 더 중요했다. 단어로 그냥 놀이를 한 게 아니라 '일을 했다'는 점이. 그는 며칠이나 구름 위를 걷는 기분이었다.

시간이 어느 정도 지난 후에 런던의 어느 출판사 직원이 레이랜드를 만나러 호텔로 왔다. 그 남자는 독일어 어린이책을 가지고 와서, 돈을 받지 않고 첫 장 테스트 번역을 할 의향이 있는지 물었다. 레이랜드는 독일어-영어 대형 사전을 샀고, 일주일 뒤에 번역 원고를 넘겼다. 며칠 후 출판사에서 계약서에 서명을 할 때는 그 상황이 믿어지지 않았다. 비현실적인, 완전히 비현실적인 느낌이었다.

그 어린이책 출판사에서 오는 일감이 이어졌고, 시간이 좀 흐른 뒤에는 다른 출판사들에서도 의뢰가 왔다. 레이랜드는 어학원을 찾아 도시를 뒤지다가 자신이 다닐 만한 수업이 있는 곳을 발견했다. 사전과 문법책이 다락방에 쌓여갔다. 저녁에 근무를 시작하기 전에는 작업하는 언어 관련 강연을 찾아다녔다. 열에 들뜨고 취한 것 같았다.

첫해에는 집에 가지 않았다. 아버지와 아들 사이에는 침묵이 그대로 유지됐다. 런던에 올 때면 메난느는 그를 만나 돈을 쥐여줬다. 그러면서 아버지는 그런 건 이해하지 못한다고, 옥스퍼드 최고 학교에서 그냥 도망치는 건 이해 못 한다고 했다. 아들이 삼류 호텔 야간경비원이라니. 어린이책이 출간됐을 때 레이랜드는 아버지에게 가서 탁자에 책을 내려놓았다. '사이먼 커티스 레이랜드 옮김.' 그를 빤히 바라보는 아버지의 눈길에 그다지 달갑지 않은 자부심이 어렸다. "그래, 네가 해냈구나. 혼자 힘으로." 제대로 된 대화가 이루어지기까지는 오랜 세월을 더 기다려야 했다. 헤어질 때 아버지는 "아들"이라고, 아들은 "어르신Sir"이라고 했다. 별것 아니었지만 아주 큰 발전이었다. 돌아오는 길에, 그리고 그 후 며칠 동안 레이랜드는 문간에 서 있던 아버지가 눈앞에 내내 떠올랐다. 다른 것도 보였다. 아버지가 액자에 넣어 책상에 올려둔 엄마의 사진이었다. 엄마가 자전거에서 넘어져 다시는 깨어나지 못했을 때 레이랜드는 열세 살이었다. 그 사진이 자신과, 그리고 학교를 그만둔 것과 관계가 있는지는 알지 못했다. 하지만 어떤 연관이 있을지도 모른다는 생각은 오랫동안 그를 고민하게 했다.

이제 레이랜드는 트라팔가 스퀘어에서 머리를 물에 담그는 꿈을 꾸던 어수선한 선잠에서 깼다. 자정이 지난 시각이었고, 다락방 천창이 열려 있어서 추웠다. 야간경비원이 택시를 불러줬다. 레이랜드는 운전사에게 고요한 세인트 존스 우드 거리를 천천히 달려달라고 부탁했다. 그는 엘름 트리 로드에서 차를 세우고 잠시 바깥으로 나왔다. 루시가 살던 곳이었다. 첫 여자 친구 루시 바턴. 그가 리젠트 파크 건너편, 캠든 타운에 살던 40년 전의 일이었다. 발걸음을 멈추고 번지수를 확인했지만 루시의 옛날 집은 이제 없었다. 현대식 새 건물이 그 자리에 서 있었다. 햄프스테드로 돌아오면서 레이랜드는 기이한 느낌에 사로잡혔다. 루시, 그리고 두 사람 사이의 이야기가 전혀 존재하지 않았던 듯했다. 말하자면 집이 허물어지면서 그 이야기도 사라진 느낌이었다.

그는 택시를 타고 한밤의 도시 드라이브를 즐겼다. 아홉 살인가 열 살 때 엄마 옆에 앉아 이런 택시를 처음 탔다. 엄마는 독일 문인 빌헬름 라베에 관한 강의를 준비하느라 배터시 파크에 있는 헌책방에서 전집을 살 계획이었다. 값비싼 여행 가방만큼이나 엄마는 택시 타기도 무척 좋아했다. 남편은 낭비라고 했지만 그런 말에는 신경 쓰지 않았을뿐더러 오히려 더 자극을 받았다. 패딩턴역에서 내려 택시를 탔다. 엄마가 주소를 말했을 때 보인 운전사의 반응에 레이랜드는 감탄했다. 알고 보니 목적지는 자그마한 거리였는데, 중년 운전사는 아무 말도 없이 고개조차 돌리지 않은 채 바로 출발했다. 도시 전체 지도를 순식간에 떠올릴 수 있다는 듯이. 레이랜드는 목소리를 낮춰, 운전사가 어떻게 수많은 도로를 머릿속에 넣고 있는지 엄마에게 물었다. 그러자 엄마가 몸을 앞으로 뻗어—엄마는 이런 식으로 묻곤 했다— 운전사에게 물었다. "부인, 실습이죠. 아주 많은 실습." 그 목소리는 '참 멍청한 질문이군!'이라는 듯이 들렸다. 엄마가 웃음을 터뜨렸다. 엄마는 이런 일에 이런 식으로 웃곤 했다.

케네스 버크의 집에는 아직 전등이 켜져 있었다. 레이랜드가 택시에서 내리자 그가 바깥으로 나와서 괜찮냐고, 집이 하루 종일 어둡더라고 말했다. 레이랜드는 그렇다고, 아무 일 없다고 대답했다. 긴 하루가 지나니 런던에 도착했다는 기분이 든다고 했다. 런던에, 영국에.

5

다음 날 아침 레이랜드가 눈을 떴을 때 햇살이 방에 비쳐 들어왔다. 두 번째 맞는 아침이지만, 이곳에서 일어나는 게 아직 익숙하지 않았다. 그러나 곧 익숙해질 거라는 예감이 들었다. 어제저녁에 케네스 버크에게 '런던, 영국'이라고 말했을 때, 그의 미소를 처음 목격했다. 레이랜드는 그의 집을 건너다봤다. 버크가 상자에 걸터앉아 얼굴을 해가 드는 쪽으로 향한 채 담배를 피우고 있었다. 개는 정원을 이리저리 돌아다니는 중이었다.

삼촌의 침실을 지나던 레이랜드의 눈길이 톰 커트니의 책에서 멎었다. 여전히 펼쳐진 면을 아래로 한 채 두 번째 침대에 놓여 있었다. 책을 아래층으로 가지고 내려와서 커피 한 잔을 마시며 앞쪽을 펼쳤다. '워런, 당신을 만나서 얼마나 기쁜지.' 커트니가 쓴 글이었다. 둘이 어디서 만났을까? 커트니는 서문에 앞서 편지에 관한 엄마의 말을 써두었다. 'Its just something that makes a moment stay and you don't forget that time that's all.' 레이랜드는 서랍에서 종이 한 장을 꺼내서 독일어로 이렇게 썼다. '순간이 머물러 있도록 잡는 것은 그저 어떤 것이고 그러면 사람은 그 시간을 잊을 수 없는데, 그게 전부다.' '그게 전부다'는 좋지 않아. 그는 곰곰이 생각했다. '그 이상은 아니다'처럼 들리잖아. 시간을 멈추고 망각을 막는 게 뭔가 사소한 것, 뭔가 의미 없는 것 같지 않은가. 여기서 'that's all'은 '그게 중요하다'라고 번역해야 해. 아니, 아닌가? 그리고 'that's all' 앞에는 원래 쉼표가 와야 할 텐데. 하지만 커트니의 엄마는 맞춤법과 구두법을 아주 정확하게 지키는 사람은 아니었을 터였다. 'it's'도 'its'라고 표기했다. 하지만 쉼표가 없는, 거의 숨 가쁜 듯한 앞쪽과의 연속성은 매력 있는 부수적 효과를 낳아서 레이랜드는 그것도 독일어로 옮기고 싶었다. '그러면 사람은 그 시간을 잊을 수 없는데 그게 중요하다.' 아니, 이렇게 하면 안 되지. 차라리 '그러면 사람은 그 시간을 잊을 수 없는데 그게 전부다.' 왜 그럴까? 'makes a moment stay'는 또 어떤가? '순간을 머물게 하는 것'이 나을까? 그게 더 시적인가? 그러나 톰 커트니 엄마의 문장인데? 'Making stay.' 레이랜드는 눈을 감고, 자신이 언어에 완전히 들어갈 때까지 귀를 기울였다. '멈추게 하는 것'과 비슷하지 않을까? 미끄러지는 것과 흘러가는 것에서 순간을 낚아채는 걸까? 그렇다면 '잡다'가 더 낫고, 더 정확할까?

햇살이 쪽매널마루에서 자리를 옮겨갔다. 레이랜드는 시간을 잊고 일을 했던 것이다. 언어로 런던에서, 영국에서 일했다. 게다가 예전과는 달리, 언어가 언제라도 자기에게서 사라져버릴 수도 있다는 두려움 없이 일을 했다. 커피를 한 잔 더 가져오고 담뱃불을 붙였다. 이제 다시 한번 그곳으로 돌아갈 준비가 됐다. 리비아에게 쓴 편지들이 들어 있는 서류철을 열고 읽기 시작했다.

카라,

난 언어를 잃을 위험에 처해 있어. 한 시간 전부터 다시 예전처럼 말하고 쓸 수도 있지만, 언제까지 그럴 수 있을지는 모르겠어. 펜 끝이 이 편지의 끝까지, 이 문장의 끝까지, 이 단어의 끝까지 도달할 수 있을지 알지 못해. 어제 내가 펜을 통제하는 힘을 잃었을 때 벌어진 일이 언제 다시 반복될지 몰라. 헝클어진 선들이 갑자기 이리저리 흔들리며 굴러갔고, 나는 경악하여 마비된 채 글자에서 질서가 모두 사라지는 모습을 지켜봐야 했지. 그 상황은 언제라도 다시 닥칠 수 있어.

마비를 처음 느낀 건 글을 쓰던 손이고, 그다음에 팔과 오른쪽 다리로 이어졌어. 왼쪽은 모든 게 정상이었지. 눈에 보이지 않는 선이 몸 양쪽을 갈라놓은 듯했어. 완전히 마비된 건 아니었어. 애를 쓰면 사지를 움직일 수 있긴 했는데 내가 원하는 대로 되지는 않았고, 또 익숙한 당연함도 없었지. 갑작스러운 상실에 나는 경악했어. 내면을 깊이 베어버린 것 같았고, 나 자신의 절반을 잃은 느낌이었지. 평소와 달리 말이 나오지 않는다는 사실은 소피아에게 전화를 하면서야 깨닫게 됐어. 다행스럽게도 전화가 손 닿는 곳에 있어서 서툰 왼손으로 힘겹게 전화번호를 눌렀어. 소피아가 전화를 받았을 때 그 일이 일어났지. 정상적인 문장을 만들 수 없었어. 사지가 마비된 경악은 이 무능력한 경험과 비교하면 아무것도 아니었어. 생각이 아니라 말을 못 하는 거였지. 내가 하려는 말은 알았지만, 그걸 완전한 문장으로 만들어주는 단어들이 나오지 않았어. 안 나오더군! "아빠?" 소피아의 말에 내가 대답했어. "와. 빨. 뇌졸중."

우리 딸은 번개처럼 반응한 모양이야. 십오 분도 되지 않아 문 앞에서 구급차 사이렌 소리가 들리더니 소피아가 구급 의사와 함께 들어왔어. 입술이 마르고 심장이 목까지 올라와 뛰는 듯한 그 몇 분 동안 나는 허공에 대고 문장 전체를 말하려고 애썼어. '빨리 와줘. 내가 뇌졸중인 것 같구나.' 이렇게 말하려고 했지. 하지만 그러지 못했어. 얼굴을 만져보니 땀으로 축축하더군. 내가 명확하고 체계적인 생각을 못 한다거나 정신이 흐려졌다거나 그런 게 아니었어. 필요한 단어들, 그 단어들에 있어야 할 질서가 사라지고 정신에서 미끄러져서, 개별적인 단어들의 더듬거림밖에는 되지 않는 것 같았지. 나 자신을 더는 믿지 못하는 끔찍하게 무기력한 경험이었어. 어떤 단어가 일시적으로 생각나지 않는 경우야 물론 있지. 이렇게 깜박 잊는 거야 놀랄 일이 아니야. 침착하고 낙관적일 수 있지. 금방 다시 생각날 테고, 일시적인 약점일 뿐이니까. 하지만 그때 그 순간과 그 후에 이어진 몇 시간은 달랐어. 다리에서 떨어뜨려 강물에 가라앉은 물건처럼 단어들이 다시는 돌아오지 않을 거라고 예상한 건 아니야. 하지만 내 어휘 가운데 많은 수는 영원히 미끄러졌을지도 모른다는, 돌이킬 수 없이 사라졌다는, 일시적인 약점이 아니라 지속적인 상실이라서 다시는 사용하지 못하는 어둠 속으로 미끄러졌다는 속수무책의 공포가 밀려왔지.

소피아를 보고 얼마나 기뻤던지! "차분하게 계세요. 놀랄 일이 아니니까." 소피아가 말했어. "대단찮은 것일 수도 있어요. 혈액순환에 문제가 생긴 거라면 금방 지나가요." 통화할 때 나는 영어로 말했어. 가장 먼저 떠오른 언어였지. 그래서 도착한 소피아도 평소와 달리 영어로 나에게 말을 걸었어. '들린다. 소피아가 하는 말을 알아들어. 그러니까 모든 걸 잃은 건 아니야.' 나는 그렇게 생각했지. 그러다가 구급 의사가 간병인들과 나누는 대화가 들려왔어. '저것도 알아듣는다. 이탈리아어도 알아들을 수 있어!' 그사이에 나는 들것에 실린 채 차에 누워 있었고, 소피아는 내 옆에 앉아 있었지. 소피아는 당신이 아마 그렇게 했을 법한 방식으로 나에게 말을 걸었어. 뭔가 불안한 일을 앞둔 나를 당신이 조심스럽게 대비시켜줄 때면 늘 느꼈던 깊은 신뢰와 안도감으로 나는 소피아의 말에 귀를 기울였어. "아빠를 방사선과로 모셔 간대요." 소피아가 말했지. "뇌 사진을 찍어야 해요. 아빠, 어떤 관 속에 들어가실 텐데요. 거긴 좁아요. 아주 좁지요. 그리고 시끄러워요. 달그락거리고 삐걱거리고 탕탕 소리가 날 거예요. 윙윙거리며 진동할 거고요. 폐소공포증 때문에 아빠에겐 고문이 될 거예요. 하지만 검사해야 해요. 무슨 일이 있는지 봐야 하니까요. 도움이 되는 건 하나뿐이에요. 검사하는 내내 눈을 꼭 감고 계세요. 절대로 뜨지 마세요! 얼굴과 관의 둥근 천장 간격이 좁으니까요. 끔찍하게 좁아요. 호흡에 정신을 집중하고 천천히 숨을 쉬세요. 무자로 가는 페리를 타고 있다고 상상하세요. 아빠가 몇 시간이나 바라볼 수 있는 바다와 하얀 물거품을요. 이십 분쯤 걸릴 거예요. 그다음에 꺼내줄 텐데, 내가 바깥에서 기다리고 있을게요."

그들은 나를 휠체어에 태우고 복도를 지났어. 방사선과는 무척 붐비고 정신없었지. 내 기억 속에서 하얀 가운들이 휘날리고, 문이 시끄러운 소리를 내며 닫히고, 크고 흥분한 목소리들이 들려. 대기실에는 휠체어를 탄 사람이 여럿 있었어. '나도 이들 중 한 명이구나.' 지난 몇 시간 사이에 건강한 사람의 세상으로부터 연옥과 같은 뿌연 황혼에 잠긴 대기실로, 끔찍한 진단을 기다리는 환자의 세상으로 추락한 느낌이었어. 소피아가 물 한 컵과 두통약을 가지고 왔지. "아빠, 차분하게 숨 쉬세요. 눈을 감고 바다를 떠올리세요." 그러고는 손으로 내 머리카락을 훑었지.

다른 사람들이 나보다 먼저 들어갔어. 아주 오래 걸리더군. 난 기억을 더듬으며 단어를 찾았어. 아라비아어, 몰타어, 그리스어. 몇몇 단어가 떠올라서 나지막하게 소리 내어 혼잣말을 하고 가끔 속으로 조용히 연습하기도 했어. 뭐랄까, 안개 자욱한 무력감에서 단어들을 억지로 떼어내야 하는 느낌이었지. 그러다가 '혈액순환장애'라는 소피아의 말을 다시 떠올렸어. 편두통 발작은 그때까지 한 번도 전조 증상이 없었어. 번쩍거림도, 시력장애도, 기타 어떤 이상 증세도 없었지. 그런데도 이게 그냥 편두통일 수도 있을까? 희귀하고 복잡한 변형인가? 혈액순환이 제대로 되지 않으면 단어들이 막힐 수도, 말하자면 마를 수도 있나? 나중에 혈액의 강물이 단어들도 다시 실어다 줄까? '난 이런 생각을 할 수 있다. 곰곰이 생각할 수 있다고. 그러니까 단어를 빼고는 정신이 아직 멀쩡한 거다.' 그 생각을 하니 안심이 되더군. 그러다가 다른 생각이 떠올라 깜짝 놀랐지. '이걸 써야 해. 그런데 쓸 수 없을 것 같다. 어쩌면 영원히 못 쓰겠지.'

"막시밀리안 브루너 님이신가요?" 인턴이 나에게 묻고 서류철에 서류를 놓았어. 난 아니라고 대답하고 내 이름을 말했지. 인턴이 옆에 놓인 서류를 흘낏 보더군. "아, 그렇군요." 그러고는 나를 휠체어에서 부축하여 일으켜 관에 넣었어. '관 coffin.' 난 생각에 잠겼지. '이 영어 단어는 너무 무해하고 싹싹하게 들려. 독일어 관Sarg은 더 어둡고 딱딱하고 최종적으로 들리는데.' 눈을 딱 한 번 떴는데, 눈을 깜박이는 순간 바로 공황 상태에 빠졌어. 무슨 대가를 치르더라도 팔을 구부리고 온 힘을 다해 관 덮개를 두드리고 싶은 강한 충동이 밀려왔지. 그러다가 달그락거리고 삐걱거리는 소리가 시작됐어. 나를 안심시키는 소피아의 목소리가 들렸고, 난 하얀 물거품과 쇄쇄 소리를 내는 물과 통통거리는 보트 모터를 상상했어. 하지만 관에 해당하는 몰타어 '테부트tebut'가 떠오른 게 더 큰 도움이 됐지. 그런 다음 알바니아어 '타부트tabut'와 '아르키볼arkivol'도 기억나더군. 거기서 연상되는 문서실Archiv. '나는 여기 문서실 같은 곳에 누워 있다. 진동하는 문서실, 탕탕거리는 금기의 문서실에 죽은 사람처럼 누워 있다.' 그렇게 생각했지. 언어의 단어들이 사라졌지만 정신의 고요한 단어들은 사라지지 않았음을 다시 기쁘게 느꼈어.

소피아와 시드니가 바깥에서 기다리고 있었지. "아빠의 멍청한 편두통." 시드니가 히죽 웃으며 하는 말에 내가 대답했어. "네…… 멍청…… 천식." 그건 우리끼리의 장난이었지. 시드니 집에 가서 담배를 피울 때면 함께 발코니로 나가곤 해. "네 멍청한 천식." 시드니가 연기를 내뿜었을 때 난 처음으로 이렇게 말했고, 그러자 그 애가 대꾸했어. "아빠의 멍청한 편두통." 우린 웃음을 터뜨렸어. 그때부터 그건 의식이, 소중한 연대 의식이 됐지. 나는 지금도 그 연대감이 여전하다는 것, 예전과 똑같은 방식으로 아들에게 가닿을 수 있다는 게 기뻤어. 내 뇌에서 피가 다시 정상적으로 흐른다면 내 언어도 다시 예전처럼 흐르겠지.

두 아이에게 휠체어에서 나를 일으키고 걷는 걸 부축해달라고 부탁했어. 우리가 일어났을 때 예상치 못한 폭발 같은 일이 벌어졌어. 내가 미처 알지 못한 나의 폭력적인 모습이었지. 건강한 왼쪽 다리로 휠체어를 걷어찬 거야. 휠체어는 요란한 소리를 내며 벽에 가서 부딪혔어. 달려가서 다시 한번 걷어차고 싶더군. "그러지 마세요." 시드니가 나를 꽉 잡고 말렸지. 복도에 있던 사람들이 당황한 표정으로 바라봤어. "가요!" 소피아가 미소를 지으며 말했지만 난처함을 숨기지는 못했지. 시드니의 눈빛을 보고 고마운 마음이 들었어. "나라도 그랬을 것 같아요"라고 말하는 눈빛이었으니까. 그 순간 그 애가 오랜만에 무척 가깝게 느껴지더군.

복도를 따라 걷는데, 소피아가 병실이 예약되어 있다고 말했어. 어떤 병실 앞에 멈춰 서더니 문을 열었지. 머리에 붕대를 감은 남자 두 명이 누워 있었는데 한 남자는 한숨을 쉬었고, 다른 남자는 갈라진 마른 입술을 핥고 있었어. 그런 붕대를 감은 내 모습을 상상하기란 불가능했지. 그 전에 물론 머리카락을 완전히 밀어야 할 테고. 나는 불쑥 몸을 돌리고 영어로 말했어. "안 돼." 소피아가 대답했지. "알았어요. 간호사실로 가서 모레티를 기다리죠. 거기 간호사들도 나를 아니까요." 소피아는 잠시 망설이다가 협탁에 놓인 물병을 들어 두 남자의 컵에 물을 더 채웠어.

간호사실에는 아무도 없더군. 둘은 나를 의자에 앉혔어. 소피아는 책장에서 사전을 꺼내 급하게 넘겼지. "편두통일 거예요. 여기 있어요. 마비 증상과 언어장애를 동반하는 '조짐 편두통'이고, 신경전달물질과 뇌 혈액 공급 장애예요. 보통은 하루 만에 증상이 완벽하게 사라지고 그 후에는 모든 게 다시 정상이에요." 소피아가 내 손을 잡고 날 바라봤어. "편두통 발작일 뿐이에요. 아빠가 평소에 알던 다른 발작과는 다르지만 어쨌든 그냥 편두통이죠. 내일이면 다 지나가고 예전과 똑같아질 거예요. 수많은 사람이 불규칙한 간격으로 편두통을 겪어요. 평생 한두 번만 겪는 사람도 많고요."

우린 병동 담당 의사인 모레티 박사를 기다렸어. 사진을 보고 소견을 말해줄 사람이었지. 기다리는 시간이 길어질수록 편두통이라는 말은 점점 더 납득이 가지 않더군. 시간이 흘러간다고 의심이 싹틀 이유는 없는데도 말이야. 소피아는 우리가 어디에 있는지 알리러 갔어. 시드니가 사전 항목을 다시 한

번, 또다시 한번 읽었지. 그러고 나에게 책을 건넸지만 난 고개를 저었어. 소피아가 돌아왔을 때, 난 열린 문틈으로 어떤 환자를 봤어. 모닝가운을 입고 머리에는 붕대를 감은 채 요란한 자수가 놓인 모자를 쓰고 있더군. 장난기 가득한 그 모자로 그는 이런 말을 하려는 것 같았지. "그래, 난 머리 수술을 했다. 망가진 사람이야. 가장 위험한 곳을 다쳤다고. 하지만 나는 여전히 예전과 똑같아. 하나도 달라진 게 없어."

간호사들이 오갔어. 한 시간이 지나고, 8시가 넘었지. 열린 창문으로 뜨거운 7월 저녁 공기가 들어왔어. 천장에 매달린 선풍기 날개가 나지막하게 갈리는 듯한 소음을 내며 돌았지. 우린 계속 기다렸어.

드디어 모레티 박사가 분주하고 산만한 표정으로 나타나 문을 열었지. "뇌출혈은 아니군. 오늘 밤에 해야 할 일은 아무것도 없네. 내일 아침 일찍 레오나르디에게 사진이 갈 거야. 자네 아버지니까 그가 직접 보려고 하겠지. 9시에 그의 진료실에서." 모레티가 수면제 약통을 소피아에게 던지며 말했어. "두 알 드려." "잠깐만요." 소피아가 문간으로 다가가서 말하더군. "아버지를 모시고 저희 집에 갈 거예요. 알고 계시라고 말씀드려요." "자네가 책임져야 해." 모레티는 이렇게 대꾸하고 사라졌지.

소피아 집 욕실에서 거울을 들여다봤어. 오른쪽 눈꺼풀과 뺨과 입술이 약간 아래로 처져 있고, 입가에 내가 미처 느끼지 못한 작은 거품이 있더군. 가장 끔찍한 건 그 거품이었어. 나에게 무슨 일이 벌어지는지 나 스스로 몰랐다는 신호였으니까.

"내가 간호사일 때 신경과로 가지 않으려던 이유가 바로 그거예요." 소피아가 불쑥 말했지. "거즈를 감은 머리들. 모두 다른 위치에 모두 다른 붕대. 이건 아니에요. 레오나르디는 내가 그 병동에 있길 원했어요. 그에게 내 마음을 말하자 '알았어'라고 하더군요. 그러고 조금 있다가 다시 한번 말했어요. '알았어.' 그 말을, 특히 그 반복을 난 잊지 못할 거예요. 그는 밀라노로 가요. 직원들이 그를 그리워할 테지요." 소피아가 그 말을 한 건 좋지 않았어. 양쪽 침대에 있던, 머리에 하얀 붕대를 감은 사람들이 다시 떠오르더군. 나는 머리카락을 훑다가 숱이 많은 걸 느끼고는 기뻤지.

모레티가 준 수면제는 먹지 않았어. 나를 마비시키거나 나 자신을 잃고 싶지 않았으니까. 어둠 속에서 소피아의 침대에 누워 있었어. 아이들은 내가 잔다고 생각했나 봐. 또 문이 살짝 열려 있다는 사실도 몰랐겠지. "모레티가 뇌출혈은 아니라고 했어." 시드니가 나지막하게 말하더군. "그러니까 편두통일 거야. 하지만 어쩌면……." 그러자 소피아가 대답했지. "그래, 어쩌면 그거일 수도." "오늘 밤에 해야 할 일은 하나도 없다고 했잖아. 그럼 그게 아니겠지." 시드니 말에 소피아가 또 대답했어. "그래." "그가 사진을 봤어. 우리……." "안 돼." 소피아가 다급하게 말을 가로챘지. "들어야 한다면 그 사람에게서 듣고 싶지 않아." 모레티는 소피아에게 반말을, 소피아는 그에게 '당신Lei'이라고 존댓말을 했어. 그걸 기억한 건 좋은 일이었지. 난 아직 존재한다는 뜻이니까. 아직은.

우린 '종양'이라는 단어를 입에 올리지 않았어. 단어는 어떤 일에서 경악을 덜어주기도 하는데, 그럴 때 그걸 발음하는 건 해방이야. 하지만 경악을 더욱 크게 만들기도 하지. 그럴 때 우린 아무 말도 하지 않아. 가끔은 이 두 경우를 혼동하기도 해.

나는 뒤숭숭한 선잠에 빠졌고, 머리에 하얀 붕대를 감은 사람들이 있는 병실 꿈을 꿨어. 병실과 머리들로부터 한없이 도주하는 느낌이었지. 팔꿈치로 관의 벽을 쳤어. 휠체어를 걷어차다가, 다리가 내 의지대로 움직이지 않는다는 걸 알게 됐지. 바깥이 일찌감치 환해지면서 뜨거운 7월의 아침이 왔어.

레오나르디의 비서가 우리를 진료실로 안내했어. 책상에 사진이 든 봉투가 놓여 있더군. 사인펜으로 '사이먼 커티스 레이랜드'라고 커다랗게 쓰여 있었지. 내 이름이 쓰인 종이, 그리고 그 밑에는 내 뇌 사진이 있었어. 몸이 뜨거워지는 게 느껴졌지. 아무도 내 뇌를 들여다봐서는 안 돼. 내 뇌를 봐서는 안 된다고. 내 뇌는 그 누구와도 상관없는 거잖아. 말도 안 되고 견딜 수도 없는 침범, 불쾌한 비밀 누설, 내 인격에 대한 공격처럼 느껴져서 어떤 대가를 치르더라도 막아야만 할 것 같았지. 한순간 일어나서 봉투를 잡아채어 도망치고 싶었어. 하지만 그럴 수도 없었겠지!

레오나르디가 힘차게 물 흐르듯이 움직이며 진료실에 들어왔어. 얼굴에 미소를 띠고 있었는데, 비서가 한 농담을 생각했는지도 모르지. 그 미소는 근심스러운 우리 표정을 보자 사라졌어. 그가 소피아와 시드니에게 고개를 끄덕이고서 살피는 눈길로 나를 흘낏 본 다음 자리에 앉더군. 그가 나에게 물었어. "레이랜드 씨입니까?" 난 고개를 끄덕였지. "이탈리아어 알아들으세요?" 또 끄덕였어. "오늘 아침 건강 상태가 어떤지 말씀해주시겠어요?" 레오나르디는 차분하고 부드러운 발음으로 질문했어. 그의 말이 약속 같다는 생각이 들더군. '걱정하실 필요 없습니다. 당신이 하게 될 말을 나는 제대로 분류할 줄 아니까요'라는 약속.

난 공황상태에 빠졌어. '말을 할 수 없어.' 소피아가 내 어깨를 어루만졌지. "아빠, 그냥 한번 해보세요. 레오나르디 박사님이잖아요." 난 "무슨…… 말을…… 할지"라고 더듬더듬 말했던 것 같아. 소피아는 감정에 휩쓸리지 않으려고 애쓸 때 늘 그러듯이 눈을 꼭 감았어. 딱딱하게 각진 표정이었지. "손을 대면 베일 것 같아." 언젠가 당신은 그렇게 말했어.

"별일 아닙니다. 그럴 수 있어요." 레오나르디가 말했어. 아이에게 하는 말투가 아니라 뭔가 가볍게 실수한 성인을 대하듯 말해서 고마웠어. "두 팔을 쭉 뻗어보세요." 그가 팔을 똑같은 높이로 올려서 시범을 보이며 말했지. 난 왼팔을 뻗고, 오른팔도 그렇게 해보려고 했어. 전날 밤보다는 좀 나았지만 같은 높이까지 올라가지는 않고 힘없이 아래로 툭 떨어졌지. "그래도 다시 되네요." 레오나르디가 말했어. 나는 그의 말을 움켜쥐고, 사전에 쓰여 있듯이 이건 그저 특이한 편두통 발작일 뿐이라고 필사적으로 믿고 싶었지.

"그럼 이제 사진은 뭐라고 말하는지 볼까요." 레오나르디가 커다란 봉투에서 사진을 꺼냈어. 불행을 불러일으키는 소리, 뭔가 부딪히고 끌리는 거친 소리가 났지. 그가 빠르고 익숙한 손길로 엑스레이 스크린에 사진을 걸고 다시 앉았어.

그는 순식간에 알아봤어. 물론 그런 사진을 많이 봤을 테지. 그런데도 놀라더군. 자세히 봐야겠다는 핑계를 대는 그의 얼굴에 묘사하기 힘든 어떤 표정이 나타났어. 눈에 보이지 않는 적대적인 힘이 빨아 당긴 것처럼 얼굴이 안쪽으로 한 걸음 들어가고, 얼굴 윤곽이 이 힘 때문에 마르기 전의 수채화처럼 풀어지고 녹았다고 말할 수 있겠지.

그가 얼굴을 나에게 돌리면서 서류철에 있던 지시봉을 쥐었어. 그 지시봉에 의지하려는 듯이, 또는 그걸 쥠으로써 해야 할 말을 단단한 목소리로 할 수 있기를 바라는 듯이. 조금 전에 놀라서 감정을 무방비 상태로 다 드러냈던 얼굴은 이제 다시 견고하고 확고한 윤곽으로 바뀌었어. 소름 끼치는 진단을 알리는 데 익숙한 의사의 얼굴이었지. 하지만 알릴 준비가 완전히 된 건 아니었어. 몇 초 동안 말없이 나를 바라봤는데, 자기가 해야 할 말을 미리 사과하는 듯한 눈길이었지. 아니면 곧 하게 될 말이 자기 앞에 약간 삐뚜름하게 앉아 있는 한 남자의 영혼에서 모든 것을 바꾸어버릴 거라는 끔찍한 생각이 계속되어 그저 망설였던 건지도 몰라.

"조심스럽게 알릴 방법이 없군요." 그는 지시봉을 꽉 움켜쥐고 사진으로 몸을 돌린 후 뇌의 다른 부분과는 아주 현격한 차이가 나는, 다양한 재색과 흰색으로 구분되는 불규칙한 영역의 윤곽을 따라가며 가리켰어. 눈부시게 환한 분화구와 그 바깥으로 좀 더 흐릿한, 잿빛 모래 같은 부분으로 나뉘는 달 풍경 같았지. "종양입니다." 레오나르디가 말했어. "유감스럽게도 악성이에요. 교모세포종, 전문용어로는 '다형성 교모세포종' '글리오블라스토마 멀티폼'이라고 합니다. 여기 보이는 것은……." 그가 말을 이어가려는데 나는 불쑥 일어나서 몇 걸음 떨어진 창가로 다가갔어. 예상보다 잘 움직였지. 걷잡을 수 없이 놀란 나머지 도망치려는 의지가 마비의 모든 장애물을 뛰어넘어 원래는 없던 힘을 육체에 부여한 듯했어. 시드니가 재빨리 일어나서, 내가 흔들리지 않고 서 있다는 게 확실해질 때까지 나를 잡고 있었지. 나는 아침 폭우가 요란하게 쏟아지는 바깥을 내다봤어. 빗속으로 뛰어나가, 당장에 모든 걸 지워버릴 수 있기를 바랐지.

"시간이 얼마나?" 내가 물었어. 그게 내 입에서 나온 유일한 말이었는데, 어쨌든 무슨 말이든 나온 게 다행이었지. "말하기 어렵습니다." 레오나르디가 대답하더군. "아무것도 하지 않는다면 몇 달 또는 1년쯤이겠지요. 절단하고 방사선 치료를 한다면 좀 더 늦춰질 테고요. 완전히 없애거나 멈출 수는 없습니다. 절단하고 치료……." "아무도 내 뇌를…… 절단 못 해요." 난 그의 말을 가로채고는 푹 잠긴 내 목소리의 다급함에 스스로 놀랐어. 손이 아플 만큼 창문 손잡이를 세차게 움켜쥐고 영어로 말을 이었지. "아무도 내 머리를 열지 못합니다. 방사선도 안 하고."

창문 손잡이를 놓고 떨리는 손으로 셔츠 주머니에서 뜯어진 담뱃갑을 꺼냈어. 그러고는 담뱃갑을 흔들어 입술로 한 개비를 꺼냈지. "아빠……." 소피아가 입을 떼자 레오나르디가 손짓으로 말렸어. 그는 주위를 둘러보다가 선반에서 오목한 접시를 하나 꺼내, 내 옆으로 와서 창턱에 내려놓았지. "피우셔도 됩니다." 그가 이렇게 말하고 내 팔에 손을 올렸어. "절제 수술을 강요하고 개입할 사람은 아무도 없습니다." '인테르벤토intervento', 나는 생각에 잠겼어. 개입. 누군가 내 머리에 개입한다. 뇌로!

난 라이터를 떨어뜨렸어. 소피아가 주워서 불을 붙여줬지. 바람 때문에 담배 연기가 진료실 안으로 들어와서 레오나르디가 기침을 하더군. 시간이 멈췄어. 내가 뭔가 말을 해야 다시 흐를 테지. 담배를 한 모금 더 피우고 접시에 눌러 껐어. "고맙습니다." 그러고 다시 한번 말했지. "정말 고맙습니다." 날카롭게 자르듯이 말한 것 같지는 않아. 하지만 나에게 그 말은 다른 모든 사람과의 관계를 잘라내는 단절처럼 느껴지더군. 나는 문 쪽으로 한 걸음 움직였어. 시드니와 소피아가 벌떡 일어나서 부축했지. "사진을 가져가시겠어요?" 레오나르디가 물었어. "아니오!" 이번에는 분명히 날카롭게 들렸을 거야. "그러면 사진은 문서실에 보관하겠습니다." 그가 차분하게 말하더군. 소피아는 다시 한번 몸을 돌려 그를 흘깃 바라봤어. 그런 다음 우린 진료실을 나왔지.

6

레이랜드가 편지를 다 읽었을 때는 이미 동이 트기 시작했다. 자주 쉬어야 했다. 거의 한 단락이 끝날 때마다 쉬었다. 이리저리 거닐고 한번은 집 전체를 돌기도 했으며, 레오나르디 박사가 진료실에 들어오는 장면을 읽기 전에는 먹을 것도 좀 만들었다. 책상에 그대로 놓여 있던 삼촌의 우편물도 뜯었다. 행사 초대장과 동료에게서 온 편지와 뭄바이에서 온, 인도어로 쓰인 책 두 권이었다. 레이랜드는 우편물을 모두 자세히 살핀 다음 곧장 잊어버렸다. 우편물을 살핀 행위는 편지 다음 단락을 읽기 전, 그날의 극적 상황을 되살리기 전의 휴식에 불과했다.

다음 몇 문장을 읽고는 다시 멈추고, 톰 커트니 엄마의 글이 있는 종이를 당겨서 펜이 여전히 자기 손에 복종하는지 시험해봤다. 이런 불안은 언제 멈출까? 몇 달 뒤에? 몇 년 뒤에? 엊그제 트리에스테에서 뮌헨으로 올 때 탑승한 작은 비행기는 그가 뭔가 쓰던 중에 난기류를 만났다. 글자가 미끄러졌다. 그건 물론 당시와는 달랐다. '당연히' 그랬다. 그런데도 식은땀이 솟았다.

당시의 온갖 기다림. 어두침침한 방사선과 대기실에서 휠체어를 탄 사람들과 함께 기다리던 일. 관 속에서의 기다림. 간호사실에서 모레티를 기다리던 일. 아침이 오기를 기다리던 일. 레오나르디를 기다리던 일. 진단을 기다리던 일. 그는 그저 말이 사라졌을 뿐 생각이 사라진 건 아니라는 사실에 희망을 품고 매달렸다. 그 후에는 거의 매일 밤 반복되는 꿈을 꾸었다. 만년필로 글씨를 쓰는데 갑자기 잉크가 새어 흘러나오기 시작했다. 쉴 새 없이 종이를 적셨지만 그가 할 수 있는 일은 아무것도 없었다. 하지만 문제는 잉크가 아니었다. 새서 흐르는 것은 생각이었다. 시간이 지날수록 그는 자기가 무슨 생각을 하는지 점점 더 알 수 없었고, 머릿속과 정신이 비워지고서야 잠에서 깼다. 그럴 때면 종이를 한 장 가지고 와서 글 쓸 때 늘 사용하는 펜 끝을 조심스럽게, 아주 조심스럽게 종이에 대고 자신이 원하는 선을 그었다. 정신 나간 소리처럼 들릴 건 알지만, 펜 끝이 자기 손에 복종하는지에 인생 전체가 달린 것만 같았다. '아직은 된다. 하지만 언제까지 괜찮을까.' 매번 그렇게 생각했다.

레이랜드는 삐걱거리는 관, 덜컹거리는 관에 대한 기억을 얼른 밀쳐버렸다. 그러나 팔꿈치로 벽을 세차게 치려는 욕구를 참기가 얼마나 힘들었는지 여전히 느껴졌다. 팔에 그 느낌이 남아 있었다. 휠체어를 걷어찼을 때 발의 통증도 다시 살아났다.

"오늘 밤에 해야 할 일은 아무것도 없네." 시드니와 소피아가 소곤거리는 소리를 듣기 전까지는 모레티의 이 말이 그를 불안하게 했다. 뇌출혈은 아니라고 했지. 다행이야. 그런데 왜 그는 간단하게 "아무것도 안 보이네"라거나 "모두 정상이야"라고 말하지 않았을까? 이 단순한 몇 마디 말을 왜 하지 않았지? 종양을 봤지만 이 일을 레오나르디에게 완전히 넘기려던 걸까? 모호한 수수께끼 같은 그 말은 일종의 출구이자 외교적인 문구였나? 오늘 밤에 해야 할 일은 없지만, 언젠가는 해야 한다는 뜻인가. 아니면 그는 사진에서 이상한 점을 전혀 못 봤는지도 모른다. 그렇다면 그건 그저 소피아를 고문하려는 교활한 속임수였을까? 소피아는 그의 '반말'을 거부했다. "들어야 한다면 그 사람에게서 듣고 싶지 않아." 소피아가 나중에 시드니에게 한 말이었다. 둘 사이에 무슨 일이 있던 모양이었다. 그러니 그건 그의 복수 술책이었을까? 레오나르디가 진단을 내린 뒤에는 이 모든 게 아무 의미도 없었다. 그러나 나중에 레이랜드는 소피아가 그날 저녁에 사진을 직접 보겠다고 부탁하지 않은 이유가 어쩌면 그 갈등 때문이 아니었을까 생각했다. "내가 봤어야 했는데." 소피아는 나중에 이렇게 말했다. "내가 봤어야 했는데." 그는 소피아와 그 이야기를 한 적이 없었다. 변하는 건 없을 테니까. 하지만 그 생각은 소피아를 계속 갉아먹었다.

"사진을 가져가시겠어요?" 이제 워런 숀의 집에서 이리저리 거니는 동안 레이랜드는 몸이 뜨거워지는 걸 느꼈다. 당시는 무척 위태로운 상태였다. 그때를 떠올리면, 소피아가 사진을 가지고 가겠다고 대답하려던 게 느껴지는 듯했다. 그런데 그가 직접 "아니오!"라고 대답하여 모든 것을 단절하고 모든 것을 끝냈다. 그 사진을 집에 두고 싶지 않았다. 종양으로 잔뜩 피폐해진, 눈에 번쩍 띄는 뇌 사진을. 건강한 왼팔로 거칠게 거부 의사를 밝혔다. 이제 더는 자기 뇌를 보거나 뇌에 대해 듣고 싶지 않았다. 절대로! "예!"라고 했더라면 이 모든 일을 겪지 않았을 텐데. 그는 생각에 잠겼다. 사진을 봉투에 넣어서 가지고 왔더라면 11주 동안 두려움에 떨지 않았을 거고, 리비아의 출판사를 지금도 가지고 있을 텐데.

레오나르디와 이야기를 나눈 후에 세 사람은 항구로 갔다. 레이랜드는 '물'이라고, '항만, 항구, 부두'라고 영어로 말했다. 그들은 한적한 장소에서 벤치를 하나 발견했다. 폭우가 지나고, 구름 사이로 쏟아지는 햇살에 물이 반짝였다. "반짝거리는." 레이랜드가 말했다. 세 사람은 한동안 아무 말도 없이 그대로 앉아 있었다. 시드니가 레이랜드의 어깨에 팔을 둘렀다. "아름다운 단어들…… 잊어버린…… 아름다운 자연." 레이랜드가 다시 말했다. 단어의 아름다움 때문에 자연의 아름다움을 잊었던가? 시드니는 그렇다고,

이따금 그랬다고 대답했다. "하지만 물과 바다, 거울처럼 반짝이는 물, 파도, 물거품……. 이 모든 걸 아빠는 잊은 적이 없어요. 그래서 트리에스테를 사랑하시잖아요. '템스는 잊어라!' 예전에 자주 이렇게 말씀했어요." 레이랜드는 고개를 끄덕이고 웃음을 터뜨렸다. 그가 웃었다! 얼굴 전체로 웃었다! 얼굴 전부를 '느꼈다'! 오른쪽 팔과 다리에 간질거리는 느낌도 생겼다. 흥분한 레이랜드는 주머니에 든 라이터를 오른손으로 꺼냈다. 레오나르디의 진료실에서는 라이터가 손에서 미끄러졌다. 지금은 단단하게 움켜쥐었고, 금속의 단단함과 서늘함을 손바닥에서 느낄 수 있었다. 팔을 뻗었다. 차분하고 안정감 있게 몇 분이나 뻗고 있었다. 팔은 다시 '그의 것'이었다! 담배를 입에 물고 불을 붙였다. '모든 게 평소와 똑같아!' 그는 담배를 몇 모금 깊게 들이마시고, 놀라면서도 행복해 보이는 시드니와 소피아의 시선과 마주했다. 몸을 일으켰다. 오른쪽 다리에 약한 기운이 아직 남아 있고 살짝 불안정하긴 했지만 그래도 일어났다. 걸을 수 있었다. '걸었다!' 놀라고 조금 불안해하는 두 아이, 당장이라도 벌떡 일어나려고 몸을 앞으로 기울이고 있는 아이들의 눈앞에서 그는 무대를 오가듯 점점 더 안정된 걸음걸이로 이리저리 걷고, 담배를 몇 모금 빨고, 얼굴을 하늘로 향하고 오른팔을 의기양양하게 허공으로 들고서 "하이 핸디드, 하이 핸디드high-handed*"라고 고함을 치며 이중적인 말장난을 즐기고, 담배를 떨어뜨리고서 평소처럼 오른발로 문질러 끌 때는 힘차고 아주 흥겹게 구두 끝을 이리저리 돌리며 뭉개고, 발끝으로 서

* '손을 높이 들고, 고압적인'이라는 뜻의 관용구.

서 뒤축을 까닥거리고, 조깅할 때처럼 빠르게 몇 걸음 움직이고, 무릎 굽혔다 펴기를 몇 번 하고, 힘겹게 숨을 몰아쉬며 벤치에 앉았다. "나 돌아왔다." 그러고는 잠시 쉬었다가 다시 영어로 말했다. "내 생각에, 말의 아름다움이 이따금 자연의 아름다움을 잊게 했던 것 같다." 강력한 통증이 엄습하는 바람에 레이랜드는 관자놀이를 눌렀다. 피가 엄청난 힘으로 길을 트며 팔과 다리로, 언어로 파고드는 듯했다. 소피아가 진통제를 꺼냈지만 손을 내저어 거절했다. 강력한 통증이긴 했지만 마비의 끝을, 하지와 언어 마비의 끝을 의미하는 통증이었다. 게다가 서서히 줄어드는 중이었다. "말의 아름다움이 자연의 아름다움을 잊게 했다." 레이랜드는 이탈리아어로 말한 뒤 다른 언어로, 또 다른 언어로 그 문장을 반복했다. 문장은 저절로 떠올랐고, 그는 점점 더 복잡한 다른 문장을 만들었다. 자기가 할 수 있는 온갖 언어로 이보다 더 복잡할 수 없는 문장을 말하고, 조바심을 치며 또 다른 언어를 시험해봤다. 시작한 문장이 한 언어로 끝나자마자 또 다른 언어를 말하기 시작했다.

아이들 눈앞에서 바다와 항구 냄새를 맡으며 이런 식으로 깨어나 자기 자신에게로 돌아온다는 것은 지금 생각하면 크나큰 친근감을 깨닫게 한 소중한 경험이었다. 그는 놀라서 반짝이던 딸과 아들의 눈빛을 평생 잊지 못할 터였다. 레이랜드는 걷고, 또 걷고, 계속 걷고 싶었다. 집으로는, 그 일이 벌어진 그곳으로는 돌아가고 싶지 않았다. 사지를 움직이고 싶은 욕구도 아주 컸지만 그뿐 아니라 트리에스테의 모든 거리를 걷고 싶은 마음이었다. 아이들이 미처 따라오지도 못할 만큼 빠르게 걸었고, 이따금 현기증이

나면 양손으로 가로등을 꽉 움켜쥐고 회전목마를 탄 것처럼 몸을 이리저리 흔들었다. 사람들이 유원지에서 노는 중년 남자를 보듯이 그를 돌아봤다. 레이랜드는 그들의 얼굴을 향해 웃음을 터뜨리고 계속 걸어가며, 시드니와 소피아가 너무 창피해하지 않기를 바랐다. 걸음을 멈추고 둘에게 돌아가서 포옹하고는 숨을 헐떡이며 말했다. "나 돌아왔다, 돌아왔어."

그는 문구점 앞에서 불현듯 걸음을 멈추고 안으로 들어갔다. 각종 펜과 만년필을 써볼 수 있는 작은 책상이 있었다. 펜을 몇 가지 보여달라고 부탁하고 자리에 앉아 샘플 종이에 글씨를 쓰기 시작했다. 라틴어와 그리스어, 러시아어, 히브리어, 아라비아어로 종이를 한 장 한 장 채웠다. 물 흐르듯이 거침없고 실수 없이, 한 줄 한 줄 점점 더 복잡한 단어들을 써내려갔다. 언어가 모두 다시, 정말 모두 다시 돌아왔다는 걸 매 순간 확인해야 한다는 듯이. 자기 언어 기억의 모든 공간을 구석구석 샅샅이 뒤지며 단 한 개의 철자도, 단 한 개의 단어도 잃어버리지 않았음을 증명해야 한다는 듯이. 보여준 펜을 모두 포장해달라고 했는데, 돈을 가지고 오지 않아서—어제는 생각도 하지 못한 일이었으니까— 시드니가 지불했다. 글씨가 가득한 종이도 함께 가지고 올 수 있었는데, 그는 절대 잃어서는 안 될 소중한 물건을 대하듯이 꽉 붙잡고 걸었다.

셋은 그의 집으로 갔다. 글씨를 쓴 줄이 혼란스럽게 미끄러진 종이가 책상에 놓여 있고, 펜은 옆으로 굴러 엉뚱한 구석에 떨어져 있었다. 레이랜드는 한순간 마비된 사람처럼 그 앞에 서 있다가, 언제나 더 강하고 노련했고 이제 다시 그렇게 된 오른손으로 그 종이를 구겨서 휴지통에 던졌다. 그러고는 문구점에서 가지고 온 종이를 그 자리에 두었다. 펜도 세심하게 아주 똑바로 내려놓았다. 시드니는 구급 의사와 구급대원들이 옆으로 밀쳐두었던 물건들을 다시 제자리에 정리했고 소피아는 차를 준비했다. 레이랜드는 욕실 거울 앞에서 얼굴을 움직여봤다. 모든 게 정상이었다. 입가에 거품도 없었다.

발작이 지나갔다는 기쁨은 종양에 대한 생각, 그 끔찍한 생각을 덮고 거의 잊게 해주었다. 그러나 이제 모두 탁자에 둘러앉자 그 생각은 다시 전면에 나서며 정적 속에서 자신을 드러냈다. "다시는 병원에 안 간다." 레이랜드가 그 정적에 대고 말했다. 시드니와 소피아가 그를 바라봤다. 둘은 잠시 눈을 감고 감정을 삭이는 표정이었다. 레이랜드의 말이 무슨 뜻인지 알았으니까. 아버지가 어떤 사람인지 알고 있으니 놀라지는 않았다. 하지만 지금은 사고실험이 아니라 앞으로 정말 일어날 어떤 일에 관한 말이었다. "난 아빠를 도울 수 없을 거예요." 소피아가 그를 바라보며 말했다. "알아. 나 혼자 해결할 거다." 그가 대답했다. 원래 하려던 말은 이랬다. '나도 그건 바라지 않아. 나 혼자 걸어야 할 길이야. 완전히 혼자.' 그런데 그 대신 건조하게 덧붙이듯 말했다. "난 괜찮을 거다." 소피아의 눈빛이 잠시 흔들렸다. 그는 거기서 마음 상한 그늘이, 거부당했다는 느낌이 얼핏 보였다고 생각했다. 시드니의 눈길에는 이와는 약간 다른 것, 자랑스러움이 엿보였다. 외로운 마지막 걸음을 아무렇지도 않다는 듯이 말하는 아버지에 대한 자부심. 지금 와서 생각하니 그때 차를 마시던 탁자에서의 시간은 세 사람 모두에게 어떤 전환점이었다. 아주 깊은 곳, 마지막 일을 다루는 내면 깊은 곳의 감정에 어떤 일이 벌어졌다. 레이랜드는 그때도 이미 의아해하며 그들 사이에 뭔가 틈이 생긴 게 아니라고, 낯설어진 게 아니라고 생각했다. 그들이 나눈 눈빛에는 깊은 유대감이 깃들었고, 레이랜드는 그 순간 아들과 딸을 아주 많이 사랑했다. 예전에도 그런 순간이 있었다. 사람들이 리비아를 바깥으로 옮기고 그들만 집에 남았을 때였다. 그때 세 사람은 오랫동안 거실에 선 채 서로 꽉 안고 있었다. 탁자에 둘러앉았던 날도 셋은 오랫동안 함께 안고 있었다. 그 후에 시드니와 소피아는 천천히 계단을 내려갔다.

레이랜드는 운하를 따라 걸어가는 둘의 뒷모습을 바라봤다. 가기 전에 시드니는 레이랜드가 버튼 하나만 누르면 자기와 소피아에게 연락이 닿게 전화를 손봤다. 시드니 요세José, 그의 아들이. 아들은 이름 때문에 학교에서 얼마나 많은 일을 겪었던지! 아들은 언젠가 이름이 같은 유명 배우가 '예Jé'라고 서명한다는 말을 책에서 읽고 그때부터 자기도 그렇게 서명했다. 철자 두 개로 줄어든 약칭은 명성과 관련이 있었다. 누구나 그 사람을 안다고, 그 이상은 필요하지 않다고, 모르는 사람이 있다면 그건 그 사람 잘못이라는 뜻이었다. 얼마 지나지 않아 학교 운동장에서 아이들은 그를 '체Ché'라고 불렀고, 놀리고 싶을 때면 '지휘관'이라고 했다. 그러나 체 게바라의 베레모나 시가는 갸름하고 창백한 그의 얼굴에는 어울리지 않았고 그것 말고도 둘은 닮은 점이라고는 전혀 없었다. 그는 운이 없는 날에는 천식 발작으로 학교에서 병원으로 바로 실려 간 적이 한두 번이 아닌 병약한 소년이라는 조롱을 들었다. 아버지는 그런 식으로 말한 사람은 아무도 없다고 확신했지만 아들은 그렇게 들었다. 천식은 아이를 무력하고 예민하게 했다.

주변에서는 그를 '시드Sid'라고 부르거나 거기서 더 나아가 '엘 시드El Cid'나 예수회SJ, 이탈리아어로 '일 제수이타Il Gesuita'라고 부르기까지 했다. 시드니는 왠지 모르게 자랑스러워했다. 뾰족한 코와 어두운색 눈동자와 무테안경은 우스꽝스러운 고정관념과 어울려 보였다. 그는 파도바에서 법학을 공부했고 지금은 법원 사법연수생이었다. 전공을 잘 선택한 걸까? 이따금 그렇게 보일 때도, 전혀 아닐 때도 있었다.

저 멀리 운하 옆에 시드니와 소피아가 멈춰 서서 이야기를 나누고 있었다. 레이랜드는 두 아이가 앞으로 무엇이 될지 경험하지 못할 거라고 생각하니 견디기 힘들었다. 물론 누구나 언젠가는 자녀를 두고 떠나야 한다. 하지만 벌써는 아니었다. "몇 달 또는 1년쯤이겠지요." 레오나르디 박사의 목소리가 다시 들렸다. 그러나 발작은 그보다 훨씬 일찍 일어날 터였다. 그는 오늘과는 달리 사라지지 않는 증상이 동반될 발작을 견딜 준비가 되어 있지 않았다.

그날 저녁, 별일 없는지 물어보려고 두 아이 모두 그에게 전화했다. 그 후로 몇 주 동안 하루도 거르지 않고 전화를 하거나 집에 들렀다. 레이랜드는 둘의 염려 덕분에 보호받는 느낌이었다. 그러나 두 아이가 자신들의 미래는 많이 남은 반면 아버지의 미래는 엄청난 속도로 해체된다는 사실과 싸우는 모습도 보기 편하지는 않았다. 모든 것이 지나간 어느 날 시드니가 말했다. "우리는 미래가 창창했고, 아빠가 더는 경험하지 못할 일을 생각하며 살 수 있었어요. 그래서 무의식적으로 아빠의 기대수명 너머에 있는 일을 목표로 뭔가를 하면 그 일에 대해서 침묵하거나 감췄지요. 아빠의 죽음 이후를 계획하는 게 마치 배신이나 잔인한 일이라는 듯이 말이에요. 아빠가 더는 경험하지 않게 될 일에 대해 기뻐하는 게 가장 어려웠어요. 예를 들어 다음번 올림픽 경기나 오는 여름의 야외 공연 같은 거였죠. 이제 더는 편하게 숨을 쉬거나 나 자신의 숨을 쉬면 안 되고, 얼마 남지 않은 종말을 의식하고 있는 아빠와 가쁜 숨을 쉬며 동행하다가 질식해야 할 것 같다는 생각이 이따금 들었어요. 트리에스테를 며칠 이상 벗어나는 여행 계획은 세우지 않았지요. 더 먼 일을 계획하면, 그때는 아빠가 더는 존재하지 않을 거라는 생각에 젖어들었어요. 하지만 아빠 앞에서 피치 못하게 아빠 삶의 경계를 넘어서는 일에 대해 말하는 경우도 가끔 있었지요. 그럴 때 보인 아빠의 눈빛을 잊지 못할 거예요. 눈빛이 흔들리고 깜박임이 더 빨라져서, 아빠가 목이 졸리는 느낌이라는 걸 알아볼 수 있었어요. 그럴 때면 아빠는 자리에서 일어나 창가로 다가갔어요. 우리에게 다시 몸을 돌리면 눈빛이 다시 단단해져 있었어요. 그러고는 '괜찮다', 이렇게 말씀하시곤 했죠."

그때 시드니와 소피아가 간 후에 레이랜드 내부에서 모든 게 무너졌다. '몇 달…….' 그러니까 남은 시간은 몇 주에 불과했다. 소피아는 모레티가 간호사실에서 준 수면제를 두고 갔다. 소피아는 약을 넘겨주기 전에 망설였지만, 그는 소피아를 차분하게 바라보며 말했다. "걱정 마라." 이제 레오나르디의 끔찍한 말로 시작된 긴 날이 지나가고 절망과 피로가 엄습하자 그 약은 유혹으로 다가왔다. 어둠과 정적, 모든 경험의 종말. 세어보니 열여덟 알이었다. 확실히 하기에는 너무 적은 양이었다. 그러나 그게 문제가 아니었다. 그냥 도망칠 수 없었고 그러기 싫었다. 아이들과 출판사가 있었으며 작별 인사를 하고 싶은 친구들도 있었다. 이 모든 걸 어떻게 해내야 할지, 게다가 다음번 발작이라는 불안의 그늘까지 드리워진 상황에서 정말 어떻게 해야 할지 알 수 없었다. 침대에 누워 차분하게 숨을 쉬려고 애썼다. 시간이 한참 흐른 뒤 자리에서 일어나 책상 앞에 앉아, 리비아에게 편지를 쓰기 시작했다.

7

레이랜드는 저녁 뉴스를 보려고 텔레비전 앞에 앉았다. 오늘은 날카로운 목소리에 알맹이 없이 표현하는 뉴스 진행자가 얼마 전보다 덜 거슬렸다. 뉴스 자체와 사진에 더 집중했다. 스스로를 열고 뉴스에 관심을 느낀다는 사실이 기뻤다. 어두운 시기가 지나갔을 때, 이를 다시 배워야 했다. 당시에는 뉴스 속 세상이 멀리 물러나 있었다. 인생의 남은 날이 손에 꼽을 만큼인데 선거나 낯선 고통, 정치적 허풍이나 스포츠 소음이 다 뭐란 말인가? 본 거라고는 심야방송의 영화 한 편, 마르첼로 마스트로야니와 소피아 로렌이 주연한 〈특별한 날〉뿐이었다. 차분한 장면과 함께 펼쳐지는 인상적인 이야기에 그는 두 시간 동안 사진에 관해 잊을 수 있었다. 리비아가 좋아한 몇 안 되는 영화 중 하나라는 점 때문이기도 했다. 도무지 잠이 오지 않던 날은 톰 커트니가 출연한 영화 두 편, 〈장거리 주자의 고독〉과 〈거짓말쟁이 빌리〉를 봤다. 그는 그게 톰 커트니와의 작별이자 리비아와의 새로운 작별이라고 생각했다. 텔레비전은 그때 말고는 어둡게 꺼져 있었다.

뉴스가 더는 와닿지 않던 그 시기부터 지금까지 남은 게 있었다. 삶의 성공이나 실패는 언제나 한 사람 내면에서, 다른 것과는 구별되는 특별한 사건에 의해 결정된다는 인식이었다. 홍수와 난민 행렬을 볼 때면 사람들은 바로 이런 게 중요하다고, 다른 건 그렇지 않다고 생각할 터였다. 다시 말해서 크고 광범위한 일. 물론 이런 일은 중요하고 다급하며, 고통을 줄이기 위한 갖은 노력이 필요했다. 하지만 결국은 누구나 각자 자기만의 삶, 운명의 전환점, 행복과 불행의 순간을 제각각 경험하는 것 또한 사실이었다. 꺼진 텔레비전 화면은 이런 인식을 의미했다.

레이랜드는 일찍 일어나는 걸 아주 싫어해서 학교에 지각한 적이 많았다. 그러나 이제는 남은 날에서 뭔가 얻기 위해 가끔 일찍 일어나기도 했다. 다른 한편, 열린 미래나 호기심이 가득한 날은 하루도 없었다. 불안한 날들이었다. 그는 아직 많은 사람과 이야기를 나누어야 했다. 그러나 깊이 생각하고, 펜이 자기 말을 듣는 한 리비아에게 편지를 쓸 정적도 원했다. 긴장과 갈등이 매일 반복됐다. 시간이 빠르게 달아났다. 모레티의 수면제가 약효를 보이자 소피아가 다시 가져다줬다. 그러나 레이랜드는 가끔 전혀 잠들고 싶지 않았다. '내 남은 시간을 자면서 보내고 싶지 않아.' 그러다가 또 그저 잠만 자고 싶기도 했다. 두통을 느끼면서 잠에서 깨면 그게 발작인지 재빨리 확인했다. 아무 증세 없이 깨도 욕실 거울 앞에 서서 펜을 들고 뭔가 적었다.

시간에 관해서는 이따금 완전한 혼란이 엄습하기도 했다. 그래서 언젠가 시드니에게 말했다. "남은 시간으로 뭘 해야 할지 전혀 모르는 끔찍한 느낌을 받는 순간이 있다. 한 시간에 불과하다고 해도, 그 시간이 더는 내 앞에 존재하지 않고 미래가 그만큼 녹아서 사라졌다는 사실이 기쁘지." 그러다가 완전히 다른 말도 했다. "시간을 멈출 수 있다면 좋겠다. 그럴 수만 있다면 어떤 대가든 치를 텐데." 하지만 '시간을 멈추다'니? 그게 무슨 뜻인지 스스로 묻는 일도 많았다. 현재를 얼리는 걸까? 모든 변화를 중단하는 것? 아니면 단순히 뇌의 끔찍한 변화, 재난으로 이어지는 그 모든 과정을 겪지 않아도 되는 건가? 아니면 역설처럼 들리긴 해도 이와는 다른 어떤 것? 즉 이 사건을 멈출 수 없고 자신도 그 사실을 알고 있으니 이 사건에서 호흡을, 다시 말해서 시간의 흐름을 차단하는 게 어떨까. 시간의 정지를 통해 위협적인 사건을 질식시킨다면.

당시에 그는 배를 자주 탔다. 언제나 바다를 찾았다. 가끔 '지금 발작이 일어나면 어떻게 하지?'라는 생각이 엄습하기도 했다. 그런데도 계속 다음번 배표를 샀다. 자연을, 자연의 소리와 정적을 더 경험하고 싶어서 날씨가 거친 바깥으로 나갔고, 폭우와 요란한 천둥과 바람과 거품이 이는 파도를 찾아다녔다. 눈과 얼음 속으로 가고 싶다는 말도 했다. "난 왜 한 번도 북극에 가지 않았을까." 그가 말했다. "우리가 사는 곳은 날씨가 너무 온화해." 그는 자신이나 위기에 처한 삶보다 뭔가 더 위대한 것, 더 의미 있는 것으로서 자연을 경험하고 싶었다. 자연재해는 위로였다. 그에 비하면 불행까지 포함해서 모든 인간적 삶은 너무나 보잘것없었다.

뜯지 않고 그대로 둔 우편물이 계속 쌓여갔다. 그러면서도 낯선 시대와 지역에 관한 책을 무더기로 사들여 책이 바닥에 쌓였고, 하루도 빠짐없이 집배원이 책 소포를 배달했다. 이 모든 것을 여전히 자기 것으로 만들려는, 다가오는 삶의 붕괴를 맹목적인 힘과 열정으로 막으려는 절망에서 탄생한 폭력적인 의지였다. 음험하고 무성한 종양의 증식에 대응하려는 의지와 인식의 필사적인 싸움이자, 파괴되는 뇌세포의 탈선에 대항하여 단단하게 움켜쥔 주먹이었다. 책 주문은 모두 새로운 반란이었고 모든 반란은 삶과 지식, 특히 지식에 태만했다는 자각의 표현이었다. "왜 이 모든 걸 더 일찍 읽지 않았을까. 왜 이 행성에 대해 제대로 알지 못하지?" 그는 이렇게 말하곤 했다.

레이랜드는 표준 중국어 어학 강좌에 등록했다. 성조 때문에 교사의 도움 없이는 배우기가 불가능하다는 이유도 있어서 어려움의 화신인 언어였다. 음반을 듣는 것만으로는 부족했고, 직접 발음하고 또 발음하며 계속 교정을 받아야 했다. 그는 한 글자 한 글자, 성조 하나 하나 읽기 시작했다. 하루에 열 개씩 배운다 쳐도 1천 자를 공부하려면 석 달 이상이 걸렸다. 비이성적이고 정신 나간 일이지만 몰락과 사라지는 시간에 대한 저항이었다. 그는 광기를 느끼고 그 광기 속에서 이를 악물었다. 종양이 자라는 뇌는 그가 불굴의 의지, 단어 영역에서 모든 장애물을 넘어서는 집중력, 숙련된 기억력으로 무장하고 맞서는 적이었다. 범죄자이자 독재자, 악령이었다. 2주 후, 아침 여명에 찌르는 두통을 느끼며 그는 결국 중국어를 포기했다.

그는 타인의 삶에 팽팽하고 숨 가쁜 관심과 흥미를 느껴 낯선 사람에게 그들의 인생에 대해 질문했다. 지금 사는 삶이 바라던 삶인지, 상상하던 삶인지 묻기도 했다. 사람들은 당황하고 놀라고 상처를 받았고, 어떤 사람은 그 뒤로 레이랜드를 보면 길 건너편으로 가기도 했다.

'내 인생의 시간으로 뭘 했던가?' 스스로 이렇게 묻지 않고 지나가는 날은 단 하루도 없었다. 입에 캐드버리 초콜릿을 물고 지하철 승강장에 서 있을 때는 이 질문에 평소와는 다른 다급함이 드리워 있었다. 이유를 댈 수는 없었지만, 레이랜드는 현재에 목말랐다.

골몰하는 또 다른 질문도 있었다. '난 누굴 정말로 알고 지냈나? 그저 익숙할 뿐인 사람은 누구였지?' 그가 이 질문을 크게 말하거나 회의적으로 나지막하게 혼잣말로 중얼거릴 때면 다른 사람들은 견디기 힘들어했다. 함께 있는 사람들에게도 해당하는 질문이었으니까. 그에게서 이따금 터져 나오는 것은 가차없는 정직함, 사납고 씁쓸한 정직함의 한 예였다. 이 정직함은 멈출 수 없이 줄어드는 미래에 맞서는 정당방위, 구체적인 상대방이 없는 정당방위였다. 배려와 섬세한 감정이라는 장애물을 모두 파괴하고 범람하는 정직함, 우박 폭풍 같은 정직함이었다. 그의 절망적인 질문에는 당연히 답이 없었다. 질문이 아닌 비명에 어떤 대답을 할 수 있을까. "난 이제 더는 모르겠다. 너희도 모르고 나 자신도 모르겠어!" 그는 창피했고 양심의 가책을 느꼈지만 종말에 직면한 사람은 타인이 그동안 그에 대해 그려왔던 초상을 배려하지 않을 권리가 있다고, 자신의 생각이 아무리 위험하고 타인을 힘들게 할지라도 그 생각의 표류에 몸을 맡기고 바깥으로 표현할 권리가 있다고 말했다. "그때 아빠에게는 일종의 특별한 권위가 생겼어요." 나중에 언젠가 시드니가 말했다. "우린 그 권위를 두려워했고, 감탄했고, 자랑스러워했지요."

레이랜드는 영어에서 이탈리아어로 뉴스 채널을 돌렸다. 어쩌면 지금 시드니도 이 뉴스를 보고 있을지 모른다는 생각이 들었다. '현란한 사탕 색깔'. 얼마 전에 둘이 그 단어를 두고 웃던 일, 그가 다시 삶을 찾은 걸 기뻐하며 아들이 그를 포옹하던 일을 떠올렸다. 파도바에서 트리에스테로 돌아온 시드니는 자그마한 옥상 정원이 딸린 다락방 아파트를 구했다. 진단을 받은 후에 몇 주 동안 둘은 이따금 그 정원에 함께 앉아 있었다. 레이랜드는 오래 사귄 여자 친구 엘레나와의 힘든 점을 이야기하는 시드니에게 귀를 기울였다. 이런 일에 수줍음이 많고 말수가 적은 시드니가 말을 꺼낸 건 그때가 처음이었다. 죽음에 직면한 아버지를 마주했기 때문이었을까? 죽음이 평소라면 느낄 수 없었을 친밀함을 만들어낸 건가? 돌아오는 길에 레이랜드는 어쩐지 이렇게 생각한 자신이 부끄러웠다.

그다음 채널은 아라비아어 방송 알 자지라였다. 너무 빠르고 낯선 발음에 다시 적응하기까지는 시간이 오래 걸렸지만, 그다음부터는 괜찮았다. 그러나 기억나는 단어는 얼마 없었다. 레이랜드는 워런 숀의 강의에서 아라비아어를 배웠고, 시리아에서 온 남자가 가르치는 아라비아어 강습에도 참석했다. 다마스쿠스나 카이로에 가서 몇 주 동안 개인교사에게 배우고 아침부터 밤까지 그 언어와 더불어 살고 싶다는 마음은 늘 있었지만, 언제나 뭔가 일이 생겼다. 급한 번역이나 불쾌한 일, 지켜야 할 약속 등이었다. 지금 와서 생각해보니 가지 않은 데에는 더 깊은 이유가 있었다. 레이랜드는 벽에 걸린 지중해 지도를 바라봤다. 삼촌이 옳았다. 지도는 그에게 여행 계획이라기보다는 은유에 가까웠다. 삼촌이 편지에서 그에 대해 쓴 글이었다. '낯선 글자와 단어, 울림과 시의 연들이 너에게는 바깥세상에 흩어져 있는 게 아니라 네 안에 모여 있었으니까. 이 모든 것은 현실임에도 네 상상 속의 허상'이었다고, '네가 어쩌면 진짜 언어에는 화상을 입을지 누가 알겠냐'고. 레이랜드는 실패한 몰타 여행을 떠올렸다. 다마스쿠스나 카이로에서도 비슷한 상황이 일어날까 두려워했던 걸까? 그 후에 언어 때문에 여행을 떠난 적이 두 번 더 있었다. 이미 캠든 타운에 살면서 정기적으로 번역 계약을 할 때였다. 음반에서 듣는 그리스어가 너무나 마음에 들어서 어학 강좌에서 배운 내용 전체를 외우고 나니 이제 거리와 광장에서 그 울림을 듣고 싶었다. 아테네에서 무작정 수다를 떨고 텔레비전이 시끄럽게 켜져 있는 카페에 앉아 지내던 그는 얼마 지나지 않아 축구 용어들을 말할 수 있게 됐다. 정점은 농담을, 그것도 말장난이 배경인 농담을 알아들었을 때였다. 여자들과는 오해도 생겼다. 그는 그저 단어를 연습하려던 의도였지만 여자들은 뭔가 다르게 생각했다. 그런 일은 그리스뿐 아니라 다른 곳에서도 자주 벌어졌다.

한번은 알바니아의 수도 티라나로 갔는데, 그 여행은 동화나 우화와 같은 성격을 띠게 됐다. 그는 몇 주나 비자를 기다린 끝에 베오그라드에서 덜컹이는 러시아 비행기를 타고 티라나에 도착했다. 엔버 호자 대통령의 알바니아는 모스크바와 베이징 모두에게서 등을 돌려 고립됐으며, 프로파간다에 따르면 '세계 최초의 무신론 국가'인 공산국가였다. 그 사실 또한 레이랜드를 자극했다. 퉁명스러운 공무원이 엄지로 비자 도장을 훑었는데, 진짜인지 확인하려는 게 분명했다. 여행 목적은? "어학 강좌, 어학 교사." 레이랜드가 알바니아어 단어로 대답했다. 마음이 부드러워진 공무원이 그를 통과시켰다. "저렴한 호텔." 레이랜드가 택시 기사에게 말했다. 객실은 보잘것없었지만 조용했다. 접수처에 있는 여자에게 '어학원'을 찾는다고 말했다. 제대로 알아듣지 못한 여자는 그를 거리 몇 개 떨어진 곳에 있는 평범한 학교로 보냈다. 쉬는 시간이라서 시끄러웠고 한마디도 알아듣지 못했지만 레이랜드는 용기를 짜내어 교무실이라고 짐작되는 곳을 노크했다. 그의 짐작이 옳았고, 교사 몇 명이 영어나 이탈리아어를 조금 할 줄 알았다. 그는 교무실에 서서 자기가 원하는 게 뭔지 설명하면서 이 상황이 너무나 비현실적이라고 생각했다. 그 후에 일어난 일도 믿을 수 없었다. 그들은 레이랜드를 예전에 이 학교에서 아이들에게 알바니아어 문어文語를 가르치던 중년 부인에게 보냈다. 그 부인은 침실과 작은 거실에 금방이라도 무너져 내릴 듯한 책장이 가득한 집에 살았다. 그가 갈 거라는 전화를 미리 받은 부인이 싹싹하고 호기심 어린 얼굴로 문간에서 기다렸고, 둘은 서로 첫눈에 마음에 들었다. 부인은 영어와 프랑스어를 조금 할 줄 알았지만, 알바니아어를 배우고 싶다면 지금부터 알바니아어로만 말하라고 했다. 예리한 부인이 그의 야심을 자극했다. 그는 매일 몇 시간씩 그 집에 가서 함께 차를 마셨고, 부인은 아주 오래된 석판에 철필로 단어를 썼다. 부인은 두 개의 큰 방언인 게그 알바니아어와 토스크 알바니아어, 그리고 문어를 구성하는 이 둘의 절충에 대해 이야기했다. 그녀는 엄격한 교사였고 환상적으로 설명을 잘했으며, 단어의 역사에 푹 빠져 있었고 알바니아어가 일리리아어에서 나왔다는 견해에 동조하는 사람이었다. 부인은 예전에 가르치던 교과서를 레이랜드에게 선물했다. 그 책은 지금 트리에스테 집에서 특별히 소중한 책만 두는 책장에 있었다. 부인의 이름은 린디타Lindita였는데, '낳다'라는 뜻인 '린드lind'와 '날'을 뜻하는 '디타dita'에서 왔으며 디타는 일출을 의미하기도 한다고 설명했다. 레이랜드는 돈이 다 떨어지고서야 집에 돌아왔다. 린디타는 돈을 받지 않겠다고, 언어와 수업을 사랑해서 한 일이라고 말했지만, 그는 비상금으로 가지고 있던 영국 파운드를 모두 전화번호부 아래에 살짝 감춰두었다. 덜컹거리는 비행기로 돌아올 때는 승객들이 하는 말을 대부분 알아들을 수 있어서 한없이 행복했다. 새해가 되면 늘 알바니아어로 부인에게 카드를 보냈고 답장도 받았다. 대여섯 번 그렇게 카드가 오가고 답장이 끊어졌다. 그는 트리에스테 교도소에서 알바니아어가 필요할 때면 통역자가 됐다. 그럴 때면 게그 알바니아어인지 토스크 알바니아어인지 구분할 수 있었고, 그 후에는 언제나 린디타를 생각했다.

이제 창가로 다가선 레이랜드의 눈에 연주하는 케네스 버크의 모습이 들어왔다. 보면대와 첼로의 일부, 활을 쥔 손, 그리고 이따금 머리도 보였다. 레이랜드는 진단을 받은 후에 음악을 향한 자신의 감정이 너무나 모순적이고 이따금은 순간적으로 바뀌어서 얼마나 힘들었던가 떠올렸다. 그맘때 가장 가깝게 느낀 것은 바흐와 모차르트의 종교음악이었는데, 종교 때문이 아니라 자신의 충격과 불안이 그 안에 담겨 있다고 느꼈기 때문이다. 그는 기독교 신은 좋아하지 않았다. 어릴 때부터 그 전지전능함은 위협적이고 오만하며 너무 잔인해 보인다고 생각할 때가 많았다. 도움이 된 것은 종교음악이 펼치는 큰 공간, 음으로 이루어진 대성당이었다.

삶과 죽음의 올바른 비율을 말없이 가르쳐주니 대성당의 둥근 천장 아래에서는 차분해질 수 있었다. 말하고 서명하며 자기 삶과 작별하고 정리하느라 분주히 돌아다닌 날 저녁에는 그런 음악을 들었다. 그러면 완벽하게 자기 자신이 된 것 같은 기분이 들어 평온해졌지만 그 평온이 지속되지는 않았다. '증상을 느끼지 않고 음악을 듣는 건 이번이 마지막인지도 모른다.' 이런 생각을 막을 수 없었다. 그럴 때면 음이 갑자기 괴롭고 위협적으로, 불행의 전령처럼 들려서 꺼버렸다. 어쩌면 음악을 통해 자기 자신에게 더 가까이 다가감으로써 또한 자신의 질병에도, 레오나르디의 엑스레이 스크린에서 본 요란한 종양에도 더 가까이 가기 때문인지도 몰랐다. 음악은 내면으로 흘렀고, 그쪽은 몰락이 시작된 종양으로 생각이 나아가는 방향이므로 위험했다. 머리와 그의 내면에서 불행을 일으키는 모든 것을 잊는 일이 중요했다. 그는 머리를 떠나 세상으로, 색깔들로, 불빛과 소음으로 나서고 싶었다. 하얀 붕대를 감은 머리와 병든 뇌, 마비와 미끄러진 단어들이 없는 바깥세상만 존재해야 했다. 그래서 종교음악으로 시작한 저녁이 피상적인 형식의 연회, 필사적인 망각의 윤무로 변할 때도 가끔 있었다. 마지막에 자신을 완전히 잃었다고 생각되면 감정의 혼란과 뒤죽박죽에 지치고 절망하여 다시 모차르트의 레퀴엠이나 바흐의 칸타타를 틀었다.

레이랜드는 낯선 곳이나 다름없는 이 지역을 천천히 돌아다녔다. 이미 오래전에 닫은 찻집을 지나고 이따금 불 켜진 거실이 들여다보이는, 가스 가로등이 있는 조용한 거리로 들어섰다. 거실들은 서로 닮았고, 또한 벽난로와 작은 장식품이 놓인 옥스퍼드 집의 거실과도 닮아 있었다. 엄마 리디아 사르토리우스는 그 거실이나 그 외 영국의 전형적인 특징이라고 생각하는 것들을 자주 웃음거리로 삼았다. 이곳 건물이나 집들은 트리에스테와는 아주 달랐다. 다른 세상이었다. 그곳이 그리운 걸까?

케네스 버크가 기르는 개 빌리와 함께 맞은편에서 걸어왔다. 둘은 한동안 이 지역에 대해 이야기를 나누었다. "7월에 당신 딸이 전화했었지요." 버크가 말했다. "이름이 소피아죠? 소피아가 당신이 아프다고 하더군요. 심각한 병이 아니었길 바랍니다." 레이랜드는 잠시 망설이다가 대답했다. "심각했어요. 그러니까 내 말은, 당시에는 심각했다고요. 그것도 아주 많이." 버크가 그를 빤히 바라봤다. "이야기하자면 길어요." 레이랜드가 말을 이었다. "길고 복잡한 이야기지요. 나중에 언젠가 말하겠습니다."

8

이유를 설명할 수는 없지만, 삼촌이 편지에 쓴 대로라면 상실과 고통을 겪었을 이 남자가 옆집에 산다는 사실은 레이랜드에게 편지 읽을 용기를 주었다. 진단을 받은 후 리비아에게 쓴 두 번째 편지였다.

카라,

오늘은 내 남은 생의 첫날이야. 물론 지금까지 지내온 모든 날도 마찬가지였지. 오늘, 그리고 앞으로 남은 날은 늘 조금씩 줄어드는 법이니까. 하지만 내가 그 한계를 알지 못했으니 지금까지는 남은 날이 가능성으로 열려 있었어. 하지만 이제는 달라. 나는 한계를 알고 있어. '몇 달 또는 1년쯤'이라고 레오나르디 박사가 말했지. 종양이 몰고 올 죽음에 대해서도 이야기했어. 당신은 이게 내가 정할 한계가 아니라는 말을 읽어도 놀라지 않을 거야. 이미 그보다 훨씬 전에 나는 나인 것, 나를 이루는 것들을 잃게 될 테니까. 소중한 것을 모두 잃는 이 상실에 선수를 칠 예정이야.

아마 단계적인 상실이 될 거라고 상상하고 있어. 발작이 일어나는 동안 불가능했던 건 생각이 아니라 말하기였어. 오지 않은 건 생각이 아니라 언어였지. 나는 들리는 말을 이해했고 내가 무슨 말을 하고 싶은지 알고 있었어. 평소와 다름없이 생각할 수 있다는 걸 깨닫고서 한없이 마음이 놓였지. 생각은 내적인 말하기일까? 명확한 생각이나 자기 자신과의 논쟁에서 우리는 누군가 듣고 있다면 말할 법한 고요한 단어를 속으로 인식하는 건가? 하지만 내가 보기에 이따금 생각의 형성이란 뭔가 말하려는 준비 자세 이상은 아닌 것 같아. 이런 생각의 형성이 언어의 형성과 비교될 수는 없지만 말이야. 소피아 집의 침대에 누워 나는 속으로 말할 수 있었고, 내가 어떤 언어로 생각하는지도 알았어. 그게 영어인지 이탈리아어인지. 생각은 피해를 입지 않았어. 지워지지도, 느려지지도 않았지. 아마도 정신의 언어는 온전했다고 말할 수 있을 거야. 그리고 뭔가 말하려는 준비 자세라는 의미에서의 생각도 끊임없이 만들어졌어. 그러는 동안 이런 의미에서든 저런 의미에서든 생각은 바깥으로 향하는 길을 그저 훼손된 형태로만 찾을 수 있었지. 유창하고 자명한 형태로 표현하는 데 필요한 언어는 나에게서 미끄러져 사라졌으니까.

난 이렇게 상상해. 언젠가는 단어뿐 아니라 생각도 미끄러져 나가겠지. 내면에서도 언어가 편하게 나오지 않거나 전혀 나오지 않을 거야. 그런 상황은 내면이 잘게 부서지고, 쇠퇴하고, 스스로를 잃는다는 느낌과 함께 올 테지. 내가 이미 경험한 첫 번째 충격과는 다른 충격일 거야. 어떤 이름이나 자주 사용하지 않는 외래어 또는 아직 충분히 연습하지 않은 외국어의 어떤 단어가 생각이 나지 않는 경우는 당신도 알 거야. 내부에 아직 굳게 닻을 내리지 못해서 당연하게 나오지는 않는 거지. 그런데 이름이나 외래어 또는 외국어 단어가 아니라 당신이 평생 사용한 단어, 도시나 거리, 남자와 여자처럼 지극히 당연하게 정신의 일부였던 것에서 이런 일이 일어난다고 상상해봐. 이런 단어는 마음대로 쓸 수 있었어. 단 한 번의 망설임도, 멈칫거리며 심사숙고해야 하는 일도, 생각하려는 의지와 생각해내는 능력 사이에 그 어떤 간극도 없이 말이야. 내면의 언어가 숨 쉬듯 당연하게 찾아왔으니, 생각하려는 의도는 곧 생각이었지. 그런데 이제 이 언어의 호흡이 멈칫거려서, 잘 쉬어지지 않는 숨을 쉬려는 것처럼 애쓰며 그걸 찾아야 하는 거야. 질식하는 느낌이 들 테지. 육체적으로 제대로 숨을 쉴 수 없으면 호흡곤란이라고 하듯이, 이제 정신의 언어가 마르려고 하니 정신적으로 앞으로 나가지 못하는 느낌이야. 그렇게 되면 난 속으로 아무 생각도 중얼거릴 수 없고, 명확한 문장을 말하거나 그런 문장에 찬성조차 할 준비가 안 됐다는 점에서 생각도 불가능한 거야. 내 내부는 텅 비어 잠잠하고 조용할 테지.

조금 다른 일이 벌어질지 모른다는 상상도 해. 속으로든 겉으로든 단어가 떠오르긴 하지만, 그 단어를 이해하지 못하는 일이지. 모국어의 새로운 단어나 외국어 단어를 접하는 경우와는 다를 거야. 그건 새롭고 낯선 느낌으로 이해하지 못하는 경우지. 그러나 이건 좋지 않아. 자기가 그 단어의 의미를 예전에 알았다는 걸 자각하고 있어. 하지만 예전에 알았던 것은 잊어버렸고, 단어들은 낯익으나 상실한 것이 되어 스쳐가지. 예전에는 볼 수 있었으나 이제는 보이지 않는 것과 같아. 단어와 생각이 사라지고 공허함이 남았을 때보다 더욱 큰 공황상태가 찾아오겠지. 지금은 공허한 게 아니라 감각과 의미에 어두워지고 눈이 먼 거야. 특정한 단어가 기억나지 않는 게 아니라 모든 단어를 잃어버린 것이고, 기억의 실패가 아니라 사고와 정신이 전체적으로 고장 난 거니까. 나는 포괄적인 의미에서 생각하는 존재로서의 발판을 상실한 거야. 그래도 어쩌면 질식하지 않으려고 말을 계속할지도 모르지. 아마 내가 말도 안 되는 소리에 휩쓸려가는 걸 내 귀로 들을지도 모르고, 그걸 제지하지는 못하면서 그 상황을 인식할 만큼 정신은 깨어 있을 수도 있어. 아니면 더 깊이 추락할지도 몰라. 텅 빈 헛소리를 하면서 의미와 이해의 상실을 더는 느끼지 못하는 경우야.

그런 일이 벌어지게 내버려둔다면 언젠가 내가 책장 앞에서서 펼친 책은 그저 진기한 장식이 가득하고 매력적이며 보기에는 단정하지만 의미라고는 전혀 없는 종이에 불과하겠지. 내가 번역한 책들도 마찬가지일 테고. 그 페이지를 채운 저자를 더는 알지 못해서 저자는 나에게 완전한 이방인이 될 거야. 마지막에는 말도, 감각도, 기억도 없이 어스름한 빛 속에서 미동도 없이 휠체어에 앉아 있겠지. 가장 어두운 밤으로 향하는 여행 같을 거야. 내가 그런 일이 있기 전에 행군을 멈출 거라고 확신해도 좋아.

맑은 이성과 깨어 있는 감각과 또렷한 목소리로, 내 인생에 중요했던 사람과 일과 작별할 수 있는 시간이 몇 주밖에 남지 않은 것 같아. 내일 아침에 시작할 거야. 오늘 밤에 손이 차분하고 정신이 맑은 한, 남은 생이 얼마나 짧은지 생각할 때면 나를 엄습하는 가장 강력한 감정은 무엇인지 쓰려고 해. 창문을 모두 열고, 따뜻한 밤공기를 마시며 거리에서 들려오는 목소리와 소음에 귀를 기울이고 있어. 이 소소하고 눈에 띄지 않는 일들에 왜 예전에는 관심을 두지 않았을까!

살아오는 내내 삶이 드디어 시작되기를 기다려왔다는 기분이 들어. 마치 내가 온전히 산 적은 한 번도 없었다는 것처럼. 그런데 뭘 기다렸던 걸까? 시작하는 삶이란, 내가 살아 있으며 그걸로 충분하다고 주저 없이 말할 만한 현재란 뭘까? 알 수 없어. 뭘 기다리는지 몰랐다는 것뿐 아니라 충분하다고 말할 수 있는 현재가 뭔지 모른다는 사실에 나는 충격을 받았어. 특이하고 혼란스러운 무지야.

난 시간 감각을 상실했어. 밤과 아침이 오는 속도를 이해하지 못해. 한 시간이나 하루가 한없이 긴 것처럼 느껴지다가 또 미처 잡을 수 없을 만큼 너무 빨리 지나가. 아주 정신 나간 소리처럼 들리겠지만, 이 둘은 '동시에' 일어나지! 나는 시간 속에서 비틀거리고 있어. 시간이 뭔지, 그게 나에게 무슨 뜻인지 점점 더 이해하지 못하는 느낌이야. 시간이 두렵기도 해. 시간은 예측할 수 없고 종잡을 수 없는 적이고, 내가 용감하고 차분하게 맞서려고 하면 어느새 등 뒤에서 좀 더 멀리 흘러가버렸어. 게다가 내가 시간을 두려워하는 건지 아니면 나를 부단히 어둠 속으로 몰고 가는 내면의 변화를 두려워하는 건지 모르겠어. 나는 비틀거리며 시간을 통과하고, 시간과 그 시간의 잔인한 흐름에 대한 불투명한 질문들 속으로 지나가면서도 어떤 게 의미 있고 어떤 게 없는지 더는 모르겠어. 지금까지의 삶이 길게 느껴지고 옥스퍼드 이래로 얼마나 많은 일이 벌어졌는지 놀라는 순간도 있어. 하지만 그 직후에는 모든 것이 짧은 일화처럼 비현실적이고 말할 가치도 없어 보여. 호텔 접수처 뒤편에 앉아 있던 수많은 밤, 그리고 캠든 타운과 해링턴 가든스, 당신과 아이들, 출판사 등 그 후의 모든 것이 정말 일어난 일인가? 그렇게 나에게 묻곤 하지. 모든 일이 서로 엉켜. 나는 자리에서 일어나서, 내가 번역한 책들이 꽂혀 있는 책장을 따라 걸어. 상당히 긴 시간이 지났다고 혼잣말을 하지만, 그 말은 추상적인 계산처럼 들릴 뿐 실제로 경험한 지속적인 일처럼 느껴지지 않아. 직접 겪은 일에 관한 추억도 나를 비틀거리게 해. 옥스퍼드에 도착하려면 얼마나 멀리 거슬러 올라가야 할까. 그러다가 바로 다음 순간, 마치 어제였던 듯이 그곳에 가 있지. 나는 얼마나 오랫동안 산 걸까, 스스로에게 물어. 짧은가, 긴가. 숫자는 아무 도움도 되지 않아.

내가 다시는 하고 싶지 않은 일이 뭔지 알아? 시간이 지나기를 초조하게 또는 불안하게 기다리는 거야. 시간을 그저 '내 뒤로' 보내는 것. 이따금 우리는 삶의 어떤 부분이 이미 지나갔기를 바라기도 해. 영혼의 가장 깊은 곳에서 온 힘을 다해 원하지. 이 부분을 제거하거나 건너뛰기를 원해. 완전히 정신 나간 바람 아닌가? 하지만 이걸 목표로 하는 감정도 있어. 예를 들면 그리움이야. 우리가 누군가를 또는 어떤 일을 애타게 기다릴 때, 지금과 그것이 나타날 때까지의 사이에 놓인 시간과 나날은 견뎌내야 할 방해물에 불과해. 시간을 계산하고, 엑스 표시를 하며 지워나가지. 말로만 표현할 때보다 훨씬 안 좋아. 시간만 스쳐 보내려는 게 아니라, 이 기간에 어쩔 수 없이 하게 되는 모든 경험도 삭제하려고 하지. 그게 중요하지 않으리라는 건 처음부터 확실하니까 말이야. 이걸 가장 잘 표현하는 건 목표가 아직 멀리 있는, 증오하는 시간을 보내기 위해 잠이나 알코올로 도피할 때야. 그럼에도 겪어야 하는 모든 일은 원치 않아도 겪게 돼. 해야 할 일과 해야 할 대화에 제대로 참가하지 않고 내면의 시선을 돌린 채 모든 걸 귀찮은 안개처럼 그저 지나가게 두지. 갈망하던 일이 찾아오면 경험할 것만을 중요하게 여기는 거야. 그때까지는 경험을 내다버릴 수도 없으면서 숨을 참으며 삶을 중단해. 먼 목표가 있다는 이유만으로 자신의 경험을 과소평가하는 건 정신 나간 짓이 아닐까? 오래 기다리다 보면 복잡하고 소름 끼치는 일이 벌어질 수도 있어. 부정당한 경험을 완전히 지울 수는 없어. 나는 내 의지와 상관없이 바뀔 거야. 그건 내 경험이고, 영향력을 끼치지 않는 경험이란 없으니까. 목표지점에 도착한 나는 다른 사람을 포옹하며 감옥 문을 나서겠지. 그때의 나는 기다리기 시작한 사람과는 다른 사람이야. 원하지 않은 경험의 온갖 파도가 그 사이에 있고, 이 경험의 폭풍 속에는 그때까지의 나를 이루는 존재의 방파제를 강력하게 부딪쳐 무너뜨린 파도도 있으니까. 이제 기다리며 갈망하던 목표에서 벗어났고, 나는 이중으로 배신당한 사람이 되어버렸어. 현재를 탐탁지 않게 경험하며 제대로 겪지 못했지. 그건 갈망하는 목표를 향한 기대의 그늘에 가려 있었으니까. 그리고 지금 구원받은 순간의 현재를 경험하며 즐길 수도 없어. 나는 이제 갈망이 시작되고 닻을 내린 시점의 나와 동일한 사람이 아니니까. 정말 정신 나간 일 아니야?

우리가 불안 때문에, 예를 들어 수술을 앞두고 불안해서 시간을 그냥 보내려고 하는 일도 생길 수 있어. 우리는 이미 한 달 후이기를, 두려워하는 게 지나가서 불안의 이유가 이미 사라졌기를 바라지. 불안이 사라지기를 갈망하는 거야. 시간이 빨리 흘러가기를 소망하는 것은 불안의 짐을 최대한 빨리 떨쳐내려는 소망과 같지. 불안이 크고 불안의 독재가 강력할수록 시간을 빨리 보내려는 비현실적인 소망도 강해져. 폭군 같은 불안 때문에 우리는 수술하기 전까지 그 외에 경험할 수 있는 온갖 것에 눈멀고 무감각해지지. 우리는 무감각한 불안 속에서의 기다림도 잠이나 알코올로 줄여보려고 할지도 몰라. 그러다가 드디어 퇴원해서 집에 다시 돌아와 수술을 기다리던 시간의 흔적을 관찰하면, 그 기간이 마치 인생에서 도려낸 듯이 사라졌다는 걸 느끼게 될 거야. 우리는 그 기간을 잃었어. 하지만 이건 그래도 행복한 경우야. 불안으로 독살된 잃어버린 시간 뒤에는 기다린 보람이 있는 시간이 오니까. 나는 이제 그런 시간이 없어. 내가 두려워하는 그 시점에 도착하면 그 뒤에는 아무것도 없고, 그 자리가 나에게는 모든 시간의 종말이 될 거야. 지금 뭘 해야 할지 모르겠어. 이 종말이 최대한 빨리 오기를, 모든 불안을 삼킬 순간이 오기를 간절히 바라야 하나? 아니면 끝까지 싸워서 불안으로부터 남은 시간을 얻어내고 눈에 보이는 최후의 날들에 적합한, 필사적인 현재를 쟁취해야 할까?

누군가 시간을 보내기 위해 무언가를 찾는다면, 다시 말해 그저 '시간을 없앨' 무언가를 찾는다면 지금 내 눈에는 그게 얼마나 경솔해 보이는지 몰라! '시간을 죽이다' '킬링 타임'이라니, 거의 파렴치해 보일 정도야! 기껏해야 살짝 짜증스러울 뿐, 우리가 보통 그다지 큰 반감 없이 하는 말인 '헛되이 쓴 시간' '낭비한 시간'이라는 말을 나 혼자 중얼거려보면 엄청나게 멍청한 짓을 언급하는 것처럼 들려. '시간을 낭비하다wasting time'. '웨이스트waste'의 의미가 쓰레기라는 점을 생각하면 말이야.

자정이 지나서 바깥은 더 조용해졌어. 멀리서 구급차 사이렌 소리가 들려와. 난 이제 이런 사이렌 소리를 놀라지 않고 그냥 들을 수는 없겠지. 불현듯, 정말 아무런 전조 없이 어떤 의문이 떠올랐어. 내가 경험한 일에서 나는 '진짜'였나? 생각과 말과 느낌과 행동에서 '에히트echt' '제뉴인genuine' '아우텐티코autentico'*였을까? 나는 단어들을 자세히 바라보고 소리 내어 말해보면서도 이게 무슨 뜻인지, 특히 이 문제에서 무슨 뜻인지 알지 못해. 하지만 이 질문은 불붙은 듯 다급하고, 거의 모든 다른 문제들보다 더 중요해 보여. 사소한 일이나 어쩔 수 없이 하는 거짓말, 변명 또는 무해한 속임수가 아니야. 큰 일, 중요한 결정, 의미 있는 말, 깊은 곳에서 우러난 포괄적인 감정에 관한 일이지. 타인 또는 나 자신을 속인 감정을 말하는 게 아니야. 그보다는 내가 혹시 나 자신을 스쳐 지나가며 사는 잘못을 저지른 건 아닌지 의심하는 감정이지. 살아온 삶 대신 내가 어떻게 살려고 했는지, 어떻게 살아야 했는지 눈앞에 떠오르지 않아. 무엇을 오류라고, 삶의 오류 또는 삶의 거짓말이라고 불러야 할지 찾지 못하겠어. 그런데 왜 종말 직전에 이런 질문을 할까? 번역을 하면서 나는 여러 등장인물의 처지가 되어봤고, 적절한 언어를 찾으려고 그들 내면의 극적 사건과 완전히 하나가 되기도 했지. 그래서 나 자신의 경험은 잊어버린 걸까? 의식하지 못하는 사이에 나 자신의 삶 대신 상상 속 인물의 삶을 산 걸까? 하지만 그랬더라면 당신이 분명히 알아채고 나에게 말하지 않았을까?

난 왔다 갔다 움직이다가 창가로 다가섰어. 운하의 보트 조종실에 불이 켜져 있고, 안에서 누군가 일을 하더군. 개가 이리저리 돌아다니고, 뭔가 큰 소리를 내며 바닥에 떨어졌어. 혹

* 독일어와 영어, 이탈리어로 '진짜의'를 발음해보는 것.

시 '진짜'라는 말이 잘못된 걸까? 다른 사람들이 나에게 걸었던 '기대'가 더 적당한 말이고, 내가 그들에게 너무 많은 권력을 내어준 걸까? 그래서 나 자신의 삶이 아니라, 그들이 나에게서 기대한 삶을 산 건가? 하지만 난 그날 아침 옥스퍼드에서 학교에 가는 대신 역으로 가서, 다른 사람들의 기대에서 도망치지 않았던가? 그런데 무의식적으로 그들의 기대를 함께 가지고 도망쳤나? 타인의 기대는 독재가 될 수 있어. 그 기대는 간교하게도 무의식의 저승에서 행패를 부리지. 그래서 정작 당사자는 알아차리지도, 스스로를 방어하지도 못해. 이 독재를 깨닫기 위해 왜 종양이, 왜 이 거칠고 잔인한 유한성의 시위가 필요했을까?

이 모든 것은 고요함을 향한 나의 갈망과 관련이 있는 것 같아. 타인의 기대는 고요 속에서는 침묵하지. 동물의 소리를 포함한 자연의 소리는 피해를 주지 않아. 고요에서 중요한 것은, 나를 괴롭히고 나 자신에게서 멀어지게 할 수도 있는 타인의 기대가 들리지 않는다는 점이야.

불현듯 이런 생각이 들어. '권위자는 없다.' 멋지게 해방시키는 문장, 사슬을 풀어주는 파도 같은 문장이지. 이걸 훨씬 일찍, 훨씬 자주 생각했더라면 좋았을 텐데. 타인의 판단에 의해 결정하지 않기. 언어 선택에서는 이걸 이루었어. 하지만 그것 말고는? 우리가 함께한 삶의 많은 부분에서 권위자는 당신이었지. 그래, 맞아. 이게 정확한 말이고, 여기서 이 말을 사용할 수 있다는 게 마음에 들어. 하지만 이것도 덫이었을까? 특정한 영역에서 나 자신의 판단에 책임지지 않으려는, 인정하기 싫은 말없는 유혹이었나? 그 후에 난 11년 동안 출판사를 운영했어. 출판사는 내 마음속에서 어느 정도 여전히 당신의 소유로 남았지. 하지만 난 처음부터 권위가 있었어. 타인의 말과 눈빛에서 그걸 알 수 있었고, 타인의 판단을 따라야 할 때는 자유로운 느낌으로 그렇게 했어. 그러니 지금 '권위자는 없다'라고 생각할 때 느끼는 분노는 도대체 어디에서 오는 걸까? 난 어떤 종류의 자립성을 놓쳤고 어떤 의미에서 그것 때문에 절망하는 거지? 종말을 목전에 두고, 난 어디에 맞서서 달리는 걸까?

이제 1시가 넘어서 바깥은 아주 조용해. 두려움이 없는 평온한 순간이야. 위험한 선을 넘어섰고, 돌아갈 길이 없다는 걸 인정할 때와 비슷해. 이 기분의 일부를 새날에 지참할 수 있기를 바라.

우선 출판사부터 가야 해. 직원들에게 어떻게 말해야 할까? 내가 그들의 대답—말과 몸짓, 감정—을 어떻게 다루어야 하지? 우리가 서로에게 그동안 어떤 사람이었는지 이제 밝혀지겠지.

나에게는 너무 힘든 상황이야. 누구에게나 힘들 테지.

9

진단을 받은 다음 날, 레이랜드는 출판사로 향하는 낯익은 길을 천천히 걸어갔다. 산트 안토니오 누오보 광장을 지나고, 산트 안토니오 타우마투르고 교회 옆의 파가니니 길을 지나고, 산트 조반니 광장을 지나고, 넓은 조수에 카르두치 거리를 지나 XX 세템브레 애비뉴로 접어들었다. 티메우스 거리로 접어드는 모퉁이에서, 종업원들이 그를 안 지 10년이 넘는 카페에 앉았다. 그들은 레이랜드를 '박사'라고 불렀고, 그는 그 말을 들을 때면 자주 이런 생각을 했다. '나는 옥스퍼드 최고의 그래머스쿨*에서 도망쳤는데.'

출판사 건물을 건너다봤다. 그의 눈길이 붉은 돌과 어두운 색깔의 창턱과 여기저기 칠이 벗겨지는 구식 창틀, 이끼 낀 지붕, 검게 칠하여 반짝이는 출입문과 밝은색 문틀 대리석, 알프레도 페르토트가 1900년에 출판사를 설립할 때 가문의 문장과 장미 무늬를 넣은 삼각형 박공을 천천히 훑었다. 출입문 옆의 흐릿한 금빛 판에는 '알프레도 페르토트 출판사'라는 반짝이는 검정색 글씨가 쓰여 있었다. 민족통일주의자였던 다혈질 노인은 오스트리아가 이탈리아에 트리에스테를 양도하자 행복했고, 무솔리니를 경멸했다. 나중에 출판사를 넘겨받은 그의 아들 알프레도 페르토트 2세는 트리에스테가 자유구역이 된 파리평화협정 때까지 늘 불안정하던 시절에 출판사를 이끌었다. 그는 빈 출신인 마리아 가서와 결혼했다. 둘은 딸에게 리비아 파트리치아라는 이름을 붙였다. 리비아는 아버지와는 이탈리아어로, 엄마와는 독일어로 이야기했고, 골목에서는 슬로베니아어와 크로아티아어를 들으며 자랐다. 고집 세고 변덕이 심했으며, 학교 수업을 빼먹는 일이 잦은 아이였다. "늘 돌아다녔지. 언제나 머리카락을 흩날리며." 엄마는 그렇

* 7년제 대학입시 대비 인문계 중등학교.

게 말했다. 살림집이 출판사에서 몇 집 건너였으므로, 리비아는 어릴 때 자주 출판사에 왔다. 계단실의 대리석 층계를 사랑했다. '탁월하고 위대한 세계.' 그때를 추억할 때면 리비아가 하는 말이었다. 금빛 손잡이가 달린, 검게 반짝이는 커다란 문도 사랑했다. 언젠가 '우아함nobiltà'이라는 단어를 알게 된 리비아는 대리석 계단에서 혼자 쉴 새 없이 "우아함……"이라고 중얼거렸다. 계단을 오르락내리락하는 사장의 딸을 모두 귀여워하며 쓰다듬었다. 뛰어난 학생이었던 리비아는 대학입학자격시험에 탁월한 성적으로 합격했다. 밀라노와 마드리드와 파리로 공부하러 갔고, 부모님은 딸을 위해 모든 것을 해주었다. 리비아는 신문에 글을 쓰고 번역을 하기 시작했다. 그러는 사이에 아버지는 예순 살에 가까워졌고 심장 때문에 고생했다. 집에 들른 딸에게 아버지는 언젠가 출판사를 물려받을 수 있는지 물었다. 그때 리비아는 거절하고 파리로 돌아갔다. 소르본에서 박사 학위를 받았을 때 그녀의 나이는 이십 대 중반이었다. 그 후에 〈리베라시옹〉 일로 런던으로 갔다. 그때 신문사는 리비아가 영어를 하지 못하는데도 런던으로 파견했다. 리비아 파트리치아 페르토트가 어떤 사람인지 잘 알고 있었으니까.

10년 후에 리비아가 아이들과 해링턴 가든스에 살 때 한밤중에 전화가 울렸다. 가족은 전화를 받지 않았다. 그러나 몇 분 후에 다시 울리자 레이랜드가 받았다. 리비아 아버지가 심장질환으로 사망했다는 소식이었다. 혼자 트리에스테로 간 리비아는 자신이 출판사를 상속받았다는 사실을 알게 됐다. 망설이며 열쇠를 건네받고 출판사 내부를 돌아봤다. 거기서 비토리오 알바네세를 만났는데, 그는 최근 몇 년 동안 아버지가 자주 아플 때 업무 결정을 내린 경영인이었다. 리비아는 그가 출판사를 물려받기를 기대했음을 눈치챘다. 그녀는 모든 상황을 살펴보고 설명도 들었다. "리비아는 단 하나의 숫자도 잊어버리지 않더군요." 알바네세가 나중에 레이랜드에게 한 말이었다. 리비아는 다른 직원들과도 이야기를 나누고 다음 출간 계획에 대해서도 물었다. "이제 고민을 해봐야겠어요." 그렇게 말하고 런던으로 돌아왔다.

리비아는 오랫동안 흔들렸다. 원래 상상하던 자신의 미래는 런던에 있었다. 오래전부터 이곳에 살았고, 얼마 전에는 〈리베라시옹〉 런던지사 편집국장 자리도 넘겨받았다. 그런데 이제 갑자기 트리에스테에 가야 한다고? 트리에스테는 여러 언어가 있는 곳, 워런 숀의 지중해 지도에 표시된 도시였다. 리비아가 유년기를 보낸 곳이기도 했다. 그녀는 자기가 정말 그곳으로 돌아가길 원하는지 확신할 수 없었다. 자극이 되기는 했다. 둘은 함께 트리에스테로 와서, 지금 레이랜드가 앉아 있는 카페에 앉았다. 당시에 리비아는 검게 반짝이는 문을 가리키며 말했다. "내가 매일 저 우아한 출입문으로 들어간다고 상상해봐. 사장으로서 말이야." 그러고 덧붙여 말했다. "하지만 내가 그럴 '능력이 되는지' 전혀 모르겠어. 출판사를 운영하다니." 레이랜드는 그 말을 비웃듯이 웃음을 터뜨렸다. "굉장한 사랑 고백이군!" 리비아는 이렇게 말하고는 그의 손을 잡고 대리석 계단을 올라가 아버지 사무실로 갔다. 그곳에서 책상 앞에 앉아 담배에 불을 붙이고 한동안 그를 바라봤다. 레이랜드는 아내가 출판사를 넘겨받으리라는 걸 깨달았다. 나중에 둘은 페리를 타고 무자에 갔다가 돌아왔다. 그는 난간에 기대어 생

각했다. '그러니까 저기 저 건너편에서, 지중해 하늘 아래의 환한 도시에서 내 삶이 이어지겠구나.'

리비아는 어느 밤 갑자기 심장이 멎을 때까지 13년 동안 출판사를 운영했다. 출판사는 갑자기 레이랜드의 소유가 됐다. 그는 단어는 알지만 숫자와 계약과 회계, 판매와 광고는 전혀 몰랐다. 리비아가 사망하고 레이랜드가 뭘 해야 할지 몰라 불안해하며 처음으로 아내의 책상 앞에 앉아 있을 때, 리비아의 오랜 비서 베라 산틴이 들어와서 말했다. "이어받아 운영해주세요. 당신과 함께 일하고 싶어요." 그가 거의 모르던 사람이 건넨 말이었지만 중요한 의미를 담고 있었다. 베라는 그가 출판사 사장의 삶뿐만 아니라 번역가의 삶도 계속 이어가고 싶어한다는 걸 금방 알아챘다. 그가 사무실에 나오지 않으면 일을 처리하기 위해 집으로 전화했다. 처음에는 자기 이름을 댔지만, 나중에는 "저예요"라고만 했다. 둘은 서로를 부를 때 '투tu'가 아니라 '레이lei'라고 존댓말을 했다. 레이랜드가 '레이'라는 울림이 윤기 흐르고 우아하다nobiltà고 느끼기 때문이기도 했다. 그에 비하면 '유you'는 얼마나 생기가 없고 평범한가! 레이랜드는 그녀에게 '베라'라고 했고, 특별히 만족할 때면 '베리시마*'라고 불렀다. 베라는 그를 '사이먼'이라고 불렀지만 화가 났을 때는 '사장님'이라고 했다. 레이랜드는 그녀의 전화가 오지 않을 때면 기다려졌다. 베라는 그가 제일 먼저 말하게 될 사람이었다.

오래전부터 그의 주문을 받아온 카를로타가 두 번째 커피를 가

* verissima, '진짜'의 최상급. 베라의 이름으로 하는 말장난.

져다줬다. 이제 여기 앉아서 그녀의 서빙을 받을 수 없을 거라니 믿기지 않았다. 정말 말이 되지 않았다. "무슨 일 있어요?" 카를로타가 물었다. "내가…… 아니, 아닙니다." 카를로타는 식당에 들어가기 전에 문간에 서서 그를 흘낏 바라봤다. 레이랜드는 그녀에게 자기와 함께 건너편 출판사로 가보지 않겠냐고 묻고 싶었다. 혼자서는 해내지 못할 것 같다는 느낌에서 연유한, 혼란스럽고 완전히 말도 안 되는 상상이었다. 시드니나 소피아에게 같이 오자고 부탁했더라면 좋았을 텐데. 가면서 말할 만한 문장을 연습했다. '내가 뇌종양이 있어요.' 단 한 번 떠올렸을 뿐인데, 그 끔찍하게 파괴적인 단어를 레이랜드는 곧장 내던져버렸다. 필사적이고 분노에 찬 결심, 다시는 그 말을 생각하지 않겠다는 결심을 했다. '내가 아파요. 살날이 얼마 남지 않았습니다.' 질문을 금지하는 어투로 말할 생각이었다.

베라 산틴은 뭔가 이상하다는 걸 바로 눈치챘다. 평소와 달리 망설이며 불안한 눈빛으로 책상에서 몸을 멀리 떼어 일어났다. 베라는 사십 대 중반으로 일찍 남편을 잃고 아들을 혼자 키웠는데, 리비아가 당시에 자기를 채용한 걸 늘 고마워했다. 표정이 어딘지 모르게 엄하고 행동도 약간 딱딱했고, 감기에 걸려 콧물을 훌쩍거리면 슬픔에 젖은 것처럼 보였다. "베라, 앉으세요." 레이랜드가 말했다. 쉰 목소리가 나서 헛기침을 했다. 이제 모든 것을 변화시킬 말을 해야 했다. "베라, 내가 아파요. 아주 많이 아픕니다. 출판사를 팔아야 해요. 급하게 말입니다. 혹시 살 만한 사람을 아신다면……." 그는 이 일이 최대한 일찍 현실적인 전환점을 맞을 수 있게 말했다. 하지만 베라는 마지막 말은 전혀 듣지 못한 듯했다. 창백한 얼굴로 의자에 앉은 채 손을 어디 두어야 할지, 무슨 말을 해야 할지 모르겠다는 표정이었다. 그러다가 쉰 목소리로 말했다. "끔찍해요. 소름 끼쳐요." 할 수 있는 일이 전혀 없느냐는 물음에 레이랜드는 고개를 끄덕였다. 그러자 베라는 자리에서 일어나 책상을 빙 돌아와서 그의 어깨에 손을 얹었다. 그는 자기 손을 베라의 손에 얹었다. 둘은 한동안 그대로 있었다. 나중에 베라가 소매로 눈가를 닦고 소파로 돌아가서 앉았다. "적당한 사람을 알고 있나요?" 레이랜드의 질문에 베라는 생각해봐야 한다고 대답했다. 문이 평소보다 더 천천히, 더 나지막하게 닫혔다.

그다음에 그는 마리아 프시루키스에게 내려갔다. 마리아는 사람을 홀리는 능력이 있었다. 손님들은 마리아의 사무실에 들어갈 때와는 다른 기분으로 그곳에서 나왔다. 그녀가 그렇게 계획한 게 아니었다. 드러내는 게 아니라 오히려 자제하는 매력이었고, 마리아 본인은 전혀 모를 수도 있었다. 속눈썹이 길고 머리카락이 검은 그리스 혈통의 얼굴이었는데, 머리카락이 베일처럼 눈 위로 내려와서 쉴 새 없이 얼굴에서 쓸어내는 것 같았다. 늘 담배를 물고 있어서, 마리아의 머리카락이 담뱃불에 그을린다는 농담이 출판사에 돌았다. 문학 편집자였는데 끊임없이—버스에서도— 책을 읽었고 보기 드문 기억력의 소유자였다. 탁월한 문장과 표현일 경우에는 특히 더 그랬다. 번역한 책을 출간할 때 쓸 만한 다른 표현에 대해서 레이랜드가 유일하게 귀를 기울이는 사람이 마리아였다. 그녀는 언제 말해야 할지, 언제 침묵해야 할지 알았다. 또 자기가 딱딱한 안경을 벗으면 레이랜드가 오래 머문다는 것도 알고 있었다.

언젠가 그가 아플 때 마리아가 집으로 뭔가 가지고 왔다. 그러고 사전과 문법책이 꽂혀 있는 책장을 따라 걸었다. 그리스어 문법책을 꺼내서 넘기다가 그리스어로 말했다. 레이랜드는 이해할 수 있는 범위 안에서 최대한 귀를 기울이다가 아테네에 머물 때의 일을, 텔레비전이 켜져 있던 카페, 축구 용어와 스스로도 놀랄 만큼 알아들은 말장난에 대해서 이야기했다. 마리아는 그의 옆에 앉아 그리스어 단어들을 물었다. 그리스어로 말할 때는 반말을 했다. 레이랜드가 나중에 생각해보니 그때 작은 발걸음만 떼었더라면, 단 한 번의 스킨십만 했더라면 상황은 달라졌을 터였다. 둘은 그 발걸음을 내딛지 않았다. 둘 모두 그 걸음을 부끄러워했고, 마리아는 갑자기 급한 일이 있다며 서둘러 나갔다. 그 뒤로 둘은 다시는 그리스어로 대화를 나누지 않았다. 그리스어는 친밀했던 그날 오후의 언어, 하나의 외딴 섬과 백일몽으로 남았다. 그리고 예전처럼 서로 존댓말을 했다. 하지만 그때 이후로 레이랜드가 들어서면 마리아는 안경을 벗었다.

지금도 그가 사무실로 들어서자 마리아는 안경을 벗었다. 그는 자리에 앉아서 이야기를 시작했다. "마리아, 나는 살날이 얼마 남지 않았어요. 여기서…… 종양을 발견했습니다." 그는 손가락으로 머리를 가리켰다. 원래 말할 생각은 없었는데, 마리아에게는 말하는 게 옳다는 생각이 불현듯 들었다. 어쩌면 그날 오후의 일 때문인지도 몰랐다. 마리아가 얼어붙었다. 담뱃재가 종이에 떨어졌다. 그녀는 아무 말도 하지 못한 채 그를 바라봤다. 그러다가 나지막하게 그리스어로 말했다. "세상에!" "출판사를 팔아야 해요." 레이랜드가 말을 이었다. "적당한 사람을 찾을 수 있게 도와주시겠어요?" 잠시 후에 마리아가 대답했다. "카테리나. 카테리나 미찬이 아마도." 그러고는 다시 감정을 억눌렀는데, 레이랜드는 그녀의 표정에서 예상한 것보다 더 많은 감정을 알아봤다. 마리아는 정신을 차리려고 애썼다. "카테리나는…… 출판사는……, 출판사는 카테리나에게 잘 어울릴 거예요……. 하지만…… 그 생각을 하고 싶지는 않아요. 어쨌든 지금은 아니에요."

레이랜드는 경영인 비토리오 알바네세에게서 깜짝 놀랄 일을 경험했다. 알프레도 페르토트가 채용했던 그 젊은이는 이제 얼마 후면 예순 살이었다. 재정에 관한 문제에서 그는 30년 이상 출판사의 화신이었다. 모든 것을 알았고 전체적인 조망을 절대 놓치는 법이 없었으며 출판사가 잘 운영되는 데 크게 기여했다. 그는 덩치가 컸고, 크고 요란한 걸음걸이로 출판사 건물을 이리저리 돌아다녔다. 몇몇은 이따금 고압적으로 변하는 그의 태도를 좋아하지 않았지만, 그가 대체 불가능한 인물이라는 사실은 모두 알고 있었다. 처음에 그는 레이랜드가 출판사를 경영하는 걸 못 미더워했지만 얼마 지나지 않아 생각을 바꾸었다. 둘 사이에 사적인 대화는 거의 없었다. 그래서 레이랜드는 그가 이렇게 말했을 때 자기 귀를 의심했다. "믿을 수 없어요. 믿고 싶지 않습니다. 먼저 리비아가, 이제는 당신이라니. 안 됩니다." 그러고는 나갈 때 문간에서 커다란 손을 그의 어깨에 얹었다.

레이랜드는 복도에서 전기 전문가인 스테파노 디 로시를 만났다. 청바지에 값비싼 구두, 눈에 띌 만큼 깃이 넓은 흰 셔츠, 검은 가죽 재킷 차림이었다. 밝은 눈빛은 깨어 있고, 숱이 많은 긴 머리카락을 손가락으로 자주 훑었다. 그는 오랫동안 출판사의 전기 분야를 최신식으로 유지했으며, 레이랜드가 이런 문제 때문에 불안할 일이 없게 해주었다. 그뿐이 아니었다. 부정기적으로 출근했음에도 디 로시는 레이랜드가 믿을 만한 사람이었고, 남들의 기대가 너무 심해져 이따금 공황상태에 빠질 때 고민을 털어놓을 수 있는 사람이었다. "천천히, 천천히." 디 로시는 이렇게 말하곤 했다. 둘은 황혼 무렵에 불을 켜지 않아 어두컴컴한 레이랜드의 사무실에 앉아 담배를 피웠다. 그럴 때면 베라는 퉁명스럽게 문을 닫았다.

이제 둘은 레이랜드의 사무실에 앉았다. "빌어먹을." 디 로시가 말했다. 그는 얼마 전에 아버지를 암으로 잃었다. "난 받아들일 수 없어요. 밤에 깨어서는 삶이 끝난다는 것, 정말 끝난다는 것에 저항하여 돌격합니다. 종말은 괴물이에요." 멋진 디 로시의 얼굴은 상처입기 쉬운, 거의 어린아이 같은 표정으로 변했다. 그가 떠날 때 둘은 포옹했다. 둘 사이가 친근하긴 했지만 예전에는 가능하지 않던 행동이었다. 문간에서 디 로시가 다시 몸을 돌렸다. "어떻게 하는지 알지?" 다른 때는 서로 존댓말을 하던 사이였다. 한순간 레이랜드는 말문이 막혔다. 둘은 자살에 대해서는 단 한 마디도 하지 않았다. 그럼에도 그 질문이 무슨 뜻인지는 명확했다. 이 예지력. 시드니도 가끔 이런 예지력을 보였다. 이들은 상황을 그냥 '느꼈다'. 레이랜드는 자기도 모르게 미소를 지으며 고개를 끄덕였다. 디 로시의 얼굴에도 미소가 떠올랐다. 집으로 돌아오면서 레이랜드는 주고받은 그 작은 미소가 소중하다고, 온갖 말보다 더 귀하다고 느꼈다. 그는 헤어질 때 문을 다시 열고 디 로시의 뒷모습을 바라봤다. 한기가 드는 듯이 가죽 재킷의 깃을 올린 그 이탈리아 남자도 그걸 느꼈는지 몸을 돌렸다. 둘은 손을 들어 인사했다. 레이랜드는 하나의 방식으로 알고 있던 사람이 불현듯 다른 모습을 보이는 일은 인생 최고의 사건 가운데 하나라고 생각했다. 이런 경험을 더 많이, 훨씬 더 많이 하고 싶었다. 창가로 다가가서, 디 로시가 찌그러진 란치아에 올라타는 모습을 지켜봤다. 같이 그 차에 올라타고 싶었다. "출발해. 그냥 떠나. 아무 데로나. 최대한 먼 곳으로." 그렇게 말하고 싶었다.

저녁에 마리아 프시루키스가 들렀다. 전화도 없이 그냥 문간에서 있었다. 둘은 포옹하고 그리스어를 몇 마디 주고받았다. 두 사람 모두 이 행동이 더 깊은 스킨십으로 나아가려는 발판이 아니라는 사실을 잘 알고 있었다. 그보다는 마리아가 오후에 사무실에서 보였던 연대감을 거듭 확인하는 행동이었다. 마리아는 휴가 여행에서 알게 된 후로 오랫동안 친구로 지내온 카테리나 미찬과 통화를 하고 왔다. 카테리나는 달마티아 해변 도시 스플리트 출신인 사업가의 딸이었다. 얼마 전에 물려받은 회사를 팔 예정이었다. 아버지 뜻에 따라 경제를 공부했는데, 성적은 좋았지만 마지못해서 한 공부였다. 그녀는 전세계의 시집을 주로 다루는 서점을 베네치아에 냈고, 아버지는 경제적으로 지원해주었다. 손해를 보는 가게였지만, 고집 센 무남독녀 딸을 사랑한 아버지는 계속 돈을 댔다. 일찍 사망한 엄마가 러시아인이라서 딸은 크로아티아어와 이탈리아어 외에도 러시아어를 유창하게 할 줄 알았다. 그녀는 알프레도 페르토트 출판사를 알고 있었다. "트리에스테, 페르토트라고?" 통화할 때 카테리나가 말했다. "세상에, 그건 정말……. 으음, 내가 이제 회사에서 돈을 받으면……." 나중에 그녀는 마리아에게 전화해서 이 상황이 사실인지 다시 한번 묻고 레이랜드의 전화번호를 받았다.

레이랜드는 조용해졌다. 그가 없는 미래가 형체를 드러냈다. 마리아 프시루키스는 망설이며 더듬더듬 아버지의 마지막 몇 주에 대해 말하기 시작했지만, 그게 옳지도 않고 도움이 되지도 않는다는 걸 두 사람 모두 바로 깨달았다. 그는 발작과 사라진 단어들에 대해 이야기했다. "세상에. 하필이면 당신이, 하필이면 당신이." 마리아가 말했다. 바깥에서 구급차가 사이렌을 울리며 지나가자, 다급한 그 소리가 방마다 밀려들어왔다. 마리아는 사이렌 소리가 그에게 어떤 영향을 끼치는지 알아챘다. 다시 조용해졌을 때 둘은 무슨 말을 해야 할지 알 수 없었고, 얼마 지나지 않아 마리아는 돌아갔다. 이제 모든 사람과 이렇게 될까? 레이랜드는 생각에 잠겼다. 무슨 말을 해야 할지 알 수 없게 되려나?

며칠 후에 레이랜드는 강변 거리에 있는 사보이아 엑셀시어 팰리스 호텔에서 카테리나 미찬을 만났다. 그는 한 시간 먼저 가서, 우니타 디탈리아 광장에 있는 델리 스페키 카페에 앉았다. 겨울에 이 카페에 손님이 자기뿐일 때, 바깥에 앉아 커피 마시기를 무척 좋아했다. 성탄절이 지난 뒤에 전선에 걸린 철 지난 성탄 장식들이 바람에 흔들릴 때면 그는 늘 이곳에 앉아 있었고, 약속을 하지 않았어도 시간이 흐르면 시드니와 소피아도 왔다. 그럴 때면 둘은 그가 계산을 하지 못하게 했고, 그게 의식이 됐다. 성탄절은…… 아직 다섯 달 남아 있었다. 레오나르디 박사는 '몇 달'이라고 했다. 하지만 발작이 더 강하게 더 자주 일어날 테고, 성탄 장식을 더는 볼 수 없을 터였다. 그리고 광장 반대쪽인 건너편 고급 호텔의 살롱에서 이제 곧 자기 출판사 소유주가 될지도 모르는 여성을 만나야 했다.

레이랜드는 카테리나 미찬을 한눈에 알아봤다. 무척 우아한 정장과 신발을 갖춰 신고 다가오는 그녀는 눈에 띌 만큼 고개를 빳빳하게 들고 있었다. 처음에는 오만해 보였지만, 그는 이 태도가 카테리나가 스스로에게 용기를 주는 일종의 방식이라는 사실을 곧 깨달았다. "그런 일을 당하시다니 정말 유감입니다." 카테리나는 이렇게 말하고, 그의 손을 일반적인 경우보다 오래 잡고 있었다. 레이랜드보다 약간 작은 정도로 키가 컸다. 밝은색 눈동자에 담긴 따뜻하게 열린 시선으로 그를 바라봤다. 둘은 한동안 호텔 살롱에 앉아 있었다. 카테리나는 리비아가 아버지에게서 출판사를 물려받은 건 알았지만 그녀의 죽음은 몰랐고, 레이랜드를 번역가로만 알고 있었다. 그의 출판사에서 발행한 책 중에 가장 먼저 읽은 책은 프란체스카 마르케세가 쓴《트리에스테, 문학의 도시 Trieste, Città delle Lettere》였다. 움베르토 사바, 이탈로 스베보, 스키피오 슬라타페르, 제임스 조이스, 그리고 슬로베니아 시인들도 포함하여 많은 작가들을 다루었다. 레이랜드는 런던의 린과 숀 크리스티 출판사를 위해 그 책을 영어로 번역했다고, 트리에스테와 그곳 작가들에 관한 책으로 문학 번역가로서 경력을 쌓기 시작했다고 설명했다. 벨사이즈 리트리트 호텔에서, 또 그 후 몇 년 동안 어린이책을 번역한 후에는 여행도서와 회고록, 그리고 속으로 경멸하는 범죄소설을 번역했다. "지금은 시간을 멈출 수 있는 시적인 문장들이 중요해요." 그가 말했다. 이야기하는 동안 자신을 바라보는 카테리나 미찬을 보며, 레이랜드는 그녀가 무슨 생각을 하는지 느낄 수 있었다. '말도 안 돼. 하필 이 사람이 그런 일을 당하다니.'

프란체스카 마르케세는 자기가 다루는 시인들의 편지를 자주 인용했다. 몇 년 동안 노력하고서야 접근이 허용된 편지도 가끔 있었다. 물론 그 책에는 번역해야 할 소설이나 서사문학의 일부도 있었다. 레이랜드는 해링턴 가든스 집에 전집과 번역들이 얼마나 많이 쌓여 있었는지 이야기했다. 그는 모든 문장을 리비아와 상의했고, 둘 모두 실력이 점점 더 나아졌다. 레이랜드는 이탈리아어가, 리비아는 영어가. 영어로 옮겨야 할 프란체스카 마르케세의 문장도 빛이 났다. 그는 석회 벽과 쪽매널마루, 검소한 가구만 있어서 소리가 울리는 방에 앉아 손으로 먼저 쓴 것을 나중에 타자로 옮겼다. 그러면서 나중까지 지키게 된 습관이 하나 붙었다. 번역을 시작하기 전에 손으로 여러 쪽을 베껴 썼고, 두통을 일으키는 복잡한 문장도 그렇게 했다. "그러면 문장의 내면이 어떤지 더 잘 느끼게 되지요. 문장들이 내 손과 어울리지 않아서 번역을 거절한 적도 있답니다." 카테리나 미찬은 그의 말에 사로잡혀 귀를 기울이며 실크 머플러를 만지작거렸다. 천천히 쓰다듬는 그 몸짓은 집중을 나타내는 움직임이었다.

레이랜드는 이탈리아 작가들의 기존 영어 번역본이 만족스럽지 않을 때가 많아서 책에서 그 부분을 새로 번역했다고 말했다. 보리스 파호르와 알로이스 레불라에 관한 장을 번역할 때는 리비아의 아버지에게 슬로베니아 글자를 보내달라고 부탁하고, 문법책과 가장 큰 사전을 구해서 인용된 문구를 한 단어씩 꼼꼼하게 살펴봤다. 그는 그 번역이 틀리지는 않았지만 개선의 여지가 있다고 생각했다. 한 달 후에는 슬로베니아 문장을 온갖 뉘앙스까지 포함하여 직접 영어로 옮길 수 있었다. 슬로베니아어를 조금 할 줄 알던 리비아는 그 상황을 놀랍게 지켜봤다. 그러고는 누군가에게 그 이야기를 할 때면 언제나 '환각을 일으킨다'고 말하곤 했다.

레이랜드는 프란체스카 마르케세의 책을 통해 처음으로 제임스 조이스에게 열중하게 됐다고 말했다. 몇 년 전에《율리시스》이탈리아어 번역이 출간됐고, 사람들은 그 번역을 인용했다. 리비아의 아버지가 그에게 책을 보냈다. 레이랜드는 자기 작업을 중단하고 그 번역을 연구했다. 번역을 평가할 수 없다는 인상을 처음으로 받았다. 그는 이 정신 나간 책이 산문 분야에서 번역자들에게 가장 큰 도전이라는 사실을 바로 깨달았다. "난 내가 영어를 할 줄 안다고 생각했어요." 그의 말에 카테리나 미찬이 웃음을 터뜨렸다. "문장을 베껴 썼지요. 노트를 색깔별로 사서 이탈리아어와 프랑스어, 독일어로 번역하기 시작했어요. 모든 문장을 모든 언어로. 리비아의 아버지에게, 몇 가지 언어가 되어도 상관없으니 출간된 번역본들을 모두 구해달라고 부탁했지요. 난 거기에 중독이 됐어요. 원래 해야 할 일이 늦어져서 출판사에서 경고를 보냈고, 그러다가 결국 리비아가 색깔별 노트를 다 빼앗아서 출판사 편집실에 넣고 잠가버렸지요. 나는 분노가 폭발했다가 웃음을 터뜨렸고, 우리 둘은 함께 극장에 갔답니다. 트리에스테에서《율리시스》번역본이 더 나오면 리비아는 그걸 편집실로 가지고 갔어요. 난 그 소설을 끝까지 읽지 않았어요. 최근에 다시 시도해볼까 하는 생각이 가끔 들어요." 레이랜드는 그 순간 이 말이 무슨 뜻인지 뒤늦게 깨닫고 소스라치게 놀랐다.

밤에 잠이 깬 그는 이제 막 알게 된 카테리나 미찬에게 왜 이 모든 이야기를 했는지 스스로도 의아했다. 이제 곧 자기 자리를 대신하게 될 이 여성에게 자기 삶의 반경이 얼마나 컸는지 말하려고 한 걸까. 잘난 척은 아니었고, 그보다는 자기 확신에 가까웠다. 그러나 이야기를 하며 일화를 하나하나 계속 늘어놓는 동안 뭔가 다른 것도 있었다. 그는 이 여자에게는 새로 열리는 미래가 자기에게는 닫혀 있다는 사실에 대항하여, 자신도 이해할 수 없는 방식으로 이야기했다. 이 여자가 자기를 옆으로 밀쳐내려는 행동을 전혀, 정말 전혀 하지 않았는데도 마치 '나 아직 여기 있다'라고 계속 말하려는 듯이. 출판사로 가는 길에 카테리나는 여러 번 멈춰서서 "논 포소 크레데를로Non posso crederlo"라고, 믿을 수 없다고 되풀이했다. 이 말은 "당신이 이 끔찍한 병에 걸렸다는 게 믿어지지 않아요"와 "내가 출판사를 소유하게 된다는 걸 믿을 수 없어요"라는 두 가지 의미였다. 레이랜드는 카테리나와 출판사 대리석 계단을 올라가면서, 호텔에서 나눈 긴 대화와 반복되는 이 문장 덕분에 그녀가 낯선 사람이 아니라 마치 오래된 지인처럼 생각됐다. 출판사에 도착했을 때 카테리나는 건물 크기를 눈가늠하고, 검은 글씨가 쓰인 금빛 판 앞에 한동안 서 있었다. "내가 당신 출판사를 빼앗는 느낌이에요." 그녀의 말에 그가 대꾸했다. "이미 그 전에 잃어버렸지요."

카테리나 미찬은 일주일 동안 머물면서 모든 서류를 읽고 모든 사람과 이야기를 나누었다. 레이랜드와는 달리 그녀가 돈이나 사업에 대해 상당히 잘 안다는 사실이 비토리오 알바네세의 심기를 건드렸다. 이제 그 분야를 아는 사람이 자기 혼자가 아니니까. 그가 보인 첫 반응은 조기 은퇴였다. 그러나 카테리나 미찬이 사람들을 받아들일 줄 안다는 사실이 밝혀졌다. 레이랜드는 며칠 후에 웃으면서 그의 사무실에 있는 두 사람을 목격했다. 가장 어려운 사람은 베라 산틴이었다. "상상이 안 되네요. 그 사람과 일한다는 게 말이에요." 베라가 말했다. 레이랜드가 사무실에 들어섰을 때 가끔 카테리나 미찬의 핸드백이 그의 책상에 놓여 있던 적이 있었다. 그녀가 그의 책상 의자에 앉은 적은 한 번도 없었다. 핸드백이면 충분했다. 그러나 그는 찌르는 듯한 통증을 느꼈다. 언젠가 사무실에 들어선 그의 눈길이 핸드백에 멎었고, 마침 그때 들어온 베라가 그의 눈길을 봤다. 베라는 아무 말 없이 핸드백을 들어 방문객 의자에 내려놓았다. "그 사람에게 당신의 경험이 필요할 겁니다." 레이랜드가 말했다. "하지만 나는……." 베라가 입을 뗐다. "예, 물론 나와 일할 때와는 달라지겠지요. 하지만 출판사를 버리지 마세요. 나 때문에라도, 그리고 리비아 때문에라도." 베라는 출판사에 남았다.

당시에 레이랜드는 리비아가 출판사를 넘겨받을 때의 상황을 자주 떠올렸다. 처음 몇 년 동안 리비아는 밤낮으로 단호하고 확고하게 일했다. 레이랜드는 그런 그녀를 사랑했고, 가끔은 약간 두렵기도 했다. 밤늦게 돌아온 리비아는 "나야!"라고 외치며 열쇠와 가방을 소파에 던지고 캄파리를 한 잔 마셨다. 런던에 살던 시기에, 프란체스카 마르케세의 책을 펴낸 린과 숀 크리스티와 우정이 싹텄다. 서로 저녁식사에 초대하거나 이따금 레이랜드가 그 집에 그냥 들르는 일도 있었다. 트리에스테로 가기로 결정하기 전에 리비아는 출판사를 운영한다는 게 무슨 뜻인지에 대해 두 사람과 자주 이야기를 나누었다. 크리스티 모자는 시장의 변덕에 좌우되지 않는 견고한 뭔가가 필요하다고, 예를 들어 교과서나 법학 전문서적이 그런 분야라고 조언했다. 리비아는 실제로 교과서 계약을 맺는 데 성공했고, 대학교 기본 교과과정 시리즈를 내기 시작했다. 외투 주머니에 쏙 들어가는 오렌지색 작은 책들은 사방에서 눈에 띄었다. '알프레도 페르토트 출판사'라는 이름은 이제 아버지의 시대와는 다르게 들렸다. 사무실에 들어가보면 리비아는 거의 언제나 담배를 물고 이리저리 걸으며 통화하는 중이었다. 길게 꼬인 전화선이 쪽매널마루 바닥을 스쳤다. 리비아가 늘 하던 말에 따르면 페르토트 노인은 완벽한 장사꾼의 목소리를 낼 수 있었다. 그러나 리비아의 직업적인 목소리는 부드러웠고 확고함이 살짝 숨어 있었다. 그녀를 속일 시도는 하지 않는 게 좋았다. 직원들과의 논의는 짤막하고 정확해서 오해가 끼어들 틈이 없었다. 리비아는 저녁에 출판사에서 가장 늦게 퇴근했다. 그러나 일찍 일어나는 유형은 아니었다. 아이들이 좀 자라서 아침을 직접 차릴 수 있게 되자, 아이들이 등교할 때도 리비아는 잠옷 차림이었다. 이따금 기분이 안 좋으면 점심때까지 잠을 자기도 했다.

카테리나 미찬이 떠났다. 그녀는 출판사를 인수하기로 결정했다. 이제 스플리트에 있는 회사와 베네치아의 서점을 팔아야 했다. 그 일은 9월 중순에 끝날 것이다. 레이랜드는 이따금 '내가 그때도 서명을 할 수 있어야 할 텐데'라고 생각했다.

마지막 날 두 사람은 호텔에서 저녁식사를 함께했다. 카테리나는 훌륭한 출판사를 인수하는 건 굉장한 일이라고, 대부분은 예전 그대로 운영하겠다고 말했다. 자기가 지금 옳은 단어를 사용하는지 확신하지 못하는 사람처럼 약간 뻣뻣하고 서툰 말투였다. 궁금한 세부사항도 물었다. 질문하는 방식에서 자기가 이 모든 것을 얼마나 존경하는지, 그리고 이를 계속 유지하겠다는 사실을 그에게 알리려는 마음이 엿보였다. 하지만 이 모든 세부사항은 레이랜드가 이제 작별해야 하는 것들이기도 했다. 카테리나는 그의 아픔을 눈치챘다. 그 후에는 둘 모두 무슨 말을 해야 할지 몰라서 식기가 달그락거리는 소리에만 귀를 기울였다. 레이랜드는 그녀에게 뭔가 러시아어로 좀 말해달라고 부탁했다. 어릴 때 그는 의사인 큰아버지 스튜어트 스코트 레이랜드의 집에 이따금 놀러갔다. 큰아버지는 엄마가 러시아인인 폴란드 여성과 결혼했고, 그래서 둘의 자녀인 레슬리와 빅터는 엄마에게서 러시아어와 폴란드어를 배웠다. 레이랜드보다 나이가 많은 두 사촌은 이 언어로 그에게 잘난 척하려고 했다. 하지만 둘은 그를 잘 몰랐다. 얼마 지나지 않아 그는 사촌들보다 러시아어를 더 잘 읽을 수 있게 됐다. 그 이야기를 들은 카테리나 미찬이 웃음을 터뜨리고는 러시아어로 말하기 시작했다. 레이랜드는 물론 다 알아듣지는 못했지만 러시아어로 말하는 그녀의 목소리가 좋아서 계속 더 듣기를 원했다. 이제 카테리나가 자기 책상에 앉을 거고, 자기는 단어들을 잃어버리게 되리라는 사실을 한동안 잊었다.

호텔에서 출판사로 가서, 어둠 속에서 책상 앞에 앉았다. 11년 전에 리비아가 사망했을 때도 그는 밤늦게 출판사로 왔었다. 문을 열고 들어설 때 뭔가 금지된 일을 하는 느낌이었고, 몇 분 지나서야 전등을 켰다. 사무실을 다 돌아다니면서 모든 책상 앞에 앉아 봤다. 책장도 샅샅이 훑어보고, 서류철도 넘겨봤다. 가장 오래 머문 곳은 비토리오 알바네세의 사무실이었다. 레이랜드는 수많은 메모지에 적힌 비토리오의 글씨체를 좋아하지 않았다. 폭이 넓고

요란한 그의 걸음걸이처럼 글자들이 위아래를 침범했다. '하지만 난 이 사람이 필요해.' 그가 당시에 한 생각이었다. 리비아의 책상 앞에 앉아 담뱃불을 붙이고, 마치 과거에서 아무것도 바꾸면 안 된다는 듯이 원래 있던 자리에 담뱃갑을 그대로 내려놓았다. 그의 시선이 구술 녹음기에 가서 멎었다. 잠시 망설이다가 유혹을 이기지 못하고 녹음기를 틀었다. 리비아의 목소리, 사업할 때의 목소리가 흘러나왔다. 편지 두 통이었다. 레이랜드는 불을 끄고 계속 처음부터 다시 들었다. 나중에는 편지를 모두 외울 수 있었다. 문을 닫고 집으로 올 때는 목소리도 함께였다. 꿈에서도 그 목소리를 들었다.

10

워런 숀의 집에 전기가 나갔다. 햄프스테드 전체가 조용하고 유령 같은 어둠에 잠겼다. 레이랜드는 더듬더듬 움직여 손전등을 찾아냈지만 배터리가 없었다. 그래서 케네스 버크 집으로 건너갔다. 버크는 그를 촛불이 켜져 있는 부엌으로 안내했다. 레이랜드는 배터리나 초만 부탁하려고 했는데 버크는 렌즈콩 냄비요리를 가스레인지에서 내리며 같이 먹겠냐고 물었다. 그러고는 혼자 사는 사람 특유의 간결한 움직임으로 식탁을 차리고 레드와인을 따랐다. 구석에 빈 병이 가득 담긴 바구니가 있었다.

버크는 5년째 이곳에 살고 있다고 했다. 아버지가 집을 넘겨줬다고, "여기 아니면 어디로 가겠니. 모든 걸 망쳐버렸는데"라고 아버지가 말했다고, 마치 어제 들은 것처럼 그 말이 생생하다고 했다. "난 약사였습니다. 아버지 약국을 넘겨받았지요. 이스트 엔드의 해크니 지역이었어요. 그곳에는 노동자와 빈민, 서류가 없는 외국인도 많이 삽니다. 의사는 적고, 오래 기다려야 하지요. 약을 구할 수 없는 사람들이 왔습니다. 명백한 질병, 명백한 증상이었지요. 내가 알아본 건 의사도 똑같이 판단했을 겁니다. 난 첫해에는 약사가 해야 하는 말을 했어요. 처방전이 없으면 약을 팔 수 없다고. 그러다가 힘든 겨울이 왔어요. 전염병과 폐렴, 위험한 질병이 많이 돌았지요. 기침을 하는 엄마와 병든 아이들. '의사에게 갈 수 없는데, 우리가 뭘 어떻게 할 수 있겠어요.' 그들이 말했지요. 그래서 처방전이 필요한 약을 처방전 없이 주기 시작했습니다. 약의 도움을 받은 사람들이 와서 감사 인사를 했지요. 소문이 나자 점점 더 많은 사람이 왔습니다. 난 회계장부를 조작했지요. 직원은 그걸 보며 침묵하다가 말했어요. '너무 위험한 일이에요.' 그래서 대답했습니다. '나도 압니다. 하지만 이러는 게 옳아요. 불법이긴 하지만 옳다고요.' 강력한 수면제와 진통제도 나눠줬어요. 침대에 누워 있는 환자들도 찾아갔습니다. 굴 같은 집에서 사는 불법체류자들이었지요. 내 행위 덕분에 건강 상태가 좋아진 사람이 많았어요. 약사로서 의학 지식도 많았고, 약품 설명서들이 모두 머릿속에 있었고, 전문 사전들을 공부했으니까요. 의사라고 나와 아주 많이 다른 치료를 하지는 않았을 겁니다. 심한 만성 통증에 시달리는 어떤 남자가 있었어요. 매주 모르핀을 가져다줬습니다. 그런데 그는 조금씩만 먹고 나머지는 모아뒀더군요. 그러고는 한꺼번에 먹고 사망했어요. 누군가 그 일을 떠드는 바람에 다 들통이 났습니다.

난 체포되어 경찰서에서 취조를 받았어요. 치안판사법원에서 공판이 열렸는데, 다 자백하고 인정했어요. 보석으로 풀려났지만 정기적으로 경찰서에 신고해야 했지요. 경찰관 중에 한 명이 나에게서 도움받은 사람을 알고 있었습니다. 체포 당시에 내가 누군지 알게 되자 수갑을 풀어주더군요. 언젠가 경찰서에 둘만 있을 때 그가 말했어요. '난 이해합니다. 당신이 한 일 말이에요. 하지만 다른 사람들에게는 말하지 마십시오.' 난 내 행위의 동기에 감동한 온화한 판사를 만났지요. '하지만 그런 식으로 의약품계의 로빈 후드 역할을 해서는 안 됩니다.' 판사가 말했습니다. 난 집행유예로 풀려났지요. 물론 약사 면허는 잃었고, 아버지가 다시 약국을 하게 됐어요.

아버지 반응은 약간 특이했답니다. 처음에는 그저 법률 위반과 약국의 명예 실추, 내 경력이 망가진 것만 봤지요. 아버지는 반에서 성적이 가장 우수했던 학생, 무척 올바르고 청렴한 시민이었어요. 내가 모든 것을 뒤죽박죽으로 만들어서 화가 아주 많이 났지요. 예상하지 못했는데 재판 때 왔더군요. 그러고 복도에서 만났을 때 내 어깨에 손을 얹었습니다. 내가 한 행위를 후회하는지 판사가 묻더군요. 난 그런 식으로 행동하면 안 되고, 법률이 존재하는 데는 다 그럴 만한 이유가 있다는 걸 이해한다고 대답했지요. '판사의 질문에 대한 '정확한' 대답은 아니었다.' 아버지가 나중에 말했습니다. 난 아버지의 눈빛에서 한 줄기 자랑스러움의 기미를 봤어요. 알아보기 어려웠지만 긍지가 엿보였지요. 그런 다음 아버지는 이 집 이야기를 꺼냈어요. 아버지 동생은 공장주였는데, 전형적인 '보스'였습니다. 두 형제는 서로 그다지 말을 많이 하는 사이가 아니었는데 어쨌든 내 이야기를 나눴고, 삼촌이 나를 자기 집으로 불렀어요. 난 그 집에 가지 않은 지 꽤 오래됐지요. '네 용기에 감탄했다.' 삼촌이 말을 이었어요. '네 결정이 보여준 용기 말이다. 그 가련한 사람들. 넌 옛날부터 좌파 성향이었지. 난 그걸 좋아하지는 않는다. 넌 거의 무정부주의자니까. 하지만 그 용기는 어느 정도 자랑스러울 수도 있겠구나.' 그러고 삼촌은 나에게 연금을 평생 주겠다고 했습니다. 많지는 않아요. 겨우 쓸 수 있을 정도지요. 나와 함께 살던 여자는 그걸 이해하지 못했어요. 전혀 못했지요. 그때 이후로 나는 혼자 삽니다. 우리 개 빌리, 그리고 첼로와 함께."

그가 말을 거의 마쳤을 때 불이 다시 들어왔다. 레이랜드는 거실 첼로 앞에 섰다. 버크는 사중주 연주도 그때 끝났다고 말했다. 레이랜드는 그에게 뭔가 연주해달라고 부탁하고 싶었지만, 버크의 몸짓은 작별 인사처럼 보였다. "내 이름은 케네스라네." 악수할 때 버크가 말했다. "난 사이먼이야." 레이랜드가 대답했다.

11

집에 돌아온 레이랜드는 당시에 버크 같은 사람이 있었더라면 좋았을 거라고 생각했다. 죽음에 대해 함께 이야기할 수 있는 사람이. 주치의 이반치치와는 그런 이야기를 할 수 없었다. 그는 가톨릭 신자인 이탈리아인이고 법적인 문제에서도 그랬다. 레이랜드는 불법적인 일에 아무도 끌어들이고 싶지 않았다. 스스로도 이유를 제대로 설명할 수는 없었지만 그때 그는 패트 킬로이에게 갔다.

패트릭 킬로이. 듣고 싶은 사람에게는 그가 누구에게나 설명하듯이, 원래는 '맥 지올라 루아이드'라는 켈트어 이름이었다. 영어로는 '빨간 머리 사내의 아들'이라는 뜻이었다. "머리카락 색깔은 이름대로 되지 않았어." 그가 말했다. 소박한 트라토리아*의 평범한 종업원이었지만, 레이랜드의 삶에서 떼어놓고 생각할 수 없는 사람이었다. 건조하고 목구멍을 긁으며 나오는 목소리에 단어 선택도 거칠었지만, 이따금 특이한 언어나 놀라운 은유로 주변을 놀라게 했다. 언젠가 그와 레이랜드는 나란히 서서 눈보라치는 바깥을 함께 내다보고 있었다. 그때 패트가 "하얀 재"라고 영어로 말하더니 "바이세 아셰weiße Asche"라고 독일어로 덧붙였다. 그러고는 놀라는 레이랜드의 모습을 즐겼다. 레이랜드는 그가 독일어를 약간 할 줄 안다는 데도 놀랐다. 패트는 그때껏 그런 기미를 보이지 않았었다. 흐릿하게 반짝이는 그의 잿빛 눈동자는 '이럴 줄 몰랐겠지. 내가 은유를 사용하거나 독일어를 할 줄 안다는 거'라고 말하는 듯했다. 한번은 리비아가 집에 돌아와서, 패트가 음식을 가져다준 후에 구름이 걷히고 별이 나타나는 밤하늘을 올려다보며 이런 말을 했다고 전했다. "나는 하늘이 품고 있는 아름다운 것들을 보았다." 레이랜드는 한동안 침묵하다가 입을 뗐다. "나쁜 놈. 단테의 《신곡》 지옥편 마지막 장면이잖아. 단테와 베르길리우

* 간단한 음식을 제공하는 소규모 이탈리아 식당.

스가 지옥에서 나와서 드디어 별들을 다시 볼 때 말이야." 그러고 책을 가지고 와서 소리 내어 읽었다.

"그 사람 안에는 다른 삶이 있어." 언젠가 소피아가 한 말이었다. "완전히 다른 삶." 소피아는 그를 좋아했다. 그의 방식은 세상을 향해 소피아가 이따금 속으로 품는 분노와 어울렸다. 레이랜드는 패트가 소피아와 있는 게 위험할 수도 있다고 가끔 생각했다. 그러나 아니었다. 그는 아무도 자기에게 다가오지 못하게 할 터였다. 게다가 자신을 이해하고 받아줄 수도 있는 사람이라면 더더욱 그랬다. 그는 사람들이 자기를 추측하게 허용하지 않는 사람이었다. 소피아는 때때로 그의 소식을 불쑥 물었고, 레이랜드의 대답에 아무 말도 하지 않았다. 누군가를 좋아하지만 그걸 숨기고 싶고, 그러면서도 갑작스러운 질문과 침묵이 그런 사실을 누설한다는 걸 아는 행동 같았다.

패트는 노골적이고 뻔뻔하기도 했지만 남을 모욕하는 법은 없었다. 얼굴에 어느 정도 교활한 기색이 보여서 그가 소년원에 수감된 적이 있다는 말을 들어도 놀랄 사람은 없을 터였다. 톰 커트니가 영화에서 그랬던 것처럼 고독과 절망 때문에 저지른 일이지 잔인함 때문이 아니었다. 가끔 켈트어와 이탈리아어를 섞어 말하고, 이를 듣고 당황하는 사람들을 보며 즐거워하기도 했다. 마음에 들지 않는 손님에게는 켈트어로만 말했다. 그러면 상대방은 일어나서 나가버렸다. 식당 주인이 무슨 일이냐고 물으면 "몰라요"라고 대꾸했다.

그의 눈이 억압과 굴욕, 겪어야 했던 부당함에 대해 말하듯이 매몰찰 때도 있었다. 살을 에는 듯한 냉혹한 분노의 눈빛이었다.

레이랜드는 그의 닫힌 얼굴이 잔인함에 대한 증오, 벌컥 화를 내며 불타오를 수도 있는 증오를 드러내는 걸 경험한 적이 있었다. 어떤 손님이 개가 식탁 옆에 얌전하게 앉아 기다리지 않는다며 개를 때리자, 패트릭은 손님의 얼굴에 음식을 쏟아 부었다. "패트가 그걸 보더니 말이지요." 식당 주인이 말했다. "성큼성큼 그에게 다가가서 음식을 얼굴에 쏟더라고요. 아무 말도 하지 않고 그냥. 난 그 자리에서 패트를 바로 해고했어요. 그는 조끼와 앞치마를 벗고는 돈지갑과 주문서를 계산대에 내던지고 나갔어요. 평소보다 더욱 모난 동작으로. 어쩔 수 없었지요. 손님들은 그걸 바랄 테고, 안 그러면 다시는 오지 않을 테니까. 하지만 그때 나는 다른 사람들은 미처 생각하지 못했어요. 요리사와 또 다른 종업원 한 명 말입니다. 그들은 패트의 행동이 최고라고 했지요. '손님 중에 한 명이 브라보라고 외친 거 못 들었어요?' 다른 종업원 주세페가 묻더군요. 하지만 패트의 폭발을 어떻게 평가하는지가 문제가 아니었어요. 그들이 계속 그와 함께 일하길 원하는 게 중요했지요. 그냥 옆에 두고 싶어했답니다. 그래서 난 패트가 무뚝뚝하고 손님을 내쫓는 일도 잦고 술도 많이 마시지만, 그가 식당 전체의 영혼이었다는 걸 깨달았지요. 요리사가 복잡한 궁지에 내몰렸을 때 그가 구해줬다는 말도 전해들었어요. 요리사 말로는 별로 말도 많이 하지 않고, 뭔가 기대하지도 않고 당연하다는 듯이 해줬다더군요. 요리사는 그런 일이 가능하다고 상상도 못 해서 마치 귀신에 홀린 것 같았다고 했어요. 패트는 그저 '뭐 그런 걸 가지고 그래'라고만 말하고, 더는 들으려고 하지도 않았대요. 그래서 난 패트 집을 찾아갔어요. 방 두 개짜리 집이었는데, 그가 아끼는 마호가니 옷장 말고는 보잘것없는 가구만 있고 부엌도 아주 작더군요. 내 예상과 달리 술병은 없었어요. 시집이 가득 꽂힌 책장에 내가 알아보는 한에서는 켈트어 시집이 많았지만 이탈리아어 시집도 있었고, 그리스어 시집도 두세 권 있었어요. '재미있는 표지판이죠.' 놀란 내 눈길을 본 그가 말하더군요." 식당 주인은 한동안 침묵하다가 말을 이었다. "난 그에게 다시 와서 일하면 좋겠다고, 하지만 그런 일을 다시는, 정말 다시는 겪고 싶지 않다고 말했어요. 패트가 '뭐, 그러지요'라고 하더군요. 그가 일주일 무급휴가를 청했어요. 난 그가 오랫동안 바닷가에 앉아서 담배를 피우는 모습을 목격했어요. 일주일 후에 와서 생각을 바꾸었다고, 오지 않겠다고 말했더라도 놀라지 않았을 거예요. 패트는 약간 종잡을 수 없는 면이 있었거든요. 시라니, 누가 생각이나 했겠어요. 그런데 그는 돌아왔어요. 다시 일한 첫날 저녁에 영업이 끝나고 직원들끼리 떠들썩하게 술판을 벌였지요."

패트 킬로이는 11월을 '검은 달'이라고 했다. 레이랜드는 그 말을 처음 들었을 때 너무나 마음에 들어, 그가 그 말을 하는 걸 들으려고 11월 1일에는 언제나 식당에 들렀다. 그게 아일랜드 은어이고 그 말을 하는 킬로이가 벨파스트의 어느 안개 낀 골목에 있다고 상상이 되기 때문만은 아니었다. 그 말, 그리고 그가 그 말을 하는 방식이 아주 강력해서, 이 남자가 세상에 어떤 식으로 존재하는지를 너무나 잘 표현하는 것처럼 보였기 때문이었다. 그러다가 킬로이는 병이 들어 수술을 받아야 했다. 레이랜드가 문병을 가자 그는 '검은 달'이라고 말했다. 그때는 8월이었다. 헤어지면서 악수할 때 레이랜드도 '검은 달'이라고 했다. 킬로이는 죽음을 가까스로 벗어나서 다시 건강해졌다. 11월 초에 레이랜드가 트라토리아에 들렀을 때 킬로이는 '잿빛 나날'이라고 말했다. 아일랜드에서는 가을을 그렇게 불렀다. 레이랜드도 '잿빛 나날'이라고 했다. 검은 달을 다시는 입에 올리지 않았다. 예전에 말했다가 침묵한 두 단어는 완벽한 하나의 이야기, 완벽한 하나의 드라마였다.

패트는 언제나 돈이 없었다. 그가 입에 무는 담배는 언제나 마지막 담배였고, 그럴 때면 늘 똑같은 동작을 했다. 왼손으로 주먹을 쥐며 담뱃갑을 천천히 구겼는데, 피부가 거칠고 손톱은 니코틴 때문에 노랬다. 레이랜드는 구겨진 담뱃갑을 그가 어깨 너머로 던지고 싶어한다고 확신했다. 하지만 그는 쓰레기통이 나타날 때까지 늘 기다렸고, 멀리서도 빗나가지 않게 던져 넣었다.

패트는 지하 재즈 클럽에서 색소폰을 연주했다. 레이랜드는 이따금 그곳에 가서 새벽까지 머물렀다. 그런 다음 패트와 함께 등대까지 걸어가거나 부두에 앉아 있곤 했다. 말은 많이 하지 않았다.

이유는 알 수 없었지만, 일이 힘들어질 때 패트를 만나면 마음이 편했다. 말을 할 필요도 없었고 그저 그가 음식을 나르는 모습만 봐도 충분했다. 레이랜드에게 고민이 있을 때면 패트는 서빙을 하면서도 한눈에 알아봤다. 그럴 때면 식탁으로 와서 어깨에 손을 얹었다. 잠깐의 접촉뿐, 말은 필요하지 않았다. 그러면 레이랜드는 차분해졌다.

레이랜드가 진단을 받은 다음 날 식당에 들어서자 패트 킬로이는 뭔가 일이 생겼다는 걸 바로 알아챘다. "일이 끝나면 자네 집으로 가도 될까?" 레이랜드가 물었다. 그렇게 둘은 그의 집에 앉았다. 식당 주인이 말한 그 집은 이제 아니지만, 이곳에도 마호가니 옷장과 시집은 있었다. 약간 초라하고 임시숙소처럼 보이긴 했지만 살 만했다. "패트, 나 아프다네. 죽을병이야." 레이랜드가 말하고서 자기 머리를 가리켰다. "사진을 찍었어." "종양인가?" 레이랜드가 고개를 끄덕였다. 킬로이는 담배를 피워 물고 연기를 내뿜었다. "오진일 가능성은 없고?" 레이랜드는 다시 고개를 끄덕였다. 패트가 그를 가만히 바라봤다. 레이랜드가 그에게서 처음 보는 눈길이었다. 경악과 온기가 동시에 묻어나는 눈길. "이런…… 빌어먹을, 젠장." 패트의 손가락 사이에서 담배가 떨렸다. 레이랜드는 패트가 예전에 죽음에서 가까스로 벗어났던 일을 떠올렸다고 짐작했다. "약이 필요하네." 레이랜드가 말했다. "죽이는 약. 확실하게. 고통 없이." 킬로이는 일어나서 창가로 다가갔다. "왜 나지?" "나도 모르겠네. 그냥 생각이 났어." 킬로이는 창가에 서서 유리창 손잡이를 만지작거리며 어두운 바깥을 내다봤다. "건너편 류블랴나*에 아는 약사가 있네. 같이 재즈를 하던 사람이야. 어쩌면 그가……. 언제까지?" "몇 주." 패트가 자리에 앉았다. "구해보겠네." 그의 눈빛이 떨렸다. "빌어먹을. 사이먼, 자네를 잃고 싶지 않아. 자네가 들르는 데 익숙해졌는데." 헤어지면서 그는 레이랜드의 어깨를 양손으로 잡았다. "언제고 말을 하고 싶을 때면……." "검은 달." 레이랜드의 말을 킬로이가 받았다. "잿빛 나날."

레이랜드가 그 후에 트라토리아에 들르자 킬로이는 곧장 그의 식탁으로 왔다. "구하는 중일세." 그리고 일주일 후. "준비됐네. 언제라고 말만 하게. 내가 건너가서 가지고 올 테니." 그러고는 망설

* Ljubljana, 슬로베니아 수도.

이다가 덧붙였다. "그런 후에 다시 한번 이야기하자고. 알았지?"

햄프스테드 집에 있긴 하지만 과거에 푹 빠진 레이랜드는 이 모든 일이 다 지나갔다는 걸 하마터면 잊을 뻔했다. 자정이 지난 시각이니 패트는 집에 있을 터였다. 그에게 전화를 걸었다. "패트, 난 절대 잊지 못할 걸세." 레이랜드가 말했다. "밤에 자네 집에 갔던 일 말이야. 류블랴나 이야기." "하얀 달, 빛나는 나날." 킬로이가 대답했다. 둘은 함께 웃음을 터뜨렸다. "런던에서 지내는 거 어떤가?" "열려 있네." 레이랜드가 대답했다. "모든 게 열려 있지. 크고 조용한 집이라네. 생각하기에 좋아. 하지만 바다와 몰로 아우다체, 아이들과 자네 술집이 그립네. 그 대신 여긴 '튜브'가 있지. 난 지금 이 순간 여기에도, 그곳에도 없어. 기이한 경험이라네. 놀랄 만큼 긴 나날일세. 하루하루를 만끽하고 있지." 그러고 톰 커트니의 책에 대해 이야기했다. 킬로이도 그 영화를 알고 있었다. "훌륭한 영화지. 그 책 좀 가져다주겠나?"

레이랜드가 런던으로 간다고 말했을 당시, 두 사람은 항구에 서 있었다. 킬로이는 길에서 담배를 오랫동안 밟아 비벼 끄면서 레이랜드에게는 눈길을 주지 않은 채 고개를 끄덕였다. 생각이나 추억을 일단 끝내야 한다는 듯이 망설인 다음에 찾아온 끄덕임이었다. 레이랜드는 그 망설임이 마음에 들었다. 그저 고개를 끄덕임으로써 겉으로만 대답하는 게 아니라 마음으로도 말하는 듯했다. 그러고는 밝은 재색 눈동자로 그를 바라보며 말했다. "행운을 비네."

이제 레이랜드는 가방에서 마지막으로 번역을 시작한 책을 꺼냈다. 체사레 파베세의 《삶이라는 직업Il mestiere di vivere》, 죽기 전까지의 일기였다. 레이랜드는 트리에스테 카를로 페를루가의 헌책방에서 오래된 영어 번역본을 발견했다. 《삶이라는 이 직업This business of living》이라는 제목이었다. 아니야. 그는 바로 생각했다. '삶의 힘The craft of living' '삶이라는 이 직업This business of living'은 지나치게 '힘겹고struggle' 넌더리나게 들렸다. 삶이 뭔가 매일 새롭게 애써야 하는 고난처럼 느껴지고 경멸하는 의미가 담긴 듯했다. 삶이 단순한 잡동사니이자 피할 수 없는 일들의 연속이라는 의미가 '이this'에 숨어 있어서 나른한 경멸의 미소를 짓게 하는 느낌이었다. 물론 파베세의 글에는 삶의 정비 방식에 대한 절망과 차분한 단념이 있었다. 그러나 그보다 더 자주 보인 것은 삶을 성취하는 문제에 관해서였다. 옳거나 그른 성찰, 옳거나 그른 행동, 삶을 다루는 능력과 무능력, 배움과 통제가 중요했다. 수공업자와 같았다. 또한 당연히 언어의 수공업인 시, 삶을 견디게 할 뿐 아니라 만들어가는 방식으로서의 시 역시 중요했다.

레이랜드는 숀 크리스티에게 새 번역을 제안하고 바로 작업을 시작했다. 저녁에 할 때도, 가끔 사무실에서 다른 일을 처리하는 사이에 할 때도 있었다. 그 사실을 알고 있던 베라 산틴은 그의 생각이 번역에 가 있을 때면 금방 알아차렸다. "그럴 때면 아주 먼 곳에 가 계시거든요." 베라는 그렇게 말하곤 했다. "인생은 아름답다. 삶이란 언제나, 매 순간 시작되니까." 이탈리아어, 독일어, 영어로 된 이 문장이 포함된 파베세의 메모를 번역하고 이틀이 지났다. 레이랜드는 글을 쓰는 도중에 펜을 놓쳤고 언어는 마치 닦아낸 것처럼 사라졌다. '이제 더는 쓰지 않겠다.' 책의 마지막 문장이었다. 그 후에 파베세는 토리노의 한 호텔 객실에서 약을 먹었다.

레이랜드는 파베세와 커트니의 책을 책상에 나란히 올려놓았다. '나는 번역자다. 단순한 번역자. 예전처럼.' 스팀이 쇄쇄 소리를 냈다. 새벽 2시였다. 뭔가 풀어지고, 뭔가 그에게서 떨어져 나갔다. 그는 커트니의 책을 위층 작은 방으로 가지고 올라갔다. 워런 숀의 침실에 작은 음향기기가 있었다. 레이랜드는 그걸 자기 방에 설치하고 선을 연결했다. 책장에서 바흐의 《평균율 클라비어 곡집》을 가지고 왔다. 침대에 누워 불을 끄고 음악을 틀었다. 레이랜드는 새로운 시간으로 미끄러져 들어갔다.

12

그다음 날은 레이랜드가 리비아 페르토트를 만난 31주년 기념일이었다. 제대로 된 만남은 아니었지만, 지하철에서 리비아를 처음 본 날이었다. 그보다 2년 전에 루시 바턴과 헤어졌다. 그건 대체 뭐였을까? 이제 지하철로 향하면서 레이랜드는 스스로에게 물었다. 리비아와 비교하면 루시 바턴과의 관계는 모든 것이 특이할 만큼 흐릿해서, 실제로는 일어나지 않은 일처럼 느껴지기도 했다. 얼마 전 밤에 택시를 타고 세인트 존스 우드 거리를 지나면서, 루시가 당시에 살던 집이 더는 없다는 걸 확인했을 때도 그런 기분이었다. 루시를 직접 알기 전에도 목소리는 이미 알았다. 루시가 방송을 할 때 라디오에서 흘러나오는 소리였다. 나중에 언젠가 함께 로마의 유적지 포로 로마노에 갔을 때 루시가 폐허에서 뛰어내릴 때마다 그는 그녀를 받아 안았고, 루시는 지치지도 않고 계속 뛰어내렸다. 레이랜드는 가능한 한 언제나 루시의 방송을 들으면서, 자기가 라디오 목소리 뒤에 숨어 있는 그녀의 사적인 목소리도 안다는 사실에 기뻐했다. 헤어지면서 루시는 그의 집 열쇠를 돌려줬다. 그는 계단을 내려가는 루시를 눈길로 좇았다. 그 모습을 늘 좋아했었다. 그 후로 그는 오랫동안 라디오를 켜지 않았다. 나중에 다시 루시의 방송을 들었을 때는 목소리가 낯설었다. 첫 방송 때보다 오히려 더 낯선 목소리였다. 라디오 목소리 뒤에 숨은 사적인 목소리도 더는 들리지 않았다. 어쩌면 들으려고 하지 않았는지도 모른다.

31년 전 그날, 그는 벨사이즈 리트리트 호텔 생활을 끝낸 뒤 오래전부터 살던 캠든 타운에서 노던 라인을 타고 오는 길이었다. 승객들로 붐비는 차량에서 밀치락달치락 서 있는 사람들 사이로 어떤 여자를 봤다. 사람들 사이의 틈이 벌어졌다가 금방 다시 닫히기를 반복했다. 그는 그 여자를 아주 언뜻 잠깐씩만 볼 수 있었다. "일별, 그저 일별에 불과했어." 나중에 그는 아이들에게 이렇게 말하곤 했다. 어느 순간 여자는 빨간 안경을 머리로 올리더니 다음 순간 다시 내렸는데, 안경을 어디에 두어야 할지 모르는 것 같았다. 두 곳 모두 적당하지 않고 방해가 되는 모양이었다. 그런 다음 손에 들고 흔들다가 이따금 안경다리 한쪽 끝을 입에 물기도 했다.

레이랜드와 아이들은 나중에 빨간 안경의 유희를 얼마나 잘 알게 됐던지! 식구들은 이 유희의 분위기, 말하자면 온도를 알아채는 전문가가 됐다. 안경은 리비아의 상태가 어떤지 그들에게 알려줬다. 상황이 제대로 흘러가는지, 아니면 화를 겨우 눌러가며 꾹 참고 있는지. 어릴 때 아이들은 안경을 감추고는 엄마가 그걸 찾는 모습을 순진한 얼굴로 지켜보는 놀이를 즐겼다. 그러면 리비아는 재미로 화를 내며 놀이에 동참했다.

기차의 여자는 책을 들고, 옆에 놓인 핸드백에서 수첩을 꺼냈다. 한동안 수첩을 뒤적이다가 다시 넣고는 책을 읽기 시작했다. 여자에게서 눈을 뗄 수 없던 레이랜드는 누군가 시야를 가리면 투덜거렸다. 기차가 역으로 들어섰다. "열차와 플랫폼 사이의 간격이 넓으니 주의하시기 바랍니다." 책을 읽던 여자는 소스라치게 놀라서 역 이름을 알아보려고 고개를 돌리더니, 안경을 급하게 머리로 올리고 책을 핸드백에 넣은 다음 닫히는 문틈으로 빠져나갔다. 레이랜드는 서 있는 사람들 사이의 틈을 찾아 여자를 눈길로 좇으려 했지만, 터널이 시야를 가렸다. 그의 눈길이 여자가 앉았던 좌석을 향했다. 거기 수첩이 놓여 있었다. 수첩을 가방에 넣은 게 아니라 실수로 가방과 팔걸이 사이에 넣는 바람에 수첩은 이제 좌석들 틈에 끼어 있었다. 레이랜드는 그 빈자리에 앉으려는 남자를 앞질러 가서 앉고는 수첩을 집어 들었다. 검은 가죽 아래쪽에 작은 금빛 글씨로 '알프레도 페르토트 출판사'라고 쓰여 있었다. 수첩을 펼쳐서 면지를 보았다. 검은 글씨로 '리비아 파트리치아 페르토트'라고 적혀 있었다. 주소도, 전화번호도 없었다. 이름뿐이었다.

레이랜드는 다음 역인 레스터 스퀘어에서 내렸다. 돌아가는 건 의미가 없었다. 여자는 수첩을 분실했다는 걸 집에 가서 가방을 열어보고서야 깨달을 터였다. 역에서 이미 실수를 알아챘다고 짐작할 만한 이유는 전혀 없었다. 설령 그렇더라도, 누군가 자기 때문에 돌아올 거라고 예상할 수는 없을 것이다. 게다가 그녀가 거기서 그를 어떻게 기다린단 말인가? 말도 안 된다는 건 그 자신도 알고 있었다. 그런데도 레이랜드는 여자의 얼굴을 눈앞에 떠올리며 전 역으로 돌아갔다. 여자의 얼굴에는 어떤 예민함이 어려 있었다. 신경과민과 분노, 약간의 오만함 또는 날카로움이었다. 쉽게 폭발할 것 같아서 그녀를 비판하기 전에는 두 번 생각할 듯했고, 그녀와 함께 사는 건 지뢰밭을 걷는 것과 약간 비슷할 거라는 상상이 들었다. 레이랜드는 이런 상상이 그 여자가 책을 읽다가 시선을 들었을 때, 위험이 다가오는 걸 보고 경각심을 높이는 사람처럼 눈을 살짝 가늘게 떴다는 사실과 연관이 있을 거라고 짐작했다. 그러다가 여자는 책에서 뭔가 재미있는 걸 읽은 모양이었다. 불현듯 날카로운 모든 것, 사람들이 두려워할 만한 모든 것이 얼굴에서 사라지고 온기와 흐릿한 조롱만 남았다. 수첩을 손에 든 채 레이랜드는 여자가 터널에서 나오기를 초조하게 기다리면서 그 얼굴을 다시 보고 싶다는, 매일 매시간 보고 싶다는, 타오르는 불꽃처럼 강렬한 욕구를 느꼈다. 그러다가 자신이 부드럽고 따뜻한 인상보다 각지고 오만한 인상을 덜 좋아하지 않는다는 것, 아니 오히려 더 좋아한다는 걸 깨닫고 놀랐다. 그럼에도 그 여자가 웃는 걸 보고 싶었고, 그 얼굴의 온갖 인상을 상상하고 그 모든 매력이나 부당함과 함께하는 삶이 자신의 내면에서 어떻게 반사될지 전체적으로 그려보려고 애썼다. 그리고 자신이 이런 영상 속에서 어떻게 투영될지도. 그러면 얼굴뿐 아니라 열차의 긁힌 유리창을 통해서 본, 힘차면서도 깃털처럼 가벼운 걸음걸이로 승강장을 떠나던 검은 외투의 날씬한 형체가 눈앞에 떠올랐다.

"이따금 나는 만남, 특히 첫 만남은 무엇보다도 우리 스스로 알지 못하던 자기 자신과의 만남이라고 생각한다." 레이랜드가 번역한 소설에서 어떤 등장인물이 한 말이었다. 그 문장은 지하철에서 수첩을 들고 헤매던 자기 모습을 떠오르게 했다. 여자는 어쩌면 센트럴 라인을 타고 본드 스트리트 방향으로 갔는지도 모른다. 아니면 세인트 폴 대성당 쪽으로. 그는 경사가 급한 에스컬레이터를 타고 위아래를 오가고, 바깥 옥스퍼드 스트리트로 나가고, 몸을 돌려 피카딜리 방향으로 가고, 다시 토트넘 코트 로드로 왔다. 어쩌면 여자가 길에서 수첩을 잃어버린 걸 깨닫고, 모든 것을 운에 맡긴 채 다시 내려갔는지도 모르니까. 레이랜드는 에스컬레이터에서 마주 오는 사람을 모두 찬찬히 살펴봤다. 최소한 전화번호는 적어둬야 하는 거 아닌가? 여자에게 화가 났다. 그러고는 이탈리아 출판사 전화번호를 어떻게 알아낼지 고민하기 시작했다. '알프레도 페르토트 출판사'는 틀림없이 이탈리아 출판사일 테니까. 거기서는 그 여자와 어떻게 연락할지 분명히 알 터였다.

모든 출판사가 나와 있는 목록이 있을까? 아니면 국가별로 이름이 따로 표시된 목록은? 어디서 찾을 수 있지? 저녁이었고, 그가 번역 일을 하는 출판사 두 곳은 전화를 받지 않았다. 레이랜드는 집에 앉아, 주인에게 돌려주기 위해서라고 스스로에게 계속 핑계를 대며 수첩을 샅샅이 읽기 시작했다. 메모 대부분은 이탈리아어였고 프랑스어도 간간이 보였으며, 독일어로 쓴 핵심어도 있었다. 아마 기자인 듯했다. 그래서 이름과 전화번호들 사이에 화살표와 연결선이 많은 건가. 책 제목과 내용이 핵심어로 쓰여 있고, 그 뒤에 이따금 '아빠?'라는 표시도 있었다. 그렇다면 이 여자는 출판사 사장 알프레도 페르토트의 딸이고, 그에게 이 책들을 출간하자고 제안하려는 걸까? 새 페이지에는 '리베라시옹'이라는 말에 동그라미가 그려져 있고 그 옆에 전화번호가 두 개 있었는데, 하나는 국제전화 국번이고 다른 하나는 런던 전화번호였다. 프랑스 일간지를 말하는 걸까? 낯선 국번은 파리 지역번호인가? 집에 전화가 없었으므로 그는 길모퉁이 공중전화박스로 갔다. 런던 번호로 전화를 하니 아무도 받지 않았다. 그 신문의 런던 사무실인데, 밤에는 아무도 없는 건가? 그는 잠시 망설였다. 파리로 전화를 걸면…… 비쌀 텐데, 이번 달은 재정 상황이 좋지 않았다. 교환국에 전화해서 연결해달라고 했다. 몇 번을 거치는 동안 계속 동전을 넣었다. 그러다가 마지막에 그 여자의 이름을 어렴풋하게 아는 사람과 연결됐다. 그녀는 이 신문의 런던 통신원이라고, 판결이 얼마 남지 않은 데이비드 클라이번 재판을 취재한다고 했다. 개인 전화번호는? 아니, 그건 없고 런던 사무실 번호뿐이라고, 아마 그곳 사람들이 개인 번호를 알 거라고 했다. 집 주소도 모른다는 대답이 돌아왔다. 레이랜드는 수첩을 계속 뒤적이다가 '에일즈베리'와 '클라이번' '판결'이라는 이탈리아어를 발견했다. 옆에 다음 날 날짜가 쓰여 있었다. 레이랜드는 런던 사무실로 다시 한번 통화를 시도한 뒤에 역에 가서 버킹엄셔 카운티 에일즈베리로 가는 방법을 안내받았다.

다음 날 에일즈베리행 첫 기차를 탔다. 돌아오는 기차표를 사면 돈이 남지 않을 터였다. 여자를 기차에서 만나기를 내심 바랐지만 차량을 샅샅이 뒤져봐도 눈에 띄지 않았다. 법원 앞에는 방청객이 길게 줄을 서 있었다. 레이랜드는 방청석 위층 마지막 줄 입석표를 손에 넣었다.

그는 여자를 바로 찾아냈다. 외투를 의자 팔걸이에 걸고 안경을 머리로 올린 채, 글씨를 쓸 종이를 무릎에 올려놓고 있었다. 분명히 데이비드 클라이번으로 보이는 남자가 눈을 감고 조용히 앉아 있었다. 예순 살쯤 되어 보이는데, 바짝 마르고 머리카락 숱이 적었다. 판사가 들어왔다. 레이랜드가 보기에 판사의 가발은 우스꽝스럽고 위선적이었다. 판사는 판결이 쉽지 않았다고 말했다. "피고는 아내를 사랑해서 질식시켰다고 진술했습니다. 사랑 때문에, 그리고 아내의 존엄을 위해서. 1년 내내 기다리며 아내가 언어도, 기억도 없고 피고도 기억하지 못하며 질환에 시달리는 모습을 지켜봐야 했습니다. 아내는 뇌졸중에 걸리기 전에, 그런 상태에서는 결코 계속 살고 싶지 않다고 늘 말했다지요. 피고는 아내의 의지를 안다고 확신했다고, 그래서 결국 더는 견딜 수 없었다고 진술했습니다. 피고는 쿠션으로 아내의 얼굴을 누를 때가 인생에서 가장 끔찍한 순간이었다고 말했습니다. 하나의 의지가 다른 의지와 싸웠다고, 아내를 드디어 구원해주려는 자비로운 의지와 40년 동안 행복한 결혼 생활을 함께한 아내에게 나쁜 일을 가하지 않으려는 의지가 싸웠다고 했습니다. 행위를 하는 매 순간 이 싸움을 느꼈다고 했습니다. 소방대원들에게서 듣기로, 그 행위가 끝난 뒤에 피고는 집의 틈새를 모두 막고 가스를 틀었습니다. 자신도 종말을 맞으려 했다고요. 법 집행을 피하거나 죄책감 때문에 그런 게 아니라고 했습니다. 조용히 누워 있는 아내를 보며 피고는 마음이 놓였고 옳은 행위를 했다고 생각했지만, 아내가 없는 삶은 의미가 없다고 느꼈다고 합니다. 이웃집 여자가 가스 냄새를 맡아서 신고하는 바람에 소방대원들이 집을 부수고 들어왔을 때 피고는 절망했다고 전해집니다. 조서에 따르면 피고는 '왜 나를 그냥 내버려 두지 않았습니까?'라고 소리쳤습니다. 이번 재판은 이 모든 상황을 고려했습니다. 우리 중에는 피고의 동기가 고귀하고, 비열하거나 이기적인 동기와는 전혀 다르므로 무죄를 원하는 사람들도 분명히 있을 겁니다. 또 많은 사람들이 '나도 아마 그렇게 할 것 같아'라고 생각할지도 모릅니다. 하지만 그런 결정은 재판에서는 불가능합니다. 법정은 이 나라에서 통용되는 법에 따라 판결해야 합니다. 피고는 의도적으로 사람을 죽였고, 심신미약이 아니며 책임능력이 완벽합니다. 우리 판례에 따르면 이는 살인, 모살입니다. 고귀한 동기였다고 해도 변하는 게 없습니다. 비열한 동기가 아닐 때는 살인 판결에서 제외하는 국가들도 있습니다. 하지만 우리나라는 그렇지 않습니다. 나는 배심원단에게 모든 연민과 동정을 밀어내고, 피고가 아내를 고의로 살해한 것에만 집중하라고 요구했습니다. 배심원단은 유죄라고 판단했지만, 재판부가 판결할 때 피고의 특수한 상황을 참작하라는 권고를 덧붙였습니다. 모살은 종신형입니다. 그러나 사면되기 전에 반드시 교도소에 수감돼야 하는 햇수를 결정하는 일은 판사의 재량입니다. 나는 그 기한을 1년이라고 정했습니다. 더 짧게는 불가능합니다. 난 여러 곳에서 거친 비난을 받게 될 겁니다. 판사가 이런 말을 하는 것은 낯설고, 나 또한 한 번도 해본 적이 없습니다. 하지만 나는 무거운 마음으로 피고를 교도소로 보낸다고, 또한 피고와 피고의 행위를 존중한다고 확실하게 말합니다."

리비아 페르토트는 안경을 다시 내려 쓰고 받아 적었다. 펜이 종이 위를 날아다녔다. 레이랜드는 숨을 죽인 채 판사의 말을 들으며 심장이 거칠게 뛰는 걸 느꼈다. 그러나 그것은 그의 일부였다. 다른 일부는 나중에 혼잡한 군중 속에서 리비아 페르토트에게 어떻게 다가가야 할지 정신없이 궁리했다. 아마 저 사람은 런던 사무실 또는 파리로 직접 전화해서 내용을 불러줄 테지. 레이랜드는 판사의 말이 끝나자마자 바깥으로 슬쩍 나와서 전화박스 근처에 서 있었다.

여자는 두 번째로 나와서 전화박스로 달렸다. 레이랜드는 바로 그 순간 '의지' '결의'가 뭔지 처음으로 깨달았다. 이런 눈빛을 한 사람은 그 누구도 막아서지 못할 터였다. 여자는 동전을 넣고 담배를 피우며 종이들을 일렬로 늘어놓았고, 말을 하면서 연기를 내뱉었다. 큰 동전을 많이 넣는 걸로 미루어 파리인 듯했다. 레이랜드는 여자에게서 눈을 떼지 않은 채 구석에 그대로 서 있었다. 관자놀이에서 힘줄이 뛰었다. '지금 편두통은 절대 안 돼.'

리비아 페르토트가 전화박스에서 나오자 다음 사람이 달려 들어갔다. 리비아는 종이를 가방에 넣고 천천히 로비를 지나 창가로 다가섰다. 그러고는 잠시 후에 어깨를 축 늘어뜨린 채 눈을 감았다. 적절한 순간이 왔다. 레이랜드는 수첩을 손에 들고 다가가서 말했다. "이게 당신 것 같아요." 여자가 눈을 떴다. 그러고는 전날 지하철에서처럼 눈을 가늘게 뜨고 수첩을 넘겨받고는 당황한 표정으로 그를 바라보았다. "아, 맞아요. 그렇게 어떻게……?"

그가 지하철에서 목격한 일을 설명하는 동안 둘은 출구로 향했다. 바깥으로 나오자 여자는 멈춰 서서 수첩을 넘겨보고, 손가락으로 '에일즈베리' 메모를 짚으며 질문하듯이 그를 봤다. 레이랜드는 고개를 끄덕였다. 여자가 이번에는 '리베라시옹'과 전화번호두 개를 짚었고 그는 다시 고개를 끄덕였다. 둘은 함께 웃음을 터뜨렸다. 여자는 자기가 사무실에 갈 때까지 왜 런던에서 기다리지 않았는지 물었다. "그냥 기다릴 수 없더군요." 그가 대답했다. 더는 기억나지 않았다. 너무 피곤했고, 마치 술에 취한 것 같았다. 리비아는 아침에 동료의 차를 타고 런던에서 에일즈베리로 왔는데, 이제 레이랜드와 걸어서 함께 역으로 갔다. "이유는 모르지만 우린 그냥 함께 역으로 걸어갔어." 나중에 그 일을 설명할 때면 리비아는 이렇게 말하곤 했다. 탑승 시간은 한 시간 반밖에 안 되었지만 몇 가지 정보를 서로 교환하기에는 충분한 시간이었다. 트리에스테, 출판사, 파리, 신문, 옥스퍼드, 학교에서 도망친 일과 야간경비원으로 일하면서 번역가가 된 것. 레이랜드는 지중해에 면한 모든 나라의 언어를 배우려는 자기 꿈을 이야기했다. "내가 들어본 것 중에 가장 정신 나간 꿈이었어." 나중에 리비아가 아이들에게 말했다. "난 그를 보면서 깨달았지. 그런 일을 할 만한 사람이 있다면 바로 이 사람이라는 걸." 두 사람은 각자 할 수 있는 언어들을 세어봤다. 리비아는 그에게 아라비아어와 히브리어, 그리스어를 수첩에 좀 적어달라고, 그리고 몰타어를 몇 마디 해보라고 부탁했다. 런던에 도착하여 역에 섰을 때 리비아가 물었다. "당신의 꿈, 우리 그거 언제 시작할까요?"

"이웃집 여자는 하필 왜 들렀다가 가스 냄새를 맡았는지." 돌아오는 길에 리비아가 불쑥 말했다. "클라이번이 1년 동안 견뎠다고, 1년 내내 견뎠다고 상상해봐요. 매일 먹이고 씻기고 기저귀를 갈면서 말이지요. 그는 교사였는데, 아내를 돌보려고 조기 은퇴했어요. 봄과 여름, 가을과 겨울이 지났는데 여전히 아내를 돌봤어요. 그의 말로 아내는 음악을 좋아했다더군요. 음악을 들으면 조용해졌다고요." 리비아는 이런 사람이었다. 타인의 삶을, 그들의 행복과 불행을 아주 상세하게 하나하나 상상하는 사람. 둘은 한동안 기차 창밖을 내다봤다. "당신도 아내를 위해 그렇게 할 건가요?" 리비아의 질문에 레이랜드는 망설이다가 대답했다. "그러고 싶어요. 그것도 1년 후가 아니라. 하지만 내가 할 수 있을지는…… 모르겠어요. 당신은 어떤가요?" "나도 비슷해요." 리비아가 대답했다.

존 에스코트 판사는 자비로운 판결과 이해심을 드러내는 말 때문에 언론의 공격을 받았다. 리비아는 분노로 들끓었다. 그와 인터뷰를 하고, 에스코트라는 인물에 대한 기사를 쓰려고 했다. 레이랜드에게 혹시 함께 갈지 물었다. 그래서 둘은 다시 한번 에일즈베리로 향했다. 에스코트는 그곳에 살았다. 그는 거실에서 두 사람을 맞이하고 차를 대접했다. 대화에서 보여준 리비아의 침착함과 정신적인 통찰과 공감 능력은 믿기지 않을 정도였다. "행위 자체는 동기와 무관하지 않아요." 리비아가 말했다. "그건 어린아이라도 압니다. 그러니 클라이번의 행위는 살인과는 '전혀 다른 행위'지요!" 에스코트는 고개를 끄덕였다. 얼마 후에 그는 조기 은퇴했다. 이제 더는 법정에서 사람에 대한 판결을 내리고 싶지 않다고 했다. 신문에 기고한 리비아의 인물 묘사는 굉장한 성공을 거두었고, 신문사에서 그녀의 명성도 높아졌다.

에일즈베리에 두 번째로 다녀오는 길, 두 사람은 택시를 타고 켄싱턴에 있는 그녀의 집 앞에서 멈추었다. "같이 올라갈래?" 리비아가 영어로, 다음에는 이탈리아어로 물었다. "어떻게 생각해?"

레이랜드는 누군가를 알아간다는 게 얼마나 흥미진진한지 몰랐다. 또한 그때 얼마나 생생하게 살아 있는 느낌인지도 알지 못했다. 그는 잠을 자지 않았다. 한 순간도 놓치고 싶지 않았다. 아침식사로 이탈리아식 비스코티와 에스프레소를 먹었다. 그는 리비아의 담배를 피웠다.

결혼 전 2년 동안은 무아지경이었다. 둘은 단어와 현재와 상대방에 대한 새로운 발견으로 늘 취해 있었다. 둘은 언어를 바꾸면 지금 함께하는 순간의 음색과 온도도 변한다는 사실을 놀랍게 깨달았다. 설명하기 어려웠지만, 머리카락을 훑는 느낌도 달랐다. 언어가 달라지면 감정도 달라지는 듯했다. 이런 일이 어떻게 가능할까?

2년 전에 런던으로 파견될 때, 리비아는 영어를 거의 하지 못해서 이탈리아어와 프랑스어 단어 무더기를 사람들에게 쏟아냈다. 그녀는 엄마 마리아 가서와 언제나 독일어로 이야기했는데, 그게 영어 어휘력에 도움을 줬다. 리비아가 영어에서 좋아하는 것은 맞춤법과 발음의 차이였다. 다른 사람들은 그래서 한숨을 쏟아냈지만, 리비아는 기억해야 할 온갖 예외조항들을 사랑했다. "정말 무진장 좋아해요I am awfully fond of it." 이렇게 말하곤 했다. 미국인을 만나면 "진짜 좋아해요I just love it."라고 말했다. 리비아 페르토트답게 영국 영어와 미국 영어를 둘 다 배우기로 작정했다. 쉴 새 없이 라디오를 틀었고, 그 일로 편집국 동료들을 짜증나게 만들었다. 그러나 그들은 리비아의 어휘력이 얼마나 빠른 속도로 성장하는지 목격할 때면 놀라움과 감탄을 감추지 못했다. 1년 후에 리비아는 사비를 들여 동시통역 강좌에 참가했다. 셰익스피어와 제인

오스틴과 윌리엄 포크너를 읽었다. 읽고, 말하고, 또 읽으며 멈출 줄을 몰랐다.

그러나 레이랜드는 리비아가 프랑스어를 말할 때 더 좋아했고, 이탈리아어 목소리를 가장 좋아했다. 그의 이탈리아어는 완벽하지 못했는데, 리비아와 함께 있을 때면 그가 불가능하다고 여겼던 일이 벌어졌다. 그녀가 자신의 말을 고쳐주는 걸 사랑하게 되어 일부러 실수를 하게 된 것이다. 하지만 그답게 언제나 하나하나 완벽하게 오류를 제거했다. 리비아의 집은 페르메이르의 복사본으로 가득했다. 그녀는 페르메이르가 그린 초상화들을 사랑했다. "난 그걸 사랑해." 리비아가 말했다. "사진은 초상화에 비하면 가소롭지." 그가 앞에 서 있으면 리비아는 에스파냐어로 설명했고, 단어가 막히면 이탈리아어로 위기를 벗어나며 함께 웃었고, 그날 나머지 시간은 독일어로 대화를 나누었다.

리비아는 리디아 사르토리우스와 보주에서 온 메난느 소메르펠에 관한 이야기를 들었다. 그리고 애슈턴 챈들러 레이랜드를 아버지로 둔 아들이 얼마나 힘든 상황이었는지 이해하기 시작했다. 그래도 언제 한번 옥스퍼드로 같이 가지 않겠느냐고 리비아가 물었다. 둘은 그곳으로 갔지만 리비아는 그를 괜히 부추겼다고 바로 후회했다. 그곳 집들이 시야에 들어오자 레이랜드는 말수가 줄었고, 그의 젊은 얼굴에는 뭔가 씁쓸하고 슬픈 기운이 서렸다. 그는 부모님 댁 열쇠를 여전히 가지고 있었는데, 주머니에서 열쇠를 꺼내 잠시 망설이다가 한 걸음 다시 물러나서 초인종을 눌렀다. "그 세계로 들어서는 게 더는 허용되지 않는다는 듯이." 나중에 리비아가 아이들에게 한 말이었다. 도우미가 문을 열었다. 레이랜드

씨는 병원에 있다고 했다. 둘은 당황하여 거실에 그대로 서 있었다. 플러시 소파와 유리장에 든 구식 그릇, 벽난로 선반의 장식품, 벽에 걸린 조상들의 사진이 보였다. 둘은 병원으로 향했다. 그는 리비아에게 복도에서 기다리라고 부탁했다. 다시 나온 그의 얼굴은 굳게 닫혀 있었다. "조금도 변하지 않았어." 그가 말했다. 나중에 워런 숀의 집에서 차를 마실 때였다. 커다란 지중해 지도가 벽에 걸려 있었다. "여기서, 바로 여기서 난 지중해 언어를 처음으로 상상했어." 레이랜드가 리비아에게 말했다. 얼마나 진척이 있느냐는 삼촌의 질문에 레이랜드는 제대로 된 몰타어 문법책이 없다고 대답했다. "그러면 네가 쓰렴." 삼촌이 눈도 깜짝하지 않고 말했다. 헤어질 때 레이랜드는 아라비아어로 인사했다. "옥스퍼드에는 겨우 두어 시간만 머물렀어." 나중에 리비아가 말했다. "하지만 깨달은 게 있지." 그녀는 자기 옆에 있는 키 큰 남자, 대학 건물을 지나갈 때 걸음이 빨라진 그가 어디에서 도망쳤는지 이제 더 잘 이해하게 됐다.

리비아는 그가 데리고 간 찻집의 매력에 푹 빠졌다. 담배를 피우며 주변을 둘러보고 케이크를 먹었다. 화장실에서 돌아온 레이랜드는 창백한 얼굴로 말했다. "편두통이야." 돌아오는 기차에서 객실 창가 커튼을 쳤다. "당신은 나와 달리 도망치지 않고 온갖 시험을 치러냈지." 잠시 후에 레이랜드가 말하자 리비아가 대답했다. "아무 의미도 없는 거야."

리비아와 함께 런던을 쏘다니며 그녀의 눈으로 이 도시를 보는 법을 배울 때면 레이랜드에게는 모든 것이 아무 의미도 없었다. 리비아는 벨사이즈 호텔을 보고, 그가 앉아 있던 싸구려 술집에 가보고, 그의 주장에 따르면 런던에서 가장 맛있는 계란 샌드위치를 파는 샌드위치 바에 가고 싶어했다. 추운 날에 그곳 유리창에 김이 서리면 레이랜드는 한 손에 샌드위치를 들고, 다른 한 손으로 그리스어와 아라비아어, 러시아어 철자를 유리창에 그렸다. 저녁에는 드넓은 극장 상영관에 앉아 있었다. 리타 터싱엄이 주연한 〈녹색 눈의 아가씨Girl with Green Eyes〉가 둘이 처음 본 영화였다. 톰 커트니의 〈거짓말쟁이 빌리〉도 봤다. 리비아는 신문에 커트니와의 인터뷰를 실으려고 했지만 기회를 얻지 못했고, 그런데도 그에 대한 기사를 썼다. 레이랜드가 새 책 번역 계약금을 받으면 둘은 포일스 서점에서 값비싼 책을 쇼핑백 몇 개에 가득 사서 택시를 타고 켄싱턴으로 돌아왔다.

두 사람은 에스파냐어 '펠리시다드felicidad'가 그 시기의 행복에 어울리는 유일한 단어라고 생각했다. 이탈리아어 '펠리치타Felicità'는? 너무 현란하고 깊이가 없었다. 사탕 색깔이나 싸구려 젤라토 같은 울림이었다. 프랑스어 '보뇌르Bonheur'는? 너무 평평하고 너무 들척지근하고, 향수를 슬쩍 뿌린 것 같았다. 그럼 영어 '해피니스Happiness'? 귀엽고, 레이랜드 집에 있는 장식품을 떠올리게 했다. 독일어 '글뤼크Glück'는? 유행가 제목 때문에 돌이킬 수 없이 유치해졌다. 그러니까 에스파냐어가 정확하게 어울렸다. 끝의 드d는 거의 영어 'th'처럼 발음해야 했다. 레이랜드와 리비아는 단어에서 다른 사람들이 듣지 못하는 것을 들었다. 두 사람은 자기들만의 울림과 의미 공간에, 타인에게는 닫혀 있는 지극히 사적인 공간에 산다는 생각도 가끔 했다.

레이랜드가 리비아 페르토트에게 청혼을 했다. "그래, 그랬단다." 리비아가 아이들에게 말했다. "너희 아버지는 바로 그런 걸 할 사람이야. 청혼 말이다. 결혼 제안이라는 표현이 이보다 더 적절하게 어울릴 수는 없을 거야." 꽃도 없고 이벤트도 없이 늘 입던 터틀넥 스웨터 차림이었다. 하지만 그는 어떤 순간을 특별한 순간으로 바꾸는 능력이 있었고 그런 순간을 잘 이해했으며, 중요한 것 또는 축제까지도 부수적인 것처럼 아무렇지 않게 다룰 줄 알았다. 포츠머스에서 르 아브르로 가는 페리에서였는데, 둘은 바다에 최대한 오래 머무르고 싶어 이 노선을 골랐다. 둘 모두 저녁노을을 사랑해서, 갑판에서 눈으로 노을을 좇았다. '밤이 떨어지고 있다'는 프랑스어 '라 뉘 통브La nuit tombe'와 영어 '나이트 이즈 폴링Night is falling'. 그리고 '어둠의 침입'이라는 독일어 '아인브루흐 데어 둥켈하이트Einbruch der Dunkelheit'. 침입은 왜 떨어지는 것보다 폭력적으로 들릴까? 왜 아침 여명은 '뜨는' 거고, 저녁노을은 '침입하는' 걸까?* "그런데 단어들에 관한 이런 이야기를 나누다가 불현듯, 솨솨 소리를 내는 바다에 대고 네 아버지가 나더러 결혼하겠냐고 물었지." 리비아가 말했다. "아무 맥락도 없이, 목소리도 높이지 않고, 날 바라보지도 않고 정말 지나가는 말처럼 묻더라. 처음에는 영어로, 그다음에 이탈리아어로."

파리에서 리비아는 그에게 신문 편집국과 자기가 살던 거리를 보여줬다. 둘은 날짜를 착각해서 페르메이르의 초상화 전시회를 놓쳤다. 그러다가 리비아 페르토트는 아무런 전조도 없이 갑자기 평소의 자신감을 잃어버렸다. 아주 익숙한 시내에서 길을 잃고,

* 독일어 표현에서 아침 여명에는 anbrechen(처음 손을 대다, 뜨다, 개시하다)이, 저녁노을에는 hereinbrechen(침입하다, 왈칵 들어오다, 몰려오다)이 사용됨.

버스를 잘못 타고, 지하철에서 지갑을 떨어뜨려서 동전이 사방으로 굴렀다. 나중에도 리비아가 특별한 이유 없이 불현듯 발밑의 바닥을 잃어버린 듯 겁에 질린 아이처럼 행동하는 어두운 순간들이 있었다. 레이랜드는 그럴 때마다 지난번 일은 잊어버리고 너무나도 경악했지만 금방 다시 마음을 진정하고 진두지휘했다. 그때 파리에서도 그랬다. 둘은 모든 계획을 중단하고 트리에스테로 급하게 돌아왔다.

그는 지중해가 처음이었다. 몰로 아우다체에 앉아 발을 대롱거렸다. 옆쪽 부두에서 배가 출발하자 파도가 일었고, 그는 신을 신은 채 철썩이는 파도에 다리를 담갔다. "한순간 나는 당신이 물에 완전히 뛰어들려는 줄 알았어." 리비아가 말했다. "무척…… 탈선할 것처럼 보였거든." 그는 바짓단이 축축하게 젖은 채로 리비아의 부모님 집 거실에 앉았고, 오후 반나절 만에 두 분의 마음을 얻었다. 가끔 버벅거리긴 했지만, 마리아 가서와 유창한 독일어 대화를 나눴을 뿐 아니라 함께 부엌에 가서 서빙을 돕는 영국 신사 역할을 해낸 것도 크게 한몫했다.

오늘 레이랜드는 리비아가 예전에 살던 켄싱턴 집 부근에 새로 문을 연 카페에 앉아 있었다. "같이 올라갈래? 어떻게 생각해?" 31년 전의 일이었다. 이제 그는 둘이 이사를 하고 자주 오가던 해링턴 가든스 쪽으로 발걸음을 옮겼다. 44년 전인 17세에 옥스퍼드에서 도망쳐 런던으로 왔다. 둘은 29년 전에 해링턴 가든스로 이사했고 그곳에서 5년 동안 살았다. 그러니까 그는 런던에 20년을 머문 것이다. 가족은 24년 전에 트리에스테로 이사했다. 레이랜드는 하루 종일 이런 계산을 하고 숫자가 나올 때마다 스스로에게 질문했다. 그건 얼마나 오래전이지? 길까, 짧을까? 많은 삶이었나, 적은 삶이었나? 그러면서도 자기가 도대체 뭘 묻는지, 뭘 알고 싶은지 모른다는 느낌이 들었다. 그는 숫자와 계산으로 자기 삶을 확인하려는 기이하고 절망적인 시도를 하는 중이었다. 그러나 계산한 숫자를 금세 잊어버리고 처음부터 다시 시작해야 했고, 다시 할 때마다 이 모든 게 얼마나 의미 없고 헛된지 점점 더 또렷하게 느꼈다.

해링턴 가든스 집에 불이 켜져 있었다. 당시 그들의 공간에 이제 샹들리에가 걸려 있고, 그의 방이었던 곳에는 길쭉한 식탁에 손님 여러 명을 위한 식사가 차려져 있었다. 택시 한 대가 멎고 젊은 커플 두 쌍이 내리더니 초인종을 눌렀다. 손님들이 안에서 움직이는 모습이 보였다. 레이랜드는 다시 발걸음을 옮겼다. 새 주인에게 자기들이 떠날 때와 똑같이 공간을 그대로 두라고 요구할 권리라도 있다는 듯이 기분이 안 좋았다. 이곳에서 그는 문학적인 트리에스테에 관한 프란체스카 마르케세의 책을 번역하고 슬로베니아어를 배웠으며, 리비아가 책을 빼앗을 때까지 조이스의 책을 여러 언어로 읽었고, 어렸던 아이들을 안고 집 안을 돌아다녔다. 28년 전 일이었다. 그 시절은 길었을까? 아이들의 유년기와 청소년기가 포함되니 당연히 긴 세월이었다. 게다가 리비아가 출판사에서 일한 오랜 시간과 책장 하나를 다 채우는 그가 번역한 책도 있었다. 그런데도 왠지 짧게 느껴져서, 시간을 늘리고 그가 경험한 길이를 그 시대에 부여하기 위해 이제 자주 멈춰 서서 당시 일화들을 하나하나 훑어보았다. 그 시간이 쪼그라질 위험에 처했으니까. 왜 이렇게 됐는지 알 수 없었고 이해할 수도 없었지만, 트리에스테 시절이 줄어들 우려가 있었다. 모든 것이 짧아지고 서로 뒤섞이려 하고 있으니 그때가 얼마나 길고 풍성한 삶의 한 부분이었는지 스스로에게 말함으로써 이에 맞서야 했다.

예전에 살던 장소로 돌아가서 뭘 기대하는 걸까? 그가 자문했다. 추억, 그건 당연하다. 특히 과거의 목소리들과 섞인, 생생하고 장면이 풍부한 추억. 물론이다. 하지만 이 추억에서 뭘 기대하지? 그걸로 뭘 할까? 우리는 마음속으로 과거 먼 곳으로 뻗어 들어가고 넓어지는 것을, 우리 내면의 확장을 느낀다. 이런 건가? 이게 우리가 마음속에서 미래로 멀리 뻗어나가려 할 때 도움이 될까?

13

삼촌 집으로 돌아온 레이랜드는 리비아와 함께한 삶이 이해할 수 없이 잔혹하게 갑자기 끝나버린 후 그녀에게 쓴 첫 번째 편지를 읽었다. 편지를 집어 들기 전에, 그 편지를 쓰게 만든 감정을 다시 소환했다. 뭔가에 대항하여 언어로 스스로를 방어하지 않으면 견딜 수 없는 감정이었다. 정당방위로서의 글쓰기.

카라,

우리가 조용하게 빛이 꺼져 있는 당신을 발견한 지 이제 겨우 며칠 지났어. 그때부터 당신은 이전의 20년과는 다른 모습으로 내 옆에 있어. 그날 밤 당신을 바라봤지만 내 눈길은 당신을 만나지 못했어. 내 눈길이 만난 것은 당신 얼굴과 형체였지. 그 형체는 당신이 언제나 아주 활기차게 우리와 함께했고 지금도 그렇다고 증명하려는 것처럼 보였어. 하지만 움직임이 없는 얼굴과 형체의 괴괴함, 그것은 이어지는 매 순간 점점 돌이킬 수 없는 것이 되었어. 그것이 이 현재를 점점 더 빛바래게 하고 그저 경직된 현존과 단순히 거기 있는 존재로 보이게 했지. 내면의 방어도 없이 이 변화가 그냥 일어나게 둘 수는 없었어. 그래서 의도하지도 않고 제대로 인식하지도 못하면서 당신의 조용한 얼굴을 지나 마음속으로 당신과의 연결을 찾기 시작했어.

당신이 나에게 이런 식으로 남겨둔 새로운 현재는 묘사하기 어려워. 당신이 다른 방 또는 집 밖에 있거나 여행을 떠났을 때 나에게 남겼던 것과는 다른 현재야. 그때는 어떤 의미에서 옆에 있는 거였지. 당신에게 가거나 전화를 걸 수 있었으니까. 그런 일이 다시는 일어나지 않을 거라는 인식, 이게 당신의 새로운 현존이 지닌 특징이야. 더는 만날 수 없지만 당신이 내 안에 있다고 말해도 될까? 하지만 당신은 나에게 정신적 삶의 한 일화나 고통이나 두려움이나 불타오르는 감정처럼 현존하는 게 아니고, 추억의 한 장면이나 상상도 아니야. 지금 당신에게 편지를 쓸 때는 당신에게 말하는 것이지 당신이라는 상상에 말하는 게 아니야. 물론 이렇게 쓰면서 당신을 추억하고, 내 언어에는 많은 상상이 따라오지. 하지만 나를 위한 당신의 현존은 단순하게 이런 추억이나 상상이 아니라 뭔가 아주 다른 거야. 으스스하거나 밀교적인 성격이 아니라 무척 단순하고 자연스럽게 생각되는데도 설명하려면 말이 나오지 않는군.

내가 실제로 당신이 아니라 나 자신에게 이야기하는 거라고 말하는 사람도 아마 있겠지. 당연히 예전과는 다른 점도 있어. 당신이 나에게 대답할 수 없다는 건 나도 알아. 그래서 이건 일방적인 말하기야. 그럼에도 크게 말하든 속으로 말하든 나 자신에게 말하는 것과는 달라. 다른 점 가운데 한 가지는 글로 쓴 생각은 다른 방식으로 존재하기 시작한다는 점이지. 나는 이제 그 생각들을 그냥 실행에 옮기는 게 아니라 꼼꼼하게 숙고하며 거리를 두고 마주할 수 있어. 생각들은 금방 사라지지 않고 지속되고, 나는 언제나 그 생각으로 돌아올 수 있지. 글씨로 표현됨으로써 생각은 예전에 조용하고 일시적인 정신의 일화일 때는 갖지 못했던 확실성을 얻게 돼. 이 확실성을 통해 내가 무슨 생각을 하는지, 이 생각 속에서 나는 과연 누구인지 제대로 알게 되고 배우지.

일기를 쓸 때도 그렇지 않아? 그때도 정신의 내용이 명백해지고 거기에 집중하는데, 이는 언어를 통해서만 이룰 수 있잖아. 자기 언어의 독자인 자기 자신만을 대상으로 삼고서 말이야. 내가 당신에게 편지를 쓸 때는 일기와 어떻게 다를까? 당신에게 내 생각을 알리고 그걸 당신의 정신에 비춰보고 싶다는 욕구가 차이점이지. 그게 추측이고 말없는 반영이긴 하지만 말이야. 나 혼자 생각하는 것과 다른 사람을 위해 서술하는 데는—그게 생각에 불과하더라도— 큰 차이가 있어. 대답을 기대할 수 없는, 그저 묘사만 하는 생각이라고 해도 타인의 정신을 위해 내 생각과 감정을 열어 보이고 그에게 나를 설명하고 이해시키려는 데 많은 노력을 들이게 되지. 게다가 그게 다른 누군가의 정신이 아니라 당신의 정신이라면. 내가 당신에게 쓰는 글은 내가 아는 당신에게 나를 이해시키려는 욕구를 따르게 될 거야. 따로 언급하지 않더라도 나는 내가 상상하는 당신의 기대와 성찰과 감정에 관심을 기울이게 되겠지. 침묵하는 당신의 판결은 내가 설령 그걸 벗어나더라도 항상 나에게 척도가 될 거야. 내가 당신의 목소리를 명확하게 드러내지 않더라도 언제나 우리 둘의 대화가 이루어질 테지. 당신의 말이 더는 나에게 닿지 않는다고 하더라도 나는 그 대화 안에서 안전하다고 느낄 거야.

당신을 발견한 사람은 나였어. 목이 말라 잠에서 깨어 부엌으로 가다가 거실의 불빛을 봤지. 플로어 스탠드가 켜져 있고, 당신은 책을 읽을 때 자주 앉던 소파 한쪽 구석에 앉아 있었어. 밤늦게까지 읽을 때도 가끔 있었지. 모서리 탁자에는 반쯤 남은 찻잔이 놓여 있었고. 당신은 원고를 읽던 중이었어. 상체가 옆으로 기울어져 있고, 살짝 돌린 고개를 앞으로 숙이고 있었어. 빨간 안경테 너머로 눈은 감겨 있었지. 원고에 메모하던 손은 쿠션으로 미끄러졌고 펜은 바닥에 떨어져 있었어. 원고를 들었던 팔도 축 늘어지고 원고는 당신 무릎에서 미끄러져 내려왔는데, 팔걸이에 걸려 바닥에 떨어지지는 않았어.

잠에 취해 있던 나는 처음에 당신이 잠들었다고 생각했어. 하지만 거실을 지나가면서 이미 그게 아니라는 걸 깨달았지. 당신 몸에서 모든 것이 꺼져 있었으니까. 그곳에는 잠에서 깰 사람이 없었어. 그걸 명백하게 알아채고는 몸이 굳었지. 당신

앞에 선 채, 더는 숨 쉬지 않는 당신을 봤어. 아이들이 갑자기 나타난 걸 보면 내가 아마 전화를 한 모양이야. 그다음에 기억나는 건 내가 당신 안경을 벗기고, 당신 머리를 받치고, 당신을 깨우려고 한 거야. 놀라서 창백해지고, 말문이 막힌 아이들 얼굴이 지금도 눈앞에 선해. 소피아는 당신 머리를 받칠 쿠션을 하나 더 가지고 왔어. 그러고 원고를 탁자에 놓은 다음 당신 손을 당신 무릎에 얹었지.

우린 조용히, 거의 움직임도 없이 그냥 앉아 있었어. 얼마나 오래 그랬는지는 몰라. 그날 밤 시계는 힘을 잃었지. 우린 그때 일단 아무도 부르려고 하지 않았어. 세상은 바깥에 그대로 있어야 했어. 이따금 우리 눈길이 마주쳤어. 함께하는 당혹감, 경악이 가득한 황망함, 몰려오는 고통과 불안에 침몰하지 않으려고 애쓰는 눈길이었지. 가끔 우리 눈길은 움직이지 않고 소파에 앉아 있는 당신을 흘낏 스치기도 하고 또 가끔은 오랫동안 바라보기도 했는데, 그럴 때면 스스로든 상대방에게서든 당신이 앉아 있는 그 모습을 보면서 견디려는 엄청난 노력을 느꼈어.

그 끔찍한 정지 상태를 더는 견디지 못하면 난 다시 눈길을 돌렸어. 당신이 달리고, 손짓하고, 웃고, 춤을 추고, 당신이 에너지와 맑은 정신과 걷잡을 수 없는 의지로 충만한 채 바로 다음 순간과 바로 다음 시간과 바로 다음 미래로 가는 모습이 불현듯 나를 엄습했지. 이 모든 게 끝이라는 것, 갑작스럽고 돌이킬 수 없는 정적과 부동에 의해 절단되고 파괴됐다는 건 말도 안 되는 소리였어. 우리 모두가 경험하고 호흡했던 당신의 생기가 엄청난 내면의 파도처럼, 제어할 수 없는 폭동의 파도처럼 밀려왔어. 출판사 쪽매널마루를 걷는 당신의 발소리와 전화를 하는 당신 목소리가 들리고, 당신이 보트에 타거나 달릴 때 머리카락이 날리는 모습과 손에 에스프레소 잔을 들고 빨간 안경테를 머리로 올리며 웃는 모습이 보이고, 당신이 속았다고 느낄 때 화를 내는 목소리가 들렸어. 알파 로메오를 운전하는 당신 옆에 앉아 있을 때, 갑자기 가속페달을 밟는 바람에 몸이 좌석으로 밀리는 걸 느낄 수 있었어. 이 모든 게 불현듯 돌이킬 수 없이 끝나버렸다는 건 말이 안 되잖아. 안 돼, 안 돼. 믿을 수 없어.

그러다가 다시 용기를 내어 당신을 건너다보면, 고요하던 당신 얼굴이 아까보다 더 고요해진 듯했지. 얼굴 윤곽이 조금 더 물러선 것처럼 보였어. 세상에서 물러나, 다시는 돌아오지 않을 것 같은 얼굴이었지. 피부가 조금 더 창백해지고, 얼굴 전체가 계속해서 서서히 은거하는 인상으로 덮였어. 순수한 부동이 자기 고유의 파괴적인 일을 끝낸 것 같았지.

"네 엄마가 마지막으로 읽던 걸 듣고 싶다." 내가 말했어. "네 엄마가 마지막으로 본 언어를 듣고, 마지막으로 생각한 것을 우리도 생각했으면 좋겠다." 시드니가 원고를 들고 낭독하기 시작했지. 읽고 또 읽었어. 나는 머릿속으로 당신이 되어, 당신의 정신으로 귀를 기울였어. 글을 들으며, 내 짐작에 당신이 읽고 생각했을 그 생각을 했어. 너무나 집중해서 그렇게 하느라 당신이 다시는 말을 듣지 못하고 다시는 생각하지 않으리라는 사실을 잠시 잊을 수 있었지.

시드니가 낭독을 멈추고 힘없이 말했어. "표시가 여기서 멎었어요. 엄마가 여기까지 읽었네요." 그러고는 한동안 텍스트를 들여다보다가 원고를 덮고 탁자에 다시 올려뒀지. "엄마가 음악도 들었어요." 소피아가 전원이 들어와 있는 음향기기를 가리키며 말했어. 그러고 그곳으로 가서 켰지. 바흐의 파르티타였어. 소피아는 잠시 그대로 서 있다가 불을 껐어. 어둠 속에서 우린, 당신 귀에 이 음악이 어떻게 들렸을지 상상하려고 애썼지. 음악이 끝날까 두려웠고, 잠시 쉬었다가 다시 흐를 때마다 기뻐했어.

비 오는 겨울 아침의 흐릿한 빛이 커튼 사이로 들어왔어. 쿠션이 받치고 있는 창백한 당신 얼굴이 어둠 속에서 서서히 모습을 드러냈지. 밝아오는 빛이 아무것도 바꿀 수 없다니 견디기 힘들었어. 날이 밝으면 모든 게 지나가 당신이 우리와 함께 새날을 시작할 거라고 희망을 품고 있다는 걸 깨달았어. 그 희망은 너무 강렬해서 이성이 미처 고쳐주기도 전에 다시 길을 트며 나아갔지. 그 무엇으로도 회복할 수 없는, 이렇게 최종적인 경험은 해본 적이 없어. 여기에 다른 생각이 비집고 들어오는 건 거의 불가능했지.

난 당신 옆으로 가서 소파에 앉았어. 아무 생각 없이 그냥 한 행동이었지. 행동은 끝냈지만 그게 무슨 뜻인지 알 수 없었어. 아이들은 그 행동에서 내가 당신과 잠시 둘만 있고 싶어한다는 소망을 읽고 자리를 떴지. 밤에 당신 머리를 받쳤을 때 얼굴이 이미 차갑다는 걸 느꼈어. 그 냉기를 또 느끼고 싶지는 않았지. 당신은 창백하고 멀리 떨어져 있고, 세상에서 영원히 물러난 것처럼 보였어. 함몰한 것 같지는 않았지만, 이제 곧 그런 일이 벌어지리라는 건 짐작할 수 있었지. 이런 순간에는 어떻게 작별해야 하지? 어떤 게 옳은 방식이고, 이럴 때 상투어는 어떤 의미일까? 당신이 다시는 깨어나지 않는다는 생각을 하며 당신의 고요한 얼굴을 솔직하게 두려움 없이 보려고 했어. 당신의 모습을 오래 견디지는 못했지. 눈을 감고, 당신 부모님이 돌아가신 후에 당신이 하던 말을 떠올렸어. '죽은'이라는 단어는 독일어 '토트tot'와 영어 '데드dead' 모두 둔탁한 잔인함이라는 특성을 지닌 끔찍한 단어라고 말했지. 그 소릴 들으면 누군가 도끼의 뭉툭한 쪽으로 썩은 나무 그루터기를 두드리는 것 같다고 했어. 게다가 이상할 만큼 갑자기 예상보다 빨리, 제대로 된 끝이 오기도 전에 끝나는 단어들이라고도 말했지. 포르투갈어와 이탈리아어 '모르토morto'도 무겁고 잔인하지만 갑자기 끝나는 느낌이나 두드리는 느낌은 덜하다고, 하지만 반복되는 두 모음의 어둠 때문에 무겁다고, 출구 없이 급경사로 땅속으로 내려가는 터널이 연상된다고 했어.

봤어? 난 미동도 없는 당신의 형체 옆에 앉아, 당신에게 단어에 대해 말하라고 했어. 우리의 첫 번째 대화였지. 이 대화는 계속 이어졌어. 예전에 당신은 부모님을 화장하고 싶다고, 부모님도 그걸 원했을 거라고 말했지. 썩어가는 걸 상상하면 소름 끼쳐하셨다면서. 하지만 그건 불법이었어. 교회는 이미 오래전부터 반대하지 않았는데도 말이야. 얼마 전에 우리 둘은 법이 바뀌었다는 소식을 읽었고, 새로운 법을 이용하자고 약속했지. 당신은 불이 죽은 사람에게 해를 끼치는 게 아니라 붕괴와 부패를 막아주는 거라고, 다시 말해서 해방시키는 과정이라고 했어. 당신은 육체로서 완전히 사라지려고 재를 바다에 뿌려주길 바란다고 했지만 그건 불법이어서, 당신 유골함을 부모님 옆 무덤 벽감에 세웠어. 그건 나에게는 당신이 더는 존재하지 않는다는, 그저 상징적인 행위에 불과했지.

그러는 사이에 날이 밝아왔어. 사람들이 거리를 따라 지나가고, 버스가 다니고, 멀리서 소방차 사이렌이 들려오고, 시간을 알리는 교회 종소리가 울렸어. 모든 것이 평소와 똑같았지만 낯설고 불필요했고, 우리와는 아무 상관도 없었지. 우리 둘의 대화 덕분에 나는 일어나서 전화기로 걸어갈 수 있었어. 당신이 도와달라고 나에게 부탁하는 것 같았지. 당신 머리카락과 얼굴을 마지막으로 쓰다듬었는데, 그러자 당신에게 다시 한번 가닿을 수 있다는 느낌이 들었어. 경찰차와 구급차가 우리 거리로 꺾어 들어오는 모습이 눈에 들어오고, 검은색 긴 장의차가 그 뒤를 따랐어. 그들이 오자 시드니는 바깥으로 달려나갔지. "엄마가 실려 나가는 모습을 보고 싶지 않았어요. 절대로 그러고 싶지 않았죠." 나중에 시드니가 말했어. "그게 엄마의 마지막 모습이어서는 안 돼요. 다른 사람들과 부딪치는 걸 피하며 숲으로 올라가는 동안 그 모습을 상상하지 않으려고 애를 썼고, 또 아빠와 소피아 누나만 남겨뒀다는 양심의 가책과도 싸워야 했어요." 사람들이 당신을 바깥으로 실어갈 때 소피아가 내 옆으로 다가왔어. 우린 몸을 돌려 비가 오는 바깥을 내다봤지. 그리고 문이 닫히는 소리를 함께 들었어.

당신의 자리는 비었고, 당신의 부재가 공간을 채웠어. 반쯤 남은 찻잔은 여전히 구석 탁자에 있었지. 아무도 만지지 않았는데도 찻잔은 지난밤과는 다르게 놓여 있었어. 당신이 더는 쥐지 않을 찻잔이기도 했지만, 다른 사물들이 그냥 거기 그대로 있는 것과도 뭔가 달랐어. 그 찻잔이 어떤 역할을 하다가 이제는 돌이킬 수 없이 끝나버린 삶을 여전히 증명하고 있었지. 우린 그 잔을 계속 바라보며 그대로 두었어. 그러다가 소피아가 일어나서 조심스럽게 탁자에서 잔을 집어 들고 부엌으로 갔어. 나는 그 뒤를 따라가서, 소피아가 찻잔을 헹구고 건조대에 놓는 모습을 지켜봤지. 소피아는 망설이며 천천히 그렇게 하고서는 현기증이 나는지 싱크대에 기댔어.

내 생각에 소피아가 찻잔을 치우는 동작은 길게 이어질 일련의 행위들, 우리를 당신이 없는 삶으로 데리고 가는 행위들 중 첫 번째인 것 같더군. 우린 더는 버티지 못할 상황에 이를 때까지 이 모든 행위에 저항했어. 누군가 당신의 펜을 집어 탁자에, 안경 옆쪽에 올려뒀더군. 우린 그 두 개를 며칠 동안 그곳에 그대로 두었어. 찻잔은 뭔가 우연인 것, 뭔가 외적인 거라서 우린 그걸 치워도 당신 삶을 침범하는 거라고 느끼지 않았어. 그에 비해 안경과 펜은…… 그걸 치우는 건 읽는 사람인 당신에 대한 공격이라고 여겼지. 읽고 쓰고 생각에 잠긴 당신, 바로 그런 당신에 대한 공격. 나는 며칠 지난 뒤에야 그걸 눈길이 자주 닿는 내 방 창턱으로 옮겼어.

내 기억에 각인된 작은 일, 지극히 사소한 일이 한 가지 있어. 소피아가 당신의 찻잔으로 한 행동이지. 소피아는 잔을 씻은 후에 건조대에 뒀어. 잔이 마르자 계속 바라보면서 어쩔 줄 모르고 잠시 그냥 서 있더군. 그러다가 망설이면서 건조대에서 집어 들고 찬장 문을 열었지. 찻잔을 이미 들어 올렸는데, 마치 내부에서 차단기가 내려온 것처럼 도중에 손이 멎었어. 찬장 문을 다시 닫고 건조대 옆 선반에 찻잔을 놓았지. 그러고는 조금, 그러고 다시 조금 밀었어. 찻잔을 손에서 떼지 못하겠다는 듯이. 우리 모두는 어떻게 해야 할지, 아주 작은 움직임까지도 어떻게 해야 할지 몰랐던 거야.

그날과 그다음 며칠 동안 우리의 모든 행동에는 망설임과 과거를 향한 회의가 가득했어. 당신이 없는데 우리 생활을 계속 이어나가는 게 잘못처럼 느껴졌지. 그렇게 하면 우리가 지켜야 할 뭔가가 파괴된다는 듯이. 하지만 버티고 반항해봤자 전혀 소용없다는 걸 느꼈어. 흐르는 시간은 우리를 잔인하게 그다음 시간으로, 다음 날로 몰고 갔지. 집배원이 당신 앞으로 온 소포를 가지고 왔어. 우린 몇 시간 후에야 소포를 뜯었어. 라벨에 붙은 당신 이름은 아주 심한 경악을 불러왔지. 당신이 이제 더는 답장을 할 수 없으니까. 그러다가 우린 수프를 한 그릇 먹었어. 부엌에 선 채 먹었지. 빈자리가 있는 식탁에 앉기란 불가능했어.

당신이 옆에서 잠들고 깨던 방에 앉아 있자니 둘의 대화가 불현듯 더는 도움이 되지 않았어. 당신의 부재가 엄청난 무게로 엄습했지. 그러다가 당신의 눈길을 느끼기 시작했어. 내가 출판사로 가서 무슨 일이 벌어졌는지 말하길 바라는 눈길이었지. 출판사로 가는 길에 당신 변호사 사무실에 들렀어. 그곳에서 이미 알고 있던 사실, 내가 이제 출판사 소유주라는 사실을 확인했지. 몇 년 전에 당신이 그렇게 정했을 때 나에겐 그게 무척 추상적으로 보였어. 언제나 그저 가능성으로만, 순수한 생각의 유희로만 존재할 뿐 실제로는 나와 상관없는 일처럼 말이야. 그런데 이제 변호사 앞에, 알로이스 푸를란이라는 사람 앞에 앉게 됐지. 그 사람은 내가 출판사를 운영할 능력이 있다고 믿지 않았어. 그가 나에게 불친절하다거나 무례하다고는 말할 수 없지만 나를 믿음직하게 여기지 않는 건 확실했지. "다행스럽게도 비토리오 알바네세가 있으니까요." 그가 했던 말이야.

난 카페로 가서 커피를 한 잔, 또 한 잔 마셨어. 이런저런 생각이 엎치락뒤치락 밀려왔지. 우리가 런던에 살 때, 당신이 출판사를 넘겨받을지 고민하던 몇 주를 떠올렸어. 이제 내가 불쑥 출판사 소유주가 되어야 하다니. 당신이 도서전에서 나에게 전화를 걸어 분주한 상황에 한숨을 짓고, 밤에 날아가듯 원고를 훑으며 빨리 결정을 내려야 하던 일을 생각했어. 당신은 그런 순간이면 트리에스테로 돌아오기로 한 당시의 결정이 옳았는지 확신이 없다고 했어. 이 모든 일을 이제 내가 해야 하겠지. 내가 할 수 있을까? 할 의지는 있나?

잠을 못 잤다는 게 느껴지더군. 시간 감각이 뒤죽박죽 엉켰어. 사실 출판사에 갈 수 있을 만한 컨디션이 아니라고 생각했지. 계단을 올라가, 알릴 게 있다며 알바네세에게 사람들을 모두 모아달라고 부탁하는데 현기증이 나더군. 내가 정확하게 무슨 말을 했는지 지금은 기억나지 않아. 짤막하게 말한 후에 정적이 흘렀어. 나는 모두 그냥 계속 일하라고, 앞으로의 일에 대해서는 나중에 말하자고 했지. 그러고 당신 사무실로 갔어.

당신에게 온 우편물이 책상에 놓여 있었지. 난 이제 당신에게 더는 가닿을 수 없는 당신 이름에 소스라치게 놀랐어. 당신 의자에 앉았지. 난 여기 자주 오지 않았어. 그 순간 내가 이 출판사를 위해 번역을 하면서도 당신의 일을 얼마나 모르는지, 나와 출판사 사이에 얼마나 큰 거리가 있었는지 깨달았지. 그게 옳은 일이었을까? 그래서 당신이 실망한 건 아닐까? 바깥에 어둠이 내리기 시작했어. 복도에서 사람들 발소리가 들렸지. 무척 조용하게 걷는 것 같다는 생각이 들더군. 난 편두통의 전조를 느끼며 어둠 속에 그대로 앉아 있었어. 이 책상 앞에 앉아 출판사를 이끌어가는 미래를 상상할 수 있나? 난 머릿속으로 벨사이즈 리트리트 호텔의 작고 남루한 접수대 뒤편으로 자리를 옮겨갔어. 런던이, 지하철이, 템스 강에 드리운 안개가 그리웠지. 어떻게 해야 할까?

베라 산틴이 들어와서 전등을 켰다가 나를 보고 소스라치게 놀랐어. 그 사람과 길게 말해본 적이 없었지. 앞에 앉으라고 권한 뒤 급하게 처리해야 할 일이 혹시 있는지 물었어. 서류철에 있는 편지들을 확인해야 한다더군. 나는 서류철을 열고 편지를 훑어봤어. 당신 이름 위에 서명란이 있었지. 변호사는 내 서명이 지금부터 바로 유효하다고 말했어. 하지만 펜을 잡자마자 그게 불가능하다는 걸 깨달았지. 그래서 베라에게 당신 계약서에 서명해달라고 부탁했어. 우린 대화를 이어가기에 적당한 말을 찾았지만 발견하지 못했지.

난 이제 집으로 돌아와 당신 방 책상 앞에 앉았어. 아이들은 이 방에 들어오지 않았지. 집에 오는 길에 이곳을 손이 닿지 않는 장소로, 성전으로 만들지 않겠다고 결심했어. 평소보다 천천히 문을 열었지. 당신이 쓰던 향수의 흔적이 허공에 드리워 있었어. 난 어둠 속에서 창가로 다가가서, 당신이 자주 하던 것처럼 바깥을 내다봤어. 나중에 불을 켜고 방을 둘러봤는데, 얼마나 텅 비어 있던지. 다시 앉아서 편지지가 들어 있는 서류철을 집어 들었어. 생각이 맑아지면 당신에게 이 편지지에 편지를 쓰려고 해. 편지를 쓸 펜도 바라봤어. 오래전, 비가 오는 어느 봄날에 우리가 패딩턴에서 산 그 펜이야.

레이랜드는 편지를 옆으로 치웠다. 편지 쓰기는 정당방위만은 아니었다. 올바른 언어 찾기를 통해 자기 경험의 윤곽을 알아보려는 시도이기도 했다. 자기가 정확하게 뭘 느끼는지 알고 싶었다. 이따금 손을 멈추고, 자기가 누구인지 처음으로 발견하고는 놀라움을 느끼기도 했다.

14

레이랜드는 창가로 다가섰다. 케네스 버크가 첼로를 연주하고 있었다. 평소와 달리 자리에 앉아 있어서 얼굴이 드러났다. 보면대에는 악보가 없었고, 그는 눈을 감은 채 연주했다. "불법이긴 하지만 옳다고요." 그는 자신의 행위를 그렇게 설명했다. '의약품계의 로빈 후드'. 판사가 그에 대해 한 말이었다. 그 말을 전하는 버크의 얼굴에 흐릿하고 삐딱하긴 하지만 약간은 자랑스러운 미소가 스쳐갔다. "그 용기는 어느 정도 자랑스러울 수도 있겠구나." 그의 삼촌은 그렇게 말했다고 한다. 버크의 이야기를 알게 된 레이랜드는 연주하는 그가 다르게 보였다. 그 차이를 표현할 말을 찾으려 했으나 허사였다. 어쨌든 달랐다.

'너는 언제나 다른 사람들이 네 언어로 말하는 걸 도왔다. 그들에게 네 언어의 목소리를 주었고, 네 언어가 그들 자신의 목소리가 되게 해주었다. 네 언어에서 네 목소리는 어떠하지? 너 자신은 어떻게 울릴까?' 삼촌은 편지에 이렇게 썼다. 이제 레이랜드는 리비아에게 쓴 두 번째 편지를 읽으면서 이 문장들을 떠올렸다.

카라,

아침마다 여전히 당신의 부재가 일시적이기를 바라며, 오래 걸릴지도 모르지만 언젠가는 우리가 다시 예전 생활로 돌아갈 수 있을 거라는 희망을 품고 잠에서 깨. 명확한 희망은 아니라서 생각의 형태로 나타나지는 않아. 어쩌면 희망이라고 부르는 것조차 틀렸는지 모르지. 기다림이라고 부르는 게 나을까. 당신이 언젠가 문으로 다시 들어오기를 기다리는 것. 대부분 배경에 머무는 이 조용한 기다림이 이따금 분명하게 의식되는 순간이면, 언젠가 이 기다림이 사라진다면 어떨까 스스로 묻곤 해. 새로운 시대의 시작일 거야. 소리도 없고, 텅 비고, 무감각한 시대. 그 시대는 시간을 살아 있게 하는 모든 것을 집어삼키겠지.

내 말이 이상하다는 건 나도 알아. 하지만 더 나은 말은 찾을 수가 없군. 헛된 희망과 기다림에 시간의 생동감이 달려 있다는 게 어떻게 가능하지?

출판사 열쇠를 외투 주머니에 미끄러지듯 집어넣는 당신의 손이 보여. 나는 그 모습을 보는 게 늘 좋았어. 그 열쇠를 이제 내 주머니에 넣는다는 것……. 그건 눈에 잘 띄지 않는 수많은 행위 중 하나였어. 새로운 미래, 당신이 없는 미래로 향하는 걸음을 의미하는 행위였지. 그런 걸음을 하지 않을 수 없었어. 하지 않으려면 시간을 멈춰야 했지. 그런데 이 걸음이 왜 배신처럼 생각될까? 아니면 이때 느끼는 감정은 배신이 아닌 걸까? 그보다는 당신이 더는 존재하지 않는다는 사실을 인정하는 거라서, 내가 결코 원하지 않았고 원할 수도 없었던 것을 거침없는 시간의 흐름에 의해 강요당하는 느낌인가? 다시 말해서 무력감?

내가 출판사를 이어서 운영하겠다고 말한 이래로 많은 일이 일어났어. 당신 직원들은 안도의 한숨을 쉬었고, 그다음 며칠 동안 내가 모두와 각각의 업무에 대해 이야기를 나누고 상황을 듣겠다고 하자 다시 한번 안도하더군. 나는 계속 번역을 하고 싶다는 말도 했어. 시간 균형을 잡아야 할 일이라서, 모두 일반적인 정도를 넘어설 만큼 나를 도와줘야만 가능하다고 했지. 밤에 일하는 사람의 리듬에 맞춰야 하고 변덕을 부리는 내 편두통에도 익숙해져야 한다고 말이야. 반응은 호감, 아니 사실은 온기라고도 말할 수 있을 정도였어. 비토리오 알바네세만 냉철하고 딱딱했지.

그런 다음 나는 여전히 당신의 것처럼 느껴지는 의자에 앉았어. 하지만 약간은 이미 내 의자 같기도 했는데, 그런 느낌은 매 순간 달라지더군. 우편물이 산처럼 쌓여 있었어. 예전에 시험을 앞두고 매번 느꼈던 거친 공황상태가 엄습했어. 도망치자. 그러나 바로 그 순간 베라 산틴이 급한 업무에 대해 이야기하려고 들어왔지. 그 사람은 내 공황상태를 알아챘지만, 나는 관자놀이를 문지르고 약을 꺼내며 위장할 수 있었어. 베라는 커피를 끓였고, 나는 그 사람이 쓴 편지들에 서명해야 했어. 먼젓번에도 느낀 망설임이 여전했지만 서명을 했어. 위에는 각인된 당신 아버지 이름이, 아래에는 내 이름이 있었어. 훌륭해 보이더군. 그게 옳았기를 바랐는데, 내가 무슨 의미로 그렇게 생각하는지 스스로도 알 수 없었어. 며칠 후에 공동묘지에 가서 당신 가족묘 벽감 앞에 섰어. 페르토트와 레이랜드, 두 이름을 속으로 되뇌었지. 나도 이제 여기 속하는 건가? 출판사는 느낌상 어떻게 달라질까? 나오면서 런던에 있는 크리스토퍼 셸던 레이랜드의 무덤을 떠올렸어. 가족묘였고, 내 아버지도 언젠가는 그곳에 묻히겠지. 나는 그 어디에도 매장되고 싶지 않다고, 보존되고 싶지 않다고 생각했어. 나도 당신이 원했던 것처럼 내 재가 바다에 뿌려지기를 바라.

베라가 나간 뒤 나는 나머지 우편물을 뜯고 구술을 시작했어. 당신 목소리가 담긴 카세트를 기기에서 꺼내고 새 카세트를 넣었지. 작은 기기에 대고 말을 하는 게 이상했어. 난 언어가 기계와 닿는 걸 좋아하지 않아. 대답 없이 혼자 울리는 내 목소리를 듣는 것도 기이했지. 이건 호감이 가지 않는 목소리가 아닐까? 사람들이 만나고 싶어하지 않는 목소리가 아닐까? 다시 공황이 덮쳤어. 엉뚱한 버튼을 누르는 바람에 녹음했던 걸 실수로 지웠고 처음부터 다시 해야 했지.

서서히 나아졌어. 당신이 구술을 할 때 이리저리 오가던 모습이 떠올라서 나도 그렇게 했지. 내 걸음이 당신의 걸음 위에 찍히는 듯한 느낌이었어. 쪽매널마루 어디가 삐거덕거리는지 알아냈지. 사무실 전체를 걸으며 그 공간을 서서히 내 것으로 삼았어. 말라버린 당신 담배에서는 나무 맛이 났어. 쓰레기통에 던져 넣었다가 다시 꺼내서 주머니에 넣었지.

나는 편지로 상황을 설명하고, 내가 새로운 사장이라고 소개했어. 편지가 내일 전세계로 발송되면 오랫동안 철회할 수 없는 최종적인 사실이 되겠지. 취소하면 여기 내부에서는 변덕이 심하고 겁이 많아 움찔하고 물러난 정도로 간주되겠지만, 대외적으로는 끔찍한 결과를 불러올 거야.

거리로 나섰어. 사장으로서의 첫날이 지나갔지. 난 자랑스러웠고, 그런 나를 스스로 비웃었어. 새로운 삶을 시내로 가져가서 그곳에서 확장하고 싶었어. 사방에 전등불이 들어왔어. 패트 킬로이는 아직 할 일이 별로 많지 않았어. "상상해보게. 난 이제 출판사 사장이라네." 내 말에 그는 비꼬는 듯한 경외심을 담아 몸을 굽혔어. 나중에 음식을 가져다주고는 그대로 서서 나를 바라보다가 말했지. "불안해할 거 없어." 이렇게 예리하고, 표면 아래에 뭐가 있는지 이렇듯 정확하게 알아채는 사람을 내가 또 알고 있던가?

나는 몰로 아우다체에 앉아, 사랑에 빠진 연인들의 웃음소리에 귀를 기울였어. 마지막 배가 도착하자 파도가 밀려왔지.

철썩이는 물에 다리를 담그니 바지가 무릎까지 젖었어. 처음으로 그렇게 했던 날을 떠올렸어. 18년 전이었고, 내가 바짓단을 적시고 철벅거리는 신을 신은 채 당신 부모님 거실에 앉아 있는 걸 당신은 마음에 들어했어. 아이들은 말로만 듣던 젖은 내 바짓단을 보고는 웃음을 터뜨렸어.

그사이에 아이들도 당신 방에 와봤어. 하지만 그곳은 우리 모두에게 당신의 부재를 알리는 장소, 슬픔과 당혹의 장소였어. 소피아는 집 전체가 비어 보인다고, 당신의 부재로 구멍이 뚫린 것 같다고 말했지. "언젠가는 달라질까요?" 그렇게 묻더군. "우리만의 삶으로 집을 채울 수 있을까요?" 집을 찾아낸 사람은 당신이었어. 그때 당신이 전화로 했던 말이 기억나. "페르메이르 작품을 걸 공간이 아주 많아. 그리고 내가 아는 한 당신은 아마 제일 위쪽으로 가겠지. 다락으로 말이야. 당신을 위한 맞춤 공간이야." 페르메이르 그림들은 낯선 모습으로 변했어. 텅 빈 외관, 아니 공허해진 외관이라고 말하는 게 더 맞을까. 그걸 찾아내고 늘 감탄하던 당신의 눈길이 이제 더는 닿지 않아서 그 그림들은 생기를 잃을 테니까.

소피아는 우리 모두 망설이며 생각하던 말을 입 밖으로 꺼냈어. "어쩌면 이사 가는 게 좋을지 모르겠어요. 새로운 장소에서 새로 시작하는 거죠." 발음된 그 말에 우린 놀랐고, 급할 거 없다고 서로 다독였어. 이사……. 그건 하나의 삶이 분해되는 것에 비할 만큼 큰일이잖아. 우린 그걸 각자 어떻게 상상하는지 서로 느끼며, 그 상상이 우리를 얼마나 놀라게 하는지 생각하며 한동안 말없이 그대로 앉아 있었어. 이사는 당신의 죽음을 결정적으로 인정하는 일이 될 거야. 당신 짐들은 어떻게 하지? 당신이 쓰던 모든 물건을 손에 들고, 그걸 어떻게 해야 할지 우리가 결정해야 하잖아.

각자 방으로 돌아가려고 일어난 우리는 서로 안은 채 한참을 그렇게 서 있었어. 여기서 보낸 우리의 삶은 끝나겠지. 앞으로 서로에게 새로운 방식으로 존재해야 해. 당신을 더는 포함하지 않는 방식으로. 우린 누워서도 오랫동안 잠을 이루지 못하고 각자 마음에 있는 근심에 서로 귀를 기울였어.

그 후로 한 달이 지났어. 만灣에 봄빛이 드리우고, 시내의 나무들은 초록이 됐지. 나는 단단한 걸음걸이로 출판사로 가. 처음 며칠 동안 책상과 서랍에 있던 서류들을 한 장 한 장 꼼꼼하게 읽었어. 당신 글씨를 볼 때마다 힘들었지. 그럴 때면 읽기를 멈추고 담배를 피우며 창가에 서 있었어. 베라가 커피를 가져다줬지. 서랍 한 곳에서 콤팩트와 립스틱을 발견했어. 나에게 필요하지 않은 건 모두 서류장에 넣었어. 문을 닫고 나니 이상하고 무척 비이성적인 생각이, 당신을 과거에 남겨둠으로써 배신한다는 생각이 또 들더군. 나중에 패트 킬로이에게 그 이야기를 했더니 아무 말 없이 듣기만 했어. 그러고는 다른 식탁에서 일을 본 후에 다시 나에게 왔지. "쓸쓸하게 버림받는 사람은 그곳에 아무도 없어." 그렇게 말하고 내 어깨에 손을 얹었어. 하지만 그럼 서류장 문을 닫는 게 왜 그다지도 힘들었을까?

난 예고한 대로 직원 모두와 각자의 업무에 대해 이야기를 나누었어. 인쇄소와 배본사를 방문하고, 대차대조표 보는 법을 배우고, 올해 광고에 대해 들었어. 일이 어떻게 연결되는지, 뭐가 중요한지 서서히 알 것 같은 느낌이 들어. "시보다는 천 배 쉽지." 숀 크리스티의 말소리가 들리는군. 그래, 그렇긴 하지. 하지만 이따금 내 내면에서 만사가 무너지고 모든 게 힘들 때면 단어들로 돌아가고 싶어. 한쪽 구석의 작은 책상에 지금 작업중인 번역 원고가 놓여 있어. 난 가끔 그곳으로 도망치지. 베라는 그럴 때마다 조용히 문을 닫아.

레이랜드는 편지를 다시 한번, 이번에는 크게 소리 내어 읽었다. 어떤 목소리가 자기에게 말을 하는지 호기심을 느끼며 자신의 글에 귀를 기울였다. 그런 다음 리비아에게 쓴 첫 번째 편지도 소리 내어 읽었다. 다른 목소리와 구분할 수 있을 만큼 이 목소리의 울림을 안다는 확신이 들자 그로부터 10년 후에 쓴, 그러니까 진단을 받고 난 다음에 쓴 편지를 읽었다. "오늘은 내 남은 생의 첫 날이야. ……권위자는 없다." 새로운 목소리는 달랐다. 어떤 차이일까? 멜로디가 다른 것처럼 서로 완전히 차이가 나는 목소리들인가? 아니면 같은 음을 연주하는 두 개의 악기, 오보에나 파곳처럼 작은 차이일까? 들려오는 글이 놀랍게 느껴졌다. 자신이 이런 일을 할 수 있던가? 그는 종이를 꺼내, 번역을 할 만큼 텍스트와 충분히 친해졌는지 알아볼 때면 이따금 그러듯이 각각의 편지에서 두어 문장을 옮겨 적었다. 그는 쓰는 언어를 그저 읽기만 하는 언어보다 더 믿었다. 쓸 때면 그저 귀를 기울이기만 할 때보다 자기 자신에게 더 가까워졌다. 또 먼저 쓴 편지와 나중에 쓴 편지는 내용뿐 아니라 손으로 쓸 때와 낭독하며 귀로 들을 때가 서로 달랐다. 자신의 목소리를 경험하는 게 얼마나 복잡하고 그때그때 다르지 삼촌은 알았던 걸까?

레이랜드는 편지를 서류철에 넣다가, 두 편지 사이 시기에 썼으나 잊어버리고 있던 짧은 편지에 눈길이 닿았다.

카라,

당신에게 말을 하면서도 그저 나 자신에게 이야기하는 게 아니라, 당신이 꼭 알고 있어야 한다는 듯이 말하는 나 자신을 보게 돼. 그럴 때면 내가 당신에게 최신 정보를 알려주려는 것처럼 들려. 하지만 물론 당신이 아니라 나 자신에게 알리는 거고, 알리려는 바도 이미 아는 사실이 아니라 내 생각과 느낌에 관한 거야. 바깥세상보다 나에게 더 가까운데도 바깥에서 일어나는 일보다 훨씬 더 알기 어려운 것, 내가 전혀 조망하지 못하는 생각과 느낌이지. 내가 오류(잘못된 영혼의 상태를 이렇게 부를 수 있다면)를 알아채면, 그 전에 잠시 눈에 보이지 않는 위험한 경계를 넘었던 것 같다는 느낌이 들어. 그 경계 너머에서는 이성을, 아니 이성뿐 아니라 다른 것도 잃게 되지. 정의하기 어렵지만 이 경계는 존재해. 꿈을 제외하고서도.

레이랜드는 이 편지도 서류철에 넣었다. 리비아에게 느낀 친밀함은 그 후에 다른 누구에게서도 느끼지 못했다. 상상조차 할 수 없었다. 이렇듯 침묵 속에서 리비아와 함께하는 삶이 늘 지속될까? 앞으로 생각을 혼자만 품고 있는 건 과연 어떨까? 아니면 언젠가 다른 누군가와 공유하게 될까? “새로운 시대의 시작일 거야.

소리도 없고, 텅 비고, 무감각한 시대. 그 시대는 시간을 살아 있게 하는 모든 것을 집어삼키겠지." 그는 예전에 이렇게 썼다. 그게 최종적인 결정이었나?

레이랜드는 불현듯 삼촌 집을 다시 한번 새롭게, 지금까지와는 다른 방식으로 철저하게 소유하고 싶다는 욕구를 느꼈다. 온 방을 다니며 옷장을 모두 열어보고, 부엌을 샅샅이 뒤지고, 지하실까지 내려가고 다락까지 올라갔다. 크기를 확인하려는 듯이 여러 방 안을 몇 번이고 성큼성큼 걸었다. 자기가 하는 행동이 무슨 뜻인지 알지 못했지만 그럼에도 계속했다. 마지막으로 많은 책장을 서서히 따라가며 책을 자주 꺼내 넘겨봤다. 자정이 한참 지난 후에야 작은 침실로 올라갔다. 이따금 잠이 오지 않는 밤이면 여름의 어두웠던 시간에 대한 기억이 엄습하곤 했다. 오늘도 그랬다. 이번에 그가 다시 한번 겪은 기억은 두 번째 발작에 관한 것이었다.

15

두 번째 발작은 그가 13년 전에 만난 이래로 자기 인생에서 더는 떼어놓고 생각할 수 없는 어떤 남자의 집에서 일어났다. 남자의 이름은 안드레이 쿠츠민으로, 붉은 군대에 징집되는 게 너무 끔찍해서 러시아를 탈출한 사람이었다. 어찌어찌해서 달마티아 스플리트까지 흘러온 그는 몇 년 동안 헌책방 직원으로 일하며 힘겹게 살다가 트리에스테에서 직접 헌책방을 열었다. 카를로 페를루가의 헌책방이 있음에도 그의 가게가 살아남은 이유는 무엇보다도 슬라브어와 알바니아어, 마케도니아어와 그리스어, 게다가 아라비아어 책까지 취급했기 때문이다. 그는 자기 이름에서 아이i에 악센트가 붙기를 고집했다. 유u에 붙으면 답답한 사람의 이름처럼 둔하고 평범하게 들린다고 말했다. 예리하고 밝은 특성이 이름 끝부분에 있기를 원했다. 그리고 유에 악센트가 붙어서 'Kúzmin'이 되면 오래되어 과거만 존재하는 사람 같다고 했다. 이에 비해 아이에 붙은 'Kuzmín'은 미래가 있다고, 밝은 끝부분은 미래를 약속하는 것과 마찬가지라고 말했다.

레이랜드는 교도소에서 통역가로 일하면서 그를 처음 만났다. 무척 뜨거운 어느 여름날 점심 무렵이었다. 델 코로네오 거리에서 아지랑이가 흔들렸고, 자동차들은 흔들리는 이 아지랑이를 섬세하고 푸르게 빛나는 안개가 되어 흐르는 액체를 지나듯, 투명한 수은을 지나듯 통과하여 달렸다. 교도소 안쪽은 무덥고 숨이 막혔지만 이 숨 막히는 더위 뒤편에서는 축축하게 부패한 냉기가 느껴졌다. 잊힌 지하실의 둥근 천장에서 느낄 법한 냉기였다. 레이랜드는 사람을 속이는 건물 전면의 노란 여름을 지나 복도와 감방들이 있는 잿빛 겨울로 들어섰다. "거긴 언제나 겨울이야. 바깥이 아무리 한여름이라도." 레이랜드는 이렇게 말하곤 했다.

그때 그는 알바니아 수감자와 대화를 나누러 갔는데, 면담은 교도소장 사무실에서 이루어졌다. 마약에 관한 이야기였다. 내용은 금방 잊어버렸다. 레이랜드의 기억에 오랫동안 남은 것은 알바니아인의 또렷하면서도 초조한 눈빛과 쉴 새 없이 소파 손잡이를 훑는 그의 가름한 손이었다. 남자는 살짝 혀 짧은 소리로 더듬거리며 말했다. 확실한 단어여서 통역하기 쉬웠다. 자기 감방과 거기서 함께 지내는 수감자들을 더는 견디지 못하겠다고 했다. 더는 못 참는다고. 긴 침묵이 이어졌다. 그러다가 소장이 자기가 뭘 할 수 있을지 살펴보겠다고 대답했다. 알바니아인은 일어나지 않고 우물쭈물했다. 레이랜드는 그가 넓은 사무실에 좀 더 앉아 있고 싶은 모양이라고 짐작했다. 나가는 그에게 면회 오는 사람은 있는지 레이랜드가 물었다. "아무도 없어요." 그가 거칠면서도 차분한 목소리로 대답했다.

레이랜드가 복도로 나섰을 때 감방 문들이 막 열렸다. 어두운색 얼룩과 땀에 젖은 잿빛 티셔츠를 입은 남자들이 아무렇게나 서 있었다. 안내하는 교도관은 그를 얼른 내보내려고 했다. 레이랜드는 서두르는 그의 발과 열쇠 꾸러미를 든 초조한 손을 바라봤다. "그거 알아?" 레이랜드가 저녁식사 자리에서 말했다. "업무가 많고 바쁜 교도관의 시간, 아니 모든 직원의 시간이 있어. 바깥세상과 거리, 신호등과 빵빵거리는 자동차에 속한 시간이지. 직원들은 이 시간에서 왔다가 다시 이 시간으로 나가. 그리고 이것과는 아주 다른, 바깥세상의 시간과는 관계없는 수감자들의 시간이 있어. 느리고 끈적끈적하며, 지나가길 기다리기만 할 수 있는 시간이야. 먼 훗날 바깥 시간으로 돌아갔을 때 곧장 방향을 잃어버리지 않게 해줄 뭔가가 남아 있기만을 바랄 뿐이지."

열린 감방 중 한 곳에 안드레이 쿠츠민이 있었다. 그는 작은 책상 앞에 반듯하고 빳빳한 자세로 앉아, 옆에 책들을 펼쳐두고 뭔가 쓰고 있었다. 책상 옆쪽 상자에 책이 더 있었다. 레이랜드는 그의 옆모습을 보며 러시아 혁명가 트로츠키를 바로 떠올렸다. 나중에 알고 보니 모두 그렇게 부르고 있었다. 그는 카디건과 흰색 셔츠, 넥타이 차림이었다. 교도소에서 보일 리 없는 이 옷차림에 레이랜드는 자기 눈을 믿을 수 없었다. 그것만으로도 걸음을 멈출 만했지만 또 다른 이유도 있었다. 그가 글을 쓰며 발산하는 정적과 집중 때문이었다. 그리고 외로움과 비사교성과 고립도. "코르타도Cortado, 절단된." 레이랜드가 나중에 리비아에게 말했다. "난 그 단어를 떠올렸어. 씁쓸한 울림을 나타내기에는 그 에스파냐어 단어가 적당한 것 같았지. 잔인함의 경계에 놓인 씁쓸함. 칼이 움직이는 소리, 아니 무자비한 손에서 움직이는 도끼 소리가 들려. 그는 바다를 떠돌며 점점 더 멀리 가는 얼음덩어리에 앉아 있어서, 멀리 다른 시간에 존재해서 아무도 그에게 가닿을 수 없는 듯했어. 바깥 자동차들의 시간에서 멀 뿐 아니라 인색하게 주어진 시간, 잿빛 티셔츠를 입고 서 있는 남자들이 내가 예상한 것보다도 서로 훨씬 적게 이야기를 나누는 그 시간과도 멀어 보였지. (그런데 나는 그들이 왜 더 많이 이야기를 나눌 거라고 기대했을까.) 사람들이 트로츠키라고 부르는 그는 내 눈에 엄청나게 기이해 보여서 마치 다른 세상에 있는 것 같았어. 넥타이를 맨 수감자, 자기 내면의 요새에서 한 단어 한 단어 글을 쓰는 남자, 감방 문이 여닫혀도 눈도 깜짝하지 않고 고개조차 돌리지 않는 사람. 유리창 앞에 이불보가 걸려 있어서 창살은 그림자로만 보였지. 그는 바깥에는 전혀 관심이 없었어."

초조해진 교도관이 레이랜드의 팔을 잡더니 계속 끌고 가려 했다. 범인을 끌고 가는 경찰관과 비슷한 몸짓이었고, 레이랜드는 격렬하게 그의 손을 털어냈다. 교도관은 레이랜드의 눈빛에 놀랐다. 쉽게 겁을 먹는 사람의 눈빛이 아니었다.

레이랜드는 쿠츠민의 감방으로 가까이 다가가서 열려 있는 문을 노크했다. 쿠츠민은 반응을 보이지 않고 계속 뭔가를 썼다. 레이랜드는 다시 한번 노크했다. 쿠츠민이 고개를 돌려 올려다봤다. 그 눈길에는 당혹감과 짜증스러운 무언의 질문이 섞여 있었다.

"아…… 그냥 인사하려고요." 레이랜드가 이탈리아어로 말했다. 그 말은 멍청하게 들렸고 이해하기 어려웠다. 이곳에 절대 어울리지 않는 언어였다. 쿠츠민의 얼굴에 뭔가 변화가 나타났다. 아주 미세한 변화였지만, 레이랜드가 한 말의 부조리함을 놀리는 거라고 해석해도 될 듯한 변화였다. "통역을 하러 왔습니다." 레이랜드가 덧붙였다. 그 말은 이제 더는 부조리하게 들리지 않았지만 여전히 기이하고 어색했으며, 다른 그 무엇과도 연관이 없이 허공에 걸려 있었다. 그저 단어들에 불과한, 맥락이 없는 언어였다.

"어떤 언어요?" 대답을 못 들을 거라고 예상한 레이랜드가 떠나려고 몸을 돌렸을 때 쿠츠민이 물었다. "그가 반응할 때 보인 그 망설임, 누군가를 절망에 빠뜨릴 수도 있는 그런 망설임을 난 그때 처음 경험했어." 나중에 언젠가 레이랜드는 리비아에게 이렇게 설명했다. "마치 그가 시간을 멈추거나 차단하려는 것처럼 보였지. 얼마 전에 그런 현상을 또 한 번 명확하게 경험했을 때, 나는 그게 자기주장의 한 형태라고 생각했어. 쿠츠민은 다른 사람이 속도를 정하는 걸 저지했던 거야. 다른 사람들은 거의 눈치챌 수 없이 작은, 아주 미세한 반란이지만 그 자신에게는 중요한 자유의 경험이었지. 교도소에서조차 빼앗을 수 없는 자유." 쿠츠민은 말을 하면서 레이랜드를 보는 게 아니라 자기 앞에 있는 종이를 내려다봤다. 그의 목소리와 음색에는 레이랜드를 귀 기울이게 하고,

흥분하게 하고, 전기충격을 가하는 듯한 뭔가가 있었다. 언어에 관심이 있는 사람, 그냥 조금 또는 부수적인 관심이 아니라 불붙어 타버릴 정도의 집중력을 보이는 남자. 그의 책들이 사전이라는 사실이 그제야 레이랜드의 눈에 들어왔다. 그중에는 러시아어 사전도 있었다.

“알바니아어입니다.” 레이랜드의 대답에 쿠츠민이 말했다. “아, 정말이오?” “그건 상투적인 문구가 아니었어. 상투적으로 그렇게 말할 만도 했는데 말이야.” 레이랜드는 리비아에게 이렇게 설명했다. “다른 사람들이 말할 때는 그저 진부한 문구지만, 안드레이에게는 쉼표였지. 그는 스스로 미처 느끼기도 전에 상투어를 집어삼키는 것 같았어. 그게 그저 상투어에 불과하다고 해도, 스스로를 삼키는 일종의 방식이었지.”

쿠츠민은 스스로에게서 더는 기대하지 않았던 감탄을 느끼고 놀라는 것 같았다. 레이랜드는 쿠츠민의 감탄이 아주 적은 수의 사람들만이 이 언어를 한다는 사실뿐 아니라, 이 언어를 배우는 게 얼마나 어려운지 아는 데서 온다고 확신했다. 이런 감탄, 이 갑작스럽고 놀라운 인식은 두 사람 사이에 앞으로도 결코 끊어지지 않을 연결고리를 만들었다. ‘길동무’. 레이랜드는 집으로 돌아오면서 이 단어가 둘의 관계를 설명하기에 적합하다고 생각했다. 서로에 대해 아는 건 별로 없지만 배나 기차나 비행기로 함께 여행 중이다. 여행을 함께한다는 사실은 무언의 거리를 유지하게 하면서도 동시에 서로를 결합시키는데, 이에 대한 동의는 친밀감의 소중한 형태다. 레이랜드는 이 단어를 특정한 신중함이 깃든 영국식으로 발음하도록 신경 써야 한다고, 호의를 드러내는 미국식 발음은 안 된다고 생각했다.

“당신은?” 레이랜드가 쿠츠민의 원고를 가리키며 물었다. “러시아어.” 쿠츠민은 잠시 뜸을 들였다가 덧붙였다. “바스크어에서 번역하는 거요.” 그가 처음으로 레이랜드를 똑바로 바라보며 말을 이었는데, 레이랜드는 그 눈길을 결코 잊을 수 없었다. “아무도 안 읽을 테지.”

레이랜드는 그의 눈길에서 그 말에 어울리는 슬픔이나 고집, 장난기 같은 거라도 찾으려고 했다. 하지만 그런 것은 전혀 없었다. 영어 ‘디파이언트defiant’. 나중에 레이랜드는 그 단어를 떠올렸다. ‘도발적인’, 그게 적당해 보였다. 자기 자신에게로 향하는 도발의 멜로디, 만약 그런 게 존재한다면. 하지만 그것 또한 옳지 않았다. 거기 어떤 감정이 있었다고 해도 누군가에게로 향하는 감정은 아니었다.

레이랜드는 무슨 말을 해야 할지 알 수 없었다. 동유럽 억양이 섞인 유창한 이탈리아어를 구사하는 어떤 남자가 트리에스테 교도소 감방에 앉아, 기껏해야 100만 명쯤 사용하고 다른 그 어떤 언어와도 연관성이 없는 바스크어를 러시아어로 옮기는데, 아무도 읽지 않을 거라 예상하고 있다니. 레이랜드가 책상에 있는 원고를 제대로 본 게 맞다면 남자가 번역하는 책은 무척 두꺼웠다.

“하지만 누군가 읽는다는 게 중요한 건 아니지요. 당신에게는 말입니다.” 레이랜드의 말에 쿠츠민은 잠시 눈을 감고 천천히 고개를 끄덕였다. 그러더니 마지막으로 그에게 경계하는 눈길을 던지고는 다시 글을 쓰기 시작했다. 교도관이 서둘렀다.

“아듀Adieu.” 레이랜드가 인사했다. “그게 작별 인사에 유일하게 적합한 말 같았지." 그가 나중에 리비아에게 말했다. "이유는 설명하지 못하겠어. 그 후로 다시는 사용한 적이 없는 단어야. 오래전의 그 순간을 위해 비워둔 거지. 그 역시 나처럼 비워뒀다고 생각해. 그렇게 믿고 싶어. 나중에 우리가 헤어질 때면 나는 우리 둘 다 그 단어와 그 순간을 기억하고, 한마음으로 그 단어를 피하려 한다고 상상했어. 그러니까…… 그걸 더럽히지 않으려고 말이야. 그 단어는 암호이자 기억의 단어, 다시 알아보기 위한 단어가 됐어. 우리가 그걸 사용하지 않는 게 비밀이었지. 하지만 어쩌면 이건 그저 내 언어의 몽상, 함께하는 언어의 비밀이라는 백일몽인지도 몰라. 나 말고는 아는 사람이 없는 꿈."

레이랜드가 이미 문을 나왔을 때 쿠츠민이 말했다. "아듀." 또 정체된 시간. 이 점이 레이랜드의 마음에 들었다. 이 남자 전체가 마음에 들었다. 그가 머릿속에서 떠나지 않았다. 며칠 후에 레이랜드는 소장에게 전화를 걸어 얼마 전에 알바니아어 통역했던 사람이라고, 넥타이를 한 수감자가 혹시 자기를 접견하려 할지 물었다. 소장이 웃음을 터뜨렸다. "'접견'이라고요?" 레이랜드는 그렇다고, 접견이라고, 그게 정확한 말이라고 대답했다. (그 순간 그는 이탈리아어에 '아콜리에레accogliere' 말고 다른 단어가, 예를 들어 왕실처럼 우아한 사회에서만 사용하는 '알현' 같은 다른 단어가 또 있다면 좋겠다고 생각했다.) 레이랜드에게서 뭔가 엄한 분위기를 느꼈는지 소장은 웃음을 멈추고 무척 사무적이고 날카로운 목소리로 특정한 면회실이 있다고 대답했다. 하지만 레이랜드는 책이 있는 그의 감방에서 그를 만나고 싶다고 했다. 긴 침묵이 이어졌다. 알바니아에서 온 다른 수감자들도 있어서 소장은 레이랜드가 필요했다. 결국 그는 알았다고 대답했다.

쿠츠민의 감방에서 그와 마주 앉은 레이랜드는 보기 드물게 흥분한 상태였다. 쿠츠민은 의자에, 레이랜드는 흠잡을 데 없이 깔끔하게 정리된 침대에 앉아 있었다. 한 가지는 확실했다. 쿠츠민은 자기 이야기를 하지 않을 터였다. 무슨 생각을 하는지, 뭘 느끼는지. 쿠츠민이 그렇게 말하거나 암시한 건 아니지만, 그저 그가 앉아 있는 방식만으로도 확실하게 알 수 있었다.

레이랜드는 바스크어를 좀 읽어줄 수 있는지 물었다. 쿠츠민은 책을 끌어와 펼쳐져 있던 곳을 읽기 시작했다. 레이랜드는 그를 가만히 바라봤다. 날카로운 얼굴 윤곽은 예리한 이성의 표현 같았다. 창백한 피부는 관자놀이 부분이 특히 얇아 보였고, 떨리는 작은 핏줄에서는 힘겹게 억눌러놓은 활기나 부서지기 쉬운 억제된 분노가 엿보였다. 이 남자 전체가 부서지기 쉬웠다. 소박한 나무 의자에 등을 똑바로 세우고 아주 꼿꼿하게 앉아 있는 모습을 보며 레이랜드는 그가 허리 통증이 심할 거라는 인상을 받았다. 섬세하고 가냘픈 손이 검은 카디건의 너무 긴 소매 바깥으로 살짝 나와 있었다. 코 바로 아래까지 뒤덮은 콧수염과 앞쪽으로 비스듬하게 뻗은 턱수염은 얼굴 아랫부분에 뾰족한 삼각형 같은 분위기를 드리웠고 얇은 입술을 더욱 얇아 보이게 했다. 코안경 뒤편의 눈과 넓은 이마도 날카롭게 일그러진 인상을 주었다. 거기서 언제든지 예리하고 혐오스러운 말이 나올 거라는 각오를 해야 할 것 같았다. "그런 말을 사실 하긴 했어." 리비아는 몇 년 후에 쿠츠민을 만나고서 이렇게 말했다. "하지만 그건 바깥이 아니라 내면을 향한 말이었지. 그저 생각만 했을 뿐이고, 상처를 줄 만큼 날카로운 말은 자기 자신을 향한 거였어. 그 이유는 알 수 없지만." 아주 반듯한 코의 콧방울은 광신적인 성향을 짐작하게 했는데, 그가 낭독하는 사이에 레이랜드는 생각에 잠겼다. '이 사람은 자신의 광신과 강박을 정확한 단어를 찾으려는 고집이라는 방향으로 돌린 거다. 자신의 실수를 용납하지 않아.'

자기가 희귀한 언어를 할 줄 알며, 그걸 들으려고 사람이 찾아왔다는 데 대한 자부심이 쿠츠민의 목소리에 담겨 있었다. 레이랜드가 그걸 깨닫기까지는 시간이 좀 걸렸다. 쿠츠민은 레이랜드가 묻고 싶으나 감히 용기를 내지 못한 질문을 눈치채고 말했다. "엄마 덕분이라오. 엄마는 바스크어를, 아버지는 러시아어를 했지요. 에스파냐 내전. 당시에는 그랬소." 지금 번역하는 책은? "바욘 출신인 어떤 프랑스 남자 이야기요. 어떤 여자의 마음을 얻으려고 바스크어를 배우는 남자라오. 그 어떤 수고도 힘들지 않다는 걸 보여주려고 말이오. 언어에 재능이 없고 단어를 잘 기억하지도 못하는 사람인데도 시간이 나기만 하면 바스크어를 배우지. 여자는 남자와 여행을 하고. 그에게는 참 소중한 기억, 남과 나눌 수 없는 추억이라오. 그런데 그는 여자가 똑같은 여행을 다른 남자와 계획하고 있다는 걸 알게 되오. 바스크어는 단 한 마디도 하지 못하는 어떤 프랑스인과. 그걸 그 남자는 견디지 못하지."

쿠츠민은 간결하고 깔끔한 움직임으로 담배를 말아 문 후에 서서히 연기를 내뿜었다. "사건이 많이 일어나지는 않소. 겉으로 보기에는 말이오. 남자는 바스크어 단어들을 잊어버리는 꿈을 꾸지……." 첫 번째 만남 때처럼 이날도 바깥은 눈부신 날이었다. 또 그때처럼 유리창 앞에 이불보가 걸려 있어서 감방은 어느 정도 서늘하고 흐릿한 빛에 잠겨 있었다. 쿠츠민은 누이가 죽기 얼마 전에 산세바스티안에서 그 책을 보냈다고 말했다. 《두 번째 여행 Bigarren Bidaia》이었다. 책 내용이 뭔가 그의 극적인 삶과 관련이 있어서겠지. 레이랜드는 그렇게 생각했다. 무리한 차분함과 날카로운 절제를 드러내는 쿠츠민의 목소리 때문이었다. 거기에 관자놀이에 뛰는 맥박도 더해졌다.

레이랜드는 지중해에 면한 국가들의 언어를 모두 배우고 싶다는 자신의 꿈을 이야기했다. 그러자 쿠츠민이 처음으로 미소를 지었다. 미소는 레이랜드의 예상보다 더 오래 그의 얼굴에 머물러 있었다. 레이랜드는 쿠츠민이 그의 꿈을 넘겨받아, 자신의 추억과 상상이 흐르는 자기 꿈으로 바꾸었다고 상상했다. 입이 무겁고 금욕적인 이 남자, 아침부터 밤까지 부모님의 언어인 바스크어와 러시아어로 어떤 남자와 동행함으로써만 징벌을 견디는 쿠츠민이라면 과연 어떨지 알기 위해 그의 내면에 있는 장면들도 보고 싶었다. 한 여자 때문에 거의 불가능한 것을 배웠으나 결국 그것으로는 부족했고 아무 소용이 없다는 걸 알게 되는 주인공과 동행하는 남자.

쿠츠민이 미소를 지은 덕분에 둘 사이에 처음으로 친밀감이 생긴 그 순간은 교도관이 문을 열면서 절렁거리는 열쇠 꾸러미 소리 때문에 산산조각이 났다. 지난번 그 교도관이었다. 그는 자기가 잡아 끌었을 때 레이랜드가 거칠게 손을 뿌리치던 몸짓을 잊지 않고 있었다. "시간 됐소." 그가 비열하게 히죽거리며 말했다. 레이랜드는 자리에서 일어나 그의 앞에 버티고 섰다. "아직 이야기가 끝나지 않았습니다." 교도관은 그의 눈빛에 오래 버티지 못하고 물러섰다. 레이랜드는 조그만 틈새만 남겨둔 채 문을 거의 끝까지 닫았다. 문손잡이가 없었다. '당연히' 없었다. 그게 무슨 뜻인지 레이랜드는 그제서야 깨달았다. 교도관이 문을 잠그고 다시는 열지 않을 수도 있다는 불안이 몇 초 동안 밀려왔다. 문이 더는 열리지 않는다, 열리지 않는다.

그가 무슨 생각을 하는지 눈치챈 쿠츠민이 말했다. "익숙해진다오. 아니면 익숙해진다고 스스로를 설득하거나." 더는 견디지 못한 레이랜드가 하지 말아야 할 질문을 했다. "지금까지 얼마나?" "8년." "앞으로 얼마나?" "2년." "아내가 출판사를 운영합니다. 당신이 번역가로 일할 수 있을 거예요." 레이랜드가 말했다. "난 안드레이가 우는 걸 본 적이 없어." 그가 나중에 한 말이었다. "하지만 그때 그 말을 들은 안드레이는 거의 우는 것 같았지. 교도관이 문을 잠근 후에도 내 마음은 여전히 감방에 가 있었고, 안드레이를 위해 날짜를 세기 시작했어."

그때부터 레이랜드는 매달 면회를 갔다. 그 말고는 면회를 가는 사람이 없었다. 둘이 가까워지기까지는 오랜 시간이 걸렸다. 언제나 첫 번째 만남 같았고, 새로 시작해야 했다. 지난번 대화는 마치 없었던 것만 같았다. 그사이에 쿠츠민은 내면의 요새를 다시 쌓고 있었다. 지중해 언어들에 대한 레이랜드의 꿈을 나눈 순간은 존재하지도 않았던 것처럼 형식적인 인사를 했다.

둘은 악수를 나눈 적이 없었다. 레이랜드가 들어서면 쿠츠민은 책상에 팔을 올리고 앉아 있었다. 레이랜드는 그가 왜 악수를 청하지 않는지 몇 달 후에야 알게 됐다. 언젠가 책상에서 뭔가 치우려고 할 때, 손으로 컵을 쓰러뜨릴 뻔한 적이 있었다. 차가 종이를 적시는 걸 막으려고 쿠츠민이 재빨리 팔을 내밀자, 카디건 소매에서 팔이 나오면서 셔츠 소매가 뒤로 밀렸다. 그의 손목에 있는 흉터가, 혈관을 따라 세로로 나거나 힘줄 위에 가로로 난 수많은 흉터가 눈에 들어왔다. "난 그게 분노해서 단 한 번 사방으로 그은 건지, 아니면 여러 번에 걸친 시도였는지 묻지 않았어." 레이랜드가 소피아에게 말했다. "우린 그런 걸 물어볼 정도로 가깝지는 않았지." 레이랜드는 카디건 소매가 너무 긴 이유, 필요하지 않을 때면 춥다는 듯이 소매 안에 항상 손이 들어가 있는 이유를 그제야 이해했다. 쿠츠민은 절망의 상흔을 남들이 보는 걸 원치 않았던 것이다. 흉터가 생물처럼 소매에서 나와 그의 정체를 밝히고 낯선 눈길 앞에서 굴욕감을 안겨주는 걸 두려워하는 것 같았다.

"창피." 식사를 하다가 잠시 조용해진 틈에 레이랜드가 리비아와 아이들에게 영어로 말했다. "나중에 다시 뜨거운 아지랑이가 피어오르는 델 코로네오 거리를 따라 걸으면서 나는 이게 안드레이 쿠츠민을 파괴했다고 생각했어. 또는 굴욕감이. 타인의 눈길 아래서 겪은 절망의 경험. 나는 곧장 찾아봤지. 바스크어 원본에는 'apalespen*'이 쓰여 있고, 그의 러시아 번역에는 'унижéние'가 실릴 테지. 그가 수감된 곳에는 얼룩지고 낡은 이불보가 유리창에 드리워 있고, 문에는 손잡이가 없어 자유가 완전히 박탈되어 있어. 그가 느끼는 굴욕이 그것만은 아닐 거라고 생각했어. 이 굴욕에 앞선 다른 일도 있었던 거야. 그가 매일 느끼는 일, 굴욕을 당한 바욘 출신의 프랑스인 이야기를 번역하면서 매일 싸

* '굴욕'이라는 뜻.

워야 하는 어떤 일이. 자기 자신이 투영된 듯한 그 이야기를 한 단어 한 단어 옮기면서 어떤 식으로든 극복하려고 하는 어떤 일이. '그걸 그 남자는 견디지 못해요.' 쿠츠민이 그 프랑스 남자에 대해 한 말이었어."

카디건에서 손목이 쑥 튀어나오자 쿠츠민은 깜짝 놀라 손을 소매 안에 깊숙이 집어넣고 입을 다문 채 조용히 앉아 있었다. 그가 레이랜드를 다시 바라보기까지는 한참이나 시간이 걸렸다. 그는 레이랜드가 봤다는 걸 알고 있었다. 아무 말도 안 하기란 불가능했고, 말을 꺼내야 할 사람이 쿠츠민이 아니라는 것도 확실했다. "나라도 그랬을 겁니다." 레이랜드는 이렇게 말하고서, 적절한 순간에 지은 미소가 분노나 불평을 없앨 수 있듯이 부끄러움을 없애려고 복잡한 미소를 지어 보였다. 쿠츠민의 창피함이 자신의 미소를 통해 근거를 잃고 쓸데없는 것이 되기를, 불필요한 오류라는 게 명확해지기를 바랐다.

쿠츠민은 그 미소에 응답하지 않았다. 손을 엇갈려 각각 다른 소매를 잡고 손목을 천천히 문질렀다. 레이랜드는 자기가 아까 제대로 본 건지 의심이 들었다. "카디건Joppe." 쿠츠민은 그를 바라보지 않은 채 불쑥 입을 뗐다. "이 단어는 아라비아어 'جبة'에서 왔소. 카를 압트는 이런 걸 잘 알았지. 그는 동독 외무부 통역가였다오. 러시아인이나 아라비아인보다 러시아어와 아라비아어를 더 잘한다는 명성을 누렸소. 표준 아라비아어뿐 아니라 방언까지 모두 알았지. 베르베르어를 완벽하게 하지 못한다는 게 그의 걱정거리였소. 언젠가 모로코에서 장을 보다가 한 단어를 알아듣지 못했지." 쿠츠민이 다시 그를 바라봤다. "아마 당신은 그를 좋아했을 거요. 작고 마르고 보잘것없어서 관청 복도에서 거의 눈에 띄지도 않았지만 언어 능력과 빈틈없는 기억력 때문에 대체 불가능하고 두려움의 대상이던 그 남자를. 사람들은 그를 그냥 케이에이KA라고만 불렀소. 그는 브레즈네프와 아사드의 말을 교정했지요. 엄청난 행위였지만 사람들은 그를 잘 알았고, 그래서 그를 나쁘게 생각하지 않았소. 미친 사람을 봐주는 것 같은 거였다오. 모스크바에서 그를 러시아인과 아라비아인 사이의 통역자로 채용하고 싶다는 문의가 있었더군. 하지만 압트는 응하지 않았지. 평생 같은 집에서 살았고, 앞으로도 그렇게 살고 싶었던 거요. 난 그의 집으로 찾아갔소. 안마당으로 이어지는 작은 집은 해가 들지 않아 벽에서 축축한 냄새가 났지. 침실을 포함해서 벽마다 책이 가득했는데, 대부분은 러시아어나 아라비아어로 쓰인 책이었지만 히브리어 책도 있었소. 마지막으로 방문했을 때는 한쪽 구석에 있는 지저분한 커튼 뒤의 좁은 책장에서 아르메니아 책들도 발견했소. 난 그가 부엌에서 차를 준비하는 동안 책을 넘겨봤다오. 시집이었는데, 가장자리에 아르메니아어로 빼곡하게 메모가 쓰여 있었소."

쿠츠민은 카디건 소매에서 양손을 꺼내 코에 걸쳤던 코안경을 들고 손수건으로 안경알을 닦았다. 손으로 뭔가 해야 했던 것이다. 안경을 쓰지 않은 그의 얼굴은 다치기 쉬운 무방비 상태처럼 보였다. 코가 안경에 눌린 자국도 레이랜드의 기억에 남았다. 이제 진짜 안드레이 쿠츠민이 그의 앞에 앉아 있는 것 같았다. 껍데기를 벗은 그가.

"난 커튼 뒤를 너무 오래 봤소." 쿠츠민이 말을 이었다. "내가 그러고 있다는 걸 알아챈 것 같았지만 아무 말도 하지 않더군. 카를 압트는 말하지 않을 사람이었지. 그런데 몇 주 후에 아르메니아어로 쓰인 엽서를 받았소. 발신인은 케이에이. 두 달 후에 몇 줄 안 되는 그 내용을 읽을 수 있었지. 난 바스크어로 답장을 보냈는데, 그가 읽는 데 성공했는지는 모르겠소. 하지만 그런 것에 성공하는 사람이 있다면 바로 그가 그런 사람이오. 그는 그 해에 사망했다오." 쿠츠민이 안경을 다시 썼다. "그는 적막을 남겼소. 난 사실 그를 거의 알지 못했는데도 말이오."

"내 미소가 해내지 못한 일을 그 이야기가 해냈지." 집에서 식사가 끝난 후에 레이랜드가 말했다. "쿠츠민이 흉터로 인한 창피함을 극복한 거야. 나중에는 그의 눈길에서 당황스러운 기미가 모두 사라졌어. 한 단어에서 시작된 그 이야기는 나중에 카를 압트에 대한 기념사로 바뀌었어. 그걸 기념사라고 말할 수 있다면 말이지. 이야기가 길어질수록 그가 안경알을 닦으면서 이야기를 '만들어낸다'는 생각이 자꾸 내 머리를 스쳐갔어. 안경알을 문지르는 동작을 통해 이야기 실을 잣는 것 같았지. '이 사람이 케이에이다.' 난 그렇게 생각했어. '지금 자기 자신을 만들어내는 중이야.' 그랬더니 외무부 잿빛 복도에 있는 그가, 모로코 시장에서 단 하나의 베르베르어 단어를 이해하지 못했다고 절망하는 그가 눈앞에 나타나더군. 우리가 지어내는 이야기가 우리 자신에 대해 가장 많은 것을 알려줘. 난 그때까지만 해도 쿠츠민의 삶에 대해 아무것도 몰랐지만, 카를 압트에 대해 이야기하는 그를 보며 그가 어떤 사람인지 알 것 같은 느낌이었어."

그 후 레이랜드는 면회를 갈 때마다 카를 압트에 대해 물었고, 쿠츠민은 안경을 닦으며 그의 이야기를 계속 자아냈다. 세부사항이 이렇듯 확실하고 빠르며 구체적이라면 진짜 이야기가 아닐까? 압트의 베를린 집 선반에 푸시킨 사진이 붙어 있었다. 초상화를 찍은 사진인데, 어디선가 가위로 아무렇게나 오려내어 접착용 테이프로 목재에 붙여둔 거였다. "난 지독하게 꼼꼼한 그가 그렇게 칠칠치 못하게 처리한 걸 보고 놀랐소." 쿠츠민이 말했다. 그 사람은 어떻게 그 모든 언어를 완벽하게 할 수 있게 됐는지 레이랜드가 물었다. "혼자 있는 시간이 많았던 거요." 쿠츠민이 대답하고는 평소보다 더 오래 침묵한 뒤에 덧붙였다. "생기를 드러내는 그의 방식이었지." 혹시 여자는 없었는지 묻자, 쿠츠민은 평소보다 빠르고 어딘지 모르게 꽉 눌린 듯한 목소리로 자기가 아는 한 없었다고 대답하고는 대화 주제를 바꾸었다.

다음 달에 쿠츠민은 아파서 면회할 수 없다는 말을 레이랜드에게 전했다. 레이랜드는 찻잔을 잡으려고 카디건 소매에서 재빠르게 나오던 쿠츠민의 손목을 계속 떠올렸다. 그에게 편지를 쓰고 싶었지만 무슨 말을 써야 할지 몰랐다. 어떤 사람이 그럴 이유가 전혀 없는데도 너무나 부끄러워하는 일에 대해 뭐라고 말해야 할까? 레이랜드는 자신이 일반적으로 창피함이라는 감정에 직면했을 때 어떻게 행동해야 할지, 무엇이 옳은지 모른다는 사실을 깨달았다. 카를 압트의 집이, 숨어 있는 아르메니아어 서적 책장이, 그 남자 전체가 그리웠다. 아라비아어 지식을 되살리고 아르메니아어 철자를 배웠다. 그래서 해야 할 번역 작업이 지연됐다. 그는 다음 달에 평소보다 좀 더 일찍 가도 되는지 쿠츠민에게 물어봐달라고 했다. 쿠츠민은 며칠 지나서야 그러라고 대답했다. "안드레이…… 그는 새롭고 다른 시간 감각을 가르쳐줬어. 느림과 이 느림의 가치에 대한 시각을." 레이랜드가 말했다.

레이랜드가 갔을 때, 찻잔은 책상 뒤편으로 한껏 물러나 있어서 쿠츠민이 그걸 잡으려면 손목이 보일 수밖에 없었다. 쿠츠민이 팔을 뻗자 흉터가 드러났고, 잠시 후에 그는 레이랜드를 가만히 바라봤다. 수줍고 불안한 눈빛이었지만 신뢰가 담겨 있었다. 이 남자가 지금 누군가에게 보낼 수 있는 최대의 신뢰가. 이제 막 부끄러움을 극복하고 다른 이의 시선을 마주할 수 있게 된 사람을 뭐라고 표현해야 할까.

"그때 거리로 나서서 이른 오후의 눈부신 햇살을 마주한 나는 뭔가 기이한 경험을 했어." 레이랜드가 말했다. "그게 그냥 느낌이었는지 아니면 생각이었는지는 모르겠어. 지금 나온 방향보다 아까 햇빛에서 교도소의 그늘로 들어설 때가 눈이 더 부시고 아픈 것 같았지. 나는 마음속으로 이 모순을 '어둠에 눈이 부시다'라고 표현했어. 정신 나간 소리야. 안 그래?"

레이랜드는 돌아오는 길에 카를로 페를루가의 헌책방에 들러서, 그가 찾아낼 수 있는 가장 오래된 아르메니아 문법책을 부탁했다. 그러고 바스크어로 쓰인 책이면 제일 좋겠다고 덧붙였다. 페를루가가 웃음을 터뜨리고 말했다. "당신을 잘 압니다. 하지만 이건…… 이건 정말……."

쿠츠민은 모범수로 1년 일찍 출소했다. 레이랜드에게 출소 날짜가 잘못 전해지는 바람에 쿠츠민이 출소할 때 교도소 문에서 기다리는 사람은 아무도 없었다. 출판사로 가는 길에 스칼라 에스루이지에 들어선 레이랜드는 계단 아래에 있는 쿠츠민을 목격했다. 어떤 남자가 커다란 나무 상자처럼 보이는 가방을 한 손에 들고 허리를 구부린 채 계단을 오르는 중이었다. 천천히 한쪽으로 기울어진 채 걷는 걸 보면 가방이 무거운 듯했다. 그때 남자가 고개를 들었고, 레이랜드는 그를 알아봤다. '멀리서 왔구나.' 그의 머리에 가장 먼저 떠오른 생각이었는데, 쿠츠민이 입은 무겁고 긴 외투 때문이었다. 체포될 때 입고 있다가 그동안 교도소 옷 보관소에 내내 걸려 있던 외투가 틀림없었다. 쿠츠민이 비틀거리자 가방이 계단에 걸려 자물쇠가 튀어 올라 열리는 바람에 종이들이 밀물처럼 계단에 쏟아졌다. 쿠츠민이 교도소에서 9년 동안 작고 섬세한 러시아 철자로 채운, 재난으로 끝나는 두 번째 여행에 대해서 쓴 수백 쪽의 원고였다. 레이랜드는 아래로 달려가 그가 종이를 모으는 걸 아무 말 없이 거들었다. 감방 문이 열려도 쳐다보지도 않던 사람을 여기 바깥, 현실세계에서 만나는 게 기이해서 조금은 꿈을 꾸는 기분이었다. "틀린 날짜를 알려줘서 오늘 나오시는 줄 알았습니다." 레이랜드가 말했다. 쿠츠민은 레이랜드가 그를 위해 빌린 집 주소가 적힌 쪽지를 손에 들고 있었다. "이게 맞는 길이오?" 쿠츠민이 묻자 레이랜드는 고개를 끄덕였다. 둘은 입을 다문 채 나란히 걸었다. 레이랜드는 9년 만에 한 시간쯤 전부터 자유의 몸이 되어 걸어가는 사람에게, '거리'를 걷는 사람에게 무슨 말을 해야 할까 생각했다.

레이랜드가 빌린 집이 있는 건물은 낡고 초라해 보였다. 레이랜드는 급하게 구할 수 있는 집이 여기밖에 없더라고 말했다. 쿠츠민은 가방을 세워두고 쪽지를 보며 말했다. "꼭대기 층." 건물 출입문은 열려 있었다. 레이랜드는 몇 걸음 그곳으로 다가갔지만 쿠츠민은 그대로 선 채 건물 전면을 올려다봤다. 믿지 못하겠다는 표정이었다. 둘은 건물로 들어섰다. 쿠츠민은 층계참마다 가방을 내려놓고 숨을 몰아쉬었다. 위에 도착한 그는 문 앞에 그대로 멈춰 섰다. 레이랜드가 부탁한 대로, 자물쇠에 열쇠가 꽂혀 있었다. 구식 자물쇠에 머리 부분이 장식된 커다란 열쇠였다. 쿠츠민은 열쇠를 조심스럽게 잡고 돌렸다. 딸깍, 하는 소리와 나지막한 메아리가 복도에 울려 퍼졌다. 문손잡이를 잡기까지 또 시간이 흘렀다. 그는 믿지 못하겠다는 듯이 느릿한 동작으로 손잡이를 내리고 문지방을 넘었다.

오전 햇살이 들어온 그곳은 눈부신 빛으로 가득했다. 쿠츠민은 거의 쫓기듯이 재빠른 걸음걸이로 창가에 다가가서 커튼을 쳤다. 레이랜드는 가방을 들고 문지방을 넘은 후 문을 닫았다. 쿠츠민이 부끄럽고 당황스러운 눈길로 그를 흘낏 바라봤다. 여전히 외투를 입은 채 느리고 무거운 걸음걸이로 방 두 칸을 돌아다니며 뭔가 마주칠 때마다 멈춰 섰다. 그곳에 서 있다는 게 놀랍다는 듯이. 미터 같은 측량도구가 아니라 자신의 걸음으로 공간을 쟀는데, 그가 재는 것은 자유라는 척도였다. '난 이제 언제든 원할 때마다 여길 걷고, 또 문밖으로 나갈 수 있어'라고 생각하듯 집중한 표정으로 한 발 한 발 떼며 걸었다. 레이랜드가 아래로 내려가다가 층계참에 섰을 때, 위에서 쿠츠민이 문을 몇 번이나 반복해서 여닫는 소리가 계단부에 울렸다. "당신을 제일 먼저 만나서 좋습니다." 쿠츠민은 좀 전에 떠나는 레이랜드에게 이렇게 말하고 문을 열어줬었다.

레이랜드가 그에 관해 들은 첫 소식은 카를로 페를루가의 헌책방에 갔다는 거였다. 레이랜드는 쿠츠민이 체포되기 전부터 이 두 헌책방 주인이 아는 사이였다는 걸 몰랐다. 친구는 아니지만 서로 방해하지 않는 우호적인 동료였다. 페를루가는 쿠츠민이 미결 구류일 때 면회를 가서 그의 가게를 처분하고 은행 일을 처리할 위임장을 받았다. 페를루가는 쿠츠민이 불쑥 자기 가게에 나타났다고, 원래 그의 가게에 있던 책을 눈길로 훑더라고, 그중 어떤 책은 꺼내서 넘겨보기도 했다고 설명했다. 예전에 그의 가게가 있던 자리는 이제 고물상이 들어섰다고 전했다고 한다. 서로 말을 많이 하지는 않았다고, 둘 모두 당황했다고, 아니 감격했다고 말했다. 쿠츠민은 은행이 날짜가 지난 자신의 신분증을 인정하지 않더라고, 하지만 자기를 알던 지점장이 보증을 섰다고 했다. "9년 동안의 이자." 쿠츠민이 무미건조하게 말해서 페를루가는 웃음이 터졌다고 말했다. "난 그가 함께 웃기를 바랐는데, 웃는 걸 잊어버린 얼굴이었어요. 마비된 사람이 몇 년이 지난 후에 어떻게 걷는지 잊어버린 것처럼 말이지요."

페를루가는 당시에 그의 재판을 방청했다. 자백도 했고 목격자도 여러 명 있어서 재판은 오래 걸리지 않았다. 쿠츠민은 오래전부터 카를라라는 여자와 함께 지냈는데, 집은 각자 따로 있었다. 그날 쿠츠민은 스플리트에 있는 누군가를 방문하고 저녁 무렵에야 돌아와서 카를라의 집에 갔는데 그녀는 집에 없었다. 탁자에 에스파냐 말라가행 비행기 표 두 장이 있었는데 한 장은 카를라, 다른 한 장은 어떤 남자 앞으로 발행된 것이었다. 안달루시아……. 쿠츠민과 카를라는 오래전부터 그곳에 갈 계획을 세웠다. 세비야, 코르도바, 알람브라 궁전이 있는 그라나다. 카를라가 다시 건강해진 걸 기념하여 여행을 할 계획이었다. 그러니까 쿠츠민이 교도소에서 번역하던 책과는 달랐다. 카를라는 안드레이와 이미 했던 여행을 다른 남자와 다시 가려는 게 아니라, 둘이 지금까지 그저 상상 속에서만 했던 여행을 가려던 거였다. 쿠츠민이 그 집에서 얼마나 오랫동안 카를라를 기다렸는지, 감정의 폭풍을 혼자 얼마나 견뎠는지는 아무도 알지 못했다. 그러다가 돌아온 카를라의 이야기에 그는 아무 말 없이 귀를 기울였다. 그런 다음 안경을 벗어서 옆으로 치웠다. "치우는 그 움직임이 뭔가 최후의 동작 같았어요." 카를라가 법정에서 한 말이었다. "자기 삶을 잠그는 것 같더군요. 이제부터 아무것도 보지 않으려는 듯이." 둘은 한동안 말없이 그렇게 앉아 있었다. 그러다가 문이 열리더니 남자가 들어왔다. 똑같이 생긴 새 가방 두 개를 들고 문지방을 넘어와서는 문을 그대로 열어두었다. "나야!" 쿠츠민이 늘 하던 말과 똑같은 말이었다. 그 말에 벌떡 일어나 현관으로 달려간 쿠츠민의 눈에 가방 두 개가 들어왔다. 그는 남자에게 달려들어, 열린 문을 지나 층계참으로 내몰고 때리기 시작했다. 턱에 주먹을 맞은 남자가 비틀거리더니 의식을 잃었는지 계단 아래로 머리부터 굴러 떨어졌다. 그러고는 다음 층계참에 미동도 없이 그대로 누워 있었다. 사망한 것이다.

소음 때문에 나온 이웃 사람들이 무슨 일이 벌어졌는지 목격했다. "그 모든 일이 한마디 말도 없이 일어났어요." 한 사람이 진술했다. "완전한 침묵의 드라마였어요. 하지만 그때 쿠츠민의 얼굴을 여러분도 봤더라면 좋았을 텐데요." 쿠츠민은 몸이 뻣뻣하게 굳은 채 한참 동안 서 있다가 층계에 앉아 경찰을 기다렸다.

그는 법정에서 처음에 질투 때문이었다고 했다가 아니라고, 그건 정확하게 맞는 말이 아니고 배신감이 가장 근접하다고 진술했다. 카를라가 배신한 것은 그가 예전에는 전혀 알지 못하던 두 사람 사이의 친밀함이라고 했다. "이 배신으로 내가 카를라와의 사랑에 쏟아부은 모든 것이 조롱당하고 나 자신이 파괴되는 느낌이었습니다. 그걸 견딜 수 없었어요. 어둠 속에서 혼자 카를라를 기다리면서 처음에는 견딜 수 있을 거라고 생각했습니다. 하지만 그가 가방 두 개를 들고 들어오면서 너무나 친근하게 들리는 말, 그래서는 안 될 말을 했습니다. 둑이 무너지는 것 같았고, 나는 발판을 모두 잃어버렸습니다." 그런 다음 쿠츠민이 했다는 말은 나중에 레이랜드가 그를 볼 때마다 다시 떠올랐다. "친밀함은 나눌 수 없습니다." 레이랜드는 이따금 리비아와 이 문장에 대해 이야기를 나누었고, 쿠츠민 본인도 모르는 사이에 이 말은 그와 두 사람 사이를 연결하는 말없는 끈이 됐다.

판사는 우발적 살인으로 판결했다. 재판부가 의논하러 물러나기 전에, 판사는 쿠츠민에게 더 할 말이 있는지 물었다. 쿠츠민은 처음에 망설였지만, 사람들이 보기에 이해받고 싶은 마음이라고 할 만한 무언가가 그 망설임을 이겼다. "난 카를라에게 신장 하나를 기증했습니다. 그녀 몸에는 내 신장이 들어 있어요." 페를루가는 그러자 법정이 아주 조용해졌다고, 무서울 만큼 고요해졌다고 전했다.

쿠츠민은 자유의 몸이 된 처음 며칠과 몇 주 동안 도시 이곳저곳을 돌아다녔다. 감방에서 거리를 수없이 상상했는데 이제 그곳을 하나하나 측정하듯 걸었다. 불면증에 시달린 그는 늘 돌아다녔다. 트리에스테와 무자를 오가는 배를 하루 종일 타기도 했다. 버스를 타고 온 시내를 다니고, 한번은 시외버스를 타고 스플리트에도 갔다. 그는 2월에 출소했다. 이제 5월이고 따뜻해졌는데도 여전히 외투와 모직 머플러와 장갑을 착용했다. 금방 손이 시리다고 했으며 류머티즘 관절염 때문에 힘들어했다. 레이랜드도 느꼈고 리비아도 언젠가 그런 말을 한 적이 있는데, 결론은 그에게 시간을 줘야 한다는 거였다. 둘은 쿠츠민이 그들 집에서 함께 살기를 바랐고 그들이 그를 받아들인다는 걸 보여주고 싶었지만, 서두르거나 강요하고 싶지는 않았다. 쿠츠민에게 지금 필요한 게 있다면 스스로 결정하기였다. 그는 전화가 없어서 레이랜드가 자주 그의 집에 갔다. 쿠츠민을 만나고 온 날이면 말수가 줄었다. 주저하며 그 사실을 인정했고, 죄책감을 느끼며 자신이 인색하다고 생각했다. 레이랜드는 쿠츠민을 카를 압트의 이야기를 들려주는 사람으로 잡아두고 싶었는데, 그러기에는 트리에스테의 골목 세상이 어울리지 않았다. 그럼에도 둘 사이에는 뭔가 새로운 것이 자라났다. "오늘 헤어질 때 불현듯 '난 안드레이라고 하네' 그러더군." 집으로 돌아온 레이랜드가 말했다.

안드레이를 가장 잘 받아들이고 그 점에서 다른 사람들을 부끄럽게 한 사람은 패트 킬로이였다. 출옥해서 안드레이의 집에 함께 서 있던 날 레이랜드는 그에게 트라토리아와 아일랜드 사람에 대해 말했고, 또 그날 저녁에 패트에게 안드레이 이야기를 했다. 이틀 후에 패트에게 들른 레이랜드는 안드레이가 이미 다녀갔다는 소식을 들었다. "그 사람은 아주 천천히 음식을 먹었고, 그 후에 한두 시간 더 앉아 있었네." 패트가 말했다. "아직 우리들의 시간에 도착하지 않은 것처럼 보였지. 억양이 독특해서 어디서 왔냐고 물었더니 러시아에서 왔다고 하더군. 내가 영어로 '갈 길이 멀군요A long way to go'라고 말했더니 그가 웃었는데, 진짜 웃는 게 아니라 웃음에 대한 기억만 남은 것 같은 웃음이었다네. 쥐 죽은 듯 한가한 오후 시간이라서 난 그에게 그라파 한 잔을 대접하고 동석했지. 러시아어로 뭔가 써줄 수 있는지 묻고 계산서 종이를 내밀었네. 그가 단어 몇 개를 쓰고서, 'A long way to go'를 러시아어로 번역한 거라고 하더군. 그러고 라틴 문자이긴 한데 아주 낯선 것을 쓰고는 같은 말을 바스크어로 쓴 거라고 말하고, 놀라는 나를 보며 즐거워했다네. 이제 놀이가 됐지. 내가 켈트어로 그 말을 쓰자 이번에는 그가 알아보지 못하고 웃었는데, 좀 나아진 웃음이었네. 우리는 그라파를 한 잔씩 더 마셨지. 그가 자기는 한 번도 영국에 간 적이 없다고 하더군. 'A long way to go.' 우리는 거의 고함을 지르듯 동시에 이렇게 말했네. 돌아갈 때 그의 다리가 약간 휘청거렸지. 한동안 어쩔 줄 모르고 식당 앞에 서 있다가 천천히 항구 쪽으로 가더군. 그런 그를 보며 난 이런 생각을 했네. 그가 뭔가를 '기다리는' 것 같다고, 그게 뭐든 간에. 그리고 동시에 뭔가 '만회'하려는 것 같다고, 그게 뭐든 간에. 내가 자네에게서 들은 이야기로 미루어볼 때 이상한 일도 아니지. 나는 그에게 오늘 식사는 공짜라고, 또 오라고 말했네."

교도소에서 레이랜드는 안드레이에게 출판사에서 번역가로 일할 수 있는 가능성이 있다고 말했다. 리비아는 거기서 아이디어를 하나 짜냈다. 러시아 망명 작가들 시리즈를 출간한다는 계획이었다. 리비아가 조사해보니 이탈리아에는 아직 그런 게 없었다. 파리에 있는 예전 〈리베라시옹〉 동료들에게 연락을 해서 그런 작가와 원고를 구하고, 안드레이에게 그 원고를 이탈리아어로 차례차례 번역하는 긴 여정을 시작하게 할 예정이었다. 뭐, 그가 아직 이탈리아어로 번역한 적은 없었다. 하지만 25년째 이곳에 살고 있고, 관용어까지 포함하여 틀린 거라고는 전혀 없는 이탈리아어를 구사하고 있지 않은가. 그리고 무엇보다도 그는 카를 압트의 아르메니아 엽서를 몇 주 만에 번역한……, 그리고 어쩌면 카를 압트 자신일 수도 있는 안드레이 쿠츠민이었다.

리비아는 도스토옙스키의 《백치》 초판본을 찾기 시작했다. 카를로 페를루가도 그 책을 찾았으나 결과물은 없었다. 런던의 크리스티 모자도 알고 지내는 헌책방 주인들에게 모두 부탁했지만 찾지 못했다. 결국은 파리 〈리베라시옹〉의 오랜 친구가 한 권을 구해줬다. 지저분해진 가죽 장정이었는데, 바짝 마른 책 가장자리가 손을 파고 들었으며 세월이 흐르면서 물결처럼 구불구불하게 변형된 페이지도 많았다. 상트페테르부르크 1869년. 리비아는 안드레이를 출판사로 초대해서 직원들에게 소개하기로 했다. 그때 그에게 환영 선물로 이 책을 건넬 예정이었다. 리비아는 지금까지 그를 딱 한 번 카페에서 만났다. 그러고는 불안한 마음으로 집에 돌아왔는데, 레이랜드는 그때껏 그녀에게서 그런 불안감을 느껴본 적이 없었다. "그 사람은 너무…… 멀리 있어." 리비아가 말했다. "거의 손이 닿지 않을 만큼. 집에 오면서 생각했는데, 세상에 '소속'된 게 아니라 세상과 '맞서고' 있는 것 같아. 이런 생각이 무슨 의미가 있는지 모르겠지만 어쨌든 그래." 그를 맞는 날, 초조해진 리비아는 물건 위치를 계속 바꾸었다. 리비아는 그를 오후 4시에 초대했는데, 그가 사무실에 들어서자 정시를 알리는 교회 종소리가 울렸다.

출판사 직원 모두, 그리고 시드니와 소피아까지 그곳에 있었다. 카를로 페를루가와 패트 킬로이도 왔는데, 출판사에 처음 온 패트는 제일 구석진 자리에 앉아 있었다. 안드레이가 들어왔을 때 레이랜드는 리비아가 한 말을 떠올렸다. 그래, 멀리 있어. 멀긴 해도 불안해하지는 않아. 그렇군. 이렇게 생각하고 깜짝 놀랐다. 출소한 그날 아침 이후로 시간은 그를 바꿔놓았다. 이제 그는 나무 가방을 들고 있던 사람, 도로 포장석에 흩어진 종이를 침착하지 못한 손으로 줍던 사람이 아니었다. 당당하게 등장한다고는 말할 수 없지만 이제 더는 숨지 않는 사람, 창문에 이불보를 드리울 필요가 없는 사람이었다. 레이랜드가 이런 생각을 하는 동안 안드레이는 리비아의 안내를 받으며 중요한 손님이 앉는 탁자 앞쪽 소파에 앉았다. "안녕하십니까." 그가 러시아어로 인사하고 주위를 둘러봤다. 안드레이가 자기 모국어로 인사했다는 사실은 레이랜드가 좀 전에 한 생각과 잘 어울렸다. 안드레이는 이제 이불보와 커튼이 필요하지 않았고, 환한 대낮의 햇살과 얼굴을 마주할 준비가 되어 있었다.

리비아는 그에게 환영 인사를 하고 도스토옙스키의 책을 건넸다. 그는 책을 펴서 제목이 있는 페이지를 오랫동안 들여다봤다. 얼굴 표정이 복잡해졌다. 천천히 몇 페이지를 넘겨보고는 부드럽게 덮고서 손으로 표지를 쓰다듬었다. 그러고 자리에서 일어나, 역시 자리에서 일어선 리비아에게로 몸을 돌려 손을 내밀어 악수를 청했다. 손은 너무 커 보이는 새 재킷 소매 안에 반쯤 숨어 있었다. 둘은 악수를 했다. 얼핏 무대에서 상을 받을 때 나누는 악수처럼 보였다. "고맙습니다, 정말 고맙습니다." 그가 이렇게 러시아어로 인사하고서 같은 말을 이탈리아어로 반복했다. "그라치에, 밀레 그라치에Grazie, mille grazie." 리비아는 그가 책을 조금 낭독해주기를 모두 바란다고 말했다. 쿠츠민은 소파에 등을 기댄 채 망설이다가 몸을 앞으로 숙여 책을 쥐었다. 그러고 책을 펴고 잠시 쉬었다가 입을 뗐다. "우린 지금 바르샤바에서 상트페테르부르크로 가는 기차에 있습니다. 바깥은 축축하고 안개에 싸여 있고, 천천히 날이 밝는 중이지요……. 도스토옙스키는 승객들의 낯빛이 바깥 안개 때문에 창백한 누런색이라고 썼어요." 그런 다음 쿠츠민은 러시아 문장을 읽기 시작했다. 그저 몇 분, 기껏해야 십오 분에 불과했을 텐데 나중에 사람들이 말했다시피 모두 한 시간쯤은 되는 것 같다고 느꼈다. 레이랜드는 그의 목소리가 평소와 다르다고 생각했다. 부드럽고 자족하며 모나지 않은 쉰 목소리였는데, 이런 음색은 시간을 바꾸는 능력이 있었다. 불현듯 시간은 언어들이 앞서거나 뒤서거나 하며 줄지어 맞추어 들어가야 하는 외적인 틀이 아니라 오히려 그 반대가 되었다. 시간은 안드레이의 문장에서 솟아났고, 그의 언어가 시간을 만들어내고 흐르게 했다. 적어도 낭독하는 동안 그는 시간의 창조자이자 주인이었으므로, 그가 얼마 동안이나 낭독했느냐는 질문은 그곳에 있던 모든 사람이 경험한 바를 이해하지 못한 기이한 질문 같았다.

레이랜드는 안드레이가 특이하고 이해할 수 없는 어마어마한 변화를 겪는 중이라고 짐작했다. 낭독하는 안드레이는 자신의 '권위'를 되찾았다. 러시아어를 할 줄 아는 사람의 권위가 아니었다. 그의 권위 전체, 한 사람 전체의 권위였다. 한 문장 한 문장 읽으면서 오래전에 겪은 상실로부터 점점 더 해방되는 것 같았다. 그가 상실했던 것은 말할 수 있는 권리, 자기 자신에 대해 말할 권리였다. 레이랜드는 감방에 갇힌 그의 영혼이 상실로 인해 질식했다가 이제 다시 숨을 쉬기 시작했다고 생각했다. 그 자신의 언어가 아니라 도스토옙스키의 것이긴 하지만 그것을 통해 호흡하는 거라고. 레이랜드는 안드레이 스스로도 낭독을 시작할 때는 이런 해방감을 느끼게 되리라고는 예상하지 못했을 거라고, 그래서 지금 자기에게 벌어지는 일에 놀라고 있을 거라고 짐작했다. 반평생 마비됐다가 어떤 일을 시작하니 그 마비가 물러나기 시작한 걸 확인하고 놀라는 사람, 또는 귀가 먼 상태였는데 이제 깨어나는 감각에 놀라는 사람과 약간 비슷할 거라고. 되찾은 권위는 그를 내면부터 채웠다. 목소리가 달라지고 더 또렷해졌는데, 목소리만 다른 게 아니라 이 사람 전체가 다르게 울렸다. 그는 어두침침한 감방 안에서 오랫동안 지내면서 쪼그라진 원래의 부피를, 예전 내면의 면적을 지금 다시 찾는 중이었다.

레이랜드는 안경을 벗고 눈을 감은 채 그의 목소리에 귀를 기울였다. 텍스트의 일부를, 그러니까 일부만 알아들을 수 있었다. 예전 옥스퍼드 학창시절, 큰아버지 스튜어트 스코트와 폴란드 출신 숙모 자녀들과의 경우에 그는 나중에 러시아어 어학 책을 사서 사촌들의 어학 실력을 금방 추월했다. 그러나 듣기나 말하기를 할 기회는 없었고, 게다가 도스토옙스키의 방대한 어휘를 만날 기회는 더더욱 없었다. 또 지금 온전하게 귀를 기울이는 것도 아니었다. 레이랜드 정신의 일부는 안드레이와의 새로운 관계, 온전히 내면으로만 향하며 살 것을 강요받는 수감자로서 그의 앞에 앉아 있는 게 아니라 이제 위대한 텍스트를 자신만만하게 낭독하며 그곳에 있는 모든 사람을 매혹시킬 줄 아는 이 남자를 향한 새로운 감정의 패턴을 찾고 있었다.

눈을 감고 있는 리비아도 카페에서 낯설고 산만했던 이 남자가 이제 완전히 다른 사람이라는 것, 오래 정체된 삶의 중압이 트인다는 걸 느끼는 것 같았다. 소피아는 다리를 꼬고 무릎을 감싸고 앉아 바닥을 내려다보다가 레이랜드를 이따금 흘낏 쳐다봤다. 그는 딸의 이런 눈길을 잘 알고 있었다. 딸은 지금 몇 시간이고 계속 듣고 싶을 터였다. 이 소망은 비토리오 알바네세를 포함하여 다른 사람들의 얼굴에서도 드러났다. 리비아에게 들은 바로는 비토리오는 러시아 망명 작가 시리즈가 성공을 거두리라 생각하지 않았기 때문에 그 계획에 회의적이었다. 쿠츠민이 낭독한 다음 날에는 분위기가 달라졌다. 다들 그 남자에게서 나오는 힘과 의지, 그가 갖춘 엄청난 자제심을 알아챈 것이다.

카를로 페를루가는 꿈을 꾸는 듯했다. 사람들은 시간이 흐를수록 탄탄해지는 안드레이의 모습에 카를로가 얼마나 기뻐하는지 느낄 수 있었다. 미결 구류 당시 안드레이를 도왔던 그는 나중에 안드레이가 그를 포함하여 아무도 만나지 않으려 하자 마음의 상처를 입었다. 그러나 세월이 흐르면서 안드레이를 이해했다. 카를로는 비아 델 코로네오를 피해 다녔다. "안드레이가 그 안에 있다는 걸 아니까 견디기 힘들더군요." 언젠가 그가 레이랜드에게 말했다. "카를라가 그에게 어떤 의미인지 상상하고 있었어요. 거기다 신장 이야기까지 들으니…… 세상에, 정말 견디지 못하겠더군요." 그랬던 그가 이제 건너편에 앉아 있었다. 구석에 앉은 패트 킬로이도 멍하니 앞만 바라보고 있었다. 'A long way to go.' "서류가 없어요. 어쨌든 진짜 서류는." 예전에 소피아가 패트에 대해 한 말이었다. 레이랜드는 패트가 지금 무슨 생각을 하는지 알 수 있다면 억만금이라도 내고 싶었다.

리비아는 안드레이에게 출판사의 다른 공간도 보여줬다. 안드레이가 떠났다. 그는 올 때와는 다르게, 더 열려 있고 더 자유로운 걸음걸이로 돌아갔다. 그리고 얼마 후 그는 레이랜드 집에 왔다. 천천히 이곳저곳을 걷다가 페르메이르 초상화들 복사본 앞에 오래 서 있었다. 자기도 이렇게 살고 싶다고 했다. 그런 말을 할 수 있다는 것, 자신의 소망을 말할 수 있다는 게 그에게 얼마나 큰 해방감일지 모두 잘 알고 있었다. 자리에 앉을 때 그는 출판사에서와는 달리 격식을 별로 차리지 않았다. 출판사에서도 입었던 소매가 긴 재킷에 흰 셔츠와 빨간 넥타이 차림이었다. 교도소에서는 검은 넥타이를 매고 있었다. 그는 가지고 온 봉투에서 원고 한 뭉치를 꺼냈다. 러시아 망명 작가 바실리 스미르노프가 쓴, 아직 출간되지 않은 단편소설이었다. 리비아의 시리즈에 들어갈 첫 작품. 그 계획에 대해 듣던 날, 그는 스플리트로 가서 헌책방을 운영할 때 알던 지인을 만났다. 그리고 그 지인을 통해 스미르노프를 만났고 즉석에서 그의 원고를 가지고 왔다. 안드레이는 이미 번역을 시작했고, 이제 그 첫 부분을 낭독했다. "리가 만灣이 얼어붙었다. 큰 눈송이가 며칠 전부터 느릿하게 내린다. 문밖으로 나서면 제일 먼저 들리는 것은 적막뿐이다. 그러다가 시간이 좀 지나면 떨어지는 눈송이 소리가 들린다. 내가 아는 한 가장 나지막한 소리다. 이따금 얼음이 삐걱거리는 소리도 들린다. 그 후에는 더 조용해진다. 저 멀리서 등대 불빛이 선회한다. 한순간은 거슬리지만 금방 그 불빛에 즐거워진다. 그곳에 등대지기가 있을 거라고는 생각하지 않는다. 하지만 등대는 건축물로서 사람이 존재한다는 신호이고, 거기에 더해 전기이자 불안하게 흔들리는 기술이다. 사람이 없는 빈 공간, 자족하며 다른 것을 거부하는 얼음 지층의 아름다움, 내가 여기 세상 끝에 있다는 인상을 주는 위협적인 구름의 산에는 어울리지 않는다. 다른 한편으로는 등대가 있다는 사실이 기쁘다. 등대는 사람들이 주변에 있다는 걸 증명한다. 이따금 이런 생각이 든다. 갑자기 정전이 되면 어떻게 하지? 전등이 모두 꺼진다면?"

러시아 억양이 섞인 안드레이의 이탈리아어는 스미르노프의 느리고 조용한 문장에 특별한 매력을 더해줬고, 안드레이라는 사람 자체와도 무척 잘 어울렸다. 리비아가 그 책을 출간하리라는 게 금방 확실해졌다. 나중에 망명 러시아인들과 그들에게 언어가 무엇을 의미하는지에 대해 말할 때, 안드레이는 얼마 전에 스플리트 출신의 지인이 겪은 이야기를 언급했다. 그 지인은 폴란드 바르샤바에서 작은 헌책방을 만났다. 가게에 들어서는데 종이 울렸고, 먼 과거로 발걸음을 옮기는 듯한 기분을 느꼈다. 여러 번의 시도가 실패로 돌아간 후에 혹시 이 도시에서는 폴란드어-러시아어 사전을 구할 수 있을지 다시 알아보고 싶었다. 헌책방 주인은 담뱃대를 물고 있었고, 담배 연기가 가게에 가득했다. 손님은 망설였다. 다른 여러 나라에서 그 사전을 구하려고 했을 때 거부하는 눈빛을 아주 많이 만났다. 그의 시선은 그들의 닫힌 시선에 튕겨져 나왔다. 그가 뭔가 말도 안 되는 것을, 뭔가 선을 넘는 것을 질문했다는 듯한 시선이었다. 그는 프랑스어로 몇 마디 말을 건네고 책장을 따라 걸으며 이따금 책을 꺼내 넘겨봤다. 그 사전이 보였다. 사전은 책장 제일 꼭대기에 거미줄과 먼지가 가득한 책들과 함께 있었다. 그가 그 책에 관해 문의하자 책방 주인의 얼굴이 아주 고요해졌다. 그 고요함이 책방을 채우기 시작했다. 시간이 더 천천히 흘렀다. 주인은 담뱃대를 재떨이에 내려놓고 책방을 가로질러 갔다. 다리를 살짝 절뚝였다. 사다리를 그쪽으로 옮기고 꼭대기로 올라갔다. 손님은 주인이 사다리에서 바로—왜 그렇게 생각했는지 이유는 설명할 수 없었다— 책에 묻은 먼지를 불어낼 거라고 기대했다. 아니면 최소한 아래로 내려와서는 그렇게 하고 손에 묻은 거미줄도 닦아낼 거라고. 주인이 이런 행동을 하지 않는다는 사실이 섬뜩했다. 그는 먼지가 잔뜩 묻은 손에 책을 들고 아래쪽 석탄 난로로 향했다. 난로 덮개를 열고 손님을 한번 건너다보고는 책을 불길에 던져버렸다. 그 시선에 담긴 건 뭐였을까. 분노, 경멸, 아니면 역겨움? 다시 앞쪽으로 돌아온 주인은 먼지 묻은 손을 바지에 급하게 닦았다. 그 행동에서, 바로 그 행동에서 메스꺼움이 드러났다. 먼지나 거미줄에 대한 구역질이 아니었다. 손님은 가만히 서 있다가 말했다. "단어들이 잘못한 건 아니잖아요." 주인은 계산대 뒤로 들어가 담뱃대를 물고 연기를 허공에 뿜었다. 손님은 기다렸다. 주인은 그를 보더니 다시 한번 연기를 뿜었다. 손님은 연기가 흩어질 때까지 기다렸다가 가게를 나섰다. 그는 역에 도착해서야 비에 흠뻑 젖었다는 걸 깨달았다고 했다.

침묵 속에서 소피아가 카를 압트도 분명히 그 바르샤바 헌책방에 가봤겠다고 말했다. 레이랜드는 숨이 멎을 것 같았다. 저런 말을 하면 안 되는데! 내가 다른 사람들에게 압트 이야기를 한 걸 안드레이가 배신으로 받아들이지는 않을까? 어두침침한 교도소 감방에서 나눈 비밀스러운 이야기였는데. 여기서 계속 지어낸다는 건 생각도 할 수 없는 일 아닐까? 지금 더 만들어낸다면 사람들이 그 이야기 전체가 지어낸 거라고 간주할 게 뻔하지 않을까? 안드레이는 소피아의 말을 오만하다고 생각하는 게 아닐까?

안드레이는 재킷에서 담뱃갑을 꺼내 툭툭 털어 한 개비를 빼낸 뒤 번잡하게 불을 붙였다. 그러고는 소피아를 바라봤는데, 그 눈길은 시간이 흐를수록 점점 더 불안해 보였다. "당연히 카를 압트도 거기 갔었지." 그가 대답했다. "베를린의 초라한 집이 너무 좁게 느껴져서 그는 여행을 다니기 시작했어. 동유럽을 두루 다니며 여기서 한두 주, 저기서 한 달 머물렀지. 사전을 사서 카페에 앉아 밤에 문을 닫을 때까지 책장을 넘기곤 했어. 언젠가 아주 피곤했을 때, 부쿠레슈티에서 루마니아어가 아니라 불가리아어로 커피를 주문했지. 종업원은 그를 비웃는 표정으로 바라봤고, 그는 곧장 그곳을 떠나 바르샤바로 향했어. 담뱃대를 문 그 헌책방 주인에게 폴란드어-독일어 사전이 있는지 물어봤다가 쫓겨났고. 카를은 발트 지역으로 들어가 그곳 언어를 배웠는데, 에스토니아어는 좋아하지 않았어. 동독 외무부에서 외교관 신분증을 위조해서 그걸로 아테네로 갔어. 거기서 여행 안내인이 되어 호메로스가 사용하던 고전 그리스어로 안내했지. 사람들이 그 사실을 존중해주지 않는 게 지겨워지자 이스탄불로 갔어. 그러고는 수영장 가장자리 접는 의자에 누워, 지중해에 면한 모든 나라의 언어를 배울 결심을 했지."

레이랜드는 타인의 해방을 목격하는 게 얼마나 큰 해방감을 자기 자신에게 주는지 그 전까지는 몰랐다. 또한 그 뒤에도 이렇듯 엄청난 경험을 하지 못했다. 안드레이는 자기를 초대해준 사람의 눈앞에서 카를 압트에 대한 상상을 레이랜드의 꿈과 엮음으로써 감방 문을 활짝 열었고, 그 문을 지나 빛을 향해 걸어 나왔다.

그 후 안드레이는 조용하게 은둔하는 삶을 살았다. 전화도 원하지 않았고, 나중에 결국 텔레비전을 살 때는 판매되는 것 중에 가장 작고 실내용 안테나가 달린, 화면이 자주 흔들리는 모델을 골랐다. 그는 카메라가 느릿하게 움직이는 옛날 영화와 뉴스를 볼 때만 텔레비전을 켰다. 세상이 너무 빠르고 현란해졌다고 했다. 역의 신문 가판대에 자주 가서 신문을 여러 종류 사곤 했는데, 그중에는 러시아어 신문도 있었다. 부동산 광고를 자세히 살펴보다가 1년 후에 이사했다. 그 직후에 영화관과 오페라 극장에서 더는 안 쓰는 가구들을 가져다가 아주 싸게 파는 가게를 우연히 알게 됐다. 레이랜드가 그의 집에 가보니, 반짝이는 널판에 전체적으로 곡선인 거대한 책상이 있었다. 평소에는 닫혀 있는 크고 우아한 세상의 작은 일부를 안드레이가 가지고 온 것 같았다. 소식을 들은 소피아가 그 집에 찾아가서 책상을 보고는, 다음 날 다시 가서 유겐트 양식 스탠드를 말없이 그 위에 놓았다. 안드레이는 말문이 막혀서 차를 쏟았다. "누군가 그분에게 그런 일을 해준 적이 한 번도 없는 것 같았어요." 소피아가 말했다. "바보 같은 카를라…….그 여자는 아무짝에도 필요 없는 사람이었나 봐요." "스탠드를 볼 때마다 난 소피아가 또 찾아와주기를 바란다네. 난 아이를 원한 적이 한 번도 없어. 하지만 소피아를 보면……." 안드레이가 레이랜드에게 말했다.

그는 이제 달라 보였다. 턱수염도 콧수염도 없었고 코안경 대신 평범한 안경을 썼으며, 머리카락은 반듯하게 모두 뒤로 넘겼다. 트로츠키와 유일하게 아주 조금 비슷한, 날카롭고 뾰족한 인상조차 부드러워졌다. 이제 아무도 그를 트로츠키라고 부를 생각은 하지 못할 터였다. 스미르노프 단편소설 번역을 끝낸 안드레이는 출판사 비서인 안나 비토리니에게 자기 글씨를 정말 알아볼 수 있는지 매일 물어봤다. 의논할 게 별로 없는데도 그는 리비아의 사무실에 그냥 앉아 있기를 좋아했다. 리비아는 그에게서 러시아어 문장과 바스크어 단어를 배웠는데, 그는 가르치는 일을 아주 즐겼다. 그 책 편집자이자 러시아 망명 작가 시리즈 전체를 맡게 될 마리아 프시루키스의 사무실에도 자주 가 있었다. 스미르노프의 책이 출간된 후에 페를루가의 헌책방에서 낭독회가 열렸다. 어색한 몸짓과 두툼한 안경알 뒤에 수줍음을 타는 눈이 숨어 있는 내성적인 스미르노프가 러시아어로 몇 문단을 읽고, 그다음 안드레이가 자신의 번역문을 읽었다. 얼어붙은 리가 만에 관한 묘사를 마치 자기 문장인 듯 낭독했다. 그의 목소리에는 인상적인 적막과 힘이 있었고, 공간을 가득 메운 청중 대다수는 눈을 감고 귀를 기울였다. 안드레이가 많은 청중 앞에서 어떻게 행동할지 걱정스러웠던 레이랜드는 마음이 놓였다. 안드레이는 삶으로 다시 돌아왔다. 앞에서 스미르노프와 대화하며 그의 러시아어를 통역하는 안드레이는 평생 그 일만 해온 사람처럼 보였다.

그 후 얼마 지나지 않아 리비아가 사망했다. "못 믿어." 안드레이가 말했다. 그의 쉰 목소리는 다른 그 어떤 놀란 비명보다 더 강력했다. 그는 장례식 때 묘지에서 좀 떨어진 곳에 서 있었다. 축축한 날씨였고, 그의 안경에는 김이 서렸다. 레이랜드는 왜 안경알을 닦지 않는지 의아했지만, 그게 어울린다는 생각이 불현듯 들었다. 안드레이는 리비아가 사망하고 며칠이 지났는지 항상 알고 있었다.

레이랜드가 처음 발작을 겪던 날, 안드레이는 스플리트에 사는 지인의 집에 있었다. 레이랜드는 9월이 되어서야 그에게 이야기를 했다. "빌어먹을." 안드레이가 말했다. 그러고는 다시 한번 "빌어먹을"을 덧붙였다. 그는 차를 끓이며 오랫동안 부엌에 그대로 있었다. "나라면 끝까지 기다리지 않을 것 같네." 둘이 다시 마주 앉았을 때 안드레이가 말하자 레이랜드가 대답했다. "나도 마찬가지야." 안드레이는 손을 재킷 소매에 넣어 손목을 만지며 레이랜드를 바라봤다. "자네는 나와는 달리 성공할 걸세. 나는 그때 해부학을 전혀 몰랐어." 레이랜드는 고개를 끄덕였다. 그 후에 오간 이야기를 그는 나중에 삼촌 집 침대 가장자리에 앉아 몇 번이고 회상하게 됐다.

"발작이 지나가고 아이들도 돌아간 후에 난 어떻게 해야 할지 몰랐다네." 레이랜드가 말했다. "누구나 이따금 겪는, 심각하지 않고 평범한 의미에서 어쩔 줄 몰랐다는 게 아니야. 어떤 '한 가지'를 어떻게 해야 할지 모르는 게 아니라, '그냥' '전체적으로' 어쩔 줄 몰랐지. 그때 파베세의 일기를 번역하던 중이었는데, 책은 펼쳐진 채 놓여 있었네. 그 책을 덮고 밀어버렸지. 일주일이 지나 한밤중에 책을 펴서 번역을 다시 시작했네. 그사이에 출판사에 말하고 카테리나 미찬도 만났고, 그 외에도 이성이 지시하는 많은 일을 했지. 그런데도 뭔가 다른 의미에서는, 더 깊은 의미에서는 여전히 뭘 어떻게 해야 할지 몰랐네. 나에게 남아 있는 시간에 뭘 해야 하지? 이제 '중요한' 건 뭘까? 번역을 다시 시작하자 약간 기이한 일이 벌어졌다네. 이 질문에 내포된 절망적인 불안감이 문장을 번역할수록 뒤로 물러나고, 차분하고 명확한 감정만 남은 거지. 내 생이 얼마 남지 않은 지금도 중요한 것은 내가 제일 즐겁게 하고 가장 잘할 수 있는 일, 즉 올바른 언어를 찾는 일이었네. 이 감정이 흔들리지 않고 확고했다는 뜻은 아닐세. 정신 나간 짓을 많이 했다네. 하루 종일 배를 타기도 하고, 폭우가 내리는 바깥으로 나가기도 하고, 더는 읽지 못할 책을 산더미처럼 사들이기도 하고, 중국어도 배우기 시작했지. 하지만 언제나 다시, 특히 밤이 되면 항상 파베세의 책으로 돌아왔네. 아침 여명이면 책상에 앉아, 오늘이 마지막 날이라고 해도 언어와 함께 보내리라는 생각에 잠길 때가 많았네."

안드레이는 귀를 기울이다가 담뱃불을 붙였다. "나도 요즘 비슷한 생각을 자주 한다네. 첫눈에는 아주 다르게 보이기는 하지만 말일세." 그가 잠시 후에 다시 입을 열었다. "뉴스에서 온갖 비참한 일을 보게 되지 않나. 빈곤과 궁핍, 피난과 추방. 언어가 아니라 물이 필요한 수만, 수십만 명의 사람들. 나는 책상으로 가서 스스로에게 묻지. 내가 여기서 하는 일이 그들의 비참함을 덜어주나? 무의미하게 만들어주기까지 할까? 다른 사람들이 얼어 죽지 않으려면 어디서 자야 할지 모를 때, 쉼표와 세미콜론 중에 뭘 써야 하는지 진지하게 고민할 수 있을까? 그런데도 난 쉼표에 대해 곰곰이 생각하고 있다네."

둘은 인생에서 무엇이 중요한지, 어떤 의미에서 중요한지, 그리고 생을 종말에서 바라보면 이 감정이 어떻게 변하는지에 대해 한참 더 이야기했다. "카를 압트 이야기를 앞으로는 누구와 해야 하나?" 헤어질 때 안드레이가 말했다. 그는 다음 날 전화기를 샀다. 평생 전화기를 가질 생각이 없던 그가 말했다. "언제라도 자네 안부를 물을 수 있게 말이야."

레이랜드는 며칠 후에 다시 그의 집에 갔다. 그때 일이 벌어졌다. 얼굴이 제대로 말을 듣지 않았고 낮은 소파에서 몸을 일으킬 수 없었으며, 말이 똑바로 나오지 않았다. 안드레이는 바로 알아채고 그가 눕게 도와줬다. 누구에게 전화를 해야 할지? 레이랜드는 고개를 저었다. "소피아…… 일…… 시드니…… 파도바." 구급차는? "다시는 안 타." 안드레이는 말을 계속할까 아니면 입을 다물까 물었다. "읽어……. 스미르…… 스미르노프……." "소설을 읽어달라고?" 레이랜드가 고개를 끄덕이자 안드레이는 책을 가져와서 읽기 시작했다.

"리가 만이 얼어붙었다. 큰 눈송이가 며칠 전부터 느릿하게 내린다. 문밖으로 나서면 제일 먼저 들리는 것은 적막뿐이다. 그러다가 시간이 좀 지나면 떨어지는 눈송이 소리가 들린다. 내가 아는 한 가장 나지막한 소리다. 이따금 얼음이 삐걱거리는 소리도 들린다. 그 후에는 더 조용해진다. ……나는 식탁에 앉아 일한다. 춥다. 색이 벗겨져 우중충한 구식 라디에이터는 창틀이 썩은 유리창 틈새로 들어오는 냉기에 대응하지 못한다. 샹들리에는 축제를 한 번도 열지 못한 무도회장 또는 문이 닫힌 역 대합실 전등 같은 불빛을 내보낸다. 차갑고 넓게 산란하는 불빛이고, 단어들은 불빛 속에서 길을 잃고 의미가 평범해지며, 빛이 바래고 가장자리로 밀려난다. 내용에 요구되는 농도 또한 이 기이한 불빛 속에서 용해되어 의지할 곳을 잃는다. 창고에서 탁상용 스탠드를 하나 찾았는데, 발판은 지저분한 놋쇠고 갓은 초록색 유리다. 한군데가 깨져서 빛이 너무 현란하게 쏟아지는 곳을 돌리니 종이에 충분한 빛이 비친다. ……만에 일찍 떨어지는 황혼이 깊고 소리 없는 어둠으로 변하면 묵직한 참나무 가구들이 놓인 넓은 방, 묵은 연기와 축축한 벽과 숨어 있는 곰팡이 냄새를 풍기고 초록색 유리 아래로 원추형 불빛이 흐르는 이곳에 앉아서 우리 집안의 이야기를 쓰기에 좋다. 그럴 때면 너무 크고 낯선 이 집, 제정 러시아 시대 관리들과 그 후 붉은 군대의 장교들이 살았고 나중에 세 자매의 것이 됐지만, 그 자매들이 서부의 새로운 분망함에 몰려 자기들 소유인데도 오지 않은 여기 말고는 그 어느 곳에도 가고 싶지 않다. ……기이하고 약간은 비현실적이며 섬뜩한 현재의 한순간이다. 그 현재는—어디에서 오는지 알 수 없는 언어가 이제 종이에 술술 쓰인다— 정말 내 소유일까 의심스러울 정도로 내 것처럼 보인다. 평범한 시간에서 잘려 나와 풀어진 순간, 만에서 나지막하게 바스락대는 얼음처럼 너무나 소중한, 느슨하고 자유롭게 떠다니는 무질서한 시간의 순간들이다."

귀를 기울이던 레이랜드는 모든 걸 알아듣는다는 것, 정신의 언어가 여전히 흐른다는 걸 깨닫고 기뻤다. 그러다가 첫 번째 발작 때보다 증세가 훨씬 일찍 불현듯 사라지고 언어와 평소 움직임이 돌아왔다. "지난번 발작 이후로 8주가 지났네." 레이랜드가 말했다. "그 시간, 특히 마지막 2주에서 3주 동안은 종양이 잠잠해진 모양이라고, 예상보다 시간이 더 많이 남았을지도 모른다고 생각했지. 어쩌면 모든 게 오류였을지도 모른다고 대담하게 생각하는 순간도 있었네. 하지만 이제……." 헤어질 때 두 사람은 아무 말 없이 문간에 한참 서 있었다. "그때 교도소에서 그 알바니아 사람 말일세. 게그 알바니아어와 토스크 알바니아어 중에 뭘 쓰던가?" 안드레이의 질문에 레이랜드는 웃음을 터뜨리고 대답했다. "토스크 알바니아어." 그가 거리에서 몸을 돌려 올려다보니 안드레이는 여전히 창가에 서 있었다. "그때 자네가 내 감방 문을 노크한 거 말이야……. 정말 행운이었네." 안드레이가 아까 한 말이었다.

16

다음 날 레이랜드는 케네스 버크를 식사에 초대했다. 요리, 게다가 손님을 위해 요리를 한 것은 이 집에 안착하기 위한 또 하나의 단계였다. 버크는 검은 벨벳 재킷에 잿빛 셔츠를 입고 말끔하게 면도한 차림으로 와인 한 병을 가지고 왔다. "가끔은……." 놀란 레이랜드의 눈길을 본 그가 말했다.

음식이 식었다. 식사를 시작하자마자 레이랜드가 첫 번째 발작과 레오나르디 박사의 진단으로 시작해서 소피아가 전한 구원의 소식으로 끝나는 이야기를 꺼냈기 때문이다. 식사를 하며 나눌 수 있는 이야기가 아니어서 둘은 나이프와 포크를 내려놓았다.

"간호사실에서 기다리는 동안 소피아가 편두통일 수도 있다고 말했네. 마비와 언어장애를 동반하는 '조짐 편두통'인데 신경전달물질과 뇌의 혈액공급에 문제가 있을 때 나타나고 하루 만에 사라진다고, 그 후에는 모든 게 예전과 같다고 했지. 내가 '조짐 편두통'이라는 이 두 단어보다 더 매달린 단어는 그때까지 없었다네. 너무나 큰 희망이 거기 달려 있었으니 밤새 속으로 그 단어를 되뇌었지." 버크가 고개를 끄덕였다. "약국을 할 때 그런 환자가 한 명 있었다네. '발작이 일어날 때마다 나는 편두통, 편두통일 뿐이야, 라고 혼잣말을 한답니다. 하지만 공포가 완전히 사라지지는 않아요'라고 하더군." 레이랜드는 모레티 박사가 한 말도 이야기했다. "'뇌출혈은 아니군. 오늘 밤에 해야 할 일은 아무것도 없네'라고 했다네." "소피아가 간호사고, 이제 곧 의사가 된다고 했지?" 버크가 말을 이었다. "내가 소피아였다면 방사선과 사진을 당장 보려고 했을 것 같은데." 레이랜드가 망설이다가 대답했다. "소피아와 모레티는……. 그래서 소피아는 지금까지도 자책한다네."

레오나르디 박사 진료실에 있던 그날 아침을 설명하려니 레이랜드는 말문이 막혔다. "엑스레이 스크린에 걸린 사진들에는 밝고 현란한 부분이 있었지. 재앙을 금방 알아볼 수 있는 현란함이었네. 레오나르디는 악성종양이라고…… 교모세포종이라고 하더군." 레이랜드는 그 단어를 처음으로 꺼냈다. 그가 들어본 말 중에 가장 불쾌하고 가장 꺼림칙한 단어였다. 버크는 숨을 들이쉬었다가 나지막하게 말했다. "세상에, 잘못된 사진이었겠군. 자네 뇌 사진이 아니었어. 그랬더라면 자네는 지금 여기 있지 않을 테니."

레이랜드는 고개를 끄덕였고, 무슨 일이 벌어졌는지 묻는 버크에게 레오나르디가 그의 이름이 크게 쓰여 있는 봉투에서 사진을 꺼내서는 곧장 엑스레이 스크린에 끼운 과정을 자세히 설명했다. "학창시절에 그런 사진들을 봤다네." 버크가 말했다. "가장자리에 이름과 생년월일이 쓰여 있긴 하지만 아주 작은 글씨라서 자세히 봐야 하지. 레오나르디는 자네 이름을 봉투에서 봤고, 그때 앞에 앉아 있는 남자의 증상은 사진과 잘 맞았어. 게다가 이름이 쓰인 가장자리가 엑스레이 스크린의 고정 테에 낄 때도 가끔 있다네. 어쩌면 그래서 틀린 이름이 적힌 그 부분에 시선이 전혀 닿지 않았을지도 모르지." 레이랜드는 자리에서 일어나 담뱃불을 붙여 창가로 갔다. "레오나르디가 사진을 가져가겠는지 나에게 물었다네." 그가 나지막하게 말하자 버크가 대답했다. "자네는 싫다고 했겠지. 그 끔찍한 사진을 보고 싶지 않았을 테니까." 레이랜드는 고개를 끄덕이고 어두운 바깥 먼 곳을 내다봤다. "소피아가 그러겠다고 대답하려는데 내가 다급한 동작으로 모든 걸 끝냈지. 안 그랬더라면 오진을 금방 발견했을 텐데."

버크는 그 오진과 더불어 얼마나 살았는지 물었다. "77일." 레이랜드가 말했다. "9월 29일, 그 날짜를 절대 잊지 못할 걸세. 그 날 정오 무렵에 소피아가 레오나르디 진료실에서 봤던 봉투를 들고 집에 달려 들어왔다네. 그러고는 봉투를 소파에 던지고 나를 안았는데, 아이의 눈물이 내 얼굴에 묻었지. '아빠, 아무것도 없어요.' 소피아가 숨을 헐떡이며 말했네. '종양이고 뭐고 아무것도 없어요. 방사선과에서 사진이 바뀐 거예요. 막시밀리안 브루너라는 사람의 사진이래요. 아빠는…… 아빠는 건강해요. 아주 건강해요.' 그러고 봉투에서 사진들을 꺼내 탁자에 펼치더군. 사진 가장자리에 아주 작은 글씨로 내 이름과 생년월일이 쓰여 있었네. 난 사진을 들고 빛에 비춰봤지. 밝고 현란한 부분은 없었네. 심장이 목까지 올라와 뛰는 듯했다네. 사진을 탁자에 다시 내려놓고 소파에 앉았지. 안도감, 아니 뭐가 됐든 어떤 감정이 그 정도로 완벽하게 엄습할 수 있다는 걸 그 전에는 미처 몰랐네. 그러니 안도감이 그렇게 몰려오리라고는 더더욱 상상하지 못했지. 소피아가 시드니에게 전화를 했는데, 난 그 애가 문으로 들어오며 지은 표정을 평생 못 잊을 걸세. 우린 몇 시간이나 그대로 앉아서, 도대체 무슨 일이 일어난 건지 몇 번이고 다시 이야기했지.

막시밀리안 브루너라는 이름은 그저 흐릿하기만 했는데, 잠시 후에 생각이 났다네. 당시에 방사선과 인턴이 나더러 막시밀리안 브루너냐고 물었네. 내 이름을 말하자 다른 서류를 흘낏 봤는데, 아마 내 이름이 쓰인 서류였을 거야. 그때는 오류를 확인했는데, 나중에 내 사진을 브루너의 봉투에 넣고 그의 사진을 내 봉투에 넣은 모양이야. 물론 사진 가장자리에 쓰인 이름을 확인해야 했지만 그날 병원이 무척 바빠서 모두 정신이 없던 터라 내 인생을 바꿔버리는 실수가 벌어진 걸세. 모레티 박사는 내 이름이 쓰여 있는 봉투와 사진을 얼핏 보고는 이 일을 레오나르디에게 넘기기로 결정하고, 간호사실에서 자기가 본 사실에 대해 아무 언급도 하지 않은 거지. '그때…… 내가…….' 소피아의 말에 시드니가 대답했네. '누나는 잘못한 게 없어'라고."

"실수가 어떻게 드러났나?" 버크가 물었다. "9월 그날, 막시밀리안 브루너가 병원에 실려 왔네. 걸을 수도, 말을 할 수도 없는 상태였지. 모레티는 그가 이미 진료를 받은 적이 있다는 걸 확인하고 문서실에서 사진을 가져오게 했네. 봉투에서 사진을 꺼내봤지만 이상한 점은 없었지. 그러다가 사진 가장자리의 글자를 보고 그제야 오류를 깨닫고 내 이름이 쓰여 있는 봉투를 가져오라고 한 거지. 그래서 이미 7월에 보고 내 것이라고 생각한, 종양이 있는 사진들을 보게 된 걸세. 그가 소피아에게 전화를 했네. '진료실에 들어갔더니 첫눈에 보기에도 완전히 혼란스러운 표정이더군요.' 소피아가 전해준 이야기라네. '아무 말도 없이, 가장자리에 아빠 이름이 쓰여 있는 사진들을 가리켰어요. 그걸 빛에 비춰보다가 무슨 뜻인지 깨달았어요. 창백한 얼굴로 책상 앞에 앉아 있는 모레티를 빤히 바라봤지요. '봉투가 바뀌었네.' 그가 힘없이 말했어요. '종양이 있는 그 남자가 조금 전에 실려 왔어. 자네 아버지는 아마 그저 편두통일 거야. 조짐 편두통. 종양과 증상이 같지. 방사선과에서 실수했는데, 아무도 알아채지 못했네. 나도, 레오나르디도. 봉투에 적힌 크고 검은 글씨가 우리 눈을 멀게 했지. 세상에, 소피아. 정말 미안하네.' '난 아무 말도 하지 못했어요. 사진을 들고 자동차로 달렸지요.'"

버크는 레이랜드에게, 막시밀리안 브루너를 찾아갔는지 물었다. 레이랜드는 그를 빤히 보며 생각했다. 그래, 케네스 버크가 던질 만한 질문이지. "그랬다네. 며칠 후에 찾아갔지. 난 병원 복도에서 엄습하는 기억과 싸워야 했네. 창백한 얼굴로 베개를 베고 누워 있던 그는 말을 몇 마디밖에 하지 못했는데, 그것조차 거의 알아들을 수 없었지. 그는 혼자 살면서 병과 싸웠고, 이웃 여자 한 사람만 가끔 그를 들여다봤다네. 그 여자를 병원에서 만났지. 바닥에 쓰러져 있는 브루너를 발견하고 병원에 전화했다고 하더군. 7월에 진찰한 후에 병원에서는 그에게 심각한 질병이 아니라고, 지나갈 거라고 했다네. 그래서 그 이웃 여자는 증세가 점점 심해져서 이상하다고 생각했다더군. 하지만 의사가 그렇게 말했으니 믿었겠지. 난 그를 여러 번 찾아갔네. 함께 이야기를 나눌 수는 없었지. 하지만 그는 내가 방문하는 걸, 아니 누구라도 찾아오는 걸 기뻐하는 눈치였어. 우리가 대화를 할 수 있다면 그에게 무슨 말을 할지 가끔 생각해보기도 했네. 사진이 바뀐 오류를 말했을까? 그가 지금 처한 상황이 내가 상상하던 내 운명이라는 걸 말했을까? 그게 무슨 의미가 있지? 나도 모르겠더군. 2주쯤 전에 다시 찾아갔는데, 전날 밤에 그가 사망했다는 말을 들었네."

"자네는 그 오류 때문에 출판사를 팔았지." 버크의 말에 레이랜드가 고개를 끄덕였다. "오류를 알아채기 열흘 전에 나는 새 소유주인 카테리나 미찬과 함께 공증인 앞에 앉아 있었네. 원래는 2주 후에 약속을 잡았지만 내가 더 일찍 만나자고 고집을 부렸지. 파괴적인 발작이 나를 거래가 불가능한 사람으로 만들기 전에 계약서에 직접 서명하고 싶었으니까. 우리는 공증인 사무실에서 출판사까지 얼마 안 되는 거리를 무거운 침묵 속에서 걸었다네. 그러고 전날 시드니와 소피아와 함께 정리해두어 텅 빈 내 사무실에서 있었지. 새 소유주가 된 그 사람에게 열쇠를 건넸네. 내가 마음의 평정을 유지할 수 있어서 다행이라고 생각했네. 우린 잠시 마주 보고 서 있었지. 그러다가 미찬이 나에게 다가오더니 아무 말 없이 포옹했네. 내가 이미 문간까지 갔을 때 그녀가 나를 다시 불렀지. 손에 만능열쇠를 들고 있더군. '혹시 언젠가 오시고 싶다면…….' 사실 그건 의미가 없었네. 나에게 남은 시간이 얼마나 짧은지 그 사람도 알고 있었으니까. 하지만 난 그 열쇠를 받아 들었고, 주머니에 든 그 열쇠를 집에 오는 내내 꼭 쥐고 있었다네."

"그런데 불현듯 미래가 다시 열린 거로군." 버크의 말에 레이랜드가 고개를 끄덕였다. "미래가 뭔지 그제야 알 것 같은 느낌이었지. 경계와 차단기가 없이 생각할 수 있고, 나에게 남은 시간이 몇 달인지, 몇 주인지, 며칠인지 세지 않아도 되는 미래. 이게 마지막이라는 생각 없이 계절을 경험하는 것. 탁 트인 공간이 눈에 들어오기만 하면 열린 미래로, 열린 미래를 묘사하는 뭔가로 보인다네. 어떤 장소란 미래에 지나갈 수 있는 곳이고, 지나갈 시간이 충분한 곳이고, 슬슬 걸으며 시간을 충분히 낭비해도 되고, 시간이 모자란다는 생각을 하지 않고 여러 번 마음껏 지나가도 되는 곳이지. 가장 좋은 곳은 해변이라네. 그 넓은 곳으로 갈 시간이 있지. 파도가 부서지고 앞으로도 수없이 다시 부서질 거야. 영원한 느낌이지. 현재는 그저 금방 지나갈 자산이니 걱정할 게 전혀 아니야. 끝이 보이지 않고 앞으로도 아주 많다네. 걸음은 또 어떤가? 앞으로 얼마나 더 많이 걸을 수 있을까! 나는 시드니, 소피아와 함께 해변으로 갔네. 가운데에 서서 양쪽으로 아이들 어깨를 겯고서 걷고 또 걸었지. 한 시간은 족히 그렇게 걸었네. 가끔은 달리면서 내 몸을, 예상과 전혀 다르게 아주 건강한 내 몸을 느끼고 싶기도 했네. 우리는 내기하듯 달렸지. 그러다가 주변에서 놀던 아이들의 공이 내 발 앞으로 굴러 오길래 달려들어 허공으로 높이 멀리 찼다네. 되더군. '이제 다시 모든 게 된다!' 나중에 벤치에 앉았을 때 우린 안도의 눈물이 터졌네. 난 떨며 비틀거렸다네. 11주 동안 계속 억눌러야 했던 불안과 경악이 제어할 수 없이 거칠게 터져 나왔지. 그동안 내내 느끼던 것보다도 그런 감정이 훨씬 더 쌓여 있더군. 감정의 폭풍은 모든 댐을 부수고 아주 천천히 잦아들었네. 나중에 거대한 부두에 앉았을 때 배가 도착하자 우린 철썩이는 바다에 신발을 담갔지. 아이들은 그게 나에게 해방을, 미래와 들뜬 기분과 느슨함을 의미한다는 걸 예전부터 알고 있었네. 그래서 말없이 미소 지으며 나를 따라했지. 무척 친밀한 순간이었지. 저녁에 내 집에서 함께 요리를 했네. 시드니와 소피아가 약속을 취소하느라 전화하는 소리가 들렸고, 둘은 그날 내 집에서 잠도 잤네. 아침식사 때 유리창으로 햇빛이 비치자 소피아는 햇빛을 향해 얼굴을 들고 눈을 감은 채 눈물을 흘리기 시작했네. 전날 나에게 일어났던 일이 소피아에게 일어난 거지. 시드니도 눈물을 꾹 참고 있었네. 둘이 떠나기 전에 우리 셋은 오랫동안 굳게 포옹했지."

버크는 출판사에는 언제 어떻게 알렸는지 묻고, 모든 사람이 무척 힘들었을 것 같다고 말했다. 레이랜드는 사보이아 엑셀시어 팰리스 호텔에서 카테리나 미찬과 만난 이야기를 들려줬다. 몇 주 전에 그녀와 만나 출판사 매매에 대해 대화를 나눈 장소였다. 미찬은 재떨이에 놓아둔, 불붙은 담배도 잊어버린 채 그를 계속 빤히 바라보다가 입을 뗐다. "정말 놀라운 이야기군요. 내 앞에 건강하게 앉아 계시니 환상적입니다." 그러고는 한동안 침묵했다. "이미 말씀드렸다시피, 난 그때도 당신에게서 출판사를 빼앗는 느낌이 들었어요. 지금은 정말 그런 느낌이네요." 미찬은 창밖을 내다봤다. 레이랜드는 미찬의 마음이 어떻게 움직이는지 볼 수 있었다. 그녀는 어떤 질문을 하려고 준비중이었다. 그 질문이 나왔을 때 레이랜드는 놀라지 않았다. "취소하고 싶으신가요?" 그는 아니라고, 이런 일이 생긴 후에는 절대 예전과 같을 수 없다고, 그에게도 다른 모든 사람에게도 다 그렇다고 했다. "그럴 마음도 없습니다. 불현듯 다시 미래가 생겼어요. 미래가 어떤 모습일지는 아직 모릅니다. 하지만 어쨌든 달라질 테지요. 당신의 미래가 달라지리라는 거야 말할 나위도 없고 말입니다." 둘은 밤늦게까지 호텔 살롱 구석에 앉아 있었다. 물론 그는 출판사의 주요 번역가로 남을 테고, 망명 러시아 작가 시리즈와 안드레이 쿠츠민의 번역도 계속될 예정이었다. 그의 도서 제안은 언제나 큰 비중을 지닐 테고. "언제나 당신에게 조언을 구하게 될 거예요." 미찬이 말하고 떠났다. 그러고 모퉁이를 돌아가기 전에 손을 흔들었다.

레이랜드는 버크에게 베라 산틴, 마리아 프시루키스, 비토리오 알바네세와의 이별이 어땠는지도 이야기했다. 카테리나 미찬을 만나고 2, 3일 후 그는 출판사 건너편 카페에 앉았다. 카를로타가 커피를 가지고 왔다. "다시…… 만나게 되어 정말 반가워요." 레이랜드가 말했다. 카를로타는 그를 보다가 커피 잔을 더 가까이 밀어주고 대답했다. "나도…… 나도 궁금했어요." 그녀는 나중에 케이크 한 조각을 가져다줬다. 출판사 대리석 계단을 오르는 일은 힘들었다. '탁월하고 위대한 세계, 우아함.' 리비아가 어릴 때 출판사 분위기를 묘사한 단어들이었다. 알프레도 페르토트와 리비아 페르토트, 그리고 그를 거쳐 이제 이 모든 것이 낯선 사람의 소유가 됐다. 불현듯 레이랜드는 계단에서 어떻게 움직여야 할지 알 수 없어서 달려나가려고 했다. 그때 마리아 프시루키스가 위에서 내려왔다. 그러고는 들고 있던 책과 서류를 층계에 내려놓은 다음 그를 안고 나지막하게 말했다. "세상에! 카테리나에게서 그 말을 듣고 얼마나 안도했는지……. 당장 달려가고 싶었어요. 하지만 당신을 방해하고 싶지는 않았지요." 그러고 잠시 망설이다가 말을 이었다. "시간을…… 되돌릴 수 있다면 좋겠어요. 하지만 제일 중요한 건 당신의 삶이 계속된다는 거죠. 그냥 계속되는 것, 앞으로도 오랫동안." 그리고 그리스어로 대화하려고 이따금 만날 수도 있지 않겠냐고 했다.

비토리오 알바네세와는 간결했다. "멋진 소식입니다." 그러고는 레이랜드가 놀랄 말을 덧붙였다. "우린 당신이 그립습니다." 베라 산틴과의 작별은 가장 힘겨웠다. 카테리나 미찬은 자리에 없었다. 두 사람은 미찬의 사무실을 함께 흘낏 봤다. 레이랜드는 작은 변화 하나하나를 모두 견디는 기분이었다. "미찬과 일하는 게 나쁘지는 않아요." 베라가 말했다. "하지만 모든 게…… 모든 화음이 리비아나 당신과 일할 때와는 달라요. 계속 일해야 할지 모르겠어요. 밤에 잠을 못 자고 깨어 있을 때가 많답니다."

개를 돌보려고 나갔던 버크는 첼로를 가지고 돌아왔다. 그러고는 아무 말도 없이 거실 한가운데에 앉아 눈을 감고 연주를 시작했다. 바흐의 첼로 모음곡 중 하나였다. 레이랜드가 어떤 기억을 떠올리기까지는 시간이 조금 걸렸다. 오래전에 이 곡을 패트 킬로이의 집에서 들은 적이 있었다. 식당 주인이 찾아갔던 집이 아니라 이사 간 집이었지만 그곳에도 마호가니 옷장, 그리고 '재미있는 표지판'인 켈트어와 그리스어 시집이 가득한 책장이 있었다. 패트가 끄지 않고 그대로 둔 시디플레이어에서 바흐 음악이 흘러

나왔다. "인생의 배경음악이지." 패트가 말했다. "인생 '전체'의 배경음악."

레이랜드는 버크를 차분하게 바라봤다. 앞으로 내민 턱과 가느다란 입술, 세상에 저항하는 얼굴처럼 보였다. '용감하고 아주 정직한, 공명정대한 사람.' 삼촌이 그에 대해 쓴 글이었다. 레이랜드는 그가 체포되어 판사 앞에 서 있는 모습을 상상해봤다. '그 사람은 음악을 좋아하고 첼로를 연주하는데, 그걸 듣고 있으면 다른 모든 것을 잊어버리게 된다. 시를 사랑하고 상처 입기 쉬운 외톨이인 너희 두 사람이 친구가 되면 좋겠구나.' 그와 함께 트리에스테 거리를 걷는 기분은 어떨까? 시드니와 소피아와 함께, 또는 안드레이와 패트 킬로이와 함께 건너편 그의 집에 앉아 있다면? 레이랜드는 카테리나 미찬과 나눈 이야기, 그의 새로운 미래는 예전과 다를 거라는 이야기를 떠올렸다. 창백하고 고집 세고 상처받기 쉬운 얼굴로 바흐의 음색에 특별한 호소력과 무게를 더해주는 버크는 이 미래에 포함될 터였다. 그러면 트리에스테는?

"첼로는 내가 더는 탈선하지 않게 도와줬다네." 버크가 활을 내려놓고 말했다. "나를 첼로로 인도한 분은 생물 선생님이었지. 나를 좋아하고 나에게 관심을 보인 유일한 선생님이었네. 다른 사람들은 내성적이고 가끔은 버릇없는 내 성격에 거부감을 느낀다고 직접 표현했지. 표현 방식에 다소간 차이는 있었지만 말일세. 버나드 라이드라는 분이었어. 얼굴이 환하고 싹싹한 표정을 짓는 키 큰 남자였고 다리를 약간 절뚝였는데, 내가 쳐다보면 나를 바라보다가 미소를 지었네. 용기를 주는 호의적인 미소였지. 선생님이 집에 차를 마시러 오라고 초대했을 때, 사모님이 첼로 선생님이라는 걸 알게 됐다네. 물론 그 전에도 첼로 연주자를 본 적이 있지만 멀리서 봤었지. 하지만 새러 선생님은 옆방에서 문을 살짝 열어둔 채 연주했으니 아주 달랐다네. 묵직하고 격렬한, 거의 분노하는 듯한 울림의 예술적 기교가 너무나 감동적이어서 나는 거기에만 귀를 기울였지. 라이드 선생님은 당연히 금방 알아채고 나를 새러 선생님 방으로 데려갔네. 새러 선생님은 첼로를 어떻게 세우는지 알려주고 활로 현을 켜보게 했지. 그러고 날 위해서 첼로를 한 대 빌리고 수업을 해줬네. 우리 부모님은 이런 변화에 기뻐했고, 1년 후에 나에게 첼로를 선물하셨지. 나는 뭘 어떻게 해야 할지 모를 때면 내 방에 들어가 첼로를 연주했네. 그럴 때가 무척 잦았다네. 난 탁월한 학생이 아니었고 그럴 마음도 없었지만, 학업을 따라가는 게 힘들지 않았고 성적도 괜찮았지. 그러니 성적은 문제가 아니었네. 해가 지날수록 나를 혼란스럽게 한 건 책에서 읽고 텔레비전에서 본 인간의 가혹함과 잔인함, 너무나 뚜렷한 사회적 불의였네. 빈곤과 부자들의 엄청난 재산. 거리에서, 버스와 지하철에서 주변을 둘러봤지. 다른 사람들도 분명히 알 텐데 왜 아무도 분노하지 않을까? 왜 아무도 행동하지 않나? 내가 그런 이야기를 하면 아버지는 어찌할 바 모르는 몸짓을 했네. 내 분노가 아버지에게는 섬뜩했을 테지. 엄마는 내 머리를 쓰다듬었네. 그 애정은 진짜였지만, 나는 진지하게 받아들여지지 않는다고 느꼈다네. 마르크스와 무정부주의자들의 저서를 읽어봐도 낯선 언어여서 거의 이해할 수 없었지. 대학에 다닐 때는 좌파 그룹 모임에 참석했네. 광신적인 그룹이 하나 있었는데 마음에 들지 않았지. 이런저런 종류의 마약을 많이 하고 허풍도 많이 떠는 그룹이었네. '버크, 왜 그렇게 말이 없어?' 그들이 물었지. '너희가 너무 말이 많으니까'라고 대답하고 싶었네. 난 그들과 멀어졌다네."

레이랜드는 그에게 왜 의사가 되지 않았는지 물었다. "고등학교 마지막 학년 때는 그럴 생각이었지. 그 얼마 전에 프랑스에서 국경없는의사회가 창립됐는데, 그에 관한 글을 읽고, 이념과 상관없이 고통에 대항하여 뭔가 할 수 있겠다는 열정에 타올랐네. 하지만 엄마가 백혈병에 걸려 석 달 동안 병원에 있었지. 난 병원 복도에서 모닝가운에 슬리퍼 차림인 환자들이 창백하고 피곤한 얼굴로 담배를 슬쩍 피우는 모습을 봤네. 이따금 병실 문이 열릴 때면 베개를 베고 누운 지친 환자들이 눈에 들어왔네. 거기 자네의 질문에 대한 답이 있었지. 나는 이런 세상에서 살면서 일을 할 힘이 없다는 걸 느꼈네. 엄마가 질병과의 싸움에서 패배하기 며칠 전에 나는 아버지에게 내 느낌을 이야기했지. 친밀함을 느끼는, 자주 없던 소중한 순간이었네. '그럼 약학을 해라. 나중에 내 약국을 넘겨받으면 된다.' 아버지가 말씀하셨지. 약국은 할아버지가 세웠는데, 그분은 해크니 지역을 사랑했네. 아내가 거기서 자랐기 때문이기도 하지만, 그곳이 런던에서 가난한 지역이라는 이유도 조금 있었지. 아버지는 할아버지 뒤를 잇기로 일찌감치 결정했네. 우리 가족은 집안 전통이라는 구식 견해를 유지했지. 아버지가 나중에 내가 한 행동을 이해하고 받아들이기 어려워한 데에는 이런 이유도 있었네. 아버지는 그걸 가족에 대한 배신으로 받아들인 거지. 나에게는 이런 전통 개념이 없었다네. 약학을 선택한 이유는 일단 의학 분야에 대한 관심 때문이었지만 아버지랑 할아버지와는 상관없이 이 직업이 마음에 들기 때문이기도 했네. 사람들에게 조언하고, 위태한 상황에서 믿음직하고 겸손한 파트너가 될 수 있으니까. 물론 그저 판매자일 뿐, 그 이상은 아닐 때도 많다네. 하지만 사람들이 불안과 절망을 이길 수 있게 도와줄 때도 가끔 있지. 그리고 비밀의 경계를 넘어서는 행위를 하지 않고서도 한 구역에서 많은 사람과 일반적인 경우보다 더 개인적으로 연결되네. 그렇게 나는 약사가 됐지. 후회한 적은 없네. 아버지가 심근경색을 앓게 되어 약국 운영을 넘겨받았지. 사회적 불의에 대한 분노는 내내 느꼈고, 어딘가에 초대받았는데 그 분노가 터질 때도 가끔 있었네. 초대받는 일이 드물어졌지. 하지만 사중주 팀과의 관계는 오래 지속됐네. 나는 판결을 받은 뒤에도 관계가 지속될 거라고 믿었지. 하지만 그들은 갑자기 시간이 없다고 하더군."

가기 전에 버크는 버튼을 하나만 눌러도 자기와 연결되게 레이랜드의 전화기를 손봤다. 시드니와 소피아도 이미 그렇게 한 적이 있었다. "발작이 또 일어나지 않을 수도 있어." 레이랜드가 말했다. "한두 번만 겪는 사람도 있다고 하던데. 하지만 또 일어난다면……." 버크는 고개를 끄덕이며 대답했다. "내가 언제든, 어디든 가겠네."

17

레이랜드는 그다음 며칠 동안 체사레 파베세의 일기 번역에 다시 손을 댔다. "인생은 아름답다. 삶이란 언제나, 매 순간 시작되니까." 이 문장을 쓰고 이틀 후에 펜이 손에서 미끄러졌다. 그 후 한동안 책과 문장으로 돌아가기란 불가능했다. "하지만 사이먼, 이제 번역은 전혀 중요하지 않아." 레이랜드가 전화로 병 진단을 알렸을 때 숀 크리스티가 한 말이었다. 하지만 그는 계속했고, 이제 삼촌의 책상 앞에 앉아 두꺼운 종이 무더기를 훑어보기 시작했다. 이따금 읽기를 멈추고, 지금까지 그 앞에 앉아 일하면서 올바른 말을 찾던 이런저런 책상을 떠올렸다. 벨사이즈 리트리트 호텔 접수처 뒤편의 흔들거리는 책상은 상다리에 종이상자나 맥주잔 받침을 받쳐도 별로 소용이 없었다. 땅바닥이 고르지 않아서 계속 흔들렸다. 책상 뒤쪽 모퉁이에 누군가 아주 뜨거운 걸 놓았던 모양인지, 니스에 둥근 고리 모양의 그을린 흔적이 남아 있었다. 레이랜드는 독일어 어린이책 요약본, 첫 번째 계약 도서를 번역한 그 책상을 자주 떠올렸다. 캠든 타운 집은 시끄러웠다. 부엌이 뒤쪽으로 나 있어서 조용했으므로 부엌 식탁에서 일했다. 해링턴 가든스 집에서 처음으로 서재를 갖게 됐는데, 거기에는 조각이 된 무거운 중고 책상이 있었다. 리비아는 꼭 그 책상이어야 한다고 했다. 하지만 진짜 사치는 헤링본 마루가 있는 그 공간에 가구라고는 책상밖에 없다는 점이었다. 책이 바닥에 잔뜩 쌓여 있어서 일을 하는 곳이자 삶이 있는 곳처럼 보였고, 소피아가 네 살 때 책을 들고 읽는 척할 때면—사실 얼마 후에는 책을 읽을 수 있었다— 둘은 웃음을 터뜨렸다. "내가 아는 한 당신은 아마 제일 위쪽으로 가겠지. 다락으로 말이야. 당신을 위한 맞춤 공간이야." 트리에스테에서 살 집을 찾은 리비아가 전화로 한 말이었다. 레이랜드는 그곳에서 책과 원고로 가득한, 천장까지 닿는 책장에 에워싸인 채 13년 동안 일했다. 검은 니스 칠을 한 나무 탁자는 서랍이 달린 책상이 아니라 그냥 단순한 탁자였다. 흔들리지 않게 받침을 받쳐야 했지만 전혀 상관없었다. 그 탁자를 운하 옆의 집으로 이사할 때도 가지고 갔다. 레이랜드는 삼촌이 쓰던, 식민지 통치자의 것 같은 책상을 지금 쓰다듬으면서도 그 탁자가 그리웠다. 워런은 과장된 가구를 비웃었지만 이 책상은 사랑했고, 여기서 많은 책이 태어났다.

뇌가 망가지고 있다는 오해와 싸우면서도 번역 진도는 놀라울 만큼 멀리 갔다. 그다음 문장은 이랬다. 'La ricchezza della vita è fatta di ricordi, dimenticati.' 문제는 문장 끝부분에 있는, 지연시키는 쉼표였다. 독일어 번역에서는 쉼표를 그대로 받아들여도 된다. '인생의 풍요로움은 추억들로 이루어진다, 잊힌 추억들로.' 하지만 영어로는? 'Life's richness is made of memories, forgotten.' 이렇게 해도 될까? 쉼표를 빼야 하나? 'memories forgotten'으로?

케네스 버크가 정원에서 개와 노는 모습이 보였다. 레이랜드는 그 집으로 건너가 문장을 보여줬다. 쉼표를 넣을까, 뺄까? 버크는 책을 받아 들고 상자에 걸터앉았다. 그러고 잠시 후에 대답했다. "쉼표가 중요하군. 없애면 유치하게 들리네. 짧고 건조해. 그게 끝이야. 사실 의미가 없지. 잊힌 모든 기억이 어떻게 풍요로움에 도움이 되겠나? 그렇다면 그건 전혀 모르는, 알 수 없는 풍요로움일세. 그게 어떻게 풍요로움이 되겠어? 쉼표는 모든 것을 바꾸네. 추억이 얼마나 중요한지, 인생에서 얼마나 큰 부분이 추억인지 우리는 그제야 알게 돼. 그리고 쉼표 뒤에서야 우리가 이 보물을 잊고 살 때가 얼마나 많은가 기억하지. 또한 쉼표에 내포된 망설임은 잊어버린 이 보물을 추억을 통해 다시 반복하라는 요청으로도 읽히네. 그러면 방향을 제시해주는 깊은 문장이지. 진부하고 단순한 문장을 쉼표가 위대한 문장으로 만드네." 레이랜드가 빤히 바라보자 버크가 물었다. "왜? 내가 헛소리를 하고 있나?" "아닐세, 케네스." 레이랜드가 대답했다. "반대야. 완전히 반대지. 자네가 말하는 것보다 더 옳을 수는 없네. 뭐라고 말해야 할까, 자네가 이 쉼표에 대해 함께 고민해줘서 행복하네. 내가 저 위에서 내내 뭘 하는지 자네가 이해한다는 걸 이제 알겠어." 그러고는 서재 창을 가리켰다. "그럼, 알다마다." 버크가 대답했다. "워런이 저 위에 앉아 있는 모습도 봤지. 이따금 건너와서 이런저런 문장이 어떻게 들리는지 물었다네. 난 그걸 참 좋아했지."

레이랜드는 빌리가 냄새를 맡는 상자를 가지고 와서 버크 옆에 앉았다. "오진과 더불어 살던 때, 나는 뭐가 '중요'한가라는 질문을 자주 했다네. 친구라고 여기는 사람과 이야기한 적이 있지. 안드레이 쿠츠민인데, 러시아인이고 망명 러시아 작가들의 작품을 번역하네. 그가 비참한 뉴스를 보며 책상 앞에 초조하게 앉아 있다고 말했지. '다른 사람들이 얼어 죽지 않으려면 어디서 자야 할지 모를 때, 쉼표와 세미콜론 중에 뭘 써야 하는지 진지하게 고민할 수 있을까?'라고 말일세." 버크는 담배를 한 모금 빨고 나서 말했다. "워런이 저 위에, 안락하고 따뜻한 집에 앉아서 동양의 문서를 고민하며 앉아 있는 모습을 볼 때면 가끔 내가 도와줬던 해크니 지역의 가난한 사람들을 떠올렸네. 화장실 냄새, 안 좋은 음식 냄새가 풍기는 곰팡이 가득한 원룸에서 다섯 명이 지냈지. 내가 사회적 불의에 얼마나 분노하는지 자네에게 말한 적 있지? 하지만 난 워런이 저 위에 앉아 있는 게 괜찮다고 생각했네. 워런이라는 사람의 특성과 관련이 있지만, 언어와 사고에 대한 열정과도 연관이 있었네. 나는 그런 건 거의 몰랐지. 요즘 나는 빈곤과 쉼표를 비교하는, 그런 중요함의 차등은 없다고 생각하네. 중요함은 동일하지 않아. 그 러시아인은 쉼표에 대해 얼마든지 차분하게 생각해도 되네."

이날 레이랜드는 일을 하면서 시간 감각을 잃었다. 이른 해질녘에 자기도 모르게 전등을 켰다. 나중에 레인지에서 쌀이 익을 때, 리비아에게 이 경험에 대해 쓴 편지를 부엌에서 읽었다.

카라,

세상에서 멀리 떨어진 채 번역에 열중해 모든 걸 잊었다가, 깜짝 놀라 시계를 볼 때가 있어. 시간이 언제 이렇게 됐지? 상실감이나 무언가를 놓쳤다는 느낌이 아니야. 내 안의 시간, 오로지 나만의 시간을 살아냄으로써 시간의 독재에서 벗어났다는 행복에 겨운 놀라움이고 해방감이지. 이럴 때면 자기 자신에게 머문다는 것이 시간의 극복을 뜻하며, 우리가 측정하고 이야기하는 시간이란 그것과 비교하면 오로지 망상이라는 인도의 교훈을 잠깐이나마 이해할 것 같아. 그 순간을 더 많이 경험하고 싶어서 밝은 대낮에 커튼을 모두 치고 전화선을 뽑아. 인도에서는 원래 시간이란 것은 없다고, 허상이며 자기망각의 표현에 불과하다고 말하지. 시간이란 이 망각의 가장 교활하고 음험한 형태이자, 모두가 만사를 맞춰야 하는 현실의 기본형으로 신봉하는 공식적인 형태라고 말이야. 하지만 그건 우리를 사로잡고, 우리를 우리 자신에게서 멀어지게 하는 완전한 망상일 뿐이야. 이 표면상의 현실을 향한 강제적인 시선은 우리 자신에게로 가는 길을 막고 우리를 시간의 외형이라는 감옥에 가두는 커다란 장벽이지. 우리는 눈길을 시계에 고정한 채 불안한 마음으로 땀을 흘리며 평생 이 망상과 신기루를 좇아.

내가 시간의 마력을 깨는 데 도움을 주는 것은 언제나 단어들이야. 시의 정신, 그러니까 형태와 조화로운 멜로디에 온전히 집중하여 뭔가를 말로 표현하는 거지. 부지런함이라는 시간의 망상에서 자유로워지는 길이야. 시는 시간을 늦추고 무효로 하며, 문학 단어의 시든 음색의 시든 상관없이 시간에서 우리를 해방시켜. 시는 현재를, 언제나 거기 있고 그 무엇으로도 없앨 수 없으니 어느 정도 영원한 현재를 창조해. 콘서트에서 마지막 음이 잦아들 때 사람들이 자리에서 일어나고 옷자락이 바스락거리기 시작하면 얼마나 짜증이 나는지. 내가 느끼는 짜증은 깊고 격렬해. 이 순간부터 다시 잘못된 것, 즉 시곗바늘의 신기루라는 시간이 중요해지니까. 전화가 울리고 잘못된 시간의 세계가 악기 소리를 뚫고 조롱하듯 나를 덮칠 때면 이와 비슷한 몰락도 강요받아. 방금 전까지만 해도 나는 올바른 언어에 잠긴 채 나 자신과 온전하게 함께였는데, 이제 틀린 언어가 귀에 들려오니까. 날짜와 시간을 물으며 일정을 펼쳐보라고 강요하고, 내 삶을 평가하며 계산하고, 나를 시계와 달력의 시간으로 분산시키고, 나중에 시와 시간을 초월한 현재로 돌아가는 일을 힘겹게 만드는 언어가. 내가 일어나지 않았더라면, 일어나지 않았더라면 얼마나 좋았을까!

당신에게 편지를 써서 내 생활을 이야기하면서 나는 새로운 형태의 몰입을 경험하고 있어. 추억에 깊이 잠기는 거야. 중요한 추억에는 마법 같은 힘이 있지. 바쁘고 요란한 외부세계의 장물을 차단하고 오래전 상황으로 우리를 돌아가게 해. 우리는 시끄럽게 차들이 오가는 소음 한가운데 서 있지만 불현듯 다른 곳에, 외부 인상들의 집중포화 속보다 우리 자신에게 훨씬 더 가까운 곳에 있는 거야. 얼마 전에는 코르소 거리에 서 있으면서도 이렇게 불쑥 당신과 함께 에일즈베리에서 런던으로 가는 기차를 타고 있었고, 또 잠시 후에는 데이비드 클라이번과 그의 절망적인 행동에 대해 이야기하는 에스코트 판사의 거실에 있었지. 나중에 패트의 술집에서도 이 장면들에 사로잡혀서 피자 먹는 걸 잊어버렸어.

추억되는 것의 시간이 기니까 추억하는 시간이 길 수도 있지. 또는 지나간 사건의 짧은 순간이 반복하여 다시 나에게 감동을 주고, 한 순간의 감동이 다른 순간의 감동을 부채질해서 추억하는 시간이 오래 걸리기도 해.

여기 책상 앞에 앉아 종이에 추억을 쓰다 보면 거리에서와는 다른 일이 일어나. 방해받지 않고 추억에 잠기다 보면 그 추억의 깊은 곳까지 들여다볼 수 있지. 지나간 장면에 집중하면 나는 그게 얼마나 결정적이었는지, 그리고 그게 내 삶에 어떤 기여를 했는지 느껴. 벨사이즈 리트리트 호텔 다락방 침대에 누워 소방차 사이렌 소리를 들은 기억, 해링턴 가든스 집에 살던 시기에 당신 아버지가 돌아가신 밤 크고 끈질기게 울리던 전화 소리를 들은 기억, 열일곱 살 때 런던으로 왔을 때 패딩턴 역, 마늘과 세제 냄새를 풍기던 유스호스텔에 대한 기억. 그런 기억을 조용히 더듬다 보면 이해할 수 있어. 나는 이렇게 경험했다, 그렇게 하나에서 다른 하나가 생겨났다, 지금의 나는 이렇게 만들어졌다 등등. 기억하는 시간은 이해하는 시간이야. 이렇듯 이해하려는 욕구가 있어야 앞에서 말한 깊은 몰입을 불러올 수 있어. 내 생각에는 그래.

사물은 추억 속에서 처음으로 그 모습 그대로 제대로 보인다는 말을 하고 싶어. 첫 번째 만남에서 그 일을 씻어냈던 다른 사건들의 영향을 받지 않고 고요한 가운데 그것에만 집중할 수 있으니까. 누군가를 시끄럽고 활기찬 모임에서 만난 것과 같아. 나는 그 사람에게서 깊은 인상을 받아, 앞으로도 그 사람이 내 관심을 끌 거라는 사실을 금방 알아채지. 하지만 내가 소란에 휘말리고 부딪혀서 그 얼굴은 군중 속으로 사라지고, 다른 여러 인상들이 나와 그 인식 사이를 파고들어. 나중에 조용한 귀갓길에서 그 얼굴이 다시 떠오르면 방해받지 않고 내가 원하는 대로 얼마든지 오랫동안 그 생각을 할 수 있지. 다른 인상들에서 그것만 골라내어 마치 처음인 듯 차분하게 관찰하는 거야. 기억되는 현재는 첫인상의 무게에 더하여 깨달음도 얻게 되는 신중한 현재지.

이즈음 레이랜드는 오래전 계획한 옥스퍼드 여행을 준비했다. 겉으로 보기에는 긴 여행이 아니었다. 그러나 내면으로는 먼길을 떠날 예정이었다. 그때 학교에 가는 대신 런던행 기차에 올랐을 때 자기 안에서 무슨 일이 벌어졌는지 생생하게 떠올려볼 생각이 었으니까. 4년 전에 엄마가 사고로 돌아가셨다. 몇 년이 지나도 상실감이 너무 커서 마비된 듯 돌아다녔고 학교 성적도 안 좋을 때가 많았다. 아버지는? 아버지는 그때 자신의 도주와 무슨 관계가 있었을까?

여기 이 집에서 그는 삼촌과 함께 아버지에 대해 이야기했다. 리비아와 아이들을 따라 트리에스테로 가기 전의 일이었다. 그 무렵 이해할 수 없는 기이한 외로움이 엄습했고, 편두통 때문에 해링턴 가든스 집 침대에 누워 있는 날이 많았다. 트리에스테…… 그게 옳은 선택일까? 삼촌은 문간에 서 있는 그를 보고 반가워했다. 망설이는 그에게 삼촌이 거의 욕을 하다시피 한 오후였고, 지중해의 모든 언어를 한다는 생각이 '그저' 꿈에 불과하며, 삼촌이 편지에 썼듯이 단어를 향한 열정이라는 일종의 은유나 어쩌면 꿈으로 남는 게 낫다는 걸 불현듯 이해한 오후이기도 했다. 삼촌은 요리를 했고, 부엌에서 형 이야기를 들려줬다. 레이랜드는 엄마의 이른 죽음이 아버지에게 어떤 의미였는지 처음으로 알게 됐다. 그는 남몰래 술을 마시기 시작했고 직업상 중요한 실수를 저질러 하마터면 해고될 뻔했다. "애슈턴 형은 지극히 불안한 사람이었다." 삼촌이 말했다. "교만하고 견딜 수 없을 만큼 영국적인 태도가 그걸 숨기는 데 한몫했지. 아버지는 그를 탐탁지 않게 생각했고, 아들에게도 그걸 느끼게 했단다. 아버지는 나도 별로라고 여겼지만, 난 그 사실을 애슈턴 형에 비해 그다지 힘들어하지 않았다. 우리 셋 중에 가치를 인정받은 사람은 스튜어트 스코트 형뿐이었지. 그래서 애슈턴 형은 그를 아주 싫어했어. 스튜어트 형 때문에 세상 모든 의사를 싫어할 정도였지." 그런 다음 삼촌은 아들이 옥스퍼드와 학교에서 도망친 일 때문에 아버지가 얼마나 충격을 받았는지 이야기했다. 부정당한 느낌을 그가 얼마나 심하게 느꼈는지, 그게 그 자신의 방식과 기대와도 관련이 있다는 사실을 얼마나 몰랐는지.

"형은 결코 자신을 객관적으로 보지 못한다." 워런이 말했다. "하기야 누가 그럴 수 있겠니. 하지만 형은 정말 전혀 하지 못해."

레이랜드는 당시 옥스퍼드로 가서 밤에 아버지 집에 머물렀다. 아버지가 엄마를 그리워했다는 말을 그때 처음으로 들었다. 아니, 아버지가 자신의 감정에 대해 말을 한 건 그때가 처음이었고, 그 후 하루 저녁 동안 둘 사이는 예전과 완전히 달랐다. 트리에스테? 출판사? 그는 리비아의 사진을 오랫동안 들여다봤다. 레이랜드는 프란체스카 마르케세가 트리에스테에 대해 쓴 책을 가지고 갔다. 아버지는 책을 펼쳐서 누가 번역했는지 확인하고 말했다. "네가 오히려 자랑스럽다." 그는 아들이 모퉁이를 돌아설 때까지 문간에서 있었다. 그것도 예전에는 하지 않던 행동이었다.

13년 후에 리비아가 사망하고 출판사를 넘겨받아야 할지 고민할 때 레이랜드는 다시 아버지를 만나러 옥스퍼드로 가면서, 자신의 이런 행동이 스스로 생각하기에도 약간 의아했다. 이 만남은 많은 것을 바꿨고, 트리에스테에 돌아와서 그 이야기를 하려고 펜을 들었다.

카라,

아버지를 만나러 옥스퍼드로 갔어. 이제 일흔다섯 살인 아버지는 마르고 조용하며 머리카락이 많이 빠졌어. 기고만장하거나 오만한 인상은 전부 사라졌고, 실망하고 피곤한 눈길뿐이야. 당신이 떠났을 때 아버지는 어색한 위로의 글을 몇 줄 써 보냈지. 만났을 때는 트리에스테까지 올 엄두를 내지 못했다고 말했고, 나중에는 방해하고 싶지 않았다고 했어. 그 말에 구역질이 났어. 아버지에게 출판사 이야기와 내가 내려야 할 결정에 대해 말했지. 아버지 눈빛이 좀 달라졌는데, 긍지처럼 보였어. "네가 출판사를 운영한다고……. 누가 생각이나 했겠니." 난 열일곱 살에 옥스퍼드에서 내 마음이 어땠는지 설명하기 시작했어. 워런 삼촌의 말을 떠올리며, 아버지를 또 기분 나쁘게 할 수도 있는 모든 것을 피했지. 혼란한 마음과 시험에 대한 공포, 불빛이 가득한 대도시의 삶을 향한 굶주림, 단어를 위한 열정, 다른 모든 것에는 관심이 없고 모든 것을 그저 시간 낭비로 만드는 그 감정에 대해 말했어. 아버지는 내 말에 푹 빠져서 귀를 기울였지. 내가 그냥 아버지 때문에, 그리고 아버지가 중요하게 여기던 것들 때문에 도망친 게 아님을 알게 되어 안심하는 눈치였어.

아버지는 내가 상상도 못 한 제안을 하셨지. 그 유명한 대학에 함께 들러, 당당한 담장을 마주하고서 그 대학에 입학하고 인정받는다는 사실이 전혀 중요하지 않다는 걸 확인하자는 제안이었어. 그 길은 잊지 못할 산책이 됐지. 아버지는 공직을 시작하기 전에 세인트 존스 대학교에서 법학을 공부했어. 우리는 대학에 들러 정원을 지났어. 잔디밭에 '선임 직원이 동반하지 않는 한 잔디를 밟지 마십시오'라고 쓰인 안내판이 있었어. 갑자기 아버지가 폭발했지. 바로 그 문장이 아버지를 화나게 했어. 아버지는 쿵쿵거리며 잔디를 밟았어. 그것만으로는 충분하지 않다는 듯이 한쪽 모퉁이가 완전히 헤집어질 때까지 신발 끝으로 잔디를 파헤치고 또 파헤쳤지. 그 부분은 완벽하게 손질된 초록 풀밭에서 암갈색을 드러내어 보기 싫게 되었어. 아버지는 숨을 헐떡이며 내 옆에 서서 말했어.

"이래야 한다."

그때 이후로 우리 사이는 달라졌고, 나는 사흘 동안 거기 머물렀어. 커다란 지구본 옆, 기이하게 텅 비고 외로워 보이는 책상에 엄마 사진이 놓여 있었지. 예전에는 없던 사진이야. 리디아 아그네스 사르토리우스. 아버지는 그 이름의 멜로디를 사랑해서 매번 이렇게 풀 네임을 불렀어. 나는 우리가 당신을 발견한 이야기를 했어. 아버지는 그저 고개만 끄덕이며 눈을 감았어. 마음속으로 다시 엄마의 장례식에 가신 거지. 얼굴이 늙어 보였는데, 난 지금 주름을 말하는 게 아니야. 워런 삼촌이 말했던, 엄마가 돌아가신 후에 벌어진 아버지의 탈선을 생각했어. 아버지는 유서에 메난느 소메르펠이 집을 상속하게 조치를 취했다고, 나더러 괜찮은지 물었어. 유감스럽게도 메난느가 남지 않았다고, 그러고 잠시 후에 자기 곁에 남지 않았다고 덧붙이셨지.

마지막 날 저녁에 아버지는 나에게 어느 정도 결정했는지 물었어. 난 안개 속에서 배를 탄 것 같다고, 이런저런 물결에 밀려 흔들리는 느낌이라고 대답했지. 조언을 해주시겠어요? 내가 아버지에게 조언을 청한 건 그때가 처음이었어. 조언을 해주는 아버지가 아니었지. 아버지는 천식을 앓아서 담배를 피우면 안 되는데, 이제 피우고 싶다고 했어. 기침을 하면서도 내 담뱃갑이 빌 때까지 피우고 말씀하셨지. "출판사를 파는 건 왠지 모르게 누군가에게 신의를 지키지 않는 것 같다. 신의……가 어쩌면 이상한 단어일 수 있다는 건 나도 안다. 페르토트 노인과 그의 아내는 이제 없고, 리비아도 출판사가 팔리는 걸 겪을 필요가 없으니까. 상처를 받을 만한 사람은 없어. 그런데도 그런 느낌이 드는구나. 무슨 뜻인지 알겠니?" 나는 고개를 끄덕였어. "하지만 넌 번역을 하고 싶겠지? 그걸 제일 좋아하지 않니? 사실 '그것만' 하고 싶지?" 난 이번에도 고개를 끄덕였어. "두 개를 병행하는 건?" 우리는 위스키를 마시며 가상의 시간 계획을 짰어. 낮과 밤 시간, 출판사 일과 번역 일, 수면과 편두통, 그리고 아이들은 어떻게 할지에 대해. 다음 날 아침, 나는 머리가 깨질 듯이 아팠고 아버지는 기침을 했어. "어르신."아버지와 악수하면서 내가 말했어. 아버지는 미소를 지었지. 풍성하게 꽉 찬 며칠을 보낸 후에 아버지는 이 말에 내포된 모든 걸 이해했던 거야. "행운을 빈다, 아들." 아버지가 대답하고 내 팔을 만졌어.

이런 만남을 가능하게 하는 데 왜 당신의 죽음으로 인한 충격이 필요했던 걸까? 우리가 얼마나 많은 시간을 잃어버렸는지. 편두통 약의 약효가 나타나기를 기다렸어. 기차 유리창으로 굴뚝이 두 개인 벽돌집들을 내다봤어. 집에 있는 느낌, 나 자신에게 있는 느낌이었어. 워런 삼촌의 집과 그 집 창밖으로 보이는 풍경을 생각했지. 그곳에서 나이 들어가는 것을. 그럼 아이들은?

그러고 2년이 채 되지 않았을 때 레이랜드의 아버지가 한밤중에 그에게 전화했다. 암이라고, 할 수 있는 게 아무것도 없다고 말했다. 다음 날 레이랜드는 아버지에게 전화를 걸어 트리에스테로 초대했다. 워런 삼촌이 형을 히스로 공항에 태워다줬고 레이랜드가 그를 뮌헨에서 마중하여 함께 트리에스테로 날아갔다. 레이랜드는 이 만남도 종이에 남겼다.

카라,

"병원 안 간다!" 뮌헨에서 아버지가 비행기를 내리자마자 꺼낸 첫마디였어. 지팡이로 바닥을 두드렸는데, 마치 발을 구르는 것 같았지. 난 아버지의 이 저항과 결심이 마음에 들었어. 우리 만남의 좋은 출발이었지. 내가 옥스퍼드에 가서 만난 지 2년이 채 지나지 않았는데, 아버지는 그때 이후로 나이가 아주 많이 들고 부서질 듯 약해 보였어. 남쪽 여행을 준비하느라 품이 넉넉한 밝은색 양복에 밀짚모자를 쓰고 있었지. 아버지가 비행기를 탄 건 오랜만이었어. 트리에스테로 향하는 작은 비행기가 이륙할 때는 손잡이를 잡은, 짙은 정맥이 드러난 손이 떨렸어.

대장암인데 몇 달밖에 남지 않았다고 했어. 의사는 당장 입원시키려고 했지만 아버지는 그에게서 남은 생에 약품과 왕진으로 함께하겠다는 동의를 얻어냈다고 해. 메난느 소메르펠이 브라이턴에서 자주 올 거고. 의사인 큰아버지와는 아주 심하게 다툰 모양이야. 비행기가 트리에스테에 착륙하려고 할 때 아버지가 불쑥 말씀하셨어. "모르핀을 많이 달라고 해서 충분한 양이 될 때까지 모을 거다. 스튜어트 형이 뭐라고 하든 말든." 나는 손을 아버지 손에 얹었어. 그즈음 우리가 스킨십을 많이 한 건 아니지만, 어쨌든 평생 했던 것보다는 더 자주 했지.

뭐라고 해야 할까. 그 무렵 우리 둘은 흥분한 상태로 나날을 보냈어. 질병과 얼마 남지 않은 시간에 대해서 말하는 일은 드물었고, 하더라도 꽉 막힌 영국인 두 명이 절제된 표현을 사용한 거지. 내기하듯 서로 더 많이 절제하다가 웃음을 터뜨린 적도 있어. 그때 말고 함께 웃은 적은 딱 한 번 더 있는데, 아버지가 신발로 옥스퍼드 잔디밭을 망가뜨린 일을 떠올렸을 때야. 거실에서 자던 나는 자주 깨어 아버지를 살피러 침실로 갔어. 아버지는 마르고 창백한 모습으로 누워 계셨지. 죽음이 머지않았다는 걸 알 수 있었어. 난 소파에 앉아서 아버지의 얕은 숨소리에 귀를 기울였어. 우리 사이가 어땠는지 이해하려고 애썼지만 잘할 수 없었어. 아버지 집에서 도망친 후로 35년이 흘렀어. 아버지는 이방인인 동시에 이방인이 아니었지.

출판사에서 아버지는 여러 번 멈춰 서서 눈길로 이곳저곳을 훑었어. "이게 다 네 소유라니." 아버지가 말했어. 내 이름을 출입문 옆에 써 넣을 생각을 해본 적이 있던가? 아버지는 뻣뻣한 영국식 정중함으로 베라 산틴과 마리아 프시루키스를 대했어. 그러고는 필요 이상으로 오래 서 있었지. 난 아버지가 두 여성과 내가 어떤 관계인지 궁금해한다는 걸 알아챘어. 그 순간에는 내가 아버지를 아주 잘 안다는 생각이 들더군. 내 사무실에서 아버지는 불쑥 책상에 앉더니, 소유주라도 된 듯한 시선으로 사방을 둘러보셨어. 전혀 병자처럼 보이지 않았고, 여전히 모든 것을 감독하는 사장 같았지. 그때 아버지 사진을 찍었더라면 좋았을 텐데. 하지만 눈을 감으면 지금도 그 모습이 떠올라. 아버지의 방문에서 나에게 남은 가장 중요한 장면이야.

중요한 장면이 또 하나 있어. 모자를 목덜미로 밀어내리고 선글라스를 코에 걸친 채 배에 앉아 있던 모습이지. "내가 그다지 좋은 아버지가 아니었던 것 같아서 두렵다." 아버지가 갑자기 말했어. "너는 좋은 아버지냐?" 직선적이고 강력한 그 질문은 나를 당황하게 만들었어. 난 모르겠다고, 정말 전혀 모르겠다고 대답했지. 그때는 그게 솔직한 대답이었고, 지금도 여전히 옳아. 잠시 후에 나도 아이들에게 잘못한 게 많을 거라고 대답했어. 아버지와 나는……. 흐음, 나도 쉬운 아들은 아니었다고 했어. 그러고 엄마가 돌아가셨고……. 아버지는 고개를 끄덕였지.

아버지가 내 책상에 놓인 당신 사진을 자세히 보았어. 검은 재킷 차림에 손에 담배를 들고 시선을 옆으로 돌린 사진. "나도 네 아내를 만났더라면 좋았을걸. 리비아라고 했지? 아내와 행복했니?"

아버지는 한 번도 못 본 아이들을 만나고 싶어했어. 아이들이 본 아버지의 유일한 사진은 당신이 자주 놀렸던 옛날 사진이었지. 근무하는 관청 출입문 앞에 조끼와 나비넥타이와 중

산모 차림으로 서 있는 키 큰 노신사. 어색하게 선 채 화난 듯 하면서도 약간 거만하게 카메라를 노려보는 사진. 그 모습에서 지금까지 남은 건 별로 없어. 아버지는 좁은 보폭으로 천천히 뻣뻣하게 걸었고, 식사 때는 나이프와 포크가 떨렸어. 하지만 이야기를 할 때면 늙고 허약한 사람이 아니었지. 침몰하는 세상의 환상적인 영국식 영어로 말했고, 언어적인 습관은 아이들이 나에게서 기대하는 모든 것을 능가하는 수준이었지. 시드니와 소피아가 그걸 즐기는 걸 보고 나는 거의 질투를 느낄 지경이었어. 그게 아버지를 받아들이는 아이들의 방식이었지. 자기들이 할아버지의 언어를 좋아한다는 걸 할아버지로 하여금 느끼게 한 거야. 아버지는 손주들을 어떻게 대해야 하는지 몰랐고, 또 이따금 둘이 내 아이들이라는 사실을 잊어버린 것처럼 보이기도 했어. 그냥 아버지가 기꺼이 이야기를 나누고 싶지만 많이 나누고 싶지는 않은 젊은이들, 그뿐이었지. "아무튼 만나서 반가웠어." 헤어질 때 아버지가 아이들과 악수를 하며 말했어. "신의 가호를 빈다."

마지막 날 저녁에 우린 패트 킬로이에게 가서 바깥에서 식사했어. 패트는 내가 노신사를 소개하기도 전에 누군지 알아챘지. 패트가 완벽하게 영국식으로 행동해서 웃음이 터질 지경이었어. 그러다가 갑자기 아일랜드 억양으로 말했는데, 노인을 살짝 시험하려는 것 같았지. 어떤 식으로 하는지는 알 수 없었지만. 그러자 노인이 아일랜드 억양을 넘겨받더니 아일랜드 관용구를 아주 많이 사용하며 말을 잇는 통에 우린 말문이 막혔어. 아버지는 오랫동안 어떤 아일랜드 사람과 함께 일했다고, 사회에서 일하며 얻은 유일한 우정이라고 말했어. 그 아일랜드 남자는 자기 나라를 보여줬대. 난 아버지의 삶에서 마지막 몇십 년은 거의 아무것도 알지 못한다는 막막한 사실을 깨닫고 놀랐어. 그사이에 패트는 서빙을 하면서도 내 놀라움을 알아챘지. 우리가 나왔을 때 그는 문간에 서서 담배를 피우며 우리 뒷모습을 오랫동안 바라봤어.

아버지와 나는 집에 와서 어두컴컴한 거실에 앉았어. "나는 죽어가고 있다." 아버지가 말했지. 내가 거기에 무슨 말을 할 수 있었을까?

뮌헨행 비행기에서 아버지는 불안해하셨어. 비행 공포는 아니었어. 아버지가 런던행 비행기에 오르기 전에 우린 굳게 포옹했지. "어르신." 나는 아버지가 예전 옥스퍼드에서의 작별을 기억하길 바라며 말했어. 아버지는 기억했지. "행운을 빈다, 아들." 나는 공항을 정처 없이 쏘다니며 나도 같이 비행기를 탔어야 하는 게 아닐까 생각했어. 그러다가 하마터면 트리에스테행 비행기를 놓칠 뻔했어.

레이랜드는 서류철에서 아버지에 대해서 쓴 편지를 한 통 더 찾아냈다.

카라,

아버지 장례를 치렀어. "모르핀을 충분히 모았다." 마지막 통화에서 아버지가 한 말이야. 한 번 더 만나고 싶으시냐고 물었더니 안 그러는 게 좋겠다고, 지금 몰골이 별로라고 했지.

그런 순간에는 전화로 무슨 말을 해야 할까?

관이 땅속으로 내려갈 때, 온갖 노력에도 불구하고 모든 게 허사라는 허망함이 나를 엄습했어. 런던으로 오다가 굴뚝이 두 개씩인 집들을 지나면서 이 허망함, 'futility'—이 영어 단어는 내가 아는 다른 모든 언어보다 더 파괴적으로 느껴졌어—의 반대는 뭘까 생각했지. 대답을 찾지 못했어. 삶이 허망하지 '않은' 때는 언제일까? 나는 차를 타고 오면서 또 다른 의문에 휩싸였어. 왜 당신처럼 생의 한가운데에서 갑자기 뜯겨버린 경우가 아니라, 나이 들어서 끝난 아버지의 삶에서 이런 허망함을 느낀 걸까. 반대여야 하지 않나? 오래 곰곰이 생각해도 느낌상의 차이는 그대로였지. 묘지에서 멀찍하게 떨어져 있던 워런 숀 삼촌이 자기 작은 형에 대해 한 말을 떠올려봤어. 지극히 불안한 사람이었고, 아버지에게서 인정받지 못했으며, 아내가 사망한 뒤에는 알코올 문제가 있었고, 오만해 보이는 태도는 변장이었으며, 편애받는 스튜어트 스코트 형을 증오했어. 큰아버지도 애나와 빅터와 함께 장례식에 참석했어. 그들도 나이 든 걸 보고 얼마나 놀랐던지! 우린 예전처럼 러시아어와 폴란드어로 대화를 나눴지만, 그것 말고는 서로 이방인이었어. 80세를 훌쩍 넘긴 큰아버지는 지팡이를 짚고 있었어. 큰아버지는 우리 아버지가 왜 그다지도 격렬하게 자기를 거부했는지 알고 있었을까?

난 메난느 소메르펠과 함께, 이제 그녀의 집이 된 아버지 집에 한참이나 앉아 있었어. 아버지가 트리에스테로 왔던 일, 비행기에서 내려 지팡이로 바닥을 두드리던 일, 모든 게 아버지의 소유라는 듯한 태도로 내 사무실 책상에 앉은 일 등을 이야기했지. 메난느는 그렇다고, 아버지는 언제나 모든 걸 통제하고 싶어했다고 말했어. 마지막까지도. 자신의 마지막 날로 정한 그날, 아버지는 간병인에게 일찍 가고 다음 날 아침에 다시 오라고 했어. 점심 무렵 메난느가 왔을 때 아버지는 넥타이와 조끼, 쇠줄이 달린 회중시계에 이르기까지 완벽하게 갖춰 입은 상태였지. 메난느에게 앉으라고 했어. 메난느는 이제 무슨 일이 일어날지 알았어. 아버지의 계획은 이미 오래전부터 알고 있었으니까. "이제 때가 됐어요." 아버지가 말했지. "모든 걸 잘 돌보길." 그러면서 아버지는 집 전체를 아우르는 동작을 해보였어. 그러고는 브라이턴으로 가서 자기에게 전화를 하라고, 그리고 그날 남은 시간에 그녀가 그곳에 있었다는 걸 증언해줄 사람도 찾아두라고 부탁했지. "아무도 잘못된 생각을 하지 않게 말입니다." 메난느는 브라이턴으로 돌아오면서, 힘겹게 몸을 똑바로 세우고 문간에 서 있던 아버지를 계속 떠올렸어. 아버지가 마지막으로 문을 닫던 모습을 생각했지. 아버지는 모르핀을 손에 쥐기 전에, 마지막 시간에 뭘 했을까.

역으로 오면서 아버지가 신발로 잔디밭을 후볐던 대학을 지났어. 내가 그다지 좋은 아버지가 아니었던 것 같아서 두려워. 당신은 어때? 우리는 아이들에게 불가피하게 깊은 흔적을 남기고, 아이들은 그걸 찾아내고 해석하느라 평생을 보내기도 하지. 내가 알지도 못하는 사이에 시드니와 소피아에게 남긴 흔적은 뭘까? 당신과 내가 이런 일들에 대해 더 많은 이야기를 나눴더라면 좋았을걸. 이 글을 쓰면서 당신과 함께 이야기하고 싶다는 엄청난 그리움을 느껴. 우리가 아이들에게 남긴 흔적에 대해서만이 아니라, 부모라는 게 뭔지에 대해서만이 아니라 모든 것에 대해서. 당신이 없는 지금, 내가 꿈꾸는 것처럼 우리가 생각과 감정에서 가까워지기에는 함께한 20년이 너무 짧고 부족했던 것 같아.

18

기차가 옥스퍼드 역으로 들어섰을 때, 레이랜드는 이 여행이 실수라는 걸 깨달았다. 승강장을 따라 천천히 걸으며, 다음 기차로 다시 돌아갈까 생각했다. 그러나 하이드 다리를 지나 월튼 스트리트에서 예리코 방향으로 계속 걸어갔다. 옥스퍼드 대학교 출판부 앞에서 멈춰 섰다. 그의 엄마는 학업을 마친 후 모들린 칼리지 강사가 되기 전에 잠깐 이곳에서 일했다. 사고를 당하기 얼마 전에 독일 낭만주의에 관한 엄마의 책이 이곳에서 출간됐다. 엄마와 아버지는 그가 보기에 오페라에 가는 것처럼 옷을 차려입고 책을 소개하는 출판기념회에 갔다. 돌아왔을 때는 가라앉은 분위기였고, 그는 두 분이 실망했다는 걸 느꼈다. 그러나 무슨 일이 있었는지는 그 후에도 알아내지 못했다. 기대보다 서평이 적었고, 그것조차 미지근했다. 엄마는 '진지한 작품'이라는 평을 소리 내어 읽으며 씁쓸한 표정을 지었다. 기쁨과 긍지로 발음했던 '옥스퍼드 대학교 출판부'라는 단어는 이제 집에서 자주 들리지 않았다. 그는 그 상황이 별로 논리적이지 않다고 생각했다. 출판사가 서평에 대해 뭘 어쩔 수 있을까. 지금 기억하기에 당시 열세 살이었던 그는 이미 그런 세상에 소속되기를 원하지 않았다. 그런 세상을 좋아하지 않았거나 자기가 그런 세상에서 능력을 보이지 못할 거라고 느꼈기 때문일 것이다. 아니면 두 개가 같은 뜻일까?

그는 계속 걸어, 예전 등굣길대로 킹스턴 코트를 지나 킹스턴과 렉포드 로드로 접어들었다. 역사 깊고 유명한 김나지움인 존 던 그래머스쿨이 머릿속에 떠올랐다. 외할아버지 클레멘스 그레고어 사르토리우스가 크라이스트 처치 칼리지에 고전문헌학 교수직을 얻어, 독일에서의 어두운 시간에서 도망친다는 사실에 기뻐하며 온 가족이 함부르크에서 런던으로 이사를 온 후 그의 엄마도 다녔던 학교였다. 자그마한 시계탑이 솟은 길쭉한 4층짜리 검붉은 벽돌 건물이었는데, 입구에 서 있는 두 개의 밝은 대리석 기둥이 건물과 도무지 어울리지 않기 때문에 누구나 그 건물을 알았다. 계단은 자주 밟아서 닳았고 복도는 엄숙하고 어두침침했으며, 교실 문은 어두운색 목재였다. 위쪽 본계단 옆에는 얼굴이 가냘프고 두 눈 사이의 거리가 넓은 존 던의 흉상이 있었다. 레이랜드는 복도를 걸으며 예전에 풍기던 냄새, 그러나 적당한 단어를 찾아내지 못했던 그 냄새를 맡아보고, 계단을 다시 내려와 교문을 지나야겠다고 마음먹었다.

그는 우드스톡 로드를 잠깐 걷다가 캔터베리 로드로 접어들자마자 바로 깨달았다. 학교는 이제 존재하지 않았다. 그 자리에 유리와 강철 재질의 대형 사무실 건물이 들어서 있었고 유리창 뒤편에는 환한 모니터를 갖춘 책상들이 가득했다. 가까이에 벤치가 있어서 레이랜드는 그곳에 앉았다. 그가 마지막으로 교문을 지나고

44년이 흘렀다. 거의 반세기였다. 그러니 학교 하나가 없어졌다고 해도 그다지 놀랄 일은 아니었다. 하지만 이 학교, 존 던 김나지움이 사라지다니. 그는 원망을 품을 거라고, 배려 없는 일의 진행을 원망할 거라고 예상했다. 매달릴 수 있는 익숙한 것들이 사라지면 그런 감정을 느낄 때가 많았다. 리비아와 아이들은 그가 분노하면 웃음을 터뜨렸다. 그는 함께 웃을 때도, 그러지 못할 때도 있었다. 이제 그는 놀라운 경험을 했다. 엄숙하고 어두컴컴한 복도를 지나가지 않아도 되어 안도한 것이다.

한 무리 사람들이 사무실 건물에서 나오더니 손에 커피 잔과 담배를 든 채 느긋하게 서 있었다. 학창시절과 도망……. 그 시간은 '지나갔다'. 그는 그때 자기를 달아나게 한 것이 뭔지 이해하려고 여기로 왔다. 그러나 이해한다는 게 과연 뭔지 불현듯 더는 알 수 없었다. 그는 케네스 버크의 이야기를 떠올렸다. 새러 선생님과 첼로, 불의를 목격했을 때의 분노, 마르크스와 무정부주의자들의 저서를 읽으려던 버크의 시도. 레이랜드 자신의 이야기는 뭘까? 김나지움에 입학하고 얼마 지나지 않아 그는 존 던의 시를 읽기 시작했다. 그중 많은 것은 지금도 외울 수 있어서 차를 마시는 자리에서 시인의 우아한 고전 영어를 말하여 주변 사람들을 놀라게 했다. 여기에 다른 영국 시인들, 그의 엄마가 강의하고 책을 쓰는 독일과 프랑스 시인들도 더해졌다. 레이랜드는 다양한 언어로 시와 역사를 읽기 시작했다. 같은 내용을 말하는데도 뭔가 완전히 달랐다. 어떻게 이럴 수 있을까? 엄마와 이에 대해 이야기를 나누기 시작했고, 이따금 둘이 함께 번역을 해보기도 했다. 그를 이렇게 사로잡은 일은 일찍이 없어서 레이랜드는 점점 더 많이 하고 싶었다. 그러다가 자전거에서 넘어진 엄마가 다시는 깨어나지 못했다. 그는 4년 후에 도망쳤다.

4월 어느 수요일이었다. 아버지는 월요일에 섬의 북쪽으로 출장을 떠났고 메난느 소메르펠은 며칠 동안 브라이턴에 갔다. 레이랜드는 이미 그해 초부터 교실 창밖 정원을 내다보며, 언젠가 아침에 역에 가서 런던행 기차를 타면 어떨까 상상하곤 했다. 이따금 심장을 두근거리며 월튼 스트리트 구석에 서 있기도 했다. 학교가 있는 북쪽이 아니라 역이 있는 남쪽으로 가려면 왼쪽이 아니라 오른쪽으로 가야 했다. 월요일 오후에 학교가 빌 때까지 기다렸다가 혼자 존 던의 흉상을 지나 본계단을 내려갔고, 운동장을 가로질러 교문을 지났다. 정확한 기억은 거기까지였다. 그 후에는 모든 게 흐릿했다. 다락에서 모서리에 붉은색을 덧댄 밝은색 여행가방을 꺼내 짐을 꾸리기 시작했다. 교복은 옷장에 걸고 제일 구석으로 밀었는데, 그때의 움직임을 지금까지도 생생하게 기억했다. 다른 모든 제복과 마찬가지로 교복도 늘 싫어하고 경멸했으니까. 그러다가 저녁 언제쯤에 평정심을 잃고 짐을 모두 다시 풀었다. 식사하는 걸 잊어버리고 잠들었다가 배가 고파서 깼다. 화요일 중에 기억나는 거라고는 아버지와 메난느에게 편지를 쓰려고 했지만 쓸 말이 떠오르지 않았다는 사실뿐이었다. 그러다가 겨우 몇 문장을 썼는데 기억나지 않았다. 자기가 계획한 일의 위대함에 비교할 때 보잘것없고 빈약한 문장들이었다는 느낌만 남았다. 지금 생각하니 묵음 언어mute words였다. 저녁에 다시 짐을 쌌다. 런던행 기차가 아직 다닐 터였다. 그러다가 또 용기를 잃었다. 라디오에서 뉴스를 들었지만 금방 잊어버렸다. 진퇴양난이었다. 밤이 어떻게 지나갔는지 기억나지 않았다. 구름이 가득한 아침이었고 기차에는 승객들이 붐볐다. 모자를 쓰고 서류철과 신문을 든 남자들은 그에게 현실 세계에 도착했다는 느낌을 주었다. 런던 교외가 시야에 들어오자 불안이 사라졌다. 돈을 더듬어 만져보고, 유스호스텔로 가는 길에 혼잣말을 했다. 이제 때가 됐다!

레이랜드는 월튼 스트리트로 되돌아가, 원래 부모님 소유였다가 지금은 메난느가 남편과 사는 집이 있는 크래넘 스트리트로 접어들었다. 레이랜드가 미리 연락해뒀으므로 메난느는 그가 도착했을 때 창가에 서 있었다. 메난느는 헤어스타일이 달라졌고 안경도 쓰고 있었다. 집 안으로 들어서자 메난느의 남편인 제임스 바넷이 악수를 청했다. 레이랜드는 집이 완전히 달라졌다는 걸 한눈에 알아봤다. 가구와 양탄자, 커튼이 모두 달랐고 벽 색깔도 달랐다. "거의 1년 동안 어떻게 해야 할지 몰랐어." 차를 마시면서 메난느가 설명했다. "우린 가끔 브라이턴에서 여기로 와서, 네 아버지가 남겨둔 모습 그대로인 공간에 앉아 있었지. 내 방은 예전과 똑같았어. 네 아버지는 어쩌면 내가 돌아올지도 모른다는 말없는 희망을 품었던 것 같아. 우린 그의 물건 중에 어떤 걸 그대로 두고, 어떤 걸 우리 가구와 함께 쓸 수 있을까 고민했지. 다 치우고 남에게 주는 건 너무 무분별하고 잔인한 행동 같았어. 제임스와 나는 당시에 망자에 대한 존중이란 뭘까 자주 이야기를 나누었어. 난 이곳 여행사에서 일자리를 얻었고, 제임스는 프리랜서 사진작가였으니 어차피 자기가 원하는 곳에서 살 수 있었지. 그래서 우리는 이 집을 완전히 우리 것으로 만들기로 하고, 네 아버지 물건들을 팔았어. 모두 좋은 사람들에게 갈 수 있게 신경을 썼지. 하지만 그의 짐이 실려 나가는 걸 보기가 힘들더라. 책과 지구본은 그대로 뒀어. 그리고 네 엄마 여행 가방 몇 개도 다락에 있어." "놀랍고 설명하기 어려운 일이지요." 잠시 후에 제임스가 덧붙였다. "하지만 우리 결정은 시간의 흐름과도 관계가 있었답니다. '시간의 순수한 흐름.'"

둘은 그에게 집 이곳저곳을 보여줬다. 예전 그대로인 쪽매널마루는 그때와 똑같은 자리가 삐거덕거렸다. 제임스는 바깥 정원으로 이어지는 방을 포토 스튜디오로 꾸몄다. 레이랜드의 엄마가 강의를 준비하고 책을 집필하던 방이었다. 레이랜드는 문지방에서 발길을 돌려 거실로 돌아갔다.

두 사람은 존 던 김나지움에서 몇 년 전 방학 때 가스난로가 폭발했다고, 불길이 전선을 태워 건물 전체가 무너졌다고 알려줬다. 학교 재건 여부를 두고 토론이 벌어졌는데 비용이 너무 비싸서 시의회가 반대했다고 전했다. 둘은 그에게 학교가 없어진 걸 보고 뭘 느꼈는지 물었다. "모든 게 '지나갔다'는 것." 그가 대답했다. "마치 학교가 사라졌다는 사실이 시간에 엄청난 영향을 준 것처럼 말이죠."

레이랜드는 원래 오진과 출판사 매도, 새로운 미래에 대한 느낌을 말하려고 했다. 그러나 불현듯 그럴 수 없었다. 메난느는 그가 벨사이즈 리트리트 호텔에서 독일 어린이책 요약본을 번역할 때 밤에 걸었던 전화를 기억해냈다. "넌 그때 너무 흥분한 상태였어. 네가 날아가는 소리가 들리더라." 레이랜드는 그때 자기가 런던으로 간 걸 이해했는지, 혹시 그래서 상처받았는지 물어보려고 했다. 그것도 이제 불현듯 물을 수 없었다. 메난느 소메르펠과 제임스 바넷은 갑자기 낯선 집에 사는 두 이방인으로 변했다.

결혼 전에 아버지를 찾아왔을 때 리비아와 함께 앉아 있던 찻집도 이제 더는 없었다. 아니면 찾지 못하는 걸까? 하이 스트리트를 지나, 고전문헌학자였던 외할아버지 클레멘스 그레고어 사르토리우스와 바이올리니스트였던 외할머니 율리에테 라투르가 살던 도시 남동쪽 지역으로 갔다. 집은 그대로였다. 간판으로 보아 지금 이곳에는 변호사가 살고 있었다. 그는 외갓집에 자주 올 일이 없었다. 두 분은 아이들을 어떻게 대해야 할지 잘 몰랐다. 생일 파티에서 율리에테 라투르가 연주를 할 때도 있었다. 둘은 사위를 존중하긴 하지만 계속 이방인처럼 대했다. 이따금 레이랜드는 두 분이 반짝이는 자기 딸에게 사위가 과연 충분히 어울리는지 말없이 질문한다는 느낌을 받았다. 리디아의 장례식 때 둘은 내내 꼼짝도 하지 않고 나란히 서 있었다. 레이랜드는 지금 벌어진 일을 두 분이 이해하지 못한다고 생각했다. 2, 3년 후에 열다섯 살인가 열여섯 살일 때 레이랜드는 즉흥적으로 외갓집에 들러, 그사이에 일흔 살이 넘은 사르토리우스를 만났다. 그는 집에 혼자 있었는데, 그때 처음으로 레이랜드를 어른으로 취급했고 셰리주까지 권했다. 둘은 학자의 서재 책장 앞에 앉았다. 레이랜드는 얼마 전부터 라틴어와 그리스어를 배웠는데 언제나 최소한 10과 정도는 학교 진도를 앞서 있었고, 절대탈격을 사랑하고 그리스어 부정과거의 독특한 형태에 푹 빠져 있었다. 노인은 놀랐다. 둘은 한동안 경쟁하듯 독특한 동사 형태를 말했다. 노인은 이 지역에서 고대 그리스어를 발음하는 방식을 조롱했다. 레이랜드는 새로 산 현대 그리스어 문법책과 발음에 대해 이야기했다. 그가 생각하기에는 자연스러운 과정이었지만 노인은 갑자기 대화를 멈추었다. 레이랜드는 집으로 돌아오는 길에서야 그 이유를 깨달았다. 클레멘스 사르토리우스에게 고전어는 그 자체로 이미 완성된 고유한 세계이자 닫힌 대성당이어서, 그 안에서 새로운 음은 전혀 듣고 싶지 않았던 것이다. 이런 입장이 마음에 들었다. 그 안에 담긴 고집과 완고함이 좋긴 했지만, 그 후에 다시는 외갓집에 가지 않았다.

귀갓길에 블랙웰 서점에 들렀다. 그가 번역한 책 몇 권이 책장에 꽂혀 있었다. 그는 남들이 그 사실을 모르는 가운데 그곳에 서서, 이 도시에서 가장 품격 높은 김나지움에서 도망친 자신의 문장을 즐거운 마음으로 읽었다. 케네스 버크에게 주려고 프란체스카 마르케세가 쓴 문학적 트리에스테에 관한 책을 한 권 샀다.

이른 저녁에 역으로 가면서 글로스터 그린 마켓을 지났다. 큰 문 진입로 중 한 곳에서 숨을 헐떡이는 소리가 들렸다. 천식 발작으로 헐떡이는 소리였다. 시드니가 발작을 일으켜 병원에 가야 할 때도 늘 그런 소리를 냈다. 급하게 진입로로 가보니 양손으로 목을 쥐고 숨을 헐떡이는 젊은 남자가 눈에 들어왔다. "안심해요." 레이랜드가 그에게 말했다. "구급차를 부를게요." 몇 분 후에 구급차가 도착하고, 구급대원들이 남자를 들것에 싣고 산소마스크를 씌웠다. "하마터면 큰일 날 뻔했습니다." 구급대원 중 한 명이 말했다.

기차가 움직이기 시작했을 때, 레이랜드는 숨을 헐떡이는 남자를 도와준 게 오늘 여행에서 유일하게 의미 있는 일이었다는 생각이 들었다. 시드니에게 전화를 걸었다. 영국 기차 객실에서 트리에스테 전화번호를 누르면 원하는 목소리가 대답을 하는 이 상황이 늘 그렇듯이 여전히 신기했다. 그는 천식 발작을 일으킨 남자 이야기를 했다. "밤에 병원이라…… 그건 외로움이지요." 시드니가 말했다. "불안하고 고통스러워하는 다른 환자들의 소리가 병실에 울려요. 복도에서 나는 소음, 신발 고무 밑창이 리놀륨 바닥에서 끼익거리는 소리, 낮게 웅얼대는 대화, 야간 간호사가 신중하게 병실 문을 여는 소리. 그건 마치 문이 문틀에 붙어 있어서 조심스럽게 떼어내는 소리 같았어요. 같은 병실을 쓰는 환자들도 도움이 되지 않아요. 오히려 반대죠. 그들의 외로움도 같이 느끼니까요. 멀리서 들리는 구급차와 경찰차 사이렌도 그다지 도움은 안 되지요. 자신이 바깥세상에 있는 게 아니라 독특한 소음과 냄새를 풍기는 고유한 세상에 있다는 걸 알게 해주니까요. 그곳 시간은 끈적끈적하고 멈춰 있는 것 같아요. 이른 아침 쓰레기차의 요란한 소음은 구원과도 같지요. 난 그 소리를 그리워했어요. 이제 다시 평범한 삶이 시작되고 세상에 더 가까워진다는 뜻이었으니까요."

시드니는 통화가 끝날 무렵 옥스퍼드는 어땠는지 물었다. "내가 그곳에서 돌아다니고 또 도망쳤다는 사실이 놀랍고 당황스러웠다." 레이랜드가 대답했다. "그리고 다른 점에서도 당황스러운데…… 난 여행을 하고 나면 예전보다 더 많이 이해할 줄 알았다." "뭘 이해하신다고요? 어떤 의미에서?" 시드니의 질문에 레이랜드가 대답했다. "그걸 알면 얼마나 좋겠니." 둘은 웃음을 터뜨렸다. 함께 웃는 웃음에는 말할 필요도 없이 그의 미래가 다시 열렸다는 사실에 대한 한없는 안도가 담겨 있었다.

레이랜드가 초인종을 눌렀을 때 케네스 버크는 식사 중이었다. 부엌에 앉은 레이랜드는 그에게 옥스퍼드에서 산 프란체스카 마르케세의 책을 건넸다. 버크는 "트리에스테, 말의 도시"라고 소리 내어 읽고서 누가 번역했는지 봤다. "'City of Words'는 'Città delle Lettere'의 자의적 번역이네." 레이랜드가 말했다. "원래는 '문학의 도시City of Literature'가 맞겠지. 하지만 모음이 하나가 아니라 네 개라서 너무 무거웠고, 또 지나치게 허풍을 떠는 것 같아서 말이야." 그러고는 리비아의 아버지인 알프레도 페르토트가 그 책을 책장에서 꺼내 그에게 영어로 번역하지 않겠는지, 런던의 린 크리스티가 그 책을 발행하려고 하는데 번역가를 찾는다고 하더라는 이야기를 했다. "'우리가 할 거예요.' 리비아가 이렇게 대답하고는 예전의 버릇없는 딸처럼 페르토트 사무실 탁자에 발을 얹었지. '우리'라는 말은 소중했다네. 사랑 고백이었지. 그때 리비아는 자기가 출판사를 직접 경영하게 되리라는 걸 몰랐네. 그건 한참 후의 일이었지. 나는 그 책으로 문학 번역가로서 일을 시작했네. 30년도 더 된 일이야. 그 일을 통해서 린과 막 출판사에 입사한 그녀의 아들 숀을 알게 됐다네."

"에이드리언 크리스티 출판." 버크가 소리 내어 읽었다. "에이드리언은 린의 아버지일세." 레이랜드가 말했다. "그가 1930년대에 출판사를 설립했지. 1970년대에 딸이 물려받았고 나중에는 그녀의 혼외자 숀도 참가했는데, 숀은 출판사를 20년째 운영 중이라네. 출판사 건물은 첼시에 있고 사는 곳도 거기지. 리비아와 나는 크리스티 집에 자주 초대받아 갔고, 그들이 우리 집에 오기도 했네. 리비아 아버지가 사망했을 때, 그 두 사람은 리비아에게 트리에스테의 출판사를 넘겨받으라고 용기를 줬지. 그 집에서 그렇게 결정했다네. 우리가 그곳 거실에 앉아 있는 모습이 눈앞에 훤하게 떠오르는군. 바깥은 반짝이는 가을날이었지. 린은 어떤 젊은 여성의 소설을 발행했는데, 판매량이 모두의 예상을 뛰어넘어서 인쇄가 미처 따라가지 못할 정도였네. 메리 앤 애쉬퍼드의 《비 오는 나날Rainy Days》인데, 잃어버렸다가 다시 찾은 자긍심에 관한 책이지. 제안을 해온 이탈리아 출판사들이 많았지만 린은 리비아에게 판권을 줄 생각이었네. 나더러 아내의 모국어가 이탈리아어라서 일종의 닻이 되어줄 테니, 영어 책을 이탈리아어로 번역할 기회가 아니냐고 말했지.

대화 중에 리비아는 수첩을 꺼내 무언가 쓰기 시작했네. 그래서 난 우리가 트리에스테로 가겠구나, 짐작했지. 〈리베라시옹〉 신문사에서 책상을 정리한 날 저녁에 리비아는 갑자기 공황상태에 빠져서 모든 게 잘못이라고 생각했네. '내가 책임을 져야 하잖아.' 몇 번이나 이렇게 말했지. '당신과 아이들도.' 나는 출판사를 팔거나 폐업해도 된다고, 평생을 꼭 트리에스테에서 보내야 하는 건 아니라고 했네."

크리스티 모자에게 진단에 대해 이야기했는지 버크가 물었다. 레이랜드는 그랬다고, 전화했다고 대답했다. "언젠가 우리 집에 전화벨이 울렸지. '우리 지금 트리에스테일세. 자네를 보고 싶네.' 숀이 말했네. 힘겨웠지만 아름다운 날이었지. 지금도 하나하나 모두 기억하네. 여든 살이 넘은 린은 지팡이를 짚었고 현기증이 나서 이따금 숀에게 기대야 했지. 그런데도 여행을 한 걸세. 둘은 예전에 딱 한 번 트리에스테에 온 적이 있네. 리비아가 출판사를 넘겨받은 직후였지. 우리는 그때 갔던 거리를 걷고 광장을 가로질렀네. 우리는 내가 이제 얼마 지나지 않아 더는 걷지 못하게 될 거리들이라고 생각했지. 이 생각이 산책을 하는 내내 그림자처럼 드리워 있었네. 이런 점은 대화를 나눌 때 동사시제 형태의 어려움에서 드러났지. '저기가 자네가 언제나 식사한다는 식당 아닌가?' 패트 킬로이의 트라토리아를 지날 때 숀이 물었네. '언제나'와 연결된 현재시제는 무한히 열려 있는 미래처럼 들리니까 그 자체로 약간 거짓말을 내포하고 있었지. 하지만 그가 '언제나 식사했다던'이라고 말하는 건 불가능했겠지. 내 죽음을 잔인하게 앞당기는 것 같아서. 그러다가 린이 '배 타는 걸 항상 좋아하셨지요'라고 말했네. 린은 말실수를 금방 깨닫고 사과하듯이 내 팔을 어루만졌지. '사이먼은 여전히 배 타는 걸 좋아해요.' 숀이 짜증을 내며 말했지만 이미 늦었을뿐더러 상황은 더욱 악화됐네. 갈등을 조정하려는 일이었지만 그저 미끄러질 뿐이었지.

출판사 쪽으로 가겠냐고 내가 물었네. 두 사람은 출판사 맞은편 카페를 기억해냈지. 린은 거기 다시 한번 가고 싶다고 했네. 거기서 아주 오래전부터 일하는 카를로타가 커피를 가져다줬지. 숀의 눈길이 출판사 건물을 훑었네. '진단에 대해 들었을 때, 우린 잠깐 정신 나간 생각을 했네. 우리가 출판사를 사서 자네의 뜻을 이어 그대로 운영하자는 거였지. 물론 우리 능력을 완전히 벗어나는 일이었네.' '그랬더라면 내 마음에 들었을 텐데.' 내가 대답했네. 출판사에 들어가보지 않겠냐고 물었지. 둘은 서로 마주 보다가 고개를 저었네. 짧고 부드러운 몸짓이었네. 그 역시 갈등을 조정하려는 일이었지.

저녁에 모두 내 집에 앉아 있었는데, 숀이 뭔가 할 말이 있다고 했네. '런던 대학교에 좋은 친구가 있어. 제러미 반스라는 신경과 전문의라네. 원한다면 거기서 진료를 볼 수 있어. 그가 언제라도 시간을 내겠대.' 난 입술이 바짝 말라서 침을 삼키기 어려웠지. '고맙군. 귀한 제안이라는 거 알아. 하지만 엑스레이 사진을 이미 봤고, 더는 보고 싶지 않군.' 케네스, 상상해보게. 실수가 밝혀지기까지는 그때로부터 몇 주나 더 걸렸고, 내가 출판사를 팔기 한참 전이었네. 반스에게 갔더라면 사진을 다시 찍었을 테고, 그러면 모든 오류가 밝혀졌겠지. 처음에 레오나르디가 나더러 사진을 가져가겠냐고 했고, 그 후에는 이 제안을 받았네. 난 두 번 모두 거절했지. '거절'했다고. '믿을 만한 의사와 함께하나?' 숀이 물었네. 내가 그를 바라보자, 그는 내가 입을 떼기도 전에 대답을 이미 알았지. '의사는 필요 없어.' 난 이렇게 대답했다네.

두 사람과 운하를 따라 걸어 부두로 갔네. 이미 늦은 시각이었고, 조용한 가운데 물결이 부드럽게 돌에 와서 부딪혔지. '물.' 린이 말했네. '당신은 물을 사랑하죠. 안 그래요?' 린과 숀은 아주 일찍 오진 소식을 들은 사람들이었지. '엄마.' 내가 전화를 했을 때 숀이 말하는 소리가 들렸네. '사이먼이 아프지 않대요. 모든 게 오류였어요. 아무것도 없대요!'"

"말의 도시에 관한 책 고맙네." 버크가 문간에서 말했다. "당장 읽기 시작해야지. 자네가 한 단어 한 단어 손으로 조심스럽게 종이에 옮기는 모습을 상상해봐야겠네."

19

레이랜드는 잠이 오지 않았다. 머릿속으로 다시 한번 옥스퍼드 거리를 걸었다. 거기서 도대체 뭘 찾으려 했던 걸까? 그게 뭔지 이름은 댈 수 없어도 찾지 못했다는 게 실망스럽기는 했다. 진단 후 몇 주 동안 다시 한번 그 도시에 가면 어떨까 이따금 상상했다. 그러면 자기 안에서 뭘 발견하게 될지 '분명하게' 안다고 생각했다. 뭔가 상상과 관련이 있는 확신이었으나, 그 확신은 기차에서 내리자마자 순식간에 흩어져 사라졌다. 그는 바짝 메마른 채 도시를 걸어다녔다. 그랬다, '메마른'이 정확한 단어였다. 숨을 쉬지 못하는 젊은이를 도와줄 수 있어서 얼마나 기뻤던지. 그건 현재의 한 순간이었다.

어제와 오늘 사이의 시간 같은 새벽 3시, 그는 편지를 쓰려고 삼촌의 책상 앞에 앉았다. 이곳에서 리비아에게 쓰는 첫 번째 편지가 될 터였다. 둘이 삼촌을 만나러 와서 그가 지중해 지도를 보여줄 때 앉았던 거실 소파를 건너다봤다. 30년도 더 지난 일이었다.

카라,

내가 나였던 게 얼마나 오래전인지 떠올려보면 정말 기이해. 내가 여전히 그때의 나라는 사실도 무척 놀라워. 나로부터 아주 멀리 떨어져서 오늘날의 나까지 왔다는 것도 깊은 놀라움을 불러일으키지. 내가 당시에 나 스스로에게 있다고 느끼는 게 어떻게 가능했을까? 아니면 결국은 전혀 그렇지 않았나? 그 어디에도 있다고 느끼지 못하면서 세상을 지나온 건가? 말하자면 내 안의 중간 틈새에 있으면서, 어딘가에는 존재해야 하니 나 자신에게 있다고 부정확하게 착각한 걸까? 혹시 언제나 이런 건가? 자기 안에서 그저 중간 틈새에만 살 뿐 자기 자신에게는 결코 도달하지 않고, 그저 그 틈새에서 커지기만 하는 걸까? 나도 지금 이런 틈새 공간에 있는 건가? 이런 생각을 하니 섬뜩하군. 우리는 함께 사는 우리 자신에 대해 모르는 게 얼마나 많은지.

내가 어떻게 오늘날의 내가 됐는지 알고 싶어. 표면이나 외부 상황에 따른 게 아니라 내면에서 말이야. 어떤 도로를 걸었는지가 아니라 어떤 생각과 감정을 따랐는지가 중요해. 어떤 경험이 어떻게 다른 경험이 되고, 또 다른 하나의 경험이 됐는지 느끼고 싶어. 우리는 자신이 어떻게 변하는지 제대로 느끼지 못하지만 나중에 뒤돌아보면 다른 사람이 되어 있기도 하고 또 그렇지 않기도 하지.

어떨 때 나는 모든 걸 망각하려고 해. 또는 그 반대로 빈틈없이 기억하려고, 마음속으로 내 삶의 일화 하나하나를 되풀이하고자 열중하기도 해. 이따금 어떤 경험의 명암이 다른 경험에 반영되는 걸 느끼지. 이유는 모르지만 행복한 경험이야. 그러나 경험의 다양한 일화 가운데 침묵하는 어두운 것들도 있어. 삶이 마치 등 뒤에서 진행된 것 같아서 나는 그때 어디에 있었는지 스스로 묻게 돼. 특정한 일화를 더는 기억하지 못하거나 심지어 어떤 시기 전체를 기억하지 못하는 거야. 예전에 앞만 보며 정열적이고 즐겁고 숨차게 살 때는 이게 아무런 문제가 되지 않았어. '너무 오래전 일이야. 다 잊었어'라고 말하고 '다행이다!'라고 덧붙이기도 했지. 그런데 이제 갑자기 이런 망각이 상실로, 그리고 특정한 경우에는 어둡고 고통스러운 균열이나 작고 소리 없는 재난으로 느껴져. 이렇게 잊어버릴 수 있다는 데, 그리고 그걸 넘어 이런 망각을 전혀 느끼지도 못했다는 사실에 말문이 막혀. 예상치도 못한 힘으로 뒤로 밀려나 의식불명인 과거에 부딪힌 느낌이야. 하지만 그곳에는 뭔가 있었지. 살았던 시간…… 그런데 나는 전혀 모르는 시간!

레이랜드는 다음 날 정오 무렵에 커피 잔을 들고 다시 책상 앞에 앉아 편지에 조금 덧붙였다.

언어 꿈을 꿨어. 익숙한 단어가 갑자기 수수께끼가 되어 앞에 놓여 있고, 내가 그 암호를 해독하려고 애쓰는 꿈 말이야. '탈선하다'라는 단어였는데, 독일어entgleisen로 먼저 생각하고 프랑스어dérailler로도 생각했지. 두 장면이 패권을 잡으려고 싸웠어. 하나는 어둑어둑하게 그을린 기차가 바퀴들이 끔찍하게 끼익거리는 소리를 내며 철둑 자갈 바닥에 가라앉는 바람에 멈춰 서는 장면이었어. 다른 하나는 기이하게 가벼운 기차가 더 밝은색 새 궤도로 가서 빠르고 소리 없이, 바람이 불 때 자기 심장 박동도 들릴 만큼 조용히 달리려고 낡은 궤도에서 이탈하는 장면이었지. 난 이제 미래가 다시 열렸으니 가볍고 밝은 두 번째 방식으로 탈선하길 소망했어.

20

다음 날 오후, 레이랜드는 템스 강을 따라 첼시로 향했다. 크리스티 모자가 거주하며 출판사를 운영하는 곳이었다. 잿빛 날이라서 템스 강은 흐르는 슬레이트처럼 보였다. 레이랜드는 린과 숀과 함께 트리에스테 부두에 서 있던 때를 떠올렸다. "물, 당신은 물을 사랑하죠. 안 그래요?" 그때 린이 한 말이었다. 석 달 전인 8월이었다. 당시 레이랜드는 자기가 연말을 넘길 수 있을 거라고는 예상하지 못했다.

그는 맞은편에서 오던 여자가 거의 옆을 스쳐 갈 무렵에야 누군지 알아보고 소리쳐 불렀다. "루시! 루시 바턴!" 여자는 발걸음을 멈추고 뒤돌아서서 그에게 다가왔다. "사이먼? 사이먼 레이랜드?" 한동안 둘은 달라진 상대방의 얼굴을 받아들이느라 그저 서로 마주 보기만 했다. 두 사람은 둑 난간에 앉았다. "로마 포로 로마노." 그가 말했다. "내가 폐허에서 뛰어내리면 당신이 밑에서 계속 받아주었지." "당신을 받는 게 무척 즐거웠어." "비행기를 처음 타보는 거였어. 이륙하기 전에 확성기에서 음악이 흘러나오고, 공기는 향수 향기를 풍겼지." "당신은 성 베드로 대성당에 완전히 매료됐잖아. '이 엄청난 공간'이라고 계속 말하며 그저 거기만 보려고 했어. 바깥의 그 어떤 공간보다 더 큰 곳이었지. 저녁에는 미사에 참석했어. 당신은 '내가 신자라면 신을 시뇨르signore라고 부를 거야'라고 말했지." "당신은 콜로세움을 좋아하지 않았어. 잔인함이 떠오른다고 했지. 나는 당신이 잔인함에 대해 이야기할 때의 그 열정을 사랑했어." "우린 힐튼에 올라가 둘러보고 다시 내려왔지. 당신은 그 도시에서 가장 초라한 피자 가게에 가보고 싶다고 했는데, 정말 멋진 식사를 하게 됐어." "당신 옆에서 잠에서 깼을 때 난 '바로 이게 행복이야'라고 생각했지." "난 내가 당신 목소리를 언제나 듣고 싶어할 거라고 생각했어. 매일, 라디오에서도." "그런데 무슨 일이 벌어졌는지 알아?" "아니, 잘 모르겠어." 레이랜드가 대답했다. "난 그때 단어 하나를 깊이 생각했어. 모든 것은 색이 '바랜다'는 것. 말이나 몸짓, 느낌이 다른 색깔로 변했어. 더 탁해지고, 잿빛이 되더니 우린 불현듯 서로에게 이방인이 됐지." "그래, 그랬던 것 같아. 우리는 그런 일에 대해 아는 게 정말 없어." 레이랜드는 고개를 끄덕였다. "얼마 전에 택시를 타고 세인트 존스 우드를 지나다가 엘름 트리 로드에서 차를 세웠어. 당신이 살던 집이 없더군." 이번에는 루시가 고개를 끄덕였다. "부모님이 돈이 필요해서 건축가에게 팔았는데, 그 사람이 현대식 건물을 지었어." "한순간 우리 사이에 아무 일도 없었던 것 같은 생각이 들더군." 루시는 검버섯과 검붉은 정맥이 드러난 그의 손에 자기 손을 얹었다. "하지만 있었어." 레이랜드는 자기 주소와 전화번호를 루시에게 적어줬다. "혹시…… 모르겠다." 루시는 쪽지를 천천히 접어 주머니에 넣고 강물을 건너다봤다. "생각해볼게." 레이랜드는 루시의 뒷모습을 바라봤다. 그녀가 옛날 캠든 타운 집에서 계단을 내려가던 걸음걸이와 모습이 떠올랐다. 루시가 돌아보고 손을 들어 올렸다.

칼라일 스퀘어에 도착한 레이랜드는 벤치에 앉아 크리스티 모자의 출판사가 있는 건물을 바라봤다. 커다란 그 건물의 널찍한 다락방에 린과 숀이 살았다. 창살이 달린 구식 엘리베이터는 흔들려서, 타고 있으면 언제나 살짝 불안했다. 레이랜드가 이곳에 마지막으로 온 건 몇 년 전이었다. 건물 전면을 훑어보니 모든 게 손질되지 않은 느낌이었다. 수리할 돈이 없는 듯했다. 숀의 목소리는 통화할 때도 의기소침하고 피곤하게 들렸다. 모든 일에 늘 낙관적인 그의 평소 모습에 비하면 낯설었다. "자네가 오면 반갑지. 지금 나에게 필요한 건 그런 방문이야."

현관문을 연 레이랜드는 뭔가 일이 생겼다는 걸 바로 알아챘다. 숀이 그를 포옹했다. 여름에 트리에스테 공항에서 작별하던 때와는 달랐다. 지금은 그를 다시 건강한 모습으로 재회하게 됐다는 기쁨이 있었다. 그러나 뭔가 다른 것도 있었다. 숀은 안기고 싶어 했다. 레이랜드는 거실로 가면서 그의 어깨에 팔을 둘렀다. "엄마가 병원에 입원하셨다네." 앉자마자 숀이 말했다. "넘어져서 다리가 부러지셨어. 여기서 멀지 않은 곳에서. 내가 옆에서 걸어가고 있었는데, 엄마가 잠깐 정신을 잃으신 모양이야. 지팡이가 손에서 미끄러지면서 쓰러지셨지. 수술을 받으셨다네. 복합골절이라서 회복에 몇 주, 어쩌면 몇 달이 걸릴지도 몰라."

"우린 무적의 팀이지." 숀이 자신과 린에 관해 이따금 한 말이었다. 한번은 린이 이런 말을 하는 숀의 머리를 쓰다듬은 적도 있었다. 레이랜드는 두 사람에 대해 그 이상은 알지 못한다는 생각이 들었다. 숀의 아버지 이야기는 들은 적이 없었고, 숀의 삶에 여자가 있었다는 말도 들어보지 못했다. "린과 숀은 그냥 린과 숀이야." 언젠가 리비아가 말했다. "그걸로 충분해. 안 그래?"

부엌문이 열려 있었다. 지저분한 식기가 쌓여 있고 빈 수프 캔과 인스턴트식품 포장지가 여기저기 널려 있었다. 린의 사고만으로는 숀의 지금 분위기와 부엌 상태가 설명되지 않았다. "내가 출판사를 운영하고는 있지만, 엄마가 '곧' 출판사라네." 숀이 언젠가 한 말이었다. 그런데 이제 린이 언제 돌아올지, 돌아와도 어떤 상태일지 불확실했다. 그 이유 말고 다른 불안과 피폐의 원인도 있는 듯했다. 아무렇지도 않게 물어볼 수 없는 어떤 이유가.

레이랜드는 열린 부엌 문간에 서서 너저분한 상황을 가리켰다. "숀, 자네를 이렇게 둘 수 없네. 내가 치워도 될까?" 숀이 고개를 끄덕였다. 한순간 눈물을 쏟을 것처럼 보였다. 레이랜드는 정리를 한 다음 설거지를 했다. 이따금 손을 멈추고 생각에 잠겼다. '뭔가 달라질 거야. 예전과 결코 똑같아지지 않겠지.' 숀이 가만히 들어와 식탁 의자에 앉았다. "메리 앤 애쉬퍼드가 얼마 전에 여기 들렀다네." 그가 입을 열었다. "평소보다 좀 더 창백하고, 좀 더 마르고, 좀 더 증발하기 쉬운 것처럼 보였지. 자네도 알다시피, 그 사람은 몇 년 전부터 더는 글을 쓰지 않아. 이따금 출판사에 들르지. 예전에 우리 소속이었던 걸 확인해야 한다는 듯이 말일세. 더는 여기 오면 안 된다는 것처럼 행동해서 마음이 아플 때가 있어. 얼마 전에는《비 오는 나날》이 거둔 성공에 대해 다시 한번 이야기하더군. '내가 이 출판사에 더는 돈을 벌어주지 못하네요.' 불쑥 그렇게 말했다네. 정말 끔찍했지. 우리가 무슨 말을 할 수 있었겠나? 진부하거나 거짓말처럼 들리지 않게 말하려면 말일세."

숀은 자기 앞쪽 바닥을 내려다봤다. 지루하거나 산만한 사람들 특유의 텅 빈 시선과는 달랐다. 뭔가 하기 힘든 말, 결심이 필요한 말을 하려고 정신을 모으고 마음속으로 도움닫기를 하는 사람의 멍한 시선이었다. 레이랜드는 좀 전에 눈에 띄었던 건물 전면을 떠올렸다. 출판사가 어려운 걸까? 숀은 지금 그 이야기를 하려 고민하는 건가? 애쉬퍼드의 방문은 그 이야기를 하려는 에움길이자 전주곡이었을까?

"잠깐 실례하겠네." 숀이 이렇게 말하고 바깥으로 나갔다. 오 분, 십 분, 십오 분이 지났다. 욕실에서도, 다른 그 어느 곳에서도 소리가 들려오지 않았다. 레이랜드는 창가로 다가섰다. 부엌은 집 뒤쪽으로 연결됐다. 이른 황혼이 드리운 마당에서 아이들이 축구를 하고 있었다. 숀은 어딘가에 앉아서 다시 한번 마음의 도움닫기를 하고 있을 터였다. 트리에스테에서 만났을 때는 숀이 강한 사람이었다. 레이랜드가 생각하기에 지금은 거꾸로인 듯했다. 이런 상황은 싫었다. 얼굴 윤곽이 예리하고 붉은색 머리카락이 이제 잿빛으로 변해가는 숀이 강한 사람으로 남기를 바랐다. 그의 힘과 열정이 아니었더라면 리비아는 당시 아버지의 출판사를 넘겨받을 용기를 내지 못했을 터였다. 그러니 숀이 아니었더라면 레이랜드의 인생도 아주 많이 달라졌을지 모른다. 그를 편하게 해주고 싶었다. 무슨 말을 꺼내야 할까?

숀이 담배 한 갑과 재떨이를 들고 들어왔다. "엄마는 내가 부엌에서 담배 피우는 걸 좋아하지 않으시지. 하지만 그건 지금 중요하지 않아." 그는 한 개비를 물고 레이랜드에게 담뱃갑을 밀었다. 그러고는 천장으로 연기를 뿜어 올린 다음 레이랜드를 바라봤다. "상황이 힘들다네. 출판사 말이야. 책을 많이 팔지 못하지. 학생들은 이제 예전만큼 학습서를 사지 않네. 우리 실용서는 트렌드에 맞지 않아. 그리고 3년 전부터 괜찮은 소설도 출간하지 못했고. 은행들이 인내심을 잃고 있네. 직원 두 명을 해고해야 했지. 디자이

너와 비서를. 물이 목까지 차올랐어. 앞으로 어떻게 해야 할지 모르겠네."

레이랜드가 예상하던 일이었다. 그런데도 망설이듯 이어지는 스타카토 같은 숀의 건조한 문장에 심한 충격을 받아 처음에는 아무 말도 할 수 없었다. 레이랜드가 견뎌야 하는 것은 말만이 아니었다. 숀의 시선도 견뎌야 했다. 다른 사람 앞에서 현실과 마주해야 한다는 결심이 가득한, 솔직하고 단단한 시선인 동시에 레이랜드가 지금까지 한 번도 누군가에게서 본 적이 없는 무방비와 약점도 드러내는 시선이었다. '이 시선을 마주하고 실수를 하면 안 된다.' 레이랜드가 생각했다. 한순간도 눈을 떼지 않고 차분하게 그 눈길을 마주하면서, 숀이 자신의 눈길에서 강인함과 희망을 충분히 읽을 수 있기를 바랐다.

시간이 필요했다. "내가 커피를 준비하지." 담배 연기가 눈에 들어가는 바람에 숀이 드디어 눈을 깜박이며 시선을 돌리자 레이랜드가 말했다. 커피 잔과 커피 가루를 다룰 줄 알아서 다행이라고 생각했다. 그러나 물이 끓을 때까지 시간이 오래 걸려서 그 전에 뭔가 이야기를 해야 했다. 레이랜드는 숀에게 몸을 돌렸다. "린도 아나?" 숀은 고개를 저었다. "솔직하게 말할 용기가 나지 않았네. 한 달 한 달 계속 미뤘지. 엄마는 15년 전에 출판사 경영에서 물러나셨네. 물론 그 후에도 계속 사업 이야기를 나누긴 했네. 하지만 엄마가 재정에 대해 물으시는 일은 점점 드물어졌지. 이따금 '일은 잘되고 있니?'라고 물으시면 나는 '부자가 되지는 않을 테지만 그럭저럭 해내고 있어요'라고 대답했다네. 이 말은 거의 관용어처럼 됐고, 그래서 가끔 함께 웃기도 했지. 2, 3년 전까지는 사실 맞는 말이기도 했네. 외할아버지 에이드리언은 아내인 아멜리 드레이크가 큰돈을 상속받은 덕분에 이 건물을 살 수 있었네. 외할머니 아멜리는 문학을 사랑했고 문학을 사랑하는 자기 자신도 사랑했는데, 이따금 프랑스나 러시아의 살롱 귀부인처럼 행동했지. 외할아버지는 출판사를 매 순간 사랑했네. 우리 엄마 린은 이런 분위기에서 자랐고, 마음속에서 이 분위기를 계속 더 엮어갔지. 책의 세상을 포함하여 이 세상이 변했다는 걸 엄마도 물론 느끼긴 했지만 사실 알려고 하지도, 믿으려고 하지도 않으셨다네. 평생 컴퓨터 자판을 만진 적이 없지. '책? 너, 책이라고 했니?' 내가 전자책에 대해 말하자 엄마는 이렇게 질문하셨네. 난 간단하게 [illegible] 필요한 말만 하고 엄마를 방해하지 않았지. 엄마는 조용하고 과[illegible]향적인, 약간 괴팍한 세상을 꾸리시기 시작했네. 문학사에 남은 [illegible]한 장편소설을 읽었는데, 가끔은 두 번 연거푸 읽으시기도 하셨지. [illegible]가 출판사에 내려갈 때면 책을 읽고 계셨는데, 퇴근해서 돌아왔을 [illegible]도 여전히 읽고 계셨다네. '이제 드디어 이 책이 요구하는 대로, 도[illegible]의 가치에 맞게 천천히 읽을 수 있게 됐다'라고 하셨지. 강의나 [illegible]독회에 참석하고, 이따금 차를 마시러 오는 또[illegible]인들과 느슨한 인간관계를 유지하셨네. 예전에 일하면서 쌓은 관계[illegible] 점점 더 [illegible]이 해체됐지. '이런 일이 얼마나 빨리 일어나는지 그저 놀라울 뿐이구나'라고 하셨네. 얼마 전부터는 생각이나 의견 표현이 더는…… 명확하지 않았다네. 이름을 혼동한다거나 기억력에 틈이 생겼지. 감정도 좀 흐릿해지는 것 같았네. 난 그걸 질병의 시작이라고 보지 않았어. 여든 살이 넘었으니 그저 노화 현상이라고 생각했다네. 처음에는 그런 일이 벌어져서 놀랐고,

혼자 남겨진 것처럼 외롭기도 했지. 이제 달라졌네. 엄마를 새로 사랑하는 법을 배우는 느낌일세. 엄마를 보호하고 돌보지만, 엄마가 그걸 견디지 못할 테니 알아채시지 못하게 하지. 이제 알겠나? 이 모든 이유에서 난 엄마에게 가서 '엄마, 우리 파산했어요'라고 말할 수 없는 거라네."

레이랜드는 그제야 커피를 따르고 커피 잔을 식탁에 내려놓았다. 담배를 든 숀의 손이 떨렸다. "물론 말할 수 없지. 게다가 사고까지 당하셨으니." 레이랜드가 말했다. 그러고 숀의 담뱃갑에서 담배 한 개비를 꺼내 서툴게 불을 붙였다. 그 순간이 왔다. 지금이 중요했다. "얼마나 필요한가?"

숀의 표정이 복잡해졌다. 담뱃재를 재떨이에 털고 담배 끝으로 재떨이 안쪽을 두 번 훑었다. 그런 다음 고개를 들고 레이랜드를 바라봤다. "20만 파운드." 너무 적군. 레이랜드는 곧장 생각했다. 숀이 말한 상황과 맞지 않는 금액이었다. 그는 고개를 젓고, 숀의 마음을 편하게 해주려고 비밀리에 결탁한 공범 같은 미소를 지어 보였다. 숀은 잠시 눈을 감았다가 다시 뜨고 그를 바라보며 말했다. "두 배." "50만은 어떨까? 그거면 괜찮겠나?" 처음에 숀은 대답하지 못하다가 쉰 목소리로 말했다. "그러면 빚을 다 갚을 수 있지. 그러고도 계속 운영해가기에 충분한 금액이 남고." 그가 힘겹게 숨을 몰아쉬었다. "하지만 그게…… 그런 뜻은 아니겠지. 자네가……." "숀, 그런 뜻이 맞네. 자네에게 돈을 주지. 자, 보게. 난 출판사를 팔고 돈을 많이 받았네. 아주 많이. 카테리나 미찬은 출판사를 사느라 스플리트에 있는 회사와 베네치아 서점을 팔았지. 그러니 돈이 얼마나 많은지 상상할 수 있을 걸세. 내가 그 돈의 일부를 자네 출판사에 넣는 것보다 더 의미 있는 일이 뭐가 있겠나?"

숀은 양손에 얼굴을 묻었다. 어깨가 떨리기 시작했다. 레이랜드는 자리에서 일어나 그의 팔을 어루만지고는 그가 혼자 있게 두고 나왔다. 욕실에서 세수를 하고 거울을 들여다봤다. 아주 많이 흥분한 자기 모습에 놀랐다. '난 이제 정말 돌아왔어. 런던에 돌아왔어. 런던, 영국에.' 욕조 가장자리에 걸터앉았다. 자기 손이 떨린다는 걸 그제야 깨달았다. 트리에스테 공항에서 그의 영국 여권을 들여다보던 시드니와 소피아가 눈앞에 떠올랐다. "아빠는 한 번도 이탈리아 여권을 신청한 적이 없어요." 소피아가 한 말이었다. 그는 "걱정 마라. 다시 올 테니까"라고 대답했다. 불현듯 아이들이 그리웠다. 항구의 배들도. 패트 킬로이도. 안드레이도. 그는 다시 한번 세수하고 부엌으로 돌아갔다.

숀도 세수를 한 모양이었다. 머리카락에 물이 묻어 있었다. 아까보다 활기차고 젊어 보였다. "그럼 자네는 출판사 공동 경영자일세." 그의 말에 레이랜드는 고개를 저었다. "아니, 그건 싫네. 경영에 참여하는 것도 싫고. 자네가 유일한 소유주고, 모든 걸 결정하는 거라네. 원한다면 프로그램에 대해 이야기를 나눌 수는 있을 테지만 결정은 자네가 하게. 돈은…… 투자가 아니라 증여나 선물일세. 법적으로나 세법에서 뭐라고 부르는지는 모르겠지만…… 프랜시스 페이지에게 정리하라고 하겠네. 그 사람은 워런 삼촌의 변호사였지."

"좀 전에 자네가 바깥으로 나갔을 때, 가슴을 옥죄는 생각이 머리를 스쳐가더군." 숀이 입을 뗐다. "내가 트리에스테에서 일어난 자네의 오진 때문에 이득을 얻는다는 생각 말일세." 레이랜드가 웃음을 터뜨렸다. "물론 어떤 점에서는 맞긴 하지. 하지만 '이득을 얻는다'는 틀린 말이라네. 자네가 돈을 얻으려고 그 오진에 영향을 끼치기라도 한 것처럼 들릴 지경 아닌가. 한 가지 일이 일어나지 않았더라면 다른 일도 일어나지 않았겠지. 그거야 세상 이치가 언제나 그래. 서로 전혀 관련이 없는 일들이 우연의 고리를 통해 연결되네. 이렇게도 말할 수 있겠군. 사진을 실수로 바꾼 트리에스테 방사선과 인턴이 은행들의 압박을 몰아내고 자네가 출판사를 계속 운영하게 도와준 거지. 그 인턴의 손에서 일어난 잘못된 동작 하나…… 그 결과 자네 통장은 이제 곧 완전히 다른 모습이 될 테지." 숀도 웃음을 터뜨렸다. "그런데 자네 스스로 일을 망쳐버릴 뻔했네." 레이랜드가 말했다. "자네가 제러미 반스라는 신경과의사에게 진찰받으라고 제안했으니까. 진찰했더라면 자네는 돈을 얻지 못했겠지." 둘 다 웃음을 터뜨렸다. 서로 박차를 가하듯 터지는 웃음 때문에 눈물까지 쏟았다. 해방의 눈물, 절망을 극복한 눈물이기도 했다.

나중에 둘은 린이 입원한 첼시 왕립 병원으로 갔다. "8시네……. 면회가 될지 모르겠군." 숀의 말에 레이랜드가 대꾸했다. "두고 보게." 신경외과와 연결되는 복도를 가로질러 가다가 레이렌드는 복도를 흘낏 바라봤다. 머리에 붕대를 감은 남자가 긴 의자에 앉아 담배를 피우고 있었다. 음험하게 마비시키는 독처럼 불안이 그를 엄습했다. 엘리베이터 버튼을 누르려다가 그 옆을 짚었다. 숀이 그를 지켜보다가 물었다. "복도 뒤쪽, 머리에 붕대를 감은 그 사람 때문이지. 안 그런가?" 레이랜드는 고개를 끄덕였다. 두 사람은 린의 병실 가까운 곳 의자에 앉았다. "아주 잠깐 봤을 뿐인데, 망막에 미세한 장면 하나가 찍혔을 뿐인데…… 모든 게 다시 살아나는 군." 레이랜드가 말했다. 호흡이 차분해질 때까지 기다렸다. "어제 시드니와 통화했는데, 그 애는 천식 때문에 자주 입원했네. 밤에 병원이 얼마나 외로운지 얘기하더군. 새벽에 쓰레기차 소음, 바깥 세상의 소리를 듣는 게 아주 기뻤다고 했네. 내가 아이를 충분하게 돌봤는지 자문해봤지. 상상력을 충분히 자극해줬는지." "아이라……. 난 아이를 갖는 건 상상할 수 없었네." 잠시 후에 숀이 말했다. "그 책임감. 인생을 함께하고 싶은 여자는 있었지. 그 사람은 아이를 원했다네."

무뚝뚝한 눈빛의 중년 간호사가 힘찬 발걸음으로 복도를 걸어 다가왔다. "면회 시간 지났어요." 그 말에 레이랜드가 몸을 일으켰다. "안녕하세요, 간호사 선생님." 무척 공손하게 인사하고 몸을 살짝 숙였다. "프린스턴 대학교 크리스티 교수입니다. 크리스티 부인의 아들이지요. 뉴욕에서 왔는데, 한 시간 전에 도착했습니다. 동생이 마중 나와서 여기로 데리고 왔어요. 어머니를 면회하고 싶습니다. 이런 상황에서는 면회 시간에 예외를 두는 게 아주 불가능하지는 않겠지요. 안 그렇습니까?" "흐음, 알겠어요." 간호사는 마지못해 대답했지만 좀 친절해졌다. "십 분만입니다. 더는 안 돼요. 취침 시간이에요." 간호사가 사라지자 숀이 레이랜드를 빤히 바라봤다. "믿기지 않는군. 자네가 이럴 줄은 상상도 못 했는데." "못 할 이유가 없지." 레이랜드가 대꾸했다. "난 소설을 번역하네. '픽션' 말일세."

린이 입원한 3인실은 묵은 공기와 침대, 소변 악취로 가득했다. 린은 벽 쪽 침대에 있었다. 숀이 협탁 전등을 켰다. "아, 사이먼. 당신이군요. 건강하다지요? 안 그래요?" 린의 말에 레이랜드가 대답했다. "저는 다 괜찮습니다." "나는 안 그렇답니다. 통증이 심해서 잠을 이루지 못해요. 여기서 나가고 싶어요. 한 사람은 코를 골고 침대에 오줌을 싸고, 다른 한 사람은 아침부터 저녁까지 이상한 이야기를 해요. 정신없고 천박한 말을." 레이랜드는 침대 가장자리에 앉아 린의 손을 잡았다. "내일 여기서 나가 1인실로 옮기실 거예요. 그렇게 해드릴게요." "약속한 거죠?" "예, 약속해요."

"간호사랑 말하는 걸 보고 나니 자네가 그런 일을 어느 정도 할 수 있을 것 같다는 생각이 드네. 그렇긴 한데, 병실을 도대체 어떻게 얻겠다는 건가?" 숀이 택시에서 물었다. "허세를 떨어서." 레이랜드가 대꾸했다. "우린 최대한 허세를 부릴 거야. 양복과 조끼, 넥타이 차림으로 8시에 병원 입구에서 만나자고. 오케이?"

"뉴욕에서 오는 비행기는 저녁이 아니라 아침에 여기 도착한다네." 칼라일 스퀘어에 접어들었을 때 숀이 말했다. "뉴욕에서 저녁에 출발해 짧은 밤 동안 비행하지." "눈보라 때문에." 레이랜드가 차분하게 대답하자 숀은 웃음을 터뜨렸다. "자네, 이 상황을 정말 즐기는군. 그렇지?" "숀, 나는 삶으로 돌아왔어. 다시 살아났다고."

21

레이랜드는 택시를 타고 템스 강으로 접어들었고, 거기서부터는 걸어서 웨스트민스터로 갔다. 루시 바턴을 만난 자리를 지나다가 멈춰 섰다. 그게 정말 오늘이었나? 몇 시간 전에 일어난 일인가? 그 몇 시간 동안 너무 큰 걸음을 뗀 건 아닐까? 너무 성급하게? 숀이 부엌에서 얼굴을 양손에 묻고 있던 모습과 떨리던 그의 어깨를 떠올렸다. 아니, 큰 걸음이 아니었어. 기다릴 이유가 뭐가 있어? 그러다가 숀의 집 욕조 가장자리에 앉아 트리에스테를 그리워하던 감정을 불현듯 다시 느꼈다. '혹시 언제나 이런 건가? 자기 안에서 그저 중간 틈새에만 살 뿐 자기 자신에게는 결코 도달하지 않는 걸까?' 그가 어제 리비아에게 쓴 편지의 한 구절이었다. 소피아 전화번호를 누르다가 멈췄다. 밤에 템스 강변에 서서 이 모든 걸 소피아에게 도대체 어떻게 설명하려는 건가?

레이랜드가 집에 도착했을 때 케네스 버크는 아직 잠들지 않고 창가에 서 있다가 그에게 들어오라고 손짓했다. "보여줄 게 있어." 버크는 기뻐서 흥분한 얼굴로 말하더니 계단을 올라가 컴퓨터와 프린터가 있는 작은 방으로 그를 데리고 갔다. 레이랜드가 지금껏 한 번도 못 본 표정이었다. 책표지처럼 보이는 인쇄된 그림 한 장이 책상에 놓여 있었다. 옛날 트리에스테 동판화였다. 약간 빛이 바랜 구식 자동차, 고풍스러운 모자를 쓴 옛날 사람들의 실루엣이 보였다. 그 장면을 가로지르며 예스러운 암청색 글씨체로 '프란체스카 마르케세, 트리에스테, 말의 도시CITY OF WORDS'라고 쓰여 있었다. 레이랜드는 깜짝 놀라 버크를 바라봤다. "나도 아네. 20년이나 늦었지. 하지만 한번 비교해보게." 버크가 옆에 있던 책을 들어 올리고 물었다. "내 표지가 더 낫지 않은가?" "'훨씬' 낫네." 레이랜드가 대답했다. "세상에, 이렇게 되었으면 이상적인 책표지였을 텐데. 그런데 어떻게 이런 생각을……?" "밤의 절반, 그리고 온종일 책을 읽다가 갑자기 표지를 다시 보면서, 내가 더 잘할 수도 있겠다는 생각이 들었지. 내가 아직 약국을 하던 시절에 어떤 남자 손님과 좀 가까워졌는데, 컴퓨터그래픽 일을 하는 사람이었네. 그 사람을 찾아가서 그가 하는 온갖 일을 구경했지. 난 그때 연인과 관계가 끝나서 저녁에 시간이 많이 남았다네. 나더러 컴퓨터와 프린터와 프로그램을 사라고 조언하더군. '실천에 의한 학습'을 하라면서. 물론 내가 그 일을 직업으로 하는 사람처럼 잘한 적은 없네. 하지만 눈썰미와 상상력이 있다는 걸 깨달았지. 저쪽에 그때 그림들을 넣어둔 서류철이 있다네. 먼지가 잔뜩 앉았지. 언젠가 시들해졌으니까. 그 그림이 '필요한' 사람이 아무도 없었기 때문이겠지. 첼로는 다르다네. 들어줄 사람이 필요하지 않아. 나 혼자 듣는 것으로 만족하니까. 하지만 아무도 관심을 보이지 않는 시안은……. 이따금 아버지가 들여다보기도 했지만 그걸로는 충분하지 않았네. 판결을 받기 1, 2년 전에 그만뒀지. 여기로 이사 올 때 '이제 시간이 많으니 어쩌면 다시 시작할 수 있지 않을까'라고도 생각했지만 아무 일도 일어나지 않았네. 오늘 오후에 자네 책을 손보기 전까지는. 트리에스테 동판화는 인터넷에서 찾았네. 그걸 손보면서 프로그램 기능이 서서히 다시 기억나더군. 그러다가 갑자기 표지를 만들고 싶은 '욕구'가 엄청나게 솟아올랐지! 물론 이 시안이 '필요한' 사람이 없다는 사실은 나도 아네. 하지만 나 말고 또 한 사람이 이 표지와 관련이 있지……. 바로 자네일세."

"그 그림을 집에 가지고 가서 액자에 넣어 집에 걸어둬야겠네." 레이랜드가 말했다. "내가 그곳에 거는 첫 번째 그림이 될 거야." 그런 다음 린 크리스티의 사고와 병원에 문병 갔던 이야기를 했다. 버크는 그의 교수 행세 허풍에 웃음을 터뜨렸다. "린에게 그곳에서 나오게 해주겠다고 약속했네. '약속'했다고. 린이 얼마나 안도했는지 자네도 봤으면 좋았을걸. 이제 어떻게 해야 하지?" "난 병원 경험이 좀 있다네." 버크가 대답했다. "엄마는 백혈병, 아버지는 심근경색. 병실 옮기는 문제로 힘들었지. 돈이 문제라는 걸 알아야 하네. 항상 돈이 문제야. 1인실은 엄청나게 비싸지. 병원은 보험을 신용하지 않네. 비용을 떠맡겠다는 누군가의 서명을 원하지. '비용인수동의서'라고 하네. 요즘은 신용카드를 원해. 그러니 우리가 병원 행정실에 가면 자네는 크리스티 교수가 아니라도 되네. 레이랜드 교수라고 하게. 린의 조카라고 하면 좋겠군. 조카는 이모와 성이 같을 필요가 없으니까." "'우리가' 행정실에 간다고?" 레이랜드가 물었다. "나도 함께 가겠네. 린의 주치의 버크 박사로. 의학적인 이유로 1인실을 요구해야지." "병동 의사는 어떻게 하지?" "행정실이 나서면 병동 의사는 이의를 제기할 게 없네. 생각해보게. 중요한 건 돈이라네." 버크가 이미 문을 닫은 후에 레이랜드는 초인종을 다시 울렸다. "혹시 표지를 한 장 더 출력해서 내일 가지고 올 수 있겠나? 그냥 느낌상……."

다음 날 아침, 집에서 나오는 버크를 본 레이랜드는 눈을 의심했다. 조끼와 넥타이를 갖춘 양복 차림에 말끔하게 면도를 하고 머리를 빗었으며 무엇보다도 무테안경을 써서, 일단 판단을 내리면 아무도 반박할 수 없을 학자처럼 보였다. "텔레비전 볼 때 쓰는 안경일세." 그는 이렇게 말한 뒤 태연자약하기로 결심한 사람 같은 표정을 지었다.

두 사람이 병원에 도착했을 때 숀은 이미 와 있었다. "이쪽은 내 이웃 케네스 버크일세." 레이랜드가 숀에게 말했다. "약사였고, 병원 경험이 있지. 자네가 반대하지 않는다면 린의 주치의 버크 박사 행세를 하며 의학적 이유에서 1인실을 강력하게 요구하려고 하네." "우린 밀집대형이군. 작은 군대야." 셋이 보조를 맞추어 행정실로 걸어갈 때 숀이 말하자 버크가 그 말을 받았다. "달려가서 넘어뜨리고 짓밟아야지."

"크리스티 부인 일로 왔습니다. 311번 병실, 린 크리스티." 버크가 행정실 직원 맞은편에 앉아 말했다. "크리스티 부인의 주치의 버크 박사입니다. 이쪽은 출판인인 아들, 이쪽은 뉴욕에서 온 조카 레이랜드 교수입니다. 크리스티 부인이 1인실로 옮기면 좋겠습니다. 안락이나 사치 때문에 그러는 게 아닙니다. 나는 오래전부터 크리스티 부인을 진료하는데, 의학적인 이유에서입니다. 어제 부인을 면회했어요. 그 병실에서는 조만간 신경쇠약에 걸릴 겁니다. 그러면 회복될 가능성은 없어요." 버크는 직원에게 미소를 지으며 말을 이었다. "당신이 마법을 부릴 수 없다는 거야 나도 압니다. 하지만 어쩌면…… 비용은 얼마가 되든 문제없습니다." 버크의 마지막 말에 직원의 얼굴에서 거절하는 표정이 살짝 사그라졌다. 직원이 옆방으로 갔다. 세 남자는 서로 얼굴을 바라보지 않았다. 눈길로 의심을 사면 절대 안 되니까. "운이 좋으시군요." 돌아온 직원이 말했다. "1인실 환자 한 명이 예상보다 일찍 오늘 퇴원합니다. 그런데 일단 비용인수동의서와 신용카드가 필요해요." "그건 내가 합니다." 레이랜드가 말하고 카드를 내밀었다. "오래 입원할 경우, 수천 파운드가 청구될 수도 있다는 거 아시지요?" "물론입니다." 레이랜드가 대답했다. "이 정도 비용일 때는 카드 회사에서 배상 약속을 받아야 합니다." 직원이 이렇게 말하고 다시 옆방으로 갔다. "해결됐습니다." 돌아온 직원이 레이랜드에게 서류를 작성하고 서명하라고 했다. "신분증 있나요?" 레이랜드는 여권을 보여줬다. "보험에서 어떻게 나오든 간에 크리스티 부인의 입원비 전체를 보증하게 된다는 거 아시나요?" 레이랜드는 고개를 끄덕였다. 직원이 시계를 보고 말했다. "병실을 정리해야 합니다. 11시 무렵에 옮길 거예요."

병원 카페테리아에 한 자리가 비었다. "숀이라고 하네." 세 사람이 자리에 앉았을 때 숀이 버크에게 악수를 청했다. "케네스일세." 버크가 대답하고 안경을 벗었다. "연기상을 받아도 될 만했지." 숀이 말했다. "뭐라고 말해야 좋을지 모르겠군. 엄마와 나를 위해 이런 일을 해준 사람은 지금까지 없었는데." 버크가 레이랜드에게 물었다. "그런데 우리가 뭘 했는데?" "으음, 자네가 마술 같은 목소리를 냈잖아. 엄청난 '권위'가 있는 목소리였지. 그 목소리를 듣고 반박할 사람은 없을 거야." "그래, 난 목소리로 할 줄 아는 게 좀 있지." 버크가 대답했다. "학교 다닐 때 선생님들 목소리를 흉내 냈어. 대학교 시절에는 더빙 성우로 일하려고 했는데, 그 일은 협회 사람들끼리 하더군." "그리고 자네는 신용카드를 나보다 먼저 냈고." 숀이 레이랜드에게 말했다. "뉴욕에서 온 교수가 내야 하지 않나. 그 사람도 뭔가 '역할'이 있어야지. 내가 그 역할을 얼마나 즐겼는지 자네는 모를 걸세."

"케네스는 그것 말고도 사람을 놀래는 재주가 또 있어." 레이랜드가 잠시 후에 말했다. 버크는 그를 흘낏 바라보고, 서류철에서 책표지 출력물을 꺼내 숀 앞쪽 탁자에 내려놓았다. "이건…… 믿을 수 없군. 이걸 자네가……?" 숀이 버크에게 물었다. "예전에 컴퓨터그래픽을 살짝 다뤄본 적이 있네. 사이먼이 책을 줬는데, 표지를 자세히 살펴보다가 다른 해결책도 상상할 수 있겠다고 생각했지. 좀 더 설득력 있는 표지 말일세. 그래서 시도해봤네." "아주 탁월하군." 숀의 말에 버크가 대답했다. "더 나아질 수도 있을 것 같네. 동판화 선이 멀리서 보기에 글자 선을 연상시키게 바꾸거나. 도시 건축이 어느 정도 글자 건축처럼 보이게 말이지. 그러면 전체적으로 더 추상적으로 보일 텐데, 어쩌면 자동차와 사람들을 없애야 할 수도 있겠네. 나도 잘 모르지만."

숀이 화장실에 갔다. 돌아올 때 그는 양손을 재킷 주머니에 넣고 시선을 바닥에 고정한 채 발을 조금씩 떼며 천천히 걸었다. '마음의 도움닫기, 어제처럼 다시 도움닫기를 하는 중이구나.' 레이랜드가 생각했다. 자리에 앉은 숀이 버크를 바라봤다. "꽤 오래전부터 출판사에 정규직 디자이너가 없다네. 표지 작업은 외주를 주지. 자네 혹시……?" "자네 출판사 책표지 디자인을 하겠냐고? 오늘 당장이라도 시작할 수 있지!" "자네에게 정규직을 제안할 수는 없다네. 출판사는 한 권당 얼마씩 지불할 걸세. 모든 게 좀 불규칙적이고 불안정하지." "돈? 돈은 아무 상관 없네. 난 집을 상속받아서 집세를 내지 않아. 그리고 저렴한 렌틸콩 수프를 자주 먹지. 그러니 괜찮아. 돈은 필요 없고 '일'이 필요하다네. 드디어 다시 일하는 것. 일이 얼마나 그리운지 자네는 상상도 못 할 걸세." 숀은 버크의 판결과 잃어버린 약국에 대해 알지 못했다. 하지만 버크의 말에 담긴 무게를 느끼고 얼굴을 폈다. "체사레 파베세의 《삶이라는 직업Il mestiere di vivere》 책표지가 필요하네." 숀의 말에 레이랜드가 물었다. "《삶의 힘The craft of living》말인가?" "'Life's richness is made of memories, forgotten.' 이 문장이 그 책에 있는 거지?" 버크도 물었다. "쉼표 이야기 했던 문장 말일세." 레이랜드가 고개를 끄덕였다. "난 연말까지 끝낼 수 있네. 그다음에는 타자를 쳐야 해." "그런 일을 하던 비서가 회사를 떠났다네." 숀의 말에 버크가 대답했다. "그럼 내가 하지 뭐. 그래픽에 비하면 문서 작성은 애들 장난일 테니까. 그리고 표지 작업을 잘하려면 어차피 책을 읽어야 해. 트리에스테 책보다 훨씬 어려울 거야." 버크는 몸을 뒤로 기대고 의자 뒷발로 균형을 잡았다. 카페테리아 유리창으로 들어온 햇살이 눈을 감은 그의 얼굴을 비췄다. 그는 마음속으로 크고 넓은 고리에 에워싸여 빛나는 공간으로 들어서는 것처럼 보였다. 레이랜드와 숀은 시선을 주고받았다. "그럼 그렇게 결정하지." 숀이 말했다.

세 사람이 크고 밝은 병실에 들어섰을 때 린은 침대에 똑바로 앉아 있었다. 숀이 가까이 다가가 말했다. "엄마, 잘 들으세요. 병동 의사가 올 거예요. 우리가 연극을 좀 할 텐데, 엄마는 그냥 모든 게 지극히 정상이라는 듯이 행동하시면 돼요. 알았죠?" 문이 열리더니 젊은 의사가 들어왔다. 버크는 환하게 미소를 짓고 악수를 청하며 그에게 다가갔다. "병실 옮기는 걸 가능하게 해주셔서 정말 고맙습니다." 그가 말했다. "버크 박사입니다. 크리스티 부인의 주치의예요. 부인의 골다공증과 고혈압, 어지럼증을 치료합니다. 다른 병실은 부인에게 너무 힘들어서 걱정을 많이 했습니다. 행정실에서 이 병실을 제안했을 때 우리 모두 무척 안도했지요." 레이랜드도 의사에게 다가갔다. "레이랜드 교수입니다. 크리스티 부인의 조카이고, 뉴욕에서 왔습니다. 저도 정말 감사드립니다. 아무 병원에서나 가능한 일은 분명히 아닐 거라고 확신합니다." "저도 감사드려요." 숀이 손을 들었다. "우린 이미 만난 적이 있지요." "원래는……." 의사가 입을 떼고는 세 사람의 얼굴을 바라보다가 말을 멈췄다. "이 절차가…… 아니, 됐습니다." 이번에는 린이 악수를 청했다. 의사가 그 손을 거절하기란 불가능했다. 린은 그의 손을 양손으로 감싸 쥐고 말했다. "박사님, 이 은혜는 절대 잊지 않을게요." 의사가 문간에 멈춰 서서 물었다. "행정실과는 이야기가 모두 끝났지요?" "완벽하게 끝났습니다." 버크가 대답했다. 의사가 나갔다.

버크는 안경을 벗고 린의 침대로 다가가 악수를 청했다. "케네스 버크입니다. 햄프스테드에 사는 사이먼의 이웃이지요. 병원에 대해 아는 게 조금 있어서, 주치의가 개입하여 부담을 주는 게 나쁘지 않을 거라고 생각했습니다." "아무도, 정말 '아무도' 당신이 내 주치의가 '아닐' 거라고는 생각하지 못했을 거예요." 린이 말했다. "게다가 '그 의사'가 이 모든 걸 해냈다는 듯이 말했잖아요. 정말 천재적인 허풍이군요!" "그는 잘못을 바로잡을 수 없었지요." 버크가 대답했다. "그랬다가는 권위가 위태로워질 테니까. 병원에서는 의사의 권위가 돈 다음으로 신성하답니다." 그가 주머니에서 약을 한 통 꺼냈다. "자, 이건 수면제입니다. 아무도 알아서는 안 돼요. 명심하세요. 아무도. 아시겠지요?" 린이 고개를 끄덕였다. 버크는 협탁 서랍에서 핸드백을 꺼내, 지퍼가 달린 제일 뒤쪽 주머니에 약을 넣었다. "숀, 우리 친구들이 이렇게 근사하구나." 세 사람이 병실을 나서는데 린이 말했다.

셋은 출판사로 갔다. 숀이 이곳저곳을 안내했다. 레이랜드가 지난번에 다녀간 이후 거의 변하지 않았지만 동시에 모든 것이 달라 보였다. 그는 가구와 책장, 양탄자를 자세히 살펴봤다. 이제 갑자기 모든 것이 그와 연관이 있었다. 직원들에게 인사하는 것도 예전과 달랐다. 숀은 버크를 프리랜서 직원이라고, 앞으로 책표지 작업을 할 거라고 소개했다. 직원들의 눈길은 친절했지만 조심스러웠고, 레이랜드는 버크가 이들이 보이는 거리감을 눈치챘다는 걸 깨달았다. "여긴 디자이너 스티븐 베이커의 사무실이었네." 복도 끝에 있는 사무실에 들어섰을 때 숀이 말했다. "좀 해봐도 될까?" 버크가 묻고 책상 앞에 앉아 컴퓨터를 켰다. "아이고, 단순하고 오래된 내 프로그램이랑은 확실히 다르네." 그가 이렇게 말하고는 긴 목록을 클릭했다. "프로그램은 모두 서랍에 있네." 숀이 말했다. "문서 작성 프로그램도 있지. 가져가게. 여기서 일하고 싶다면…… 책상이 비어 있으니 그렇게 해도 되네."

"우리, 뭐 좀 해볼 수 있을 것 같군." 세 사람이 숀의 사무실에 앉았을 때 레이랜드가 말했다. "우리가 러시아 망명 작가 시리즈를 냈지. 리비아가 시작했고 내가 이어받았다네. 오래전에 내가 자네에게 설명한 적이 있지. 성과가 컸네. 작년에 여덟 편이 출간됐지. 이탈리아어로 번역하는 건 아버지가 러시아인, 엄마는 바스크인인 안드레이 쿠츠민이 항상 맡았다네. 카테리나 미찬은 출판사를 인수하면서 이 판권도 넘겨받았지. 그 시리즈를 계속하겠다더군. 난 그 사람이 자네에게 영어 판권을 아주 저렴한 가격에 넘겨줄 거라고 확신하네. 장담할 수는 없지만, 그런 시리즈는 아마 여기서도 성공을 거둘 수 있을 걸세. 번역할 사람을 혹시 알고 있나?" "로만 네미로프라는 사람이 있지." 숀이 대답하고 책장으로 가서 잡지 한 권을 꺼내서 넘겼다. "여기 이 사람이네." 얼굴이 가냘프고 창백한, 쉰 살쯤 되어 보이는 남자가 책상 앞에서 휠체어에 앉아 펜을 들고 원고로 몸을 굽히고 있는 사진이었다. "젊은 시절에 모스크바에서 사고를 겪었네. 그래서 당국이 해외로 내보내자 여기로 왔지. 자신의 우상이었던 나보코프나 요세프 브로드스키만큼 영어를 잘하길 원했고, 결국 '그렇게' 했네. 밤낮으로 양방향으로 번역을 하지. 존 던 작품을 번역했네. 컴퓨터가 없고 전화번호는 비밀이라네. 그래서 편지를 써야 하네." "우리 시리즈 첫 작품, 바실리 스미르노프의 《정적тишина́》을 그에게 보내보세." 레이랜드는 몸을 뒤로 기대고 눈을 감고서, 안드레이 쿠즈민의 이탈리아어 번역문 처음 몇 문장을 기억하여 낭독했다. "리가 만이 얼어붙었다. 큰 눈송이가 며칠 전부터 느릿하게 내린다. 문밖으로 나서면 제일 먼저 들리는 것은 적막뿐이다. 그러다가 시간이 좀 지나면 떨어지는 눈송이 소리가 들린다. 내가 아는 한 가장 나지막한 소리다. 이따금 얼음이 삐걱거리는 소리도 들린다. 그 후에는 더 조용해진다." "그 원고, 내가 출간하겠네. 네미로프가 하든 하지 않든 상관없이." 숀이 말했다.

"그 디자이너라는 스티븐 베이커 말이야. 자발적으로 퇴사한 게 아니지? 안 그런가?" 지하철에 자리를 잡았을 때 버크가 레이랜드에게 물었다. 레이랜드는 고개를 끄덕였다. "비서도 그렇고. 맞지?" "출판사 형편이 어렵다네." 숀의 말에 버크가 다시 물었다. "그래서 자네가 어려움을 벗어나게 돕는 건가?" "나와 자네, 우리 둘이 돕는 걸세."

22

다음 날 아침, 레이랜드는 예전 계좌를 그대로 두고 있는 켄싱턴의 한 은행으로 향했다. 이 은행이 보내는 우편물을 트리에스테에서 받는 게 항상 마음에 들었다. 해링턴 가든스에서 지점으로 향했는데, 지점장이 "굿모닝"이라고 인사하는 소리가 들리는 듯했다. 그 지점장은 언제나 레이랜드가 듣고 싶은 방식으로 인사했으므로 이따금 오로지 그 소리를 들으려고 지점에 가기도 했다. "뭐라고 표현해야 할지 모르겠다." 그가 리비아에게 한 말이었다. "'책에 쓰인 것처럼'이라고 하는 게 가장 정확할 거야. 하지만 너무 답답하게 들리잖아. 구어체에서 쓸 만한 표현은 아니지." "나도 알고 싶다." 리비아는 이렇게 말하고 레이랜드를 따라갔다 와서 말했다. "그 말이 맞네. 그 사람은 '책에 쓰인 것처럼' 말해. 영어에는 좀 창백하지만 문맥에 어울리는, 거의 학술적인 구어체가 있지. '전형적인the very model of it' 같은 말처럼."

머리카락에 포마드를 바른 젊은 새 지점장은 인사를 완전히 잘못했다. "선생님, 어떤 업무를 도와드릴까요?" 레이랜드는 "아니요"라고 말하고 싶었지만 "흠, 예"라고 대꾸하고는 최대한 경멸하는 어조로 말을 이었다. "얼마 후에 트리에스테에 있는 은행에서 50만 파운드를 내 계좌로 이체할 겁니다. 이체하는 사람은 나예요. 액수가 크니 금융거래를 통지하고 모두 완벽하게 이루어지게 조처했으면 좋겠습니다." "그 금액으로 어떻게 하실지 여쭤봐도 될까요?" 포마드를 잔뜩 바른 남자가 물었다. "아무것도 안 합니다. 일단은 아무것도 안 해요." 레이랜드의 말에 남자가 언짢은 표정으로 대답했다. "네, 그렇게 하시죠."

레이랜드는 집에 와서 트리에스테의 거래 은행에 전화했다. 50만 파운드? 그렇게 큰 금액은 우편으로 처리할 수 없다고, 직접 와서 이체해야 한다고 했다. 그는 제일 가까운 여행사에 가서 다음날 편도 비행기를 예약했다. 그곳에 앉아 있는 동안, 오후에 날아갔다가 이른 저녁에 도착해서 아이들을 만나는 게 아주 간단한 일처럼 생각됐다. 패트 킬로이 식당에서 함께 식사를 할 수도 있겠지. 그러다가 비행기 표가 놓인 책상 앞으로 돌아와 앉아 있자니 불현듯 더는 간단한 일로 보이지 않았다. 어떤 점이 힘들까? 내일 트리에스테로 돌아가는 게 너무 이른가? 하지만 '너무 이르다'니, 그게 무슨 소릴까? 그렇다면 적당한 시기가 언제인가? 일주일 후? 한 달 후? 내년? 아니, 아니었다. 그는 시기나 시간 때문에 망설이는 게 아니었다. 레이랜드는 이곳저곳 천천히 거닐다가 창가로 다가섰지만 아무것도 볼 생각을 하지 않았다. 서서히 이해가 갔다. 이제 새로운 현재를 런던에서 막 발견하기 시작했는데 트리에스테에 다시 가면 과연 어떨지 알 수 없어서 망설이는 것이다. 거기 가면 엄습할지도 모르는 불확실함과 당혹감. 그뿐만 아니라 다른 사람들도 느끼고 다칠 수도 있는 감정이었다. 오진을 발견한 10월과는 다를 터였다. 그때는 낯익은 도시에서 다시 얻은 미래에 익숙해지는 게 중요했다. 골목과 광장을 걸으며 앞으로도 오랫동안 이렇게 할 수 있다는 느낌을 받는 것이. 그러다가 서서히 삼촌 집에서 출판사 없는 삶을 어떻게 이어갈지에 대한 고민이 자라났다. 지금 생각하면 기이할 만큼 추상적인 고민이었다. 이곳에서도 당연히 새로운 일이 생길 테고 그 일이 앞으로의 삶에 영향을 끼치리라는 것은 염두에 두지 않았으니까. 그런 일은 실제로 일어났다. 특히 케네스 버크, 숀 크리스티와의 일이 그랬다. 이 새로운 현재와 더불어 예전 트리에스테에서의 익숙한 시간도 계속 살아갔다. 아이들과의 시간, 안드레이와 패트 킬로이와의 시간, 그리고 예전만큼 직접적으로 그를 관통하여 흐르지는 않지만 출판사와 관련이 있는 얼마간의 시간이 바로 그것이었다. 서로 다른 도시와 나라들에서 어떤 사람의 삶이 동시에 진행된다는 말을 읽거나 듣기도 한다. 레이랜드는 당연한 것이 불현듯 낯설어 보일 때처럼 생각을 멈추었다. 그런 일이 어떻게 가능할까? 그 사람의 내면에서 어떤 일이 일어나지?

케네스 버크의 집 앞에 컴퓨터와 프린터 회사 차가 멈춰 섰다. 버크의 요청에 따라 상자들이 집으로 들어갔다. 그가 문을 닫은 후에 차가 떠났다. 버크는 새 장비와 새 프로그램으로 숀의 출판사를 위해 일하는 새로운 삶을 시작하려는 중이었다. 그는 몇 년 전부터 바로 이 순간을 기다린 사람처럼, 상자를 나르는 남자들을 활발하고 싹싹한 얼굴로 대했다. 위에서 내려다보니, 버크가 얼마 전에 보여준 작은 방에서 상자를 푸는 모습이 눈에 들어왔다. "돈은 필요 없고 일이 필요하다네. 드디어 다시 일하는 것. 일이 얼마나 그리운지 자네는 상상도 못 할 걸세." 그가 병원 카페테리아에서 숀에게 한 말이었다.

레이랜드는 다시 여행사로 가서, 모레 떠나는 트리에스테행 비행기 표를 한 장 더 샀다. 책상에 비행기 표 두 장을 나란히 놓았다. 하지만 조금 전에 시기나 시간이 중요한 게 아니라고 스스로에게 말하지 않았던가? 버크네 작은 방에서 모니터가 흐릿하게 반짝였다. 레이랜드는 삼촌의 변호사 프랜시스 페이지에게 전화해서 숀 출판사 증여와 관련된 서류를 준비해달라고 부탁했다. 그가 액수를 말하자 수화기 저편에서 잠시 침묵이 흘렀다. 레이랜드는 언제 오냐는 페이지의 질문에 다음 주에 런던으로 돌아온다고 대답하고, 린 크리스티를 문병하러 첼시에 있는 병원으로 갔다.

린은 이른 해질녘에 협탁 전등을 켜고 책을 읽고 있었다. 버크가 준 알약 덕분에 아주 오랜만에 숙면을 취했다고 했다. 린은 혹시 버크에 대해 이야기를 좀 해줄 수 있는지 물었다. 레이랜드는 그의 약국과 독단적인 행동, 판결 이야기를 들려줬다. '의약품계의 로빈 후드'라는 말에 린은 웃음을 터뜨렸다. "그 사람이 내 친구라면 좋겠군요." 레이랜드는 비밀로 해달라고, 버크가 당신과 숀에게 언젠가 직접 이야기할 거라고 말했다. "그 사람과 숀 사이는 어때요?" 레이랜드가 버크의 책표지와 앞으로 이어질 작업에 대해 이야기하자 린은 말이 없어졌다. "스티븐 베이커가 출판사에 없다고요?" 잠시 후에 린이 물었다. 레이랜드는 그렇다고, 자기도 자세한 사정은 모른다고 대답했다. "이상하군요. 그 사람은 일을 잘했어요. 오만하고 자부심이 강해서 내가 싫어하긴 했지만 일은 잘했지요." 말을 잇는 린의 목소리에 짜증과 불안감이 살짝 깃들어 있었다. "숀이 왜 말하지 않았는지 궁금하군요. 사이먼, 출판사에 별일 없겠죠? 안 그래요? 요즘 느낌이 좀 안 좋아요." 레이랜드가 린의 손을 잡았다. "별일 없답니다. 출판사들 모두 힘든 시기지만, 숀은 잘해내고 있어요." "거짓말 아니겠지요?" "물론입니다." 그 순간 다행스럽게도 간호사가 들어왔다.

간호사가 나간 후에 린은 불안이 사라진 눈길로 레이랜드를 바라봤다. "그리고 당신은요? 모두 오진이었지요?" 레이랜드가 고개를 끄덕였다. "사진이 바뀌었어요. 단순한 혈액순환장애였답니다." "오진받은 상태로 얼마나 지냈어요?" "11주." "영원처럼 긴 시간이었겠군요." 레이랜드는 다시 고개를 끄덕였다. "우리가 밤에 거대한 부두에 서 있던 거, 기억나요? 당신은 '의사는 필요 없어'라고 말했지요. 그 말이 숀과 나를 계속 따라왔답니다. '그에게 어울리는 말이에요. 그렇게 잘 어울리는 말은 없어요.' 숀이 그러더군요. 우린 당신과 리비아와 아이들이 해링턴 가든스에 살던 시절에 대해 이야기했어요. 서로 방문하던 시절 이야기. 당신 서재 방바닥에 책이 잔뜩 쌓여 있었지요. '그 둘은 단어들의 커플이야.' 우린 당신과 리비아에 대해 이렇게 말하곤 했어요. 물론 트리에스테에 관한 프란체스카 마르케세의 책 제목이 연상되긴 했지요. 하지만 우린 'a couple' '한 쌍'과 '몇몇'이라는 이중 의미를 항상 즐겼답니다. 숀은 '그저 단어 몇몇 개가 아니라요not just a couple of words'라고 자주 말했어요. 두 가지 의미가 다 있어서 우린 기뻐했지요. 당신 둘의 경우에는 몇몇 단어뿐 아니라, 단어들의 우주 전체였어요. 그리고 두 사람 사이는 단어만이 아니라 그보다 훨씬 더 많은 게 중요했지요. '사이먼이 리비아를 눈으로 좇는 것 좀 보세요.' 숀이 말하곤 했어요. 우린 당신들이 트리에스테로 이사 간 후에 무척 그리워했답니다. 리비아와 아이들이 그곳에 간 후에 당신은 우릴 마지막으로 방문했어요. 기억나요?" 레이랜드가 고개를 끄덕였다. "헤어질 때 우린 오랫동안 포옹했죠. 숀이 그걸 봤어요. '사이먼은 거의 아들이나 마찬가지야.' 나중에 내가 숀에게 말했지요. 우린 당신을 그리워했어요. 그래도 우리 둘 다 출판사를 운영하고 있어서 함께 많은 책을 낼 수 있으니 좋았지요. 숀은 이따금 '우리 출판사 트리에스테 지부'라고 말하기도 했어요. 두 사람을 자주 방문했더라면 좋았을 텐데. 리비아의 유골함이 가족묘 벽감에 들어갈 때 그 생각을 특히 절절하게 했어요. 당신이 그곳에 서 있던 모습이 지금도 눈에 선해요. 아이들 어깨에 팔을 얹고 있었지요. 난 세 사람의 결속력이 얼마나 강한가, 그러면서도 지금 얼마나 외로워 보이는가 생각했어요. 10년이 또 지나간 후에 우린 부두에 서 있었지요. 바닷물은 위협적일 만큼 검은색이었고, 나는 당신이 때가 되면 먼 곳으로 힘이 다 빠질 때까지 헤엄쳐 나가는 모습을 상상했어요. 몸이 떨리기 시작하더군요. 호텔 객실에서도 떨려서 숀 방으로 건너갔어요. 아침에 당신에게 한 번 더 들르는 게 어떨지 숀에게 물었지요. 숀은 한참 망설이다가 아니라고 단호하게 대답하더군요. '그런 작별을 두 번 할 수는 없어요. 반복은 안 돼요. 두 번째 작별은 첫 번째 작별에 대한 신성모독이에요.' 숀의 입에서 나온 종교적인 단어에 얼마나 놀랐던지 지금도 기억나요. 하지만 그게 옳은 단어였어요. '나라면 심각한 첫 번째 발작 후에 이미 했을 거예요. 회복하지 못한다는 걸 안다면 말이지요.' 숀이 돌아오는 비행기 안에서 말했어요. '아이들과 작별하는 게 가장 끔찍할 것 같아요. 그런 걸 어떻게 할까요?' 커피 잔을 쥐는 숀의 손이 떨렸는데, 비행기 진동 때문은 아니었어요." "나도 어떻게 했을지 모르겠어요." 레이랜드가 대답했다. "오진을 발견했을 때, 난 아직 그런 내면의 명확함에는 이르지 못한 상태였습니다."

레이랜드는 린이 다친 다리 자세를 바꿔 눕게 도와주었다. 린은 그에게 출판사를 그리워하는지, 이제 어떻게 살지 물었다. "그런 순간이 있지요. 특히 잠들기 전에 아직 출판사를 가지고 있다면, 오진이 조금만 더 일찍, 열흘만 일찍 발견됐다면 어땠을까 생각할 때가 있답니다. 출판사 사무실에 앉아 있는데 베라 산틴이 들어와서 뭔가 묻는 꿈을 꾸기도 하지요. 같은 꿈에서 리비아가 전화를 하며 왔다 갔다 걷는 경우도 있어요. 그럴 때면 난 사업가다운 그녀 목소리를 들으며, 우리 둘이 왜 여기에 있을까 의아해해요. 이런 꿈에서 깨면 마음이 아픕니다. 하지만 우연을 원망하는 일은 서서히 줄어들고 있어요. 출판사와는 번역가로서, 또 기획을 제안하는 사람으로서 연결되어 있지요. 사업의 짐에서 벗어난 건 행복합니다. 앞으로 내 인생이 어떤 모습이 될지는 아직 몰라요. 내적으로나 외적으로 불확실한 길을 더듬거리며 찾아가는 중입니다." 하지만 여기 런던에 자주 있을 것 아니냐고 린이 물었다. 레이랜드는 그렇다고, 워런 숀 삼촌의 집에 익숙해지고 있다고 대답했다. "우리 출판사와의 관계는요?" "예전보다 더 가까워질 겁니다. 숀이 필요하다고 하면 늘 곁에 있을 거예요."

레이랜드가 집에 돌아왔을 때, 버크의 집에는 여전히 컴퓨터 모니터가 빛나고 있었다. '일', 그의 입에서 나온 그 단어는 얼마나 소중했던가. 레이랜드는 책상 앞에 앉아 비행기 표 두 장을 가만히 내려다봤다. 잠시 후에 나지막하게 두드리는 편두통의 전조를 느꼈다. 약을 먹고, 숨이 알아서 쉬어지게끔 내버려두었다. 이따금 이런 식으로 통증이 멎기도 했다. 상황과 관련이 있는 발작은 그 상황으로 해석이 가능했다. 리비아는 그걸 '통증 읽기'라고 불렀다. 그가 '주어진 사실'이라고 이름 붙인 또 다른 발작도 있었다.

레이랜드는 앞으로 두 경우 모두 레오나르디 박사의 방에서 본 눈부신 엑스레이 사진을 눈앞에 떠올릴 테고, 그 사진이 자기 뇌가 아니었다는 사실도 처음의 경악을 덜어주지는 못할 터였다.

약효가 나타나기 시작하자 파베세의 책을 펼치고 번역을 이어나갔다. 시간이 좀 지난 후에, 처음 읽을 때 그 깊이를 인식하지 못한 어떤 문장이 나왔다. 'E bello scrivere perché riunisce le due goie: parlare da solo e parlare a una folla.' '쓰기는 두 가지 기쁨을 결합하므로 아름답다. 자기 자신, 그리고 동시에 다른 많은 사람에게 말하는 기쁨.' 레이랜드는 삼촌의 편지를 꺼내, 가장 큰 감동을 받은 곳을 찾았다. '……사랑하는 사이면, 너는 늘 강하고 경탄스러운 아이였고, 아무도 모르게 학교와 부모님 집을 떠나서 대도시의 불빛과 그 아래로 다니는 기차로 도망친 소년이었다. 이 얼마나 놀랍고 진기하며 위험한 의지인가! ……네가 이렇듯 뜨겁고 정신 나간 의지, 그리고 그 의지의 바탕이 되는 흔들리지 않는 자신감을 다시 한번 불태워서 너 자신의 단어로 스스로에 대해 이야기하기 위해 펜을 잡길 바란다. 회고록 형식도 괜찮지만, 이야기 형식이 더 좋겠지. 내면 가장 깊은 것을 주인공들이 촘촘한 시적 형태로 경험할 수 있으니까.' 레이랜드는 파베세도 번역가였다는 사실을 떠올렸다. 멜빌과 조이스, 더스패서스, 포크너와 그 외 몇몇 작가의 작품을 번역했다. 에이나우디 출판사에서 일했고, 시와 단편소설을 썼다. 그는 삼촌이 말한 발걸음을 뗐다. '나는 나 자신의 목소리를 향한 걸음을 내딛지 못했다. 하지만 너는 용기를 내길! 이제 곧 네 집이 될 내 집이 그렇게 하는 데 어떤 식으로든 도움이 되길 빈다.' 삼촌이 편지에 쓴 말이었다.

레이랜드는 지금까지 번역한 두툼한 원고를 정리하고 버크에게 갔다. 버크는 낮에 시험해본 온갖 새로운 프로그램에 흠뻑 취해 있었다. 그가 번역 원고를 넘기다가 낭독했다. "'위대한 시에 감탄하는 것은 그 시의 세련미 때문이 아니라, 시에 내재된 발견의 새로움 때문이다.' 훌륭한 문장이군." 그의 말에 레이랜드가 대답했다. "그 책에는 훌륭한 문장도, 괜찮은 문장도, 그저 그런 문장도 있지. 한두 문장은 정말 형편없고." 버크가 놀라서 바라보자 레이랜드는 다시 말을 이었다. "번역자만큼 책을 자세히 읽는 사람은 없다네. 불필요한 반복이나 틀린 점, 리듬에서의 더듬거림, 미끄러진 장면, 필요하지 않은 모든 것, 다시 말해 진부하고 형편없는 것들을 발견해내지. 다른 언어로 복제하려면 모든 것, 정말 모든 것을 캐내야 하니까. 어떤 문장을 읽으며 내가 그저 복제하는 게 아니라면 좋을 텐데, 라고 생각한 적이 얼마나 많은지 모른다네. 번역자만큼 작가에게 가까운 사람은 없지. 번역은 다른 그 무엇보다도 강한 친밀함, 연인 사이의 육체적 친밀함보다 더 가까운 관계를 만들어주네. 번역자는 시간이 좀 흐른 후에는 작가에게서 발견할 수 있는 가장 은밀한 것, 그의 상상력에 숨어 있는 알파벳을 알게 되니까. 그 알파벳이 번역자에게는 지극히 낯설 수도 있네. 그럴 때 번역자가 느끼는 낯섦은 평범한 만남에서 느끼는 그 어떤 것보다 싸늘하고 위협적이지. 번역은…… 낯선 내면세계로 향하는 엄청난 침입일세. 위험하지. 번역자는 작가를 그 누구보다도 잘 알기 때문에 또한 그 누구보다도 더 심한 상처를 줄 수 있다네."

나중에 두 사람은 워런 숀이 자주 가던 찻집에 앉아 있었다. 버크는 그가 작품을 번역한 저자를 만나면 어떤 느낌인지 물었다. "영혼의 아주 깊은 곳에서 쓴 책이라면 무척 조심해야 하네. 그런 만남을 신중하게 피하는 작가와 번역가들이 있지. 번역가가 맞혀야 할 가장 중요한 것은 책의 분위기일세. 단어나 등장인물 또는 행위보다 분위기가 저자에 대해 더 많은 것을 알려주지. 책의 내적 형태와 내적인 울림에 완전히 들어가야 하는데, 이런 일은 이 형체와 울림을 자기 안에서 흉내 내고 책과 함께 호흡할 때만 가능하네. 이렇게 함으로써 저자의 인생과 어느 정도는 함께하는 걸세. 그러고서 저자를 만나면 자신의 시선에 관음증적인 데는 없는지, 자기 말에 '난 당신이 누군지 알아. 그것도 당신 자신보다 오히려 더 잘 알지'라는 내용이 포함되지는 않는지 조심해야 하네. 힘든 점은 이런 거라네. 저자는 번역자가 이렇듯 내적 시선으로 자신을 바라본다는 것을 알고 있네. 그게 외적 시선에는 드러나지 않지만 말일세. 번역자는 저자의 삶에서 다시 사라지는 게 좋다네. 그의 삶은 계속 앞으로 나가고, 그는 이런 전진을 통해 번역이 만들어낸 친밀함에서 해방되는 걸 기뻐하지."

종업원이 커피를 가지고 왔을 때 레이랜드는 관자놀이를 문질렀다. "편두통인가?" 버크의 질문에 그가 고개를 끄덕였다. "언어가 사라졌던 발작에 대한 기억이 늘 도사리고 있다네. 난 이제 혈액이 나에게 과연 다음 말을 가져다줄까 생각하며 늘 기다려야 할 거야. 그런 생각이 거리에서 갑자기 엄습해서 한순간 나를 완전히 마비시켜 멈춰 서야 하는 일이 생길 수도 있네. 그런 생각은 이따금 번역할 때, 글씨를 쓰는 도중에 몰려오기도 한다네. 그러고 다시 한참 동안 물러나 있기도 하고. 남는 것은 내가 뇌에 종속되어 있다는 것, 뇌의 기분에 속수무책으로 묶여 있다는 의식일세. 혈액순환처럼 그렇게 단순하고 기본적인 일에 생긴 장애가 언어와 생각을 빼앗을 수 있다는 기억이 언제나 생생하지. 케네스, 그거 아나? 이런 말을 하면 우습게 들리겠지만, 사람이 뭔가 경험하려면 뇌가 필요하다는 사실이 난 불쾌하네. 그냥 불쾌해. 내 정신의 권위를 뇌의 화학작용에 넘겨주지 않으면 좋겠어. 매 순간, 그리고 마지막까지 내 정신의 권위는 나 스스로 소유하고 싶네."

레이랜드의 손이 떨리는 걸 본 버크가 그의 팔에 손을 얹었다. "내 예전 손님도 같은 병을 앓았다고 이야기한 적이 있지 않나. 그때 읽었는데, 한두 번만 겪고 다시는 겪지 않는 경우도 흔하다더군. 자네도 그런 말을 했지. 그러니 자네가 다시는 겪지 않을 확률도 무척 높네."

일어나기 전에 레이랜드는 트리에스테로 갈 계획에 대해 말했다. "망설이는 것 같군." 버크의 말에 레이랜드는 두 장 끊은 비행기 표 이야기를 꺼냈다. "마치 내일을 위한 도움닫기가 필요하다는 것처럼." 버크가 말했다. 그는 머리 뒤로 양팔을 깍지 낀 채 눈을 감고 말을 이었다. "힘든 여행이 되겠군. 끔찍한 시기를 보낸 도시, 팔아버린 출판사가 있는 도시, 하지만 동시에 리비아와의 과거와 아이들과의 현재가 있는 도시. 게다가 앞으로 삶의 중심이 어디여야 할지 정하는 문제까지. 한꺼번에 너무 많은 문제가 있으니 사실 도움닫기가 필요해."

거리에서 버크가 말했다. "내일 파베세 타이핑을 시작하려고 하네. 자네가 보고 싶다면……." 레이랜드는 고개를 끄덕이고 집으로 들어갔다.

소피아에게서 부재중 전화가 와 있었다. 전화를 건 레이랜드는 몇 마디만 듣고도 뭔가 일이 생겼다는 걸 알아챘다. "아빠랑 꼭 할 이야기가 있어요. 그런데 전화로는 안 돼요. 여기 오실 수 있어요?" 소피아가 물었다. "사고니?" "아니, 아니에요. 끔찍한 일은…… 없어요. 하지만 음…… 중요한 일이에요. 내 인생이 다 걸린." "임신했니?" 그 말에 소피아가 웃음을 터뜨렸다. "아니에요. 그것보다 훨씬 복잡한 일이에요. 전화로는 정말 설명할 수 없어요. 언제 오실 수 있어요?" "내일." 레이랜드는 소피아에게 도착시간을 알려줬다. "마지막 시험이 언제지?" "사흘 후예요." "그때까지 미룰 수는 없고?" 소피아가 망설이다가 대답했다. "아빠가 이걸 과장이라거나 히스테릭하다고 생각하지 않으시면 좋겠어요. 네…… 미룰 수 없어요." "그래, 그럼 내일 보자."

레이랜드는 한동안 어둠 속에 그대로 앉아 딸과의 대화를 계속 되뇌어봤다. '중요한 일이에요. 내 인생이 다 걸린.' 그는 버크에게 건너갔다. 다 듣고 난 버크가 입을 열었다. "내가 왜 이렇게 생각하는지는 설명할 수 없지만, 소피아는 자네가 뭔가 '이해'하길 바라는군. 자네가 아직 모르는 자기의 뭔가를. 자네가 그걸 '인정'하고 그런 행동을 하는 자기를 '받아들이기'를. 그것도 최대한 빨리." "그러니까 어떤 의미에서는 소피아를 '새로 보게' 될 거라는 뜻인가?" "얼마 안 되는 말에 근거한 추측에 불과하네." "그런데 왜 갑자기 이렇게 서두르는 걸까?" "이것도 추측이긴 한데, 아마 오랫동안 어떤 결정을 내릴지 고민하다가 이제 결정해서 현실이 된 거겠지. 그리고 그걸 가장 소중한 사람에게 당장 알리고 싶은 거고." "자네, 아까 식사할 때 내 상황을 보지 않았나. 내가 그런 일을 감당할 수 있을까?" "이런, 사이먼. 자네는 완전히 다른 일도 잘 견디지 않았나. '완전히' 다른 일도."

레이랜드는 문간에서 버크에게 열쇠 하나를 건넸다. "잘 돌봐 주게." 다음 날 아침 집을 떠날 때 보니 버크가 창가에 서 있었다. 둘은 서로 손을 들어 올렸고, 평소에 인사할 때보다 좀 더 오래 들고 있었다.

23

레이랜드가 트리에스테 공항 도착 대합실로 나가자, 소피아가 달려와 목에 매달렸다. 그는 딸이 자기를 아주 세게 안는다는 것, 그러면서도 그보다 더 강하게 안기고 싶어한다는 것을 느꼈다. 소피아가 그를 카페 바의 탁자로 이끌더니 앉자마자 숨쉴 틈도 없이 말했다. "아빠, 나 그만둬요. 의학 말이에요. 모레 마지막 시험을 보고 학위만 받으면 끝이에요."

레이랜드는 여러 가지 상황과 맞닥뜨릴 마음의 준비를 했었다. 하지만 이건 미처 생각하지 못했다. 오는 동안 비행기 안에서 자기가 딸에 대해 아는 게 뭔지 떠올리려고 애썼다. 소피아 켈리. 소피아는 그가 제안한 미들네임을 좋아하지 않았다. 너무 밝고 너무 뾰족해서, 거울에서 보는 자기 모습과 전혀 어울리지 않는다고 했다. 소피아는 독립적이고 집요했고, 가끔은 고집이 세기까지 한 아이였다. 자기 뜻대로 하게 내버려두면 어떤 식으로든 해내는 아이. 그와 리비아는 딸을 그렇게 간주했다. 나중에 소피아 자신은 혼자 남겨졌다고 느낄 때가 많았다고 털어놓았다. 학교에서는 오만하다는 평을 들었는데, 너무 쉽게 좋은 성적을 얻고 스포츠에서도 늘 선두라는 점도 그런 평판이 도는 이유 가운데 하나였다. 친구가 없고, 타인을 원하지도, 그들을 필요로 하지도 않는 건방진 아이로 보인다는 사실에 소피아는 부담을 느꼈다. 부모님과 그 이야기를 하기란 불가능해 보였다. 소피아의 말에 아버지는 충격을 받았다. "아빠랑 엄마가 무관심했던 건 아니에요. 하지만 두 분은 각자의 길, 서로 지극히 다른 길을 가셨고 그 길에 나를 데리고 가시지는 않았어요."

소피아는 대학 진학을 거부했다. 리비아는 밀라노와 마드리드에서 공부했고 이십 대 중반에 소르본 대학교에서 박사 학위를 받았다. 이 광채와 속도가, 눈부시게 반짝이는 엄마의 방식이 소피아에게 대학교 거부라는 반응을 불러일으켰을까? 불꽃같은 엄마의 능력에 대한 침묵의 저항이었나? 비교를 견디지 못했을 테니까? 소피아는 언제나 무언가를 읽었다. 방과 후에, 병원 근무가 끝난 후에, 야간 근무 중에, 그리고 혼자 식사를 할 때. 시드니와 부모보다 더 많이, 훨씬 더 많이 읽었다. 마르크스와 베네데토 크로체, 안토니오 그람시, 그리고 근방 정신병원의 폐쇄된 문을 열어젖힌 프랑코 바살리아의 글을 읽었다. 소피아는 독서로 폭풍을 막으려는 듯이 다급하고 격렬하게 읽었다. 줄리오 안드레오티와 베티노 크락시, 그 외에도 부패한 모든 정치가를 증오했고, 투표하러 가지도 않았다.

그러다가 간호사로 소피아를 겪은 레오나르디 박사가 의학 공부를 시작하라고 그녀를 설득하는 데 성공했다. 소피아는 학업에 격정적으로 몰두했고, 간호사로 일하며 학비를 대겠다고 고집을 부렸다. 자기 자신에게서 지식의 틈새를 발견하면 견디지 못했고, 세부사항에 대한 집착과 강의나 강습 중간에 던지는 복잡한 질문은 교수진에게도 두려움의 대상이었다. 의학과 의사라는 직업은 소피아의 기질과 정열을 위해 만들어진 것만 같았다. 국경없는의사회에서 일하겠다고 말했다. 오래전에 케네스 버크도 같은 생각을 했었다. 레이랜드는 진단을 받은 뒤로 소피아가 가장 편했는데, 물론 딸이라는 이유도 있었지만 그 딸이 이제 곧 그가 알고 싶지도 않은 분야에 능통한 의사가 될 예정이기 때문이기도 했다.

비행기에서 이 모든 생각이 레이랜드의 머리를 스치고 지나갔다. 게이트가 수없이 많은 뮌헨 공항에서 그는 신문을 읽는 소피아 또래의 여자 건너편에 앉았다. 특별한 이유도 없이 불현듯, 레이랜드는 자기가 비행기에서 정리했던 모든 것이 너무 피상적이고 도식적은 아니었을까 생각이 들었다. 딸의 마음이 어떤지 나는 정말로 알고 있나? 딸이 살면서 뭘 기대하는지? 남자 문제에 관해서는 아들이 여자 문제에 대해 입을 열지 않는 것만큼이나 딸도 과묵했다. 모레티 박사와 무슨 일인가 있었던 게 분명했다. 딸은 어떤 책을 읽을까? 최근에 들은 음악은 뭘까? '중요한 일이에요. 내 인생이 다 걸린.' 맞은편에 앉았던 여자가 일어나서 대합실을 가로질러 갔다. 혹시 어떤 여자가 딸의 인생에 등장한 걸까? 지금까지 스스로도 몰랐던 열정이? 뭐가 됐든 의학이 문제는 아닐 거라고 짐작했었다. 의학은 소피아 인생의 틀을 10년 이상 결정해 온, 온갖 능력과 헌신이 담긴 것이었다. 의학과 동떨어진 소피아는 상상할 수도 없었다. 레이랜드는 딸이 전화로는 말할 수 없는,

삶을 결정짓는 변화가 하필이면 이 틀의 붕괴일 거라고는 미처 생각하지 못했다.

"자, 어떻게 생각하세요? 제정신이 아닌 것 같아요?" 소피아가 물었다. 레이랜드는 천천히 하라고, 나 지금 시간이 필요하다는 손짓을 부드럽게 보냈다. 그러고는 담배를 한 개비 꺼내 물었다. 소피아도 피우겠다고 해서 불을 건넸다. "언제부터 담배 피우니?" "며칠 전부터요. 그냥 피우는 거예요. 아무 뜻도 없어요. 그냥 삶의 일부가 됐어요." "그 모자처럼?" 동양풍 색깔 털실로 짠 일종의 베레모였다. "엊그제 끝에서 두 번째 시험을 마치고 나왔을 때, 잡동사니를 파는 가게 진열대에 있는 이 모자가 눈에 띄었어요. 써봤더니 직원이 '좋다'고 하며 거울을 들어 보여주더군요. 내 생각에도 잘 어울렸어요. 나에게만 어울리는 게 아니라 새로운 삶의 기쁨에 말이에요." 레이랜드가 손을 내밀자 소피아가 모자를 건네줬다. 그가 부드러운 모자를 천천히 쓰다듬으며 말했다. "실크로드." 그 말에 소피아가 웃음을 터뜨렸다. 그가 모자를 쓰자 소피아는 또 웃었다. 레이랜드는 모자를 돌려주고 다리를 꼬고는 담배 한 모금을 깊이 들이마셨다. 이제 말할 준비가 끝났다.

"오면서 수많은 가능성을 상상했다. 하지만 비행기를 수천 시간 탔더라도 이건 생각해내지 못했을 거야. 너와 의학……. 둘은 지극히 자명한 이치 같은 거였지. 움직일 수 없는 사실." 그는 지갑을 꺼내, 하얀 캡을 쓰고 굳건한 표정을 짓는 간호사 소피아의 사진을 보여줬다. "여기 이게 너였지. 완전히 너 자체." 소피아가 사진을 자세히 들여다봤다. "나도 알아요. 모두 나를 이렇게 봤지요. 사람들이 나에 대해 가지고 있는 인상이에요. 시드니만 예외였어요. '그 멍청한 캡 좀 벗어. 야전병원 수녀 같잖아.' 그렇게 말했어요. 난 그런 인상으로 보이도록 했어요. 겉으로뿐 아니라, 말하자면 속으로도 말이죠. 이게 인생에서 나의 자리다, 그런 느낌이었지요."

"무슨 일이 있었는지 알고 싶구나." 레이랜드가 말했다. "네 안에서 어떤 변화가 있었는지. 하지만 일단 네 질문에 대답부터 해야겠다. 아니, 제정신이 아니라고 생각하지 않는다. 전혀 그렇지 않아. 그저 너무 뜻밖이라서 약간 어지럽구나. 하지만 불안하거나 답답한 게 아니라 해방의 현기증이야." 소피아를 바라보던 그는 자기 안에서 뭔가 흐르기 시작한다는 느낌이 들었다. "이제 완벽하게 열린 미래가 불현듯 네 앞에 펼쳐져 있구나. 완전히 활짝 열린. 무엇부터 할 생각이지? 아니, 이 질문은 너무 이른 것 같다." "그렇기도 하고, 아니기도 해요. 여쭤보고 싶은 게 있어요. 런던 아빠 집에 가서 좀 지내도 될까요? 두어 달 정도. 특별히 정해둔 건 없어요. 아니, 대충 정해진 것도 없고요. 아마 영국박물관 열람실에 가겠지요. 그것 말고는 그저 별로 하는 일 없이 아무 데나 앉아 있고, 여기저기 기웃대며 둘러볼 거예요. 내 안에 있는 일들을 그냥 일어나게 하겠다고요. 무슨 뜻인지 아시겠어요?" 그는 고개를 끄덕였다. "놀라움의 연속이구나. 우리가 여기 앉아 있은 지 한 시간도 지나지 않았는데 모든 게 달라졌어. 런던에는 '당연히' 와도 되고말고." "아빠 자신의 열린 미래를 위해 거기 가신 거잖아요. 그 집에 혼자 계시고 싶은 거 아닌가요?" "공간이 넓어. 난 네 발소리를 즐거운 마음으로 듣게 될 거야."

버스를 타고 시내로 가면서 그가 물었다. "저 불빛 보이니?"

"네, 평소와 같으면서도 전혀 다르네요." 운하 옆쪽 그의 집으로 향하다가 레이랜드는 갑자기 걸음을 멈추고 난간을 가리켰다. "이 새로운 상황에 뭐가 떠오르는지 아니? 부서지는 난간이지. 사실은 난간이 전혀 필요하지 않았다는 걸 이제 깨달았다."

시드니는 집에서 그를 맞을 준비를 해두었다. 우편물을 정리해서 책상에 올려두고, 요리를 하고 식탁을 차렸다. 소피아가 내린 결정도 이미 알고 있었다. "누나가 많이 설명하지는 않았어요." 시드니는 이렇게 말하고 소피아의 어깨에 손을 얹었다. "누나는 무척 짤막하게 말하기도 하잖아요. 하지만 그런 게 좋아요. 그런 '누나'가 말이지요." 소피아는 손가락으로 동생의 머리카락을 훑었다. 레이랜드가 오랫동안 보지 못한 동작이었다.

한동안 세 사람은 말없이 식사를 했지만, 레이랜드는 딸이 지금 도움닫기 중이라는 걸 느꼈다. 소피아가 나이프와 포크를 옆에 내려놓고 입을 열었다. "병원 냄새를 맡기 싫고, 환자를 보기도 싫어요. 허영심 많고 자부심 강한 의료인 패거리를 더는 견디지 못하겠어요. 비밀 결사대 같아요. 하얀 가운 결사대, 공공연한 비밀 동맹 말이에요. 알아듣기 힘든 그들의 언어를 말하고, 그들의 농담을 하고, 그들의 웃음을 웃고, 연구실에서 특정한 방식으로 환자들에 대해 이야기하죠. 우리는 올바른 방식으로 길들여지고 그들의 일원이 돼요. 그래요, 그렇게 '길들여져요'. 이 분야의 소름 끼치는 냉혹함에 딱 어울리는 단어는 이것뿐이에요. 우리는 몇 년에 걸쳐 길들여지고, 나중에 뒤돌아보고서야 깨닫는 경우가 많지요. 물론 그들은 받아들이려 하지 않아요. 비난하려고 하면 큰일 나죠. 신성한 규정을 어긴 비방처럼 생각하고 엄청나게 분노해요.

난 전문용어 대신 평범한 이탈리아어를 사용하기 시작했어요. 늘 통하는 건 아니었지만, 그들이 가능하다고 믿는 것보다 더 자주 사용했지요. 그걸 흥미롭게 여기는 교수가 한 명 있었는데, 이유를 알고 싶어하더군요. '우리에게 제일 중요한 건 환자여야 해요.' 난 이렇게 대답했죠. '통증과 불안을 느끼는 사람들 말이에요. 거기다 그들이 이해할 수 없는 말까지 얹어서 더 놀라게 하면 안 되죠. 검사 결과, 진단, 의사 소견서 등은 모두 그들과 그들의 고통에 관한 건데, 환자들은 그 서류를 손에 들고 필사적으로 노려보지만 하나도 이해하지 못해요. 정말 터무니없지 않나요?'

교수는 환자들에게 설명할 수 있다고 하더군요. 그래서 대답했죠. '그럴 수도 있지요. 하지만 그런 일은 일어나지 않아요. 난 오랫동안 간호사로 일했기 때문에 상황을 잘 알아요. 알아듣기 힘든 라틴어와 그리스어로 이루어진 의학 용어는 환자들에게 낯설고 강력한 계급의 언어, 카스트의 언어예요. 이 카스트의 일원은 이미 오래전부터 이 언어와의 내적인 거리감을 모두 잃어버렸고 정신은 로마와 아테네, 그리고 최근에는 하버드에서 온 복잡한 단어에 달라붙어 부식됐어요. 그래서 침대와 휠체어에 있는 사람들에게 이 모든 단어가 얼마나 거대하고 두려운 거리감을 느끼게 하는지 짐작도 못 하지요.' 그리고 하얀 카스트의 언어가 또한 권력의 언어라고 덧붙였어요. '그 언어가 이런 목적으로 발명된 건 아니고, 또 그걸 사용하는 사람들도 물론 권력을 향한 욕구 때문에 의식적으로 그러는 것도 아니에요. 하지만 환자와 약자의 눈에는 청진기를 목에 걸고 활기찬 목소리, 빠른 걸음으로 후견인 행세를 하는 그들이 권력자로 보일 때가 많아요. 그들이 말하는 언어가

동업자 조합의 언어로 암호화되어 있기 때문이에요.'

그 교수에게 다른 이야기도 했어요. 의사의 언어보다는 그들이 요구하는 무조건적 권위와 관계있는 말이었어요. 의사는 환자가 해명을 요구하는 걸 좋아하지 않아요. 환자가 자기에게 가장 중요한 삶과 건강의 문제에 대해 의심을 표하거나 좀 더 세부적인 이유를 들으려고 하면 말이지요. 질문과 의심을 당연하게 여기는 탁월한 의사들도 만났지만, 그런 경우는 많지 않아요. 환자의 질문을 받으면 그들 대부분은 권위와 허영심에 상처를 입었고, 그 사실을 환자들에게도 느끼게 했지요. '그거 아세요? 전 교수님께 우연히 스치고 지나가는 느낌을 묘사하는 게 아니에요.' 내가 그 교수에게 말했어요. '간호사로 일하는 동안, 그리고 나중에 의학을 공부하는 몇 년 동안 면밀하게 살펴본 경험이지요. 언젠가는 이 모든 걸 더는 견디지 못하는 순간이 올 겁니다.'

우린 그 교수님 연구실에서 이야기를 나누었어요. 그는 자기에게도 해당하는 불평을 의연하게 호의적으로 듣는 눈빛이었어요. 그 눈빛이 마음에 들었어요. 저녁에 그 교수와 그의 눈빛을 돌이켜 생각해보니, 지난 몇 달 동안 지속적으로 커져온 마음속 저항을 어쩌면 극복할 수도 있겠다는 기분이 들었어요. 내년 봄에 베네치아 메스트레 지역에 자리가 하나 나는데, 심사숙고할 시간을 달라고 하면서도 더는 하고 싶지 않다는 생각을 했지요. 하지만 생각에 잠긴 그 교수의 눈빛을 떠올리니 어쩌면 할 수도 있다는 느낌이 들었어요.

그러다가 다음 날 아침, 모든 걸 결정짓는 일을 겪었어요. 그 교수가 상냥한 눈빛으로 내 앞에 멈춰 섰지요. '어제 당신이 한 말,

무척 흥미로웠습니다. 생각해볼 만한 게 분명히 많겠지요. 하지만 당신은 아직 젊고, 우리 직업의 위장스usance에 틀림없이 익숙해질 겁니다.' 관습, '위장스'라는 프랑스어를 들은 바로 그 순간 결심했어요. 그 단어 선택은 교수가 아무것도, 정말 아무것도 이해하지 못했다는 걸 보여줬으니까요. 심사숙고하던 눈빛은 그저 겉모습에 불과했거나 내가 완전히 착각한 거였어요. 난 '절대 그렇지 않을 거예요'라고 대꾸하고 자리를 떴어요.

바깥에 어떤 남자가 담배 한 개비를 입에 물고 담뱃갑을 손에 든 채 서 있었어요. 난 그에게 명령하듯 손을 내밀었지요. 나도 피우고 싶다고. 내가 시시덕거리길 원하는 줄 알고, 불을 붙여주면서 뭔가 말을 걸려고 하더군요. 하지만 난 바로 그 자리를 벗어났어요."

"하지만 누나는 그 담배와 함께 모든 것에서 벗어났잖아. 하얀 카스트뿐 아니라 병원 냄새와 환자들의 시선에서도." 시드니가 말했다. "최근 1, 2년 동안 누나랑 병원에 갈 때면 느낀 건데, 병원 건물이 시야에 들어오면 누나는 왠지 망설이는 것처럼 보였어. 날이 갈수록 점점 더 심해졌지. 돌아오는 길에 나는 천식 때문에 입원해 있던 나날을 떠올리곤 했어." 시드니가 레이랜드를 바라보며 말을 이었다. "얼마 전에 통화할 때, 병원에서 보낸 외로운 밤에 대해 이야기한 적이 있잖아요. 밤에만 힘든 게 아니었어요. 모든 게 그랬죠. 소독약과 병원 식당 음식 냄새, 삭막한 색깔, 눈부신 동시에 불투명하여 삭막한 전등 불빛, 무거운 병실 문, 그리고 무엇보다도 좁고 딱딱한 긴 의자에 앉아 있거나 모닝 가운을 걸친 채 발을 끌며 복도를 걷는 속수무책의 형체들을 견디기 어려웠어요."

시드니가 소피아를 보며 말했다. "그런데 누나는 인생의 많은 부분을 이런 환경에서 보내기로 결심했다고 생각했지. 그래, 고통을 겪는 환자, 약점을 지닌 종속된 위치가 아니라 그런 환자를 도와주는 강한 사람이라는 점은 다행이었어. 그래도 누나에게도 냄새는 냄새고, 속수무책인 형체는 속수무책인 형체잖아. 언젠가 이 모든 것에 지치지는 않을까? 그냥 '지겹다'면서 말이야."

소피아가 담배에 불을 붙였다. 세 사람은 지금 이 순간 그 동작이 무슨 의미인지 알았으므로 모두 웃음을 터뜨렸다. "난 누군가 휠체어를 타고 오는 걸 보면 맞은편 길로 건너가기 시작했어요." 소피아가 말했다. "처음에는 그런 충동을 억누르고, 부끄러워하며 스스로를 욕했지요. 장애와 고통을 마주하지 못하는 간호사이자 예비 의사라니! 그러다가 반항심이 들었어요. 해방시켜주는 반항심, 자기주장의 표현이었어요. 충동에 몸을 맡기고 길을 건넜지요. 그 무렵에 카페에서 몸을 쭉 뻗고 쉬는 사람들도 관찰하기 시작했어요. 물론 예전에도 자주 보던 모습이긴 했죠. 하지만 이제 '정말로' 본 거예요. 마치 잠에서 깨어나는 것 같았지요. 나도 카페에 앉아서, 휠체어가 오는 게 보이면 고개를 돌렸어요. 그러다가 언젠가 병원 근무시간도 그렇게 흘려보냈지요. 그 안에서의 시간, 근무일정표와 회진과 너무 이른 식사 시간 등 모든 게 나를 그냥 스쳐 지나가길 바랐어요. 그 시간은 그 시간대로 흘러가고, 나를 그냥 내버려두길 말이에요. 그러다가 돌아왔는데, 누군가 침대에서 떨어져서 나에게 애타게 연락을 취했다고 하더군요. 나중에 간호사실에서, 내가 거의 놀라지 않았으며 내가 느낀 자책감도 너무 대수롭지 않았다는 사실에 경악했어요. 반항이 시작된 것 같았어요. 속으로 몇 년 동안이나 나 자신을 움켜쥐었던 손아귀 힘이 느슨해지는 느낌이었어요. 초과근무 시간을 계산해서 제출하고 점심때까지 잤어요. 무자로 가는 배에서는 전혀 모르는 남자와 시시덕거렸는데, 이 모든 게 반항의 일부였어요. 그냥 만사가 달라지기를 바랐던 거죠."

"내 발작 증세와 레오나르디의 오진이 그때 너에게 어떤 영향을 주었니?" 레이랜드가 물었다. 소피아는 대답을 망설였는데, 레이랜드가 보기에 딸은 자기 내면에서 뭔가 폭발할까 두려워하는 듯했다. "처음에는 모든 게 질식하는 것처럼 느려졌어요. 나중에 그게 지나가고 나니 재빨리 불길이 번지기 시작했죠. 무자로 가는 배를 탄 건 아빠가 발작을 일으키기 얼마 전이었어요. 난 아빠와 이야기를 나누어야겠다고, 내 반항과 혼란스러운 마음을 알려야겠다고 결심했지요. 10년 이상 내 삶에서 지속됐던 것, 아빠가 아까 공항에서 표현했듯이 저에게 당연했던 것을 의문시하는 걸 아빠가 어떻게 받아들일지 불안했어요. 그리고 이제 뭘 해서 돈을 벌어야 할지도. 그러다가 병원과 집에서의 끔찍한 시간, 레오나르디 방에서 본 엑스레이 사진과 그의 진단이 떠올랐어요. 차마 아빠에게 내 절망을 알려서 부담을 줄 수는 없었지요. 이제 죽음을 눈앞에 두고 있는 아빠에 비하면 그건 얼마나 하찮은 일이었던지! 난 모든 걸 억눌러 가둬버리고, 이를 악물고 일에 몰두했어요. 그렇게 희생하면 아빠의 운명을 바꿀 수 있다는 듯이 말이죠. 그때부터 카페에서 쉬는 일도 없었고, 다시 초과근무를 하면서 어떻게 해야 아빠를 가장 잘 도울 수 있을까 고민했어요. 뭐가 넘쳤을까, 뭐가 부족했을까. 제대로 하기가 너무 힘들었지요. 아빠 얼굴은 이따금 무서울 만큼 닫혀 있었고, 또 어떨 때는 이미 작별을 받아들인 듯 부드러웠어요……. 아니, 당연히 의사가 되어야지. 내가 그동안 도대체 무슨 멍청한 생각을 한 거람. 레오나르디에게서 진단을 받고 2, 3일이 지난 후에 꿈에서 누군가에게 이렇게 말했어요. '나 이제 변상해야 해.' 며칠 동안이나 그 끔찍한 단어, '변상'에 골몰했어요. 아빠의 운명은 나 때문이니 속죄해야 할 것 같았고, 반항적인 소망은 이제 침묵해야 했지요.

그 후에 모레티의 진료실에 갔어요. 난 아빠 이름이 쓰인, 완벽하게 정상인 엑스레이 사진을 불에 비췄지요. '틀린 봉투에 틀린 사진이 들어 있었군.' 그가 무덤덤하게 말했어요. 운전해서 아빠에게 가면서 엄청난 안도감이 온몸으로 퍼졌지만 동시에 증오가 폭발했어요. 모레티와 레오나르디, 병원과 의학 전체를 향한 분노, 오만한 하얀 카스트와 허영심 많고 잘난 척하는 그들의 말에 대한 분노. 그들이 칠칠맞지 못해서 아빠의 인생에서 몇 주를 도둑맞았어요. 변상할 사람은 '내'가 아니라 '그들'이었어요.

그다음 몇 주 동안, 아빠에게 말하기 전에 내면의 폭풍을 일단 가라앉히고 싶었어요. 아빠 스스로도 시간이 필요하기도 했고요. 난 다시 카페에 앉아 근무시간을 흘려보냈어요. 사실 얼마 지나지 않아 그만두겠다는 마음이 확실해졌지요. 모레티도, 레오나르디도, 냄새나는 복도도, 리놀륨 바닥에 고무 신발 밑창이 닿는 끼익 소리도, 환자의 병상을 내려다보는 의사의 오만한 친절도 더는 겪고 싶지 않았어요. 시험 준비는 이미 오래전에 했어요. 하지만 상황이 그렇게 되지 않았더라면 좀 더 준비했겠지요. 성적이 그저 그래서 몇몇 교수님은 실망했어요. 모레 피부과 시험만 남았는데…… 아슬아슬하게 합격할 거예요. 어쨌든 학위는 받고 싶지만, 더 일한다는 건 상상할 수 없어요. 복도에서 교수와 만나고 그가 말하는 의학적 위장스에 대한 잡담을 들었을 때…… 다 끝났어요. 메스트레에서 온 제안은 어제 거절했어요. 아빠, 그 후에 아빠에게 전화를 건 거예요."

'틀린 봉투에 틀린 사진이 들어 있었군.' 소피아가 모레티의 말을 전했을 때, 레이랜드 내부에서 예상치 못했던 강렬한 뭔가가 일어났다. 굳게 닫혔던 독극물 유리병이 깨진 것 같았다. 소피아의 말에 계속 귀를 기울이면서도, 점점 퍼지면서 몸을 마비시키는 언어의 독을 느꼈다. 그러다가 자리에서 일어나 욕실로 가서 편두통 약을 두 알 삼켰다. 세수를 하고 나서 자기 손이 떨리는 걸 깨달았다. 식탁으로 돌아와 담뱃불을 붙이려고 했지만 손이 너무 심하게 떨렸다. "아빠……." 소피아가 입을 여는 순간, 레이랜드 내부에서 둑이 모두 터져버렸다. "그 사람이 봤어야지!" 레이랜드는 고함을 치며 주먹으로 망치질하듯 식탁을 두드렸다. "그게 맞는 사진인지 레오나르디가 '확인'했어야지. '그랬어야' 한다. 정말 그 환자의 사진인지 '확인'도 하지 않고 그런 진단을 내려서는 안 돼. 그럴 수는 없다. '절대' 그래서는 안 돼!" 레이랜드는 얼굴을 양손에 묻고 한없는 분노가 담긴 눈물을 마음껏 쏟아냈다. 한참 후에 얼굴을 들고 눈물을 닦았다. "내 안에 분노가 이렇게 많이 쌓였는지 미처 몰랐다. 아니, 그냥 분노가 아니라 '증오'야. 뜨겁게 불붙는 증오. 방금 내 안에서 증오가 활활 타올랐어. 그가 엑스레이 스크린에 사진을 걸기 전에 세심한 눈길을, 단 한 번만 그런 눈길을 사진 가장자리에 던졌더라면 내가 그 끔찍한 11주를 겪지 않아도 됐을 텐데."

레이랜드는 다시 한번 욕실로 가서 세수를 했다. 그런 후에야 담뱃불을 붙일 수 있었다. "죽음을 통고받으면 외로워지지." 그가 천천히 입을 뗐다. "감상적인 의미나 울먹임 또는 자기연민은 전혀 없이 하는 말이다. 나를 홀로 내버려뒀다고 남들을 비난하는 것도 아니고. 특히 너희 둘은 늘 함께였지. 전화기 버튼 하나만 누르면 바로 왔어. 내가 너희에게 말했는지 모르겠구나. 그게 얼마나 큰 의미였는지 확실하게 말했던가? 하지만 이제 몇 주, 어쩌면 며칠만 지나면 다 '지나간다'는, 삶이 '끝'이라는 느낌에 담긴 외로움은 누구도 덜어주지 못했지. 미친 소리처럼 들리겠지만, 격렬하고 필사적이며 혼란한 소원이 있었다. 누군가 와서 나를 이 외로움에서 건져주기를, 나를 받아들이고 자기 안에 품어서 흘러가는 마지막 시간을 나 홀로 겪지 않아도 되게 해주기를 바랐지. 누군가 '옆에' 있다는 것만으로는 충분하지 않았다. 그래, 달라야 했지. 누군가 이 마지막 길을 '덜어주길' 바랐어. 말하자면 내 안에 파고들어와, 나 홀로 무방비 상태로 종말에 대면하지 않게 마법처럼 도와주기를.

죽음은 두렵지 않았단다. 패트 킬로이가 류블랴나에 가서 필요한 약을 가지고 올 거고, 마치 잠드는 것처럼 죽을 테니까. 패트가 그 일을 해줄 용의가 있다는 사실은 무엇과도 비교할 수 없는 친밀감을 낳았지. 우린 '검은 달' '잿빛 나날'이라고 말했다. 하지만 물론 그도 내가 말한 그 외로움을 덜어주지는 못했지. 그래도 내 어깨에 올리는 손을 느끼고 싶어서 식당에 자주 들렀어. 얼음처럼 차가운 마지막 외로움, 매일 또는 가끔은 시간마다 찾아오던 다음 발작에 대한 77일간의 불안……. 레오나르디는 이 모든 것에 양심의 가책을 느껴야 한다. 레오나르디 '박사'는. 나에게 연락한 적도 없고 사과 한마디도 하지 않았지. 그 얼마 후에 밀라노로 갔다는 건 나도 안다. 어쩌면 모레티가 자기 잘못을 감추려고 그에게 말을 하지 않았는지도 모르지. 그렇다면 '그건' 스캔들이야. 아니면 모레티는 '말했지만' 레오나르디가 겁쟁이라서 나를 마주할 용기가 없었거나. 둘은 의사야. 하얀 카스트지. 어떻게 실수를 인정하는지 모른다. '그저 그런' 실수가 아니라 이 경우처럼 '죄'일 때 가장 못 하지. 좀 전에 폭발을 일으키기 전까지 나는 내가 이만큼 그들을 증오한다는 걸 인정하지 못했어."

그가 소피아를 보며 말을 이었다. "레오나르디는 의학 공부를 하라고 너를 설득한 사람이야. 내가 어떻게 그를 공격할 수 있었겠니. 그리고 너도 하얀 카스트에 속하기 직전이었고, 병원은 10년 이상 네 삶의 장소였는데 내가 어떻게 마음대로 화를 내겠어. 너 스스로 문을 닫은 이제 와서야 내 원망의 무게를 느낀다."

소피아가 일어나서 창가로 다가갔다. 처음에는 뒷짐을 졌다가 가슴 앞으로 팔짱을 꼈고, 다시 뒷짐을 졌다. 가볍게 떠는 모습이 레이랜드의 눈에 띄었다. 딸이 도움닫기를 하는 중이라는 생각이 다시 들었다. 그는 이제 딸이 뭔가 말을 하려는 걸 알았고, 그게 입 밖으로 나오면 좋을 거라고 느꼈다. 소피아가 다시 식탁에 앉았다. "그날 저녁에 모레티가 간호사실에 머리를 슬쩍 들이 밀었던 때를 기억하시는지 모르겠어요." 그는 고개를 끄덕이고 대답했다. "그가 한 말도 하나하나 모두 기억난다. 그 말과 가장 관련이 많은 당사자는 나였으니까. '뇌출혈은 아니군. 오늘 밤에 해야 할 일은 아무것도 없네'라고 했지." "뇌출혈이 아니라는 소리에 너무 안도하는 바람에 다른 생각들은 멈춰버렸어요." 소피아가 말했다. "'그러면 뭔가요?'라고 물어볼 수도 있었는데. 아니, 그렇게 '물었어야' 해요. 그가 '아무것도 없어'라고 대답했더라면 난 아빠의 증상에도 불구하고 그저 편두통을 의심할 뿐 더는 캐묻지 않았겠지요. 하지만 모레티는 그렇게 말하지 않았어요. 그가 실제로 한 말은 '오늘 밤에 해야 할 일은 아무것도 없네'인데, 그렇게 말한다는 건 뭔가 틀림없이 다른 의미가 있었던 거예요. 모레티는 '뭔가'를 봤지만 뇌출혈은 아니었던 거죠. 난 그걸 '바로' 알아채고 '바로' 사진을 보여달라고 요구했어야 해요. 나중에 그걸 깨달았을 때는 병동에서 모레티를 더는 만날 수 없었고, 방사선과도 불이 꺼져 있었어요." 소피아는 입술을 깨물었다. "난 이런 생각을 했어요. '지금 사진이 어디 있는지 누가 알겠어. 어쩌면 누군가 내일 진료를 위해 벌써 레오나르디 방에 가져다 뒀겠지.' 모레티에게 전화를 걸어, '아버지 사진을 봐야겠어요. 간호사실에 지금 바로 가져다주세요'라고 말할까 고민도 했어요. 하지만 그럴 수 없었지요. 그 얼마 전에 모레티와 갈등이 있었는데, 서로 아주 불쾌한 말을 주고받았어요. 그는 내 부탁을 들어주기는커녕 내가 동동거리며 좌충우돌하는 걸 즐겼을 거예요. 나중에 집에 왔을 때는 또 다른 생각이 들었어요. 모레티가 사진에서 뭘 봤든 그와 함께 아빠의 뇌 사진을 보며 거기에 무슨 일이 생긴 건지 말하고 싶지 않다는 생각이었죠. 모레티와는 아니라고, 뻔뻔하게 자기는 뭐든지 해도 된다고 믿는 그 남자와는 말하기 싫다고. 그래서 아까 아빠가 말한 것처럼 사진 가장자리를 세심한 눈길로 살필 기회를 잃었어요.

아빠의 온갖 충격과 외로움을 막아줄 눈길이었는데. 세상에, 그때 이후로 머릿속에서 그날 밤을 얼마나 많이 반복해서 생각했는지 몰라요!"

레이랜드는 소피아의 손을 잡았다. "자책할 거 없어. 전혀 없다. 넌 그 사진들이 구원을 가져다준다는 걸 '알지' 못했어. '예상'조차 못 했지. 조금도 할 수 없었다. 그런 엄청난 실수를 떠올릴 수 있는 사람은 '아무도' 없어. 사실 지극히 평범한 실수지만 말이야. 바뀐 걸 아주 조금이라도 의심했더라면 넌 사진을 보려고 수단과 방법을 가리지 않았겠지. 넌 그 사진이 나에게 '어떤 식으로든' 도움이 될 거라고 짐작할 수 없었어. 다음 날 아침에야 내 뇌에 이상이 있을 거라고 생각하게 되었겠지. 더 일찍 알았다고 해도 그런 게 너에게, 또는 나에게 무슨 도움이 될 수 있었겠니? 어쩌면 넌 스스로 이런 질문을 했을지도 모르겠다. 내일 아침이 아니라 지금 종양이라는 걸 알면 뭔가 나아질까? 레오나르드디가 진단을 내리기 전에, 불안하더라도 혼자 그 끔찍한 사실을 알고 있는 게 나을까? 아니면 시드니나 아빠에게 말해야 하나? 내 생각에, 넌 이 모든 걸 떠올려보고 모레티에게 전화하지 않기로 결정했을 것 같다."

소피아가 고개를 끄덕였다. "맞아요. 그날 밤에 그런 생각도 했죠. 그리고 아빠가 방금 말씀하신 대로, 사진을 본다고 구원이 찾아올 리는 없으니 마음의 짐을 덜고 부담을 덜 느낄 수도 있었을 거예요. 하지만 그래도 모레티를 뒤쫓아 복도로 나가서 '사진 어디 있어요? 보고 싶어요'라고 말하지 않았다는 사실은 그대로 남아요. 아이들도 할 수 있을 만큼 너무나 쉬웠을 텐데 말이죠. 면전에서 요구하는데 거절할 수는 없었을 거예요. 그러고 사진에서

'막시밀리안 브루너'를 봤더라면 구원이 찾아왔을 거고요. 바늘이 릴에 걸려서 한없이 같은 음을 반복하는 낡은 레코드판 같아요. 내 생각은 언제나 다시 그 자리로 돌아가지요." 소피아는 식탁을 두드렸다. "그날 밤, 병원 어딘가에 틀린 사진이 틀린 봉투에 들어 있었죠. 내가 그걸 직접 보고 해결하려는 노력을 전혀 하지 않았다는 게 자꾸 생각나는 거예요. 그건 아빠의 인생을 완전히 바꾼 끔찍한 오류였는데."

"하지만 정말 소홀했던 사람은 나야." 레이랜드가 말했다. "네가 아니라 나 자신이었다. 레오나르디가 나에게 사진을 가지고 가겠냐고 물었는데 내가 거친 몸짓으로 거부했던 거, 너희도 기억할 거야. 그걸 가지고 왔더라면…… 오류는 여기서, 어쩌면 바로 이 식탁에서 드러났을지도 몰라. 당장 밝혀지지는 않았을 수도 있겠지. 하지만 언젠가는 우리 중 한 명이 사진을 봉투에서 꺼내 막시밀리안 브루너라는 이름을 읽었을 거야.

하지만 그 사진을 집에 둔다는 건 생각하기도 싫었다. 소리 지르듯 번쩍이는, 나를 파괴하려는 종양의 사진을 집에 두다니. 그 사실을 '아는' 것만으로도 끔찍한데, 그걸 '보여주는' 황폐한 사진이 집에 있으면 절대 견디지 못할 것 같았다. 봉투를 봉해 치워버리는 것만으로는 충분하지 않았을 거야. 사진은 옷장 안에서도 계속 번쩍였을 거고, 아무리 구석진 곳에 있어도 나는 그 종양을 상상력의 눈으로 보았을 테니까.

이 모든 게 거절하던 나의 거친 몸짓에 담겨 있었어. 진단의 충격은 나를 마비시킨 게 아니라 눈을 밝혀줬어. 특히 공포스러운 내 미래는 더욱 잘 보게 되었지. 하지만 거친 몸짓에 거부의 의미만 담겨 있던 게 아니야. 분노도 담겨 있었지. 진단을 받은 첫날, 저 건너편 침실에 누워 잠이 들지 못한 채 누구와도 나눌 수 없는 묵묵하고 차디찬 외로움을 처음 느낄 때 비로소 깨달았다. '전문용어로는 다형성 교모세포종, 글리오블라스토마 멀티폼이라고 합니다.' 레오나르디의 목소리가 귀에 울리더구나. 뇌가 종양으로 황폐해진 남자, 끔찍한 시간이 눈앞에 닥친 남자가 자기 앞에 앉아 있는데, 금빛 인장반지를 낀 잘생긴 의사는 나에게 전혀 도움이 되지 않는 쓸데없는 전문용어로 엄숙한 연설을 했어. 언어를 잃은 사람에게라기보다는 '자기 자신'에게, 그 언어를 알고 혀에서 느긋하게 굴릴 수 있는 스스로에게 공허하고 잘난 척하는 말투로 의식을 거행한 거지. 난 어둠 속에 누운 채 그 무신경함과 허영심, 의사의 자기애를 향한 증오를…… 그래, 증오를 느꼈다."

레이랜드는 소피아를 바라봤다. "이 증오는 하얀 카스트의 언어를 향한 네 증오와 너무나 비슷하구나! 물론 레오나르디가 최소한의 배려를 보여서 그 단어들을 사용하지 않았다고 상황이 달라졌을 거라 말할 수는 없겠지. 과연 그에 대한, 사진을 가져가라는 그의 제안에 대한 반발심이 덜해져서 사진을 집으로 가지고 왔을까? 그래서 나를 구원해줄 막시밀리안 브루너라는 이름을 사진 가장자리에서 발견했을까? 분명히 그렇게 간단하지는 않았을 거야. 무엇보다도 나는 불타는 듯한 내 뇌 사진이 집을 오염하는 게 싫었다. 그래도 어쨌든 자기애로 가득한 의사 대신, 죽을병에 걸린 환자 앞에서 연출이 필요하지 않은 사람이 내 앞에 앉아 있었더라면 내가 그렇게까지 단호하게 반항하지는 않았을지도 모르지. 하지만 사진을 거부해서 오류를 밝히지 못하게 한 사람은 다른 누구도 아닌 '나'였어."

시드니는 텅 빈 눈길로 한동안 자기 앞의 접시만 내려다보고 있다가 입을 열었다. "지금까지 한 번도 말한 적이 없지만, 태만하기는 나도 마찬가지였어요. 아빠와 누나가 레오나르디의 진료실에서 나와 복도를 걸어갈 때 나는 화장실에 들렀어요. 세면대 앞에 서서, 그에게 돌아가서 사진을 달라고 할까 고민했지요. 나도 그가 의학 전문용어를 사용한 게 비위에 맞지 않았어요. 그가 자신이 소속된 결사대의 금빛 증명서를 슬쩍 보여준 것처럼 느껴졌거든요. 법정에서 변호사가 우아한 몸짓으로 망토를 걸치는 것 같았지요. 하지만 그것과는 다른 인상도 받았어요. 레오나르디는 아빠에게 담배를 피우라고 허락했고, 재떨이로 쓸 수 있게 접시를 창가로 가져다주기까지 했어요. 그런 행동을 하는 사람이라면 아들인 나에게 나중에라도 사진을 줄 것 같았지요. 그런데 타오르는 불꽃처럼 아주 격렬하긴 했지만, 사진과 관련된 결정은 의심할 여지 없이 아빠의 의지였어요. 그걸 내가 무시해도 될까? 사진을 달라고 해서 그 큰 봉투를 손에 든 채 아빠와 누나를 만난다……. 아니, 그럴 수는 없었어요. 아빠는 말도 안 되는 보호자 행세라고 생각했을 테지요. 게다가 그 끔찍한 진단을 받은 직후였으니. 화장실 옆에 공공 사물함이 있었어요. 그러니 사진을 거기 보관했다가 나중에 집으로 가지고 갈 수도 있었겠지요. 우연히 그런 충동을 느낀 게 아니에요. 얼마 전에 법정에서 원고를 위해서 그와 관련된 모든 의학 서류를 넘겨받을 권리를 얻어낸 적이 있어요. 우리가 손에 넣을 수 없는 아빠의 사진이 병원 기록 보관실에서 사라질지도 모른다고 생각하니 마음이 편하지 않았어요. 그래서 레오나르디 진료실로 돌아가 문간에 서서 귀를 기울였지요. 보아하니 다른 환자를 진료중인 것 같더군요. 진료 도중에 뛰어들어 무리한 요구를 하는 건 아무래도 안 되겠다고 결정했어요. 비서실 문을 두드리고 손잡이를 내렸는데 잠겨 있었어요. 저 뒤편 복도 끝에서 비서가 급한 걸음으로 모퉁이를 돌아가는 게 보였지요. 그래서 그만뒀어요. 사진이 바뀌었을 수 있다는 생각은 단 한 번도 하지 못했어요. 그러니 그다음 며칠 동안도 사진을 '반드시' 가져와야 한다고는 느끼지 못했고, 우리를 구원해줄 발견의 기회를 그렇게 흘려보냈지요."

"나중에 기회가 한 번 더 있었는데 놓쳤단다." 말을 꺼낸 레이랜드는 자기 목소리가 다시 차분해지고, 손을 떨지 않고 담배를 피울 수 있다는 걸 깨닫고 기뻤다. 런던으로 와서 신경과 전문의 제러미 반스에게 다시 한번 진료를 받아보라던 숀 크리스티의 제안에 대해 이야기했다. "가끔은 그의 제안을 거절한 걸 자책했다. 하지만 곰곰이 생각해볼 때마다 그런 자책은 점점 더 희미해지더구나. 런던으로 가는 게 무슨 의미가 있었겠니? 나는 틀린 봉투에 틀린 사진이 있을 가능성은 한순간도 생각하지 못했고, 생각했더라면 이곳 기록 보관실에서 확인하면 충분하지 런던까지 갈 필요도 없었을 테지. 방사선과 인턴이 틀린 진료에 틀린 이름을 입력한 경우가 아니라면 여기서 모든 오류를 찾아낼 수 있었을 거야. 내가 '그런' 실수를 떠올렸더라면 런던으로 가는 게 의미 있는 일이었겠지. 근거 없는 의심만으로 여기 트리에스테에서 재진을 요청했다면 분명히 거절당했을 테니까.

아주 이상한 밤의 일화가 하나 있는데, 내가 그걸 기억하는 건지 아니면 그저 꿈을 꾼 건지 지금까지도 잘 모르겠다. 수면제를 먹고 자다가 정신이 흐린 상태와 유리처럼 맑은 상태의 중간쯤 되는 기이한 모호함을 느끼며 잠이 깼단다. 수면제를 먹으면 그럴 때가 있지. 방사선과 인턴이 나더러 막시밀리안 브루너냐고 묻던 기억이 나더구나. 내가 오류를 바로잡아주자 인턴은 서류철에 있던 서류로 뭔가를 했지. 그런데 그 인턴이 직후에 내 이름 대신 막시밀리안 브루너라고 입력했다면? 나중에 브루너가 들어왔을 때 내 이름을 똑바로 입력할 수 없지 않았을까? 실제로 아파서 말을 하지 못하는 그는 서류철에서 다음 순서였으니까. 아니면 다른 인턴이 그랬을까? 봉투뿐 아니라 사진 가장자리에 내 이름이 쓰이는 실수 말이야.

그날 밤 어중간한 부유 상태에서, 그런 오류를 배제하기 위해 런던에 가봐야 하나 잠깐 고민했지. 하지만 그건 너무 정신 나간, 약기운 때문에 떠오른 가설이었다. 안 그러니? 그러다가 마비시키는 약효가 다시 밀려왔고, 다음 날 아침에는 모든 게 그저 망상처럼 보이더구나. 난 당시에 '그런' 오류 가설은 생각했으면서 '다른' 오류, 그러니까 봉투가 바뀌었을 가능성은 왜 떠올리지 않았는지 지금까지도 이해할 수가 없다. 하지만 그랬다, 그냥 그랬어. '주어진 사실'이었지. 숀의 제안을 생각해보긴 했다. 덜그럭거리는 호스와 웅웅대는 관, 반스 진료실 엑스레이 스크린에서 다시 한번 보게 될 현란하게 들끓는 사진. 안 돼!"

"나는 하얀 카스트에 기묘한 방식으로 보복했다." 나중에 저녁 때 레이랜드가 말했다. 그러고는 밤에 린 크리스티를 병문안하고 1인실 때문에 버크가 허풍을 떨었던 일을 이야기했다. 아이들은 놀라서 그를 빤히 바라봤다. '크리스티 교수'와 '레이랜드 교수'라니! "그래, 안다. 내가 그런 일을 벌일 거라고는 상상도 못 했겠지. 손도 말문이 막히는 모양이더구나. 하지만 쉬웠어. 놀랄 만큼 쉬웠다. 그리고 정말 재미있었지!"

"아빠가 나랑 강의를 들으러 가겠다는 말을 자주 하셨잖아요." 시드니가 말했다. "그런데 늘 뭔가 일이 생겼지요. 마치 강의실에 청중으로 가는 것조차 싫어하시는 것처럼." 소피아가 말을 이었다. "그리고 우리 졸업식에서 아빠는 제일 뒤쪽 구석에 서 계셨고요. 마음이 아팠고, 아빠에게 화가 났어요. '여기 있는 그 누구도 아빠 수준에는 미치지 못할 텐데!' 그렇게 생각했죠." "나도 안다." 레이랜드가 말했다. "리비아도 잘 견디지 못했지. '당신, 낭독회 때 번역가로 무대에 서기도 하잖아.' 네 엄마 말에 난 이렇게 대답했어. '그렇지. 하지만 그때는 나 자신의 일을 말하는 게 아니야. 그런데도 불편해.'" "그러면서 단호한 간호사에게는 교수라고 자처했고, 나중에 행정실에 가서 또 한 번 그러다니." 소피아의 말에 그가 대답했다. "거긴 영국이었어. 편안한 곳이지. 그리고 나 자신을 위해서가 아니라 린을 위한 일이었다." 그러고는 망설이다가 덧붙였다. "아니, 잠깐만. 어쩌면 나 스스로를 위한 것이었는지도 모르겠구나. 난 병원에 있었지만 휠체어를 타지도, 머리에 하얀 붕대를 감지도 않았지. 병든 내 뇌에 관한 허튼 수다에서 살아남았고, 그런 장소에서 사람들이 어떤 실수를 하는지 직접 겪었다……. 이제 그들에게 본때를 보여줘야지, 이렇게 생각했을 수도 있어."

"그리고 케네스 버크가 옆에 있었고요." 소피아가 말했다. "7월 그 끔찍했던 날, 아빠가 워런 작은할아버지 장례식에 참석할 수 없다고 알리느라 그에게 전화를 했어요. 그분 목소리가 편안하고 멜로디처럼 울렸던 게 기억나요. 말하는 내용은 간략하고 명확했지요. 그분, 어때요?" 소피아와 시드니는 버크가 나눠준 약품 이야기와 '불법이긴 하지만 옳다'는 그의 말을 듣고 무척 좋아했다. 레이랜드는 그가 '국경없는의사회'에 열광했으나, 그러다가 환자와 그들의 고통을 보며 평생 살아갈 용기를 내지 못했다는 말도 덧붙였다. 아이들은 버크가 병원 카페테리아에서 프란체스카 마르케세 책의 표지로 숀 크리스티를 놀라게 했으며, 그래서 어떤 결과가 생겼는지에 대해서도 들었다. 또 숀이 재정 문제로 곤란을 겪었고 아버지가 그를 돕기로 결정했다는 것도 알게 됐다.

레이랜드는 쉬어가면서 천천히 이 모든 일을 설명했고, 마치 다른 사람이 해주는 설명을 듣는 것처럼 이따금 자기 자신의 말에 세심하게 귀를 기울였다. 이야기가 끝날 무렵에야 그는 지금 이 감정이 뭔지 깨달았다. 지금까지 한 번도 말로 표현하지 않았던 자기 인생의 새로운 부분을 표현해낸 것에 대한 놀라움, 그리고 이렇게 말을 하고서야 그게 진정한 현실로 보이는 것에 대한 놀라움이었다.

"사진이 바뀌지 않았더라면 아빠는 이 모든 걸 결코 경험하지 못했을 거예요." 이야기가 끝나고 잠시 침묵이 흐른 뒤에 시드니가 말했다. "그 사건이 없었더라도 햄프스테드에 가시긴 했을 테지요. 하지만 버크와 숀과 린과의 일은 달랐을 거예요." 레이랜드는 고개를 끄덕였다. "히스로 공항에서 비행기가 이륙했을 때, 비슷한 생각이 머리를 스치더구나. 이 일 덕분에 겪은 끔찍한 경험이나 잃어버린 출판사에 대해 언젠가 담담해질 수 있을지 생각해 봤다. 지금 벌써 그렇다는 건 아니야. 모든 게 겨우 몇 주밖에 지나지 않았으니까. 하지만 어쩌면 몇 년이 지난 후에 언젠가는 그럴지도 모르지. 런던에서의 삶이 계속 펼쳐진 후에는." 그러고 망설이다가 덧붙였다. "아니면 그러지 못할 수도 있고. 난 리비아와 너희와 함께 여기서 24년을, 거의 사반세기를 살았다. 출판사는 11년 동안 경영했지. 아까 공항에서 올 때, 만灣에 드리운 밝은 불빛에 런던의 안개가 이 세상의 것이 아닌 듯 보이더구나. 칠칠치 못한 어떤 손이 틀린 봉투에 사진을 넣자 내 인생은 불행한 오류에 빠져버렸지. '그때 그런 일이 벌어지지 않았더라면…….' 이 생각은 이따금 나를 엄습할 거고 완전히 사라지는 일은 없을 테지. '알프레도 페르토트 출판사'에서 신간이 나올 때마다 아마 마음이 아플 거다. 하지만 나랑 관련이 있는 '에이드리언 크리스티 출판사'의 책도 출간될 테니까."

"소피아 누나만 런던으로 가서 버크를 만난다니…… 말도 안 돼요." 헤어질 때 시드니가 말했다. "안 되지." 레이랜드는 웃음을 터뜨렸다. "정말 안 돼. 그런데 거기 침실이 세 개란다. 그러니 너도 와도 돼."

저녁에 그는 버크에게 전화를 걸어 소피아 이야기를 했다. "그것 보게." 버크가 말했다. "두 번째 비행기 표와 도움닫기 없이도 다 잘되지 않았나." "소피아는 의사들을 '하얀 카스트'라고 부른다네." 레이랜드의 말에 버크가 웃었다. "소피아를 데리고 오게!"

24

다음 날 아침, 잠에서 깬 레이랜드는 잠시 자기가 어디에 있는지 몰랐다. 삼촌 집에서 깰 때면 늘 보이던 비스듬한 대들보와 영국 가을 아침의 전형적인 흐릿한 빛이 눈에 띄지 않았다. 몸을 일으켜 침대 가장자리에 앉았다. 트리에스테였다. 어제 저녁에 시드니와 소피아와 함께 식사한 식탁이 문틈으로 보였다. 감정이 폭발했던 기억이 떠올랐다. 잠시 후에 보니 그 기억에는 실제로 레오나르디를 향한 분노를 표현한 말뿐 아니라 더 크고 거친 증오를 드러냈던 꿈속의 폭발도 섞여 있었다.

커피 잔을 들고, 시드니가 우편물을 놓아둔 책상 앞에 앉았다. 검게 니스 칠을 한 이 간결한 책상에서 수많은 글을 썼다. 그에게서 펜과 언어가 미끄러져 내린 책상이기도 했다. 그 일이 벌어진 무더운 7월의 그날은 한순간 아주 멀게, 다음 순간 바로 어제처럼 느껴지기도 했다. 예전처럼 아무렇지도 않은 기분으로 이 책상에서 일을 할 수는 없을 터였다. 아니, 혹시 언젠가는 가능해질까? 서랍에 온갖 펜과 클립과 여러 도구가 들어 있는 삼촌의 책상이 그리웠다. 멈출 수 없는 시간의 흐름이 모든 사물의 의미와 중요성을 바꾼 것은 좋은 일일까? 특히 그게 자기 내부에서 일어난 변화라면? 거기에 저항하려는 충동을 느낀다면 그 대신 원하는 건 무엇이었을까?

레이랜드는 어제 저녁에 흘낏 눈길만 주었던 소포를 집어 들었다. 발송인이 눈에 들어왔다. 프란체스카 마르케세라는 이름과 그가 아는 밀라노 주소였다. 거의 캘리그래피처럼 세심한 글자가 검은 잉크로 쓰여 있었다. 소포를 열어보니 컴퓨터로 작업하여 출력한 두꺼운 원고 뭉치가 단단한 붉은색 마분지 두 장 사이에 묶여 있었다. 제목은 《관대함Generosità》이었다. 표지와 표제지 사이에 편지가 들어 있었다.

친애하는 사이먼, 지난 5년 동안 작업한 장편소설을 보냅니다. 출간해달라고 카테리나 미찬에게 보내야 할지 모르겠어요. 출간할지 어쩔지 사실 아직 마음도 정하지 않았답니다. 당신과 리비아는 예전에 내 첫 번째 소설이 혹평의 회오리 돌풍에 휘말렸을 때 나와 동행해주었지요. 그때 두 분과 두 분의 냉철한 판단에 의지할 수 없었더라면 무슨 일이 벌어졌을지 모르겠어요. 그래서 뭔가 결정하기 전에 당신이 먼저 이 새 소설을 읽고 같이 이야기 나누면 좋겠습니다.

이 원고는 가공의 이야기지만 그 사건들이 내 삶과 관련이 많고, 작업을 하는 긴 시간 동안 점점 더 나 자신에 가깝게 글을 쓰고 있다는 느낌을 받았어요. 난 사실 꽤 부유한 사람입니다. 아니, 그냥 부유한 사람이라고 하는 게 맞겠군요. 할아버지인 안드레아 마르케세는 소규모 작업실을 소유한 가난한 재단사의 아들이었지요. 하는 일은 옷 모양을 바꾸거나 수선하는 등 대부분 소소한 것이었어요. 그러다가 안드레아 할아버지는 증조할아버지가 바지와 재킷, 조끼를 갖춘 맞춤복 전체 제작을 맡는 걸 보게 됐지요. 할아버지는 옷이 만들어지는 과정을 놀란 눈으로 지켜봤고, 손님이 마침내 새 양복을 입고 가게 거울 앞에서 몸을 이리저리 비춰보는 걸 목격하고는 자기가 할 일은 바로 이거라고, 다른 그 무엇도 아닌 이 일이라는 걸 깨달았어요. 학업을 최대한 빨리 중단하고 증조할아버지에게서 일을 배웠지요. 할아버지는 두 번 설명을 들을 필요도 없이 잘했고, 1년이 채 지나기도 전에 첫 번째 양복을 완성했어요. 아버지와 아들의 빠르고 훌륭한 작업은 곧 소문이 났고, 더 넓은 장소로 가게를 옮겼지요. 증조할아버지가 이른 나이에 돌아가신 후에 안드레아 할아버지는 사업을 점점 더 크게 확장했어요. 작은 의류공장이 더해졌는데, 이것도 규모가 성장했지요. 할아버지는 밤낮으로 일하면서 번 돈을 모두 즉시 재투자했어요. 그러는 사이에 사업가가 됐고 다른 사업가의 딸과 결혼했는데, 아내는 자기가 받은 상속 재산을 남편의 사업에 투자했지요. 우리 아버지 안토니오가 태어났고, 그가 언젠가 사업을 물려받게 되리라는 건 의심할 여지가 없었어요. 또 사실 그렇게 됐고요. 그러고 얼마 지나지 않아 에이엠AM 회사가 창립되어 의류뿐 아니라 신발도 생산했어요. 평범한 집안의 착실한 딸이었던 우리 엄마 로제타는 사업에 흥미를 느껴서 점점 더 성장하는 회사에서 현명한 전략가가 됐지요. 그렇게 우리 마르케세 집안은 부유해졌어요.

할아버지 안드레아는 고령에도 맞춤복을 직접 제작했어요. 불현듯 생긴 많은 돈에 놀랐지만 거기에 관심을 기울이지는 않았지요. 독서를 많이 하면서 중세를 무척 좋아하게 됐어요. 할아버지 집에는 중세에 관한 책들이 천장 높이까지 쌓인 서재가 있었는데, 그 책들 대부분은 이제 우리 집에 있어요.

1952년에 내가 태어났을 때 전쟁과 파시즘은 이미 오래전에 지나간 후였어요. 하지만 나는 회사가 그 모든 일에 어떻게 해를 입지 않고 더 성장하며 견뎌낼 수 있었는지 의아하게 생각하기 시작했어요. 부모님이 누군가에게 뇌물을 주었거나 부역했다고 의심한 적은 없어요. 하지만 당시 상황을 알고 싶었지요. 우린 솔직하고 상세하게 그 일에 대해 대화를 나누지 못했어요. 당신도 알다시피 나는 고등학교를 졸업한 후에 문학과 언론학을 공부했고, 당신이 번역한 트리에스테에 관한 책을 썼고, 그 후에 아라비아 여성의 삶에 관한 책 《검은색Il Colore Nero》을 썼어요. 그러는 동안 에이엠 회사의 재산은 부단히 늘어났지요. 난 부에 대해 알고 싶지 않았어요. 많은 돈은 내 인생과 관계가 없었지요. 그러다가 당신이 리비아를 잃고 얼마 지나지 않아, 우리 부모님이 몇 달 간격을 두고 모두 돌아가셨어요. 난 회사를 팔아 돈을 엄청나게 소유한 부자가 됐지만, 내가 보기에 그 돈에는 이해하지 못한 과거의 그림자가 드리워 있었어요. 이건 소설 주인공인 키아라 팔라디오의 상황이기도 해요.

레이랜드는 읽기를 멈췄다. 마르케세가 사업가 집안 출신이라는 것, 그것도 의류와 가방을 생산하는 사업가라는 것은 알았지만 에이엠 회사와는 연관을 짓지 못했고, 또한 이른바 부유한 사람이라고 상상한 적도 결코 없었다. 그는 마르케세를 언론인으로 생계를 유지하는 사람, 독립적이고 자유로우며 펜으로 어떤 식으로든 상황을 늘 헤쳐 나가는 자신을 자랑스러워하는 여성이라고 보았다. 레이랜드는 트리에스테에 관한 책을 번역할 때 린 크리스티의 출판사에서 마르케세를 처음 만났다. 그녀는 책이 영어로 출간된다는 사실을 무척 자랑스러워하며 트리에스테에 머물면서 조사하던 일, 불운과 행복한 일화들을 이야기했다. 레이랜드는 확인하려던 단어와 관용구 목록을 가지고 갔다. 저녁에 크리스티 집에서 식사를 하면서 마르케세는 이런저런 신문사에서 일한 이야기, 아라비아 세계를 여행하며 아라비아어와 페르시아어를 배우고 그곳 여성들의 삶을 직접 목격하려는 계획을 이야기했다. 1년 후에 트리에스테에 관한 책이 출간됐을 때, 마블 아치 근처에서 낭독회가 열렸다. 이탈리아 페르토트 출판사에서 낸 책은 그 도시에 대한 '절대적인' 책이어야 함에도 불구하고 그다지 큰 성공을 거두지 못했다. 영국에서는 완전히 달랐다. 신문들이 훌륭한 논평과 저자의 커다란 사진을 실었고 낭독회장이 가득 찼다. 이탈리아어를 하지 못하는 사람들도 거기서 다루어지는 텍스트의 울림과 분위기를 알 수 있도록 프란체스카 마르케세가 이탈리아어로 몇 구절 읽고 레이랜드는 그 사이사이에 번역문을 읽었다. 그가 연단에 앉아 보기는 처음이었고, 자기 차례가 올 때마다 쉰 목소리가 방해할까 걱정스러워 살짝 헛기침을 했다. 그럼에도 그는 프란체스카 마르케세가 맑고 선율이 풍부한 나이 든 목소리로 화려한 조명이 빛나는 공간에 대고 말하는 모든 단어를 들으며 즐겼다. 그녀는 공간을 가득 채웠다. 목소리만이 아니었다. 붉은 기운이 도는 머리카락을 아름답게 빗어 꾸미고 거의 눈치채지 못할 만큼 완벽하게 화장했으며 에메랄드처럼 파란 귀걸이와 흰색 생사 머플러를 했는데, 그 후의 낭독회에서도 언제나 이 머플러를 부적처럼 두르곤 했다. "이건 물론 저자의 책입니다." 낭독회가 끝날 무렵 레이랜드가 말했다. "오로지 그녀의 책이지요. 나도 압니다. '작가'가 이 언어를 창조했어요. 하지만 작가의 언어를 위해서였긴 하지만, 나 또한 내 언어를 만들어냈습니다." 떠들썩한 저녁이었다. 집에 오는 차 안에서 리비아는 이상하리만큼 말이 없었다. "왜?" 레이랜드가 곁눈질하는 걸 눈치챈 리비아가 물었다.

그날 저녁에 경쟁자처럼 느꼈을지도 모르는 두 여성은 세월이 흐르면서 친구가 됐다. 서서히 자라는 복잡한 우정이었지만 어쨌든 우정이었다. 둘은 동갑이었고 둘 다 기자였다. 프란체스카는 리비아가 지닌 박사 학위를, 리비아는 프란체스카의 책을 부러워했다. 서로 기사를 보내고 이따금 전화 통화를 하기도 했다. "둘이 글을 쓰면 주머니 속에서 주먹을 쥐고 있는 게 느껴져. 같은 주먹인 것 같아." 레이랜드가 리비아에게 말했다. 리비아가 아버지의 출판사를 물려받아 트리에스테로 가기 얼마 전에 프란체스카는 오랜 계획을 실행에 옮겨 아라비아 세계로 떠났다. 2년 후에 돌아왔을 때는 다리를 절뚝였다. 한참 후에야 알아챘고 장애라기보다는 불편한 정도로 보였으나 프란체스카는 그 사실을 힘겨워했다. 리비아는 무슨 일이 있었는지 들었지만 침묵을 지켰고, 레이랜드는 스스로도 설명할 수 없는 이유에서 두 사람 사이의 봉인된 이 친밀함이 마음에 들었다.

프란체스카는 3년 동안 오리엔트 여성의 삶에 관한 책을 썼다. 밀라노에 다시 집을 구했고, 책에 대해 의논하려고 이따금 트리에스테로 왔다. 검은 망토와 검은 베일을 도구로 하는 억압에 반대하는 책이었지만, 동시에 베일에 가려진 삶에 관한 상투적인 내용을 없애고 여성들이 차분하게 억압에 저항하는 놀라운 모습을 알리기도 했다. 레이랜드는 원고 집필이 끝나자마자 번역을 시작했다. 의논할 것은 많지 않았다. 텍스트는 유창한 기자의 언어로 쓰였고, 쾌활했지만 약간은 지나치게 쾌활했고, 반어적인 굴절은 레이랜드의 눈에 가끔 진부해 보이기도 했다. 이 책의 문장과 지난번 책의 문장을 비교해볼 때면 이따금 실망스러웠다. 번역이 끝날 무렵, 그가 리비아에게 말했다. "이번에는 저자가 온 힘을 다해 몰두하지 않은 느낌이야. 이유를 구체적으로 말할 수는 없지만 그런 인상을 받아. 번역자에게는 아무것도 숨길 수 없어. 저자와 텍스트 사이의 거리를 느끼지. 저자 스스로는 미처 깨닫지 못하는 거리까지도 느껴. 나는 글을 쓰는 손에서도 그걸 느끼는 기분이야." 책은 이번에는 영국보다 이탈리아에서 더 큰 성공을 거두었다. 리비아가 낭독회를 위해 빌린 홀은 가득 찼고, 늘 그렇듯이 흰색 생사 머플러를 두른 프란체스카 마르케세도 훌륭했다. 그러나 레이랜드는 그녀가 자신의 주제를 위해 '불타오르지' 않는다고 생각했다. 그랬다, 그게 적당한 단어였다. 진행자의 질문에 대답할 때도 뭔가 느릿하고 불이 꺼진 것 같았다. 나중에 책에 사인을 할 때도 이 모든 게 힘들다는 듯이 피곤해 보였다. 런던에서 빌린 홀은 크리스티 모자가 예상을 잘못하여 반밖에 차지 않았다. 자기가 낭독하고 프란체스카가 옆에 말없이 앉아 있을 때면 레이랜드는 그녀가 그냥 사라지고 싶어한다는 느낌을 받기도 했다. 마지막으로 청중 가운데에서 터번을 쓴 남자가 손을 들었다. 존엄이라는 관념이 책에서 큰 역할을 하는데, 이 관념은 언제나 문화에 따라 상대적인 게 아닌지 물어왔다. 프란체스카는 그렇다고, 하지만 누군가 그런 말을 할 때면 그 배경에 어떤 관심이 있는지 알고 싶다고 했다. 어떤 힘의 이해관계가 있는지. 프란체스카의 목소리에서 나른한 혐오감이 묻어났다. "글쎄요……." 남자가 대답했다. 그러고 낭독회가 끝났다.

다음 날 레이랜드와 프란체스카는 템스 강변에서 산책했다. 그녀는 아라비아와 관련된 주제에서 뭔가 패한 것 같다고, 자기가 직접 말을 하는 뭔가를 쓰고 싶다고 했다. 오로지 자기가 말하는 것을. 바람막이와 청바지를 입은 프란체스카의 불그스름한 머리카락이 바람에 흩날렸다. 레이랜드는 그 순간 그녀를 처음 사적으로 알게 됐다는 기분이 들었다.

4년 후에 프란체스카는 리비아의 출판사에, 그리고 레이랜드에게 따로 《브르타뉴어 이름Nomi Bretoni》이라는 제목의 원고를 보냈다. '우리의 템스 강을 기억하시나요?' 표제지에 연필로 이런 글이 적혀 있었다. 원고는 매혹적이고 격정적인 이야기로, 연인들이 브르타뉴를 여행하면서 서로를 잃어버리고, 만나고, 다시 잃어버렸다가 나중에는 브르타뉴어 이름이 새겨진 묘비 앞에 서게 된다는 내용이었다. 화자는 그리움과 실망, 욕망과 수치, 증오와 외로움의 무방비한 언어를 말했다. 레이랜드는 이따금 눈을 감고, 그 문장들이 프란체스카 마르케세의 입에서 나오면 어떻게 들릴지 상상했다. 두꺼운 책이 아닌데도 읽는 속도가 느렸다. 감정의 언어를 번역하기가 얼마나 어려운지 이렇게 명확하게 느낀 책은 없었다. 이탈리아어 문장 자체는 문제가 없었다. 직접적인 무게를 지녔고, 익숙한 단어와 낯익은 어순이었지만 닳거나 힘이 빠진 느낌 없이 간결하고 당연하며 설득력이 있었다. 그러나 영어는 이와 달라서, 직접 대응하는 단어를 쓰거나 말하면 문장은 평범한 동시에 부담스러웠다. 프랑스어로는 쉬운 반면 독일어로는 더 어려울 것 같았다. 리비아와 이 문제로 이야기를 나눴지만 영어는 그녀의 모국어가 아니었고, 그래서 그의 망설임을 이해하지 못했다. 몇몇 문장에서 두 사람은 서로 경계심과 당혹감을 느꼈다. 이 일이 아니었더라면 이런 말은 떠오르지도 않았을 터였다. 평소라면 아마 절대 알아채지 못했을 말과 경험의 경계도 뚜렷해졌다. 그러다가 프란체스카 마르케세가 트리에스테로 왔고, 레이랜드는 문제를 해결하려고 원고 수정을 제안했다. 그는 그녀가 리비아에게 말할 때와는 달리 자신과 반말tu이 아니라 존댓말lei을 사용한다는 사실이 기뻤다. 또 의논해야 하는 몇몇 언어를 다루면서 둘이 사적인 공간이 아니라 출판사에 앉아 있다는 사실도 기뻤다. 힘든 순간도 있었다. 레이랜드가 번역만 어렵다고 생각하는 게 아니라 원고와 그 안에서 드러나는 자신의 모습을 좋아하지 않는다는 인상을 마르케세가 받을 때였다. 묘비에는 르 구리에렉, 게즈넥, 케르게넥, 케메뇌르와 같은 아름다운 온갖 이름이 있었다. "여기 나오는 지명들을 지도에서 모두 찾았는데, 마지막 루비에넥은 없더군요." 레이랜드의 말에 마르케세가 대답했다. "지도에서는 찾을 수 없어요. 그리고 이 세상에서도. 세상의 끝 피니스테레에서 약간 서쪽에 있지요."

책은 혹평을 받았다. 이탈리아 문학비평계의 허풍선이 카를로 다 폰테가 '라 시볼라타La Scivolata', 미끄러진 여자, 탈선한 여자라는 제목으로 그 책을 다루자 역시 예상은 빗나가지 않아서 어떤 지방 신문이 '라 트라비아타La Traviata', 정도를 벗어나 길을 잃은 여자라는 제목으로 그 뒤를 따랐다. 깊이 존경받는 기자가 어떻게 이런 유치한 글을 쓴단 말인가! 왜 자신의 전문분야에 머물지 않았나! 리비아의 출판사에서 언론을 담당하는, 지나치게 열심인 직원이 프란체스카 마르케세에게 열일곱 편의 혹평을 모두 건넸다. “한꺼번에 다 태워버리고 싶군요.” 프란체스카가 말했다. 그러자 리비아가 바깥으로 나가더니 평소에 화분을 받쳐두는 커다란 접시를 가지고 돌아왔다. 그런 다음 신문지를 그 안에 넣고 불을 붙였다. 그들은 종이가 숯처럼 타고 재가 되어 허물어지는 모습을 함께 지켜봤다. “세상에서 사라져라!” 리비아가 손가락을 튕겼다. 레이랜드는 그때가 두 여인 사이에 위대한 친밀함이 싹튼 순간이라고, 프란체스카 마르케세가 1년 후에 리비아의 유골함이 무덤 벽감으로 들어갈 때 이 순간을 기억했을 거라고 상상했다. 장례식에서 비가 내리기 시작하자 그녀는 검은 머플러를 머리에 두르고 턱 밑에서 단단하게 움켜쥐었다.

출판사를 넘겨받아야 할지 망설이던 시기에 레이랜드는 밀라노로 프란체스카를 찾아가서, 그 집 거실에 앉아 커피를 마셨다. 집에 찾아간 건 그때가 처음이었다. 지난 세기 이탈리아 실내장식에서만 가능한, 어두운 광택과 시대를 초월한 우아함이 그곳에 있었다. 프란체스카는 그에게 ‘글 쓰는 방’이라고 부르는 작업실을 보여줬다. 황갈색 천 벽지와 낮에도 절반은 드리워진 무거운 비단 자수 커튼, 가죽으로 상감된 마호가니 책상, 최신식 황동 스탠드, 허리 통증을 막아주는 세련된 사무실 의자, 소음을 흡수하는 두툼한 양탄자, 비어 있는 벽. 책이라고는 바퀴 달린 차 테이블에 가득한 사전들뿐이었다. 그녀는 출판사와 레이랜드의 개인적인 앞날에 관해 거의 조직적일 만큼 꼼꼼히 질문했다. 그가 자신의 망설임을 이야기하자 마르케세는 이미 오래전부터 알고 있었다는 듯이 고개를 끄덕였다. 담뱃불을 붙이고 커피를 한 모금 마신 다음 잔을 손에 든 채 깨어 있는 검은 눈동자로 그를 바라봤다. "당신이 내 책을 번역하고 출간했으면 좋겠어요." 이제 다시 고개를 똑바로 들고 있는 그녀의 시선은 무척 확고부동하고 단호했다. 마르케세가 지금 말하는 바람은 명령도, 복종을 요구하는 소망도 아니었다. 레이랜드는 그 선명함을 붙잡고 싶었다. 타인의 소망이 자기 자신의 의지를 찾는 데 도움을 주는 것, 그런 일도 있었다. 타인의 단호함이 자신의 내면에 대한 통찰을 던져주므로. 마르케세는 자신의 말이 바로 이 순간 그에게 얼마나 중요한지 알고 있었다. 레이랜드가 당신의 의지에 복종하여 책을 출간하겠다고 농담처럼 말하자, 마르케세는 "사랑해"라고 대답했다. 그녀가 반말을 한 건 이때가 처음이었다. 마르케세는 그런 말을 흉내 낼 수 없는 탁월한 방식으로 할 줄 알았다. 완전히 진지한 건 아니어서 말 자체는 장난처럼 들리지만, 이 모든 반어적인 굴절의 배경에는 지극히 진지한 의미가 있었다. 반말은 이때 한 번으로 끝났다.

최근 몇 년 동안 마르케세는 잠잠했다. 신문 기고도 거의 하지 않았고 트리에스테로 오는 일도 드물었다. 마르케세가 출판사에 처음 와서 레이랜드의 사무실 책상에 앉았을 때 담뱃불을 붙이고 말했다. "나도 이렇게 지내면 좋을 것 같아요." 그다음에 와서 둘이 공원에 앉아 있을 때 아이들 무리가 앞을 지나갔다. 마르케세는 레이랜드 옆에 앉아 한동안 말없이 아이들의 뒷모습을 바라보다가 입을 열었다. "난 저걸 놓쳤지요. 내 삶이 그랬어요. 그냥 놓친 거죠." 나중에 짤막하고 간결하게, 외과의사와 함께하던 삶이 끝났다고 덧붙였다. "나는 혼자 살면 더 잘 지내요." 레이랜드는 바로 그 시간 내내 마르케세가 새로운 소설의 등장인물인 키아라 팔라디오에 대해 정교한 필체로 메모하기 시작했다고 짐작했다. 마르케세에게 새 책에 대해서는 묻지 않았다. 이유를 말할 수는 없지만 묻지 않는 게 옳다고 확신했다.

진단을 받은 후에 그는 마르케세에게 편지를 썼다. 전화로 전할 수 없는 내용이라서 어설프게 몇 문장 썼는데, 여러 번 고쳐 써도 여전히 어설펐다. 마르케세가 그에게 전화했다. "당신과 함께 밀라노 대성당에 가면 좋겠어요." 자기가 자동차로 데려오고 다시 트리에스테로 데려다줄 테니 아무 문제도 없을 거라고, "내가 당신을 잘 돌볼게요"라고, 물론 자기 집에서 묵어도 된다고, 설령 무슨 일이 생긴다고 해도 잘 아는 훌륭한 의사가 있다고 했다.

"대성당은 그래서 만들어진 거예요." 대성당에 앉았을 때 마르케세가 말했다. "삶의 고통과 절망, 외로움과 죽음이 엄습할 때 올 수 있게 말이지요. 당신과 나처럼, 아무것도 믿을 필요는 없어요. 그저 공간만으로 충분하지요." 마르케세는 저녁에 요리를 했다. 레이랜드는 레오나르디 박사의 엑스레이 스크린에 걸렸던 번쩍이는 사진 이야기를 했다. "나도 그 사진을 집에 가져오지 않으려 했을 거예요." 그녀가 말했다. "진정으로 사람을 위하는 문화에서는 죽을 때 도움받는 걸 당연하다고 생각할 테지요." 그는 패트 킬로이와 류블랴나 이야기를 했다. "좋군요. 국경 너머로……. 그러면 약을 추적하지 못할 테니까." 마르케세가 대답했다. 레이랜드가 카테리나 미찬과의 출판사 매매 이야기를 하자 마르케세는 한동안 이상하리만큼 조용해졌다. 레이랜드는 그제야 이유를 깨달았다. 그녀는 부유하니 출판사를 살 수도 있었을 터였다. 밤에 그가 뒤척이는 소리를 들은 마르케세는 그의 방에 와서 한동안 소파에 앉아 있다가 말했다. "갑자기 종말이라니." 마르케세는 나가기 전에 어둠 속에서 침대로 다가와, 열이 있는 아이를 대하듯이 이마를 쓸었다. 트리에스테에 도착했을 때는 이렇게 말을 건넸다. "내리시지 않으면 좋겠어요." 레이랜드가 대답했다. "나도 그렇습니다." 그가 모퉁이를 돌아설 때도 차는 여전히 그곳에 서 있었다.

소피아가 구원의 소식을 듣고 그의 집으로 달려온 지 이틀 후, 레이랜드는 기차를 타고 밀라노로 가서 오랫동안 대성당에 앉아 있었다. 기도하는 사람들은 모여서 저마다 자신에게 중요한 것을 위하고 있었다. 레이랜드는 그게 마음에 들었다. 그들이 무릎을 꿇고 굴복하는 것은 좋아하지 않았다. 누군가 오르간으로 바흐를 연주했다. 바흐를 이렇게 들어본 적이 있던가? 이렇게 내면이 울린 적이 있나? 그 후에 소음이 반갑게 느껴지는 번잡한 시내를 지나, 약속은 없었지만 운에 맡기고 프란체스카 마르케세의 집으로 갔다. 어차피 이 여행은 대성당에 가려고 한 거니까. 마르케세가 기쁨으로 폭발하는 모습은 말할 수 없이 놀라웠다. "이제 갤러리를 산책하며 삶의 아름다움을 만끽하죠!" 그녀가 말했다. 둘은 에이엠 회사 진열창 앞에서 걸음을 멈췄다. 그때 그는 회사의 옛 소유주가 자기 옆에 있다는 사실을 전혀 알지 못했다. 마르케세는 그가 지금껏 가본 적이 없는, 가장 우아하고 비싼 식당으로 그를 안내했다. 선임 웨이터가 "부인"이라고 부르며 허리 숙여 인사했다. 레이랜드는 트리에스테행 야간열차를 탔다. "묵으셔도 되는데요." 역에서 프란체스카가 말하자 그가 대답했다. "압니다."

추억이 흘러가는 동안 레이랜드는 창가에 서서 운하를 내려다봤다. 그러고는 다시 책상에 앉아 프란체스카 마르케세의 편지를 끝까지 읽었다.

> 키아라는 상속받은 많은 돈을 증여하고 다른 사람들과 나누어요. "나눔은 행복이에요." 키아라가 말하지요. 걸인 여자가 빈곤을 벗어나게 돕고, 빚을 진 택시 기사에게 새 차를 사주고, 레스토랑을 파산에서 구하고, 제화공이 가게 문을 닫지 않게 도와주고, 파급력이 강한 다큐멘터리 영화에 자금을 대고, 누군가에게 고액의 수술비를 지불하지요. 수많은 사람과 수많은 운명이 등장해요. 얼마나 많은지 보고 나는 감탄했어요. 이 모든 일을 할 수 있다니, 정말 멋지지 않나요? 의지만 있다면 그냥 간단하게 할 수 있지 않아요? 하지만 간단한 건 없어요. 책이 다루는 게 바로 이 점이에요. 키아라의 관대함은 다른 사람들과의 관계에서, 또한 자기 자신에게도 예상치 못한 결과를 불러와요. 다른 사람들은 처음에 그저 고마워하지요. 복잡하지 않은 방식으로 고마워해요. 곤궁이 줄어서 이제 숨을 쉴 수 있게 됐으니까요. 하지만 그 후에 감사는 독으로 변해요. 다른 사람들은 이제 키아라를 거북하게 대하고 평소라면 전했을 말이나 행동을 하지 않고, 본인들의 감정에도 솔직하지 않게 돼요. 그들은 자연스러운 자주성을 상실하고, 감사하는 마음이 모든 것을 질식시켜요. 이 난처함은 감옥이 되어버려요. 어떤 사람은 빚을 내어 키아라에게 돈을 돌려주고 자유를 되찾고 싶다고 말하지요. 키아라는 처음 감정이 파괴

되지 않게 온 힘을 다해 막으려 해요. 하지만 모욕과 수치심이 일고, 자존심에 상처를 입어 절망하는 경험을 하고, 약자의 존엄이 이따금 위험해 보이기도 해요. 게다가 이 자선가를 증오하는 일까지 벌어져요. 점점 더 복잡해지지요. 다른 사람들은 적어도 상징적인 제스처를 통해 뭔가 돌려주고 싶어서 자기 집으로 키아라를 초대하고 가족으로 끌어들이는데, 그녀는 차라리 모른 채 지내고 싶지만 쉽사리 피하지 못해요. 다른 사람들은 키아라를 받아들이고는 그녀도 자기들처럼 인생의 비밀을 말하길 바라고, 그래서 원하지 않은 친밀함이 싹트지만 이런 친밀함이 이어지기는 불가능하고, 멀어진 뒤에는 상처와 원망이 남아요. 이제 키아라가 자유를 잃어요. 전화를 더는 받지 않고 도시에서 도망쳐요. 키아라는 자신이 왜 관대한 행동을 하는지 알고자 하고, 소설은 그 시도를 계속 묘사해요. 나는 결국 후원자나 자선가가 되고 싶은 걸까? 도덕적인 허영심 또는 그냥 단순한 허영심인가? 자기 과시와 자기애의 도구인 관대함일까? 내 공감 능력은 어떤가? 다른 사람들을 정말 그들 그대로 둘 수 있나? 다른 사람들이 돈을 내 생각대로 사용하지 않으면 왜 화가 날까? 이 은밀한 독재는 어디에서 왔나? 다른 질문도 스스로에게 던지지요. 이 관대함에는 내가 한 번도 경험하지 못한, 친밀함을 향한 비밀스러운 동경이 어려 있을까? 나도 그렇게 관대한 대접을 받고 싶다는 욕구인가? 전체적으로 이 책은 어떤 사람이 다른 사람들과 함께 지내면서 다양한 관계를 맺는 것에 대한 서술적 명상이라고 할 수 있어요. 난 그 명상이 또한 시적 명상이기를 바라요. 어휘와 문체 때문에 책을 여러 번 수정했어요. 시는 무엇보다도 정확해야 해요. 《브르타뉴어 이름》 때와는 완전히 다르게 감정을 직접 명명하지 않고, 등장인물들이 거의 말없이 태도를 통해 그걸 드러내게 했어요.

이 소설 작업을 하는 동안 불가능하다고 생각했던 어떤 방식을 알게 됐어요. 첫 번째 소설 때와는 전혀 달랐지요. 더 깊고 더 광범위했어요. 엉킨 생각과 감정, 언어와 행동 면에서. 온갖 폭포, 갈등의 다급한 폭포. 나는 이게 어떤 모습이어야 할지 알고 있었고, 모든 것은 이론의 여지 없이 저절로 일어났답니다. 내가 이 모든 일을 알고 있다는 걸 깨닫고 무척 행복했지요. 내 안의 풍경을 예상보다 훨씬 더 많이 알고 있더라는 뜻이에요. 숨어서 침묵하던 지식은 언어로 표현할 수 있는 구체적인 지식이 됐어요. 추상적이 아니라 경험으로 들어와서 영향을 끼치는 지식이었어요. 내가 첫 상상력과 문장으로 움직이기 시작한 것은 각성, 멈출 수 없는 각성과도 같았고, 나는 더는 예전과 같은 사람이 아니었어요. 계획했던 다른 것들은 소홀히 하거나 잊어버렸어요. 친구와 지인들이 불평했고, 당신도 내 소식을 거의 듣지 못해서 분명히 의아하게 생각했을 거예요. 아라비아도, 브르타뉴도 아주 멀어 보였지요. 나는 책이 묘사하는 모든 것을 조금씩은 겪어봤지만, 묘사된 일화들은 사실과는 그다지 비슷하지 않을 때가 많아요. 난 압축의 법칙을 따랐으니까요. 인간의 행위가 온전한 동시에 또 얼마나 모호한지 번번이 놀라곤 했어요. 인간의 동기가 얼마나 다양한지, 명백함이 부족할 때가 얼마나 흔한지 과소평가하면 안 돼요. 난 시를 제외하고는 그게 문학에서 가장 중요한 동력이라고 여겨요.

편지 서두에 말했다시피 난 이 책을 출간해야 할지, 아니 더 정확하게 말하자면 출간하고 싶은지 아직 잘 모르겠어요. 《브르타뉴어 이름》이 받은 혹평……. 벌써 12년 전 일이에요. 이제 나는 다른 사람이고, 더 강해졌길 바라요. 하지만 그게 마음속 깊은 곳에 얼마나 깊게 둥지를 틀고 있는지 누가 알까요. 결국 나를 망설이게 하는 문제는 호평이나 혹평이 아니에요. 그보다는 다른 사람들의 시선, 다른 누군가의 시선이 이 이야기와 나에게 닿는 걸 내가 원하느냐 하는 것이지요. 어떤 의미에서는 내가 곧 이 이야기니까요. 내가 그걸 썼고, 오랫동안 쓰면서 그 이야기를 통해 내 삶을 살았다는 사실만으로 충분하지 않을까요? 그게 결국은 중요한 게 아닐까요?

그런데 난 왜 이 원고를 당신에게 보내는 걸까요? 단 한 사람이 읽는다면 당신이 되어야 한다고 늘 생각하면서도, 당신에게 보내는 것조차 오랫동안 망설였어요. 그래서 얼마 전 밀라노 갤러리에서 식사를 할 때 아무 말도 하지 않았어요. 하지만 역에서 작별한 뒤에, 당신이 나를 이렇게 알기를 바란다는 생각을 점점 더 자주 하게 됐어요. 가까운 시일 내에 런던으로 가신다고, 얼마나 머물지 모른다고 하셨지요. 당신에게 전화를 걸어서 소포를 어디로 보내는 게 좋겠냐고 묻고 싶었어요. 그러다가 묻는 게 어리석다는 생각이 들더군요. 그게 언제든 당신이 다시 트리에스테에, 이탈리아에 돌아왔을 때 보면 된다고 생각했어요. 나도 시간을 오래 들였으니까요. 이제 당신은 원고를 손에 들고 있어요. 그게 언제든.

포옹하며, 프란체스카

레이랜드는 원고를 펴서 첫 부분을 읽기 시작했다.

키아라 팔라디오는 공증인 사무실에서 나와, 코르소 거리를 따라가는 인파에 섞여들었다. "이제 당신은 부유한 사람입니다." 공증인이 한 말이었다. "내 조언이 필요하시다면……." 공증인이 정말 그렇게 말했던가? 유언장 개봉이 정말 일어났던 일인가? 20년 동안 거의 대화를 나눈 적이 없는 아버지가 엄청난 재산을 물려줬다. 병원에 마지막으로 문병 갔을 때, 창백하게 푹 꺼진 아버지의 얼굴을 손으로 쓰다듬고 싶었다. 그러나 그렇게 하지 않았다. 키아라가 한 말이라고는 "아빠"가 전부였다. 아버지 또한 딸의 이름만 불렀다. "키아라." 그녀는 무거운 병실 문을 힘겹게 닫고 복도에 서서 한동안 정원을 내려다봤다. 다시 들어가봐야 하나?

키아라는 뭔가에 걸려 비틀거렸다. 몸을 돌려보니, 검은 머릿수건을 쓰고 어린아이를 품에 안은 여자 걸인의 다리였다. 키아라는 몇 걸음 가다가 돌아와, 걸인에게 다가가서 50유로를 그녀의 모자에 넣었다. 그러면서 여자와 눈높이를 맞추려고 쪼그려 앉았다. 적선을 할 때면 늘 이런 자세를 취했다. 위에서 내려다보며 모자에 돈을 던져 넣는 행위는 상대방에게 굴욕이라고 생각했다. 키아라는 저 아래쪽 최하위 계층에서 위쪽을, 그러니까 돈을 가진 사람들을 올려다보는 감사의 눈길을 견딜 수 없었다. "고맙습니다, 정말 고맙습니다. 신의 가호를 빕니다." 걸인이 인사했다. 키아라는 여자의 팔을 어루만지고 아이 머리를 쓰다듬고는 일어나서 다시 길을 갔다.

"부인!" 어떤 손이 뒤에서 키아라를 잡았다. 돌아보니 걸인 여자가 아이를 안고 숨을 헐떡이며 달려온 거였다. "부인, 좀 보세요. 아이가 아파요. 의사가 필요해요. 좀 보세요. 얼굴이 아주 새파란데 뭘 해야 할지 모르겠어요. 도와주실 수 없을까요? 나를 돕는 게 아니라 아이를……." 키아라는 망설이며 여자를 바라봤다. 결과가 좋지 않으리라는 예감이 들었다. "알겠어요." 결국 그렇게 말하고 둘은 걸인이 원래 있던 자리로 돌아가서 소지품과 돈을 챙겼다. 키아라가 택시를 손짓해서 불렀다. "소아과로 가주세요."

레이랜드는 읽고 또 읽었다. 키아라가 병원에서 일을 처리하는 모습을, 아이가 입원할 수 있게 비용 보증을 서는 모습을, 아이와 헤어진 그 여자를 다른 여자와 아이가 함께 사는 비좁은 지하층 집에 데려다주는 모습을. 그 후에 일어난 모든 일은 프란체스카 마르케세가 편지에서 말했듯이 불가항력적으로 일어났다. 키아라는 그런 성격의 사람이었으므로, 그리고 걸인에게 몸을 숙였으므로 이제 그 걸인의 삶에, 그리고 지하층에 함께 사는 또 다른 여자의 삶에까지 한없이 개입하게 됐다.

1장을 다 읽은 다음 레이랜드는 원고를 내려놓고 시내로 갔다. 은행에 가서 숀 크리스티에게 줄 돈, 그리고 소피아와 자신이 몇 달 동안 쓸 생활비를 런던에 있는 자기 계좌에 이체했다. 안드레이 쿠츠민의 집으로 향하면서 '관대함'을 생각했다. 돈은 이제 나와 손의 관계를 어떻게 바꿀까? 나는 키아라 팔라디오와 어떻게 다르게 행동해야 할까?

25

레이랜드에게 문을 열어주며 들어오라고 말하는 안드레이는 창백한 얼굴로 가쁜 숨을 몰아쉬었다. 그러고는 떨리는 손으로 그에게 편지를 건넸다. 임대인이 보낸 편지였다. 이사를 하게 됐다고, 집을 팔 거라고, 그래서 어쩔 수 없이 임대차계약을 끝내야 한다는 내용이었다. 어쩌면 다음 임대인과 새로 계약을 맺을 수 있을 거라고, 하지만 일단은 이사를 염두에 두어야 할 거라고 했다.

"이제 어떻게 해야 하지?" 안드레이가 쉰 목소리로 물었다. "이 공간은…… 내 은신처고 동굴, 내 집일세. 요즘 바깥에서 자주 불안하고 뭔가 할 때 손이 떨릴 때도 많네. 현금인출기에서 비밀번호를 입력할 때면 떨려서 오타를 낸다네. 은행 같은 곳에서 서명을 할 때도 떨려서 의심스럽다는 시선을 받기도 하지. 그런 순간이면 삶을 더는 감당할 수 없다는 느낌이 드네. 그럴 때면 이곳으로, 이 공간으로, 무엇보다도 책상으로 도망쳐오지. 소피아가 선물한 스탠드를 켜네. 밝든 어둡든 상관없이 불을 켜지. 그건 소피아가 준 등이니까. 어느 날 소피아가 그걸 들고 와서 말없이 세워두던 모습을 절대 잊지 않을 걸세. 스탠드를 켜두면 마음이 차분해지고, 얼마 지나지 않아 언어가 돌아오면 모든 것을 감당할 수 있다는 생각이 든다네. 바깥을 상상만 해도 불안해서 전혀 나가지 않는 날도 있지. 나에게서 이렇게 집을 빼앗을 수는 없어!"

"그런 일은 일어나지 않아." 레이랜드가 대답했다. 그러고 임대인의 편지 위쪽에 적힌 번호로 전화를 걸었다. 이미 집을 사겠다는 제안을 받았는지, 금액은 얼마인지 물었다. "10만 유로 더 드리겠습니다. 2, 3일 내에 계약을 한다는 조건으로요. 그 후에는 내가 이곳을 떠나서요." 임대인은 그렇게 하겠다고, 오늘 바로 들러서 공증에 필요한 사항을 처리하겠다고 했다. "자, 이제부터 자네는 임대료를 내지 않아도 되네." 레이랜드가 말했다. 안드레이의 얼굴을 본 레이랜드는 교도소에서 출판사 번역가로 고용하고 싶다고 말했을 때 그가 지었던 바로 그 표정을 떠올렸다. 안드레이가 카디건 소매로 눈을 쓸었다. "뭐라고 말해야 할지……. 자네 그렇게 할 수 없……." "당연히 할 수 있네. 내가 잃는 건 하나도 없어. 자네에게 뭔가 선물하는 것도 아니라네. 집을 산 돈은 잃어버린 게 아니라 좋은 곳에 투자한 거고, 자네에게 받지 않는 집세는…… 어차피 나에게 없던 돈일세." 레이랜드는 아까 다른 사람보다 훨씬 더 높은 가격을 불렀을 때 안드레이가 깜짝 놀라는 모습을 봤었다. "그 많은 돈을……." 안드레이가 말했다. "난 확실하게 하려던 걸세. 모든 부정 상행위와 불안을 싹부터 없애려던 거지. 그래서 이 집은 이제 시세보다 높은 가격이 됐지. 하지만 여긴 자네의 은신처고 동굴 아닌가. 그러니 다시 평화롭게 살 수 있어야 하네."

안드레이가 부엌으로 가더니 물 끓이는 소리가 들려왔다. 레이랜드는 언젠가 극장 무대에 놓였던, 반짝이는 상판이 덮인 구부러진 대형 책상을 자세히 바라봤다. 목재에 누런 니스 칠을 하니 책상 전체가 비현실적으로 보였다. 마치 우스꽝스러운 오페레타의 비현실성을 품고 있는 듯했다. 소피아의 유겐트 양식 스탠드는 지금도 켜져 있었다. 언젠가 안드레이는 이런 말을 했다. "스탠드를 자세히 볼 때마다 소피아가 곧 날 찾아와주길 바라는 마음이 든다네. 난 아이를 키우고 싶던 적이 없어. 하지만 소피아라면……." 레이랜드는 감방에 있던 남자, 트로츠키 같은 인상에 감방 문이 열려도 꿈쩍도 하지 않고 계속 글을 쓰던 남자를 다시 떠올렸다. 언젠가 이 남자는 중고 극장 가구를 파는 가게로 들어가 이 책상 앞에 서서 생각했다. '내가 원하는 게 이거야.' 레이랜드는 이게 안드레이의 심호흡 같았을 거라고 짐작했다. 감방, 유리창 앞에 드리워서 창살을 그림자 무늬처럼 보이게 하던 잿빛 이불보. 그것들을 극복할 수 있게 도와주던 심호흡. "기이한 색깔을 한 이 정신 나간 책상은 나에게는 시 한 편이나 마찬가지라네. 미쳤고, 기이하고, 졸작인 동시에 너무도 아름다운 시 한 편." 레이랜드는 부엌에서 나와 책상을 자세히 바라보았다. 안드레이가 말했다. "스탠드와 함께 피난처 가장 깊은 곳의 작은 보루를 이루지."

안드레이가 차를 따른 후에 말을 이었다. "믿어지지 않아. 처음에 편지를 받고 놀랐는데, 이제 이 안정감이라니. 게다가 집세도 내지 않고. 좀 전에 바깥에서 이따금 엄습하는 불안에 대해 이야기했지 않은가. 불안이 닥치는 장소가 바깥이긴 하지만 그건 물론 내 내면에서 오는 거지. 교도소 기억이 다시 엄습한 다음부터 그렇다네. 가끔은 낮에, 가끔은 밤에 엄습하네. 기억은 소리 없이 기어와서 목을 조르는데, 나는 아무것도 할 수 없어. '수감'이라니…… 얼마나 끔찍하고 매정한 단어인가. 누군가를 가두어 들이는 것, 떼어내어 가두는 것, 감금해 넣는 것, 떼어내어 감금하는 것. 판사는 10년이라고 했네. 8년이나 9년이 아니라 10년. 판사가 판결문을 읽을 때 그 숫자가 눈앞에 보였지. 1과 0. 결과적으로 9년이 되긴 했지만 그때는 그걸 알지 못했네. 10년. 상상할 수 없이 긴 시간. 상상으로도 조망하거나 감싸 안지 못하는 시간. 미결 구류 기간은 몇 주밖에 되지 않았네. 난 모든 사람의 눈앞에서 범행을 했고 다 자백했으니 조사할 것도 없었지. 하지만 그 시간은 특히 더 고문 같았네. 미결수로 진짜 자유형이 시작되기를 기다리는 것……. 삶이 완전히 얼어붙기를 기다리느라 삶이 멈추는 것. 나는 진짜 수감이 시작되면 흘러간 날수를 셀 수 있을 거라고 생각했네. 윤년까지 계산해서 3652일이라는 거대한 시간의 산맥이 매일 아주 조금씩 줄어들 거라고. 진짜 수감은 10월에 시작됐네. 그러고 1월 1일이 왔지. 견딜 수 없는 날이었네. 그 안에서의 1년, 그리고 더해지는 9년이 얼마나 길지 그날 느꼈으니까……. 나는 칼을 하나 슬쩍해서 그날 밤 일을 저질렀네. 칼이 너무 뭉툭했지. 그곳에는 무딘 칼밖에 없다네. 맥박을 짚으며 동맥을 찾았네. 아팠지만 끔찍하지는 않았어. 끔찍했던 건 베고 쑤시는 일이 점점 더 쓸데없는 짓, 나 자신에 대한 품위 없고 절망적인 도륙이 됐다는 점일세. 결국 포기하고 도움을 청했네. '다음에는 한밤중에 하지 말아요.' 자다 말고 병원에서 불려온 젊은 의사가 말했지. '10년이라고요? 긴 시간이죠. 빌어먹게 긴 시간. 하지만 다르게 생각하면 당신 생애 중에 7분의 1 또는 8분의 1에 불과해요. 기다리시라고 말하고 싶군요. 기다리면서 어떤 식으로든 그럭저럭 지낼 수 있는지 찾아보시라고. 미안합니다. 주제넘게 굴 생각은 없었어요. 바깥에서 보자면…….' 난 그걸 주제넘는다고 생각하지 않았네. 그의 말투는 적절했고, 또 그는 내가 석방된 후에 살게 될 바깥세상에서 온 전령이었으니까. 석방되고 얼마 지나지 않아 그를 거리에서 봤네. 무척 나이 들어 보이더군. 그에게 다가가려다가 그만뒀네. 내 손목을 감아주던 그날 밤처럼 호감이 가지도 않았지."

안드레이는 카디건 소매에 양손을 넣고 있었고, 찻잔을 쥘 때도 손목이 보이지 않게 조심했다. 마치 레이랜드가 교도소에서 그 흉터를 보기 전이라는 듯이 행동했다. 그 시간으로 다시 돌아가 작아지는 것처럼 보였다. 레이랜드는 이 불행한 시간 여행을 멈출 뭔가를 말하거나 행동하고 싶었다. 하지만 어쩌면 그 이야기를 하는 편이 나을지도 몰랐다. 레이랜드는 다른 수감자와는 어떻게 지냈는지 물었다. 처음 묻는 것이었다.

"사실 아주 좋았지. 그들은 내가 이상한 놈이라서 그냥 내버려둬야 한다는 걸 금방 알아챘네. 그 대신 나는 그들이 날 '트로츠키'라고 부르는 걸 받아들였지. 그들은 공동 샤워를 거부하는 나를 비난했지만 그것도 지나갔네. 나는 언어에 관심이 있어서, 어쩌면 그걸 통해 우리 사이에 뭔가 생길 수도 있다고 생각했네. 우정은 아니더라도 그 어떤 뭔가가. 하지만 그들은 자기 언어에 관심을 갖는 내 방식을 이해하지 못했어. 그래서 아무 일도 일어나지 않았지. 그리스인 한 명만 제외하고는 말일세. 노브고로드에서 학교 다닐 때 같은 반에 부모님이 그리스인인 아이가 한 명 있었는데, 이유는 기억나지 않지만 어쨌든 그 아이가 나에게 그리스어를 조금 가르쳐줬네. 그래서 교도소에서 그리스어를 말하게 됐지.

하지만 그는 얼마 지나지 않아 석방됐고, 나는 이탈리아어를 제외하고는 언어와 관련된 일은 포기했네. 14년 동안 헌책방을 운영했으니 당연히 이탈리아어를 유창하게 할 수 있었지. 그런데 교도소 도서관에서 《이탈리아어의 어려움Difficoltà della lingua italiana》이라는 책을 발견하고 가지고 와서 다시는 돌려주지 않았다네. 불규칙하고 어려운, 교양 있는 이탈리아인도 실수하는 온갖 것들이 쓰여 있었지. 난 마지막 세부사항까지 모든 것을 능숙하게 구사하려는 맹렬하고도 소모적인 야심을 품었네. 이 야심은 교도소 생활 초기에 나를 견디게 해주었다네."

안드레이는 자리에서 일어나 옆방으로 가서 그 책을 가지고 왔다. "결국 이 책을 가지고 나올 수 있었네. 교도소장은 세월이 흐르면서 어떤 면에서는 나를 존중하게 됐지." 레이랜드가 책을 펴자 첫 페이지에 흐릿하게 빛바랜 날인이 눈에 들어왔다. '법무부'라는 글자와 숫자 하나였다. "교도소장은 나중에 내가 필요한 사전도 받게 해주었네. 카를로 페를루가에게 사전을 나에게 가져다줘도 된다고 허락했지. 하지만 그건 내 누이 네레아가 《두 번째 여행》을 보내준 후의 일이었네. 누이는 결혼하고 산세바스티안으로 가서, 우리가 만나는 일은 드물었다네. 나와 연락이 전혀 안 되어 페를루가에게 전화를 하고서야 누이는 내 재판에 대해 알게 됐지. 재판 중에 우리는 눈길을 주고받았고, 마지막에는 어릴 때 작별할 때면 늘 하던 손짓을 했네. '오빠를 이해해.' 교도소로 면회 왔을 때 누이가 한 첫마디라네. '읽을 게 필요하다. 두툼한 책들이. 안 그러면 난 여기서 미쳐버릴 거야.' 내가 말했지.

몇 주 후에 이 소설이 도착했네. 이루 말할 수 없이 행복했지.

거의 500쪽이었으니까! 정신적 삶의 구원이라고 말해도 과장이 아닐세. 언어를 완전히 이해하려고 처음에 세 번 읽었네. 우리 엄마는 에스파냐 내전에서 아버지를 만나기 전에 바스크어 교사였지. 내가 어릴 때 엄마는 내게 바스크어를 하셨네. 내가 잘하길 원하셨거든. 하지만 오래전 일이라서 이미 많이 잊어버렸지. 페를루가는 에스파냐어로 쓰인 바스크어 문법책과 에스파냐어-바스크어 사전을 구해줬네. 이탈리아어로는 없었지. 그래서 난 에스파냐어로 바스크어 기억을 새롭게 되살렸는데 잘되지 않았네. 페를루가가 에스파냐어-이탈리아어 책들을 구해주고서야 제대로 할 수 있었지."

"카를 압트라면 오후 한나절에 해냈을 텐데." 레이랜드의 말에 안드레이가 대답했다. "그였더라도 저녁 시간과 다음 날 아침 한두 시간은 더 필요했을 걸세." 두 사람은 한순간 교도소에서 안드레이가 카를 압트에 대해 이야기하던 그때와 같은 기분이었다. 레이랜드는 이 시간 여행이 마음에 들었다.

"세 번 읽은 후에 모든 단어를 이해했네. 네 번째로 읽을 때는 언어상 아무런 장애도 없었고, 이야기의 개별적인 모든 전환점을 내 경험으로 자세히 생생하게 그려보기 시작했지. 저자인 아이토 아기레는 친밀함을 묘사하는 데 대가였어. 친밀함이 작은 제스처와 일화 속에서 천천히 생겨날 때 더욱 그랬지. 주인공 앙투안 페랑은 바욘 출신인 프랑스인으로, 바스크 자치국을 꿈꾸는 바스크 출신 부부의 딸 아마이아의 사랑을 얻으려고 바스크어를 배우네. 아마이아는 옷 가게에서 일하는데, 앙투안은 며칠에 한 번씩 그곳에 가서 한없이 길게 조언을 구하고는 결국 뭔가를 사네. 공장 단순노동자라서 돈을 많이 벌지 못했으니 비용을 친구에게 빌려야 했지. 그는 아마이아가 집에서 말하는 바스크어가 그녀에게 얼마나 중요한지 알아챘네. 그가 바스크어 단어를 물을 때면 아마이아의 얼굴이 환하게 빛났지. 그래서 그는 불가능한 이 언어를 배우기 시작하네. 그는 언어에 재능도, 단어를 외우는 기억력도 없었지만 아마이아에 관한 일이라면 뭐든 하려는 강철 같은 의지가 있었지. 앙투안은 그녀 앞에서 이런저런 물건을 바스크어로 부르기 시작하고, 아마이아는 그에게 자기 언어로 감정을 표현하는 걸 가르쳐주었네. 이 장면에서 아기레의 묘사는 아주 탁월하다네. 그러다가 둘은 결국 연인이 되고 피레네 산맥을 따라, 또 거기서 니스까지 함께 여행하네. 아마이아는 바스크어로, 앙투안은 프랑스어로 자신의 삶을 이야기하지. 이 소중한 추억으로 앙투안은 오로지 그들 둘만 살 뿐, 타인은 누구도 들어올 수 없는 세계를 꿈꾸게 되네. 함께하는 삶의 시작처럼 보였고, 바욘으로 돌아온 그는 함께 살 집을 구할 계획을 짠다네. 그런데 아마이아가 집안일을 도와야 한다며 갑자기 시간이 없다고 말하는 등 그를 멀리하기 시작하지. 그런 시간이 한참 지속되는 동안 앙투안은 별일 아닐 거라고 스스로를 계속 설득하네. 그러다가 결국 아마이아의 집으로 간 그는 그녀의 부모님에게서 딸이 다른 남자를 사귀었다고, 그 남자와 지금 니스 여행중이라는 말을 듣지. 남자 부모가 니스에 살고 있어서 그곳에 간 데에는 현실적인 이유가 있다는 사실이 나중에 밝혀지네. 하지만 앙투안에게는 그 모든 게 아무 의미도 없고 오직 한 가지만 보이지. 자신이 오로지 단 한 번이라고, 반복될 수 없다고 생각한 여행을 아마이아가 다른 남자와 갔다는 사실 말일세. 그 남자가 바스크어를 할 줄 아냐고 그녀의 부모에게 물어보니 한마디도 못 한다는 대답이 돌아오네."

"카를로 페를루가가 우리에게 자네 재판 이야기를 했을 때, 자네가 법정에서 했다는 말을 들려줬네. '친밀함은 나눌 수 없습니다'라는 말이었지. 리비아와 나도 그렇게 생각하기 때문에 자네와 카를라 사이에 일어난 일을 잘 이해할 수 있었네."

"그래서 난 그 소설을 숨도 쉬지 않고 읽었네. 몇 번이고 계속. 게다가 아마이아는 앙투안과 그랬던 것처럼 두 번째도 자기 아버지 차로 여행하지. 앙투안은 다른 남자 옆에 앉아 있는 그녀를 상상하네……. '당신이 커브에서 추월하는 거 싫어.' 아마이아는 앙투안이 기어를 바꿀 때면 이렇게 말하며 자기 손을 그의 손에 얹곤 했었지. 이제 그의 귀에 다른 남자에게 같은 말을 하는 그녀의 목소리가 들리고, 낯선 손에 얹은 그녀의 손이 보였네. 내 인내심은 비행기 표에 쓰인 '말라가'라는 지명과 다른 남자의 이름을 읽는 순간 이미 끝났네. '말라가'는 내가 카를라와 가려던, 동화 같은 도시의 동화 같은 이름이었다네. 그리고 세비야와 코르도바, 그라나다……. 우린 여행 안내서를 꼼꼼히 읽었었네. '함께' 말이야. 알겠나? '함께' 안내서를 읽었다고. 그런데 머리카락을 짧게 자른 덩치 큰 남자가 똑같이 생긴 여행 가방 두 개를 들고 들어와, 감히 내가 언제나 하던 말로 그녀에게 말을 걸었지. '나야!'라고."

"앙투안에 대해 내가 아는 거라고는 자네가 그때 감방에서 했던 말뿐일세." 레이랜드가 말했다. "그가 견디지 못했다는 것."

"그는 스스로 짐작했던 것보다 훨씬 더 많이 노력하네. 아마이아를 질책하자 그녀는 이렇게 대답하지. '첫 번째 여행과 두 번째 여행은 완전히 달라. 당신이 뭘 원하는지 모르겠어. 그런 일은 그냥 일어나. 지극히 자연스러운 거야. 함께 여행을 한 번 했다고 해서 누군가를 가둬둘 수는 없어.' '그러면 내가 당신 때문에 바스크어를 배운 건?' '그건 감동적이고 아름다웠어. 하지만 당신이 거기서 이끌어낼 수 있는 건 아무것도 없어.' 아기레는 앙투안의 세상이 불현듯 완전히 '납작하게' 되는 모습을 탁월하게 묘사하네. 원반처럼 납작한 게 아니라 깊이가 없는 건데, 그가 '아잘azal'이라고 쓴 걸 나는 '포베르흐노스트니поверхностный'라고 번역했네. '피상적'이라는 뜻도 되고 '덧없는'이라는 의미도 있지. 이탈리아어로는 '깊은profondo'과 구별하여 '얕은basso'이라고 말하는 게 좋겠군.

카페에서 앙투안은 아마이아가 자리를 떠서 집으로 가는 모습을 지켜볼 수 있는 어두운 구석에 앉았네. 친밀함과 더불어 그녀의 아름다움도 깨졌지. 그는 그녀가 이제 왜 저렇게 추해 보이는지 도무지 이해하지 못하네. 피골이 상접해서 그저 '존재할' 뿐이지 더는 '만날' 수 있는 사람이 아니라고 생각하지. '그의 내부에서 그런 파열이, 그런 파열이 일어났다.' 아기레가 쓴 글이네. 앙투안은 바스크어와 관계있는 모든 것을—사전, 문법책과 문제집, 노트들— 장보기용 그물 가방에 넣어 먼 곳에 있는 쓰레기 컨테이너로 가져가네. '커다란 그물코로 책 모서리들이 튀어나온 그물 가방이 그의 다리를 때렸고, 그 통증은 진짜였다.' 아기레의 글일세. 하지만 바스크어 단어에 관한 기억은 여전히 남았네. 앙투안은 스펀지로 칠판을 지우듯이 자기 내부에서 그 모든 것을 지우고 싶어하지. 아기레가 '꺼지다itzali'라는 단어를 쓰는 방식에서 이미 앙투안이 자기 자신을 완전히 지우고 싶어하는 마음을 짐작할 수 있네. 하지만 그는 납작해진 세상에서 일단 계속 살아가지. 한동안 아마이아와 그 남자를 뒤쫓기도 하고, 마음속으로 둘이 사고를 당한다고 상상하기도 하네. 항상 둘이 함께. 한번은 가판대에서 바스크어 신문을 사서 그대로 쓰레기통에 던져버리네. '그러다가 얼마 지나지 않아 이 두 사람은 그에게서 떨어져 나갔다. 그냥 떨어져 나가서, 이제 더는 없었다.' 책에 그렇게 쓰여 있다네. 앙투안은 2년을 더 그렇게 납작하게 살지만 시간을 잘 지키고 성실해서 작업반장으로 승진하기도 하네. 그러다가 스웨덴 여성 레나를 만나지. 레나는 그와 가까워지길 원하고, 그러려고 프랑스어를 배운다네. 앙투안은 그녀를 좋아하고, 예전이라면 아마 사랑하게 됐을지도 모르지만 이제는 그렇지 않아. 레나가 지나치게 가까이 다가오면 그는 얼어붙어버리지. '나 자신도 납작해졌어. 친근함이라는 감정이 무엇인지 이제는 모른다.' 앙투안은 이렇게 생각하네. 그러고 사람들이 오랫동안 그를 발견하지 못할 외딴 바닷가로 가서 폭풍이 몰아칠 때 파도에 몸을 던진다네. '그는 짠물을 폐 깊이 들이마시고 이제 모든 게 지워지기를, 아무것도 느끼지 못하기를 기다렸다.' 이게 마지막 문장이라네."

안드레이는 옆방으로 가서 그 책을 가지고 돌아왔다. 레이랜드는 책을 잡지 않고 망설였다. "잡아도 되네. 넘겨봐도 되고." 안드레이가 말했다. 면지에 '안드레이를 위해'라고 쓰여 있었다. 가제본이라 상태가 좋지 않았고 수없이 넘겨봐서 거의 떨어져 나가다시피 한 페이지가 많았으며, 저렴한 종이는 자주 만져서 흐물흐물해졌다. 페이지마다 러시아어로 수많은 메모가 적혀 있고, 위쪽과 아래쪽에 아주 작은 글씨로 같은 뜻의 단어가 여러 언어로 쓰여 있었다. 그의 영혼을 구한 책이었다. "그래서 자네가 이 이야기를 러시아어로 번역하기로 결심했군." 레이랜드가 말했다. "죽은 시간으로 이루어진 압도적인 산맥에서 도움이 될 만한 일을 하기 위해서 말이야." "그리고 다시 한번 칼을 쥐지 않으려고. 물결치는 바다에 뛰어든 앙투안이 부러워서 그 문장을 몇 번이고 다시 읽으며, 코와 폐에서 소금기를 느꼈네. 교도소 건물 다른 동에서 어떤 남자가 목을 매어 죽었다는 소문이 났지. 하지만 난 머리에는 폭력을 쓰고 싶지 않았네. 머리에는 싫었어. 그래서 번역을 시작했네. 2년이 넘게 걸렸는데, 예상보다 긴 시간이었지. 거의 모든 문장마다 다른 버전도 썼으니까. 바스크어 문장과 조화를 이루는 일관된 러시아어 음색을 찾아내는 일이 중요했네. 시작하고서야 그 일이 얼마나 어려운지 알게 됐지만, 죽은 시간을 조금이라도 살아 있게 해주는 그 어려움이 고마웠지. 마지막이 가까워오자 공황상태에 빠졌네. 수감 기간이 아직 6년이나 남아 있었으니까. 그러다가 이 이야기를 바꿔서 써보자는, 나를 구원해줄 아이디어가 떠올랐지. 앙투안을 파괴적인 친밀함에서 해방시킬 다른 가능성을 시험해보자고 말일세. 이중적인 의미에서 흥미로운 계획이었네. 나 자신의 이야기를 나의 문장과 장면으로 쓰고, 앙투안에게 그 감정을 겪게 함으로써 내 감정을 알아볼 수 있으니까. 결과적으로 이야기를 달리하는 일곱 가지 버전이 나왔네. 앙투안은 다른 남자와 경쟁해서 그를 이기고 아마이아를 되찾지. 브레이크를 조작하기도 하고. 다른 사람과 사랑에 빠져서 옛사랑 이야기가 우스워지기도 하네. 또 꿈이 없는 납작한 삶이 그다지 우울하지 않다는 걸 알게 되기도 하지. 그 외에 다른 버전도 있네. 난 언제나 자신에게 물었다네. 이렇게 살 수 있을까?

내가 했던 경험은 앙투안하고만 연관이 있는 게 아니라 언어와도 관련이 있었네. 이미 말했듯이 나는 여러 번 시도한 끝에 아기레의 리듬과 조화를 이루는 일관된 러시아어 음색을 찾아냈네. 나 자신의 버전을 시작했을 때 일단은 그 음색을 사용했지. 그런데 이 음색을 그냥 계속 사용하는 게 점점 더 제약으로 느껴졌네. 뭔가 내 안에서 반발심을 일으켰고, 나는 앙투안의 행동과 경험을 새 버전으로 쓰는 것뿐 아니라 그걸 묘사하는 방식에서 새 버전을 원하게 됐지. 나 자신의 목소리를 찾으려고 했네. 아마 그건 자유겠지. 난 그걸 찾지 못했다네. 지금까지도.

당시에 나는 내 행위에 대해 다시 한번 곰곰이 생각해봤네. 어떤 부분의 기억은 흐릿하고 또 어떤 부분은 지나치게 예리했고, 몇몇 세부사항은 강박으로 변했네. 예를 들어 남자의 체취가 그랬지. 난 그를 잡고서 복도로 밀쳤는데, 그에게서…… 악취가 났네. 그래, 그렇게 말할 수밖에 없군. 땀에 젖은 셔츠를 입고 있어서 썩은 기름처럼 악취를 풍겼어. 내가 머리 하나는 더 큰 그를 때리려고 팔을 올렸던 것도 여전히 기억나네. 내 작은 몸의 온 무게를 다 실어 그를 때렸는데, 어쩌면 몇 대나 쳤는지도 모르겠네. 그건 기억나지 않아. 나중에 계단에 앉아서 경찰을 기다릴 때에야 손에서 통증이 느껴졌지. 카를라가 돌아오기 전에 나는 그 집에서 기다리면서 비행기 표를 발견했는데, 그때 느낌은 어땠는지 잘 떠오르지 않아. 그저 몸을 마비시키는 회의감만 들었던 기억이 나네. 이해할 수 없다는, 정말 이해할 수 없다는 느낌만. 그러다가 그 남자가 들어오면서 내가 언제나 하던 말을 했을 때 둑이 무너지고 폭발이 일어났지. 그건 생각보다 더 큰 충격을 나에게 가했네. 내가 누군가의 목숨을 빼앗았다는 걸 변명하려는 게 아닐세. 앙투안에 관한 글을 쓰며 나 스스로에 대해 명확하게 생각하려고 애쓴 세월 내내, 난 미리 계획한 의도적인 범행에서 느낄 법한 후회를 한 적은 전혀 없네. 내가 스스로에게 한 비난은 자제력을 잃었다는 것, 그 순간 내 삶에 대한 통제를 손에서 놓아버리고 상처 입은 감정의 파도에 넘긴 것이었지. 이 비난을 영원히 내 안에 품고 다닐 걸세."

레이랜드는 그 후에 카를라를 만난 적이 있는지 물었다. "3년 전에 딱 한 번. 소름 끼칠 만큼 낯선 모습이었지. 전혀 친밀하게 연결된 적이 없던 것처럼 그 누구보다도 낯설었네. 잿빛 머리카락과 초라한 옷, 주름진 얼굴에 드러난 씁쓸함. 우리는 악수조차 하지 않은 채 마주 보고 있었네. '신장이 제대로 기능하지 않아. 투석을 받아야 해.' 마치 내 잘못이라는 듯한 목소리였네. '아직 나에게 있다면 작동할 텐데.' 내가 대답했네. '당신, 늙었다.' 그 말에 내가 대꾸했지. '당신도.' 내가 누군가와 나눈 대화 가운데 가장 허무맹랑하고 잔인한 대화였네. 우린 만나지도 않았던 것처럼 헤어졌다네. 나중에 그런 생각이 들더군. '이 사람 때문에 9년을?' 시간이 좀 흐른 후에 며칠 동안 안달루시아로 여행을 갔네. 마음에 들더군. 그 후에 난 말라가로부터 해방됐네.

이제 감금됐던 기억으로 되돌아와야지. '수감'이라는 단어도 나를 좇아다닌다네. 비아 델 코로네오와 그 구역 전체를 언제나 피해 다녔지. 그러다가 5년 전쯤 교도소 앞에 가봤네. 다 지나갔다고, 내가 극복했다는 걸 경험하고 싶었으니까. 하지만 예상과 달리 마치 어제 일어난 일 같았네. 식은땀이 솟구쳤지. 그 후 오랫동안은 괜찮았네. 하지만 이제 또 그래. 서명할 때, 그러니까 내가 누구인지 말해야 할 때 떨려. 그래서 나를 보호해주는 이 공간을 잃어버린다고 생각하니 당황한 거라네."

레이랜드는 책을 가리키며 물었다. 지금도 가끔 이 책을, 또는 그가 쓴 번역본이나 앙투안에 대한 새로운 이야기를 읽는지. "석방된 후 이 책과 원고에 몇 년이나 손도 대지 않았네. 목재 여행가방에 들어 있었지. 석방된 날 아침, 자네와 스칼라 에스 루이지에서 만났을 때 자물쇠가 튕겨 오르는 바람에 종이가 계단에 쏟아진 그 가방 말일세. 3년쯤 전에 카를라와의 기이한 만남 후에 가방을 다시 열었지. 물론 모든 게 여전히 아주 익숙했네. 긴 세월 동안 매일 그것과 함께 살았고, 아직까지 외우는 것도 많아. 하지만 동시에 모든 게 낯설어지고 무척…… 닳은 느낌이었네. 많은 생각과 감정, 단어들을 너무 많이 찾다가 닳아버린 느낌. 당시에 나는 사십 대였고 이제 곧 예순이네. 내가 그때와 같은 사람인지 그사이에 달라졌는지 묻는 건 의미가 없어. 이런 말은 친숙한 동시에 낯설고, 놀라운 동시에 권태로운 그 중요한 무언가를 다시 느끼게 하지 못하니까. 얼마 전에 출판사에서 어쩌다 보니 마리아 프시루키스 사무실에 좀 오래 앉아 있게 됐지. 그 사람은 친밀함과 언어에 관한 원고를 읽고 있었고, 그래서 난 아기레의 책 이야기를 들려주기 시작했네. 교도소 이야기와 앙투안의 이야기가 나에게 어떤 의미인지는 말하지 않았네. 그런데 그녀가 뭔가 느꼈는지 바스크어를 하지 못해서 유감이라고, 그 이야기를 읽고 싶다고 하더군. 그날 밤 나는 잠을 이루지 못했네. 다시 일어나서 《두 번째 여행》을 이탈리아어로 번역하기 시작했지. 마치 열에 들뜬 것처럼 며칠 계속 그렇게 했네. 어두워진 열이라고 말하고 싶군. 그 근원은 어둠에 있고 거기 머물렀어야 하니까. 나는 다른 일은 지체하며 쓰고 또 쓰다가 불현듯 멈추고, 내가 지금 앙투안도 했을 법한 일을 하는 중이라는 걸 깨달았네. 음…… 직접적으로는 아니지만 어쨌든 어떤 여자를 위해 단어가 중요해진 거니까. 많고 또 많은 단어가……. 그래서 멈췄지. 마리아는 이 일을 모르네……. 알아서도 안 되고."

안드레이는 책을 다시 옆방에 가지고 갔다. 레이랜드는 목재 여행 가방 자물쇠가 찰칵 잠기는 소리를 들었다. 마리아의 일로 약간 당황한 표정이 되어 돌아온 안드레이에게 그가 말했다. "런던에 있는 내 친구 숀 크리스티를 위해서 자네가 뭘 좀 해줬으면 좋겠네. 숀도 자기 출판사에서 러시아 망명 작가 시리즈를 내고 싶어하지. 로만 네미로프를 번역자로 생각하고 있더군. 그에 대해 들어본 적이 있나?" "있지. 그 사람은 전설일세. 러시아어를 영어로, 그리고 그 반대로도 번역하지. 사실 그에 대해서는 한 가지만 알면 되네. 그는 제임스 조이스의 《피네간의 경야》를 번역했다네. 《피네간의 경야》를 러시아어로! 그가 영국으로 갈 때, 나보코프나 조지프 브로드스키보다 영어를 더 잘 배우려고 계획했다는 소문을 들었네."

안드레이는 레이랜드가 숀 크리스티의 사무실에서 본 사진을 알고 있었다. "말했다시피 그는 러시아인들 사이에서는 전설이야. 아무도 그에게 다가갈 수 없으니 비밀스러운 전설이지. 볼일이 있으면 편지를 써야 하는데, 그는 손으로 직접 쓴 편지를 바란다더군. 그 편지를 그가 관계하는 출판사 가운데 하나로 보내면 그곳에서 전해준다고 하네. 주소는 알려지지 않았는데, 영국 남부 해안 어딘가라는 소문이 있지." "카를 압트의 친구로 적당하겠군." 레이랜드의 말에 안드레이가 웃음을 터뜨렸다. "성격은 아마 비슷할 수도 있겠지. 하지만 아는 언어 종류는 네미로프가 훨씬 적네." 레이랜드는 숀에게 스미르노프의 《정적》을 낭독해줬더니 시리즈 첫 작품으로 하고 싶어하더라고 말했다. "내가 네미로프에게 편지를 쓰겠네. 러시아인 대 러시아인으로. 그에게 시리즈 계획을 이야기하고 스미르노프 복사본을 동봉해야겠군. 시리즈 전체를 장기 계약으로 할 생각이 있는지 물어보겠네. 그것만으로는 충분하지 않을지도 몰라. 그러니 내가 도주하던 일을 이야기해야지. 자동차 뒷좌석에서, 지붕 아래에서, 초록빛 국경을 넘어, 부모님과의 작별, 엄마의 눈물, 내 머리에 얹힌 아버지의 무거운 손, 하지만 이 모든 건 붉은 군대보다는 나았지. 아마 그렇게 하면 될 걸세. 하지만 침묵만 돌아올 수도 있네."

레이랜드는 에움길로 천천히 안드레이 집의 임대인에게 갔다. 문간에 서 있던 안드레이가 그의 눈앞에 떠올랐다. "이 집은 이제 사실 자네 소유나 마찬가지야. 내 유언장에도 그렇게 해두겠네." 레이랜드의 말에 안드레이는 그에게 한 발 가까이 다가와 쑥스러운 몸짓으로 그를 안았다. 레이랜드는 자기 몸에 닿은 그의 손이 떨리는 걸 느꼈다. 누군가 이 사람을 마지막으로 안은 건 언제였을까?

"약속하신 거, 유효합니까?" 레이랜드가 집주인에게 물었다. "이런 액수에는 당연하지요." "나에겐 아주 중요한 문제라서요." "걱정하지 마십시오."

나중에 레이랜드는 패트 킬로이의 트라토리아로 갔다. 킬로이는 감정을 터뜨리는 부류의 사람이 아니었다. 하지만 그의 얼굴에 뭔가 표정이 나타났다. 그가 앞에 서서 영어로 말했다. "집에 돌아온 거 환영하네." 레이랜드는 웃음을 터뜨렸다. "틀린 말인가?" 레이랜드는 아니, 아니라고, 전혀 아니라고 대답했다. 그러고 톰 커트니의 책《사랑하는 톰: 집에서 온 편지들》을 건넸다. "전화로 이야기했지. 이 책 가져다 달라고 하지 않았나." 패트는 빈 탁자에 앉아 책을 펼쳐 읽기 시작했다. "그랬지." 그가 잠시 후에 입을 열었다. "오, 그래. 정말 그랬어." 레이랜드는 손님들이 모두 갈 때까지 식당에 남았다. 패트가 와서 그의 식탁에 앉았다. 그러고는 커트니의 책을 들고 아무 쪽이나 펴서 나지막하게 낭독했다. "1955년 10월 초에 나는 런던 대학교로 출발했다. 엄마를 포옹하고 입맞춤을 한 후에 해로우 스트리트를 따라 여행 가방을 끌고 가기 시작했다. 헤슬 로드로 들어서기 전에 흘낏 뒤를 돌아봤다. 엄마는 편지에 쓰곤 하던 것처럼 '또 문간'에 서 있었고, 내가 느끼는 것만큼이나 외로워 보였다. 나는 모퉁이를 돌기 전에 마지막으로 손을 흔들었는데, 마음이 부서질 것 같았다."

"번역할 수 없군. 모든 걸 망칠 거야." 패트의 말에 레이렌드는 고개를 끄덕이며 대답했다. "틀림없어."

26

다음 날 오전 느지막한 시간에 레이렌드는 출판사 근처 카페에 들어가 앉았다. "정말 반가워요!" 그를 본 카를로타가 외쳤다. "오랫동안 오지 않으셨잖아요. 이제 맞은편 출판사에서는 일 안 하세요? 다른 사람들이 드나들더군요." "예, 출판사와는…… 예전에 비해 관계가 적답니다. 지금은…… 때때로 런던에 머물지요. 그곳 집 근처에 오래된 영국식 찻집이 있어요. 약간 낭만적이기도 하고 약간 진부하기도 한……. 상상이 되나요?" 카를로타가 고개를 끄덕였다. "그 찻집에 자주 가는데, 얼마 전 그곳에 앉아 있을 때 여기 카페를 생각하며 이곳에 있다면 좋겠다는 생각을 했답니다. 지금 앉아 있는 바로 이 자리에." "정말이에요?" 레이랜드는 고개를 끄덕였다. "한 번만 그런 게 아니었어요." "하지만 계속 여기 사실 거죠?" 레이랜드는 그렇다고, 트리에스테를 떠나는 건…… 상상할 수 없다고 대답했다.

잠에서 깨면서 느낀 두통은 점차 완화됐다. '편두통, 편두통일 뿐이다.' 그는 곧장 생각했다. 얼마나 더 이런 생각을 하며 스스로에게 명확하게 말해야 할까? 뜨거운 빛이 만灣에 드리워 보기만 해도 그을릴 것 같은 7월이 오면, 사계절을 다 겪었으니 지나갈까? 아니면 이 경악은 결코 그치지 않을까?

잠을 깨운 것은 전화에서 들려오는 맑은 물방울 소리였다. '서클 라인: 글로스터 로드 3분 연착.' 글로스터 로드는 해링턴 가든스에 살 때 이용하던 역이었다. 얼마나 오래된 일인가. 지난 몇 주 동안 런던에 있을 때는 그 시간이 다시 가까워졌으나 이제 트리에스테에 오니 해링턴 가든스는 과거로 한 걸음 더 물러났다.

레이랜드는 늦은 밤까지 멈추지 못하고 프란체스카 마르케세의 원고를 읽었다. 키아라 팔라디오는 발이 걸려 비틀거렸던 걸인 여자를 위해 청소부 자리를 알아봐주고 작은 집도 구해주고는 집세를 내줬다. 그 여자는 야간강좌에서 읽고 쓰기를 배웠다. 키아라를 초대해서 요리도 하는데, 얼마 지나지 않아 키아라가 자기에게 시간을 내주지 못한다는 걸 이해하지 못한다. "내가 뭔가 잘못했나요? 당신 마음을 상하게 하거나 모욕했어요?" 여자가 물었다. 그러고 키아라를 잠들지 못하게 하는 질문을 덧붙였다. "내가 고마움을 충분히 보이지 않나요?" 키아라는 여자에게 건넬 만한 말을 준비했다. 간결하고도 솔직한 말, 그녀를 다치지 않게 할 말을. "아니, 아니에요. 다 좋아요. 그런데 말이에요. 우리 삶은, 당신과 나의 삶은 무척 다르답니다……." 키아라는 적절한 말을 찾아내지 못했고, 레이랜드도 찾지 못해서 오랫동안 잠이 오지 않았다.

모퉁이를 막 돌아서 나타난 스테파노 디 로시가 레이랜드를 보고 다가와 앉았다. "만나서 정말 반갑군!" 디 로시가 말했다. "당신이 전혀 아프지 않고 전부 오진이라는 걸 베라에게서 들었을 때, 난 미국 여행중이었어. 전화를 걸려다가 전화로 할 이야기가 아니라는 생각이 들더군. 어쨌든 당신이랑은 아니었지. 나중에는 당신이 런던에 있다는 소식을 들었고." 그가 가죽 재킷의 깃에 닿는 숱 많은 검은 머리카락을 손가락으로 훑었다. 캘리포니아와 네바다, 유타와 콜로라도를 여행했다고 했다. "믿을 수 없을 만큼 넓었지. 취한 것 같았어. 결혼식 없는 신혼여행을 계획했는데, 예정보다 일찍 돌아왔어." 그가 레이랜드에게 물었다. "출판사에 볼일이 있나?" "그렇지……. 아니, 어느 정도……." 카를로타가 오자 디 로시는 커피를 주문했다. "이왕 만난 김에 부탁해야겠군." 레이랜드가 말했다. "내 이메일 주소 좀 지워주겠나?" "새 주소는 뭔가?" "없네." 그 말에 눈썹을 치켜떴던 디 로시가 웃기 시작했다. "중세로 돌아가는 시간 여행이야?" "서적 인쇄기가 있다고 하더군. 책을 읽을 수 있는 전깃불도. 영화는 프랑스와 이탈리아 것뿐이고. 자네의 란치아만 빼고는 자동차도 없네. 전화는 모르겠고. 텔레비전도, 전기도 없지. 사람들과 연락이 닿지 않았으면 하네." "헬렌과 나는 데스 밸리에 갔다가 나중에 실리콘 밸리에 갔어. '여기도 일종의 죽음의 계곡Death Valley이군.' 헬렌이 말했지. 우린 함께 웃음을 터뜨렸어. 아직 쓰러지기 전 일이었지. '내가 평생 전기 일을 하면서 살고 싶은 건지 모르겠다.' 언젠가 운전을 하면서 내가 말했어. 그런 말을 하는 나 자신에게 놀랐지. 그때부터 그 생각이 머릿속을 떠나지 않아." "전에 사무실에서 자네에게 진단받은 이야기를 하고 나서, 나중에 자네가 차에 오르는 걸 지켜봤지. 나도 함께 타고 싶었네. '출발해. 그냥 떠나. 아무 데로나.' 그렇게 말하고 싶었지. 그랬더라면 탈선이었을 걸세. 의식적이고 신중한 탈선. 물론 그런 건 전혀 없지만 말일세."

삼십 분 후에 카테리나 미찬의 사무실에 가보니 문이 열려 있었다. 사무실에 들어가던 레이랜드는 놀라서 몸을 움찔했다. 책상 위치가 달라지고 스탠드도 새것이라서 빛이 예전과 달랐고, 그가 회사 일에 지칠 때면 앉아서 번역을 하던 구석 책상도 없어지고, 양탄자와 커튼, 책상에 놓인 재떨이조차 새것이었다. 레이랜드는 그와 리비아의 과거, 리비아가 사무실 가구를 물려받은 알프레도 페르토트의 과거마저 빼앗긴 느낌을 받았다. "당신 마음에 들지 않으리라는 거, 알고 있었어요." 뒤에 다가선 카테리나 미찬이 말했다. "하지만 '이렇게 할 수밖에' 없었어요. 아침에 출근하면……

내 출판사에 왔다는 느낌을 받고 싶었거든요." "물론이지요." 레이랜드는 속으로는 여전히 휘청거리면서도 이렇게 대답했다. "나라도 그렇게 했을 겁니다. 난 그저……." 두 사람이 자연스러운 대화를 나누기까지는 시간이 좀 걸렸다. 레이랜드는 러시아 망명 작가 시리즈를 자기 출판사에서 내려는 숀 크리스티의 계획을 전하고, 그에게 영국 판권을 유리한 조건으로 넘겨줄 수 있는지 물었다. "숀이 경쟁해야겠지요." "그럼요, 당연하지요." 카테리나가 대답했다. "그 시리즈는 사업적인 면에서도 큰 성공을 거두었어요. 우린 안드레이의 번역료를 올려줄 수 있을 거예요." 그러고 봄에 출간하려는 탁월한 신간 이야기를 꺼냈다. 시드니의 모교이기도 한 파도바 대학교의 유명한 헌법학 교수 페르난도 콘티가 고대부터 지금까지의 국가론에 대해 포괄적으로 저술한 《국가의 발명 L'invenzione dello stato》이었다. 카테리나는 오늘 저녁에 그가 이곳 대학에서 헌법론에 대해 강연하는데 들어볼 마음이 있는지 물었다.

레이랜드가 복도로 나섰을 때 스테파노 디 로시가 베라 산틴의 사무실에서 나왔다. "당신 이메일 주소가…… 삭제됐어!" 베라는 연락을 원하지 않는 레이랜드의 계획을 마음에 들어했다. "당신에게 연락할 수 없어요. 중세처럼요! 나도 그럴 수 있다면 좋을 텐데." 베라는 피곤해 보였고, 아들에 대한 근심을 이야기했다. "우리는 서로 익숙해지는 중이에요." 카테리나 미찬에 대해서는 이렇게 말했다. 비토리오 알바네세가 건강상 이유로 조기 은퇴하는 걸 카테리나가 알려주었냐고. "어쩌면 그는 이제 더는 변화를 겪고 싶지 않은 건지도 몰라요. 얼마 전에 당신 말을 하면서 '그가 그립군'이라더군요. 원래는 당신에게 투덜거리던 사람이라 깜짝 놀랐지요."

나중에 마리아 프시루키스 사무실에 가서 앉았을 때, 그녀는 안드레이가 최근에 야위고 창백해졌다고 말했다. "위태로운 질병이 그를 소리 없이 갉아먹는 것 같아요. 불안해하기도 하고요. 얼마 전에 뭔가 서명할 일이 있었는데, 방에 혼자 있고 싶다고 하더군요. 그러고 나중에 보니 손에 쥔 종이가 떨리고 있었어요." 레이랜드는 그 위태로운 질병은 다름 아닌 끔찍한 기억이라고 대답했다. "교도소 말인가요? 여기 직원들 누구나 그 사실을 알아요. 하지만 이야기를 하지는 않지요. 불편하거나 숨 막히는 침묵이 아니라 연대감을 느끼는 침묵에 가까워요. 그런 게 있다면 말이에요. 당시에 리비아가 이야기했어요. 요령 있게 설명했지요. 리비아는 그런 섬세한 배려심이 있었잖아요. 안드레이는 바스크어로 쓰인 소설 이야기를 했는데, 거기서 어떤 여자가 한 남자와 했던 의미 있는 여행을 다른 남자와 두 번째로 한다고 했어요. 첫 번째 남자에게는 그게 재난이자 친밀함을 파괴하는 일이었고, 남자는 이 일로 자기 자신도 파괴됐다고 느낀다고요. 그 이야기는…… 안드레이와 많은 연관이 있어 보였어요." 레이랜드는 고개를 끄덕였다. 자기도 안다고, 당신이 관심을 보인 게 안드레이에게는 중요했다고 말했다. "안드레이는 여기 자주 오래 앉아 있어요." 마리아의 말에 레이랜드는 혹시 그게 방해가 되는지 물었다. 마리아는 얼굴에서 머리카락을 걷어내고 담배를 한 모금 빨았다. 아니라고, 그가 귀찮게 하지 않으면서 가까이 있으려는 게 좋다고, 자기에게는 새로운 경험이라고 대답했다. "안드레이 때문에 바스크어를 배워볼 수도 있을 것 같아요. 무뚝뚝하고 다루기 힘들고 거친 그 언어를 말이에요. 그 사람 안에서는 어떻게 울리는지, 그라면 어떨지 알고 싶어서요." 레이랜드는 마리아와 그리스어로 몇 마디 주고받았다. 그 말에는 마리아가 그의 집으로 왔을 때의 기억, 그때 그리스어로는 반말을 했던 기억이 함께 울렸다. "카테리나와는 잘 지내요." 헤어질 때 마리아가 말했다. "그래도 우리는 당신이 그리워요. 리비아도 여전히 그립지요. 알프레도 페르토트 출판사……. 이제 창립자와 아무런 관계가 없는 금빛 판을 쳐다보면 기분이 이상하답니다."

나중에 레이랜드는 시드니와 패트 킬로이의 식당에서 만났다. "나도 소피아 누나처럼 변한 게 좀 있어요." 시드니가 말했다. "아까 역에서 페르난도 콘티 교수님을 모셔 왔어요. 오늘 저녁에 대학에서 강연을 하시지요. 내가 헌법 과목을 들은 교수님인데, 기억나세요? 우린 파도바에서 그냥 친구처럼 가끔 만났어요. 그러다가 내가 사법연수를 하면서부터 더는 소식을 듣지 못했지요. 그런데 말이에요. 교수님이 파도바에 자리를 하나 제안하셨어요! 학생들 보충 수업, 시험 답안 교정과 연구 지원을 하는 일이에요. 그거 아세요? 난 그분에게서 분석적 사고가 뭔지 배웠어요. 그분의 예리함과 명확한 표현에 처음부터 매료됐지요. 특히 그때까지 한 번도 들어본 적이 없는 수사적 장치, '사고 실험'에 깊은 인상을 받았어요. '우리 법률 세상이 실제로 존재하는 것과 다르다고 가정해봅시다. 그건 우리 삶에 어떤 의미가 있을까요?' 이게 주도적인 질문이었죠. 콘티 교수님은 그걸 '가능한 다른 세상'이라고 불렀고, 난 그렇게 말하는 법을 금방 배웠지요. 그런 표현에 취할 정도였어요. 언젠가부터 압도당하기보다 그게 사실보다 더 과장된 어법, 무미건조하고 텅 빈 것처럼 느껴지기 전까지는 말이에요. 나는 사고 실험이 속한 논거 형태를 금방 이해했어요. '이 법적인 결정이 없다고, 또는 이렇지 않고 저렇다고 가정해봅시다. 그렇다면 우리는 우리가 원하고 옳다고 생각하는 것을 하지 않을 수도 있겠지요. 그러니 이런 형태의 결정이 있는 게 좋습니다.' 고등학교 때도 훌륭한 선생님들이 계셨고, 다양한 과목을 통해 뭔가 논거를 대는 게 무슨 뜻인지 가르치긴 했어요. 하지만 콘티 교수님에게 배우면서 논거라는 개념은 새로운 명확성과 새로운 무게를 얻게 됐어요. '이유를 따르십시오', 뭔가 추적하고 체험할 논거……. 이게 그분이 학생들에게 가르치려던 거예요. 교수님을 더 잘 알게 됐을 때, 난 그게 법적인 맥락에만 해당하는 게 아니라는 걸 깨달았어요. '왜 그걸 믿습니까? 이유가 뭔가요?' 교수님은 중요한 문제마다 사람들에게 질문하곤 했어요. 그분이 견디지 못하는 건 사람들이 남의 말을 앵무새처럼 따라하는 거예요. 그럴 때면 평소에 온화하고 정중하던 그분의 방식이 잊을 수 없는 신랄함을 띠곤 해요. 사람들이 모호하고 명료하지 않은 말을 할 때도 교수님 목소리에 신랄함이 스며들어요. '하시려는 말이 도대체 뭡니까?' 이렇게 질문하며 미간에 주름을 잡으시지요. 내 학업 첫 해 마지막에 교수님은 대강당에서 '계몽이란 무엇인가?'라는 주제로 강연을 했어요. 계몽된 사람은 두 가지 질문을 언제나 해야 한다고 하셨지요. '나는 정확하게 무슨 생각을 하는가?'와 '왜 그렇게 생각하나?'였어요. 그런데 말이에요. 이 교수님이 나에게 일자리를 제안하시네요!"

레이랜드는 그 자리가 또한 법정 세계와 관직과 변호사 사무실에서 도망칠 기회라고 말했다. "넌 그곳에서 그다지 편하지 않잖아. 안 그러니?" 그의 질문에 시드니가 대답했다. "네. 전혀요. 의사들의 하얀 카스트처럼 법률가들의 검은 카스트도 있으니까요. 얼마 전에 소피아 누나의 장광설을 들었을 때, 난 '우리도 그래'라고 생각했어요. 검은 가운을 입은 남녀도 허영심 많고 자아도취적인 패거리지요. 제대로 길들여지고, 올바른 은어를 쓰고, 적절한 유머를 구사하면 소속되는 결사대예요. 난 거리를 유지했어요. 그 카스트가 나를 '지식인'으로, 가끔은 학창시절 별명인 '일 제수이타il gesuita'로 부르는 것도 전형적이에요. 같은 학교 출신으로 이제 그 카스트에 소속된 사람이 내 별명을 떠벌렸거든요. 내가 위장스에 대해—언어든 기타 다른 것이든— 조롱하고 온갖 허위의식에 반발하니까 그렇게 부르는 거였어요. 이단자를 향한 제재는 거칠어지기도 하지요. 언젠가 내가 법복을 거부하자, 자격을 못 얻을 수도 있다고 하더군요. '자네, 낙오자가 될 거야. 그런 일은 아주 빨리 일어나지.' 파도바로 가는 건 해결책이에요. 난 콘티 교수님이 너무 성급하다고 생각하실 정도로 당장 그 제안을 받아들였어요. 시험이 다 끝나고 봄에 시작하게 돼요. 이 점에서도 잘 맞아요. 그런데…… 거긴 트리에스테가 아니잖아요. 여기 올 때면 아버지 댁에 머물러도 될까요?"

소피아가 마지막 시험을 치르고 건물에서 나왔다. 레이랜드와 시드니에게 다가올 때 보니 공항에서 썼던 모자를 쓰고 있었다. "피부과 교수님은 내가 모자를 벗기를 기다렸어요." 카페에 앉자 소피아가 말을 꺼냈다. "그가 너무 노골적으로 기다리지 않았더라면 나도 모자를 벗었을 거예요. 하마터면 다 망칠 뻔했어요. 구역질 나는 질문들이었고, 두 문제에 하나씩은 대답하지 못했죠. 그리고 모든 걸 결정지을 마지막 문제에서 일부러 틀린 대답을 하려고 했어요. '그럼에도 우리는 당신이 훌륭한 의사가 될 거라고 확신합니다.' 나중에 시험관이 이렇게 말하더군요. '우리 특별 결사대에 온 걸 환영합니다!'라고 말하는 것처럼 들렸어요. '착각하지 마세요!'라고 대답하자 그는 웃음을 터뜨렸죠. 내 말이 진담일 수도 있다는 생각은 전혀 하지 않더군요."

레이랜드는 안드레이에게 갔던 이야기를 했다. "지금 함께 안드레이 집에 가서, 콘티 교수님의 강연에 같이 가죠." 소피아가 말했다. 말하는 방식이 꼭 리비아 같았다. "난 당신의 명령을 사랑해." 레이랜드는 리비아에게 이렇게 말하곤 했다. "하지만 이따금 두렵기도 하지." 안드레이 집에 가면서 문구점에 들렀다. "우리 이걸 가져가요." 소피아가 진열창에 있는 에메랄드빛 필기구함을 가리켰다. "노란 책상에는 기이하게 안 어울리면서, 스탠드에는 어울리는 뭔가라야 해요." 계산대 옆에 보라색 자가 있었다. 말도 안 되는 물건이었다. "이것도 같이." 소피아가 말하고 자도 넣었다. "이러면 완전히 대혼란이겠지." 그러고는 모자를 이마에 내려썼다. 못 말리는 소피아.

"어떻게…… 이걸 어떻게 알아맞혔지……." 책상에 놓인 필기구함과 자를 보며 더듬거리는 안드레이에게 소피아가 말했다. "그 대신 이제 강연에 함께 가세요. '국가의 발명'이에요. 평소에 안 하던, 뭔가 아주 다른 일이죠." 대학에 간다고? 안드레이는 입고 갈 옷이 없다며 반대했다. "날 보세요." 소피아는 자기가 입고 있는 청바지와 다림질하지 않은 블라우스를 가리켰다. 나중에 어두운색 재킷을 입고 나타난 안드레이를 본 레이랜드는 식사하러 올 때 벨벳 재킷을 입었던 케네스 버크를 떠올렸다. 안드레이의 재킷은 출판사에서 도스토옙스키를 낭독할 때 입은 옷이 아니었다. 하지만 이 재킷 역시 품이 너무 크고 소매도 너무 길었다. 커다란 커프스와 커프스단추 덕분에 손목으로 눈길이 가지 않았다.

카테리나 미찬은 시드니와 소피아, 안드레이와 함께 온 레이랜드를 보고는 대강당 첫째 줄에 앉아야 한다고 강력하게 주장했다. 레이랜드는 그 제안이 마음에 들지 않아 망설이는데, 안드레이가 그를 놀라게 했다. "안 될 게 뭔가? 카테리나가 그렇게 말하는데……." 자리에 앉고 나서 레이랜드는 안드레이에게, 카를 압트라면 이 공간에서 어떤 느낌을 받을지 물었다. "그는 아사드와 브레즈네프의 통역가였네. 크렘린과 아사드의 궁전……. 이곳과는 완전히 달랐을 테지." 그 순간 레이랜드는 그에게 자네가 은행 현금인출기 앞에 서거나 서명을 할 때 떠는 게 무슨 상관이냐고, 자네는 카를 압트를 만들어내지 않았냐고, 그러니 다른 모든 건 사소한 일이라고 말하고 싶었다.

페르난도 콘티가 법학부 학장과 함께 들어왔다. 오십 대 중반쯤으로 보였다. 연한 재색 양복과 조끼에 회중시계 줄, 금테 안경, 새치가 몇 올 섞인 숱이 많은 곱슬머리를 뒤로 빗어 넘긴 모습이었다. 잿빛 눈은 명백하게 깨어 있는 환한 눈빛을 발했다. 시드니가 말했듯이 학생들에게 존경심과 두려움을 불러일으킬 만했다. 강압적이라거나 요란한 인상은 아니었지만, 어디에서도 그냥 간과되어 묻힐 사람은 아니었다. "교수님이 대학교 평의회 소속이라는 말을 들었을 때 당연하다는 생각이 들었어요." 시드니가 한 말이었다.

“사람들로 이루어진 공동체가 국가가 되려면 어떤 일이 일어나야 할까요?” 콘티는 이 문장으로 강연을 시작했다. “‘코스티투치오네costituzione’, 헌법이 있어야 합니다. 그게 뭡니까?” 탁월한 연설가인 그는 얼마 지나지 않아 원고를 내려놓고 강당에 가득한 청중 앞에서 세심하게 짜인 문장을 자유자재로 이야기했다. 재킷 주머니에 손을 넣은 채 왔다 갔다 움직이며 시선이 한 줄 한 줄 모든 청중에게 닿도록 세심하게 신경을 썼다. 그는 자기 생각을 엄청난 통찰력으로 설명했는데, 청중은 그의 생각이 광대한 유리 건축물을 만든다는 인상을 받았다. 그는 자신의 생각으로 이루어진 이 유리 궁전에서 움직이는 동안 다음에는 어떤 성찰이 와야 하는지늘 확실하게 아는 듯했다. 여러 나라 헌법을 비교하는 모습을 보며 청중은 그가 모르는 게 없다는 느낌을 받았다. 레이랜드는 이 모든 것에 매혹됐다. 게다가 콘티는 언어 예술가이자 곡예사라서 화려한 언어와 유행이 다 지난 말도 주저하지 않고 지극히 당연하게 사용했다. “난 고대인입니다.” 나중에 늦은 밤에 그가 말했다. 그 말이 옳았다. 그는 어딘지 모르게 구식이었는데, 언어만 그런 게 아니었다.

그러나 본 강연보다 레이랜드를 더욱 사로잡은 것은 콘티가 중간중간 법학에 대해 즉흥적으로 더 언급하는 내용이었다. 그럴 때면 콘티는 이렇게 첨가한 부분도 강조하듯이 멈춰 서서 앞을 바라봤다. “법학은 복잡하게 꼬이고, 유연성이 없으며, 딱지가 앉고, 영감이라고는 전혀 없는 뻣뻣하고 건조한 언어로 쓰여서 이해하는 사람이 별로 없고, 배우는 학생들에게 고문이라는 평판이 있지요.

법전을 펴면 왜 그런지 이유를 알 수 있습니다. 먼지가 날린다는 걸 부인할 수 없어요. 하지만 법학은 사실 재미있고 매우 생생한 학문입니다. 서로 신뢰하고 정의롭게 지내려면 우리의 공생을 어떻게 조율해야 하는가라는 중요하고 흥미로운 문제를 다루니까요. 이보다 더 크고 포괄적인 문제가 어디 있겠습니까?"

강연 후에 식사 자리가 마련됐다. "같이 가요." 함께 가지 않으려는 안드레이에게 카테리나 미찬이 말했다. 그는 콘티의 책을 편집할 예정인 마리아 프시루키스도 참석하는 걸 보고서야 고집을 꺾었다. 콘티는 이 나라에서 아주 오래된 학부 가운데 하나인 자신의 학부에 대해서, 그리고 하버드 법대와 소르본을 포함하여 그가 머문 외국의 유명한 대학들에 대해 이야기했다. 레이랜드는 그가 허영심 없이, 그곳에 자기 강연을 들으려는 사람들이 있었다는 사실에 놀라며 말하는 방식이 마음에 들었다. 놀라움의 여운이 지금까지 남은 것이다. 마리아는 그의 말에 귀를 기울이느라 식사하는 걸 잊었다. 콘티는 마리아가 얼굴에서 머리카락을 쓸어 올리면 담뱃불을 붙여주곤 했다. 마리아는 그에게 어쩌다가 법학을 공부하게 됐는지, 어떤 단계를 거쳤는지, 어떤 책을 저술했는지 물었다. 콘티의 아버지와 삼촌은 판사였고 파시즘의 단순 가담자였으며, 무솔리니 치하에서 공직에 남았다. 아들은 국가와 법을 직접 이해해보려는 들끓는 의지로 대학에 갔다. 그 열정이 지금도 느껴졌다.

마리아는 식사 시간이 끝나지 않기를 바랐다. 콘티 역시 그런 마음이라서 자기 책에 대해 상세하게 설명했다. 번역 출간은 아직 정해진 게 없다고 했다. "런던에서 숀 크리스티가 아마 그 책을 내고 싶어할 것 같은데요." 레이랜드가 이렇게 말하고서 시드니를 빤히 바라봤다. "예? 내가요?" 시드니의 반응에 콘티가 나섰다. "안 될 것 없지요. 번역을 업무에 그냥 포함시키면 되니까요." 평소에 담배를 피우지 않는 시드니가 이제 담배 한 개비를 원했다. "그러면 난 번역가도 되겠군요. 어느 정도는 말이지요." "그리고 나에게는…… 큰 의미가 있어요." 콘티가 말했다. "내가 저술한 다른 책은 한 권도 번역되지 않았답니다. 너무 특수해서 팔릴 기회가 없으니까요. 하지만 이 책은…… 여러 나라에 독자들이 많을 거라는 생각이 듭니다. 《국가의 발명The invention of the state》, 이 책을 런던이나 뉴욕 서점 진열창에서 보게 된다면 얼마나 자랑스러울까요!" "그 책에 시드니 J. 레이랜드 번역이라고 쓰여 있다면 나는 또 얼마나 자랑스러울까요." 레이랜드가 그의 말을 받았다.

안드레이는 그저 듣기만 하며 이따금 커프스를 잡아당겼다. 시드니가 아까 그를 러시아 망명 작가들의 번역자라고 소개하자, 콘티는 "아, 정말요? 스미르노프의 《정적》을 읽었습니다. 정말 아름답더군요"라고 했다. 대화 중에 잠시 쉬던 콘티가 이제 안드레이에게 말을 걸었다. "아까 말했듯이 스미르노프의 《정적》을 읽었답니다. 무척 우아한 이탈리아어였어요! 대학 교수들도 헤매는 얽히고설킨 세부사항에서도 전혀 흠잡을 데가 없더군요. 탁월한 업적입니다."

"예, 나도 감탄했습니다." 학장이 말했다. 레이랜드가 보기에, 콘티는 자신이 안드레이에게 한 말이 일상적인 칭찬 이상의 의미라는 것을 다른 사람들의 시선에서 읽어내는 것 같았다. "고맙습니다." 안드레이가 대답했다. "저는 여러분의 언어를 사랑하니까요." 그는 콘티를, 그 유명한 페르난도 콘티를 바라봤다. "러시아어로 '국가'가 뭔가요?" 콘티의 질문에 안드레이가 대답했다. "고수다르스트보Государство. 노브고로드 학창시절에, 소비에트 방식의 고집불통 콘크리트 머리인 포포프라는 정치학 과목 교사가 입버릇처럼 쓰는 말이었어요. 우리 학생들은 그 단어를 아주 싫어했답니다. '국가는 당이다. 국가는 국민이다.' 그의 말에 내가 대답했지요. '그렇다면 국민이 당이군요.' 몇몇 아이들이 웃자 콘크리트 머리 포포프가 말하더군요. '제대로 된 국민이 당이다. 군대에 가면 배우게 될 거다.' 학교에서 보이는 곳에 붉은 군대 병영이 있었는데, 여름에 창문을 열어두면 멀리서 명령을 내리는 고함 소리가 들려왔습니다. 포포프는…… 내가 도주한 이유 중에 하나였지요." 안드레이의 말은 아주 단순한 문장들이었지만 언어를 어떻게 사용해야 할지, 그게 조용한 연출이라는 사실을 아무도 눈치채지 못하게 어떻게 효율적으로 사용할지 정확하게 아는 사람의 마법을 지니고 있었다. 레이랜드는 고집불통 포포프라는 교사가 카를 압트와 같다고 생각했다. 사실인지 지어낸 이야기인지 확실하지 않았다. 이야기를 하는 동안 안드레이의 목소리는 예전에 감방에서 카를 압트에 대해 이야기할 때면 늘 그랬듯이 꿈꾸는 듯한 말투로 바뀌었다. 그가 담뱃불을 붙였다. "사람들이 말하는 것만큼 러시아어가 어렵습니까?" 콘티의 질문에 안드레이가 대답했다. "더 어렵지요." 어쩌면 지어냈을지 모르는 포포프에 대한 이야기와 그의 모국어가 러시아어라는 사실로 인해 안드레이는 유명한 교수와 학장이 참석한 회식에서 불현듯 중심이 됐다. 잿빛 이불보가 드리웠고 그 이불보를 통해 창살이 그림자 무늬로 보이던 곳에 9년 동안 수감됐던 그가.

"부탁 하나 들어주시겠어요?" 자리에서 일어났을 때 콘티가 안드레이에게 말했다. "《정적》 한 권에 서명해주시면 좋겠습니다. 그리고 처음 몇 문장을 혹시 러시아어로 써주실 수 있을까요. 눈이 내리는 동안 화자가 적막에 귀를 기울이는 것으로 시작하지요." "문밖으로 나서면 제일 먼저 들리는 것은 적막뿐이다." 안드레이는 눈을 감고 기억을 되살려 인용했다. "저를 위해 그렇게 해주시겠습니까?" 콘티의 질문에 안드레이가 대답했다. "물론이지요." 레이랜드는 그가 양손을 주머니 깊숙이 넣는 모습을 지켜봤다. "그러면 내일 오전에 출판사에 가서 그 책을 가지고 가겠습니다. 괜찮을까요?" 안드레이는 고개를 끄덕였다. "내 사무실에 몇 권 있어요." 마리아 프시루키스의 말에 안드레이는 말없이 다시 고개를 끄덕였다.

"자네랑 둘이 이야기 좀 할 수 있을까?" 바깥으로 나와서 레이랜드 옆에 선 그가 말했다. 둘은 다른 사람들과 작별 인사를 하고 한동안 나란히 걸었다. "서명할 때 떨리는 것 때문이지?" 안드레이가 고개를 끄덕였다. "할 수 있을 것 같지 않네. 어쨌든 다른 사람들 앞에서는 절대 못 해. 이제 어떻게 해야 할까?" "나한테 출판사 마스터키가 있네." 레이랜드가 대답했다. "출판사를 넘길 때 카테리나가 그렇게 하자고 주장했지. 지금 마리아 사무실에 가서 책을 한 권 가지고 오자고. 그걸 자네 집에 가지고 가서 서명하고 《정적》 문장을 써서 내일 아침 일찍 마리아에게 가져다주게. 집에 책이 한 권 남아 있더라고 말하면 되지. 어떤가?"

"부끄럽군." 열쇠를 가지러 레이랜드 집에 갔을 때 안드레이가 말했다. "내 앞에서는 그러지 않아도 되네." 레이랜드가 대답했다. "그 모든 일을 겪은 자네가 좀 떠는 건 전혀 이상한 일이 아니야. 콘티가 자네의 번역에 대해 탁월한 업적이라고 한 말을 기억하게. '내' 이탈리아어에 대해서는 아무도 그런 말을 하지 않았네. 그가 이유도 없이 서명된 책을 원하는 게 아닐세. 자네는 탁월한 번역가 안드레이 쿠츠민이야. 자네 이름을 차분하고 안정감 있는 글자로 서명할 이유가 충분하네." "자네 말이 물론 옳지." 안드레이가 대답했다. "하지만 그렇게 말해도 아주 깊은 내면, 떨림의 근원이 바뀌지는 않아."

"두 권을 가지고 가세." 마리아의 사무실에서 레이랜드가 말했다. "자네가 실수할 경우에 대비해서 말이야." 안드레이 집에 도착한 두 사람은 일단 부엌에 한동안 앉아 있었다. "콘티는 자네 글씨나 서명을 전혀 모르네. 그러니 떨림을 전혀 알아챌 수 없어." 레이랜드의 말에 안드레이는 고개를 끄덕였지만, 레이랜드는 그런 생각이 그에게 가닿지 않는다는 걸 알아챘다. 안드레이는 자리에서 일어나 책상 앞에 앉았다. 한참 후에 다시 부엌으로 돌아와, 적막에 대해서 종이에 쓴 러시아어 문장과 서명을 레이랜드에게 보여줬다. 차분하고 거침없는 필체였다. "그것 보게." 레이랜드의 말에 안드레이가 나지막하게 대답했다. "아무 의미 없네. 형식적인 상황이 되면, 그러니까 책에 쓰는 경우에는 두려움이 곧장 엄습하니까." "'할 수 없다'는 두려움일 리는 없을 테지." 레이랜드가 이렇게 말하며 종이를 가리키자 안드레이가 대답했다. "평범하고 단순한 의미에서 할 수 없다는 게 아니야. '해서는 안 되니까 할 수 없다'는 두려움이네." "그렇다면 '실패'에 대한 두려움이 아니라

'위반'에 대한 두려움이군." 그 말에 안드레이가 고개를 끄덕였다. "자네 이름을, 그 특정한 선을 긋는 게 위반이 될 수는 없네. 뭔가 위조하느라 사기로 서명할 때는 그렇겠지. 하지만 스미르노프의 책에 쓰는 건 그렇지 않아." 안드레이는 또 고개를 끄덕였다. "모르겠어. 위반은 아닐지 모르지. 그런데 두려워." 그가 레이랜드를 보며 말을 이었다. "내가 저쪽에서 서명하는 동안 여기 부엌에 있어주겠나?"

레이랜드는 그대로 앉아 있었다. 안드레이는 저쪽에서 왔다 갔다 하다가 책상에 앉았고, 다시 일어나서 이리저리 오갔다. 레이랜드는 손가락으로 자신의 서명을 부엌 식탁 상판에 연습했다. 서명하는 게 두렵다면 과연 어떨까? 누군가 지켜보고 있는데, 그 일이 중요하다면? 안드레이는 긴긴 삼십 분 동안 앉아 있다가 서명을 한 다음 책을 가지고 부엌으로 왔다. 레이랜드는 책에 쓰인 서명을 종이에 쓰인 것과 비교했다. 책에 쓴 글씨는 살짝 흔들려서 불안해 보였지만 콘티가 알아챌 수는 없을 터였다. "힘들었나?" 안드레이가 고개를 끄덕였다. "러시아어는?" "덜 힘들었네." "여기 종이에 다시 한번 써보겠나?" 안드레이는 차분하고 거침없이 써내려갔다. "이제 스미르노프의 다른 책에 써보는 건 어떻겠나?" 안드레이는 고개를 저었다. "연습과는 상관이 없네. 연습은 두려움에 도움이 되지 않아. '이' 두려움에는."

"출판사에 들러 두 번째 책을 가져다 두겠네." 집에서 나오면서 레이랜드가 말했다. "네 권밖에 없었으니, 두 권보다는 세 권이 눈에 덜 띄겠지. 내일 일찍 마리아에게 가서, 우리가 말했던 대로 마리아에게 설명하며 서명한 책을 주게. 마리아는 떨림에 대해 아무것도 모른다는 사실을 기억하고. 아무도 모르네. 다른 사람과는 전혀 상관없는 일이야. 알았나?"

레이랜드는 천천히 걸어 출판사로 갔다. 헤어질 때 문간에 서 있던 안드레이는 마음을 놓은 눈치였다. 안도한 동시에 무척 연약해 보였다. 교도소에서 석방되던 날에도 9년 만에 돌려받는 개인 물품 때문에 서명해야 했다. 그는 러시아어로 서명했다. 그곳 사람들이 그걸 인정하지 않았으므로 안드레이는 두 번 서명했다. 그때도 떨었다고 했다. 당시 서명과 지금 서명은 서로 관련이 있을까? 그사이 몇 년 동안의 단단하고 확실했던 서명들과는? 또는 이런 생각은 완전히 잘못된 건가? 이런 걸 어떻게 알 수 있을까? 알 만한 게 있기는 한 걸까?

레이랜드는 마리아 프시루키스 사무실 선반에 책을 다시 꽂았다. 그런 다음 어둡고 고요한 건물 위층으로 올라가 카테리나 미찬의 사무실로 가서 문을 열고 문간에 서 있었다. 달빛이 예전과 완전히 다른 모습으로 서 있는 가구들을 비췄다. 이곳은 그의 사무실도, 리비아의 예전 사무실도 아니었다. 낯선 출판사의 낯선 사무실이었다.

27

그다음 이틀 동안 레이랜드는 프란체스카 마르케세의 소설 속 등장인물, 엄청난 아량을 보이며 사람들과 점점 더 깊은 관계를 맺는 키아라 팔라디오의 세상에 살았다. 그저 가끔씩만 독서용 소파에서 일어나서 창가로 다가가 운하를 내려다봤다. 일찍 어두워졌고, 레이랜드는 시간 감각을 잃었다. 그러다가 시계를 보니 새벽 3시였다. 그는 언제인지 기억나지 않지만 뭔가 먹느라 사용한 식기를 그제야 보고서 놀랐다.

지금까지 전혀 읽지 않던 방식으로,《브르타뉴어 이름》을 읽을 때와도 다른 방식으로 그 이야기를 읽었다. 프란체스카는 편지에서 '가공의 이야기지만 내적인 사건들에서 내 삶과 관련이 많고…… 책이 묘사하는 모든 것을 조금씩은 겪어봤'다고 했다. 레이랜드는 프란체스카가 지금까지 자신이 모르던 그녀의 삶을 들려준다는 듯이 책을 읽었다. 평소와는 달리, 단어 선택이나 문장의 리듬이나 원고의 호흡에 관심을 기울이지 않고 오로지 줄거리에 집중하여 읽을 때도 잦았다. 그러다가 다시 돌아와서, 문장들이《브르타뉴어 이름》과 얼마나 다른지 깨닫고 깜짝 놀라곤 했다. 하나의 멜로디에서 전혀 다른 멜로디로 가기까지 얼마나 먼 내면의 길을 걸었을까! 그러나 어떻게 읽고 어디에 관심을 기울이든 간에 그는 프란체스카가 스스로에게 했다는 질문, 다른 누군가의 시선이 이 이야기에 닿는 걸 과연 원하는가라는 질문을 머릿속에서 계속 떠올렸다.

키아라 팔라디오는 레스토랑 화장실에서 온갖 증명서가 들어 있는 지갑을 도둑맞았다. 그 후 며칠 동안 마음의 평정을 완전히 잃고서 서류를 새로 신청해야 하는 이런저런 관청의 한없이 긴 복도를 휘청휘청 돌아다녔다. 번호표를 손에 들고 대기실에 앉아서, 숫자들이 이해할 수 없이 복잡하게 반짝이다가 다시 사라지지만 자기 순서의 숫자는 나타나지 않는 모니터를 멍하니 보며 기다렸다. 그때 그녀를 이 관청으로 태워다준 택시 기사가 문간에 나타났다. '키아라는 누군가 나타났을 때 이렇게 마음이 놓이기는 처음이었다.' 프란체스카 마르케세의 글이었다. '"당신이 많이 당황하신 것 같아서, 괜찮은지 살펴봐야겠다고 생각했습니다."' 관청 업무를 잘 아는 택시 기사가 말했다. 그때부터 그는 키아라가 여러 관청을 돌아다니는 긴 여정에 동행했다. 전화로 한 예약은 맞는 법이 없어서 키아라가 택시 기사 조반니 옆에 몇 시간이나 앉아 있을 때도 가끔 있었다. '"손해를 보시면 안 되는데요." 키아라가 말했지만 그는 그저 이 일이 옳기 때문에 그냥 할 뿐, 돈은 생각하지 않는 것 같았다.' 함께 기다리는 긴 시간에 그녀는 그가 예전에는 지붕 수리공이었으나 사고가 난 후에 그 일을 더는 하지 못하게 됐다는 사실을 알게 됐다. 조반니는 자기 걱정을 쉽게 말하지 못하는 남자였고, 그의 말에 귀를 기울이는 사람도 많지 않은 듯했다. 그는 마지막 관청에서 기다릴 때에야 회사가 망해서 해고됐다는 말을 했다. 키아라는 자기 택시로 자영업을 하는 운전사도 있는지 물었다. '그는 고개를 끄덕이며 미소를 지었는데, 키아라가 보기에 그 미소는 "그렇긴 하지만 나에게는 불가능하지요!"라고 말하는 것 같았다. "그거 아세요? 내가 택시를 한 대 사드리지요." 키아라가 말했다. "뭐라고요?" "맞게 들으셨어요. 당신에게 택시를 한 대 선물하겠다고요. 당신 동료들이 부러워할 반짝이는 새 택시를." 택시 기사는 믿지 못하겠다는 얼굴로 그녀를 바라봤다. "난 그럴 능력이 있어요." 키아라가 말했다. "그게 내 바람이에요. 당신이 없었더라면 난 이 모든 걸—키아라는 모든 관청을 아우르는 몸짓을 했다— 전혀 해내지 못했을 거예요."' 그렇게 해서 조반니는 새 차가 생겼다. 그는 키아라를 밤낮으로 아무 때나 공짜로 태워주겠다고 했다. 키아라도 그렇게 했지만, 얼마 지나지 않아 부담스러워져서 일반 택시를 불렀다. 언젠가 조반니는 거리에서 다른 택시를 세우는 그녀를 보고 전화를 걸어 욕을 퍼부었다. 걸인 여자의 경우와 마찬가지로 이번에도 키아라는 자신이 불러일으킨 기대에 포위되어 질식할 것 같았다. '이건 혹시 내가 정말로 관대하지는 않다는 뜻일까?' 키아라는 의문이 생겼다. 시간과 감정 면에서 관대하지 않은가? 이런 내 짜증은 결국 수표가 말뿐인 호의보다 나을 게 없음을 보여주는 걸까?'

사건과 만남이 있을 때마다 타인 또는 자기 자신과의 관계와 연관된 키아라의 불안은 점점 커져갔고, 그때까지 자연스럽고 명료하다고 느꼈던 관계도 갑자기 문제가 됐다. 그러던 어느 날, 조반니가 키아라를 집에 초대했다. 그는 형인 주세페와 함께 살고 있었는데 직업이 요리사인 형은 아주 멋진 요리들로 키아라를 매혹했다. 주세페가 심장병을 앓고 있어서 복잡하고 비용이 많이 드는 수술이 필요한데, 보험회사에서 지불하려 하지 않는다는 사실이 드러났다. 이 초대가 교활한 계산일 수도 있다고는 전혀 생각하지 않는 키아라는 망설임 없이 자신이 비용을 대겠다고 이야기했다. 주세페는 그녀가 알고 있는 훌륭한 의사들에게 수술을 받았다. 그렇게 키아라는 거의 알지 못하는 어떤 남자의 병상 앞에 서 있게 됐다. '"뭐라고 감사 인사를 드려야 할지 모르겠습니다." 주세페가 말했다……. 키아라는 감사와 고마움gratitudine, riconoscenza이라는 단어를 증오하기 시작했다. 그녀가 뭘 잘못한 걸까? 뭔가 잘못하기는 한 건가? 생명의 은인이라며 계속 감사하는 사람을 피해 그냥 도망칠 수는 없지 않은가! 하지만 다른 사람들이 감사한 마음을 표현하게 하려고 자기가 하기 싫은 온갖 일을 할 수도 없는 노릇이었다!'

사흘째 되던 날 이른 아침에 레이랜드는 원고를 끝까지 읽은 다음, 프란체스카 마르케세가 동봉한 편지를 다시 한번 읽었다. '그보다는 다른 사람들의 시선, 다른 누군가의 시선이 이 이야기와 나에게 닿는 걸 내가 원하느냐 하는 것이지요. 어떤 의미에서는 내가 곧 이 이야기니까요. 내가 그걸 썼고, 오랫동안 쓰면서 그 이야기를 통해 내 삶을 살았다는 사실만으로 충분하지 않을까요? 그게 결국은 중요한 게 아닐까요?' 키아라 팔라디오를 통해 프란체스카는 당당하고 확신에 차 보이는 자기 내면에 있는 모든 불안과 분열과 의심을 말할 수 있는 인물을 만들어냈다. 부모님이 어떻게 말을 걸어야 할지 알지 못하던, 수줍음이 많은 무남독녀 키아라는 고고학과 예술사를 공부하고 나중에 복원기술자로 일했다. 그녀는 부모님이 속한 사업 세계의 무자비한 면을 혐오했고, 돈과 관련된 모든 일에 깊은 불신을 드러냈다. 부모님 사후에 갑자기 부유한 사람이 됐지만, 돈은 많아도 거친 일들을 감당할 수는 없었다.

택시 기사가 나타나기 전, 관청에서의 일만 해도 그랬다. 삭막하고 초라한 대기실에서 모니터에 나타났다가 사라지는, 하지만 키아라의 쪽지 숫자와는 일치하지 않던 숫자들. 옆에 앉아서 느긋하게 모니터를 바라보다가 몸을 일으켜 나가는 남자들. 모니터에 나타난 글자. '번호표 소유자가 삼 분 내로 사무실에 오지 않으면 순서가 넘어갑니다.' 키아라가 숫자를 놓친 걸까? 대기실이 틀렸나? 그녀는 자신의 기억력과 이성을 의심했다. 그녀가 평소에 할 수 있는 수천 가지 능력은 전혀 소용이 없는 듯했다. 프란체스카는 '책이 묘사하는 모든 것을 조금씩은 겪어봤다'고 했다. 키아라는 자신이 붕괴되는 것처럼 스스로의 약점을 경험했고, 프란체스카는 그에 걸맞은 언어를 찾아냈다. 그것이 황갈색 천 벽지와 수놓은 무거운 비단 커튼이 드리워진 '글 쓰는 방'에서 한 일이었다. 위험한 경계의 공포스러운 경험에 맞는, 정확하고 적절하며 솔직한 언어를 찾는 것. 이 언어로 프란체스카는 우선 자기 자신에게 말을 걸면서, 뒤늦게라도 상황을 극복하기 위해 위험한 경험을 소리 내어 말했다. 아무리 열독한다 해도 그건 독자와는 관계가 없는 일이었다. 비평가와는 말할 나위도 없었다.

프란체스카 마르케세는 자신이 던진 질문에 스스로 대답해야 할 터였다. 따지고 보면 그 질문은 깊은 경험에서 언어로 길어낸 모든 문학의 정신적 논리와 관련이 있었다. 그러므로 현기증을 일으킬 만큼 중요했다. '아무도 네 계획을 알 필요는 없다.' 삼촌이 편지에서 레이랜드에게 직접 뭔가를 쓰라고 권하면서 덧붙인 말이었다. 레이랜드는 이제 창가에 서서 어둡고 조용한 운하를 내려다보며 생각에 잠겼다. 강요하지 말아야지. 난 아무런 영향도 끼치려고 하지 않겠어. 하지만 그녀가 물어본다면 출판사에 보내지 말라고, 가지고 있으라고, 오로지 혼자 보관하라고 말해야겠다. 5년 동안 쓴 원고를 조용히 차분하게 장에 넣어두는 것, 그게 자유다.

레이랜드는 점심때 안드레이의 임대인과 공증인 사무실에서 만나 매매계약서에 서명했다. "자네는 이제 안전하네. 아무도 내보낼 수 없어." 나중에 그가 안드레이에게 계약서를 보여주며 말했다. "은행에서 서명해야 했네." 안드레이가 말했다. "내 불안에 화가 나서, 그 분노를 반동으로 이용하려고 했지. 서명이 너덜너덜했지만 은행에서 인정해줬네." 그는 로만 네미로프에게 편지를 보냈다고 했다.

레이랜드는 오후에 파베세의 《삶이라는 직업》 마지막 몇 쪽을 작업했다. 그때 초인종이 울렸다. 스테파노 디 로시가 문 앞에 서 있었다. "당신, 탈선하려고 했지. 의식적이고 신중하게 말이야. 내 란치아가 밑에 주차되어 있어." 해안을 따라 남쪽으로 가면서 디 로시는 엔진을 요란하게 울렸다. 돌아오기 전에 두 사람은 해변 어느 카페에 앉았다. 레이랜드는 그에게 파베세의 마지막 문장, '이제 더는 쓰지 않겠다'와 사람들이 호텔 객실 책상에서 발견한, 그가 자신의 작품 《레우코와의 대화Dialoghi con Leucò》 서두에 쓴 작별의 말을 이야기했다. '나는 모두를 용서하고 모두에게 용서를 구한다. 됐나? 너무 수다를 떨지 말기를.' 레이랜드는 마지막 문장이 처음에는 방해가 됐고 나중에는 당황스러웠다고 말했다. 익살스럽게 삶과 작별하는 것처럼 들렸다고. 영어로는 '너무 수다 떨지 마', 독일어로는 '주둥이를 너무 심하게 놀리지 말기를!'에 해당할 터였다. 하지만 독일어로는 느낌표 없이 '소란 피우지 마'라고 좀 더 부드럽게 번역할 수도 있다고, 그러면 마지막 농담의 성격이 줄어든다고, 김빠진 맛이긴 하지만 여전히 미소를 지을 수 있다고 했다. 레이랜드는 안드레이와도 이 이야기를 한 적이 있다고 말했다. "'어떤 러시아 작가가 자살하기 전에 그것과 비슷한 말을 남겼지.' 안드레이가 말했네. 그는 일주일 동안 찾아보고 그 작가가 누군지 알아냈어. 블라디미르 마야콥스키는 '나는 죽는다.

그 누구도 탓하지 않는다. 제발 쓸데없는 수다는 없기를. 죽은 자는 그걸 경멸했다'라고 썼다네. 그가 사용한 단어 '스플레트니차티сплетничать'는 '수다gossiping'였지. '제발'은 눈에 잘 띄지도 않게 아주 작은 글씨로 쓰였지만 그 문장에서 익살의 기미조차 없애버리네. 그 말을 다르게, 익살의 일부나 증폭으로 이해하려는 사람은 마지막 문장을 통해 잘못을 깨우치게 되지. '너무 수다를 떨지 말기를'이라고 쓴 파베세는 어쩌면 마야콥스키의 글을 이탈리아어 번역으로 알고 있었을지도 모르네. 그걸 알면 파베세의 글이 진지한 말로 쓰인 문학적 인용과는 다르게 들릴 수도 있지. 그런데도 '너무'는 이해가 잘 안 되네. 약간은 수다를 떨고 험담을 해도 되지만 너무 많이 하지는 말라는 걸까. 윙크를 하면서. 그렇다면 익살이 맞네. 최후의 작별에 익살이라……. 덧없는 자아도취지. 마지막으로 생각한 게 타인의 판단이라니. 자살의 진정성에 모순되지 않나? 이 진정성에 구멍을 내는 행위 아닌가? 그 생각을 곰곰이 하면 거의 화가 날 지경이라네. 이것 말고도 파베세의 허영심은 이따금 나를 불쾌하게 하지. 언젠가 소피아가 그 책을 들고 잠시 읽다가 나중에 말했네. '세상에, 정말 잘난 사람이네요!' 그 이후로 늘 그 말이 귓가에 들린다네."

디 로시는 담배를 피우며 귀를 기울였다. 이따금 시선이 바다를 향하기도 했다. 하지만 레이랜드는 그가 뭐든 다 듣고 있다고 확신했다. "언어에서의 정확성은 내가 아는 것, 기술의 정확성과는 전혀 다른 것 같아." 디 로시가 입을 열었다. "실리콘 밸리에 대해 헬렌이 했던 농담, 그곳도 일종의 죽음의 계곡이라는 말을 당신에게 한 적이 있지. 그리고 내가 운전을 하다가 '내가 평생 전기 일을 하면서 살고 싶은 건지 모르겠다'라며 나 자신도 놀란 말을 했던 것도. 학창시절에 나는 전산학과 컴퓨터공학에 열광했어. 이거다! 성적도 좋았고, 특히 다른 학생들보다 속도가 빨랐지. 나는 지금도 여전히 더 복잡한 프로그램과 더 빠른 회로를 원하는지 점점 더 자주 나 자신에게 묻곤 해. 공회전과 비슷한 점이 있어. 좀 솔직하게 말하자면, 언제나 시스템과 기계가 중요할 뿐 목표나 뭔가의 가치는 중요하지 않지. 이 기술이 얼마나 유익한지 과소평가하려는 건 아니야. 하지만 더 나은 알고리즘을 찾으려는 끝없는 질문에 나 스스로는 질렸어. 난 이제 삼십 대 중반이고, 목적을 위한 수단이 아니라 그 자체로 가치가 있는 뭔가를 하고 싶어. 얼마 전에 어떤 교회에서 오래된 모자이크를 발굴하고 복원하는 여자를 봤지. 빗과 붓과 흙손으로 일하면서 그 일에 심취해 있더군. 모자이크를 품은 어둡고 작은 예배당은 사람들이 실수로 길을 잘못 들더라도 거의 가지 않는 외딴 곳에 있었지. 하지만 그건 아무 상관없었어. 중요한 건 모자이크 조각들이 나중에 다시 하나하나 반짝인다는 사실 하나뿐이었어. 몇백 년 동안 빛날 거야. 나는 오랫동안 그곳에 앉아 있다가 내가 질투하고 있다는 걸 불현듯 깨달았어. 그 여자가 살고 있는 현재에 질투가 났지. 자족하는 현재. 그러고 나중에 내 사무실에, 누구나 모니터 앞에 앉아 있는 커다란 사무실에 들어섰어. 그 공간의 전등 빛이 소름 끼칠 만큼 차갑고 날카롭게 느껴지고, 누구나 다른 사람을 능가하려는 분주하고 긴장된 허무가 그곳을 지배하는 것처럼 보이더군. 플러그를 뽑아버리자! 그렇게 생각했지. 방금 당신이 파베세와 마야콥스키의 글, 그리고 그 글을 얼마나 다르게 읽을 수 있는지 말했을 때, 교회에 있던 그 여자와 그 여자가 내뿜던 평온이 생각났네."

나중에 책상 앞에 앉아 파베세 작품 번역을 마무리한 레이랜드는 디 로시와 나눈 대화를 계속 떠올렸다. 돌아오는 길에 디 로시는 시정詩情이 도대체 뭐냐고 불쑥 물었다. 자기는 지금 시를 말하는 게 아니라고, 산문뿐 아니라 그림과 사진과 영화와 음악에도 담겨 있는, 넓은 의미에서의 시정을 말하는 거라고 덧붙였다. 레이랜드는 "시정은 시간 경험과 관계가 있는 것 같네"라고 대답했다. "아마 이렇게 말할 수 있겠지. 현재를 온전히 현재로 두는 하나의 방식, 시간을 멈추는 수단이라고. 글을 읽고 그림을 감상하고 음악을 듣는 동안 우리는 과거를 그대로 두는데, 잊는다기보다 긴장하지 않고 놓아두는 것이지. 또 미래를 향한 힘겨운 희망 때문에 현재를 비튼다거나 지우지도 않네. 시적인 현재는 흐르는 시간과 다급한 일에서 동떨어진 것이나 마찬가지지. 외딴 예배당의 반짝이는 모자이크 조각들과 약간 비슷한 점이 있네. 시정은 오로지 그 일에 몰두하게 해주네. 문장이든 그림이든 음이든, 뭔가 시적인 것은 우리를 그 무엇보다 강렬하게 사로잡지. 우리는 그게 그치거나 사라지지 않기를 바라고, 점점 더 많이 원하게 되네. 약간 다른 이야기지만 리비아도 비슷한 생각을 했지. 아무리 작고 미세한 것이라 해도, 시적인 것은 우리 삶에 평소와 다른 깊이를 준다고. 그때의 삶은 우리가 전혀 말을 얹지 않아도 그 전체가 중요해진다고 했지. 그래서 우리는 시에 단순히 감동만 받는 게 아니라 그 경험으로 우리 자신에게 더 가깝게 머무르게 된다고 말일세. 우리는 지각의 순간을 느끼네. 이 세상에 불현듯 다르게 있는 거지. 시적인 경험을 하고 있는데 누군가 방해하면 우리는 짜증이

나는 정도가 아니라 평정심을 잃을 수도 있네……. 그 정도로 중요하지."

돌아오는 길에 디 로시는 천천히 차를 몰면서 다시 한번 교회에서 모자이크를 복원하던 여자 이야기를 꺼냈다. 그때 레이랜드는 앞선 대화와 아무런 연관 없이 불쑥 벨사이즈 리트리트 호텔에서 야간경비원으로 일하던 시절 이야기를 시작했다. "작고 초라한 접수대 뒤에서 나도 일종의 모자이크에 열중했어. 단어들의 모자이크였지. 어두운 예배당의 그 여자와 마찬가지로 나도 모자이크를 볼 사람이 있는지 없는지는 중요하지 않았네. 그 모자이크는, 그러니까 문장과 텍스트는 누가 알아채든 아니든 그냥 '옳아야' 했지. 지금도 번역을 할 때면 나는 어두운 예배당에 있는 것과 같아. 시정으로 가득한, 도드라진 현재의 순간을 경험하네. 그러다가 번역이 출간되어 세상에 공개되면, 예배당의 어둠을 떠나 현란한 빛 속으로 나오면 거의 유감이라고 느낄 때도 이따금 있지. 정신 나간 소리 아닌가?" "아니, 전혀 아니야." 디 로시가 대답했다.

늦은 저녁, 레이랜드는 숀 크리스티에게 전화했다. 카테리나 미찬이 러시아 망명 작가들의 영어 판권을 아주 저렴한 가격에 넘길 거라고, 그리고 안드레이 쿠츠민이 번역 때문에 로만 네미로프에게 편지를 보냈다고 알려줬다. 그런 다음《국가의 발명》이라는 페르난도 콘티의 책과 시드니가 그 책을 번역할 수도 있다는 점을 알려주고, 린의 건강은 어떤지 물었다. 숀은 린이 휠체어에 앉아 복도를 오간다고, 걷는 시도를 이미 했다고 대답했다. "출판사는 잘되고 있지?"라고 어제 물었다는 말도 전했다. "그게 사실이니까." 레이랜드가 말했다. "자네가 확신을 가지고 린에게 대답했기를 바라네." "음…… 그렇지." 숀이 대답했다. "나도 그렇게 생각하는 데 서서히 익숙해지고 있네."

28

다음 날 아침 레이랜드는 프란체스카 마르케세와 원고 이야기를 하려고 밀라노행 기차를 탔다. "어땠어요?" 그가 전화를 걸자 프란체스카가 대뜸 물었다. "그 이야기를 하려고요. 마중 나와주시겠어요?" 이제 그는 텅 빈 객실에 앉아 있었다. 그녀의 원고, 그리고 처음 몇 문장을 번역한 자신의 번역 원고 몇 장을 탁자에 올려두고. "키아라 팔라디오는 공증인 사무실에서 나와, 코르소 거리를 따라가는 인파에 섞여들었다. '이제 당신은 부유한 사람입니다.' 공증인이 한 말이었다. '내 조언이 필요하시다면…….'" 프란체스카는 레이랜드가 자기 원고를 번역해 읽어주는 것을 무척 좋아했다. 자기가 쓴 이야기라고 믿지 못할 정도였다. 그녀는 원고 멜로디가 얼마나 다르게 들리는지, 새로운 단어를 통해 어떤 상황의 분위기가 얼마나 달라질 수 있는지 감탄했다. 레이랜드도 처음 몇 문장을 번역하며 늘 느끼는 바였으나, 지금도 또 한 번 놀랐다. 이따금 11월의 환한 바깥 풍경을 내다봤다. 번역은…… 마치 열 같았다.

기차가 베로나에 정차했다. 객실 문이 열리더니 레오나르디 박사가 들어왔다. 7월의 그날, 아침 폭우가 잎사귀들 사이로 쇄쇄 소리를 내며 쏟아질 때 완전히 파괴적인 진단을 내린 그 의사였다.

의사는 여행 가방을 선반에 올리고 레이랜드와 사선 방향인 통로 쪽에 앉아 신문을 펼쳤다. 레이랜드의 심장이 목까지 올라와 뛰고 땀이 나기 시작했다. 모든 것을 그대로 둔 채 레오나르디의 신문을 지나 바깥으로, 다음 칸으로, 더는 갈 수 없는 먼 곳으로 달려가고 싶었다. 그러나 마비된 것처럼 꼼짝하지 못하고 점점 더 멀어져가는 플랫폼만 노려봤다. 레오나르디가 신문을 넘겼다. 다 읽으면 시선이 나를 향하겠지. 날 알아볼까? 난 그가 알아보기를 원하나? 아니면 차라리 모르기를, 경솔한 실수로 내 삶의 경로를 바꾸어버린 이 사람과 함께 밀라노까지 같은 객실에 앉아서 가기를 바라는 걸까? 할 말이 떠오르지 않았다. 다음 문장 번역에 집중하려고 했지만 뭘 읽는지 전혀 이해할 수 없었다.

레오나르디가 신문을 접어 옆 좌석에 내려놓았다. 그가 고개를 창 쪽으로 돌리고 있는 동안 레이랜드는 곁눈질로 그의 모습을 지켜봤다. 시드니와 소피아 앞에서 주먹으로 책상을 두드리며 폭발했던 기억이 몰려와 어찌할 바를 몰랐고, 신문을 읽던 남자를 향한 증오가 불붙는 게 느껴졌다. 레오나르디에게 얼굴을 돌릴 용기가 나지 않았다. 그러다가 결국 돌렸을 때, 그가 고개를 옆으로 돌리고 눈을 감는 모습이 보였다. 레이랜드는 자리에서 벌떡 일어나 그를 흔들고 싶었다. "나에게 그런 짓을 하고 어떻게 내 앞에서 감히 잘 수 있습니까!" 면전에 대고 이렇게 외치고 싶었다. 그때 레오나르디가 눈을 떠서 레이랜드의 눈길을 마주하고는, 기차에서 만난 낯선 사람에게 통상적으로 하는 목례를 했다. 그러고 잠깐 눈을 다시 감았다가 번쩍 뜨고는 안 좋은 기억과 호기심과 두려움이 섞인 눈길로 레이랜드를 바라봤다. "소피아의 아버지, 레이랜드 씨 아니십니까? 진료실에 함께 앉아 방사선과 사진에 대해 이야기했지요?" 레이랜드는 고개를 끄덕였다. "건강은 어떤가요? 여행을 하실 수 있군요……." 레이랜드는 심장 박동이 느껴지고 입이 바짝 말랐다. "내가 여행을 하지 못할 이유라도 있습니까?" 그의 질문에 레오나르디가 대답했다. "음, 그러니까 그…… 그 진단에……." "어떤 진단 말씀이죠?" 레이랜드가 다시 물었다. "교모……" 레오나르디가 불안한 목소리로 말을 이었다. "내 기억이 혹시 잘못된 건가요?" "그 기억이 어떤 건지 모르겠군요." 레이랜드가 이렇게 대꾸하며, 드라이아이스처럼 느껴지는 자신의 반발심을 즐겼다. "뇌에 종양이 생겼으니…… 난 우리가…… 사실 난 이런 일에 착각하지 않는데요." "난 종양이 없습니다. 뇌든 어디든." 레이랜드가 말했다. 레오나르디가 금빛 인장반지를 빙빙 돌렸다. "내 진료실에 앉아 계셨던 건 맞지요? 내가 밀라노로 오기 직전 여름에 말입니다." 레이랜드는 고개도 끄덕이지 않고 그저 그를 노려보기만 했다. 레오나르디의 얼굴에 얼핏 짜증이 스쳤다. "맞나요?" 레이랜드가 고개를 끄덕였다. "그리고 방사선과에서 가져온 당신의 엑스레이 사진을 함께 봤고요." 레이랜드는 이번에는 고개를 저었다. "이해할 수 없군요. 그러면 우리가 뭘 했단 말입니까?" 레오나르디가 불쾌하다는 말투로 묻자 레이랜드가 대답했다. "'다른 사람'의 사진을 봤습니다." "뭐라고요? 그게 무슨……." 아무 말도 없이 그를 빤히 노려보던 레이랜드는 분노가 자신의 시선으로 흘러나가는 걸 느꼈다. 레오나르디가 그 분노를 눈치채고, 서서히 무슨 일인지 깨닫기 시작했다. "그렇다면…… 바뀌었단 말씀인가요?" "당신의 엑스레이 스크린에는 내 사진이 아니라 막시밀리안 브루너라는 사람의 사진이 걸려 있었습니다." 레이랜드는 레오나르디의 시선이 흔들리다가 어두워지는 모습을 지켜봤다. "하지만 봉투에 적힌 이름은……." 그의 나지막한 말을 레이랜드가 받았다. "내 이름이었지요. 하지만 사진 가장자리에는 다른 이름이 적혀 있었습니다. 당신은…… 당신은 그걸 안 봤어요. 확인하지 않았습니다. 확인하셨어야지요. 정말 그 환자의 사진이 맞는지 '확실하지' 않은데 그런 진단을 내려서는 안 됩니다. 그럴 수 없어요. '절대' 그럴 수 없다고요!" 레오나르디는 손수건을 꺼내 얼굴을 닦으며 말했다. "이럴 수가, 이럴 수가. 증상들이……. 마비 증세와 언어장애가 있었는데……." "편두통." 이렇게 대꾸하는 목소리는 그도 하얀 카스트 소속인 것처럼 훈계조로 들렸다. "'조짐 편두통', 혈액순환장애지요. 당신도 들어본 적이 있을 텐데요." 레오나르디의 얼굴이 새빨개졌다. "증상들과 사진이…… 맞았는데……." "당신은 '봤어야' 해요. '확인했어야' 한다고요!" 레이랜드의 말에 그는 다시 한번 손수건으로 얼굴을 닦았다. 그러고는 몇 번이나 고개를 끄덕였다. 객실은 한동안 조용했다. "언제 발견됐습니까?" "77일 후에." "잘못된 진단으로 11주를 지내다니, 이럴 수가. 중대한 결정을 내리신 게 있었나요?" "출판사를 팔았습니다." 레오나르디는 양손으로 얼굴을 가렸다. "용서를 구할 수 없는 일입니다. 변명의 여지가 없어요. 그러나 진심으로 용서를 빕니다. 이 일을 내가 왜 이제야, 이렇게 우리가 우연히 만나고서야 듣게 된 건지 알 수 없군요." "당신네 카스트, 하얀 카스트 때문이지요." 레이랜드가 대답했다. "침묵하고 아무것도 인정하지 않는 것. 모레티가 발견하고 숨긴 모양입니다. 당신에게도요. 카스트

안에서는 비밀을 지키니까." "하지만 당신 딸 소피아도 이제 곧 의사가 됩니다." "아니, 이제 아닙니다." "그게 무슨……." "소피아는 당신이나 모레티 같은 사람들과 연관되는 걸 원하지 않아요." 레이랜드는 짐을 싼 다음 객실 문을 열고 말했다. "당신 때문에 내 삶에 막대한 재난이 벌어졌습니다. 그게 얼마나 큰일인지 판단할 수 있는 지성과 상상력을 당신이 갖추었다고 믿지 않습니다. 이 모든 게 당신이 기본적인 확인 의무를 지키지 않았기 때문입니다. 그런 사람이 주임의사라니. 웃기는 소립니다. 정말 아주 웃기는 소리." 레이랜드는 문을 세차게 닫고 식당차로 갔다. 커피를 마시는데 자기가 했던 말이 몇 번이고 자신에게 밀려왔고, 자기도 모르게 반복하고 또 반복하면서 들끓는 독처럼 분노를 느꼈다.

밀라노에 도착하니 프란체스카 마르케세가 플랫폼에서 다가와 그를 빤히 바라봤다. "무슨 일이에요?" 레이랜드는 기차에서 일어난 일을 이야기하고서 대합실에 가방을 내려놓고 양손으로 얼굴을 쓸었다. "이렇게 크고 무거운 원한과 증오를 어떻게 해야 할까요?" 자동차에서 그는 레오나르디 면전에 대고 말을 하면 자기에게 도움이 되고 마음이 차분해질 줄 알았다고, 하지만 모든 게 그저 악화됐다고 말했다. "천박한 인장반지를 낀 그 남자를 눈앞에서 보기가 힘들었어요. 게으름 때문에 그런 실수를 저지른 사람을." 나중에 프란체스카의 살롱에서 레이랜드가 말했다. "그는 너무 게을러서 사진 가장자리를 세심한 눈길로 살피지 않은 거예요. '너무 게을러서!' 이삼 초면 충분했을 텐데! 그리고 사과가 어찌나 '진부하게' 들리던지! 몸짓도 얼마나 '진부하게' 하던지! '용서'라는 단어조차 연출하는 것 같고 자신을 뽐내는 느낌이더군요. 예전 그날 진료실에서 '글리오블라스토마 멀티폼'이라는 단어를, 하얀 카스트의 허영심 가득하고 잘난 척하는 그 표현을, 환자에게는 아무런 도움도 되지 않는 그 단어를 발음하며 자신을 연출하고 스스로를 기념한 것처럼 말이지요. 그거 알아? 얼마 전에 출판사에 가서 예전 내 사무실을, 24년 동안 내 사무실과 리비아의 사무실이던 그곳을 봤는데 카테리나가 모든 걸 바꾸었더군. 내 삶의 일부를 빼앗긴 듯한 느낌이었어. 허영심 많은 주임의사 한 명이 오로지 너무 게을러서 확인하지 않았기 때문에! 대리석 계단을 내려오면서, 리비아가 어릴 적 계단에 앉아 했다는 혼잣말을 떠올렸지. '탁월하고 위대한 세계.' 그러고 나 자신에게 말했어. '그 대신 평소라면 하지 못했을 좋은 일에, 아름다운 일에 쓸 돈이 많이 생겼잖아. 예를 들어 숀 크리스티의 출판사가 곤경에서 벗어나게 돕고 안드레이 쿠츠민을 위해 집을 샀지.' 그러다가 아래로 내려가서 '알프레도 페르토트 출판사'라고 쓰인 판 앞에 섰어. 그 순간 좋고 아름다운 일들은 뒷전으로 밀려나고 그저 상실감만 느꼈지. 길에서 다시 한번 생각했어. '오로지 그가 너무 게을러서 확인하지 않았기 때문에.' 그런데 그를 이제 만난 거야. 하루가 영원처럼 길군." 레이랜드가 말을 멈췄다. "미안. 반말을 했네. 어딘지 모르게 지금은 반말이 어울리는 것 같다." 프란체스카 마르케세가 고개를 끄덕였다. "그렇지. 지금 어울려."

레이랜드는 번역문이 적힌 종이를 가방에서 꺼내 소리 내어 읽었다. "'코르소'라는 단어가 없었더라면 분명히 이스트 런던에서 일어나는 일이라고 생각할 수도 있을 거야." 프란체스카가 말했다. "아니, 잠깐만. 키아라는 이스트 런던에 변호사가 없겠군…….

어쨌든 런던 어딘가 또는 영국 어느 도시겠지. 영어, 게다가 당신이 발음하는 영어를 들으면 밀라노에서 일어난 일은 아니니까……. 그래, 불가능해." "그렇다면 키아라는 택시 운전사에게 검은 택시를 사줄 테지…….*" 레이랜드가 말했다. "흠, 글쎄……." 둘은 웃음을 터뜨렸다.

프란체스카가 그에게 자기 편지에 대해, 출간 여부에 대해 어떻게 생각하는지 물었다. "난 이른 아침까지 밤을 새워 읽었어. 다른 사람들도 그럴 거야." 레이랜드가 대답했다. "키아라와 함께 모든 걸 겪는 것 같아. 독자들은 자기라면 어떻게 느끼고 행동할지 스스로에게 질문할 테지. 이 책을 읽다 보면 자기 이야기처럼 느껴져. 그래서 읽을수록 이런 문장을 더욱 읽고 싶어져. 계속 듣고 싶은 색소폰 연주처럼 말이야. 이미 말했다시피 나만 그런 게 아닐 거야. 출간하면 큰 성공을 거둘 거야. 당신도 알 테지. 하지만 그게 중요한 게 아니야. 당신은 이 모든 느낌과 모든 단어를 당신을 위해 그냥 두는 게 어떤지 스스로에게 물었잖아. 내 생각에 우린 이 질문을 철저히 생각해봐야 할 것 같다."

"처음 3, 4년은 그런 의문을 전혀 품지 않았어." 프란체스카가 대답했다. "그저 그 이야기와 나 자신에게 몰두하기만 했지. 최고의 시간이었어. 이야기가 끝나지 않게 하려고 애썼어. 그러다가 《브르타뉴어 이름》에 대한 혹평이 떠올랐지. 내가 그걸 극복했던가? 그런 상처를 겪은 후에 어떻게 확신할 수 있지? 지난 반년 동안 나는 비평에 대한 두려움이 아니라 더 깊은 저항감을 느꼈어.

* 영국 택시는 '블랙캡'이라 불린다.

어떤 반응과 씨름해야 한다는 불쾌감이지. 그게 설령 호평이라고 해도. 그러다가 나를 놀라게 하고 사로잡는 어떤 일이 일어났어. 내 책에 대해서 누군가 하는 말을 들으면 '언제나' 불편했고, 속으로는 당황하기까지 했다는 사실을 나 스스로 인정했지. 트리에스테나 오리엔트 여성들에 관한 책도 마찬가지였어. 내 원고가 이제 공공의 것이 되어 사람들의 대화 소재가 되니 마치 원고를 빼앗긴 것 같았지. 그게 칭찬이라 하더라도. 사실 이 모든 걸 나를 위해, 오로지 나만을 위해 썼는데 이런 결과가 나왔다는 발견은 매혹적이었어. 저널리즘 작업…… 그건 좀 다르지. 그런 원고는 급변하고, 사람들 반응도 생각하고, 뭔가 영향력도 있어야 해. 그러나 책은 달라. 책을 쓸 때는 인생의 오랜 시간을 원고와 함께하고, 그러는 동안은 책을 통해 사는 삶이고, 쓰는 행위는 삶의 실질적인 활기야. 내 책을 진열창에서 볼 때 어떤 기분이었는지 기억하려고 했어. 자부심이었나 불안감이었나? 자부심이었다면, 그게 꼭 필요한 감정이라고 간주해서 무거운 중압감이 되지 않았던 걸까? 기차에서 내 책을 읽는 누군가를 봤을 때 불편하지 않았던가? 낯설었나? 관대함의 끝이 다가올수록 이런 질문들이 점점 더 급박해졌어. 키아라 팔라디오는 사람들의 흥미를 끌 거야. 그래, 그건 나도 확신해. 하지만 키아라의 이야기가 사람들에게 어떤 영향을 끼치는지 내가 정말 알고 싶은가? 키아라의 경험이 다른 사람들과 관계가 있기는 할까? '내가 겪은 일'이 다른 누군가에게 중요한가? 편지에도 썼듯이 당신은 관심이 있겠지……. 하지만 다른 사람은?"

저녁에 둘은 대성당에서 열리는 음악회에 갔다. 쉬는 시간에 프란체스카는 그에게 몸을 숙이고 말했다. "여기 이건," 그러고는 대성당 전체를 아우르는 손짓을 했다. "어딘지 모르게 우리가 예전에 했던 이야기와 관련이 있어. 글쓰기와 자기 자신을 위해 보관하기. 그렇지?" "자기 자신에게 머물기, 바깥으로 끌려 나가지 않기, 자신을 잃어버리지 않기. 다른 사람들이 뭐라고 하든." 레이랜드가 대답했다. 잠시 후에 그는 다시 프란체스카 쪽으로 몸을 돌리고 덧붙였다. "이것도 모두 시정이지."

집에 와서 그는 트리에스테에 관한 책표지 디자인을 케네스 버크가 했다고 말했다. 버크에 관한 이야기도 했다. "'의약품계의 로빈 후드'라……. 정말 아름다운 이야기네." 프란체스카가 말했다. "그도 키아라 이야기를 읽고 싶어할 거야. 단숨에 읽어버리겠지." 그의 말에 프란체스카가 대답했다. "그 사람은 읽게 해야지. 그가 표지 디자인도 할 수 있을 거야. 우리만을 위해서."

나중에 레이랜드는 버크에게 전화를 걸었다. "오늘 드디어 파베세 책표지 해결책을 찾아냈다네." 버크가 말했다. "처음에는 텍스트를 자세히 읽지 않고 그냥 제목만 따라갔지. 켄싱턴 하이스트리트에서 어떤 건물 입구로 몇 계단 올라가, 그 위에서 사람들의 물결을 오륙십 장쯤 사진 찍었다네. 그중에 적당해 보이는 게 한 장 있었어. 말하자면 다양한 옷차림과 분위기를 지니고 표정에 다양한 근심이 엿보이는 아주 다양한 사람들이었지. 인간적 삶의 온갖 면들…… 그게 아이디어였네. 사진을 손보고 출력해서 세워뒀지. 만족하지 못하겠더군. 그러다가 자네 번역문을 두어 시간 읽었네. 표지가 주제에 맞지 않더군. '삶의 힘'이라……. 파베세가 말하는 수공업이 많은 부분에서 사고와 글쓰기와 시정의 수공업이라는 것도 잘 드러나게 해야지. 이제 어떻게 해야 할까? 2, 3일 동안 네덜란드 화가들의 화집을 훑어봤네. 피에몬테 화가들의 화집도 봤지. 파베세는 거기 출신이니까. 그다음 아이디어는 풍경을 보는 방식으로 신중함과 우울과 시정을 표현하는 거였네. 그 아이디어는 제대로 점화되지 않았지만 그래도 햄프스테드 히스 공원으로 갔지. 그곳은 이 계절이면 네덜란드 화가 그림 같으니까. 벤치가 눈에 띄고 그 뒤에는 덤불이, 그리고 약간 거리를 두고 앞에 습지가 좀 있는 탁 트인 풍경을 향해 한 남자가 서 있었네. 담배를 피우며 넓은 공간을 바라보면서, 꿈꾸듯 생각에 잠긴 표정이었지. 나는 미친 듯이 사진을 찍었네. 이제 풍경을 자기 안으로 받아들이는 주체가, 생각을 품고 있을지도 모르는 사람이 한 명 생겼지. 나는 사진을 자세히 관찰했네. '언어'가 빠졌더군. 벤치에 책을 한 권 놓고, 펼친 책 가운데에 펜 하나와 책갈피 여러 개를 넣었지. 나아지긴 했지만 훌륭하진 않았네. 관찰자는 이 책이 남자가 일어서기 전에 읽은 책이고, 그가 습지 가장자리에 서서 방금 읽은 이 책에 대해 생각하고 있다고 느껴야 하니까. 그리고 책을 그 남자가 직접 '썼다면' 가장 좋겠지. 책이 아니라 '원고'라면, 손으로 쓴 글씨가 가득한 종이 무더기에 펜이 놓여 있다면 그렇게 생각하기가 가장 쉬울 걸세. 손으로 쓴 글씨를 암시하는 종이 무더기를 넣었네. 이러면 이 종이들이 남자의 것이라는 사실, 그가 글을 쓰다가 쉬면서 생각에 잠겼다는 게 확실해지지. 습지와 넓은 하늘, 담배를 피우며 생각에 잠긴 남자, 그리고 고풍스러운 글씨로 '삶의 힘The craft of living'이라고 썼네. 숀에게 보내니 감탄하더군. '자네가 해낼 줄 알았지.' 그가 말했네. 자네, 날 위해서 어떤 일을 했는지 알고는 있나?" 레이랜드는 그 초안과 프란체스카 마르케세가 트리에스테에 대해서 쓴 책 사진을 당장 보내줄 수 있는지 물었다. 그러고 프란체스카의 이메일 주소를 불러줬다.

잠들기 전에 레이랜드는 프란체스카와 함께 두 초안을 자세히 살폈던 일을 다시 생각했다. 둘은 사진을 각자 설명하고 변화를 어떻게 줄지 활기차게 고민했는데, 사진을 그저 계속 말하기 위한 핑계로 삼은 연인들 같았다. 둘은 탁자 앞에 나란히 앉아 있었다. 그러다가 갑자기 침묵이 찾아왔다. "리비아는 여전히 당신 곁에 있어. 그렇지?" 잠시 후에 프란체스카가 나지막하게 묻자 레이랜드는 고개를 끄덕였다. "앞으로도 계속 그럴까?" 그는 다시 고개를 끄덕였다. "잘 자." 나중에 그녀가 말하며 그의 머리카락을 손가락으로 훑었다.

다음 날 두 사람은 오랫동안 시내를 산책했다. "우리 지금 파올로 미켈리스에게 가는 거야." 프란체스카가 말했다. "작가인데, 몇 년 전부터 장대한 소설에 빠져서 몰두하고 있어. 어디 초대받은 자리에서 그를 알게 됐지. 파올로는 내가 누군지 알고 있었고, 내 책을 모두 읽었더군. 당신도 알아. 출판사가 이제 당신 소유가 아니라는 것도 알지. 그래도 당신과 대화를 나누고 싶어해. '조언을, 그가 어쩌면 조언을 해줄 수 있을지도 모르지.' 파올로가 그러더군. 그는 돈이 거의 없어서 악착같이 일하는데, 내가 도와주고 싶어도 그렇게 하지 못하게 해. '내가 잘 해결할 수 있어'라고 말하며 단호한 몸짓을 보여. 그게 처음에는 상처였는데, 파올로는 원래 그런 사람이야. 사실 내가 알았어야 하지. 그런데 그 자신은 관대한 사람이야. '관대함'이라는 단어가 그에게 얼마나 잘 어울리는지 당신도 알게 될 거야. 하지만 키아라 팔라디오의 경우와는 완전히 달라. 이른바 키아라의 입장에서 파올로의 관대함을 목격할 때면 나는 부러울 때가 있는데, 질투한다고 표현할 수도 있을 거야. 어쩌면 그의 경우에는 관대함이 아니라 '넓은 마음'이라고 말해야 할지도 모르겠어."

레이랜드는 검댕이 묻은 잿빛 건물 앞에 멈춰 서서 '자동차 검사소'라는 안내판을 가리키며 말했다. "키아라가 여기서 새 차량 서류를 기다렸겠군." 프란체스카는 꼼짝도 하지 않고 한동안 그냥 서 있었다. 레이랜드는 자기가 그녀의 기분을 상하게 했다는 걸 바로 깨달았다. "그랬지……." 프란체스카가 대답하고 앞만 바라보다가 불현듯 움직였다. "따라와!" 둘은 계단을 올라가 어두침침한 복도로 접어들었다. 프란체스카는 그를 모니터가 잔뜩 달려 있는 대기실로 이끌었다. "손에 번호표를 든 사람들 보여? 자기 번호가 모니터에 뜨기를 기다리는 거야. 두 번째와 세 번째 열이 층수와 사무실인데, 열을 혼동하기 쉬워. 그때 어느 모니터에 내 번호가 뜰지 아무도 말해주지 않았어. '무언가' 말해주는 사람이 전혀 없었지. 벌써 거의 10년이 다 되어 가는데 이 대기실은 여전히 그때랑 똑같네. 관청은 언제나 똑같아. 나는 한 모니터만 보다가 다른 모니터에서 바뀌는 번호를 놓칠까 이리저리 바쁘게 훑어보았어. 빌어먹을 그 번호는 나타나지 않더군. 전혀 '나타나지' 않았어. 난 그때 아팠고, 남아 있는 약효 때문에 집중이 되지 않고 무기력했어. 내 번호를 되돌릴 수 없이 놓쳐버렸다는 느낌이 들고 서류를 다시는 받지 못할 것 같았지. 그때 예전의 무서웠던 일이 불현듯 다시 엄습했어. 테헤란으로 돌아가려고 이스파한 공항에서 있었는데, 내가 예약한 비행기가 전광판에 뜨지 않았어. 그게 '나타나지' 않고 다른 어딘가로 가는 그다음 비행기들이 표시됐지. 난 그때 페르시아어를 무척 잘했는데 안내대로 가서는 한마디도 할 수 없었고, 그곳 직원들은 영어를 잘하지 못했어. 그들이 한 말은, 더 늦게 밤 비행기가 하나 있다는 거였지. 내가 예약한 비행기에 무슨 일이 일어났는지는 알아내지 못했어. 몇 시간 동안 마비된 듯이 공항 벽에 등을 기댄 채 바닥에 앉아서 야간 비행 표시가 나타나길 기다렸지. 남자들이 빤히 바라봐서 머릿수건을 단단하게 동여맸어. 드디어 비행기가 왔는데 절반이 비어 있었고, 난 제일 뒷자리에 앉아서 공포와 안도감으로 눈물을 흘렸지.

내가 이곳 관청에서 내 번호를 찾지 못하고 기다리고 있을 때, 이 모든 기억이 다시 살아났어. 이스파한과 이곳, 자신감의 완벽한 붕괴였지. 마치 생존 능력이 전혀 없는 것처럼. 그러다가 내가 대기실을, 게다가 층수까지 혼동했다는 걸 깨달았어. 집으로 돌아가서 새 예약 날짜를 기다렸지." "택시 운전사는 없었고?" "키아라의 경우와는 달랐어. 그런 건 없었고 마지막 구원도 아니었지. 다만 나를 집에 데려다준 운전사에게 악몽 이야기를 했어. 그러고 그가 관청에 대해 잘 알기 때문에 다음에는 그를 고용했어. 그 사람은 모니터에서 번호를 금방 발견했고 사무실 직원까지 알고 있어서 모든 일이 바로 진행됐지. 내가 500유로를 주니 그가 망설이더군. '받으세요. 이 일이 나에게 얼마나 중요했는지 모르실 거예요. 그러니 받으세요.' 내가 말했지. 2, 3주 후에 택시 승차장에서 그를 만났어. '그때 굉장히 불안하셨나 봐요!' 그의 말에 내가 대답했어. '예, 이스파한 같았지요.' '어디라고요?' '아, 별로 중요한 게 아니에요.' 난 그렇게 대답하고 갈 길을 갔어."

파올로 미켈리스 집에 가기 전에, 둘은 근처에서 뭘 조금 먹었다. 프란체스카가 말했다. "아마 집필 동기는 오로지 혼자 간직해야 할 거야. 소설 자체보다 더 은밀하게." "난 그럴 의도가……." "나도 알아. 좀 전에 우리가 관청에서 나올 때에야 깨달았어." "난 비밀을 지킬 건데." "알아, 그런데 중요한 건 그게 아니야. 누군가 관청이나 이스파한에서의 내 경험을 알아내어 악용할까 걱정하는 게 아니라고. 기억이 문체와 구성의 논리를 따르는 상상으로 변하는 게 이루 말할 수 없이 소중하다는 사실이 중요해. 그게 바로 창조적인 과정이지. 그 모든 과정에는 정적과 과묵함이 필요해. 누군가에게 흘낏 보게 허락한다면 그건 실수지. 실수하는 거야. 신비로움을 파괴하는 거니까, 그 과정은 신비하니까. 자기 자신을 위해 쓰거나 분석적으로 곰곰이 생각하기만 해도 이미 파괴하는 거겠지. 신비를 '이해'하는 게 아니라, 그걸 '살아내는' 게 중요해." "그럼 오로지 언제나 이 신비함 속에서 사는 게 중요한가? 다른 사람들과는 어떻게 되든 상관없고? 다른 '모든' 사람과는?" "파올로 미켈리스도 똑같은 말을 할 거라고 생각해. 그가 자기 소설이 언제고 출간되든 말든 관심이 없다는 뜻이 아니야. 그에게는 '서열의 문제'가 아니라는 거지. 파올로는 '퀘스티오네 디 란고 questione di rango', 이 표현을 무척 좋아해. '높은 서열의 문제'라고도 하는데, 그 말을 할 때면 그가 이 표현을 직접 찾아냈다는 생각이 들어. 파올로는 아주 오래전부터 책을 쓰고 있는데, 아마 1,000쪽이 이미 넘었을 거야. 점점 더 신비로워져. 점점 더. 당신, 그를 좋아하게 될 거야. 누구나 그를 좋아할 수밖에 없거든."

프란체스카가 옳았다. 그가 뭔가를 위해 불타오를 수 있는 사람, 자신을 불태울 뭔가를 언제나 찾아다니는 사람이라는 사실을 알아내는 데는 그다지 긴 시간이 필요하지 않았다. 품이 넉넉하게 재단된 밝은색 린넨 정장을 입고 문을 지나 프란체스카를 포옹하는 모습만 봐도 알 수 있었다. 그 몸짓에서 솔직함과 포용력, 뭔가를 선물하고 싶다는 욕구가 엿보였다. "파올로입니다." 그가 크고 가느다란 손을 내밀어 레이랜드에게 악수를 청했다. 파올로가 큰 집을 오가거나 부엌에서 기구를 다루거나 전화를 받는 모습에서도 넉넉한 마음이 느껴지는 것 같았다. 몸을 옆으로 비틀어 다리를 포개고 담배를 쥔 팔을 손잡이에 걸치고 소파에 앉은 모습도 마찬가지였다. 그는 소파 전체를 혼자 차지하고 앉았다. 대화할 때는 온 신경을 손님들에게 쏟으며 그들의 말을 활발한 지성으로 좇았다. 절대 시계를 보지도 않았다. 그는 뭔가에 사로잡히면 시간에는 전혀 신경을 쓰지 않았다. 뭔가에 어떻게 사로잡히는지 아는, 뭔가를 위해 자신을 여는 방법을 아는 정열적인 사람이었다. 그는 레이랜드를 첫눈에 사로잡았다.

프란체스카는 저녁 무렵에 돌아갔다. 레이랜드 생각에는 그를 파올로와 둘만 있게 하려는 의도 같았다. 레이랜드보다 스무 살 어린 파올로는 분노하며 공산당에서 탈당했으나 물러서지 않는 좌파 성향이었고, 정의와 관련이 있는 모든 일에 열정적으로 참가했다. "나는 잔인한 걸 보면 쉽게 자제력을 잃어요." 그가 말했다. 공산주의자였던 할아버지는 무솔리니 치하에서 쫓기는 몸이었는데, 파올로는 그에 대한 글을 썼다. 이탈리아의 젊은 법학교수 가운데 한 명이었던 아버지는 붉은 여단과의 연관성을 주장하는 언론 보도 때문에 교수직을 상실했다. 근거 없는 비난에 아버지는 무너지고 말았다. 그 후에 그는 교사 자격증이 없어 형편없는 보수를 받으며 교사로 일했고, 남은 것이라고는 밀라노의 좋은 지역에 있는 집뿐이었다. 이제는 파올로가 그곳에서 살았다. 엄마는 젊어서 백혈병으로, 아버지는 10년 전에 거리 한복판에서 심근경색으로 사망했다.

파올로가 이야기를 하는 동안 두 사람은 와인을 마셨다. 파올로는 법학을 공부하다가 그만두고 역사 전공을 시작했지만 그것 역시 버텨내지 못했다. 이런저런 규칙과 의식이 있는 대학을 견디지 못했고, 갑갑하고 금치산자가 된 느낌을 자주 받았다. 레이랜드는 품이 큰 양복을 입고 가벼운 걸음걸이로 집을 오가는 파올로를 보며 그 말뜻을 금방 알아들었다. 파올로와 아버지는 돈이 별로 없어서 아무것도 곁들이지 않은 폴렌타*를 자주 먹었다. 자정에도 파올로는 폴렌타를 만들었다. 다음 날 아침에 보조교사로 일하는 교외로 가야 했다. 그렇게 번 돈은 전기료와 난방비와 식비에만 겨우 충당했으므로 이따금 병원에서 야간경비원으로 일할 때도 있었다. 그의 삶에는 소설이 있으니 이 모든 일은 그다지 문제될 게 없었다. 만사의 중심이 소설이었고, 다른 모든 것은 그 옆에 있으면 빛을 잃었으니까.

파올로는 이 원고가 여러 세대에 걸친 가족 이야기이자 불의와 잔혹함, 그리고 이 두 가지에 맞선 투쟁을 다루는 대하소설이라고 했다. 파올로에게 특히 중요한 것은 등장인물의 개인적인 삶이 정

* 곡물 가루를 넣고 끓인 죽의 일종.

치적 사건과 엮이는 방식이었다. 개인적 세상의 작은 동요와 정치적 세상의 큰 지진이 그의 주제였다. 이 둘은 어떻게 서로 얽히고 영향을 끼치는가. 사람의 행 또는 불행과 어떻게 연결되어 있는가. 책장마다 역사책이 가득히 꽂혀 있었고 사방에 메모가 붙어 있었다.

"등장인물이 자기 자신과 타인에 대해 생각하고 말하거나, 반대로 타인이 등장인물에 대해 생각하고 말하는 서술 시점이 어려워요. 바깥에서 보는 중립적인 시점이란 불가능하죠. 화자는 제한된 지식으로 말하기 때문에, 결국은 독자가 등장인물 자신보다 그들에 대해 더 잘 알게 돼요. 난 독자가 등장인물들의 세상에서 지내며 그곳에서 나올 생각이 없다면 좋겠어요. 그렇게 하기가 너무 어렵네요!"

파올로는 예전에 부모님이 침실로 쓰던 방으로 레이랜드를 안내했다. 방 전체가 나무 널빤지 선반으로 가득했고, 그 위에는 수정과 삽입과 동그라미와 화살표 등 교정부호로 뒤덮인, 타자 친 종이들이 놓여 있었다. 종이 무더기가 쌓여 있기도 하고, 몇 장만 겹쳐 있기도 하고, 한 장씩 놓여 있기도 했다. 종이 일부에 새 원고를 붙여서 풀을 붙인 자리가 쭈글쭈글한 곳도 많았고, 가장자리에 쪽지를 덧대어 접을 수 있게 삽입한 곳도 있었다. 넓은 공간이었다. 레이랜드는 널빤지 선반이 일고여덟 개이고 옆으로 나란히 놓인 종이가 100쪽 정도 될 거라고 짐작했다. 구석에는 파올로가 편하게 글을 읽을 수 있게 간접조명 플로어 스탠드들이 서 있고 의자와 재떨이 여러 개, 펜도 두어 자루 있었다. 압도적인 동시에 약간 숨 막히는 우주라서 레이랜드는 이곳에 머물고 싶기도, 떠나고 싶기도 했다. "알아요, 압니다." 파올로가 초조한 목소리로 말했다. "그래도 난 안락함을……. 그걸 뭐라고 하더라……. 문서 처리의 안락함을 원하지 않아요. 손으로 쓰고 타자기로 치는 게 좋지요. 덜컥거리는 타자기의 시끄러운 소음이, 낡은 타자기 리본이, 지저분하게 지워진 글자들이, 풀 냄새가 필요해요. 이 모든 게 글쓰기에 포함되지요. 외적인 것뿐만 아니라요. 글을 쓰느라 살균이 잘되고 예민한 모니터 앞에 앉는 일은 절대 없을 겁니다. 그게 '글쓰기'라니! 얼마나 허무맹랑한 소린가요!"

레이랜드는 프란체스카 마르케세에게 전화를 걸어, 어쩌면 파올로 집에서 자고 갈지도 모르니 걱정하지 말라고 했다. "내가 과장한 거 아니지?" 그녀의 말에 레이랜드가 대답했다. "오히려 축소했지."

새벽 2시 무렵, 파올로가 물었다. "예전에 운영하시던 출판사에 이 책을 추천하실 수 있을까요? 지금 경영진과 관계가 어떤지는 모르지만 혹시……." 레이랜드는 그가 이 질문을 할 거라고 이미 예상하고 아까 욕실에서 지끈거리는 두통을 방지해줄 약을 미리 먹었다. 약효가 나타날 때까지 그가 대답을 기다릴 수 있으면 좋겠다는 생각이 들었다. 원고량이 얼마쯤 되는지 물었다. 파올로는 망설이며 바닥만 내려다보다가 1,000쪽이라고, 10년 동안 작업했다고 대답했다. "더 짧게는 안 돼요. 다양한 시점에서 근본부터 자세히 살펴야 하고, 여러 세대에 걸친 이야기라서요." 그는 뭔가 잘못을 저지르고 용서해주길 바라는 어린아이처럼 레이랜드를 바라봤다. "이렇게 분량이 많은데, 나 말고는 이 일을 할 사람이 아무도 없어요. 그런데 나는 문학계에서 무명이라서요."

레이랜드는 자주 그렇듯이 납덩이가 눈 위에 망치질을 하는 느낌이었다. "파올로, 그러려면 내가 일단 상당히 많은 부분을 읽어봐야 해요. 그리고 내 마음에 든다고 해도 약속해줄 수 있는 건 없어요. 카테리나 미찬이 동의할지 모르겠군요. 1,000쪽은 굉장한 양이니까요." 파올로는 고개를 끄덕이고 담뱃불을 붙였다. 담배가 살짝 떨렸고, 그가 감추려고 무척 노력하는데도 긴장감이 느껴졌다. 그가 입을 다시 열기까지는 시간이 필요했다. 출간은 서열의 문제가 아니라고, 어쨌든 높은 서열의 문제는 아니라고 대답했다. "난 10년 전부터 이 책과 함께 살고 있어요. 그 시간 동안 이 책이 삶 자체였지요. 매달 새로운 일화가 대하소설에 들어갔어요. 나는 약을 먹어야 해서 석 달에 한 번씩 처방전이 필요해요. 그럴 때마다 지난 석 달 동안 뭘 했는가라는 느낌이 들지요. 하지만 동시에 소설에 무척 많은 일이 일어났다는 생각도 들어요. 처방전을 복사하고, 뒷면에 깨알 같은 글씨로 지난 석 달 동안 어떤 일이 있었는지 쓰기 시작했답니다. 처방전 형태의 소설 일지였죠. 무척 비정상적인 일이라서 점점 더 마음에 들었어요."

파올로는 새 담배에 불을 붙였다. 이제 손이 떨리지 않았다. "처음 몇 년 동안은 출간을 생각하지 않았어요. 대하소설 속 세계를 만들어갈 생각뿐이었지요. 요즘도 대부분의 나날은 그래요. 하지만 최근에는 누군가 이걸 읽고 이야기를 한다면 어떨까, 하는 순간이 있습니다. 낯설지만 자꾸 떠오르는 생각이에요. 이따금 사람들이 나를 알아보길 바라는 건가 하는 생각도 들어요. 날 알아보고 인정해주길 원하나? 그게 나에게 무슨 의미일까? 누군가 내 내면의 장면에 열중하려고 1,000쪽이 넘는 책을 읽을 시간을 정말로 낼까? 누군가 정말 그렇게 한다고 가정해보죠. 그의 내면에는 새로운 장면들이 흐르겠지요. 내가 그걸 알고 싶어할까요? 아니라는 게 솔직한 대답이 될 거예요. 그렇다면 왜 출간해야 할까요?"

파올로는 자리에서 일어나 이리저리 거닐었다. "얼마 전에 이런 생각을 했어요. 내가 아마 외로움을 벗어나고 싶은 모양이라고 말이지요. 그게 훌륭한 이유가 될까요? 하지만 그것도 사실은 틀립니다. 어딘가에 초대를 받아 다녀온 후에는 한밤중에 책상 앞에 앉아 몇 시간 동안 글을 쓰지요. 내가 혼자라는 것, 내 안의 장면들과 홀로 있다는 걸 즐기기 위해서요. 그러니 내가 당신에게 질문한 게 기이하지. 하지만 내가 누구에게 질문할 수 있겠어? 어쩌면 그냥 한번 소리 내어 말하고 싶었는지도 모르지. 자, 당신이 내 말에 귀를 기울여줬으니 이제 당신에게 책을 읽게 해줄 마음이 생겼어. 당신이 처음이야."

레이랜드는 그의 관용에 다시 한번 놀랐다. 이미 한밤중이었고, 내일 일찍 학교까지 가는 데 한 시간이나 필요한데도 그는 잘못된 진단과 그로 인한 재난 후에 어떻게 계속 살아갈 수 있었는지 레이랜드에게 물었다. "프란체스카가 그 이야기를 했을 때 난 며칠이나 생각했어. 그런 소식을 들은 처음 몇 분, 처음 몇 시간은 과연 어떨까? 나라면 첫 번째 질문은 이랬을 거야. 어떻게 독약을 손에 넣지? 그리고 이런 생각도 들었어. 그가 그 칠칠치 못한 의사를 언젠가 만난다면 과연 어떨까?"

레이랜드는 기차에서 레오나르디를 만났다고 이야기했다. 일상적인 변명과 참회일 뿐이라고 파올로는 말했다. 자기도 안다고, 그게 아주 싫다고 했다. 자기 책에도 일상적인 참회에 대한 증오를 타인의 면전에 쏟아내는 인물이 등장한다고 했다. 일상적인 참회는 거짓일 필요도 없다고, 새롭고 무게감 있고 지금까지의 일상을 벗어나거나 평범한 삶을 조금이라도 멈추게 하는 대신 그저 '연습만으로' 할 수 있다고, 레퍼토리로 삼기만 하면 된다고 말했다. 그런 다음 지금은 사는 게 어떤지 다시 한번 물었다. "그때 이후로 난 이 세상에서, 시간 속에서 달라졌네." 레이랜드가 대답했다. "언어에서도. 오진이었다는 걸 안 후에 대성당으로 갔지. 그곳에서 모든 것을 명확하게 느꼈네. 마지막에는 결국 시정, 이 한 가지만 중요하다는 사실도 말일세."

바깥이 훤해졌다. 파올로는 커피를 끓이고 일하러 갔다. 레이랜드는 소파에 누워 얕은 잠에 빠졌다. 와인과 두통약은 서로 맞지 않아서 그는 엄청난 두통을 느끼며 잠에서 깼다. 늦은 오전이었고 밝은 햇빛에 눈이 아팠다. 커피를 한 잔 들고 파올로의 원고가 놓인 널빤지 앞에 앉았다. 문장들은 아주 명쾌했고 무척 아름다웠다. 아름다움이 곧 명쾌함이었다. 교정된 부분들은 파올로가 얼마나 오랫동안 철저하게 문장을 다듬었는지 보여줬다. 빛과 바다, 시선과 느낌 묘사, 이 조용한 공간에서조차 레이랜드의 넋을 빼놓는 선동적 정치 연설, 매우 호소력 있는 간결한 대화……. 저자는 여기서 자신의 목소리를 찾아냈다. 전대미문의 열정과 예리함이 가득한, 우울한 부분에서는 지하 재즈 연주실의 색소폰처럼 울릴지도 모를 목소리를. 보수가 적은 일, 그리고 밤에는 시정. 10년 동안. 레이랜드는 파올로의 작업실을 흘낏 둘러보고는 다시 한번 놀랐다. 벽은 구상들로 꽉 차 있었다. 접착테이프로 붙인 커다란 종이는 연도, 도시와 사람들 이름, 사건 키워드가 잔뜩 적혀 있고,

이 모든 것은 선과 화살표로 연결됐으며 줄을 그어 지우거나 덧쓰기를 한 부분도 많았다. 파올로의 정신적 우주의 약도이자 이 엄청난 소설을 위한 계획표였다.

일을 마치고 돌아온 파올로는 피곤해 보였다. 밤을 샜기 때문만은 아니었다. 결승선이 눈에 들어오지 않는 장거리 경주 주자 같은 느낌이었다. 두 사람은 복사 가게로 가서 소설 처음 100쪽을 복사했다. 그러고 파올로는 잠을 잤고 레이랜드는 프란체스카에게 갔다. 차를 마시면서 프란체스카는 파올로의 원고로 남몰래 어떤 일을 했는지 이야기했다. "파올로가 며칠 병원에 입원할 때 나더러 집을 좀 살펴달라고 부탁했어. '하지만 내 원고에는 손대지마. 믿을게'라고 하더군. 난 원고가 놓인 널빤지 선반 앞에 서서 생각했어. 만약 불이 나면 이 원고는 어떻게 되는 거지? 그래서 그에게 전화해서 혹시 원고를 복사해서 어딘가에 보관 중이냐고 물었지. 아니라고 대답하더군. '세상에, 너무 부주의한데.' '나도 알아.' 그래서 난 모두 복사했지. 거의 하루 종일 걸렸어. 널빤지 하나하나 원고가 어떻게 놓여 있는지 메모한 후에 조금씩 복사 가게로 날랐지. 돌아와서는 원래 있던 그대로 정확하게 원고를 다시 내려놓았어. 책상에 엄청난 양의 나머지 원고 뭉치가 있었는데, 풀이 말라붙은 종이도 많았어. 난 그걸 손에 들어보고 세월을 느낄 수 있었지. 습격을 당하거나 뭐 그런 일을 겪지 않으려고—갑자기 별별 기묘한 상상을 다 하게 되더군— 원고를 계속 조금씩 가게로 가지고 갔어. 최소한 스무 번은 갔을 거야. 결국 산더미 같은 복사본 앞에 앉아 있게 됐지. 그러고 문서작업을 해주는 사무실에 전화하고 모두 거기로 가지고 갔어. 한 달 뒤에 복사본과 그게 모두 저장된 USB를 받았어. 이제 그건 내 은행 금고에 들어 있어. 파올로가 이 사실을 모른다는 건 말할 필요도 없겠지."

나중에 들른 파올로가 트리에스테행 야간열차까지 레이랜드를 배웅하겠다고 고집을 부렸다. 둘은 역까지 전차를 타고 갔다. 파올로는 자동차를 살 형편이 아니었다. '중앙역.' 리비아는 이 역을 사랑했다. "이곳은 아름다운 역일 뿐 아니라, 아름다운 역의 '이데아'야. '모든' 역의 이데아." 리비아는 이렇게 말하곤 했다. 둘은 들뜬 기분에 대합실에서 포옹했다. 그러고 리비아가 종업원에게 말했다. "커피 이데아 주세요." 이제 파올로가 레이랜드의 어깨에 손을 얹고 말했다. "당신, 아내가 그립구나."

기차가 들어왔다. "당신이 왜 직접 뭔가 쓰지 않는지 묻고 싶었어." 파올로가 이렇게 말하고는 발끝으로 승강장에 원을 그렸다. "하지만 이 질문을 듣고 싶지 않을 것 같다는 느낌이 들더군." "그 질문은 처음이 아니야. 나 스스로 하는 질문이지. 어쩌면 언젠가 자네에게 그 이야기를 하게 될지도 모르지."

객실에서 레이랜드는 파올로의 원고를 가방에서 꺼냈다. 제목은 《그랬다Così fu》였다. 파올로는 그 아래에 아무것도 적지 않을 터였다. 품이 너른 양복과 외투를 입고 승강장에 서서 손을 흔들던 파올로의 모습과 닮은, 포괄적으로 끝내는 몸짓 같은 제목이었다. '그랬다'라는 표현은 약간 구식이고 좀 과장처럼 들리기는 해도 대담한 제목이었고, 대담함은 그의 눈빛에서도 엿보였다. 원고는 '겨울빛Luce invernale'이라는 장 제목으로 시작했고, 첫 문장은 다음과 같았다. '비구름이 낀 그 겨울 아침, 로마 하늘이 망설이듯 천천히 밝아왔다.' 가정불화를 겪는 사람들이 시위에 나섰다. 거리에서 불행이 발생했다. 재난 분위기였다. 그 사이에 문장이 있었다. '잔혹함은 생각 없음과 상상력 결핍에서 자주 일어난다.' 읽기를 멈추기란 불가능했다. 레이랜드는 두통약 약효가 나타나고서야 원고를 내려놓고 잠이 들었다.

트리에스테에 도착한 그는 출판사 열쇠를 가지러 집으로 갔다. 파올로의 원고를 카테리나 미찬의 책상에 올려두고 메모도 첨부했다. "이 작가를 밀라노에서 만났습니다. 놀라운 원고예요. 1,000쪽입니다. 내가 제작비를 부담하겠습니다. 하지만 파올로 미켈리스가 이 사실을 알면 안 됩니다. S. L."

29

레이랜드가 새로운 삶이 시작된 런던으로 소피아와 함께 돌아갈 날짜는 아직 이틀이 남아 있었다. 그는 리비아에게 편지를 씀으로써 트리에스테에 머무는 오랜 시간 동안 자기에게 무슨 일이 일어났는지 확인하고자 했다. 이따금 쓰기를 중단하고, 예전에 한 번도 경험하지 못한 각성 상태로 시내를 천천히 걸었다. 그런 다음 자신이 무엇에 몰두하는지 철저히 알기 위해 과연 스스로 어떤 단어를 선택하게 될지 기대하며 편지를 계속 썼다.

카라,

난 비행기 표를 두 장 살 정도로 내 여행에 확신이 없었어.
내가 어쩔 줄 모르고 골목을 배회하지는 않을까? 다른 사람들이 그걸 알아채고, 여기 제대로 머물지 못하는 나 때문에 상처받지 않을까? 비행기가 이륙했을 때 난 런던에 도착한 이후에 일어난 일들과 내 삶이 어떻게 달라졌는지 눈앞에 떠올렸어. 그때 공항 여권심사 직원은 "선생님, 귀국을 환영합니다"라고 말했지. 지금도 그 목소리가 들리는 듯하고, 지하철 캐드버리 초콜릿 자동판매기로 내려가던 에스컬레이터도 느껴져. 그때 이후로 집을 하나 소유하게 됐을 뿐 아니라 케네스 버크를 새 친구로 얻었고, 숀 크리스티 출판사를 구했고, 끔찍한 기억과 싸우면서도 병원에서 레이랜드 교수로 등장하여 병원 직원들이 내 말을 경청하게 했지. 마지막 일은 당신도 봤어야 하는데! 레이랜드 교수라니! 내가! 소름 끼치는 진단의 어둠을 가로질러 나와서 불현듯 다시 빛 가운데에 서면 어떤 일을 할 수 있는지 놀라워.

막시밀리안 브루너의 이웃이 그를 그 집 바닥에서 발견할 때까지 그냥 기다리는 게 아니라 구급차를 열흘 일찍 불렀더라면 이 모든 일은 일어나지 않았겠지. 그저 열흘만 일찍 불렀더라면 출판사는 여전히 내 소유일 텐데. 워런 숀 삼촌 집에서의 첫날 아침, 나는 물컵을 손에 들고 부엌에 서 있었어. 그 열흘을 생각하며 꽉 쥐고 있었는데 물컵이 갑자기 깨지더군. 내 울분을 이보다 더 잘 표현하기도 힘들 거야. 편지를 쓰는 지금 이 순간도 손가락으로 컵을 움켜쥐었던 그 감각이 다시 느껴져. 얼마 전에 시드니가, 사진이 바뀌지 않았더라면 내가 런던에서 케네스와 숀과 린과 벌인 일을 경험하지 못했을 거라고 하더군. 그렇지만 카를로타가 커피를 가져다주는 카페에 앉아서 건너편 출판사를 바라보면서 저게 아직 내 소유일 수도 있다고 생각할 때면 견디기 힘들어. 여전히 당신 소유일 수도 있다는 말을 덧붙이고 싶다. 물론 약간 이상하게 들리기는 할 테지만.

속수무책인 경험을 하게 될까 두려웠지만 그런 순간은 한 번도 없었어. 사건들이 연거푸 일어났지. 우리 아이들은 둘 다 큰 발걸음을 내디뎠어. 무척 자랑스러워. 당신도 봤더라면 좋았을 거야. 소피아는 공항에서 새 모자를 쓰고 앉아 자기 삶의 방향을 바꾸려고 한다고 말했어. 이따금 나는 그 모자를 당신이 쓰고 있다고 상상하며, 당신도 그런 일을 할 수 있을 거라고 생각했지. 사실 어떤 의미에서는 당신도 그렇게 했어. 당신이 출판사를 넘겨받아서 우리가 이곳으로 이사 왔으니까. 하지만 소피아의 경우는 좀 달라. 소피아는 10년 동안 소속됐던 세상 전체를, 의학계를 떠나는 거야. 표면상으로만 떠나는 게 아니라 말하고 생각하는 방식도 온 힘을 다해 밀어내려고 해. 얼마나 큰 발걸음인지!

마지막 시험을 보고 나오는 소피아의 걸음걸이는 과거의 모든 것을 끊어버린 사람, 도박꾼 같더군. 반란과 자기주장. 나는 옥스퍼드 기차에서 내려 런던 유스호스텔로 가던 나 자신을 떠올렸지. "마치 깨어나는 기분이에요." 소피아는 요즘 이 말을 여러 번 했어. 그냥 앉아 있고, 돌아다니고, 아무 일이나 일어나게 두는 것……. 소피아는 런던을 이렇게 상상하고 있어. 영국박물관 열람실에 가는 것도. 원한다면 나도 똑같은 일을 할 수 있겠지……. 하지만 나는 소피아가, 무엇보다도 그 아이에게 주어진 미래가 부러워. 시내에 있다가 집에 돌아오면…… 딸이 집에 있다고 생각해봐. 얼마나 오랫동안 겪지 못한 일인지! 게다가 런던에서. "소피아를 데리고 오게!" 케네스 버크가 전화로 이렇게 말했지. 시드니와 소피아는 그의 이야기, 공짜로 나눠준 의약품 이야기를 좋아했어.

시드니의 발걸음은 나지막하고, 어쩌면 그리 크지 않은지도 몰라. 검은 카스트를 떠나 대학으로 돌아가려고 해. 나에게 페르난도 콘티를 소개해줬어. 교수이자 아카데미 평의회 회원이고, 유별난 행동을 하지 않고도 강당 전체를 꽉 채우는 안정감 있고 우아한 사람이야. 그가 시드니에게 자리를 하나 제안했지. 난 아이가 자랑스러워. 좀 전에 시드니 집에 갔는데, 날씨가 온화해서 옥상 정원에 앉아 있었어. 시드니는 내가 다시 삶을 찾아서 너무나 행복해했지. 모레티가 제대로 된 사진을 보여주자 소피아는 시드니에게 전화했어. 문으로 들어오던 그 아이의 표정을 잊을 수 없어. 최근 몇 년 사이에 시드니의 얼굴은 딱딱해졌고 무테안경 너머 눈빛은 이따금 우울했어. 그래서 시드니가 얼마나 마음이 따뜻한 아이인지 잊기도 했지. 그때 그렇게 들어온 시드니는 안경을 벗고 나를 안았는데, 안경이 바닥으로 떨어지는 바람에 하마터면 내가 밟을 뻔했어. 오늘 시드니가 산 케이크를 차와 함께 먹으며 파도바에 대해 이야기했어.

그 자리를 얻으면 시드니는 대학 시절 내내 살았던 줄리에타 롬바르디의 집에 다시 살게 될 거야. 그 사람은 콘티의 동생인데, 올림머리 차림이고 눈빛에 자주 조롱이 깃드는 아주 깨어 있는 우아한 여성이야. 난 그 사람이 "부오나 세라buona sera*"라고 인사하는 걸 듣기 좋아해. "줄리에타 집에 살던 때를 자주 떠올려요." 시드니가 말했지. "이상하게도 늘 제일 먼저 생각나는 건 휘파람 소리를 내며 끓는, 금빛 주둥이가 달린 물주전자예요. 그걸로 커피나 차를 마실 물을 얼마나 자주 끓였던지! 작은 전화 탁자가 놓인 긴 복도도 곧장 눈앞에 떠오르지요. 그 복도는 우리가 서로 방해가 되지 않게 도와줬어요. 하지만 공간이 넉넉해서 그런 것만은 아니었어요. 우리 둘은 타인과의 거리 감각이 서로 잘 맞았고, 말을 별로 하지 않는다는 점도 잘 어울렸어요. 난 그분이 자동차 사고로 사망한 건축가 남편을 고요히 추모하는 방식을 알게 됐어요. 그분의 오빠가 자주 들렀어요. 얼마 지나지 않아 나는 두 분이 서로에게 얼마나 중요한지 느꼈지요. 줄리에타는 그 누구보다도 스파게티를 잘 만들었는데, 우리가 함께 주방에서 먹을 때도 가끔 있었어요. 하지만 줄리에타가 자기 그릇을 들고 방으로 갈 때도 있었고, 그러면 난 나머지를 혼자 먹었지요. 그분이 아파서 침대에 누워 있을 때면 내가 뭔가 먹을 것을 가져다주기도 했고요. 하지만 그렇다고 우리 사이의 거리가 바뀌지는 않았어요. 무척 자연스럽고 무척 자유로웠지요. '어때요?' 트리에스테에 다녀오면 나에게 늘 이렇게 물었고, 난 '당신은요?'라고 되물었어요. 그건 의식이었고, 우린 예외 없이 항상 그렇게 인사하곤 했지요. 난 그 의식을 무척 좋아했어요. 줄리에타가 그

* 오후나 저녁에 하는 이탈리아어 인사말.

리웠어요."

"내가 거기로 널 자주 찾아가지 않았지." 내 말에 시드니가 고개를 끄덕였어. "그래서 마음이 안 좋았니?" "흠, 소피아 누나 집에 내 방이 있어서 여기 자주 왔으니까요." "하지만 내가 파도바에 드물게 간 것 때문에 섭섭했어?" 시드니가 망설이다가 대답했지. "예." "왜 그렇게 됐는지 나도 모르겠다. 너 때문은 아니야." "알아요. 파도바는 옥스퍼드처럼 특징이 명확한 대학 도시죠. 아마 그래서일까요?" 나는 고개를 끄덕였지만 사실 시드니 때문이 아니라 내 문제라는 것 말고는 답을 알 수 없었어.

"주무시고 가셨다면 줄리에타가 기뻐했을 거예요. 방도 있었잖아요. 하지만 아빠는 늘 마지막 기차를 타시려고 했지요. 그래서 엘레나도 못 만나셨고요. 엘레나는 아름다운 집이 있었고, 파도바 출신이라서 도시를 잘 보여드렸을 텐데."

난 원래 질문을 통해 더 깊은 것, 아버지로서 느끼는 죄책감을 표현하려고 했어. 짧은 순간, 말을 돌리지 않고 직접 물어보려고 했지. 그때 시드니의 전화가 울려서 기회가 지나갔어. 당신에게도 묻고 싶은 순간이 있었지만 대답을 듣는 게 두려웠어. 시드니가 천식 발작을 일으켜 병원에 있을 때면 난 늘 병원에 갔어. 그걸로 충분했을까? 달리 뭘 할 수 있었을까, 뭘 해야 했을까? 당신이 사망한 후에 시드니는 자기 안에 침잠해 있을 때가 무척 많았어. 예전처럼 단어에 대해 나와 이야기를 자주 하고, 내 번역을 읽기도 했지. "하지만 난 번역가가 될 수는 없어요. 아빠의 삶을 반복할 수는 없어요." 언젠가 이런 말을 하더군. 시험 삼아 문학 강의를 들어본 적은 있어. “나랑 안 맞아요. 간접적인 잡담이네요.” 법학은 머리를 위한 거고, 그것으로 직업적으로 많은 걸 할 수 있다고 했지. 파도바 법학부는 아주 오래된 훌륭한 학부 가운데 하나야. 트리에스테와 적당한 거리, 하지만 언제든 건널 수 있는 거리에 있지. 어쨌든 그렇게 들렸어. 내가 국가의 발명에 대한 콘티의 책을 번역해보라고 제안했을 때 시드니가 얼마나 환하게 빛났는지 당신이 봤어야 하는데!

돌아오는 길에 안드레이에게 들렀어. 난 그가 출판사에서 도스토옙스키를 낭독했던 걸, 그리고 우리가 나중에 그가 낭독하는 동안 권위를, 인간으로서의 권위를 되찾았다고 대화를 나눴던 걸 이따금 떠올리곤 해. 안드레이는 지난 몇 년 동안 점점 더 안정을 찾아서 교도소 트라우마를 극복한 듯이 보였어. 그런데 이제 다시 시작됐어. 그는 양손을 소매에 넣고 있어. 현금지급기도, 사람들 앞에서 서명하는 것도 두려워해. 얼마 전에는 책 한 권에 서명하는 데 삼십 분이 걸렸어. 게다가 집 계약도 해지됐지. 그래서 마음의 평정을 완전히 잃어버렸어. 난 즉흥적으로 그 집을 샀어. “그것 보세요. 이제는 이런 일도 가능하잖아요.” 시드니의 말에 내가 대답했어. “그래, 그래.” 하지만 이 모든 것으로도 끔찍한 오진을 겪고 출판사를 상실한 사실에 충분한 위안이 되지는 않아. 그래도 안드레이에게 안전감을 줄 수 있었던 건 정말 좋았지.

난 안드레이에게서 반대의 면, 그가 강한 사람이라는 사실도 경험했어. 내가 그의 집에서 두 번째 발작을 일으켰을 때 알게 된 일이야. 안드레이는 내가 다시 의식을 찾을 때까지 스미르노프 작품을 낭독해줬어. 그러고는 알바니아 수감자가 그때 토스크 알바니아어로 말했는지 게그 알바니아어로 말했는지 물어봤지. 몰락과 죽음이 예고된 후에 말이야. 어쨌든 잘못된 예고이긴 했지만. 그런 경험은 안드레이와 있을 때만 할 수 있어.

그거 알아? 안드레이는 자기가 교도소에서 번역한 《두 번째 여행》을 나에게 보여줬어. 그의 영혼을 구원한 책이지. 난 경외감와 두려움이 섞인 마음으로 그 책을 봤어. 외경심, 'awe'가 적절한 단어야. 난 그 책을 만지고 넘겨봐도 된다는 허락을 받았어. 9년 동안의 메모로 페이지마다 빈자리가 하나도 없었지. "친밀함은 나눌 수 없습니다." 나는 안드레이에게 당신과 나도 그 말을 믿었다고, 그래서 우리 사이에 누군가 끼어들까 두려워한 적이 한 번도 없다고 이야기했어. 앙투안은 아마이아가 다른 남자와 피레네 산맥을 따라 니스로 여행 갔다는 걸 알게 돼. 아이토 아기레는 앙투안의 세상이 불현듯 완전히 납작해졌다고 묘사했어. 안드레이는 그게 앙투안 자신도 친밀함이 어떤 느낌인지 더는 알지 못한다는 의미라고 해. 안드레이는 그 이야기의 다른 버전을 일곱 가지나 썼어. 자신이 겪은 상실을 이겨내고 감방에서의 죽은 나날을 견디려고 한 일이지. 그는 아기레처럼 썼지만 만족하지 않았어. "나 자신의 목소리를 찾으려고 했네. 아마 그건 자유겠지. 난 그걸 찾지 못했다네. 지금까지도"라고 하더군. 난 놀라서 몸을 움찔했어. 핵심을 찌르는 말이었으니까. 뭔가 직접 쓰라고 요구하는, 자기는 그러지 못했지만 나는 할 수 있다고 확신한다는 워런 숀 삼촌의 편지가 저절로 떠올랐어.

그러다가 안드레이는 불현듯 스타가 됐어. 콘티의 강연이 끝나고 나서 식사를 함께하는 자리에서였지. 안드레이는 노브고로드와 정치학 과목 수업에 대해 이야기했어. 포포프라는 고집불통 교사가 있었는데, 독일어로 하자면 콘크리트 머리였다고 해. 번역하기 힘든 말이지. 난 안드레이가 그 이름을 지어냈다고 확신하고, 그렇게 지은 이유는 오o 발음을 최대한 많이 나열하기 위해서라고 생각해. 노브고로드의 콘크리트 머리 포포프. 그 사람이 눈앞에 그려지잖아. 머리가 멜론처럼 둥근데 콘크리트야. 콘티는 안드레이의 스미르노프 번역을 극찬했어. 그렇게 저명한 사람들 틈에서 받은 칭찬이니 안드레이에게는 굉장한 순간이었지. 삼십 분 후에 서명을 해야 할 때 안드레이는 손을 떨었어. 우리 인간은 매끈한 완전체가 아니라 가느다란 틈과 금이 가득한 존재고, 내면의 다양한 고원들에 올라갔다가 추락하며 살아.

안드레이는 당시에 칼로 시도했지만 실패했다고 말했어. 그가 며칠 동안 열에 들뜬 것처럼—그는 '어두워진 열'이라고 불렀지. "그 근원은 어둠에 있고 거기 머물렀어야 하니까"라고 했어— 마리아 프시루키스를 위해 아기레의 책을 이탈리아어로 번역하기 시작했고, 앙투안의 발자취를 따르고 있다는 걸 느끼고 멈췄다는 말을 했을 때는 우리 사이가 더 친밀해졌지……. 카를라와의 만남을 이야기할 때 그는 자신을 더욱 많이 열어 보였어. 그가 기증한 신장이 제대로 작동하지 않는다고 그녀가 말했다고 해. 그는 신장이 아직 자기에게 있다면 작동할 거라고 대꾸했대. 친밀했다가 멀어진 사이보다 더 서먹한 건 없어.

스테파노 디 로시와 나는 찌그러진 그의 란치아를 타고 해변을 따라 짧게 드라이브를 했어. 당신도 그를 알았더라면 좋았을 텐데. 내가 출판사를 넘겨받을 때, 숀 크리스티는 우리의 미래도 전자 기술에 있다고 했어. 우리를 위해 그 모든 일을 할 사람을 고용하라고 조언했지. "스니커즈 운동화에 야구모자를 쓰고 두뇌가 뛰어난, 그런 사내애들이 있어." 스테파노는 숀이 농담처럼 묘사한 '사내애'는 전혀 아니었지만, 어딘지 모르게 그들 특유의 무심함이 엿보였어. 헌책방 주인 카를로 페를루가의 먼 친척인데, 그에게서 컴퓨터 설치를 받은 후에 카를로가 나에게 추천해줬지. 처음에 스테파노는 그저 밝은 눈동자와 깨어 있는 시선을 지닌, 가죽 재킷을 입고 '하이hi와 오케이okay와 차오ciao'만 말하는 남자일 뿐이었어. 그 분야에 대한 나의 불안을 걷어낼 줄 알았어. 그러다가 그는 불현듯—어쩌다 그렇게 됐는지는 도무지 모르겠는데— 내가 출판사의 모든 일을 너무 힘겹게 느낄 때 믿고 속마음을 터놓는 사람이 됐어. 그럴 때면 그는 "천천히, 천천히"라고 말하곤 했지. 그래서 베라는 질투했어. 난 그를 패트 킬로이의 식당에도 데리고 갔는데 그건 실수였어. 패트도 기묘한 방식으로 그를 질투하며 그의 영어를 고쳐줬지. 스테파노 본인의 표현에 따르면 모든 '줄거리'를 아는 그는 그 상황을 즐겼어.

"삶이 끝나가는 것, 그건 괴물이야." 내가 진단 이야기를 하자 그가 말했어. "어떻게 하는지 알지?" 내 의도를 전혀 말하지도 않았는데 그가 이렇게 묻더군. 난 그때 그와 짧은 드라이브를 하고 싶었어. 그 이야기를 했더니 얼마 지나지 않아 나를 데리러 왔더군. 최고의 알고리즘을 찾는 데 더는 자기 삶을 쓰고 싶지 않다고 했어. 어떤 여자가 마치 시간에서 떨어져 나온 것처럼 전혀 서두르지 않고 교회에서 모자이크를 복원하는 걸 봤다고 해. 그가 표현한 바로는 그래. 그건 각성 경험과도 같았다더군. 멋진 사람이야. 그러고 그는 시정이 뭐냐고도 물었어. 난 시정이 열어주는 특별한 현재를 이야기했지. 그리고 당신이 자주 하던 말도 덧붙였어. 뭔가 시적인 것은 우리 삶에 평소와 다른 깊이를 준다고. 그때의 삶은 우리가 전혀 말을 얻지 않아도 그 전체가 중요해진다고. 당신이 그 말을 처음 한 곳은 베네치아의 눈에 띄지 않는 어느 작은 다리에서였어. 스테파노에게 그 이야기를 하는데 그 작은 다리로 돌아가고 싶었어. "당신, 그게 늘 그립구나." 마치 내 마음을 읽기라도 한 듯이 스테파노가 말했지.

난 프란체스카 마르케세를 만나러 밀라노로 갔어. 기차 객실 문이 열리더니 그 의사, 게으름 때문에 내 인생이 궤도를 벗어나게 한 레오나르디 박사가 들어왔어. 나는 그를 좌절시키면서 즐거워했어. 그럴 수 있을 거라고는 나도 미처 생각하지 못했지. 누군가에게 증오와 경멸을 그렇게 명백하게 보인 적은 없었어. 내가 그렇게 할 수 있었다는 게 기쁘긴 하지만 분노가 얼마나 깊은 곳에서 올라오는지 깨닫고 경악하기도 했어. 나중에 그가 자기 진료실에서 나에게 담배를 피우게 하고 재떨이까지 가져다줬다는 사실이 떠올랐지. 매끈한 완전체인 것은 아무것도 없어.

프란체스카는 책을 한 권 썼는데, 거기서 어떤 부자 여성은 돈으로 남을 돕는 게 얼마나 복잡한 일인지 경험하게 돼. 의존과 자유, 존엄과 자긍심, 감사와 반발에 관한 책이야. 프란체스카는 키아라 팔라디오라는 주인공을 통해 부유하고 관대한 여성으로서의 자기 삶을 말할 수 있는 인물을 창조해냈어. 당신과 나는 프란체스카가 부유하다고는, 에이엠 회사의 상속자라고는 상상도 못 했잖아. 회사 이름인 에이엠은 그녀의 할아버지 안드레아 마르케세의 머리글자야. 프란체스카는 5년 동안 그 책 작업을 하면서 자신을 괴롭힌 모든 경험을 솔직하고 대담한 시선으로 써내려갔어. 그러고 이제 책을 위해 살았던 그 5년을 자기 자신만을 위해 간직하는 게 좋지 않을까 고민하고 있어. 마치 "날 위해 알고 싶었어. 그게 다야"라고 말하는 것처럼. 나는 번역가이자 출판사 사장으로서 언제나 출간이 결정된 책을 다뤄야 했어. 누군가 몇 년 동안 글을 쓰고는 "이건 나 말고는 아무와도 상관없어"라고 말한다는 건 이루 말할 수 없이 매혹적이야. 게다가 그 누군가가 평생 출간을 위한 글쓰기를 해온 사람이라면 더더욱. 난 프란체스카에게 영향을 주지 않기로 마음먹었어. 두고 보면 알겠지. 경험을 허구로 바꾸는 글쓰기의 숨겨진 신비에 대해 이야기하는 그녀가 부러웠어. "신비를 '이해'하는 게 아니라, 그걸 '살아내는' 게 중요해." 그녀가 한 말이야.

프란체스카는 모든 자신감을 잃는 내면의 추락을 경험했다고 해. 난 저절로 파리를 떠올렸어. 그때 우린 버스를 잘못 탔는데, 당신은 하필 파리에서 이런 일이 벌어졌다는 데 충격을 받았지. 지하철에서는 지갑을 떨어뜨려 동전이 사방으로 굴러갔어. 내가 포츠머스에서 르 아브르로 가는 페리에서 당신에게 청혼한 후의 일이었어. 마치 발밑의 땅이 꺼진 듯 당신이 두려움에 싸인 어린아이처럼 되는 어두운 순간. 나중에도 비슷한 일이 있었지. 난 이런 순간에 당신을 무척 사랑했어. 프란체스카의 말에 귀를 기울이는 동안, 열린 지갑을 손에 든 당신이 눈앞에 떠올랐어.

당신이 프란체스카에게 어떤 마음이었는지 내가 이해했을까? 그녀는 당신에게 자기가 다리를 절뚝이게 된 이유를 이야기했고, 나는 그녀가 당신에게 비밀을 털어놓은 게 이상하게 기뻤어. 당신은 《브르타뉴어 이름》에 대한 모든 악평을 당신 사무실에서 불태웠고, 난 당신의 즉흥적이고도 대담한 행동에 매혹당했지. 그 졸렬한 글들이 불에 타는 모습이 지금도 눈앞에 보여. 당신은 프란체스카를 좋아했나? 감탄했을까? 둘 사이에 나를 두고 벌어지는 소리 없는 경쟁이 있었나? 이상하게 생각되긴 하지만 솔직히 잘 모르겠어.

프란체스카는 책에 편지를 첨부했지. 나에게, 나에게조차 키아라 팔라디오 이야기를 읽게 하는 걸 망설인다고 썼어. 그런 다음 내가 자기를 이렇게 알기를 바란다고, 그런 생각이 자주 든다고 했지. 멋지고 아주 친밀한 문장이어서 난 한순간 숨이 멎을 듯했어. 내가 진단에 대해 편지를 썼을 때 그녀는 차로 나를 데리러 왔고, 우린 밀라노 대성당으로 함께 갔어. 난 뭔가 큰일이 있을 때면 당신과 내가 베네치아 산마르코로 가던 생각을 했지.

나중에 프란체스카 집에서 자는데, 그녀가 와서 손으로 내 이마를 쓰다듬었어. "리비아는 여전히 당신 곁에 있어. 그렇지?" 이번에 함께 있을 때 프란체스카가 물었지. "앞으로도 계속 그럴까?" 난 우리 사이를 뭐라고 불러야 할지 모르겠어. 하지만 연인이 되지 않을 것은 분명한 사이야.

방금 패트 킬로이의 트라토리아에 갔더니 그가 묻더군. "이번에는 얼마나 가 있을 계획인가?" 패트는 런던에서의 새로운 내 삶을 질투하고 있어. 이 무감각한 남자가. 하지만 그는 전혀 둔하지 않아. 책장을 시집으로 가득 채우고 색소폰을 그렇게 연주하는 사람은 둔할 수가 없지. 단테의 문장을 외우고, 개를 때린다는 이유로 손님 얼굴에 음식을 쏟아붓는 사람은. 난 소피아와 함께 간다고 말했어. "아하, 그럼 오래 걸리겠군. 어쩌면 봄까지도 있겠네." 나오는데, 내가 마치 그를 버리고 떠나는 것 같은 느낌이 들었어. 날 위해 류블랴나에 다녀온 사람을. 한 번 더 가야겠다. 이렇게 떠나는 건 옳지 않아.

프란체스카가 어떤 남자를 소개해줬는데, 당신에게 치명적일 수도 있는 사람이었어. 파올로 미켈리스라는 이 남자는 10년 동안 1,000쪽에 달하는 소설을 썼지. 난 이렇게 큰 내면의 포용력을 지닌 사람은 처음 만났어. 뭔가를 위해 불타오를 수 있는 사람이야. 그럴 때 파올로에게는 그 일밖에 존재하지 않아. 방 하나에 널빤지 선반이 줄지어 있고 그 위에는 교정 표시로 가득한, 타자기로 친 소설 원고 종이들이 놓여 있었어.

그는 타자기의 덜컥거리는 소음과 문구들을 덧붙일 때 풍기는 풀 냄새가 필요하다고 말했어. (그는 컴퓨터 스크린이 '살균이 잘된 것'이라 표현하더군.) 이루 말할 수 없이 감각적인 사람이라서 누구나 그를 사랑하게 될 거야.

그의 이야기는 사적인 것과 정치적인 것이 교차하는 가족 대하소설이고, 이런 교차가 파올로의 주제야. 불의와 잔혹함에 관해서 말할 때는 주머니 안에서 움켜쥔 주먹이 느껴졌어. 한밤중에 그가 카테리나에게 그 책 출간을 추천해줄 수 있냐고 묻더군. 돌아오는 기차에서 처음 100쪽을 숨도 쉬지 않고 읽었어. 머릿속으로는 벌써 영어 멜로디도 살짝 음미했지. 그에게 바로 전화해서 "내가 책을 출간하겠어!"라고 말하지 못해서 불행하고 많이 속상했어.

소설을 출간하겠다는 파올로의 소원은 명확하지 않아. 원하기도 하고 아니기도 하지. 그는 몇 년 전부터 처방전 뒷면에 원고에 대한 일기를 쓰고 있어. 그 말을 들었을 때 나는 그가 자신의 일과 삶에 너무나 은둔하는 상태라서—'엔시미스마도 ensimismado*', 내가 이 에스파냐어 단어를 얼마나 사랑하는지 당신도 알지?— 원고를 읽을 사람들이 있는 곳으로 전혀 나가지 않으려 한다는 생각이 들었어. 프란체스카와 그는 사실 다른 사람들이 자기 생각에 참견하는 걸 싫어해. 두 사람이 자신이 그런 줄 모르더라도 말이지. 하지만 둘 사이에는 섬세한 차이점이 있어. 프란체스카는 "당신들과는 상관없어!"라고

* '생각에 잠긴'이라는 뜻.

말하고 싶은 반면, 파올로는 "난 관심 없어"라는 편이 더 맞을 거야. 그럼에도 그는 자신에게도 명확하지 않은 욕구를 느껴. 외로움에서 빠져나오려는 욕구지. 마지막에 방향을 결정하는 게 이 욕구라 해도 놀라운 일은 아니야. 난 그 책 제작비를 부담하겠다고 카테리나에게 메모를 썼어.

프란체스카는 그 책 수백 쪽을 남몰래 복사해서 옮겨 쓰고 저장하게 했어. 이제 원고는 은행 금고에 있지. 아마 이런 단편소설을 써도 될 거야. 원고가 불에 타자 작가는 마비된 듯 어쩔 줄 모르고, 그의 시간은 멈춰 서. 이제 어떻게 살아야 하나? 그때 여자 친구가 원고를 복사해뒀다는 걸 알게 돼. 원고에 손대지 말았어야 할 여자 친구와 그의 관계는 과연 어떻게 될까?

파올로는 오진이라는 재난 뒤에 살아가기가 어떤지 물었어. 이렇게 직접적으로 물을 수 있는 사람은 그밖에 없을 거야. 나는 이제 이 세상에서, 시간 속에서, 언어에서 달라졌다고 대답했어. 그리고 마지막에는 시정, 이 한 가지만 중요하다는 사실도 명확해졌다고 했지. 이렇듯 확신에 차서 말하는 내 목소리를 듣는 게 나 스스로도 놀라웠어. 예전에는 그런 생각을 하지 못했기 때문이 아니야. 시인 존 던과 더불어 사는 게 아니라 그에 대해 수다만 늘어놓는 옥스퍼드에서 도망칠 때도 이미 그런 느낌이었지. 오진이 밝혀진 후에 혼자 밀라노 대성당에 앉아 있을 때도, 삶의 위대함에 유일하게 필적할 수 있는 것은 시정이라는 생각을 했어. 하지만 파올로의 질문에 대한 대답은 마치 콘페시오confessio, 고해성사처럼 들렸는데 그

점은 새로웠어. 난 구원받은 듯이 기뻤지.

파올로는 다른 것도 물어봤어. 왜 나더러 직접 글을 쓰지 않냐고 했지. 워런 숀 삼촌의 권고처럼. 난 다른 사람들이 나에게 그걸 묻는 걸 좋아하지 않고, 프란체스카가 묻지 않아서 기뻐. 내가 나 자신에게 그 질문을 하며 괴로워하는 것만으로도 충분하니까.

난 파올로와 함께 밀라노 역에 서서, 당신이 그 역을 모든 역의 이데아로 간주했다고 설명했어. 나중에 당신이 종업원에게 "커피 이데아 주세요"라고 했다고 말했더니, 파올로가 "당신, 아내가 그립구나"라고 했지.

조금 전에 초인종이 울려서 나가보니 패트 킬로이가 문 앞에 서서 시간 좀 있냐고 묻더군. 그는 지금까지 여기 딱 한 번 왔어. 류블랴나 일을 처리하고 며칠 지나서였지. "필요한 거, 다 있나?" 그때 그가 물었어. "내가 뭐라도 할 수 있다면 좋으련만. 불행을 막고, 담을 세우고." 그 말을 하는 방식이 정말 아름다웠어. 진심이 가득했지. 오늘 패트는 마치 이곳에 처음 온 사람처럼 둘러봤어. 뭔가 할 말이 있는데 어떻게 시작해야 할지 모른다는 게 느껴졌지. 그러다가 드디어 입을 열었어. "난 이곳에 아주 오래 살았네. 곧 25년이 되지. 예전에 킬케니의 어느 펍에서 서빙을 했는데, 늘 똑같은 손님에 늘 똑같은 날씨였지. 그러다가 텔레비전에서 베네치아에 관한 영화를 보게 됐네. 그곳으로 가야겠다고 굳게 다짐했지. 베네치아 방언을 포함해서 어학 책을 구하고 그 도시에 관한 글도 읽었네. 난 언제나 무척 신뢰받는 사람이었고, 나 때문에 오는 손님도 있었지. 나와 대화 나누기가 좋다고 했어. 주인도 그걸 알고 있었네. '자네가 가야 한다면…… 가야지 어쩌겠나.' 놀랍게도 이렇게 말하더군. 게다가 여행 경비까지 줬다네.

나머지는 엄마가 주셨지. 얼마 전에 톰 커트니의 책에서 함께 읽은 부분을 기억하나? 그가 런던으로 가느라 헐에서 모퉁이를 돌 때 그의 엄마가 속수무책으로 그의 뒷모습을 바라보는 장면. 내가 더블린으로 가려고 버스 정류장으로 향할 때도 비슷했다네. 난 2주쯤 돌아다녔지. 가장 아름다웠던 건 리버풀로 가는 페리와 포크스톤에서 칼레로 가는 페리였네. 여름이라 갑판에서 잤지. 그때뿐 아니라 이따금 야외에서 잘 때도, 여기저기 유스호스텔에서 잘 때도 있었네. 알프스를 지나는 기차를 타느라 돈을 대부분을 썼지. 밀라노에서 히치하이크를 해서 베네치아까지 갔네. 아주 좁은 골목에 있는 저렴한 펜션에 묵으며, 아침부터 저녁까지 일자리를 찾았지. 관광객이 많고 내가 영어를 하니 기회가 있을 거라고 생각했네. 하지만 아니었어. 종업원 자리는 팁이 높아서 무척 인기가 좋았다네. 그러다가 트리에스테의 어느 식당 주인이 일자리를 제안하기에 갔지.

라파엘레는 내가 세 번째로 일자리를 물어본 사람이었네. '자네, 그러려면 이탈리아어를 더 배워야 해.' 그가 말했지. 그는 이제 육십 대 중반일세. 나보다 열 살 많지. 허리가 안 좋아서 거의 서 있지 못할 때도 가끔 있다네. 피곤해하지. 그가 그만두면 난 뭘 해야 하지?"

"자네는 어때? 지겹나?" 내가 물었어. "이 도시가, 이탈리아가 지겨운가? 고향이 그립나?" "가끔은 그렇지. 그러다가 또 잘 모르겠고. 이 나이에 누가 나를 종업원으로 고용해주겠나?" "자네, 요리할 줄 아나?" 그가 고개를 끄덕였어. "레스토랑 관리는?" 이 질문에는 망설이다가 대답했지. "배울 수 있네." "내가 런던에서 좀 알아볼까?" 그가 일어나서 창가로 다가갔어. "큰 변화가 될 테지. 그렇게 할 수 있을지 모르겠네. 하지만 다른 한편으로는 지금이 아니라면 언제 그럴 수 있을까 싶어. 예전에 수술을 받을 때, 아일랜드가 아니라 이탈리아 병원에 누워 있다는 게 갑자기 불행해지더군. 내 언어를 말할 수 없다는 사실이. 수술 전날 저녁과 수술에서 깬 직후에 특히 더 안 좋았지. 아일랜드 아니면 영국에서 늙어가는 게 어쩌면 나을지도 모르겠어. 게다가 이제 자네도 여기 늘 있는 것도 아니고……." "내가 알아보겠네." 내 말에 그가 물었어. "그런데 내가 마지막 순간에 싫다고 거절해도 될까?" "패트, 그런 거야 물을 필요도 없지 않나? 자네는 예의 바르지 못한 사람들의 얼굴에 음식을 쏟아버리는 사람이야." 그가 웃음을 터뜨렸어. "그래, 그래. 그렇긴 하지."

내가 정말 런던으로 가고 싶은지 불현듯 확신이 들지 않아. 여기 머물면서 프란체스카나 파올로의 이야기를 번역하는 건 어떨까? 그냥 그들의 옆에 가까이 있기 위해서. 이따금 카를로타와 마리아 프시루키스에게도 들르고. 아니면 이런 일은 이제 다 지나갔을까? 좀 전에 안드레이 집에 갔었어. "집세 장기계약을 해지했네. 굉장한 느낌일세." 그가 말했지. 로만 네미로프에게서는 아직 소식이 없다고 해. 그가 자기를 초대하는 상상을 가끔 한다더군. 그러면 우리가 런던에서 만날 수 있을까? 시드니에게도 들렀어. 그러고 모두 함께 워런 숀 삼촌의 집에 있다면 과연 어떨까 상상했지. 패트와의 대화를 포함해서 모든 게 영국에 관해서였어. 그런데 왜 나는 갑자기 망설이는 걸까? 트리에스테행 비행기 표 두 장은 이제 와서 생각해보면 이해가 되지 않아. 지금은 오히려 반대지. 소피아의 가방은 이미 꾸려져 있는데, 내 짐 꾸리는 걸 망설이는 중이야. 뭘 가지고 가고 뭘 그냥 두어야 할까? 지난번에는 짧은 여행을 위해서 짐을 챙겼는데, 지금은? 한편으로는 케네스 버크가 그리워. 거칠면서도 진심인 그의 방식과 그사이에 생겨난 친밀감이, 일을 향한 그의 허기가, 그의 집을 건너다볼 때면 눈에 띄던 반짝이는 모니터가, 언제나 문간에 함께 나오던 그의 개 빌리가. 숀 크리스티는 조심스럽게 대해야 해. 키아라 팔라디오를 곁눈질하지 말고, 나 자신의 관용 방식으로 살아야지.

이 모든 걸 소피아가 보는 가운데, 내가 해낼 수 있을까?

30

"우리가 방금 이륙할 때 말이에요." 소피아가 말했다. "이제야 진정으로 발걸음을 내딛는 느낌이었어요. 공중에 떠 있는 느낌인데, 비행기를 타고 있기 때문만은 아니에요. 내가 지금 정말 아빠 옆에 앉아서 영국으로 가는 중인가요?"

여권을 심사하는 공무원은 두 사람의 여권을 흘낏 보기만 했을 뿐 아무 말도 하지 않았다. "엄마가 날 처음으로 지하철을 태워준 때는 트리에스테로 가기 직전이었어요." 기차가 출발하자 소피아가 말했다. "아마 서너 살쯤이었을 거예요. 피카딜리 라인, 글로스터 로드였죠. '피카딜리'라는 말은 마치 동화처럼, 밝고 우아한 동화처럼 들렸어요. 거기서 잠깐 내려서 전광판을 구경할 수 있을까요?" 나중에 두 사람은 여행 가방을 옆에 둔 채 레스토랑에 앉아 이른 노을을 내다봤다. "언젠가 아빠가 도서전에 오실 때, 나랑 시드니를 여기 데려온 적이 있어요. 난 그때 열너덧 살이었어요. 여름이라 사람들이 트라팔가 스퀘어에서 분수에 들어가 서로 물을 뿌렸지요. 기묘한 느낌이었어요. 우리가 태어난 도시 같지 않고, 우리랑 아무 관계도 없는 곳 같았어요. 아빠도 이상했어요. 기이하게 옆에 안 계시는 느낌이었지요. 아마 이곳에 아주 완전히 존재했기 때문일 거예요. 우린 아빠가 여기 곳곳을 모두 안다는 느낌을 받았어요. 우리 둘만 있을 때 시드니가 '우리가 따라온 거, 아빠는 안 좋을지도 몰라'라고 했나, 그 비슷한 말을 했어요. 시드니는 그때 열두세 살이었는데, 아빠도 아시다시피 걔는 어려서부터 모든 걸 다 느꼈잖아요." 소피아가 레이랜드를 가만히 바라보며 물었다. "내가 지금 여기 있는 거, 괜찮으세요?"

레이랜드는 햄프스테드로 가는 차에서 소피아에게, 옥스퍼드에서 도망쳤을 때 다음 차량으로 넘어가는 연결 문에 붙어 있던 포스터 이야기를 했다. 기관사 교육생 모집 포스터였고, 일주일에 20파운드를 지급한다고 했다. 소피아는 그걸 보며 고민했다는 레이랜드를 믿지 못하겠다는 시선으로 바라봤다. "뭔가 전혀 다른,

옥스퍼드와는 정반대인 계획이지." 그가 말했다. "아빠가 그걸 했다면 어떻게 됐을까요?" "단 하루도 견디지 못했을 거다. 그건 그냥 판타지로서 매력적이었지. 난 존 던에게서가 아니라 옥스퍼드에서 도망친 거야. 그곳 사람들이 존 던을 이해하지 못한다고 생각했으니까. 그 역시 이곳 아래, 검댕이 많은 어둠에 있었던 건 아니지. 난 기차 바퀴가 덜컹이는 소리를 사랑했고, 이제 다시 사랑한다. 여기 아래에서 지하철을 타고 움직이는 동안 존 던의 시를 읽곤 했는데, 바퀴가 덜컹이는 소리도 그의 운율에 지극히 당연하게 섞여들었어. 다른 곳에서 읽더라도 그 소리가 들렸지. '당신이 나를 창조했는데, 당신의 피조물이 이렇게 쇠해도 좋습니까? 나를 고치십시오, 내 종말이 지금 서둘러 다가옵니다. 나는 죽음을 향해 달려가고 죽음도 급히 나를 맞으려 합니다. 나의 모든 즐거움은 어제 일처럼 여겨집니다.' 진단받은 후에 이 시구들을 생각하지 않은 날이 없었다."

삼촌 집으로 가면서 포석 위를 걷는데 여행 가방 바퀴들이 달그락거렸다. "'이게' 그거예요?" 레이랜드가 집 앞에 멈춰 서자 소피아가 물었다. "'이 집'이 아빠 소유라고요? 동화 같아요!" 레이랜드는 문을 열고 불을 켰다. 거실로 들어선 소피아가 지중해 지도 앞에 섰다. "이게 아빠가 자주 이야기하던 그 지도인가요?" 레이랜드가 고개를 끄덕이자 소피아는 더 가까이 다가가 지도를 만져봤다. "실제로 보니 기분이 참 묘하네요. 지금까지 이 지도는 그냥 은유나 상징이랑 비슷했거든요." 레이랜드가 차를 준비하는 동안 소피아는 서재에 불을 켰다. 잠시 후에 부엌으로 돌아온 그녀가 레이랜드에게 책을 한 권 보여줬다. "이게 무슨 글자예요?" "미얀마어구나. 워런 숀 삼촌은 해독하지 못하는 글자를 보면 견디지 못했지. 책을 사서 배웠단다. '언어 기호는 정신의 신비야.' 삼촌이 늘 하시던 말씀이다. 이런 과정이 언제나 삼촌을 사로잡았어. 지금 미얀마어가 너와 나에게 그렇듯이, 기호는 처음에 그저 의미 없는 장식에 불과해. 그 기호가 어떻게 소리 나는지 배우게 되면, 기호를 '철자'로 인식하지. 의미는 모르지만 '읽을' 수 있게 되는 거야. 그러고 철자가 의미 있는 단어들로 연결되면 '제대로' 읽게 돼. 이제 어느 정도 낯익은 기호를 통해 쓰인 글의 의미를 알게 되는 거야. '모든 건 적응의 문제다. 오로지 적응! 하지만 나중에는 새로운 세상이 열린 느낌이 들지.' 삼촌은 항상 이렇게 말씀했어. 이런 이야기를 할 때면 늘 흥분하셨지."

소피아는 집 안 곳곳에 불을 켰다. "아빠가 하나도 손대지 않은 것처럼 보여요. 내가 이 방을 써도 될까요?" 워런 숀의 침실에서 그녀가 물었다. 그러고는 당장 바꾸기 시작했고, 한 시간도 지나지 않아 그 침실은 완전히 다른 방이 됐다. 레이랜드는 아래층에서 차를 마시며 낯선 그 소음에 귀를 기울였다. 새로운 시간, 새로운 현재였다. 건너편 케네스 버크 집의 위층 작은 방에서 모니터가 깜박였다. 소피아가 책을 한 권 들고 내려왔다. 로빈 후드의 전설에 관한 책이었다. 레이랜드는 웃음을 터뜨렸다. "내 생각에…… 아니면 너무 이상한가요?" 소피아의 질문에 레이랜드가 대답했다. "그가 무척 좋아할 거야."

둘이 버크 집 초인종을 울리자 빌리가 짖었다. 문을 연 버크는 소피아를 보고 처음에 무슨 말을 해야 할지 몰랐다. "자네가 소피아를 데리고 오라고 하지 않았나." 레이랜드의 말에 버크가 웃음을 터뜨렸다. "나는 케네스야." 그가 소피아에게 악수를 청했다. 소피아가 거실에서 로빈 후드에 관한 책을 건네자, 그가 레이랜드를 바라봤다. "내가 소피아에게 판사가 했던 말을 이야기했지. 내가 말해도 되는 일이었길 바라네." 레이랜드가 말했다. "소피아에게…… 그래, 말해도 되지." 버크는 소피아를 보며 잠시 할 말을 또 잃었다. 그러다가 말을 이었다. "난 로빈 후드와는 달리 타인의 재산을 훔치지 않았어. 내 소유가 아닌 걸 나눠주지도 않았고. 하지만 나도 그처럼 정의를 위해 법을 어겼지." 그러고는 잠시 망설이다가 덧붙였다. "그것도 하얀 카스트를 향한 일종의 공격이야." 이번에는 소피아가 의아한 눈길로 레이랜드를 바라봤다. "내가 케네스에게 네가 한 말을 전했어. 내가 말해도 되는 일이었길 바란다." 소피아가 버크를 바라보다가 말했다. "케네스에게…… 예, 말해도 되죠." 세 사람은 똑같이 바뀐 말 때문에 모두 웃음을 터뜨렸다.

레이랜드는 버크에게 파베세 번역의 나머지 원고를 건넸다. 그동안 버크는 번역을 모두 입력하고 인쇄해놓았다. 그가 원고를 가지고 와서 책표지와 함께 탁자에 내려놓았다. 밀라노로 보낸 초안에서 한 가지 변화가 있었다. 원고와 펜이 놓인 벤치를 뒤로한 채 담배를 피우며 생각에 잠겨 풍경을 바라보는 남자가 서 있는 모습이 지난번과 달랐다. 이유를 설명하기는 어려웠지만, 지금 그가 중단한 원고를 계속 생각하고 있다는 게 예전보다 더 확실해졌다. 지난번에는 '추론'해야 했지만 이제는 '보였다'. "그래, 이게 낫군." 레이랜드가 말했다. 책을 알지 못하고 표지 사진도 처음 보는 소피아는 이런 결과가 나오기까지의 과정을 버크에게서 듣고 싶어했고, 그래서 버크는 레이랜드에게 지난번에 전화로 한 말을 다시 했다. 하지만 그때보다 설명이 훨씬 더 길고 복잡하게 엉켰는데, 그건 소피아가 귀를 기울이는 방식과 관련이 있었다. 레이랜드는 딸이 말을 잘 들어주는 걸 알고 있었지만 경험한 지는 꽤 오래됐다. 환자들은 이런 방식의 경청을 너무도 원해서, 필요 이상으로 자주 소피아를 찾아 벨을 눌렀다. 소피아는 자신이 귀를 기울이는 사람들의 마음이 어떤 모습인지 '알고' 싶어했다. 이런 모습을 볼 때면 레이랜드는 자신이 관심을 기울이는 방식은 너무 피상적인 게 아닐까 생각하고 이따금 우울하기도 했다. 이 방식은 리비아나 아이들, 그리고 안드레이나 프란체스카 마르케세에게 해당하지 않기는 했다. 하지만 다른 사람들에게는? 소피아가 지금 하듯이 자신이 버크에게 귀를 기울인 적이 있었던가?

버크는 점점 더 이야기를 넓혀갔고, 어느 순간부터 레이랜드가 트리에스테에 머물던 기간 전반에 걸쳐 이야기했다. 그는 거의 매일 병원으로 린 크리스티 문병을 가고 그곳에서 숀과 커피도 자주 마셨다. 출판사를 운영하는 게 어떤 의미인지 알게 되고, 이따금 온전한 정신이 아닌, 그 자리에 제대로 없는 엄마 때문에 숀이 얼마나 힘들어하는지도 깨달았다. "출판사는 좋아." 숀이 말했다. "하지만 갑자기 혼자 운영해야 하면……. 거기다가 사람들이 책을 충분히 구매할지 아닐지를 모른다는 문제가 늘 있지. 무척 고통스러워지기도 하네. 전혀 모르는 사람들의 기분에 종속되는 고통. 무슨 말인지 알겠나?"

소피아가 버크에게 책표지 사진을 무엇으로 찍었는지 묻자, 그는 카메라를 가지고 와서 설명했다. 버크는 혹시 카메라를 빌리고 싶은지 물었다. 소피아는 그렇다고 했다. 사진을 보는 동안, 자기가 거의 알지 못하는 이 도시를 사진을 찍으며 배우면 어떨까 하는 생각이 들었다고 대답했다. 예전에 그 약국은 어디인지도 질문했다.

소피아는 자려고 누우면서 문을 조금 열어뒀다. 해링턴 가든스에 살던 어린 시절과 트리에스테 집에서도 늘 그렇게 열어두곤 했다. 자기 집에서도 그렇게 할까? 레이랜드는 열린 문틈으로 잠든 딸의 얼굴을 한동안 지켜봤다. 그런 다음 아래층으로 내려가서 책상에 앉아, 세월이 한참 지난 뒤에 딸과 다시 한 집에 있는 느낌이 어떤지 리비아에게 써보려고 했다. 하지만 적당한 말이 떠오르지 않았다.

31

다음 날 아침, 레이랜드와 숀 크리스티는 증여 문서에 서명하기 위해 프랜시스 페이지 변호사 사무실에서 만났다. 그런 다음 함께 은행에 갔고, 레이랜드가 돈을 이체했다. 그 후에는 둘 모두 당황한 채 거리에 나란히 서 있었다. 레이랜드가 숀을 바라보다가 말했다. "뭔가 이례적인 일을 하자. 예를 들어 큐 가든스로 배를 타고 가는 거지." 맑고 싸늘한 12월 날씨였다. 둘은 외투를 단단히 여미고 뱃머리에 앉았다. 숀은 그동안 출판사에서 내린 결정들을 이야기했다. "좀 이상하긴 하네. 자네 돈이 없었더라면 내리지 못했을 결정이니까." "이제 '내' 돈이 아니지." 레이랜드가 대답했다.

"'자네' 돈이야. 어쨌든 나는 그렇게 생각하네. 자네도 그렇게 보는 게 중요해. 자네의 자유와 공평함의 의미에서 중요하다는 말일세. 물론 그 돈이 어디에서 생겼는지 우리 둘 다 알고 있고, 잊어버릴 수도 없겠지. 다르게 가정한다면 어리석은 일이야. 하지만 우리 둘 모두 이제 그런 건 아무 의미도 없다고 받아들여갈 수는 있네. 나에게는 아이들 장난처럼, 놀라울 정도로 간단하다네. 아마도 그 돈이 사실은 진정한 의미에서 내 소유가 아니었기 때문일지도 모르지. 당시에 출판사는 그냥 저절로 나에게 툭 떨어졌으니까. 자네가 스스로를 일종의 공동 상속인으로 생각하면 되겠지. 난 리비아도 분명히 그렇게 볼 거라고 확신하네. '에이드리언 크리스티 출판사…… 여긴 우리 회사랑 비슷해.' 리비아가 자주 하던 말이지. 어느 한쪽에 종속됐다는 의미가 아니라 동질감 때문이었네." 숀은 고개를 끄덕이고 한동안 침묵하다가 입을 열었다. "내 힘으로 할 수 있었더라면 좋았을 텐데. 하지만 자네가 한 말이 도움이 되네. 받기가 주기보다 어렵다는 사실을 예전에는 잘 몰랐어. 받으면 쉽게 종속되고 자유에 제한을 받는다고 느끼게 될 거야. 하지만 주는 사람이 누구인가에 따라 많이 달라지겠지." 그러고 레이랜드를 가만히 바라봤다. "자네와는…… 잘 될 거야."

큐 가든스 온실에서 둘은 러시아 망명 작가 시리즈에 대해 이야기를 나눴다. 숀은 판권 때문에 카테리나 미찬과 통화했다고 했다. "출판사에 전화해서 자네가 아니라 그 사람과 이야기하니 기분이 묘하더군." 레이랜드는 알이 두툼한 안경 뒤편에 수줍은 눈을 감추고 있는 바실리 스미르노프 이야기를 했다. 그는《정적》을 썼고, 안드레이가 카를로 페를루가 가게에서 그 소설을 낭독할 때 참석했다. "시리즈를 시작하면서 작가 모두를, 스미르노프와 네미로프와 쿠츠민을 여기로 초대할 수도 있을 걸세. 〈타임스 문예 부록〉*에서 누군가 와야겠지. 백일몽이군!" 숀이 이렇게 말하고 웃음을 터뜨렸다.

돌아오는 배에서는 시드니가 숀을 위해 영어로 번역할 예정인 페르난도 콘티의 책에 대한 이야기를 나눴다. 아마 가을에는 출간할 수 있을 듯한데, 여기서 콘티와 낭독회를 열면서 어쩌면 대학교에서 공간도 빌릴 수 있을지 모른다. 숀은《국가의 발명》이라는 제목이 마음에 들었다. 이렇게 포괄적인 주제는 아직 다뤄본 적이 없다며 저자와 트리에스테에서 열린 그의 강연에 대해 계속 많은 것을 물었다.

웨스트민스터가 시야에 들어오자 레이랜드는 숀에게 요식업종에서 일하는 사람을 혹시 아는지 묻고, 패트 킬로이와 그의 불안정한 미래, 소망에 대해 이야기했다. 아직 그를 만나지 못한 누군가에게 이 아일랜드 사람을 생동감 있게 묘사할 적절한 단어를 찾기가 어려웠다. 그의 색소폰을, 책장에 가득한 시집을, 단테 일화를, 그가 손님 얼굴에 음식을 던진 이야기를 했다. "하지만 이 모든 건 그다지 중요하지 않네." 마지막에는 이렇게 덧붙였다. "가장 중요한 점은 그를 믿을 수 있다는 걸세. 저번에 진단을 받았을 때, 나는 독극물을 구해줄 누군가가 필요하다는 걸 바로 깨달았네. 오래 생각할 필요도 없이 패트에게 물어봐야겠다고 마음먹었지. 그는, 그러니까 오직 그만 견딜 수 있을 테니까. 난 패트의 집에 찾

* 〈더 타임스〉의 서평 섹션.

아갔네. '왜 나지?' 그가 묻더군. 설명할 수 없었네. '자네니까'라고 대답하는 게 가장 옳은 대답이었겠지. '구해보겠네.' 그의 말에 나는 '검은 달'이라고 대답했네. 그는 '잿빛 나날'이라고 했지. 그가 아프던 시기에 하던 말장난이었네. 그는 류블랴나의 어떤 약사에게 갔지. 며칠 후에 식당에서 내가 앉은 식탁으로 오더니 '준비됐네'라고 말하더군. 그 말은 너무나 소중했지. 내 처지에 놓이지 않은 사람은 아무도 알 수 없다네. 아무런 반박도 하지 않고 죽고 싶다는 누군가의 소원을 존중하고 도와주는 것보다 더 깊은 연대가 과연 있을까? 그때 이후로…… 난 패트를 위해서라면 물불을 가리지 않을 용의가 있어. 이제 그가 향수병이 생겼다네. 나도 이제 트리에스테에 늘 있는 건 아니지 않냐고 하더군. 그래서 자네에게 물은 걸세. 이곳에 그가 할 만한 일이 있는지 알고 싶네. 그냥 '아무 일'이든 다 되는 건 아니야. 나는 주인이 직접 운영하는 작은 이탈리아 식당을 염두에 두고 있네. 패트에게 알맞은 일이지. 그는 지금까지 자기 식당을 운영해본 적이 없지만 난 그가 할 수 있을 거라고 확신하네." 숀은 그를 가만히 바라봤다. "그리고 비용은 자네가 댈 테고." 레이랜드는 웃음을 터뜨렸다. "패트는 날 믿을 수 있겠지. 그리고 난 갈 만한 장소가 하나 생기는 거고." 숀은 요식업을 하는 사람은 모르지만 학창시절 친구가 호텔 분야에서 일한다고, 그에게 물어보겠다고 했다.

런던으로 돌아온 두 사람은 린이 입원한 병원으로 갔다. 늙고 지친 린의 모습에 레이랜드는 깜짝 놀랐다. 걸음걸이가 절망스러울 정도로 느렸고 거의 휠체어에 앉아 있었다. "내가 뭐든 할 수 있던 시절이 생각나요." 린이 말했다. "계단을 달려 내려가고, 뭔가 쓰면서 동시에 통화도 하고, 작가들과 도시를 걷고, 도서전에 다니고……. 그냥 뭐든 다 했지요. 그런데 지금은…… 피곤하답니다. 너무 피곤해서 책조차 읽지 못할 때도 많아요. 사이먼, 당신은 잘 지내요? 런던에 오래 머물 건가요? 문병 올 거예요? 그리고 숀을 잘 돌봐줄 테죠?"

"엄마는 지금 스스로를 잃어버리는 중이라네." 나중에 집에 돌아와 앉았을 때 숀이 말했다. "사고와 마취……. 불현듯 진행이 너무 빠르네. 엄마는 우리가 출간한 책도 잊어버리기 시작했지. 난 그런 일이 일어날 거라고는 예상하지 못했네. 무슨 요일인지 모를 때도 가끔 있고. 이제 곧 집으로 모셔 와서 요양을 도울 사람을 구하려 하네. 시간이 휙 밀쳐진 것 같아."

레이랜드가 집에 돌아오니 사방에 겨우살이 가지가 걸려 있었다. 버크네 거실 유리창을 통해 보니 소피아가 그곳에도 가지를 걸고 있었고 버크는 소파에 앉아 담배를 피웠다. 이제 모든 게 얼마나 다른가. 그의 어머니 리디아 사르토리우스도 매년 크리스마스 시즌이면 겨우살이 가지로 집을 장식했다. 그 사실을 알던 리비아도 해링턴 가든스에 살 때 가지를 샀다. 트리에스테에서도 겨우살이를 구했지만 그곳에 어울리지 않아서, 아름답게 꾸민 초에 만족해야 했다. 크리스마스 시즌이면 친정에 자주 가던 리비아는 자신이 엄마에게 얼마나 의지했는지 나중에야 깨달았다. 리비아의 엄마 마리아 가서는 러시아 이콘을 몇 개 수집했는데, 축일이면 그 앞에 촛불을 밝히곤 했다. 레이랜드는 그 광경을 두려움과 경외감으로 지켜봤다. 유치함과는 아주 거리가 멀고 뭔가 자연스러운 것이 그를 감동시켰다. 이제 그는 그 광경이 스테파노 디 로시가 봤다는, 어둡고 작은 예배당에서 모자이크를 복원하는 여자와 약간 연관이 있다고 생각했다. 리비아의 엄마는 유언장을 통해 세르비아 정교회에 이콘을 기증했다. 장례식이 끝나고 몇 주 지나서 레이랜드와 리비아는 이콘을 보러 그곳에 갔었다.

"이 가지들이 산더미처럼 쌓여 있는 꽃집을 지나왔어요." 버크의 거실로 들어선 레이랜드에게 소피아가 말했다. "해링턴 가든스 집에 걸렸던 가지들이 불현듯 생각나더군요. 시드니와 내가 자던 방, 노란 벽지 앞에 걸렸던 초록색 가지가 지금도 눈에 선해요. 거실과 아빠 서재에도 있었지요. 이른 황혼녘에는 촛불도 켜졌고요. 그냥 기억의 단편들이에요. 그 사이사이에 아빠 책이 쌓여 있던 헤링본 쪽매널마루도 떠오르는데, 난 그곳 바닥에서 읽기를 배웠어요. 어쨌든 그렇게 생각하는 게 마음에 들어요. 그러다 보니 이 시기에는 우리 집과 케네스 집에도 겨우살이를 걸어야겠다고 생각했어요."

그러고는 버크의 카메라를 목에 건 채 버스를 타고 햄프스테드에서 첼시로, 그러고 템스 강을 따라 타워 브리지까지, 또 그곳에서 북쪽 해크니까지 런던을 돌아다닌 이야기를 했다. 몇 번이고 차에서 내려서 때로는 광각 원근법으로, 또 때로는 세부사항을 사진 찍으며 그 구역의 분위기를 포착하려고 애썼다. 버크가 사진을 컴퓨터에 올렸다. 해크니 사진들이 나타났다. "이게…… 이럴 수가!" 버크가 말했다. "내 약국이 있던 거리야. 이제 더는 없는 모양이네! 반년 전에 갔을 때만 해도 있었는데." 그가 소피아를 빤히 바라보자 그녀가 대답했다. "알아요. 주소를 가지고 있었거든요. 난 아무 의미도 없는 새 건물 앞에 서 있었어요. 공사 후에 남은 널빤지와 막대기들이 아직 있고, 앞쪽 광장은 비었어요. 개인 주택인 것 같은데, 아직 사람이 살지는 않아요." 그러고는 망설이다가 덧붙였다. "사진을 찍어야 할지 어쩔지 확신이 들지 않았어요. 마음이 아프실 테니까요. 사진을 찍고는 지우고 다시 찍었어요. 돌아오는 버스에서 또 지우려고 했지요. 그러다가 말을 하지 않는 게 의미 없는 일이라고 생각했어요." 버크가 소피아의 팔에 손을 얹었다. "그래, 정말 의미 없었을 거야." 그러고 책장으로 가서 사진이 가득 든 봉투를 가지고 왔다. "여기, 내 약국이야. 1936년에 할아버지가 문을 열고 1970년에는 아버지가, 1995년에는 내가 넘겨받았지. 내가 판결을 받은 후에는 아버지가 약국을 팔았지만 집은 여전히 아버지 소유였어. 보다시피 높은 석조 건물들에 에워싸인 작은 나무집이라서 거의 눌리는 것 같지. 아버지는 집을 학창시절 친구의 사위에게 팔았는데, 그는 뭐든 예전 모습 그대로 두겠다고 약속했어. 그 집을 팔고 돈을 많이 받지는 못했지만 생명보험 연금을 개선하기에는 충분한 금액이었지. 아버지는 그 전에 엄마가 상속받은 여기 이 집에서 임대료를 받았어. 지금은 이렇게 내가 살고 있지. 마지막으로 약국에 가봤을 때 주인이 바뀌었더군. 집은 수리가 필요해 보였어. 그때 이미 포기했는지도 모르지." 그는 약국 사진들을 옆에 나란히 놓았다. "내가 약국을 떠난 지 벌써 10년도 넘었군. 지난 몇 년 동안 그곳에 자주 가지 않았고, 생각하는 일도 점점 줄었어. 하지만 약국은 언제나 그곳에 존재했지. 비밀스러운 방식으로 내 안에 보관되어 있었어. 그런데 이제 없다니…… 부서지고 파괴됐다니. 세상이, 내 세상이 바뀌는군. 모험 가득한 고집에 대한 벌을 뒤늦게 다시 한번 받는 것 같다. 내가 규칙을 지켰더라면 약국은 아직 그곳에 있을 테니까." 그러고 잠시 후에 덧붙여 말했다. "시간이 훌쩍 도약한 것 같군."

나중에 집에 돌아온 레이랜드와 소피아는 창문으로 버크가 첼로를 연주하는 모습을 지켜봤다. "저 사람은 뭔가 마음대로 되지 않으면 늘 저렇게 연주했을 거야." 레이랜드는 이렇게 말하고, 버크의 교사였던 버나드 라이드와 버크에게 첼로 연주를 가르쳐준 그 교사의 아내 새러 이야기를 들려줬다. "약국에 들르지 말걸 그랬어요." 소피아가 말했다. "그 소식을 전하지 말았어야 해요. 난 사실 그의 삶과 그가 약국에서 한 일에 관심이 있다는 걸 보이려고 했던 것뿐인데."

"오늘 누군가에게서 시간의 격렬한 움직임에 대한 말을 들은 게 두 번째야." 나중에 거실에 앉았을 때 레이랜드가 말했다. "오늘 낮에 숀 크리스티가 자기 엄마의 급격한 변화를 이야기하며 시간이 '획 밀쳐진 것' 같다고 했는데, 이제 자기 약국의 종말을 목격한 케네스가 시간이 '훌쩍 도약한 것' 같다고 하는구나. 급격한 변화와 무관하게 시간 그 자체는 차분한 흐름 속에 그대로 있는 게 아니라, 시간 자체도 급격하게 앞으로 밀린다는 듯이 말이다. 나도 옥스퍼드에서 예전에 다닌 김나지움을 찾아가려고 했는데 그 학교가 더는 없다는 걸 알았을 때 같은 경험을 했지. 그 일을 이렇게 묘사하는 건 사실 역설이야. 그러려면 거기서 첫 번째 시간의 밀쳐짐이나 도약을 경험할 수 있는 또 하나의 시간, 두 번째 시간이 있어야 하니까. 하지만 사진들은 정확해. 변화가 얼마나 급격하고 포괄적인지, 그리고 그 변화가 예전에 통용되던 모든 것을 얼마나 불확실하게 만드는지 그것만큼 잘 표현하는 것도 없지.

그건 모든 변화의 틀인 시간 자체를 흔들어야 표현할 수 있어." 그는 소피아를 가만히 바라봤다. "우리도 그렇지 않니? 진단 전의 시간과 그 후의 시간, 그리고 오류가 밝혀진 이후의 시간……. 매번 밀쳐지고 도약하고, 모든 것을 뒤흔드는 지진이 일어난 것 같았지. 그리고 네가 지금 여기 있다는 것도…… 비슷하지 않아?"

"맞아요, 그래요. 아직 무척이나 비현실적인 시간 속으로 밀려가거나 도약하는 것 같죠. 이층버스 위층에서, 이게 진짜 일어나는 일이고 내가 지금 정말로 여기에 있다고 나 스스로에게 몇 번이나 말했어요. 병원과 복도를 떠올렸어요. 늘 똑같이 삭막한 전등이 켜진, 언제나 똑같은 복도를. 병원에서 몇 킬로미터씩이나 움직이느라 늘 신고 있던 부드러운 신발이 발에 느껴졌어요. 본드 스트리트와 공원, 분수와 동상들을 보고……. 아빠가 이곳에서 관광객으로 머무는 게 아니라고 혼잣말을 했어요. 햄프스테드에는 아직 완전히 아빠의 집은 아니지만 그래도 어느 정도는 아빠 것이 된 집이 있고, 나는 거기서 원하는 대로 언제까지든 살 수 있다고요……." 그러고 주변을 둘러보며 말을 이었다. "새로운 시간으로 도약하는 거니까 이제 공간 배치를 좀 바꿔요. 소파를 보세요. 다르게 두어도 되잖아요. 지중해 지도는…… 조금 옮기면 더 나아질 거예요. 그리고 저 고루한 서랍장은 치워야 해요. 새 양탄자와 새 커튼이 필요하고요. 언젠가는 벽지도 바꿔야지요. 그리고 부엌에도 해야 할 일이 몇 가지……. 같이 하실 거예요?" "지금…… 한밤중에?" "새로운 시간이에요. 기억하시죠?"

둘이 앞으로 뒤로 밀고 끄는 동안 공간 분위기가 달라졌다. 다락방과 지하실까지 둘러보고, 사이사이에 숨을 헐떡이며 부엌에 앉아 웃음을 터뜨리고, 커피를 마시고 와인 병을 땄다. 새로운 시작에 취한 느낌이었다. 레이랜드는 계획과 움직임과 딸의 웃음소리가 아무리 반복되어도 질리지 않았고, 자기도 오랫동안 무의식중에 이 모든 것을 그리워했다고 느끼며 즐겼다. 두 사람은 많은 것이 다른 모습으로 변한—사진들이 사라지고 스탠드가 다르게 서 있기 때문이기도 했다— 집에 이른 아침이 되어서야 앉았다. 레이랜드는 뒤로 몸을 기댔다. 현재라는 소중한 순간이었다.

바로 그 순간, 세 번째 발작이 일어났다. 처음에 몸의 오른쪽 반에서 힘이 빠지더니 말이 제대로 나오지 않았다. "팔…… 다리…… 말 안 들어." 그가 말했다. "말…… 안 나와." 소피아는 금방 알아들었다. "아빠, 절대 흥분하지 마세요. 아무것도 아니에요. 이번에도 그저 혈액순환장애예요. 몇 시간 후에는 다 지나가요. 아빠도 이미 알고 계시잖아요. 밤을 샜으니…… 내가 그러면 안 되는 거였어요……. 하지만 너무나 멋진 시간이었어요……." 레이랜드가 계단을 올라가고 침대에 눕는 내내 소피아는 그를 부축했다. "책들. 그리스어, 러시아어, 아라비아어……." 소피아가 책을 가지고 오자 그는 몸을 일으켜 앉고서 다급하게 책장을 넘겼다. "여전히 할 줄 아는지 확인하시려는 거죠?" 레이랜드는 고개를 끄덕였다. "늘 똑같은…… 공포." "손상된 것도, 파괴된 것도 없어요. 언제나 스스로에게 그렇게 되뇌어야 해요." "알아……. 피…… 피 묻은 피. 소피아가 그에게 편두통 약을 건넸다. 약효가 나타나자 레이랜드는 잠이 들었다.

이른 오후에 잠에서 깨보니 발작은 지나간 상태였다. 버크가 와 있었고, 셋은 함께 뭘 좀 먹었다. "미칠 노릇이야." 레이랜드가 말했다. "발작이 지속되는 동안 나는 이게 곧 지나가리라는 걸 '알고' 있지만 '믿을' 수는 없다네. 끔찍한 진단의 그림자가 드리우던 몇 달이, 재난과 죽음을 기다리던 그 몇 달이 발작의 체험에 각인된 것 같아. 그래서 두렵고 피할 수 없다고 간주된 상실의 경험, 영향력이 크고 감각을 마비시키는 경험이 되어버리지. 이 상실이 사실은 전혀 두려워할 일이 아님을 안다고 해도, 예전에 겪은 경악에서 유래한 경험의 독성은 바뀌지 않네. 최종적인 상실이 막을 수 없이 가까이 다가온다는 근거 없는 느낌이 발작 내내 지속되지."

버크는 그에게 어떤 무력감을 겪는지, 육체적인 무능력인지 정신적인 무능력인지 물었다.

"처음에는 육체적인 무능력처럼 보여. 언어가 평소처럼 쉽게 떠오르고 언제나 그랬듯이 명쾌하며, 이해하기 부족한 그늘이라고는 없지. 내가 하고 싶은 말이 뭔지 정확하게 안다네. 어순도 명확하고 언어적인 규칙도 분명히 지킬 수 있어. 정신적인 언어, 사상의 언어도 완전하다고 말할 수 있을 걸세. 하지만 그 언어는 바깥으로 나오는 길을 찾지 못하네. 바깥으로 향하는 문이 잠긴 것과도 같지. 언어와 함께 자기 안에 갇힌 걸세. 너무도 명확하게 눈앞에 있는 언어를 바깥으로 나르지는 못하는 무능력의 담에 갇혀 자기 안에 머무는 거지. 조용히 자기 자신과 대화를 나눌 수 있고, 자기 내부의 소리도 들을 수 있고, 게다가 자기가 지금 어떤 언어로 생각하는지, 영어인지 이탈리아어인지도 알 수 있네. 생각이 내면의 말하기인 점에서는 손상을 입지 않았네. 흐릿해지지도, 느려지지도 않았으니까. 외부 언어가 마비되었을 뿐 내면에서는 모든 게 정상이야. 하지만 이제 좀 더 정확해져야겠지. 이건 목소리나 입술이 마비된 것과는 다르네. 생각을 표현하려고 필사적으로 애쓰는 것, 이런 의미에서 언어를 찾으려 분투하는 것은 몸이 마비된 사람이 일어서려고 필사적으로 애쓰면서 느끼는 절망과는 달라. 육체적인 무력함, 내 육체의 일부가 이제 더는 내 마음대로 되지 않는다는 절망감이 아니야. 나는 입술과 혀와 목을 힘들이지 않고 움직일 수 있네. 그러나 축 늘어진 자신의 사지를 훈련하는 마비된 사람과는 달리, 그런 방법으로는 내 절망에 대항할 수 없다는 걸 느끼지. 혀와 입술과 성대를 움직이는 훈련을 하는 건 아무 도움도 되지 않아. 생각을 펜으로 옮기는 길을 내려고 쓰기 동작을 훈련하는 게 아무 소용이 없는 것과 마찬가지라네. 어떤 장애물 '앞에' 육체적 마비를 일으키는 또 하나의 장애물이 놓여 있는 것과 비슷하지. 일어나려는 진지한 의지를 느끼지만 그렇게 하지 못하는 사람처럼, 동인이 이미 형성되어 그것을 실행할 준비가 되었음에도 행동으로 옮기는 데 방해를 받는 것과는 다르네. 그보다는 생각을 외적인 언어로 표현하는 일이 어떻게 일어나는지 '잊어버린' 것과 비슷하지. 알려주고 가르쳐줘서 해결되는 일이 아니야. 기억하는 능력이 어렴풋하게 지워지는 거야. 예전에는 어떻게 하는지 알았다는 기억은 있는데, 지금 아무리 힘겹게 시도해도 안 되는 걸세. 이게 기억력이 약해져서 과거를 돌아보지 않게 되는 것과는 또 달라. 정신 '내부'에 뭔가 빠진 듯이 보이는 게 아니고, 정신에는 아무런 이상도 없어 보이네. 정신은 생각을 표현하는 데 침묵하는 걸 빼고는 온전하고, 여전히 아주 섬세한 조각 같지. 무척 기이한 수수께끼일세. 정신 내부에 있는 무언가가 아니라 그것이 외면으로 드러나는 게 불가능한 거야. 육체적인 마비도 아니야. '혈액순환장애'라고? 그럴 수도 있겠지. 하지만 정확하게 말하자면 그건 아무것도 설명하지 못하네."

"내가 자네에게 같은 증세를 보인 환자에 대해 말한 적이 있지 않나." 버크가 말했다. "그는 여러 번 겪다가 언젠가 그쳤다네. 내가 알기로 다시는 그 증세가 나타나지 않았지." 그는 첼로를 가지고 와서 바흐 모음곡 중 하나를 연주했다. "자네 아일랜드 친구, 식당 종업원은 이 음악에 대해 뭐라고 하던가?" 나중에 그가 물었다. "인생의, 인생 '전체'의 배경음악이라더군." "연주하는 내내 내가 뭘 생각했는지 아나? 우리 모두가 살얼음판을, 아주 얇은 얼음판 위를 걷는다는 거라네."

32

그 후 며칠 동안 레이랜드와 소피아는 시간을 호사스럽게 쓰며 보냈다. 늦게까지 잠을 자고 시간이 오래 걸리는 요리를 했으며, 계속 청소를 하고 이례적인 시간에 텔레비전을 켰다. 소피아는 이해하지도 못하는 그리스와 러시아와 아라비아 뉴스 방송을 도무지 질리지도 않고 시청했다. 그러면서 부러운 눈으로 아버지를 빤히 바라봤다. "다 알아들으세요?" "다는 아니야. 그래도 꽤 알아듣기는 하지." 소피아는 워런 숀의 서재를 자세히 살폈다. 산스크리트어 문법책을 우연히 발견하고는 데바나가리 문자를 익히다가, 나란히 있는 부호들이 새로운 부호로 녹아드는 합자에 절망했다.

아라비아어의 수많은 예외 규칙도 절망스러웠다. 하지만 이 모든 것이 너무나 아름다우면서 쓸모없었으므로 무척 즐거워했다. 밤늦게까지 몇 시간이고 소파나 침대에 앉아 동양에 관한 책들을 읽었다. "모르는 게 너무 많아요!" 소피아가 말했다. 프루스트와 릴케, 포크너와 같은 작가들의 전기도 읽었다. "병원 복도만 걸어 다니면 이 모든 걸 놓쳐요!" 소피아는 이렇게 목소리를 높이고는 옆집으로 건너가 버크의 개 빌리와 놀았다.

두 사람은 버스를 타고 해링턴 가든스로 갔다. 세인트 존스 우드 거리를 지날 때 레이랜드는 루시 바턴을 우연히 만났다고 이야기했다. "아빠는 그 사람 이야기를 거의 하지 않았지요." 소피아가 말했다. "실제로는 없는 사람이라는 느낌도 조금 들었어요. 게다가 우리는 다른 사람을 엄마로 상상할 수 없었으니까요. 아니면 상상하기 싫었거나." "나도 그랬다. 리비아를 만난 후로는." 레이랜드가 대답했다.

해링턴 가든스의 예전 집 앞에 섰을 때, 모자를 막 쓰고 있는 어떤 남자가 유리창 너머로 보였다. 남자가 곧장 바깥으로 나왔다. 무뚝뚝한 표정이었다. 소피아가 그에게 다가가서 말했다. "실례합니다. 이해하시기 힘들 부탁이 하나 있어요. 아마 뻔뻔하게 들릴 수도 있겠지요. 방금 서 계시던 방에 잠깐, 정말 잠깐만 들어가보고 싶어요. 여기서 보이는 방 말이에요. 25년 전에 이곳에서 아버지와 살았고, 지금 말하는 그 방에 앉아서 읽기를 배웠어요. 책들이 쌓여 있는 쪽매널마루 바닥에서요. 사정이 허락한다면 지금 그 자리를 다시 한번 보고 싶어요." 레이랜드는 창피했고, 퉁명스러운 대답이 돌아오리라고 예상했다. 그러나 그 남자 얼굴에 미소가 나타났다. "내가 들어본 것 중에 가장 기이한 부탁이군요. 그러니 거절할 수 없겠어요." 남자가 말했다.

그가 앞장서서 안으로 들어갔다. 이제는 밟아서 많이 닳은, 예전의 낯익은 계단이 레이랜드 눈에 들어왔다. 셋은 집 안에 들어가서 섰다. 거실에는 예전 샹들리에가 그대로 달려 있었다. 리비아는 샹들리에라야 한다고 주장했고, 그래서 그걸 찾으러 나이츠브리지까지 함께 갔다. 추억이 솟아오르자 레이랜드의 심장박동이 빨라졌다. 사반세기 전의 일이었다. 소피아는 여전히 그 시절과 똑같은 서재의 헤링본 쪽매널마루에 쪼그리고 앉아서 남자를 올려다보았다. "여기 책이 산더미처럼 쌓여 있었어요. 저는 그때 네댓 살이라서 아직 어렸는데도 읽지 못한다는 걸 견딜 수 없었어요. 그 느낌이 지금까지 남아 있답니다. 도무지 참을 수 없었지요. 학교에 가면 배우게 되리라는 걸 알았지만 그때까지는 영원처럼 시간이 남아 있어서 아버지에게 글자를 배웠어요. 글자에 욕심이 많았지요. 또 단어에서 어떤 철자가 어디에 오는가에 따라, 그리고 영어인지 이탈리아어인지에 따라 소리가 아주 다르게 울리는 게 신기하고 황홀했어요. 엄마는 제가 혼란스러워하는 걸 즐기면서 프랑스어와 독일어까지 써서 읽어줌으로써 그 혼란을 가중했지요. 이제 철자들 발음이 또 달라졌으니까요! 읽기와 쓰기, 여러 언어를 배우기…… 저에게는 이 모든 일이 이렇게 하나의 과정이었어요. 그런데 말이에요. 이 모든 일이 여기서, 바로 여기 이 쪽매널마루에서 시작됐답니다. 그래서 이곳에 다시 한번 쪼그려 앉고 싶었던 거예요. 이해하시겠어요?"

남자는 그렇다고, 이해한다고, 아름다운 이야기라고 대답했다.

그러고 탁자에 있던 찻주전자를 만지며 차가 아직 따뜻한데 마시겠는지 물었다. 그는 레이랜드의 시선이 다른 방들을 향하는 걸 보고는 집을 둘러봐도 좋다고 말했다. 방들은 어두운 영국식 가구와 두툼한 양탄자로 세심하게 잘 꾸며져 있어서, 리비아와 레이랜드가 화려한 샹들리에와는 어울리지 않게 임시방편으로 꾸몄던 때와는 전혀 달랐다. 가장 생기 있는 것은 수많은 사진이었다. 모두 인물사진이었다. 레이랜드는 이곳에 머물고 싶은 동시에 떠나고 싶은 마음도 느꼈다. 남자가 시계를 봤다. 약속이 있다고 했다. 그가 잠시 망설이다가 지갑을 꺼내 소피아에게 명함을 건넸다. "언제고 다시 한번 여기 쪼그려 앉고 싶다면……." 명함에 '필립 애쉬크로프트, 사진작가'라고 쓰여 있었다.

얼마 후 토트넘 코트 로드에서 레이랜드는 건너편 에스컬레이터를 내려가고 있는 닐 맥케너를 우연히 목격했다. 〈타임스 문예부록〉에서 레이랜드의 번역을 지속적으로 가차 없이 혹평하던 남자였다. 시작은 '미스터 블리크랜드'라는 제목을 단 혹평이었다. '블리크bleak'는 어떤 풍경의 불모와 무방비와 황량함부터 거칠고 싸늘한 날씨를 거쳐 암울하고 우중충한 기분에 이르기까지 의미 범위가 넓어서 레이랜드가 사랑하는 단어였다. 그는 이렇게 다양한 것을 이렇듯 매끈하게 결합하는 단어가 다른 어떤 언어에 존재하는지 모르겠다고 말하곤 했다. 맥케너는 그가 이 단어를 제대로 다루지 못한다고, 그래서 영어 번역에서 온갖 것들에 '모호한 방식'으로 이 단어를 '흩뿌린다'고 비난했다. 그때 이후로 레이랜드와 맥케너는(레이랜드는 그를 '고결한 미스터 맥케너'라고 불렀다) 오랫동안 격렬한 싸움을 벌였고, 이 싸움은 책이 출간되지 않는 동안에도 이어져서 맥케너는 늘 그랬듯이 레이랜드의 다음 번역을 혹평하고 그가 이 언어도, 저 언어도 구사하지 못한다고 매섭게 비난할 준비를 하고 기다렸다. 레이랜드가 '서툴고 하찮은 언어 사냥개'이자 '볼품없는 단어들의 무면허 변호사'라고, 크리스티 모자는 이제 그와 헤어지는 게 좋을 거라고 했다. 그런 그가 이제 건너편에서 레이랜드를 보지 못한 채 아래로 내려가고 있었다. '저 작은 남자는 얼마나 불쾌하고 우스꽝스러운 모습인가.' 레이랜드는 생각에 잠겼다. 가르마를 아주 반듯하게 탄, 가발임이 분명한 헤어스타일을 한 작은 악당이었다.

"저기 건너편에서 아래로 내려가는, 가르마가 선명한 저 작은 남자 보이니?" 레이랜드가 소피아에게 물었다. "신문에서 한결같이 내 번역을 헐뜯는 닐 맥케너야. 내가 이따금 말한 적이 있지." 위에 도착한 레이랜드는 얼른 설명하고픈 마음에 소피아를 카페로 끌었다. "난 그 사람이 누군지, 왜 그러는지 한참이나 이유를 몰랐다. 그러다가 누군가 내가 어떤 환영파티에서 그를 소개받았던 이야기를 하더구나. 난 그를 알아보지 못했지. 그런데 그보다 더 나쁜 상황이 있었어. 이름을 듣고도 난 그가 누군지 몰랐던 거야. 그래서 전혀 모르는 사람에게 하듯 '처음 뵙겠습니다'라고 했다. '닐 맥케너라네.' 누군가 나에게 알려주더군. 나는 '누구라고?' 이렇게 물었지. 그러고는 그 이름을 곧장 잊어버렸어. 얼마 후에 '미스터 블리크랜드'라는 혹평이 나왔단다. 환영파티 이야기를 전해듣고서, 그동안의 혹평이 그저 비열하고 좀스러운 복수에 불과하다는 걸 알게 된 후로 나는 이 모든 걸 잊을 수 있을 거라고 기대했지. 이제 더는 읽지 않고, 더는 반응하지 않겠다고 말이야. 그리고 무엇보다도 마치 아무것도, 전혀 아무것도 일어나지 않은 것처럼 마음이 차분해질 거라고. 하지만 그렇게 되지 않았다. 난 혹평을 반박하는 글을 신문에 더는 보내지 않았지만 차분해지지는 않았어. 리비아와도 이 이야기는 하지 않았지만, 맥케너가 또 독화살을 쏠 때면 이따금 나 자신에 대한 무언의 의심이 들었지. 내가 혹시 정말로 언어의 모든 발판을 잃어버린 건 아닐까? 그런 걸 가지고 있기는 했나? 작업을 쉬는 기간이면 영어와 이탈리아어로 쓴 시인들, 언어를 지금의 그 언어로 만든 위대한 작가들의 작품을 읽었다. 그들의 언어를 다시 한번 새로 배우려는 듯이 펜을 들고 읽었지. 이런 식으로 읽고 나면 이 언어의 광채에 도저히 필적할 수 없을 만큼 내가 작게 느껴지고 위축되는 날도 많았어. 또 어떤 날은 어떤 위대한 문장이 주어지더라도 이상적인 번역을 찾아낼 수 있다는 듯이 자신감이 넘치기도 했다."

맥캐너의 모습은 잠을 잘 때도, 다음 날 늦게까지도 레이랜드를 쫓아다녔다. 그는 맥캐너가 불러일으킨 느낌이 작고 무의미한 이 남자를 훨씬 뛰어넘어 더 깊은 뭔가와, 오래전부터 신경이 쓰였지만 뭐라고 이름을 붙여야 할지 몰랐던 뭔가와 관련이 있음을 깨달았다. 이제 예전과 다르게 놓여 있는 워런 숀의 책상 앞에 앉았다. 리비아에게 편지를 쓸 때만 찾을 수 있는 명료함을 위해.

카라,

지하철 에스컬레이터에서 널 맥케너를 봤어. 당신은 그를 아주 미워했지. 거의 나보다 더 심하게. 내가 그의 혹평에 매몰되어 다른 온갖 호평은 잊어버리는 걸 더는 두고 볼 수 없었으니까. 당신의 눈길은 이렇게 말하는 듯했어. "정말 쉬운 일인데 왜 못 해? 그냥 무시하면 안 돼? 당신이 그럴 수 없다는 거, 나도 알아. 그럴 수 있다면 당신이 아니겠지. 하지만 무시하면 정말 좋지 않을까? 나를 위해서도 말이야." 이런 눈빛을 볼 때마다 내 성격에 심하게 절망했고, 나 스스로를 제거해버리고 싶었어. 귀찮은 물체를 치워버리듯이.

"아까 그 사람을 봤을 때 어땠어요?" 소피아가 커피 잔을 손에 든 채 물었어. 우리는 스탠드 카페에 서 있었지. 카페가 들어서기 전에는 시내에서 가장 맛있는 계란 샌드위치를 파는 가게였어. 우리가 처음 만났을 때 내가 당신에게 그 가게를 알려주고, 김 서린 유리에 당신에게 낯선 외국어 철자들을 써 보였잖아. 난 망설이다가 대답했어. "깜짝 놀랐다. 그가 내 파베세 번역도 발기발기 찢을 거라는 생각이 곧장 들더구나. 그러다가 우리가 위에 도착하기도 전에 다른 생각이, 당황스러운 생각이 머리를 스쳤지. 오진 때문에 온갖 일을 겪고 견딘 후에도 저런 비겁한 인간의 비평에 신경을 쓰다니! 왜 당황스러웠나? 재난이 지나간 지 몇 주 되지도 않았는데 균형 감각을 또 잃었다는 뜻이니까." "그 사람이 쓰는 걸 읽으실 필요 없어요……. 누가 쓰든 간에 그냥 읽지 마세요!" 소피아가 말했어. 당신이라도 그렇게 말했을 거야. 실제로 당신은 그런 말을 했지. 그것도 한 번만 말한 게 아니었어. 하지만 내가 말하려는 것, 나에게 부족한 내적인 자유는 그런 게 아니야. 다른 사람의 말과 글을 피해야 할 필요성조차 느끼지 않고, 그 졸렬한 글을 아주 느긋하게 그 자체로, 아무 의미 없는 하찮은 글

나부랭이로 놓아두는 게 중요해. 생각을 낭비하지 말고 내 갈 길을 가는 거야. 그럴 수 있다면 얼마나 좋을지 당신은 모를 거야!

하지만 사실 맥케너는 내가 당신에게 편지를 쓰는 진짜 이유가 아니야. 카페에서 소피아의 질문에 대한 내 대답에는 더 깊고 근본적인 게 있어. 바로 균형 감각이지. 뭐가 중요하고 뭐가 중요하지 않은지 언제든 구별하는, 흔들리지 않는 단단한 능력이라고 말할 수도 있을 거야. 진단을 받고 죽음이 엄청난 속도로 다가와서, 시간을 멈추고 하루하루가 흘러가는 걸 막고 싶을 때는 내가 이런 구분에 아주 능한 것 같았어. 뭐가 중요하고 뭐가 시간 낭비인지 명확해 보였고, 거기에 대한 토론이나 이의제기는 우습게 생각됐지. 나는 사람들이 빈둥대며 돌아다니고 수다 떠는 모습을 지켜봤어. 어스름한 선잠에 빠져 비틀거리는 이 가련한 존재들은 원래의 삶과 현실로 깨어나지 못하고, 깨어난다고 해도 이미 너무 늦을 테지. 삶을 놓쳤고, 늦잠을 잤고, 졸았고, 온갖 무가치한 일에 사로잡혀 잠을 잔 거야. 나도 그때까지 맥캐너와 같은 악당의 무의미한 증오 때문에 내 기분이 우울해지게 그냥 내버려뒀으니 이 얼마나 부조리한 일인지!

그러다가 오진을 발견했고, 삶은 다시 진부함이라는 조공을 요구했어. 계획과 돈이 필요해졌지. 예전만큼 필요하지는 않았지만, 그 전의 한정된 시간을 살 때처럼 무시할 수 없었지. 길게 연장된 삶, 그다지 중요하지 않지만 무시할 수도 없는 평범한 걱정으로 가득한 진부한 삶. 정산하고, 장을 보고,

수리하고, 이발하고……. 난 너무나 하고 싶었던 일들을 메모했는데, 이제 너무 늦었다는 생각에 막심한 후회가 밀려왔어. 그걸 쓸 때만 해도 그 일을 하는 데 필요한 시간이 기적적으로 주어진다면 즉시 아주 열정적으로 할 거라고 확신했지. 그보다 더 확실한 건 없어 보였어. 하지만 이제 정말로 시간이 생기자 그 일들은 불현듯 절박함을 잃어버려서 나는 망설였고, 다른 일들이 나와 그 목표 사이에 끼어들었어. 절박함의 상실. 나는 어리둥절해서, 또는 그 전에 느낀 중요성을 기억하고 놀라서 바라봤지. 끔찍한 진단의 그늘에서 살았던 나와 이제 다시 평범하게 눈먼 길을 가는 나 사이에서 흔들렸어. 그냥 잊어버린 목표들도 있었는데, 그럴 때면 이런 망각 때문에 깜짝 놀라곤 했지. 나 자신에 대해 이렇게 착각할 수 있다니. 하지만 이런 인상을 받아서 목표에 다시 절박성을 부여하려 안간힘을 쓰고 나 스스로를 설득하려고 애쓰게 됐어. 어쩌다가 이런 일이 생겼을까? 혹시 어떤 특정한 일들은 성취하지 못할 때에만, 가상일 때만 중요한가? 그러다가 불현듯 맥케너의 목소리가 다시 나타났을 때 나는 그걸 향해 돌진했지. 건너편 에스컬레이터에서 나를 엇갈려 내려가는 그 우스꽝스러운 가르마가 눈에 들어오자 이 모든 게 다시 순식간에 현재가 됐어. 균형 감각은 혹시 키메라일까? 환영이나 신기루처럼 믿을 수 없고 덧없나? 어떤 개별적인 상황에서 떼어내어 관찰하면 균형 감각이란 그저 중요한 것의 이데아에 불과한가?

맥락이 헝클어졌다고 해도, 내가 보기에 이 모든 건 우리가 시간을 경험하는 방식 때문이야. 나는 불치의 진단을 듣자마자 레오나르디 박사에게 "시간이 얼마나?"라고 물었어. 시간이 부족한 게 어떤 느낌인지 그 전에는 전혀 알지 못했지. 어떤 일을 위한 시간이 아니라 인생 전체의 시간 말이야. 우린 이 시간이 언젠가는 끝난다는 걸 당연히 알고 있어. 하지만 그거야말로 '언젠가는'이지. 안다고 말은 하지만 모호하게 아는 거고, 몇 달이고 몇 년이고 모르는 것처럼 살아갈 때도 아주 많아. 그러다가 누군가 우리에게 이제 겨우 몇 달 남았다고 말하면 온 세상이 순식간에 변하지. 중요한 걸 할 수 있는지 봐야 한다, 다른 모든 것은 지금부터 효력을 잃는다는 게 가장 먼저 떠오르는 생각이야. 만약 중요한 것이라는 관념이 없다면—우리가 만들어내지 않아서— 우리는 이런 결정적인 경험을 하지 못할 거야. 우리가 겪을 일은 종말을 앞둔 공황상태뿐이겠지. 하지만 우리는 이제 시간이 달아난다고, 중요한 모든 것을 해낼 시간이 없다고 말해.

지금 나는—시간이 얼마 남지 않았다는 충격적인 경험을 한 또 한 명의 사람— 워런 손 삼촌의 조용한 서재에 앉아서 시간을 그냥 흘려보내는 일을 즐기고 있어. 아무것도 하지 않고, 아무것도 의도하지 않고, 아무것도 계획하지 않아. 결심이라고는 전혀 없는 생활. 아침에 소피아는 이틀 후에 시드니가 오면 묵을 방을 준비해두고 영국박물관 열람실을 둘러보러 갔어. 그곳은 우리가 트리에스테에서 런던에 대해 말할 때면 소피아의 상상 속에서 아주 큰 역할을 하던 장소야. 이제 집은 조용하고, 시간의 흐름에 동행하는 유일한 소음은 스팀이 내는 쇄쇄 소리뿐이군.

시간을 흘려보내는 일은 관심을 기울이든 기울이지 않든 일어날 수 있어. 맹목적인 무위無爲일 때는 시간과 시간의 흐름은 논의의 대상도 아니고 삶의 내용도 아니야. 아무것도 하지 않았는데 불현듯 저녁이 되고 난 여전히 이곳에 앉아 있고, 시간은 내가 신경도 쓰지 않았지만 그냥 흘러갔어. 원래 없었던 것처럼 사라진 거지. 점심때 나는 어떤 시간에 있었는데 지금은 다른 어떤 시간에 있어. 그게 다야. 그사이의 시간은 느끼지도 못한 채 지나갔어. 난 내면의 시간을 따른 것도 아니고 추억이나 상상의 시간을 보낸 것도 아니며, 나 자신이나 상상의 흐름에 사로잡힌 것도 아니야. 내면은 조용하고 아무 일도 일어나지 않았고, 뭔가 반짝했더라도 금방 다시 꺼졌지. 하지만 시간이 흐르는 건 관심의 중심이 되기도 해. 난 버크가 집으로 돌아오고 개가 그에게 뛰어오르는 모습, 아래층에 먼저 불이 켜지고 그다음에 위층에 켜지는 걸 관찰하지. 다른 집 앞에 택시가 멈춰 서고 목발을 짚은 어떤 남자가 차에서 겨우 내려 천천히 발을 끌며 집으로 가고, 시간은 서툰 걸음걸이 사이에서 길게 늘어나. 그러다가 한참 동안 아무 일도 일어나지 않지. 차도, 보행자도 다니지 않고 버크 집의 전등도 그대로이고, 가로등의 우윳빛 불빛은 안개 속에서 차분하게 계속 반짝이고 있어. 중요한 건 내가 관여하지 않으며 그럴 의도도 느끼지 못하고, 느긋하게 관찰만 한다는 점이야. 이건 사치지. 내가 이 시간에 해야 할 일은 아무것도 없고, 관찰 사이사이에 내적으로나 외적으로 해결해야 할 과제나 곰곰이 생각하고 계획할 것도 없고, 이겨내고 극복해야 할 것도, 감시해야 할 것도 없어. 무엇에도 연루되지 않고 거리를 두는 조용한 현재야. 안팎의 속박도, 주인 행세를 하는 목표도, 시간을 속으로 계산할 일도 없어. 물론 밖에서 일이 벌어지는 사이 나에게는 아무 일도 일어나지 않는다는 뜻은 아니야. 소파에 걸친 손으로 이따금 담배를 쥐고, 다음 순간과 다음 몇 분과 다음 몇 시간 동안 내가 어떻게 전개되는지, 내가 순식간에 어떻게 다른 사람이 되는지 느끼기도 해. 근본적인 변화나 이탈이나 폭발, 감정의 돌연한 출현처럼 내면의 움직임이라고 부를 만한 일, 그리고 그걸 묘사하기 위해 격렬한 단어가 필요한 일은 벌어지지 않을 거야. 느끼지 못할 만큼 천천히 변하는 빛에 따라 기분이 달라지고, 낮에 앉을 때와 나중에 일어날 때가 약간 다를 뿐이지.

나는 혼자 있는 동안 시간을 어떻게 흘려보냈는지 소피아에게 이야기했어. 소피아는 영국박물관을 나온 후에 포일스 서점에 들러 쇼핑백 가득 책을 사 왔더군. 모두 역사책인데, 고대와 현대가 다 있었지. 소피아는 그 아이만 할 수 있는 방식으로 내 말에 귀를 기울인 다음, 책을 자기 방에 올려다두고 다시 내려와서 말했어. "방금 책을 침대 옆에 두면서 생각했는데요. 우리가 시간을 죽은 시간으로 경험하는 무위無爲도 있어요. 예를 들어 아이가 사고를 당했는데 폭우나 파업 때문에 꼼짝 못 하고 그냥 앉아 있는 경우가 그렇겠죠. 비가 그치거나 비행기가 제발 이륙하기를 기다리는 그 시간에 다른 뭔가를 할 수는 없어요. 아이를 돌보는 것 말고는 다른 중요한 대체물이 없지요. 기다리는 시간은 죽은 시간, 흔히 말하듯이 '아무것도 시작할 수 없는' 시간이에요. 그저 지나가기를 기다릴 뿐이죠. 그래서 견디지 못할 만큼 긴 그 시간은 오직 감수하고 고통을 당하기만 하는 뭔가에 해당해요."

그런 다음 우리는 '버린 시간, 낭비한 시간'은 뭘까 이야기하고, 이걸 점점 더 잘 이해하려고 경쟁했지. 나는 늘 한 걸음 앞서는 소피아를 보며, 당신이 나보다 한 걸음 앞설 때가 많았던 것과 내가 그걸 얼마나 즐겼는지 생각했어. "시간을 '게으르게 흘려보내다'라는 건 도대체 뭐예요? 하루를 되돌아보며 '오늘 하루를 게으르게 흘려보냈다'라는 건 뭘 했다는 걸까요?" 소피아의 질문에 난 이렇게 대답했지. "급한 목표에 도움이 될 만한 일을 하지 않고 무익하게 쓴 시간인 것 같다. 우리가 가끔 '그 시간으로 아무것도 하지 않다'라고 말할 때가 있지 않니. 오래전부터 문을 칠해야 했다고 가정해보자. 곧 겨울이 오고, 목재가 썩는 걸 더는 두고 볼 수 없어서 오늘 칠하기로 마음먹었지. 그런데 차고에 온갖 색깔의 페인트가 있는 걸 발견하고 가지고 놀면서 종이상자에 작은 그림을 그렸어. 제대로 그린 게 아니라 그냥 낙서라서 결국은 쓰레기통에 들어가지. 그러면 나는 시간을 헛되이 보낸 거야. 문은 여전히 황폐해 보이니까. 아니면 강연을 준비해야 한다고 해보자. 텅 빈 종이를 들고 학술회의에 참가할 수는 없지. 삽화를 찾다가 커다란 로마 화보에서 미적거리게 됐어. 온갖 사진들 때문에 꿈을 꾸게 되어 여행 갔던 사진까지 가지고 와서 보며 오후 시간을 보내고, 종이는 여전히 텅 비어 있어. 시간을 헛되이 보낸 거지. 이때는 어떤 목표와 유익의 관점에서 생각하고, 목표와 유익이 판단의 척도야. 그 시간에 아주 많은 일을 할 수 있었을 텐데!"

"하지만 특정한 목표, 확실하게 정해진 유익이라는 관점에서는 그렇게 보일지 몰라도, 게으르게 흘려보낸 시간이 반드시 잃어버린 시간은 아니에요. 게으름을 피우면서 나 자신을 위해, 나의 다른 소망을 위해 뭔가 했을 수도 있잖아요. 항상 실용적인 목표의 그늘에 있던 일들도 언젠가는 해야 하지요. 그러면 게으르게 흘려보낸 시간은 낯선 시간이라거나 본래의 목표에 맞지 않게 소비한 시간이 아니에요. 그 시간을 통해 나는 내 권리에 다다르니까요. 그러니까 시간을 게을리 흘려보내는 것은 일종의 고요한 반란일 수도 있어요. 목표에 의구심을 품거나 목표 자체를 잊어버린다면 게으름 피우기는 긍정적이고 자유로운 것이 되지요. 난 이 목표를 위해 아무것도 하지 않겠다, 사실 내 목표가 아니고 중요하지도 않으며 다른 사람들에게나 중요하다, 이런 자유롭고 고집 센 반항의 경험이 돼요. 문이야 그냥 내버려두지 뭐. 녹이 슬든 말든 내 알 바 아니야. 그리고 학술회의에 참석한 사람들은…… 엿이나 먹으라지. 이럴 때 게으름은 낭비가 아니라, 중요하다고 오인된 명령에 반항하는 거예요. 얼마 전에 트리에스테에서 병원 근무 중에 카페에 앉아 시간을 그냥 흘려보내기 시작했다고 말한 적이 있잖아요. 그건 반항적으로 게으름을 피우며 시간을 흘려보낸 거라고 말할 수 있을 거예요. 안팎으로 전복을 꾀하는 게으름."

"뭔가 놓치거나 미뤄둔 목표를 생각하지 않고 시간을 게으르게 흘려보낼 수 있을까? 그냥 단순하게." 내가 물었어.

"버스 위층에 앉아 이 도시를 돌아다닐 때 그랬어요. 아니면 영국박물관에서 되는 대로 아무 책장이나 만지며 다닐 때도요. 지금 내 시간을 어떻게 보내는 걸까 생각했지요. 그것도 게으르게 흘려보낸 시간이긴 해요. 하지만 그 단어가 여기 맞을까요? 아빠는 오후 시간을 게으르게 흘려보내신 건가요?" 우린 웃음을 터뜨렸어.

우린 시간을 '헛되이 쓰다'는 시간을 '게으르게 흘려보내다'와 아주 똑같지는 않다고 생각했지. 목표를 연기하거나 잃어버린 건 아니라고 말이야. 목표로 향해 나아가긴 하지만, 일 자체를 시작하지 않고 잘못된 수단 또는 번거로운 준비 때문에 시간을 보내. 문을 칠하기 전에 붓을 모두 씻고, 강연 첫 문장을 쓰기 전에 온갖 잡다한 삽화와 다이어그램을 모두 정리하고 제목을 붙이는 거지. 그러고는 나중에 "빌어먹을! 진도가 훨씬 더 많이 나갔을 텐데!"라고 말해.

소피아와 나는 낭비한 시간, 버린 시간에 대해 꼼꼼히 생각해봤어. '버린'이라는 단어는 단 한 번의 기회를 내던진 것처럼 뭔가 어둡고 최종적인, 회복할 수 없이 잃어버린 뭔가라는 느낌을 지녔어. 사람들은 버린 시간을 게으름을 피우거나 헛되이 쓴 시간보다 더 깊고 격렬하게 후회하지. 하지만 슬프고 절망적인 이 느낌 뒤에 숨은 건 뭘까? 언젠가 유명한 어떤 이탈리아 교수의 짧은 책을 번역한 적이 있어. '템포 스프레카토 Tempo Sprecato'를 나는 '어 웨이스트 오브 타임 A Waste of Time'이라고 번역했고, 나중에 독일어 제목은 '페어타네 차이트

Vertane Zeit'가 됐지. 유명하고 분주한 사회학 교수로서의 삶을 어둡고 우울하게 회고하는 자서전이었어. 로마와 버클리에서 한없이 긴 세월 동안 교수로 지내면서 두세 주에 한 번씩 비행기를 타고 양쪽을 오갔고, 낯설어진 자신의 집에서 불면의 밤을 보냈으며, 그 사이에 이 학술회의에서 저 학술회의로, 이 책 출간에서 저 책 출간으로 이어지는 삶을 살았지. 다른 사람들은 그가 생산적이고 충만한 삶을 산다고, 이보다 더 나은 삶이 어디 있냐며 부러워했어. 그는 로마 공항 이륙장에 앉아 있었지. 몇 분 전에 조교와 캘리포니아 대학교 출판사와 전화를 했어. 샌프란시스코행 비행기 탑승 안내가 들려왔는데, 이미 수천 번 겪은 일이었지만 불현듯 다급하게 번쩍이는 탑승구의 불빛을 최면에 걸린 듯이 빤히 바라봤어. '그 다급함은 분주하게 허비한 내 삶의 화신이었다'라고 책에 썼더군. 교수는 자리에서 일어나, 집으로 돌아가려고 택시를 탔어.

공항까지 데려다준 택시 운전사를 우연히 다시 만났지. "뭔가 잘못됐습니까?" 운전사의 질문에 교수가 대답했어. "제대로 된 게 없습니다. 전혀 없어요." 쉴 새 없이 전화가 울렸지만 받지 않았지. 몇 년 동안 가지 않았던 포로 로마노에 갔어. 집을 청소해서 살 만하게 만들고 그림도 하나 샀지. 그러고 자기가 평생 어떻게 자기 자신을 스치며 살았는지 쓰기 시작했어. 게으름을 피우지도, 시간을 헛되이 쓰지도 않았어. 목표지향적으로 경력을 쌓고, 장거리 선수처럼 자기 자신에게서 모든 것을 끄집어냈지. 영화관에 마지막으로 간 게 언제던가? 산더미 같은 원고 무더기를 내던지고 데이터를 줄지어 삭제

했어. 그는 '그건 내가 삶의 시간을 보낸 주제가 아니라 경영이었다. 학술 경영'이라고 썼지. 기나긴 야간비행 시간에 다른 사람들은 모두 잠들고 엔진이 나지막하게 웅웅거리는 소리만 들릴 때면, 이따금 별이 빛나는 하늘을 쳐다보며 스스로에게 물었어. '내가 여기서 뭐 하는 거지? 대륙들 사이, 이곳에서?' '버린 시간'이라는 두 단어가 점점 더 자주 그를 괴롭혔어. 하지만 의무라는 속박에 붙잡힌 채 같은 일을 반복했지. 이륙장 탑승구의 불빛이 다급하게 깜박이는 모습을 보기 전까지는 말이야.

소피아는 점점 더 많이 알기를 원했고, 책 전체를 이야기해 달라고 하더군. 그러면서 커피를 아주 많이 마시고, 담배를 연달아 피웠어. 교수가 겪은 일을, 의학을 그만둔 지금 자기 내면에서 일어나는 일과 비교하는 게 분명해 보였지. 그러다가 입을 열었어. "교수가 낭비하거나 버린 시간이라고 말할 때는 게으르게 또는 호사스럽게 보낸 시간과는 전혀 다른 개념이었을 거예요. 단어들이 비슷하게 들린다고 해도 말이에요. 그가 의미하는 버린 시간은 관심 없는 일에 보낸 시간, 그걸 전혀 깨닫지 못하거나 그저 대충 알아채서 아무 결론도 내지 않은 시간이에요. 교수는 사회학적 질문에는 관심이 끌렸지만 잘난 척하는 사람들의 부자연스러운 자세나 행동에는 무관심했어요. 그 사람들이 자기 학문 분야에서는 아무리 뛰어났더라도 말이에요. 아빠가 설명하셨듯이 교수는 그 모든 게 그저 시간만 빼앗는 사교 게임이라는 사실을 너무 늦게 깨달았어요. 그의 마음에 드는 일이 마음에 들지 않는 일에 의해 질식당했다는 게 흥미로워요. 그리고 전자는 거의 언제나 후자의 외형을 입고 오기 때문에……. 어쩌면 예전에는 달랐을 거예요. 그가 박수갈채와 인정을 즐기고 번쩍이는 공항 불빛이 그의 자화상, 그리고 그의 삶이 어떠해야 할지를 보여준다고 상상한 때도 있었겠지요. 이런 상상을 하며 이륙장에 들어서는 한 그는 버린 시간을 버렸다고 인식할 수 없었고, 사실 그때는 버린 게 아니었지요. 그러려면 일단 상상 자체가 바뀌어야 하니까요. 야간 비행에서 도대체 왜 비행기에 앉아 있는지 모르겠다는 생각이 들기 시작한 것처럼 말이에요. 우리가 '더 나은 일에 시간을 쓸 수 있었을 텐데!'라고 외치며 후회한다면 이건 나중의 자화상, 중요한 것에 대한 나중의 관점이지요. 버린 시간이 버린 시간이 되었을 때에야 적용되고, 그 전에는 적용되지 않았거나 나중처럼 명백하고 확실하지는 않았던 거예요. 버린다는 의식이 대낮처럼 밝을 때는 시간을 버릴 수 없어요. 무척 즐겁게 게으름을 피울 수는 있지만요."

"'내가 여기서 뭐 하는 거지?' 교수가 야간비행기에서 스스로에게 물었지." 내가 말했어. "네 말을 다 듣고 나니, 너도 병원 복도에서 이따금 네 자신에게 그렇게 물었을 거라는 생각이 드는구나."

"예. 아마 똑같은 말을 쓸 수도 있었을 거예요. 하지만 그 교수와는 달랐어요. 그는 오랫동안 자신이 원하지 않던 것을 하느라 시간을 낭비했고 그걸 즐기지 못했다고 느꼈지요. 그가 그 자신이 아니었던 시간에, 이제 와서는 완전히 낯설어진 것을 하느라고 말이에요. 하지만 전 간호사로 일하던 시간과 공부하던 시간 내내 그와는 달랐어요. 젊은 학자를 에워싸고 야단법석을 떠는 것과는 달리, 저에게 감언이설을 한 사람은 아무도 없어요. 레오나르디가 의학 공부를 하라고 저를 설득했지만 감언이설을 한 건 아니에요. 전 어떤 일이 기다리고 있을지 알았어요. 하지만 이게 전부일 수 없다는 걸 느꼈지요. 저 너머에 다른 삶이 있다는 것, 게다가 그런 다른 삶이 많을지도 모른다는 걸요. 그 일을 계속했더라면 나중에 언젠가 내 시간을 버렸다고 말하게 될 거예요. 하지만 지금까지는 아니에요. 교수는 나중에 돌이켜보고 자신의 분주한 삶이 무의미하다고 느꼈어요. 버린 시간은 내용이 아무리 충실하고 중요하다고 해도 의미 없고, 시끄럽고, 텅 비었어요. 사실 병원에서는 이런 느낌을 받을 수 없어요. 회의장 복도에서의 수다와는 전혀 다르게, 그곳에서 처리해야 할 일은 급박하고 언제나 의미 있어 보이지요. 그건 그렇고, 병원에도 번쩍이는 불빛 비슷한 게 있었어요. 뭔가 급박한 일이 생기면 간호사실 문 위쪽에 달린 붉은 등이 깜박여요. 마지막에는 그걸 더는 볼 수 없었어요. 하지만 교수의 경우와는 달랐지요. 이 번쩍이는 불빛에 너무 오래 내 의지와 상관없이 복종한다는 게 아니라, 그냥 단순하게 '이제 충분하다. 여기서 더 간다면 버린 시간이다'라는 느낌이었으니까요."

우린 요리를 조금 해서 먹었어. 잠시 후에 소피아가 창밖을 내다봤지. 빌리가 밤의 정원을 뛰어다니고 버크가 휘파람을 휙 불었어. "그런 일은 사람에게만 일어나요." 소피아가 말했어. "인생을 놓치는 것 말이에요. 어쩌면 될 수도 있는 일, 급하고 압제적이고 강제적인 시간에 복종하느라 자기 자신을 놓치지요. 동물들에게는 이런 일이 일어나지 않아요. 동물은 자기가 지금 있는 모든 순간에 충실하고, 현재와 자신을 잊은 상태에 맹목적으로 빠져 있어요."

우리 딸과 이런 이야기를 할 수 있다니 얼마나 좋았던지! 당신과 내가 트리에스테 집에서 계단의 제일 높은 층계에 앉아 단어와 생각들에 대해 이야기하던 때를 떠올렸어. 우리 담배 연기가 섞이고, 더할 나위 없이 행복했지.

33

성탄절 전날 시드니가 런던에 왔다. 공항 도착장에서 질질 끄는 걸음걸이로 천천히 레이랜드와 소피아에게 다가왔다. "끝났어요." 두 사람 앞에 선 시드니가 말했다. "엘레나와 끝났다고요." 전날 파도바 엘레나의 집에서 자기 물건을 꺼내 왔다고 했다. "우린 기묘하게 낯설었어요." 지하철에서 그가 말했다. "그저 아는 사이에 불과한 것처럼 악수를 했지요." 사실 승객이 가득한 러시아워에 지하철에서 할 이야기는 아니었지만 그는 기다릴 수 없었다.

나중에 식사를 하면서 더 자세히 말했다. "엘레나가 보기에 난 지나치게 조용하고 내성적이었던 것 같아요. 처음에는 그걸 마음에 들어했어요. 자기와 달랐으니까요. 하지만 엘레나는 더 자주 술집이나 축제에 가고 싶어했어요. 그녀는 춤을 무척 잘 추는데 나는……. 그리고 난 최근에 서류에 파묻혀 있을 때가 많았지만,

그게 전부는 아니었어요. 법정에서의 시간은 날 끔찍하게 만들었지요. 법복을 벗으면 판결이든 수감이든 다 잊어버리는 동료도 있어요. 하지만 그 일들은 나를 계속 뒤쫓아요. 판결이 내려질 때의 얼굴과 시선. 엘레나와 그런 이야기를 하고 싶었어요. 트리에스테에서 전화로도요. 엘레나의 대답은 점점 더 짧아졌지요. 난 강박증이 생겨서 지갑과 전기제품을 계속 살폈고, 운전할 때도 산만했어요. 천식도 다시 심해졌지요. 이 모든 상황이 생긴 지 벌써 2년이 다 되어가요. 엘레나와는 그렇게 낯설어졌어요. 또 엘레나는 교사 동료 중에 다른 사람이 생긴 것 같아요. 콘티 교수님과 일하게 된 건 잘된 일이지만 우리 둘에게는 이미 너무 늦었죠."

시드니는 집을 보고서 감탄했다. 사방을 모두 둘러보고 자기 방을 정리한 후에 한동안 지중해 지도 앞에 앉아 있었다. "이게 그 전설적인 지도인가요?" 레이랜드가 고개를 끄덕이자 시드니는 사르데냐 섬을 가리켰다. "사르데냐어를 써. 세 가지 방언이 있지. 갈루라어와 로구도로어, 캄피다노어." 레이랜드가 말했다. "가보셨어요?" 그가 다시 고개를 끄덕였다. "벨사이즈 리트리트 호텔에서 캠든 타운으로 옮기고 얼마 지나지 않았을 때야. 큰 의미가 없다는 건 알고 있었어. 한 해 전에 다녀온 몰타 여행은 완전히 실패였고, 그때도 사정이 좋지 않았으니까. 그래도 말을 한번 들으러 가야 했다. 이름만 아는 이국적인 악기 소리를 한번 들으려는 것과 비슷했지. 많이 이해하지는 못했지만 그래도 물론 몰타에서보다는 더 많이 알아들었어. 사르데냐어는 로망어 가운데 하나니까. 또 고대 라틴어 단어도 들리지. 펜션 접수처에 여성이 한 명 있었는데, 심심했던지 내가 알고자 하는 모든 것을 자발적으로 설명해주더구나. '이제 뭘 할 거예요? 우리 언어에 대한 그 온갖 지식으로 말이에요.' 나중에 그 사람이 물었지. '사실…… 아무것도 하지 않을 겁니다.' 내가 잠시 후에 대답했어. 여자는 놀란 표정으로 나를 빤히 보다가 웃음을 터뜨렸어. 입속으로 금니 하나가 보이더군. 거기 머무는 동안 가장 좋았던 일은 그 대화였다."

"언어들이 지겨웠던 적이 있나요? 배우고 또 배우는 게 의미가 없다는 생각이 든 순간이 있어요?" 시드니의 질문에 레이랜드가 대답했다. "아니, 단 한 번도 없었다."

시드니가 요리를 하고 소피아가 옆에서 도왔다. 레이랜드는 이따금 부엌을 흘낏 바라봤다. 그는 아들이 요리할 때 필요한 온갖 일을 하는 모습에 감동했다. 아들이 그사이에 요리를 배웠다는 걸 미처 몰랐다. 다들 시드니는 손재주가 없다고 했다. 둘의 눈길이 마주쳤다. "엘레나에게 배웠어요. 요리 솜씨가 탁월했거든요. 이따금 학생들을 초대해서 10인분을 요리하기도 했지요." 시드니는 김이 서린 안경을 벗어 괜히 분주하게 닦았다. "그건 마지막까지 좋은 일들 중 하나였어요." 안경을 쓰지 않은 시드니의 얼굴은 상처받기 쉬워 보였고 무엇보다도 지쳐 보였다. 레이랜드는 아들이 유죄판결을 받은 사람에 대해 한 말을 생각했다. 시드니가 거실에 앉았다. 아들과 딸이 이곳에, 런던에, 영국에 있었다. 점점 더 자기 소유로 느껴지는 이 집에. 언젠가 둘은 떠날 것이다. 그러면 어떻게 될까?

"다른 일도 많았지만 엘레나와 나를 갈라놓은 직업상 문제도 있었어요." 식사를 하며 시드니가 말했다. "연초에 엔리코 네스타라는 남자가 10년 동안의 고통에서 구해주려고 아내를 살해했어요. 걷지도 앉지도 못하는 류머티즘 질환이었는데, 통증을 일으키는 수포와 피가 나는 상처로 인해 삶은 오로지 고통의 연속일 뿐이었지요. 아내는 죽기를 원해서 자신을 구원해달라고 여러 번 애원했고, 남편은 결국 그렇게 했어요. 처음에 트리에스테 지방법원 배심재판에서 그 사건을 심리했는데, 기소 내용은 완전히 고의적 살인인 '모살'이었어요. 형법전에 따르면 21년 이상의 자유형이지요. 변호인은 이 행위를 '조력 자살*'로 분류해달라고 요청했어요. 이 경우에는 6년에서 15년까지 융통성 있게 해석될 여지가 있지요. 여기에 더해 변호인은 '특별한 도덕적, 사회적 가치에 연유한 정상참작'을 주장했어요. 변호인의 두 가지 신청은 기각됐어요. 법정은 네스타를 그저 살인자로 간주했지요. 변호인은 상소했고, 사건은 트리에스테 고등법원으로 갔지만 같은 판결을 받았어요. 마지막으로 로마 대법원이 판결했어요. 몇 주 전 일인데, 내가 판결 근거에 너무 흥분하는 바람에 엘레나와 나 사이의 감정이 더욱 악화됐지요. 사실 우리 관계는 독살됐다고 말해야 할 거예요.

법정은 조력 자살에 대해서, 죽임을 당하려는 아내의 의지를 입증할 독보적이고 명백하며 구속력 있는 증거가 없다고 했어요. 아내는 이 의지를 문서로 남기지 않았어요. 네스타와 그의 아내는 소박한 사람들이라서 그게 필요하다는 걸 알지 못했고, 고통에 직면해서 친척과 친구들 앞에서도 여러 번 표현한 이 의지가 인정받는 게 '당연하다'고 생각했지요. 판사들은 통증 때문에 즉흥적으로 표현한 견해는 하나의 견해일 뿐, 명백하게 특정되고 구속력이

* 동의 당사자에 대한 살해.

있게 알려진 의지와는 다른 문제라고 했어요. 나는 이 궤변에 거의 질식할 지경이었지요. '독보적이고 명백한 증거'가 도대체 뭘까요? 이 사건에서는 뭔가요? 10년의 고통과 반복된 애원만으로는 왜 충분하지 않나요? 글로 쓴 의지가 비명으로 표현한 의지보다 왜 더 명백하다는 걸까요? 글을 전혀 쓸 줄 모르는 사람의 경우에는 어떻게 해야 하지요? 누군가와 10년을 함께 산 사람은 상대방이 이런 경우에 뭘 원하는지 '알고', 법정도 그가 '안다'는 걸 '알고' 있어요. '15년이나 경감되는 문제야!' 내가 외쳤어요. '그게 당신이 이렇게 고함을 지를 이유는 아니지.' 통화할 때 엘레나가 말했지요.

하지만 엘레나는 이 점에서는 여전히 토론할 의향이 있었을 거예요. 우리를 결정적으로 갈라놓은 건 대법원 판사의 또 다른 논거였어요. 변호인은 '연민에 의한 살인, 안락사'를 주장했고, 이는 과거의 대법원 판결에서 단연 정상참작 사례로 인정받았다고 했어요. 그러니 지금이라고 안 될 이유가 없다면서요. 판사의 논거 때문에 나는 그 후로 잠을 이루지 못했어요. 범행 동기가 '임의의' 윤리적 또는 사회적 관점에서 긍정적으로 평가되는 것만으로는 충분하지 않다고, 그게 아니라 사회 '전반적으로' 인정되는 원칙이 중요하다고, 하지만 이것은 안락사의 연민 동기에는 적용되지 않는다고 했지요. 이에 대한 지속적이고 치열한 논쟁은 이게 사회적으로 구속력 있는 견해가 아니라는 사실을 보여준다고 했어요. 그래서 법정은 네스타의 연민이라는 동기를 윤리적이고 사회적인 특별한 가치의 동기로 정상참작할 수 없다고 말이에요.

'그건 각 개인의 도덕적 민감성이 피상적인 사회 협정 때문에 질식한다는 뜻이잖아.' 나는 흥분해서 말했어요. ''사회 전반적으로 인정되는 원칙'이란 개별적 사건의 도덕 인식에 적합한 경우가 드문, 언제나 조야한 규칙이야. 네스타는 몇 년 동안이나 마음속에서 자라난 지극히 깊은 도덕적 감정과 아내의 존엄과 결정에 따라 그녀를 죽였어. 그런데 그게 판결이랑 아무 관련도 없다니! 가톨릭교회가 반대한다는 이유로!' 마지막 문장은 말하지 말았어야 해요. 엘레나는 전투적인 가톨릭교인은 아니어서 우리 사이에 종교가 문제가 된 적은 없었어요. 하지만 이때 갑자기 상황이 달라졌지요. '우린 가톨릭 국가에 살아. 그러니 법정은 그걸 지켜야 해.' 그녀가 싸늘하게 말했어요. '그건 엄청난 도덕적 독재야!' 난 이렇게 고함을 지르고 전화를 끊었어요. 그게 끝이었지요."

"데이비드 클라이번 사건과 비슷하구나. 난 그 사건 때문에 에일즈베리 법정에서 리비아를 만나게 됐다." 레이랜드가 말했다. "너희에게 그 이야기를 한 적이 없어. 리비아는 너희가 그걸 듣기에는 너무 어리다고 생각했지. 클라이번의 아내는 심각한 뇌졸중을 겪고 모든 걸 잃었어. 언어와 추억, 중요한 것을 전부 말이야. 엔리코 네스트의 아내와는 달리 클라이번의 아내는 자기 의지를 표현할 수 없었어. 하지만 오래 함께 산 클라이번은 아내가 죽음을 원한다는 걸 확실하게 알았지. 그는 1년 동안 아내를 아기처럼 돌보다가, 더는 움직이지 않을 때까지 베개로 얼굴을 눌렀어. 그런 다음 집의 모든 틈새를 막은 뒤 가스를 틀고서 누웠지. 가스 냄새를 맡은 이웃 여자가 소방대를 불렀고, 그래서 그는 법정에 서게 된 거야.

네스타를 판결한 로마 판사와 달리, 영국 판사는 클라이번이 안다고 믿었던 아내의 의지를 의심하지 않았어. 존 에스코트 판사는 사십 대 중반이었는데, 클라이번을 이해했고 그의 동기가 고결하다는 걸 의심하지 않았지. 그리고 로마에서와는 달리, 동기 판단에 사회 전반적인 의견이 필요하다는 말은 나오지 않았단다. 그럼에도 살인에 대한 판결은 종신형이었지. 판사는 클라이번이 명확한 정신 상태에서 의도적으로 사람을 살해했다고, 이 나라에서 통용되는 법에 따라 그건 모살이라고, '안락사'라고 해도 그 사실은 바뀌지 않는다고 말했어. 하지만 판사는 이탈리아에는 없지만 이곳에는 있는 방법을 사용했지. 그 기간만 지나면 사면될 가능성이 있는 형기로 1년을 말한 거야. 이건 엄청나게 관대한 판결이었고, 몇몇 사람은 이 판결이 파렴치하다고 간주했어. 에스코트는 일부 언론의 공격을 받고 윗선의 비난도 받았지만 판결은 그대로 유지됐지.

리비아와 나는 에일즈베리 에스코트 판사 집으로 갔고 리비아가 인터뷰를 했어. 사면을 결정하는 위원회는 2년 후에 클라이번을 출소시켰지. 그는 교도소에서 자살 시도를 했지만 이번에도 실패했어. 출소 직후에 자기 차로 화물 트럭을 정면충돌해서 그 자리에서 즉사했어. 사고라고 했지. 리비아는 그 전에 교도소로 그를 찾아간 적이 있어. 그가 리비아에게 누구냐고 물었지. 기자라고 대답하자 그는 바로 자리에서 일어나 감방으로 돌아갔어. '내가 그 사람이었더라도 그렇게 했을 거야.' 리비아가 말했지. 너희 엄마는 그런 사람이었다."

셋은 네스타와 클라이번의 내면적인 고통, 그리고 아무도 그런 고통에 직면하지 않으려면 어떤 법과 제도가 갖춰져야 할지 오랫동안 이야기했다. 나중에 시드니는 페르난도 콘티 책에서 이미 번역한 부분을 가지고 와서 레이랜드에게 보여주고, 다음 며칠 동안 함께 훑어볼 수 있는지 물었다. 시드니는 갑자기 불안하고 피곤해 보였다. 레이랜드는 이탈리아 뉴스 방송을 켰다. "현란한 사탕 색깔." 시드니의 말에 둘은 웃음을 터뜨렸다.

한밤중에 레이랜드는 어두운 거실에 앉아 있는 시드니를 봤다. 한동안 둘은 아무 말도 없이 소파에 나란히 앉아 있었다. 시드니가 안경을 벗고 그에게 기댔다. 레이랜드는 손으로 아들의 머리카락을 쓸었다. 이렇게 쓰다듬기는 무척 오랜만이었다.

34

성탄절에 케네스 버크가 첼로를 가지고 건너와서 바흐 모음곡과 다른 곡들을 연주했다. 그런 다음 소파에 앉았다. 그 옆 탁자에는 톰 커트니가 엄마에게 쓴 서간집이 놓여 있었다. 버크는 그 책을 들고 펼치더니 말없이 한동안 읽었다. 그러다가 페이지를 다시 앞으로 넘겨 이번에는 소리 내어 읽기 시작했다. 1장 '방문'이었는데, 커트니가 삼촌과 숙모를 찾아가서, 기억을 더듬으면서 그 둘만이 아니라 자기 부모도 독자에게 소개하는 내용이었다. 레이랜드는 몇 문장을 듣고는 바로 매혹당해서 눈을 감은 채 귀를 기울이는 시드니와 소피아를 자세히 바라봤다. 그는 이 마법이 커트니의 간결하고 힘을 뺀 문장의 조밀함 덕분이라고 생각했다. 그러나 독특한 마법은 버크의 낭독 방식 덕분이기도 했다. 레이랜드는 이 집에 온 첫날 저녁에 지금 버크의 목소리로 듣는 몇 문장을 직접 낭독했는데, 그 울림을 듣고 싶은 것뿐 아니라 마음속으로 리비아와 그 문장을 함께 나누기 위해서였다. 버크의 풍성하고 선율이 아름다운 목소리로 듣는 문장들은 완전히 다른 호소력과 불가항력을 띄었다. 이 문장들의 흐름이 절대로 그쳐서는 안 될 것 같았다.

이따금 버크를 압도하는 문장도 있었다. 그럴 때면 그의 목소리가 느려졌고, 말할 수 없는 놀라움이 느껴졌다. 잠시 읽기를 멈추었다가 같은 문장을 반복해서 읽었다. 커트니는 아버지가 자기를 때린 적이 있다고 말했다. "딱 한 번 나를 때린 적이 있는데 특별히 세게 때린 것도 아니었지만 그 빗맞은 매에는 세상의 무게가 담겨 있었다." 레이랜드는 트리에스테에서 패트 킬로이와 함께 커트니의 다른 문장들을 읽으며 이건 번역할 수 없다고, 다 망가뜨릴 뿐이라는 데 의견일치를 봤던 일을 떠올렸다. 지금 이 문장도 마찬가지였고, 버크가 두 번째로 낭독하는 다른 곳도 같은 상황이었다. 삼촌이 톰의 엄마에 대해 말하는 장면이었다. "네 엄마는 여왕이었다. 톰, 여왕이었어. 쓰레기들 틈에 있는 여왕." 시드니와 소피아는 동시에 눈을 떴다. "세상에, 정말 엄청난 장면이군요!" 시드니가 말했다.

저녁노을이 지면 버크가 건너와서 첼로를 연주하고 책을 낭독하고, 식사 후에 다시 한번 몇 쪽을 더 낭독하는 것이 이즈음 일상이 됐다. 그는 학창시절에 연극반이었으므로 문장을 어떻게 말해야 하는지 알고 있었고, 듣고 있던 레이랜드는 그런 그가 부러웠다. 버크는 커트니의 문장에 나지막하고 구슬픈 울림을 줬다. 그저 작은 흔적이고 미묘한 뉘앙스일 뿐이었지만 추억의 비애가 묻어났다. 이튿날 시드니는 그 책을 잠시 손에 들었다가 다시 내려놓으며 말했다. "아니, 버크의 목소리로 들어야겠어요."

사흘째 되던 날에는 린과 숀 크리스티도 왔다. 린은 좁은 보폭으로 조심스럽게 걸었고 휠체어도 가지고 왔다. 린도 커트니의 문장과 버크의 목소리라는 마법에 빠졌다. "멈추지 말아요." 거의 명령과도 같은 린의 말에 버크는 낭독을 계속했다. "그 책을 우리 출판사에서 내야겠어요." 나중에 린이 식탁에서 말했다. 숀은 한순간 먹는 걸 잊어버렸다. 나이프와 포크가 허공에 그대로 머물렀다. "엄마, 이미 출간된 책이잖아요. 케네스가 그 책에서 낭독했고요." "아, 그렇구나." 린은 기가 꺾인 목소리로 대답했다. 그 짧은 두 마디에서 수치심이 잠시 묻어났지만 그 느낌은 음식을 씹으면서 바로 사라졌다.

숀은 얼른 주제를 바꾸어, 호텔 분야에서 일한다는 학창시절 친구 이야기로 넘어갔다. 그 친구가 말하길 노팅 힐 어느 호텔 안에 식탁 몇 개에 요리사 한 명과 종업원 한 명뿐인 작은 이탈리아 식당이 있는데, 거기서 연초부터 일할 경험 많은 새 종업원을 구한다고, 되도록 영어가 모국어인 사람이면 좋겠다고 하더라고 했다. 혹시 패트 킬로이가 적합하지 않을지 물었다. "하지만 우리 트리에스테에 패트가 필요해요. 그는 그곳 귀속 재산이에요." 소피아가 말했다. 레이랜드는 패트와의 대화를 설명했다. "아무리 그래도 그렇죠." 소피아가 말을 이었다. "난 패트를 포기할 수 없어요. 그렇게 상황이 달라지는 거, 좋아하지 않아요. 이건 아빠에게서 물려받은 성격이에요."

다음 날 레이랜드는 킬로이에게 전화를 걸어 호텔 이야기를 했다. 런던으로 옮기겠다는 생각에 변화는 없느냐고 물었다. 패트는 어떤 때는 그 생각이 해방구 같고, 또 가끔은 그 생각 때문에 공황 상태에 빠진다고 했다. 요즘 무척 바쁘다고, 혹시 연초에 다시 연락할 수 없겠는지, 그리고 호텔에 들러 언제까지 결정해야 하는지 알아봐줄 수 있는지 물었다.

"패트가 각오를 단단히 해야겠는데요. 이곳은 우리 동네 트라토리아와는 좀 다르네요." 노팅 힐에 있는 호텔 식당에 앉았을 때 소피아가 말했다. "이유는 모르겠지만 패트가 이곳에서 일한다고 상상하니 기분이 좋아요." 시드니가 말했다. "여기서 일하는 게 더 나아 보이는데, 패트는 그럴 자격이 있잖아요. 하지만 나도 그가 그리울 거예요. 늘 그러듯이 트라토리아에 갔는데 패트가 없다면 마음이 아프겠지요." 레이랜드는 호텔 경영진과 이야기를 나누었다. 그들은 반대 의견은 없었지만 당연히 패트를 만나고 싶어했고, 1월까지 결정하면 충분하다고 했다. 저녁에 레이랜드는 패트에게 전화를 걸었다. 패트는 1월이냐고, 그때는 기분이 아마 좀 나아질 것 같다고 대답했다. 레이랜드는 이렇게 말하는 그가 좋았다. 자신의 내면이 얼마나 울퉁불퉁한지 아는 사람이 하는 말처럼 들렸으니까. 레이랜드는 패트에게 자기 이웃인 케네스 버크 집에 묵을 수 있다고 말했다. "자네랑 아이들이 그 사람에 대해 하는 말을 들으니 그를 손님으로 맞이하면 좋을 것 같네." 버크가 한 말이었다.

그즈음 카테리나 미찬이 전화해서 파올로 미켈리스의 책을 출간하겠다고, 그가 책상에 놓아둔 100쪽에 열광했다고 말했다.

"1,000쪽이라니, 언젠가 끝이 나긴 할까요?" "모르겠습니다." 레이랜드가 대답했다. "어쨌든 가장 빨리 끝나는 방법은 당신이 출간하리라는 걸 그가 알게 되는 거겠지요. 그에게 말해도 될까요?" 그런 다음 레이랜드는 미켈리스가 소설에 대해 메모한 처방전 이야기를 했다. "그 사람더러 저에게 전화하라고 전해주세요." 카테리나 미찬이 말했다. "그리고 우리끼리 말인데요. 그 책 제작비는 물론 제가 낼 거예요. 당신이 경비를 대고 싶다면 영어 번역에 내시면 되지요. 당연히 번역하실 테니까요. 안 그런가요?"

통화를 듣고 있던 소피아가 말했다. "소설 일지를 처방전에 쓰다니……. 정말 아름답네요. 그 사람 사진 있나요?" 평소에는 하지 않는 행동이었는데, 레이랜드는 밀라노 역에서 검은색 긴 외투와 밝은색 머플러를 하고 손을 흔드는 그를 열린 차량 문틈으로 사진 찍어두었다. 휴대전화를 꺼내서 소피아에게 그 사진을 보여줬다. 소피아는 휴대전화를 들고 부엌으로 가서 오랫동안 사진을 자세히 들여다봤다. "파올로 미켈리스? 그게 이 사람 이름인가요?" 그녀가 전화를 돌려주며 묻자 레이랜드는 고개를 끄덕였다. "원고는요?" 그는 둘이 함께 복사한 처음 100쪽 이야기를 했다. 소피아가 창가로 다가섰다. 곰곰이 생각하는 표정이었다. 원고를 읽고 싶은 모양이군. 레이랜드가 생각했다. 소피아가 그걸 당장 말하지 않는다는 게 낯설었다. 마치 자기 마음을 남이 알면 안 된다는 듯했다. 레이랜드는 카테리나 미찬에게 전화를 걸어, 100쪽 복사본을 런던으로 보내줄 수 있는지 물었다. 소피아가 그에게로 몸을 돌리고 물었다. "그 정도로 티가 많이 났어요?"

레이랜드가 미켈리스에게 전화를 걸었다. "자네 원고 읽었네.

기차에서 이미 읽었지. 멈출 수 없더군. 카테리나 미찬에게 줬네. 어느 정도 내 멋대로 내린 결정이지만, 자네가 명백하게 금지한 건 아니니까. 미찬은 감탄해서 1,000쪽이더라도 책을 출간하겠다고 했어. 물론 언젠가는 끝난다는 게 전제조건일세." 미켈리스가 웃음을 터뜨리고서 말했다. "이건…… 믿어지지 않을 정도야." 그러고는 한동안 입을 다물고 있다가 말을 이었다. "원고를 마치려면 당신 도움이 필요할 것 같아. 그 이야기를 하고 싶어." "여기로 오게. 학교와 병원에서 언제 휴가를 낼 수 있는지 알려줘. 자네 비행기 표를 예매하지." "사이먼?" "응?" "믿을 수 없어……. 10년이 지났는데. 당신은 상상할 수 있어?" "난…… 아니, 정확하게 말하자면 아닐세. 하지만 널빤지 선반에 가득했던 종이들이 눈앞에 보여. 그 종이와 널빤지들이."

늦은 오후에 버크가 건너오기 전에 레이랜드는 시드니와 함께 앉아, 시드니가 콘티의 책에서 이미 번역한 부분을 훑어봤다. 레이랜드가 번역에 관여하는 첫 학술서적이었다. 둘은 워런 숀의 책장에서 찾은 대형 사전과 백과사전들을 뒤적였다. 레이랜드는 시드니의 지치지 않는 예리함을 즐겼다. 시드니가 그보다 나을 때도 많았다. 그러다가 아버지와 영어로 자주 말하긴 했지만 영어권에서 살지는 않았다는 사실이 드러나는 실수를 하기도 했다. 이런 실수에 발이 걸릴 때면 시드니는 사기가 꺾여 자신감을 완전히 상실했고, 레이랜드는 엘레나와의 이별이 가져온 실망과 슬픔이 아들을 얼마나 심하게 엄습하는지 느끼곤 했다.

소피아도 그런 눈치를 챌 때면 두 사람에게 함께 시내로 가자고 재촉했다. 언젠가 셋은 해링턴 가든스의 집 앞에 서 있었다. 사진

작가 필립 애쉬크로프트가 창문 안쪽에서 책상 앞에 앉아 뭔가 쓰고 있었다. "난 그때 세 살이 채 되지 않아서 흐릿한 기억 두 가지밖에 없어요." 시드니가 말했다. "하나는 복도에서 풍기던 냄새예요. 이따금 청소 세제 냄새가 나고 또 가끔은 향수 냄새도 났어요. 우리 위층에 향이 강한 향수를 쓰는 여자가 살았나 봐요." "데니슨이었지." 레이랜드가 대답했다. "유치원 교사였는데, 넌 그 사람을 좋아하지 않았어. 다들 그걸 느낄 수 있었단다." "그리고 다른 기억 하나는 샹들리에를 보는 거였어요. 높은 곳에 있는 전등들의 커다란 모임. 아무리 봐도 질리지 않았지요. 그게 다예요. 이 집, 이 공간에서 2년 동안 매일 하루 종일 있었는데 기억나는 게 없다니 참 이상해요. 가구도, 내 움직임도, 아빠나 엄마나 소피아 누나의 손길도 기억나지 않아요. 모든 게 그냥 사라졌어요. 완전히 낯선 장소예요. 섬뜩하지 않나요?"

레이랜드도 섬뜩하다고 대답했다. "하지만 세 살 때까지의 어릴 적 기억보다는 살면서 나중에 흐릿해지고 잊어버리는 게 더 섬뜩하지. 마치 존재하지도 않았던 것처럼 어둠에 완전히 가라앉은 긴 기간이 있어. 그 기간도 삶의 처음 몇 년처럼 흔적을 남기지만, 다시 한번 경험하듯 떠올릴 수는 없어. 얼마 전에 옥스퍼드에서 존 던 학교가 더는 존재하지 않는다는 걸 알았을 때, 그날 나머지 시간 내내 교실과 복도와 운동장에서의 시간을 기억해내려고 했지만 허사였어. 그때 내 감각은 샹들리에 아래 있던 두세 살인 너보다 훨씬 더 뚜렷했을 텐데. 그리고 네가 얼마 전에 사르데냐에 대해 물었을 때도 남아 있는 기억이 너무 없어서 충격을 받았다. 세부적인 것 말이야. 명백하고 섬세한 것들. 진단을 받고 나서 처음 몇 주 동안은 이런 틈새에 대한 충격이 특히 더 컸지. 감각적인 깊이를 상실하고 기억 속에 그저 추상적인 크기로만 존재하는 모든 일화가 끔찍한 상실로 느껴졌단다. 이 망각으로 인해 내 삶을 놓치고 잃어버린 것 같았지. 우린 과거와 어떤 틈새도 없이 가깝게 연결되어 있다고, 우리 삶이 끊어지지 않는 실처럼 부단하게 짜여간다고 느끼며 살잖아. 이 느낌이 없으면 견디기 힘들지. 하지만 사실은 그렇지 않아. 인생은 망각에 씻기는, 움직이는 기억의 섬들이 복잡하게 얽힌 긴 고리로 이루어져 있어서 우린 이 고리에서 저 고리로 이리저리 뛰어다녀. 우리 모두는 스스로도 속일 만큼 창의적인 이야기로 그 틈새를 메우지. 마치 우리가 끊임없는 기억의 단단한 근거에 서 있다는 듯이."

레이랜드는 울타리 말뚝을 꽉 잡았다. "이 이야기를 할 때면 금방이라도 비틀거릴 것만 같다. 진단받은 후의 몇 주, 모든 확신이 부러졌던 그 시간이 되돌아오는 느낌이야." "우리 내부가 움직이는 섬들의 느슨한 고리가 아니라 단단한 곶串이라면 어떤가요? 그러면 뭐가 더 나아요?" 소피아의 질문에 레이랜드가 대답했다. "모르겠다. 표현하기 힘들구나. 아마 좀 더 안전하다고, 나 자신에 가까이 있다고, 어두운 조류에 그냥 몸을 맡기는 일이 적다고 느끼겠지." "어쩌면 내가 누구인지 더 잘 안다는 느낌일지도 모르지요." 시드니의 말을 소피아가 받았다. "하지만 망각은 바닥짐을 버리는 것 같은 해방일 수도 있지 않나요? 그래서 우리가 잃는 게 몇 가지 있더라도, 우리 자신의 일부를 잃더라도 말이에요." 필립 애쉬크로프트가 일어나서 그들을 내려다보고는 들어오겠냐는 손짓을 했다. "그러지 않는 게 좋겠어요." 시드니의 말에 레이랜드가 집주인에게 아니라는 손짓을 해보였다. "그 안에서의 내 시간은 그냥 어둠 속에 있는 게 낫겠어요." 다시 걸으면서 시드니가 말했다. "어차피 제대로 선명하게 만들 수도 없고요." 그러다가 불현듯 멈춰 섰다. "세 번째 기억이 있네요. 우유가 끓어 넘쳐서 냄새가 나요. 쉬익거리는 소리와 짜증 섞인 엄마 목소리가 들려요. 그때도 그 목소리가 좋았지요. 설령 그 짜증이 나를 향한 것이었다고 해도 마음속으로는 늘 좋았어요."

그 후에 셋이 포일스 서점 책장 앞에 서 있을 때 레이랜드가 말했다. "저쪽 구석의 모자 쓴 중년 남자가 보이지? 에일즈베리 데이비드 클라이번 재판에서 판결을 내린 존 에스코트 판사인 것 같다. 리비아와 내가 그의 집을 방문한 지 30년도 더 지났고 외모가 아주 많이 달라지긴 했지만, 그 사람이 맞을 거야." 그때 남자가 몸을 돌려서 둘의 시선이 마주쳤다. 그가 주저하며 세 사람에게 다가와서 말했다. "데이비드 클라이번 재판. 기자와 함께 나를 찾아왔던 그분이군요. 아닙니까? 그 기자 이름이 뭐였더라?" "리비아 페르토트입니다. 내 아내가 되었지요." 레이랜드가 그렇게 대답한 뒤, 시드니와 소피아를 그에게 소개했다. "얼마 후에 변호사 시험을 봅니다." 시드니가 말했다. "트리에스테에서 남편이 병든 아내를 죽인 사건이 있었어요. 아내의 소원에 따라 연민에서 한 행동입니다. 정상참작이 되지 않아서 그는 모살 판결을 받았어요. 법정에서 들은 말 때문에 저는 경악하고 분노했습니다. 아버지가 클라이번과 판사님의 판결에 대해 이야기했어요. 이 일에 대해 판사님과 긴히 대화를 나누고 싶습니다. 런던에 사시나요?" 에스코트가 고개를 끄덕였다. "햄프스테드 저희 집으로 초대해도 될까요?" "글쎄요." 에스코트가 대답했다. "내 이력 중에 가장 암울하고 고통스러운 순간이었지요. 내 권유에도 불구하고 클라이번은 2년 후에야 자유의 몸이 되었소. 그러고는 화물차와 충돌했지요. 내가 그 일에 대해 오래 이야기하고 싶어하는지 나 자신도 모르겠군요. 아주 오랫동안 날 괴롭힌 일이라오. 어쨌든 생각해보지요. 전화번호를 알려주겠소?"

집에 돌아왔을 때 안드레이에게서 전화가 왔다. 다리가 마비된 번역가 로만 네미로프에게서 편지가 왔다고 했다. "인쇄한 듯한 손글씨였고, 간결한 문장들이었네." 안드레이가 말했다. "그는 스미르노프의 원고에 감탄했네. 번역할 마음이 있다더군. 다른 원고도 하게 될지는…… 두고 봐야겠지. 그가 출판사 사장과 나를 자기 집으로 초대했다네. 브라이턴에 살아." 안드레이는 헛기침을 하고 말을 이었다. "난 영국에 가본 적이 없네. 갈 생각을 하니 불안하군. 자네가 함께 가줄 수 있겠나?" 레이랜드는 물론이라고, 옆집에 사는 친구에게 자네가 그 집에서 묵을 수 있는지 물어보겠다고 했다. "흠, 글쎄. 펜션이 낫겠네. 난…… 난 다른 사람들과…… 함께 지내는 게 익숙지 않아서 말이야. 내 말은…… 자네도 나를 알지 않나. 네미로프의 전화번호도 받았는데, 내가 전화를 걸어서 자네가 함께 가도 될지 물어보겠네. 그러면 언제 오는 게 좋겠다는 말도 하겠지."

다음 날 저녁, 한 해가 끝났다. 버크는 커트니의 책에서 마지막 몇 쪽을 낭독했다. 그런 다음 유리창을 열고 종소리에 다들 귀를 기울였다. "살면서 가장 긴 한 해였어." 레이랜드가 말했다. "병 진단과 출판사 매각, 오진 발견, 그리고 지금 우리가 여기 이 집에 앉아 있는 것. 이 모든 일이 올해 하반기에 일어났지. 상반기에는 무슨 일이 있었는지 기억도 안 나는군."

35

1월 1일, 숀 크리스티가 전화했다. 불안하고 약간 잠긴 목소리에서 레이랜드는 뭔가 일이 벌어졌음을 바로 알아챘다. 메리 앤 애쉬퍼드가 수면제를 다량 먹었다고, 마지막 순간에 구급의사에게 전화해서 어제까지 병원에 입원해 있었다고 했다. "나지막하고 죄책감 어린 목소리로 말하더군. 그리고 마지막에 자네가 지금 어딨는지 물었네. 나는 오늘 엄마 곁을 지켜야 해서 가볼 수 없어."

레이랜드는 지하철로 토트넘 코트 로드까지 갔다. 거기서 갈아타는 대신 옥스퍼드 스트리트로 나가서 마블 아치 쪽으로 향했다. 생각할 시간이 필요해서 천천히 걸었다. 삼촌 집에 사는 내내 메리 앤에게 연락하지 않았다. 병원 진단과 출판사 매각도 알리지 않았다. 그는 메리 앤의 모든 책을 번역했으므로 둘 사이에는 친밀감이 싹텄지만 그건 일방적인 친밀감이었다. 메리 앤은 그에게 관심은 보이지 않은 채 그저 자기 자신만 열어 보였다. 자기를 이해하고 비평으로부터 방어해줄 친한 친구로서 그가 필요했던 것이다. 레이랜드에게 사적인 질문을 하는 일은 드물었고, 설령 한다고 해도 제대로 대답하기도 전에 이야기 주제를 다시 자기 자신에게 돌렸다. 게다가 이 모든 상황을 전혀 알아채지 못하는 듯했다. 이런 경험을 한 번도 하지 못한 레이랜드는 만날 때마다 놀랐고, 상처받지 않으려 애써야 했다. 그는 마블 아치 근처 카페에 앉아, 둘이 함께한 여정을 머릿속으로 훑어나갔다.

둘이 처음 만났을 때 그녀는 스물다섯 살이었다. 레이랜드가 리비아와 아이들과 함께 트리에스테로 이사한 해 봄이었다. 린 크리스티는 메리 앤의 첫 번째 소설《비 오는 나날》에 대해 말했는데, 자존감을 잃었다가 회복하는 일에 관한 이야기였다. 그 책은 모두의 예상을 깨고 굉장한 성공을 거두었고, 린은 레이랜드에게 이탈리아어 번역을 제안했다. 그는 린이 준 책을 밤낮으로 읽었다. 이탈리아어 제목도《비 오는 나날Giornate Piovose》이 될 터였다. '그저 아주 사소한 일이었다. 언급할 가치도 없는…….' 이야기는 이렇게 시작했다. 어떤 여성이 사랑에서 행한 아주 작고 사소한 용인이 자기 자신에 대한 배신이 되어 그녀는 파괴될 위험에 처했다. 메리 앤은 자존감이라는 단어로 '자부심self-esteem'과 '자기 존중self-respect'을 번갈아 썼으나 이탈리아어로는 언제나 '자기 존중rispetto per se stesso'이었고, '자기 자신을 배신하기Betraying oneself'는 '트라디르시tradirsi'였다. 레이랜드는 그 책을 두 번 읽고 1장을 번역한 후 메리 앤을 방문했다. 그녀는 인세로 받은 많은 돈으로 하이드 파크 옆 클레런던 플레이스에 집을 샀고, 우아한 석고 장식물이 놓인 높은 공간이 주는 행복과 책의 성공에 푹 잠겨 있었다. 하얀 얼굴과 넓은 이마와 긴 금발 탓에 뭔가 천상의 존재, 양말을 신고 반짝이는 쪽매널마루를 떠다니는 요정 같은 느낌을 풍겼다. 레이랜드는 그녀의 길고 가느다란 담배를 피우고 진한 차를 마셨다. 그는 불필요한 반복과 모순에 대해 이야기를 꺼냈다. 원래 편집자가 언급해야 할 문제였다. "번역자만큼 자세히 읽는 사람은 없습니다." 그가 말했다. 예민한 메리 앤은 이런 상황은 예상하지 못했다. 지적에 반대하며 궤변 같은 논거를 대다가 부엌에서 차를 끓여 온 후에야 인정했다. 레이랜드는 소설 주제에 대해서 한 가지 질문만 했는데, 메리 앤의 얼굴을 보고서야 자기 질문이 얼마나 위험한지 알아챘다. 소설 속 여자가 자기 자신에 대한 배신의 깊이를 깨달았을 때 자살을 생각한 적은 한 번도 없는지 물었다. 메리 앤은 얼굴을 쓸며 입술을 깨물었고, 그는 질문을 취소할 수 있으면 좋겠다고 생각했다. 그러다가 그녀가 말했다. "화제를 돌리지요." 그 후에는 시간이 길어졌다. 메리 앤은 자기 문장이 이탈리아어로 어떻게 울리는지 알고 싶어했고, 다리를 끌어올린 채 소파에 앉아 눈을 감고서 점점 더 많이 듣고자 했다. 레이랜드가 그곳을 나왔을 때는 자정을 훨씬 넘긴 시각이었다.

소설은 이탈리아에서도 영국에서만큼 성공을 거두었고, 메리 앤은 낭독회를 하러 트리에스테로 왔다. 그녀가 몇 부분을 영어로 낭독하고 레이랜드는 그 사이사이에 번역문을 읽었다. 메리 앤이 자기 문장을 읽는 소리를 처음 들은 레이랜드는 자신이 매우 잘 아는 그 언어의 강렬함에 매혹됐다. 런던에서 책에 관한 이야기도 포함하여 대화를 나눌 때 메리 앤은 가볍게 말할 때가 많았다. 그러나 진지하고 열정적인 그녀의 목소리는 강당을 아주 고요하게 만들었고, 레이랜드는 그녀를 따라가느라 힘이 들었다. 메리 앤의 언어가 지나치게 클 때가 많다는 언론의 비난이 있었다. "큰 언어라는 게 도대체 무슨 뜻인지 모르겠어요." 청중 가운데 누군가 이에 대해 질문하자 그녀가 한 대답이었다. "그건 그렇고, 사물은 큰데 언어는 왜 그러면 안 되나요?"

리비아는 메리 앤을 좋아하지 않았다. 그녀와 함께 리비아의 사무실로 들어간 레이랜드는 두 여자가 악수를 할 때 이 사실을 바로 알아챘다. 리비아는 자기 출판사의 저자를 격식에 맞게 대우하고 차를 대접했고, 낭독회가 끝나고서 함께 저녁식사도 했다. 또 우호적인 말도 빠지지 않았다. 그러나 레이랜드를 오싹하게 하는 싸늘한 거리감이 느껴졌다. 리비아가 메리 앤에게 공감하지 않고 반감을 품을 뿐 아니라, 전혀 이유 없는 질투를 느낀다는 것을 곧 깨달았다. 레이랜드는 '메리 앤'이라고 말한 적이 한 번도 없고 언제나 '메리'라고만 했다. 리비아는 그와 달리 '메리 앤'이라고 했는데, '앤'에 강세를 두었고 이따금 '앤'이라고만 할 때도 있었다. 날카로운 칼로 자신의 살을 베듯 꽉 누른 목소리로 예리하게 말했다.

메리 앤은 책에서—그리고 대화를 할 때도— '오락가락'과 '때로는'과 '별 상관 없는' 같은 관용구를 자주 넣었고, '~보다는'이나 '차라리 ~않는'은 특히 더 자주 사용했다. 메리 앤의 책을 번역할 때면 레이랜드도 평소보다 이 관용구를 더 자주 썼다. 늘 그랬다. 그는 번역중인 책의 언어 속에서 살았다. 리비아도 그 사실을 알고 있었다. 평소에는 그가 좀 낯설어져서 성가셔하는 정도였는데, 메리 앤의 책을 번역할 때는 완전히 불쾌해했다. 레이랜드는 자기가 그런 관용구를 사용할 때마다 리비아가 그걸 메리 앤을 추억하는 것으로, 멀리 하이드 파크 옆 클레런던 플레이스에 있는 그녀의 존재에 대한 경의로 받아들인다는 느낌을 받았다. 그가 귀신에 홀렸는지 자기는 메리 앤의 편이라는 것, 그리고 둘 사이에 존재하는 친밀함을 확실하게 드러내려고 일부러 이런 관용구를 사용할 때도 있었다. 그럴 때면 리비아의 입가는 경멸하듯 떨렸고 몸의 미세한 동작에서는 자의식이 느껴졌다. 작은 다툼이, 사소한 언쟁이, 번개처럼 빠른 말의 움직임이 생겨났다. 그 움직임은 뭔가 도발적이었고 함께 있는 사람들에게 조심하라고, 나도 아직 여기 있다고, 그리고 확실하게 말하겠는데 나는 런던에 있는 유령 같은 그 경쟁자보다 더 강하다고 선포하는 듯했다.

이와 달리 레이랜드가 아무 생각 없이 관용구를 쓸 때도 있었다. 그는 자신이 순간적으로 메리 앤의 언어로 미끄러져 들어갔다는 사실도 깨닫지 못했다. 그럴 때면 막연한 경쟁자의 존재는 독이 있는 도깨비불이 되어 그가 말하는 내용 속에서 갑자기 번쩍 빛났고, 리비아가 나이프와 포크를 접시 가장자리에 조용히 내려놓고 나가는 일이 벌어지기도 했다. 침착한 그 동작은 식사 도구를 요란하게 내던지는 것보다 훨씬 타격이 컸다. 아니면 리비아가 그 자리에 앉아 있기는 했지만 바깥 나무들과 만灣 방향으로 천천히 고개를 돌리는 일도 있었다. 바다가 보이지 않았지만 그녀의 눈길은 바다를 보는 듯했다. 또 리비아가 메리 앤의 단어를 부자연스럽게 사용할 뿐 아니라 조롱하듯 인용함으로써 반격에 나서기도 했다. 그럴 때면 레이랜드는 속수무책이었다. 반어적인 서술과 대화의 세련된 번역으로 찬사를 받는 그가 반어에는 언제나 어쩔 줄 몰랐다.

레이랜드가 '산만한' 누군가에 대해 말하면서 '산재한'이라고 하면 리비아는 분노로 들끓었다. 그건 메리 앤의 말투였으니까. 메리 앤은 '산만한absent-minded'을 의미할 때 '산재한scattered'이라고 썼는데, 실수로 그러는 게 아니고 괴팍해서도 아니었다. 메리 앤에게 산만이란 침착함의 부족이나 부주의나 경솔함이라는 뜻이 아니었다. 그녀는 그런 사람은 정신을 모두 모아서 그 자리에 있는 게 아니라 다른 곳에 가 있다고, 정신이 바깥을 돌아다닌다고, 그러니까 자기 자신에게서 멀리 떨어져 '산재'한다고 봤다.

트리에스테에서 열린 첫 번째 낭독회가 끝난 다음 날 레이랜드는 메리 앤에게 도시를 안내했고, 그 후에 둘은 배를 타고 무자로 갔다. 메리 앤은 검은 리본이 달리고 차양이 넓은 밀짚모자를 사서 쓰고 눈을 감은 채, 배가 달리느라 생긴 주행풍을 즐겼다. 둘이 나눈 대화를 돌이켜 생각할 때 레이랜드에게 남은 기억은 나중에 그녀에게 닥친 불행의 전조 같은 것뿐이었다. 메리 앤은 글을 쓸 때 닳은 표현의 희생물이 되지 않는 게 얼마나 힘든지 이야기했다. 어떻게 거기서 도망칠 수 있을까? 그리고 '어디로' 도망쳐야 할까?

메리 앤은 다음 작품인《열쇠The Keys》집필을 4년 후에 끝냈다. 《비 오는 나날》과 마찬가지로 이 책에서도 나지막하고 사소한 행위들이 걷잡을 수 없이 큰일로 번져, 등장인물들이 거기에 파묻혔다. 예를 들어 누군가 이웃에게 집을 봐달라고 부탁하며 열쇠를 건넸다. 그 이웃은 여기서 종이를 뒤집어보고 저기서 서랍을 뒤지다가…… 불현듯 타인의 삶에 관여하게 되어 더는 발을 뺄 수 없었다. 레이랜드가 번역에 대해 이야기하려고 메리 앤에게 갔을 때 다른 여자가 문을 열었다. 메리 앤이 함께 사는 이탈리아 여자였다. 레이랜드가 그 여자와 이탈리아어로 대화를 나누자 메리 앤은 질투를 느꼈고, 그 결과 레이랜드에게 "이 여자는 내 사람이야"라고 말하려는 듯이 계속 그녀의 머리카락을 쓸었다. 그는 저녁에 리비아에게 전화할 때 그 이야기를 했다. 그 후에 상황이 좀 변하긴 했지만, 여전히 메리 앤이라는 주제는 피해 가는 게 나았다.

메리 앤은 이 책과 그다음 책도 가지고 트리에스테에 왔다. 강연장이 《비 오는 나날》 때처럼 가득 차지는 않아서 그녀가 실망하는 게 느껴졌다. 그 후에 출간된 책들은 장편이라기보다 중편에 가까웠는데, 반응이 크지는 않았지만 숀과 리비아의 출판사는 여전히 메리 앤을 지지했다. 그녀의 언어는 무척 간결해지고 아주 밀도가 높았으며, 기본 색조는 아름다운 곡조로 다져진 슬픔이었다. 레이랜드는 정확한 음색을 찾으려고 모든 문장을 여러 번 다시 써야 했다.

마지막 책 《남은 것Leaving》은 누군가 집에서 쫓겨나고 그 일로 무너지는 내용을 다루었는데, 리비아가 사망하고 2년 뒤에 출간됐다. 메리 앤은 이제 마흔 살이었다. 레이랜드는 그때 그녀에게 가서 나눈 이야기를 마치 어제 나눈 대화처럼 기억하고 있었다. "죽은 은유의 태엽장치에 질식해 죽을 것 같아요." 그 말에 레이랜드는 의아한 눈길로 그녀를 바라보며 물었다. "죽은 은유?" "우리가 아무 생각 없이 맹목적으로 흉내 내는 은유 말이에요. 우린 그게 은유라는 것, 언젠가 예전에는 뭔가에 새로운 빛을 드리우는 생생한 그림이었다는 사실을 깨닫지 못하지요. '백방으로 애쓰다' '싸움을 걸다' '우물에 가서 숭늉 찾다' '뭔가를 위해 물불을 가리지 않다'와 같은 관용구 말이에요. 처음에는 살아 있는 그림이었지만 수천 번 흉내 내면서 죽었어요. 언어는 그런 것들로 가득한데, 그걸 찾는 직감이 발달하면 죽은 온갖 은유들은 거대하고 포괄적인 메커니즘처럼 생각돼요. 새로운 것과 즉흥적인 모든 것을 놀랍도록 철저하고 쉴 새 없이 발밑에 파묻는, 우리 자신보다 더 큰 엄청난 태엽장치지요. 우리가 언어와 언어 습관을 새로 발명하지 못하는데 어떻게 여기에 대항할 수 있나요?"

레이랜드가 살아 있는 은유의 예를 묻자, 메리 앤은 성서에서 솔로몬의 말을 인용했다. "내가 해 아래에서 행하는 모든 일을 보았노라. 보라, 모두 다 헛되어 '바람을 잡으려는 것'이로다." 바람을 잡으려고 필사적으로 애쓰는 것은 헛수고라는 의미에서 허무함의 은유였고, 메리 앤은 이런 표현에 감탄했다. 그녀는 또 마담 보바리의 권태를 '마음 구석구석 어둠 속에서 거미줄을 치는 소리 없는 거미'라고 표현한 플로베르도 인용했다. "우리가 이 그림들과 관용구를 흉내 내기 시작하면 어떻게 되나요?" 레이랜드가 물었다. 메리 앤은 물컵을 돌리다 뺨에 잠시 대고—자주 그렇게 했다— 대답했다. "그러면 온갖 매력과 광채는 사라지고 죽겠지요."

그 대화를 나눌 때 메리 앤은 문학에 대한 자신의 해석과 그것이 세월이 지나면서 어떻게 성장했는지 설명했다. 그 해석은 경험을 여는 게 아니라 덮어버리는 맹목적인 관용구에 대한 반발과 저항이었다고 했다. 그녀에게는 경험을 밝게 하는 게 아니라 방해하고 위조하는, 끈적끈적하고 숨 막히는 표현들에 대한 반기가 바로 문학이었다. 문학적 양식은 관용구에 대항하여 경험을 관철하려는 시도였다. 메리 앤은 양말만 신은 채 쪽매널마루를 오가며 담배를 연거푸 피웠다. 이런 노력이 그녀의 삶에 얼마나 큰 영향을 끼쳤는지 알 수 있었다. 레이랜드는 그녀 자체가 바로 이 노력이라고, 부엌에 쌓인 빈 병들에서 보듯이 그녀는 자신을 쇠약하게 하는 노력을 하며 술에 손을 뻗는 일도 많았을 거라고 짐작했다.

그는 번역을 위한 생각의 윤곽을 그림으로써 이 노력에 함께하고자 했다. 문학이 숨 막히는 관용구에 대한 저항이고 문체가 이 저항의 형태라면, 이 반란과 형태가 다른 언어에서는 어떠해야 할까? 언어마다 그 음악이 아주 다른데, 상응하는 것을 어떻게 찾아야 하나? 이런 의문이 들면 번역자의 과제는 생각보다 막중해졌다. 낯선 목소리를 자기 목소리로 바꾸는 것…… 그것도 이미 물론 어렵긴 하다. 하지만 그걸 넘어, 그것의 형태로서 반항과 문체에 상응하는 짝을 찾으려면?

레이랜드는 마블 아치 근처 카페를 나와, 베이스워터 로드를 따라 걸어 클레런던 플레이스 쪽으로 갔다. 지난 몇 년 동안 왜 메리 앤에게 자주 전화하지 않았던가? 죽은 은유의 거대한 태엽장치와의 싸움은 어떻게 되어가는지 왜 묻지 않았나?

창백한 얼굴로 말없이 문간에 서 있는 메리 앤을 보자마자 레이랜드는 그냥 가는 게 낫겠다는 생각이 들었다. "미안해요." 메리 앤이 말했는데, 저녁 내내 몇 번이나 이 말을 반복했다. 그녀가 차를 끓여달라고 부탁했다. 부엌이 지저분했다. 접시에는 며칠 묵은 게 분명한 음식 찌꺼기가 남아 있고, 구석에는 빈 와인 병이 늘어서 있었다. 둘은 그가 번역문을 읽어줄 때면 늘 앉던 방식대로 앉았다. 그녀가 그를 가만히 바라보다가 말했다. "미안해요." 두 눈의 위치가 똑같지 않았다. 한쪽이 아주 조금 밀려난 것 같았고, 한쪽 눈동자가 다른 쪽보다 약간 크고 진한 색이었다. 물론 예전에도 알아채긴 했지만 지금은 의미가 좀 달랐다. 얼굴이 흘러내리고 무너진 듯했고, 그래서 계속 미안하다고 말하는 그녀는 눈앞에서 몰락하는 것에 대해 사과하는 듯했다. "걱정 말아요." 레이랜드가 이탈리아어로 말했다. 메리 앤은 그가 이탈리아어를 하는 걸 좋아했다. 이제 미소를 짓는 그녀는 뭔가 아름다운 것, 언젠가 그런 아름다움을 알았다는 것조차 지금은 거의 믿을 수 없는 뭔가를 떠올리는 듯했다.

젊은 여성과의 연애가 끝났다. 레슬리라고 했다. 메리 앤은 사랑하는 연인의 이름을 잊고 싶다고, 잊어야 한다는 듯이 아주 빠르게 발음했지만 예전에 환하게 말했을 법한 밝은 모음에서는 여전히 강력한 감정이 묻어났다. 메리 앤은 몇 달 동안 일을 하지 않았다. 한 장면도, 한 문장도 쓰지 못했다. 레슬리와 헤어지기 전에도 언어가 점점 고갈됐다. 글을 쓰면서 새로운 경험을 더는 하지 못한다고 했다. 그녀는 T. S. 엘리엇, 로버트 프로스트, 월트 휘트먼, 조지프 브로드스키와 같은 위대한 시인의 작품을 외울 정도로 읽었다. "그 후에는 빈약한 내 단어들과, 보잘것없는 가련한 내 장면이나 문장과 홀로 남았지요. 평범하고 하찮은 그것들을 무더기로 내버렸어요." 메리 앤이 쉿소리로 분노를 담아 내뱉는 경멸스러운 단어들에서—'추레한' '변변찮은' '빈약한' '비참한'과 그 외 몇 가지 더— 자기 자신을 향한 파괴 욕구가 새어나왔다. 말을 하면서 이리저리 오가다가 불쑥 몸을 돌렸고, 그럴 때면 머리카락이 세차게 들리는 커튼처럼 얼굴로 흘러내렸다. 그러다가 자리에 앉아 양손에 얼굴을 묻었다.

레이랜드는 특별한 광채를 지닌 그녀의 문장들을 기억나는 대로 읊기 시작했다. 메리 앤은 얼굴에서 손을 떼고, 기뻐서 놀란 표정으로 가만히 바라보다가 말했다. "내 언어를 외울 수 있군요." 그는 번역자가 어떤 원고를 사랑하면 나중에는 작가 자신보다 원고에 대해 더 잘 알게 된다고 대답했다. 메리 앤은 자기 문장을 더 많이 듣길 원했다. 점점 더 많이. 나중에는 책 한 쪽을 모두 읽어 달라고 부탁했다.

그러다가 갑자기 영화관에 가고 싶다고, 서부영화를 보고 싶다고 했다. 그가 믿지 못하겠다는 얼굴로 바라보자 메리 앤이 웃음을 터뜨렸다. 레이랜드는 그녀가 웃는 모습에 마음이 놓였다. 둘은 공원을 통과해서 갔다. 메리 앤이 그에게 팔짱을 끼고서, 메리 앤이라고 하지 말고 그냥 앤이라고 부르라고 말했다. 레이랜드는 그녀 옆에 앉아, 판초를 입고 말을 타는 클린트 이스트우드를 보는 게 기분이 섬뜩했다. 자기 자신의 의지는 없다는 듯이, 왜 이 모든 걸 그냥 견딜까? 스스로에게 질문했다. 이 사람이 더는 살지 않으려고 해서? 한순간 자리에서 일어나 아무 말도 없이 그냥 나가고 싶었다.

영화관에서 나오니 비가 억수같이 퍼부었다. 메리 앤은 그 자리에 멈춰 선 채 얼굴 가득 빗방울을 맞으며, 이제 어떻게 해야 할지 전혀 모르는 사람처럼 그를 바라봤다. 레이랜드가 손짓으로 택시를 불렀고, 둘은 클레런던 플레이스에 있는 그녀 집으로 향했다. 메리 앤은 비가 내리는 바깥을 멍하니 내다봤다. 그러더니 잠시 후, 모든 것의 출발점에 서 있는 느낌이라고 말했다. 레이랜드는 인생이란 시작의 연속이라고 말한 파베세 이야기를 했다. 문 앞에 도착하자 메리 앤은 문장들을 다시 말해달라고 부탁했다. "잘 자요, 앤." 문장을 암송한 그가 작별 인사를 하고 몸을 돌렸다. 그때 그녀가 발끝으로 서더니 그의 입가에 살짝 키스했다. 기다리고 있던 택시에 오를 때도 메리 앤은 여전히 열쇠를 찾고 있었다. 그러다가 열쇠가 손에서 떨어졌다. 메리 앤이 드디어 문을 열자 택시가 출발했다.

시드니와 소피아가 그를 기다리고 있었다. 식사를 하면서 메리 앤과 만난 이야기를 했다. "내가 했던 메리 앤의 책 번역을 읽어줬단다. 그런데 불쑥 이렇게 말하더구나. '그게 여전히 내 이야기인지 잘 모르겠어요. 이야기란 사실 그것을 설명하는 언어에 불과하잖아요. 당신이 지금 읽는 것은 이제 더는 내 언어가 아니라 당신의 언어예요. 번역할 때 사람들은 똑같은 이야기를 새로운 언어로 다시 한번 설명한다고 말하지요. 하지만 언어가 완전히 다른데, 어떻게 똑같은 이야기일 수 있어요?'

난 그동안 내내 일을 어떻게 해왔는지 이야기했지. '단어는 한편으로는 객관적인, 그리고 다른 한편으로는 음악적인 의미를 지니고 있어요. 객관적인 의미로는 어떤 일이 일어났는지 이야기하지요. 비가 오기 시작했다거나 기차가 연착했다거나 누군가 사랑에 빠졌다고 말입니다. 다른 언어에서도 똑같은 이야기를 할 수 있어요. 다른 언어의 단어도 똑같이 객관적인 의미를 지녔으니까요. 같은 일과 관련이 있고, 같은 일에 대해 이야기하지요. 번역이란 다른 언어로 똑같은 일을 이야기하는데, 예를 들어 '부러움'을 '질투'와, '연민'을 '동정'과 혼동하지 않아야 해요. 하지만 번역은 똑같은 객관성을 찾는 것만이 아니에요. 번역자는 음악적인 의미에도 신경을 써야 하지요. 언어의 울림은 엄청난 차이가 있으니까요. 독일어와 프랑스어로 '거짓말Lüge, mensonge', 독일어와 영어와 이탈리아어로 '죽이다töten, killing, ammazzare'를 예로 들어보죠. 울림이 다를 뿐 아니라 사람들을 다른 식으로 '사로잡'아요. 언어 간

거리가 멀수록 이런 현상은 더욱 심하지요. 언어는 인생 멜로디의 표현이라서 언어를 바꾸면 삶과 세상이 달라져요. 언어에 따라 '분위기'가 다르다고 말할 수 있겠지요. 그래서 인간관계는 언어에 따라 서로 다른 '온도'를 지녀요.'

나는 설명을 이어갔어. '번역자가 어떻게 언어의 음악에 신경을 쓸 수 있을까요? 한 언어에서 멜로디로 표현된 것에 상응하는 것을 다른 언어에서 찾아야 해요. 여러 가지가 있겠지요. 무례함과 격조, 우아함과 상스러움, 진부함과 장엄함. 언어의 차이를 넘어서 정확하게 묘사해야 하는 문장의 리듬도 중요해요. 한 언어의 문체를 다른 언어로 옮기려고 할 때는 이 모든 게 중요한 역할을 하지요. 언어의 음악을 무시하면 반짝거리는 감동적인 원고가 빛바래고 메마른 단어의 나열로 바뀌어버릴 수도 있어요. 하지만 설령 한 원고의 멜로디에 상응하는 단어를 다른 언어에서 찾아냈다 하더라도, 그 멜로디 자체는 만회할 수 없을 만큼 달라요.'

난 메리 앤에게 계속 말했지. '이 모든 것은 당신이 나에게 한 질문의 답이 됩니다. 당신이 어떤 '이야기'를 세상에서 일어나는 어떤 사건으로, 객관적 의미를 단어로 표현하는 사건이라고 이해한다면 서로 다른 언어로 쓰이더라도 이야기의 동질성은 유지돼요. 객관적 의미의 동질성이 존재하니까요. 하지만 당신이 이야기를 언어의 음악적 의미와 연결한다면—이야기가 음악과 더불어 어떻게 오르락내리락해야 하는지— 번역을 통해서 이야기는 어쩔 수 없이 달라지지요. 난 이 두 가지가 번역문을 읽거나 들을 때 동요하는 감정을 설명한다고 생각해요. 글이 낯익은 동시에 낯설다는 뜻이에요. 다시 말해서 객관적으로는 낯익고 음악적으로는 낯설어요.'"

세 사람은 번역할 수 없는 단어들, 다른 언어에는 없는 단어들의 예를 찾기 시작했다. 시드니는 '페어fair'를 제안했다. 물론 객관적 의미를 어느 정도 표현하는 단어들은 있었다. 독일어로 '올바른gerecht' '행실이 바른anstandig' '적절한angemessen' 또는 이탈리아어로 '공평한giusto' '공명정대한leale' '정당한imparziale' 등이었다. 하지만 '페어'의 농도에 가닿는 단어는 없었다. '페어플레이fair play'를 어떻게 번역해야 할까? 그래서 다른 언어들은 이 말을 그냥 넘겨받았다. 소피아는 리비아가 번역이 불가능하다고 간주했던 단어 하나를 떠올렸다. 프랑스어 '에블루이송éblouissant'이었다. 뭔가 '눈부시고', 그 반짝임을 통해 '현혹하는'이라는 뜻이었다. "물론 다른 언어에도 있긴 하지. 하지만 프랑스어 단어에서는 마법과 반짝임이 '귀에' 들리잖아." 리비아가 한 말이었다. 소피아는 이게 객관적 의미와 음악적 의미가 일치하는 경우인지 물었다. 의성어와 비슷한 게 아닌지, 그래서 번역이 불가능한 건 아닌지.

그러다가 레이랜드가 가장 좋아하는 예를 들었다. 독일어 '할프자이덴halbseiden*'이라는 단어였다. 독영사전에는 '약간 모호한'이라고 쓰여 있었다. 이 얼마나 빈약한가! 화류계, 홍등가, 동성애, 추한 술수, 도덕적 악평, 가짜…… 이 모든 의미가 한 단어에 흘렀고, 이 특별한 혼합은 다른 그 어떤 언어에도 없었다. "이걸 계속 펼쳐갈 수도 있어." 레이랜드가 덧붙였다. "어디선가 '이건 모호한 논거다'라는 말을 읽은 적이 있어. 그런데 배경에 미적 감각 없이

* 직역하면 '실크 혼방'이라는 뜻.

요란하게 번쩍이는 포주의 실크 혼방 셔츠가 보였지. 이걸 아라비아어나 중국어로 번역해야 한다고 생각해보렴!"

시드니와 소피아가 잠을 자러 간 후에 레이랜드는 이제 자기 것처럼 느껴지는 워런 숀의 책상에 앉았다. 메리 앤을 방문한 일로 감정이 헤집어졌는데, 자신의 감정이 정확하게 뭔지 윤곽이 보이지 않았다. 혹시 리비아에게 이야기하면—자주 그랬듯이— 그를 괴롭히는 게 뭔지 알 수 있을까?

카라,

침착하지 못하게 열쇠를 찾다가 떨어뜨리고, 그걸 주우려고 번잡하게 몸을 숙이는 메리 앤을 지켜보자니 거의 견딜 수 없는 심정이었어. 택시가 드디어 출발하자 얼마나 기쁘던지! 쿠션에 기대고 나서야 내가 얼마나 지쳤는지 깨달았어. 너무 불행해서 더는 살지 않으려고 했던 누군가와 마주 앉아 있다는 건 정말 견딜 수 없는 일이야. 무슨 말을 해야 할까, 뭘 할 수 있을까? 귀를 기울였을 때 내가 서서히 깨달은 건, 레슬리와 언어를 잃은 이 두 개의 상실이 맞물리며 서로 영향을 주었다는 사실이었어. "평범하고 하찮은 그것들을 무더기로 내버렸어요." 메리 앤이 지난 몇 년 동안 썼다가 포기한 작업에 대해 이렇게 말했어. "글을 쓰면서 새로운 경험을 더는 하지 못해요." 문학은 숨 막히는 관용구에 대한 저항이고 문체는 이 저항의 형태인데, 그녀는 오래, 아주 오랫동안 더는 그렇게 하지 못하고 있어. 탈출해야 할, 죽은 은유의 거대한 태엽장치야. 자기 자신의 목소리를 찾는 일.

난 그녀의 이런 확고한 노력을 속으로 부러워했지. 아마 그래서 당신이 이 비밀스러운 부러움을 눈치채고 더욱 질투했는지도 몰라. 하지만 삶 전체를 자기 자신의 언어를 찾는 데 근거를 둔다는 건 너무 어처구니없는 모험이야! 메리 앤은 문학 공부를 그만뒀어. 《비 오는 나날》은 너무 이르게 성공을 거두었지. 클레런던 플레이스의 우아한 집이 이번에는 너무 크게 느껴졌는데, 어쩌면 분명히 레슬리가 살았을 빈 공간들이 열린 문틈으로 보였기 때문일 수도 있겠지. 메리 앤은 마치 자기 집에 온 방문객 같았어. 그녀의 책들이 서점 진열창에서 보이지 않은 지 이미 오래됐어. "내가 이 출판사에 더는 돈을 벌어주지 못하네요." 얼마 전에 숀 크리스티에게 이렇게 말했다더군. 영국 왕립공군의 조종사였던 메리 앤의 아버지는 무남독녀에게 유산을 남겼어. 그러니까 그녀는 돈 걱정은 없어. 하지만 언어가 고갈되는데 돈이 다 무슨 소용일까?

나도 옥스퍼드에서 도망칠 때 허공에 뛰어드는 느낌이었어. "하지만 당신은 얼마 지나지 않아 다른 사람들의 언어를 잡고 버틸 수 있었잖아요. 그에 비해 나에게 남은 건 나 자신의 보잘것없는 언어뿐이었어요." 메리 앤이 말했지. 다른 사람들의 언어가 발판이자 규범이었다는 사실을 내가 깨달았을 때 택시는 이미 햄프스테드를 지나는 중이었어. 하지만 그게 동시에 감옥이었다는 걸 메리 앤은 몰랐지. 나중에 시드니와 소피아와 함께 번역에 대해 이야기하면서 난 나지막한 경악이 내 안에서 퍼지고 있다는 걸 깨달았어. 최근에 점점 더 자주 느끼는 경악인데, 오진 때문에 뒤로 밀려났던 감정이었지.

메리 앤과의 만남에서 부담스럽고 혼란스러웠던 일이 많았는데, 영화관에 가서 서부영화를 보자는 요청은 무엇보다도 더 기괴했어. 하지만 특히 한 가지 생각 때문에—어쨌든 내가 보기에는 그래— 더 불안했는데, 메리 앤의 말이 불러일으킨 생각이긴 하지만 그녀와는 전혀 상관이 없었어. 수십 년 동안의 번역 때문에 나 자신의 언어로 향하는 길이 차단됐다는 생각이었어. 워런 숀 삼촌이 나에게 쓴 편지에서 한 말을 방금 다시 한번 읽었어. "사랑하는 사이먼, 너는 늘 강하고 경탄스러운 아이였고, 아무도 모르게 학교와 부모님 집을 떠나서 대도시의 불빛과 그 아래로 다니는 기차로 도망친 소년이었다. 이 얼마나 놀랍고 진기하며 위험한 의지인가! 도박꾼의 의지다! 두려움에 떨 때도 많겠지만 얼마나 큰 자신감이 필요한 일인가! 네가 이렇듯 뜨겁고 정신 나간 의지, 그리고 그 의지의 바탕이 되는 흔들리지 않는 자신감을 다시 한번 불태워서 너 자신의 단어로 스스로에 대해 이야기하기 위해 펜을 잡길 바란다……."

나를 마비시키는 게 뭘까? 정확하게 뭐지? 다른 사람이 다른 언어로 생각하고 썼기 때문에, 바로 그 이유에서 나는 번역하면서 수많은 텍스트를 쓰고 생각해야 했어. 그게 영향을 줬지. 이걸 생각하면 어떨 때는 불쾌감을, 또 어떨 때는 심지어 경악을 느껴. 나는 이 텍스트들이 내 정신을 특징짓고 형성한다고, 그리고 이따금은 변형시킨다고 생각해. 텍스트를 쉽사리 만들었다가 흔적도 남기지 않고 금방 다시 놓을 수는 없었어. 얽히고설킨 표현이라서 번역이 만족스럽지 못할 때는 말 그대로 꿈까지 꾸었지. 길을 갈 때도 그게 머릿속을 맴돌아서 울림을 시험해보느라 나지막하게 혼잣말을 하곤 했어. 버스나 거리에서 나를 정신병자 보듯이 하는 사람도 많았지.

난 가끔 작가나 그의 작중 인물들의 정신과 멜로디 속에서 이야기를 하기도 했어. 당신은 그걸 알고 있었고, 그 언어를 통해 메리 앤을 듣는다고 짐작할 때면 견디지 못했지. 내 정신에 새겨졌다고 말하고 싶은, 잊을 수 없는 특별한 텍스트가 많아. 갈고 닦아 잊을 수 없는 언어로 점점 더 넓어지는 내면의 다락방, 그곳에 번역한 언어에 대한 기억이 쌓여갔어. 이런 다락방에만 살면서 평범한 삶의 공간으로 향하는 계단을 더는 찾지 못한다는 느낌을 받을 때가 많았어. 어쩌다 그 계단을 내려오면 자연스럽고 자명하게 말하는 법을 잊은 이방인처럼 움직였지. 번역 언어, 특히 복잡한 번역 언어는 상황이 무척 특이해. 그게 내 언어이긴 해. 근원이 내 안에 있고, 그걸 빚고 만든 사람은 다른 누구도 아닌 나야. 하지만 타인의 도장이 찍히지. 내 언어는 내 언어지만, 원래 언어는 원래 언어니까. 다시 말해서 낯선 근원을 가진 나 자신의 것, 그리고 이 낯선 근원은 내 언어에…… 그래, 오점으로, 비밀스러운 오점으로 또렷하게 남아 있어.

내가 이제 이 모든 오점을 어떻게 밀어내고 나 자신의 언어를 말해야 할까? 본보기가 없이 오로지 나 자신에게서 나온 언어와 리듬과 은유로 새로운 다락방을 서서히 채워야 하나? 낯선 것을 말하기 위해 썼던 언어를 나 자신이 하고 싶은 말에 사용할 수 있을까? 물론 자기 자신의 언어가 무에서, 진공에서, 소리 없는 공간에서 나오지는 않아. 수많은 낯선 언어의 경험에서 나왔는데 자기 자신의 언어일 수 있다는 건 무슨 뜻일까? 자기 자신의 언어, 그게 무엇인지 어떻게 알지?

36

시드니가 트리에스테로 돌아가기 이틀 전, 존 에스코트 판사가 전화를 해서 초대가 아직도 유효한지 궁금해했다. 그 말을 전해 들은 버크는 동석해도 되는지 물었다. 안개 낀 날이었다. 에스코트는 얼굴을 반이나 가린 두툼한 머플러를 두르고 있었다. 그는 차분하고 느긋한, 낮고 울림이 큰 목소리로 넓은 공간을 채우는 사람이었다. 외투와 머플러를 현관 옷걸이에 걸고서 숱이 많은 잿빛 머리카락을 양손으로 쓰다듬고 자리에 앉았다. 정중하면서도 따뜻한 말로 초대해줘서 고맙다고 인사했다.

"우리가 포일스 서점에서 우연히 만난 후에 말이오." 그가 레이랜드에게 말했다. "예전에 당신과 훗날 당신의 아내가 된 여성이 인터뷰 때문에 에일즈베리 우리 집을 찾아와 나눈 이야기를 떠올렸다오. 벌써 35년 전 일이니 대화 내용을 정확하게 기억하지는 못해요. 하지만 무엇보다도 격렬한 외침, 아니 거의 비명 같았던 부인의 주장은 기억한다오. '클라이번이 한 일은 살인과는 '전혀 다른 종류의 행위'예요!' 부인은 그 말을 여러 번 반복했고, 인간의 행위는 동기와 무관하게 분류할 수 있는 게 아니라고 이따금 크게 혼잣말을 하기도 했소. 뭔가를 속임수 아니면 실수, 모욕 아니면 멍청한 발언, 속임수 아니면 오류로 간주할 때 우리는 언제나 그 너머의 동기를 보고 판단한다고 했지요. 그리고 우리가 동기를 잘못 알았다고 판단하면 '행위 묘사를 철회'한다고요. 부인은 그래서 어떤 나라의 법률이 추상적이고 죽은 범주인 '고의적 살인'을 클라이번 같은 사람들의 행위와 모살에 구별 없이 적용하고, 같은 범주에서 같은 형벌을 이끌어내는 건 완전히 불합리하다고 화가 나서 말했소. 그건 우리가 실수와 사기의 차이를 등한시하는 것과 같다고, 두 경우에 모두 '그 사람이 의도적으로 계약서에 서명했다'라고 말하는 것과 마찬가지라고 했지요. 또는 체스를 할 때 실수와 속임수를 구분하지 않고 두 경우에 모두 '그가 폰을 의도적으로 움직였다'라고 말하는 것과도 같다고요. 그래서 두 경우 모두 우리의 반응이 똑같을 거라고 했소. 동기를 고려하면 완전히 달라져야 하는데도 말이오! 우리 체제 내의 판사로서 나는 배심원단에게 연민과 동정은 모두 떨쳐내고 클라이번이 아내를 고의적으로 죽였다는 사실에만 집중하라고 알려줄 의무가 있었소. 내 기억에 부인은 '정신 나간 소리, 정말 멍청한 소리예요!'라고 소리쳤어요. '배심원단이 동기를 고려하거나 행위의 내면을 살펴보는 걸 금지하는 것과 마찬가지잖아요. 끔찍하군요! 이렇게 어리석고 비인간적인 판결에 왜 아무도 저항하지 않나요? 제정신인 사람이라면 아무도 이런 오류를 저지르지 않아요! 클라이번을 교도소에 수감하는 오류를!'

부인의 말에 수치심을 느꼈던 게 아직도 기억난다오. 난 뻣뻣하게 굳은 채 소파에 앉아 있었소. '클라이번은 '당연히' 고의적으로 살인을 했어요. 그의 의도는 지극히 명백했어요.' 부인이 말했지요. '하지만 그의 이야기를 들은 사람은 이 고의적인 살인이 누군가를 해치워버리거나 복수하려고 행한 '모살'이 아니라, '도움'이자 고통과 존엄 상실로부터의 '해방'이고 '구원'이라는 걸 알아요. '알고' 있어요. 이건 해석의 문제가 아니라 사실의 문제예요. 어떤 행위를 그 행위로 만드는 건 동기이기 때문이지요. 그런데도 누군가 '클라이번은 아내를 고의로 살해했고, 그건 모살입니다'라고 말한다면, 그 사람은 아무것도 이해하지 못했고 그걸 생각할 그릇이 못 되는 거예요.'"

판사의 말에 매혹되어 귀를 기울이던 시드니가 말했다. "이게 지금까지 저에게 부족했던 논거입니다. 얼마 전에 포일스 서점에서 만났을 때, 트리에스테에서 일어난 사건을 잠깐 말씀드렸지요. 어떤 남자가 병든 아내의 요청에 따라 연민에서 그녀를 죽였는데, 마지막 심급에서도 살인이라는 판결을 받았습니다. 엔리코 네스타라는 남자였어요. 10년 동안 이루 말할 수 없는 고통을 견디던 그의 아내는 자기를 죽여서 구원해달라고 수없이 애원했습니다. 그는 결국 클라이번과 같은 행위를 했어요. 쿠션으로 아내를 질식시켰습니다. 마음이 찢어지는 일이었지만 아내의 고통을 더는 볼 수 없었으니까요. '직접 겪어보지 않은 사람은 판단할 수 없습니다.' 그가 법정에서 한 말입니다. 트리에스테 법원과 로마 대법원에서 말했지요. 사진을 보면 소박하고 남루한 옷차림인 그가 잘난 척하는 검은 가운을 입은 남자들에게 에워싸여 있었습니다. 그 남자가 무슨 일을 겪었는지, 내면이 어떤지 전혀 상상도 할 수 없을 남자들이지요.

그는 '오미치디오 볼론타리오omicidio volontario', 즉 '모살' 판결을 받았습니다. 저는 그 재판이 조력 자살도, '연민에 의한 살인'도 인정하지 않아서 너무나 흥분했습니다. 그랬더라면 정상참작으로 더 적은 형량을 받았을 테니까요. 그런데 그러는 내내 저는 이 분노의 원인이 사실 더 깊은 곳에 있음을, 네스타의 행위를 처벌받아야 할 '범죄'로 보는 것에 '완전히' 반대한다는 것을 깨달았습니다. 그 사람은 아내와 더불어 10년 동안 고통을 겪었고, 버스 운전사로 힘든 일을 마치고 집에 돌아오면 아내를 돌보고 위로했으며, 의사들이 얼마나 속수무책이고 진통제가 얼마나 무력한지 지켜봤고, 아내가 고통스럽게 한숨을 쉴 때면 옆에 누워서 불면의 밤을 보냈습니다. 아내가 구원을 애원하면 '난 할 수 없어'라고 대답했고요.

그러다가 한계치에 도달했습니다. '아내를 고통스럽게 더 오래 내버려두는 건 비인간적이고 잔인한 일이었을 겁니다.' 그가 말했습니다. '비인간적이고 잔인하다고 피고인석에서 여러 번 말했지요. 언젠가 한 번은 법정에서 '나는 살인자가 아닙니다!'라고 크게 외쳤다고 합니다. 저는 그걸 읽고서 그 남자가 '옳다'고 생각했고, 제 감정은 온전히 그의 편이었습니다. 하지만 지금 판사님이 엄마의 논거를 알려주신 후에야 그가 '왜' 옳은지 제대로 이해하게 됐습니다. 네스타는 자신과 전혀 관계가 없는 '살인'이라는 단어에 감정적으로만 강력하게 반발한 게 아니에요. 그동안 온갖 일을 겪은 후에 영혼 가장 깊은 곳에 상처를 입힌 사악하고 잔인한 단어만을 향해 돌격한 게 아닙니다. '오해'와 개념적이고 정신적인 '오류'에도 대항한 거지요. 그의 행위가 살인이 아닐뿐더러 '범죄'도 아니라는 점에서 오류이고, 그는 어떤 면에서도 '유죄'가 아닙니다. 고통을 끝내달라는 사랑하는 아내의 애원을 들어주기 위해 오히려 갖은 용기를 그러모아야 했지요. 쿠션으로 누르는 걸 멈추지 말아야 하는 고통과 불안을 견딜 용기를 지닌 사람은 많지 않을 겁니다. '달리 어쩔 수 없었습니다.' 그가 한 말입니다."

"여기 오기 전에 뭘 하나 읽었다오." 에스코트가 가방에서 종이 한 장을 꺼냈다. "2007년에 리버풀에서 프랭크 룬드라는 회계사가 고통스러운 불치의 장 질병을 앓던 아내를 구원하려고 질식시켜서 재판을 받았소. 이 경우에도 모살과 종신형 판결이 내렸고, 룬드 씨는 최소한 3년은 복역해야 했다오. 재판을 방청한 아들들은 판결이 난 후에 룬드 씨의 변호사를 통해 의견을 냈소. '비극적이고 전무후무한 사건이 끝났습니다. 이 사건으로 파괴된 가족의 아들들은 이제 이중으로 고통을 견뎌야 합니다. 하나는 사랑하는 엄마의 상실이고, 다른 하나는 룬드 씨가 겪어야 하는 이 사건의 결과입니다. 아들들은 프랭크 룬드의 행위가 오로지 사랑과 순종과 헌신에서 나왔으며 저급한 동기와 무관함을 완벽하게 확신합니다. 이들은 이 사건에 대해 법이 전혀 정당하지 않다고 생각합니다.'"

소피아는 판사가 어떤 견해를 밝혔는지 물었다. "그는 '지극히 이례적이고 어쩌면 유일무이한' 사건이라고 했지요. 그리고 판결의 정당성을 밝히기 위해 이런 말을 했다오. '이 나라의 국민은 다른 국민을 죽음에 이르게 할 만한 일을 아무것도 하면 안 됩니다.'" "그게 '다'였어요? 판사가 한 말이? 메마르고 도식적인, 관료주의적인 그 말뿐이었다고요?" 에스코트가 종이를 보여줬다. "다른 말은 전해지지 않는군요." "믿을 수 없습니다." 버크가 말했다.

"그건 무미건조하고 모호해서 잘못된 문장이기도 합니다. 정당방위로 누군가를 죽일 수도 있고, 아니면 테러 공격 때처럼 다른 방법으로는 타인을 지킬 수 없을 때도 있습니다. 이렇게 빈약하고 틀린 문장으로 룬드 같은 사람을 가두는 걸 정당화한다고요? 아들들이 이미 말했듯이, 이런 종류의 판결은 이런 사건에 전혀 정당하지 않습니다. 이성으로나 감정으로나 모두 부당하고, 무엇보다도 도덕적이지 않아요."

"데이비드 클라이번 사건 재판을 준비할 때 나도 그걸 명백하게 알고 있었소." 에스코트가 말했다. "사건을 넘기고 싶은 유혹을 느꼈지요. 잠이 오지 않아서 한없이 산책을 다녔다오. 하지만 넘기지 않은 이유는 그를 위해 최선의 것을, 법의 테두리 안에서 허용되는 가장 관대한 판결을 끄집어내고 싶었기 때문이었소. 다른 동료들이라면 리버풀의 판사처럼 사면 기한을 최소 3년으로 정했거나 대부분은 더 길었겠지요. 난 조서를 몇 번이나 다시 읽었소. 그러고 관례를 무시하고 교도소로 클라이번을 면회하러 갔지요. 그는 할 이야기는 이미 다 했다고 짤막하게 말하더군요. 난 그에게 법적인 상황과 내가 배심원단에게 전해야 할 지시사항을 설명했다오. 난 원래 상당히 달변인데 말이 목에 막혀 나오지 않았소. '고맙습니다.' 그가 이렇게 대답하고는 벌떡 일어나 감방으로 돌아갔어요.

교도소에서 나와서 창살 유리창이 있는 건물 전면을 올려다보면서 이런 생각을 했다오. '저 사람이 수감되는 건 말도 안 된다. 무의미해. 정말 난센스야.' 화가 나서 언짢은 기분으로만 그렇게 생각한 게 아니라, 말 그대로의 생각이었소. 망가진 아내를 1년 내

내 돌보다가, 아내의 고통을 끝내고 평생 알고 있던 그녀의 의지를 이루어준 사람을 가두는 건 정말 아무 '의미'도 없었다오. 이 남자를 창살 뒤에 가두고 하루에도 몇 번씩이나 요란한 열쇠 꾸러미 소리를 듣게 하는 건 정말 무의미한 일이었지요. 그리고 당신 부인이 며칠 후에 말한 바로 그 이유에서 의미가 없었소. 그의 행위가 고의적인 살인이긴 하지만 처벌해야 할 '죄'는 전혀 아니라는 거지요. 이걸 이해하지 않는 것은 피상성의 정점이자 전례가 없이 파괴적인 경솔함이라오.

난 자리에 앉아 판결 이유를 썼소. 종이를 여러 번 구기고 처음부터 다시 시작했지요. 어제 그걸 다시 한번 읽었는데, 내 중압감이 한없이 느껴졌다오. '재판부는 이 나라에서 통용되는 법에 따라 판결해야 합니다. 피고는 사람을 의도적으로 죽음에 이르게 했고, 심신 미약이 아니며 책임 능력도 완전합니다. 우리 판결에 따르면 이는 살인입니다. 동기가 고귀해도 이 사실이 달라지지는 않습니다.' 내가 법정에서 낭독한 것은 옳아요. 다르게 말할 수는 없었다오. 하지만 우리가 앞서 이야기한 바에 따르면, 마지막 문장은 엄청나게 어리석지요."

"그때 인터뷰에서 말입니다." 레이랜드가 말했다. "당신은 저급한 동기가 없는 경우에는 모살 판결을 내리지 않는 국가들도 있다고 내 아내에게 말씀하셨어요. 클라이번과 네스타 또는 룬드는 그곳이라면 고살 판결을 받고 정상참작이 됐겠지요. 리비아는 그건 '조금' 낫다고, 하지만 그저 '조금만' 낫다고 대답했습니다. 어쨌든 동기와 행위 분류의 연관성은 인정되니까요. 그러나 클라이번을 교도소에 가두는 건 여전히 불합리하다고 했지요.

아내가 옳았습니다. 안드레이 쿠츠민이라는 번역가 친구가 있는데, 과실치사 판결을 받았어요. 우발적으로 어떤 사람을 계단 아래로 밀쳤습니다. 차분하고 침착하게 생각해보면 쿠츠민과 클라이번의 행위를 같은 범주인 과실치사에 넣기 어렵다는 게 금방 확실해집니다. 행위 당시에 두 사람의 내면세계는 서로 완전히 달랐으니까요. 한 사람은 분노에 압도당해서, 다른 한 사람은 사랑과 친밀함의 마지막 행위를 실천했습니다. 단순하게 등급의 차이라거나 영향을 미친 감정의 차이가 아니라, 동기의 '종류'가 근본적으로 다릅니다. 한쪽은 우발적이고 분별없는 잔인함이, 다른 한쪽은 질병의 잔인함과 고통과 몰락에 대한 저항이 드러납니다. 이보다 더 큰 차이가 있을까요?

그래서 클라이번과 다른 두 사람의 경우에는 과실치사라는 판결이 무의미합니다. 고통과 잔인함에 대항하여 힘든 고통을 감수하는 사람을 우리가 정말 처벌하려고 할까요? 입법기관에 물어봐야 할 테지요. 그 사람들이 잔인한 일을 저지른 사람들과 나란히 교도소에서 지내기를 우리가 정말 원할까요? 범죄는 타인의 의지를 방해하거나 파괴합니다. 하지만 클라이번과 네스타와 룬드는 평생 지속된 누군가의 의지가 이루어지는 걸 도왔지요. 당신과 인터뷰를 마치고 런던으로 돌아올 때 리비아가 물었습니다. '이렇게 근본적으로 좋은 일을 한 사람을 처벌할 수 없다는 건 '자명'하지 않을까?'"

"판결 선고가 있던 날, 난 안정제를 먹었다오." 에스코트가 말했다. "그 후에 병가를 내고 바다로 갔지요. 법원에 작별을 고하고 민사사건만 다루는 변호사 사무실에서 일하게 됐고, 형사사건은 다시는 건들지 않았소. 그러던 중 내가 제안한 것과 달리, 클라이번이 1년 후에 사면되지 못했다는 걸 알게 됐지요. 자살 시도를 했다는 것도 들었다오. 면회를 가고 싶었지만 그럴 용기가 없었어요. 2년 후에 그가 석방됐을 때 소식을 들었고, 그의 주소도 알게 됐소. 난 그곳에 가서 건너편 카페에 앉아, 그가 집에서 나올 때까지 기다렸지요. 그는 느리게, 만사에 지친 사람처럼 질질 끌며 걸었소. 그 사람은 아내가 뇌졸중을 앓기 전에 교사였어요. 난 그가 전과에도 불구하고 다시 일자리를 찾길 바랐고, 그를 어쩌면 도울 수 있을지 모른다는 기대도 했다오. 사실 모호하고 불명확한 기대였지요. 그러다가 신문에서 그가 화물차와 충돌했다는 기사를 읽게 됐소. 나는 그게 사고라고는 단 한 순간도 믿지 않았소. 질질 끄는 걸음걸이가 눈앞에 떠올랐지요. 자기 차를 어떻게 샀을까 의문이었는데, 그날 하루만 차를 빌렸다는 말을 경찰에게서 전해들었소. 그래서 더욱 확신하게 됐다오.

그의 장례식에는 삭막할 만큼 조문객이 적었소. 나는 멀찌감치 떨어져 있었지요. 난 존엄하지 않은 삶에서 아내를 구원한 그를 교도소에 가게 한 판사니까요. 그러고 관례보다 더 일찍 은퇴했소. 다른 사람들의 행위를 판단하는 일이 해가 갈수록 싫어졌다오. 고고학에 몰두하기 시작했지요. 클라이번을 판결한 날짜를 한 해도 잊은 적이 없소."

"네스타가 선고를 받았을 때, 신문에 독자 편지가 실렸습니다." 시드니가 말했다. "무지하고 편협한 편지도 있었지만, 무죄를 요구하는 편지도 있었지요. 그중 한 통은 지금까지도 저를 고민하게 합니다. 거기 답장하는 편지도, 그 답장에 또 반응하는 편지도 있었는데, 신문에 이렇듯 길게 의견이 이어진 일은 전례가 없었습니다. 그때가 유일했지요. 원래 편지는 스스로를 인본주의적 무신론자라고 표현한 어떤 의사가 쓴 것이었습니다. 그는 네스타에게 진심으로 연민을 느낀다고, 그가 판결을 받은 것, 특히 형법전에 따르면 21년 형을 받는 행위로 판결을 받은 게 마음 깊이 거슬린다고 했습니다. 네스타는 '아내를 위해' 그 행위를 했다고 여러 번 설명했다면서요. 그 의사는 그 말의 진실성을 의심하지 않는다고, 그러다가 불현듯 그 말을 어떻게 이해해야 할지 의심이 들었다고, 이 정신적 불안 때문에 직관적인 원래 견해까지 흔들린다고 했습니다.

네스타는 10년 동안 자신이 목격했던 아내의 고통을 더는 볼 수 없었다고 했습니다. 그 상황을 더는 '견딜 수' 없었다고요. 의사는 여기서 불현듯 곰곰이 생각하게 됐다고 합니다. 네스타는 '뭘' 더는 견딜 수 없었을까? 아내의 고통을? 죽으려는 희망을 이루지 못하는 아내의 절망을? 죽여달라는 아내의 애원을? 아니면 견디지 못하는 원인이 결국은 '아내'가 아니라 혹시 '그 자신'에게 있던 건 아닐까? 다시 말해서 아내의 고통과 자신이 뭘 해야 할지 모르는, 점점 조여오는 불안에 직면한 절망적인 감정 때문은 아니었을까? 후자였다면, 그 동기는 첫눈에 보이는 것처럼 순수하고 고귀했나? 이기심이, 사욕이 조금 섞인 건 아닐까? 10년이 지난 후에 그가 정신적으로 지치고 자기 자신을 생각하게 됐다고 해도 아무도 탓하지는 않을 테지만, 아내를 죽인 이유가 '그 자신'이 평온을 얻기 위해서이기도 하니까 그의 행위에 그늘이 드리우는 건 아닌가? 이 질문으로 의사의 독자 편지는 끝났습니다."

"네스타가 아내를 고통에서 해방시키면서 자기 자신도 자유로워졌다고 해도 그에게 반대할 수는 없어." 버크가 대답했다. "아내의 고통을 그 자체로 느끼지 않았다면 네스타 또한 그것 때문에 고통스럽지 않았을 테니까. 그러니 하나의 고통을 끝내려는 의지에는 다른 것도 끝낸다는 의지가 포함되지. 하지만 둘째 의지가 첫째 의지를 깎아내렸다는 게 아니고, 아내를 죽이는 것이 결국은 자기가 아내의 고통을 더는 겪지 않으려는 이기적인 행위였다는 뜻도 아니야. 의사가 독자 편지에서 고민하던 문제인데, 네스타의 행위가 자기 자신을 위한 것도 된다는 게 아내를 구원하려는 이유가 첫 번째가 아니었다는 의미는 아니지. 다른 동인이 있다고 결론이 바뀌는 건 아니야."

"네스타가 아내를 왜 요양원에 보내지 않았는지 묻는 독자 편지도 있었어요." 시드니가 말했다. "그랬더라면 고통을 매시간 눈앞에서 안 봐도 됐을 테니까요. 편지를 쓴 사람은 다른 신문에 실린 글을 알지 못했어요. '아, 안 됩니다. 난 아내를 버릴 수 없었어요.' 요양원 이야기가 나왔을 때 네스타가 법정에서 한 말이었지요. 그러고 이렇게 덧붙였어요. '아내는 죽기를 원했습니다.' 네스타에게 중요한 건 자신의 안락함이 아니라 '아내'였어요."

"클라이번의 아내와 다른 두 여성 사이에는 차이점이 하나 있소." 에스코트가 말했다. "다른 두 사람은 죽음의 의지를 마지막까지 '알릴' 수 있었다오. 하지만 클라이번의 아내는 뇌졸중을 겪은 후에 1년 동안 말을 못 하고 누워 있었어요. 알아볼 만한 생각이나 의지도 없었소. 신체적 욕구를 알리는 무언의 표현을 넘어서는 의지 말이오. 클라이번은 오랜 세월 함께 살아서 아내가 뭘 생각하는지 의심할 여지 없이 안다고 했소. 하지만 독자 편지를 쓴 의사의 의심을 계속 전개할 유혹도 받을 수 있지요. 다른 두 여성과는 달리, 클라이번 아내의 경우에는 조용하고 말없는 고통이었소. 죽는 걸 도와달라는 애원이 없었지요. '결국은 그저 아내의 '존엄'에 관한 문제였습니다.' 법정에서 클라이번이 한 말이었소. 하지만 누군가 이렇게 말할 수도 있겠지요. '하지만 클라이번이 말없이 꺼져가는 아내 돌보는 일을 더는 견디지 못했다는 이유가 가장 크지 않을까요? 어떤 의미에서는 남녀 사이의 생생한 만남이 여전히 존재하는 다른 두 여성의 경우보다 훨씬 힘들었을 겁니다. 어쩌면 아내에게 반복해서 기저귀를 갈아주고 음식을 먹이는 일을 더는 '견디지 못했을' 수도 있지요. 그래서 누른 겁니다. 그건 악의가 아니라 일종의 정신적 정당방위지요. 하지만 그래도 되는 일이었을까요?'"

"버크가 좀 전에 네스타에 대해 한 말은 여기도 적용돼요." 소피아가 말했다. "클라이번은 아내가 매일, 매달 속수무책으로 그냥 누워 있는 모습을 '당연히' 더는 보고 싶지 않았겠지요. 견딜 수 없는 건 그런 '상황 전체'였다고 말할 수 있을 거예요. 하지만 거기서 클라이번이 오로지 아내를 지켜보는 데서 도망치기 위해 그런 행위를 했다는 결론이 나오지는 않아요. 그가 아내를 이른바 '제거'하려고 그런 게 절대로 아니라는 거지요. 결국은 살해처럼 보일 수도 있겠지만요. 그는 무엇보다도 질병이 가져오는 존엄의 상실을 끝내려고 한 거예요. 그의 아내가 직접 할 수 있었더라면 그녀 역시 이렇게 간주했겠지요. 그는 '아내를 위해' 존엄의 상실에 대항하여, 이 상실에 내포된 잔인함에 대항하여 싸우려던 거예요. '이게' 그가 한 일이에요. 자신이 편해지고자 모든 것을 더는 안 보려는 의도가 있었다고 하더라도요. 무엇보다 클라이번의 동기는 그가 행위를 한 후에 가스를 틀었다는 점에서도 모든 의심을 벗어나요. 그는 아내 없이 더는 살고 싶지 '않았던' 거예요."

"재판 초기에 검사가 클라이번에게 아내를 왜 요양원에 입원시키지 않았는지 물었다오." 에스코트가 말했다. "그도 네스타와 비슷한 말을 했어요. '그건 말이 안 됩니다. 내가 아내를 떨어내버리려는 것 같잖아요. 그게 가장 끔찍합니다. 아내는 요양원에, 나는 집에 혼자 있다니……. 생각할 수도 없는 일입니다. 우린 평생 함께 살았으니까요. 그리고 아내는 죽고 싶어했습니다. 이런 상태로 아내를 혼자 요양보호사에게 맡겨둘 수 없었어요. 그랬더라면 우리가 서로에게 의미했던 것, 서로 이해했던 것과 완전히 반대로 행동하는 결과가 됐겠지요. 때가 되면 서로 죽이자고 명확하게 약속한 적은 없습니다. 하지만 마치 그렇게 약속했다는 듯이 살았어요. 말을 할 필요가 없었습니다.' 난 그 말을 듣고 생각했소. '이 사람은 자기가 할 수 있는 유일한 일을 했다. 다른 출구는 없었어.' 난 그날 바로 판결을 내리지 않아도 된다는 사실에 안도했지요."

에스코트는 욕실에서 나와, 워런 숀의 책이 꽂힌 책장 앞에 서서 제목을 읽었다. "삼촌이 동양학자였다고 하셨소? 몇 년 전까지만 해도 이런 게 낯설었을 거요. 하지만 지금 고고학에 몰두하다 보니……. 이렇듯 노년에 자기 자신에게서 새로운 면을 발견한다는 게 참 신기하지 않소? 가끔 다른 삶을 사는 게 낫지 않았을까, 이런 생각까지도 하게 되더군요. 그런 순간에는 살짝 현기증이 나기도 해서, 얼마 전에는 부엌 찬장을 꽉 잡기도 했다오. 아버지와 할아버지 모두 법률가였는데, 같은 일을 하라고 강요한 적은 없어요. 오히려 내가 그러고 싶었던 거지요. 그리고 그 인생 계획은…… 뭔가 일목요연하고 꽉 잡을 수 있을 만한 점이 있었소. 클라이번 사건이 배당되기 전까지는 의미 있고 유익한 일이었지요. 그 일로 모든 게 흔들렸고, 명료한 일은 하나도 없게 됐다오. 나중에 생각해보면 그 후에 바로 완전히 다른 일을 시작해야 했소. 다시 한번 공부를 했더라면? 우리 가족은 부유하니 그건 전혀 문제가 되지 않았을 거요. 고고학 덕분에 고대 그리스어를 배우게 됐지요. 강의를 듣고 세미나에도 참석해요. 나보다 빠릿빠릿한 학생들도 있소. 하지만 난 끈기와 지구력이 있어서 집에서 몇 시간이고 이리저리 오가며 외워야 할 내용을 혼잣말로 하지요. 그래서 수업 시간에 내 차례가 되면 틀릴 때가 거의 없다오. 아내는 몇 년 전에 사망했고, 딸이 가끔 들러요. 제니는 내가 보는 책이 사방에 놓여 있는 걸 둘러보고는 책을 들어 몇 장 넘기며 가끔 이런 말을 하지요. '아빠는 예전과 완전히 다른 삶을 사시네요.' 얼마 전에는 '그리고 아빠도 어딘지 모르게 다른 사람이 되셨어요'라고 했소."

에스코트는 떠나기 전에 레이랜드에게 명함을 건넸다. "혹시 당신이 언젠가 대화하고 싶을지도 모르니까요." 그가 두툼한 머플러를 얼굴에 감고 말했다. "언젠가부터 얼굴이 자주 시리다오. 하기야 다른 데도 다 그렇긴 하지만."

시드니는 창가에 서서 에스코트의 뒷모습을 내다봤다. 그의 모습이 분명히 이미 사라졌을 텐데도 여전히 그곳에 서 있었다. 다른 사람들은 그곳에 서 있는 그를 보며 조용히 찻잔을 치웠다. "포일스 서점에서 저분을 만나서 다행이에요." 드디어 자리에 앉은 시드니가 말했다. "에스코트 때문에 내가 런던에 더 자주 올 수도 있겠어요."

37

"자, 그럼." 공항에서 시드니가 말했다. 탑승 게이트를 지나기 전에 다시 한번 몸을 돌려 손을 흔들었다. "길 잃지 마!" 그 전에 소피아가 그의 머리카락을 쓰다듬으며 이탈리아어로 한 말이었다. 그 말은 리비아가 작별 인사로 도입했다. "골목에서 길 잃지 마!"라는 뜻도 있었지만 "네 내면에서 길 잃지 마!"라는 의미도 됐다. 아이들은 오랫동안 첫 번째 뜻만 알고 있었다. 그러다가 어느 날 소피아가 물었다. "바깥에서요, 안에서요?" 그 말에 리비아가 환하게 웃었다. 그녀는 지성과 이해력이 깨어나는 모습, 특히 아이들의 그런 모습을 지켜보는 걸 아주 좋아했다. 레이랜드는 이따금 영어로 "길 잃지 마!Don't get lost!"라고 했고, 나머지 가족은 그 말에 "꺼져!Get lost!"라는 뜻이 함께 담겨 있어서 웃음을 터뜨렸다. 시드니는 개가 귀찮게 굴 때마다 "꺼져!"라고 말하곤 했다.

전날 시드니는 말이 없었고, 오후에 혼자 햄프스테드 거리를 걸었다. 혹시 시험이 두려운 건지 물으면 고개를 저었다. "난 잘해." 엘레나가 없는 파도바는 과연 어떨까 스스로에게 물었다. "줄리에타 집에 다시 살 수 있게 되어서 기뻐. 금빛 배출구가 달린, 휘파람 소리를 내며 끓는 물주전자가 있는 곳. 줄리에타는 엘레나를 딱 한 번 봤는데, 그녀를 좋아하지 않는 게 확연하더군." 시드니는 장을 봐 와서 요리를 했다. "콘티 교수님과 함께 일을 하는 게 기대돼요." 식사 때 그가 말했다. "학생들 보충 수업과 시험 답안 교정을 해요. 번역도 하고요." 그 목소리는 기묘하게 풀이 죽고 의기소침하게 들렸다. 소피아는 무슨 일인지 궁금해했다. 시드니는 한동안 말없이 먹기만 하다가 머뭇거리며 말했다. "어제 일 때문에 그래. 에스코트 말이야. 그의 말에 감탄했어. 그의 단호함, 고고학. 뭐라고 설명하기는 어렵지만, 조금 전에 산책을 하면서 생각해보니 그 말을 듣지 않았더라면 더 좋았을 것 같아. 오늘 아침에 일어날 때도 그런 느낌이 들었어." "법학이라는 학업에 대한 회의 때문이야?" "그럴 수도 있지. 잘 모르겠어. 갑자기 내일 떠나기 싫어졌어. 누나랑 같이 영국박물관에 가는 게 나을 것 같아. 반드시 고고학일 필요는 없어. 중국 수묵화도 괜찮겠지. 멀리, 멀리 가고 싶어." "그럼 우리 모두 여기 머물면서 삶이 계속되는 걸 거부할까?" 레이랜드가 묻자 소피아가 대답했다. "그러지 못할 것도 없죠." 셋은 웃음을 터뜨렸다. 서로 마주 보던 그들은 각자 다른 이유이긴 하지만 이 웃음 뒤에 얼마나 큰 진정성이 담겨 있는지 느꼈다. 그저 이렇듯 짧고 소중한 순간에만 드러낼 수 있는 종류의 진정성이었다.

레이랜드와 소피아가 집으로 돌아오자, 버크가 우편집배원이 맡긴 소포를 가지고 왔다. 카테리나 미찬이 보낸 파올로 미켈리스의 원고 복사본이었다. 소피아는 외투를 입은 채 열에 들뜬 손가락으로 소포를 재빠르게 뜯었다. 그러다가 손에 와닿는 아버지의 시선을 느끼고는 억지로 천천히 움직였다. 《그랬다 Cosi fu》. 레이랜드는 밀라노 복사 가게에서 미켈리스 옆에서 간결하면서도 광범

위한 그 제목을 처음 읽고 전기 충격을 받은 것 같던 순간을 떠올렸다. '그랬다'. 독일어와 영어로는 'So war es'와 'That's how it was'였다. 이 얼마나 용감한 제목인가! 이게 바로 품이 넉넉한 린넨 정장을 입은 미켈리스가 내뿜을 수 있는 용기였다. 돈이 없어도 그가 흔들리지 않는 자신감으로 10년 동안 1,000쪽에 달하는 소설을 쓰도록 지탱해준 용기. "난 10년 전부터 이 책과 함께 살고 있어요. 그 시간 동안 이 책이 삶 자체였지요." 미켈리스가 밀라노에서 한 말이었다. 그러고 며칠 전에 통화할 때는 "원고를 마치려면 당신 도움이 필요할 것 같아. 그 이야기를 하고 싶어"라고 했다.

소피아는 여전히 외투를 입은 채로 식탁에 앉아 원고를 읽기 시작했다. "세상에, 모두 '타자'를 친 거네요! '타자기'로 썼어요! 그러고 아주 작고 섬세한 글씨로 교정을 봤어요. 첫 문장을 들어보세요. '비구름이 낀 그 겨울 아침, 로마 하늘이 망설이듯 천천히 밝아왔다.' 장면이 눈에 보여요! 그리고 불행이 느껴져요. 이유는 모르겠지만 정말 그런 느낌이에요. 읽기를 멈출 수가 없어요. 진짜 전혀요." 그러고는 다급하게 외투를 벗었다. "위에 올라가서 읽을게요. 괜찮지요?" 한참 후에 레이랜드는 소피아에게 갔다. 그녀는 커다란 베개에 기댄 채, 예전에 피란델로와 카뮈와 프랑수아즈 사강의 작품을 집어삼키던 때처럼 들끓는 머리로 원고를 읽는 중이었다. "이것 좀 들어보세요. '잔혹함은 생각 없음과 상상력 결핍에서 자주 일어난다.'" 그러고는 계속 페이지를 넘겼다. "왜 100쪽밖에 없어요? 아빠가 1,000쪽이라고 하지 않았나요? '다' 읽고 싶어요. 1,000쪽 모두!" 레이랜드는 휴대전화를 침대에 내려놓았다.

"혹시…… 파올로 사진이라도……." 소피아는 그에게 혀를 쑥 내밀었다.

늘 그렇듯이 소피아는 텔레비전 뉴스 시간에 내려오지 않았다. 레이랜드가 샌드위치를 가져다주었다. 휴대전화가 소피아 바로 옆에 놓여 있었다. "그거 아세요? 이탈리아 역사 공부를 하고 싶어요. 로마로 가서……." 레이랜드가 텔레비전 앞에 앉았는데 위층에서 전화벨이 울렸다. 두 번만 울린 걸로 봐서 소피아가 받은 듯했다. 시드니에게서 온 전화일 터였다. 뉴스가 막 끝났을 때 소피아가 내려와서 그에게 휴대전화를 건넸다. "내가 전화를 받았어요. 죄송해요. 보니까…… 파올로였어요. 파올로 미켈리스. 나도 모르게 받았어요. 그는 원래 아빠랑 통화하고 여기 오는 일을 의논하려고 했는데, 내가 지금 뭘 읽는지 말했어요. 그래서 이야기를 하고 또 하게 됐어요. 그 사람 목소리가 얼굴과 정말 잘 어울렸어요. 뭐랄까…… 너무나 포용력이 큰 목소리였지요. 통화를 끝내기가 싫었어요. 아마 그 사람도 그랬을 거예요. 그러다가 그의 집 초인종이 울리는 소리가 들렸고……. 내가 여기 런던에 오래 머무는지 묻기에 '당신이 올 때까지요'라고 대답했어요. 그 말에 그가 웃었는데, 그 웃음소리를 오래 듣고 싶었어요. '좋아. 그럼 당신이 내 책에 대해 더 많이 말해줄 수 있겠군.' 그가 대답하더군요. 난 아빠가 오늘 그에게 전화할 거라고 말했어요."

이틀 후에 두 사람은 미켈리스를 맞으러 공항으로 갔다. 그사이에 소피아는 원고를 이미 두 번이나 읽었다. "원고에 중독됐어요." 소피아는 개선 방향을 제안한 작은 목록을 만들었다. "물론 이런 걸 듣고 싶어하는지 알 수는 없어요. 두고 봐야지요. 아, 난 그 사람을 전혀 모르는데 무척 가깝게 느껴져요…….” 원고를 읽지 않을 때면 소피아는 버스를 타고 시내를 돌아다녔다. 한 번은 새 스웨터를 사왔고, 또 밀라노와 로마 시내 지도를 가지고 와서 자기 방 벽에 걸어두고는 미켈리스의 이야기에 등장하는 골목을 찾아보기도 했다. 버크는 소피아가 요즘 통 안 보인다고 기분이 상한 어투로 말했다.

공항 대기실로 걸어 나오는 미켈리스는 예전에 밀라노 역 승강장에서 입었던 린넨 정장에 길고 검은 외투를 걸치고 있었다. “대기실이 모두 그 사람 소유 같았어요.” 나중에 소피아가 말했다. 그는 레이랜드와 포옹하고, 양손으로 소피아의 손을 잡았다. 그런 다음 사방을 둘러봤다. “런던 히스로 공항. 세상에. 아버지와 내가 정말 오고 싶어하던 곳이지만 우린 돈이 없었어. 지금까지 내가 비행기를 탄 건 딱 한 번, 아버지가 심근경색을 일으키기 직전인 10년 전이었지. 친척을 만나러 팔레르모에 갔을 때였어. 비행 때문에 흥분했던 그때 느낌이 아까 비행기에 탑승할 때 되살아나더군. 탑승권을 자세히 읽지 않았는데, 승무원이 비즈니스석 창가 자리라고 알려줬어. ‘비즈니스석’이라니!” “이 여행은…… 꽤 멋진, 상당히 멋진 경험이 될 걸세.” 레이랜드가 대답하고는 팔로 그의 어깨를 감쌌다.

지하철에서 미켈리스는 한순간도 가방을 내려놓지 않고 손가락으로 초조하게 쓸었다. “원고 때문에 그래.” 소피아의 눈길을 눈치챈 그가 말했다. “800쪽이 넘는 원고를 모두 가지고 왔거든. 공항으로 오는 길에 갑자기 기분이 아주 이상해지더군. 누군가 가방을 낚아채면 어쩌지? 아니면 뭔가 불행한 일이 벌어지거나. 10년 세월이……. 공항 화장실에서 나와서 가방을 열어 살펴보고는 원고를 여기서 복사해야겠다고 결심했지. 이미 오래전에 했어야 할 일이었는데." 레이랜드는 미켈리스의 원고를 몰래 복사하고 옮겨 쓰게 했다는 프란체스카 마르케세의 말을 떠올렸다. "하지만 내 원고에는 손대지 마. 믿을게." 파올로가 입원하느라 마르케세에게 집을 봐달라고 부탁하면서 한 말이었다. 레이랜드는 북적거리는 지하철에서 누군가 가방에 부딪치자 손잡이를 세게 움켜쥐는 파올로를 지켜봤다. 더는 비밀을 지킬 이유가 없다고 생각했다. 그는 손을 파올로의 손에 얹었다. "걱정할 거 없네. 원고 복사본이 이미 있으니까." 파올로는 어리둥절해서 그를 빤히 바라봤다. "자네, 한동안 입원한 적이 있지 않나. 프란체스카 마르케세가 자네 집을 봐줬지. 불현듯 그녀는 화재가 날지도 모른다고 상상했다네. 그래서 모두 복사하고 베껴 쓰게 하고 전자원고로 저장했다고 하네. 전자원고는 이제 프란체스카의 금고에 들어 있네." 당혹스러움과 짜증의 기미가 파올로의 얼굴에 나타났다. 그러다가 표정이 누그러지더니 가방을 꽉 쥔 손아귀 힘이 느슨해졌다. "그게…… 내가 말했는데…… 난 누가 내 원고를 만지는 게 싫어서……. 하지만 물론 프란체스카가 옳아. 내가 그동안 경솔했던 거지." 그는 한동안 앞만 바라봤다. "프란체스카가 모든 걸 예전과 똑같이 해둬서 난 전혀 눈치채지 못했어. 얼마나 세심하고 배려 깊은지! 나중에 전화해야겠다. 지금은…… 지금은 일단 마음이 놓여. 그때 이후로 100쪽쯤 더 썼어. 내일 복사할 수 있을까?"

파올로는 집을 점령했다. 레이랜드는 그가 그저 들어서기만 했을 뿐인데 집이 바로 그의 소유가 됐다고 생각했다. 파올로는 책장으로 달려가 지중해 지도 앞에 섰다. 레이랜드는 그 지도에 어떤 사정이 있는지 설명했다. "이 모든 나라의 언어라니…… 정말 멋지고도 정신 나간 아이디어로군! 그래서 어떻게 됐어? 성공했나?" 파올로가 물었다. "계획대로는 안 됐지. 각 언어들의 특징만 알게 됐네. 사전을 보며 읽을 수는 있지만 말하기는……. 그리고 어휘가 아주 빈약한 언어도 많다네." 파올로가 그를 빤히 바라보다가 말했다. "나도 그 정신 나간 꿈을 꾸었더라면 좋았을걸. 그럼 우리가 함께 이 모든 나라를 여행할 수 있었을 텐데." 레이랜드는 파올로가 포용력과 독점적인 상상력으로 집뿐만 아니라 사람도 점령한다고 생각했다. 소피아는 시드니가 쓰던 위층 방으로 그를 안내했다. "정말 여기서 묵어도 된다고?" 파올로가 짐을 풀기 시작하자 소피아는 그를 혼자 두었다.

전날 장을 봐 온 소피아는 성대한 만찬을 요리했다. 식사 사이에 원고 100쪽을 읽은 인상을 이야기했다. 파올로는 그녀가 원고를 눈앞에 정확하게 그려내는 모습에 감탄했다. 자정이 한참 지나고서야 식탁을 치웠다. 파올로는 설거지를 하겠다고 고집을 부렸다. 부엌에서 소피아 옆에 선 채 손을 크게 움직이며 말하는 그를 보며 레이랜드는 둘이 아주 오래전부터 함께 살아온 것 같다는 느낌을 받았다. 그 후에 파올로는 소설을 식탁에 펼쳐놓고 등장인물과 사건, 시점 문제와 단어 선택과 문체의 어려움을 설명하기 시작했다. 드디어 자러 가려고 일어섰을 때는 이미 바깥이 훤해진 뒤였다. "누군가와 이렇게 상세하게 책에 대해 이야기해본 건 처음이야." 파올로가 말했다. "뭔가 될 것 같은 기분이 드네. 요즘 정말 용기가 안 났거든."

레이랜드가 느끼기에 몇 주처럼 생각되는 나날이 이어졌다. 그렇게 충만한 시간이었다. 소피아와 파올로는 서로에게서 눈을 떼지 않고 하루에 몇 시간씩이나 함께 앉아서 책 이야기를 나누었다. 소피아는 모든 문장을 읽었는데, 한 문단을 여러 번 읽을 때도 많았다. 마치 이 원고와 저자만을 위해 사는 듯했다. 아주 확실한 기억력으로 작은 오류도 모두 찾아냈고, 그러면 파올로는 즉시 교정했다. "이 책이 우리의 공저 같다는 느낌이 약간 들어요." 며칠 후에 소피아가 말했다.

소설 속 이야기는 이제 현재에 도착했다. 중요한 등장인물 가운데 한 명은 좌파 성향, 아니 사실 무정부주의 성향 때문에 교육청이나 학교 당국과 마찰을 빚는 교사였다. 그러나 그는 병든 아내와 장애가 있는 아이를 부양하려면 돈이 필요했으므로 학교를 그만둘 수 없었다. 개인적인 일과 정치적인 일이 서로 엮이고 이렇게 엮인 일이 불행으로 이어지는 파올로의 주된 주제가 여기서 다시 등장했다. 파올로는 갈등을 자존감 문제로 바꿔놓았다. 교사인 마르첼로는 명확하고 예리하게 적중하는 언어로 학교에서 일어나는 거친 형태의 부당함에 맞섰다. 학생과 동료들은 이런 그를 사랑했다. 마르첼로는 그들에게 없는 용기의 모범을 보였다. 그가 쓴 기고문이 신문들에 실리자, 학교는 그 글을 취소하지 않으면 해고하겠다고 최후통첩을 했다.

그는 아내와 아이가 있는 집으로 돌아왔다. 책상에 앉아 청구서와 지출을 살펴보고 이체할 것을 작성해서 모두 계산해봤다. 저금한 돈은 없었다. 학교에서 돈을 받지 않으면 재난이 발생할 터였다. 그는 결정을 미루고 산책을 자주 했고, 술집에서 술을 마셨다.

그러다가 결국 한 신문과 인터뷰를 하고, 상황을 부당하게 잘못 평가했다고 스스로를 비난했다. 인터뷰가 끝난 후에 그는 자존감 상실 때문에 마비된 채 맹목적으로 거리를 쏘다녔다.

교장은 그를 해고하지 않고 만족감을 내비쳤다. 그러나 같은 일이 또 일어나서는 안 된다고 했다. 학생과 경악한 동료들은 실망했다. 그가 교실에 들어서면 당황스러운 정적이 감돌았고, 복도에서 만난 동료들은 이제 슬쩍 목례만 했다. 이따금 그는 해명하고픈 마음도 있었지만 그러면 상황이 더 나빠지리라는 예감이 들었다. 아내 클라우디아는 며칠 후에야 그 사실을 알았다. "왜 그랬어?" 아내가 물었다. "당신은 다른 때는 언제나 부당함에 맞섰는데, 지금 이게 도대체 무슨 꼴이야." 마르첼로는 한밤중에 일어나 작은 가방을 꾸려, 객실 유리창 너머에서 취객들이 고래고래 소리를 지르는 초라하고 시끄러운 여관으로 들어갔다. "이제 어떻게 해야 할지 모르겠어." 파올로가 말했다. "마르첼로와 그의 운명으로 책을 끝내고 싶거든. 그가 자존감을 되찾게 도와주고 싶은데 어떻게 해야 좋을지 알 수가 없네. 혹시 알아?"

수없이 많은 대화를 나눌 때 케네스 버크가 함께한 적이 있었다. "그가 잃어버리는 게 정말로 자존감일까요?" 잠시 후에 그가 물었다. "마르첼로는 다른 사람들의 신망을 잃습니다. 그건 확실하지요. 다른 사람들은 그가 배신했다고, 정의를 배신했다고 말할 겁니다. 어쩌면 기회주의자라고 욕할지도 몰라요. 하지만 그 스스로는 어떨까요? 정말 끔찍한 경우는 그가 자기 자신을 배신했다고 느낄 때뿐입니다. 그가 매수당해서, 불가항력적인 이유도 없이 자신의 원칙을 깼을 때 말이지요. 하지만 마르첼로는 그게 아니라는 걸 알고 있습니다. 가족을 지키기 위해서 한 일이에요. 희생이었다는 걸 자신도 알고 있어요. 자존감을 잃을 이유가 없지요. 일정 기간, 아니 어쩌면 꽤 오랫동안 타인의 존중을 받지 못하며 살아야 할지 모릅니다. 경멸까지도 느낄 수 있겠지요. 용기 없는 사람들은 바로 그 타인들이었는데 말입니다. 그리고 가장 고통스럽고 거의 견디지 못할 일은 아내가 그를 비난한다는 사실이지요. 그는 아내를 위해 희생했으니까요. 나는 그가 이런 이유에서 여관으로 간다고 생각합니다. 그래서 외롭지만 파괴되지는 않아요. 자존감을 잃을 때만 파괴되겠지요. 하지만 그럴 이유는 없습니다."

레이랜드는 버크가 자기 자신의 이야기도 하고 있다고 생각했다. 버크가 겪은 일은 물론 마르첼로의 경우와는 완전히 달랐다. 하지만 두 남자 모두 타인의 존중 없이 견디는 법을, 그 일로 파괴되지 않는 법을 배워야 했다. 눈빛을 보니 소피아도 비슷한 생각을 하는 모양이었다.

파올로는 눈을 감고 귀를 기울이면서 이따금 고개를 끄덕였다. 가끔은 손가락으로 식탁보에 작은 원을 그리기도 했다. 그러다가 버크를 바라봤다. "그게 해결책이 될 수도 있겠군요. 남들의 경멸로 자존감이 파괴되게 그냥 내버려두지 않는 것. 예, 그러면 될 것 같습니다. 생각은 말이지요. 하지만 마르첼로는 어떻게 해야 할까요? 여관에서 어떻게 나오나요? 집으로 돌아갈지? 학교로는?"

버크가 웃음을 터뜨렸다. "나야 물론 자세한 건 모릅니다. 그건 당신 이야기니까요. 만약 내가 쓴다면, 내면의 요새라는 은유가 도움이 될 것 같군요. 마르첼로는 타인의 시선에서 자신의 내면을 보호하는 법을 배워야 합니다. 동료들의 시선을, 그리고 아마도 그것보다 더 어려울 학생들의 시선과 판단을 말이지요. 그리고 아내의 시선도. 앞으로는 타인들과 내적인 거리를 크게 두고 산다는 의미가 될 겁니다. 예전과 달리 타인을 위해 덜 살고 자기 자신을 위해 더 많이 사는 것. 내면의 요새는 더 많은 자유를 의미할 수도 있지요. 나라면 그를 바다로 보내겠습니다. 학교에는 병가를 내고, 집에는 아무 말도 하지 않고 말이지요. 가족은 이제 그걸 견뎌야 합니다. 한두 주 후에 돌아온 그는 표면상으로는 예전과 똑같이 일합니다. 설명은 거부하고요. 예전에는 학생이나 동료들이 걱정거리가 있을 때 그가 언제나 옆에 있었지만 이제 더는 그렇지 않아요. 빈틈없이 올바를 뿐입니다. 이 정확성은 뭔가 싸늘하지요. 그리고 아이와 아내에게 좋은 사람이기는 하지만 이제 더는 헌신적이지 않습니다. 예전보다 더 자주 방에 들어가서 문을 닫고 있어요. 몇 달이, 몇 해가 흐릅니다. 사람들은 그 일을 잊기 시작하지만 그는 잊지 않아요. 그러다가 언젠가 자리에 앉아서 모든 것을 써내려갑니다."

한밤중에 레이랜드는 펜을 들고 워런 숀의 책상 앞에 앉아 있는 파올로를 목격했다. "케네스가 한 말이…… 뭔가를 움직였어." 파올로가 말했다. 그는 소피아에게 들어서 버크의 약국 이야기를 알고 있었다. "마르첼로도 아마 그렇게 할 수 있었겠지. 내면의 요새에 자유롭게 머무는 사람. 책 전체와 어울리는 아름다운 결말이 될 거야. 하지만 그걸 한 장면 한 장면, 한 동작 한 동작, 한 단어 한 단어 설명하려면……. 수많은 단어에 생명을 부여하는 것에 비하면 어떤 이야기를 요약해서 말하는 건 아주 쉽고 간단해. 지난 몇 주 동안 자신감이 없어서 힘들었지. 하지만 이제 카테리나 미찬이 책을 출간하리라는 걸 알게 되고 또 소피아가 다시 검토를 하니까……."

파올로와 소피아가 바깥에 나가 있을 때면 레이랜드는 자리에 앉아 첫 부분을 번역하고 저녁에 영어 원고를 낭독했다. 파올로는 아무리 들어도 질리지 않았다. "이걸 정말 내가 썼다고?"

레이랜드는 이따금 버크에게도 가서 원고를 읽어줬다. "질투가 날 것 같네." 버크가 말했다. "게다가 소피아까지……." 레이랜드는 그를 가만히 바라보다가 물었다. "자네, 혹시……?" "아니, 당연히 아닐세. 하지만 가끔씩 머릿속 판타지가 얼마나 제멋대로인지 자네도 알지 않나." 그가 벽을 올려다봤다. "겨우살이……." 레이랜드는 고개를 끄덕였다. 건너편에서 소피아와 파올로가 집으로 돌아오는 게 보였다. "저 둘에게 시간을 주세. 사람들이 요즘 다들 이야기하는 새 영화를 봐야겠군." 레이랜드는 소피아에게 전화를 걸어 말했다. "좀 늦을 것 같구나."

파올로가 떠나기 전날, 레이랜드는 그와 함께 숀 크리스티에게 가면서 번역한 소설 원고도 가지고 갔다. "1,000쪽입니다." 파올로의 말에 숀이 웃음을 터뜨렸다. "이런 분량은 해본 적이 없어요. 하지만 사이먼이 제정신이 아니니……." 숀은 파올로에게 출판사를 두루 안내했다. 파올로가 출판사 내부를 본 건 이번이 처음이었다. "하나의 세계군요." 특별히 아름다운 책을 책장에서 몇 권 빼보기도 했다. 나중에 린에게 올라갔을 때 숀은 파올로를 새 작가라고 소개했다. "하지만 아직 모르는데……." 파올로가 말했다. 그는 린과 말이 잘 통했다. 린은 휠체어에서 일어나 소파로 옮겨 앉아 담배를 청했다. "대학에서 견디지 못했다고 하셨나요? 나도 그랬답니다. 학술적 재료인 시는 혐오스러웠어요. 다행스럽게도 난 그럴 필요가 없었지요. 출판사가 있었으니까요. 몇 년 동안 책을 쓰셨다고요? 10년? 난 너무 오래 집필하다가 자기가 쓴 게 갑자기 낯설게 느껴져서 작품과 멀어진 작가들을 알고 있어요." 파올로는 자기도 그런 순간을 겪었다고, 하지만 오래 지속되지는 않았다고 했다. "10년……. 그 세월이 지나면 어떤 의미에서는 다른 사람이 되지요. 하지만 또 아니기도 하고요. 예전 단어와 나중 단어는…… 통일감을 주는 커다란 집게처럼 삶을 결합해요. 일어나는 모든 일에 동행하는 멜로디예요. 책이 끝나고 나면 뭘 해야 할지 전혀 모르겠어요."

저녁에 레이랜드는 소피아와 파올로와 함께 콘서트에 가면서 버크도 데리고 갔다. 파올로는 로열 페스티벌 홀을 질리지도 않고 계속 둘러봤다. 이탈리아에서 그는 밀라노 스칼라 극장에 갈 형편이 아니었다. 설령 됐더라도 거리에서 자야 하는 노숙자들이 가까운 곳에 있는데 그런 액수를 지불하는 건 불가능했다고 말했다. 그의 아버지도 같은 의견이었다. 하지만 파올로는 시즌 시작 저녁이면 이따금 그곳에 가서 야회복을 입은 사람들이 건물로 들어가는 모습을 지켜봤다. "상당히 멋진 경험을 또 한 번 하네." 콘서트홀 조명이 꺼지자 파올로가 말했다. 소피아가 그의 머리카락을 훑었다. 버크는 그 옆에서 미동도 없이 앞만 바라보며 앉아 있었다.

"모든 게 엄청난 속도로 지나갔지만, 다른 한편으로는 달력으로 보는 것보다 훨씬 오래 걸리기도 했어." 나중에 집에 돌아와 함께 앉았을 때 파올로가 말했다. "내일 저녁에는 병원 야간 근무가 있고, 모레 아침에는 일찍 학교에 가야 해. 병원 출입구에 앉아 있거나 교실에서 아이들 앞에 서면 이곳에서 있었던 일은 오래 꾼 꿈처럼 아주 비현실적으로 느껴지겠지. 지금 이미 알 수 있어. 하지만 잠깐 자고 나서 작업실 책상에 앉으면 그게 얼마나 현실적이었는지 느낄 거야. 이제 책의 결말을 상상할 수 있으니까. 책은…… 현실이야. 현실적인 현실."

레이랜드와 소피아는 다음 날 아침에 공항에서 시내로 돌아오면서 거의 말을 하지 않았다. 파올로는 보안 검색대로 가기 전에 넓은 외투로 소피아를 잠시 안았다. 소피아는 눈을 감은 채 그에게 기댔다. 소피아가 엉뚱한 길로 가려고 해서 레이랜드가 이끌어야 했다. "그를 따라 그냥 밀라노로 갈 수는 없잖아요." 환승하여 북쪽으로 향하면서 소피아가 말했다. "안 그래요?"

38

일주일 후 안드레이 쿠츠민이 런던에 왔다. 공항 도착장에 들어선 그는 아주 새것이라서 그와는 전혀 어울리지 않는 여행 가방을 머뭇머뭇 내려놓았다. 레이랜드는 안드레이가 출소하던 날 아침에 몸을 숙인 채 커다란 나무상자처럼 보이는 여행 가방을 들고 트리에스테 스칼라 에스 루이지 층계를 올라오던 모습을 잠시 눈앞에 떠올렸다. 안드레이는 불안한 표정으로 군중을 둘러보다가 레이랜드를 발견하고 안도의 미소를 지었다. 갈색 코르덴 정장과 붉은 터틀넥 스웨터 차림이었고, 팔에 우비를 걸치고 있었다. "자네가 마중 와줘서 정말 다행이야." 그가 말했다. "런던으로 오는 작은 비행기는 좁고 시끄러운 프로펠러기였는데, 난기류를 만났다네. 두 번째 비행기 승객들은 경악할 만큼 소란스러웠어. 난 그런 일에 더는 익숙하지 않아서 도착하기만 기다렸지. 게다가 영어를 알아들어야 하니 힘들었다네. 난 영어를 사용하는 나라에 살아본 적이 없지 않나." "카를 압트조차 모로코에서 베르베르어 단어 하나를 못 알아들었지." 레이랜드의 말에 안드레이는 활짝 웃으며 서툴고 소심한 몸짓으로 그를 포옹했다. 레이랜드는 그에게 철도 자유 이용권을 건넸다. "자네가 편하게 움직이려면 이게 있어야지. 브라이턴행 차표는 이미 사두었네. 하지만 일단 며칠은 이곳 시내에 있을 테니까."

안드레이는 지하철에 감탄했다. "'튜브'라고 부른다는 건 알고 있네." 그가 말했다. "세상에서 가장 오래된 지하철이라는 사실도 알아. 기차가 역에 얼마나 잘 맞는지 보게나. 차량 개수가 정확하고, 앞뒤로 터널과 1미터 간격도 남아 있지 않아." "열차와 플랫폼 사이의 간격이 넓으니 주의하시기 바랍니다." 안드레이는 안내방송이 너무 좋아서 정확한 억양으로 발음할 수 있을 때까지 계속 따라했다. 레이랜드는 레스터 스퀘어 역 자동판매기에서 안드레이를 위해 캐드버리 초콜릿을 하나 사고, 그 자동판매기가 자기에게 어떤 의미인지 이야기했다. "내가 여기까지 오리라고는 한 번도 생각하지 못했네." 안드레이는 이렇게 말하고 자기가 가지고 온 영국 화폐를 자랑스럽게 내보였다. "은행에서 지폐를 받을 때만 해도 나는 이럴 리가 없다고 생각했지. 그런데 이제 실제로 여기 있네. 런던에, 영국에."

레이랜드가 예약한 펜션은 워런 숀의 집에서 겨우 몇 블록 떨어진 곳이었다. 예약할 때 객실을 둘러보고, 천장이 높고 빛이 잘 들어오는 넓은 방인지 신경 썼다. "방이 좁을까 살짝 걱정스러웠네." 안드레이가 이렇게 말하며 방을 둘러봤다. "그런데 정말 아름다운 공간이군." 집으로 오는 길에 문구점을 지나는데 안드레이가 걸음을 멈췄다. "콘티의 강연에 나를 데려가려고 왔을 때, 소피아가 보라색 자를 가지고 왔던 거 기억나나? 저쪽 구석에 분홍색 자가 있군. 저걸 사서 소피아에게 가져다줘야겠네."

자를 본 소피아는 웃음을 터뜨리며 안드레이를 포옹했고, 그를 소중한 손님으로 대접했다. 워런 숀의 서재에 감탄한 안드레이는 책장에서 몇 번이나 책을 꺼내 훑어봤다. "심지어 미얀마어 문법책도 있군." 그들은 지중해 지도 앞에 서서, 모든 언어를 배우려던 레이랜드의 계획을 이야기했다. "내 생각에, 카를 압트는 몰타어를 소홀히 했을 것 같네." 안드레이가 말했다. "라틴어 알파벳을 사용하는 셈어족……. 그는 그런 거 싫어한다네."

나중에 레이랜드는 펜션으로 돌아가는 안드레이와 동행했다. "내일은 일단 혼자 다닐 생각이야." 안드레이가 말했다. "유명한 장소들을 찾아다녀야겠네. 이유 없이 갑자기 불안이 엄습하는 경우도 염두에 두고 있지. 현금지급기를 쓰거나 서명을 할 때처럼 말일세. 그럴 때 전화해도 되겠나? 우리가 만날 수 있게."

첫 번째 전화는 다음 날 오후에 걸려왔다. 두 사람은 세인트 제임스 파크에서 만났다. 안드레이는 다리에서 멀지 않은 벤치에 레이랜드가 그동안 한 번도 못 본 모습으로 앉아 있었다. 등받이에 기대고 다리를 꼰 채 양손을 머리 뒤로 깍지 껴서 베고 있었다. 주변 일에 완전히 녹아들 수 있는 사람처럼 보였다. "깨어나는 것 같군." 레이랜드가 옆에 앉자 그가 말했다. "이 도시를 발견하는 것 말이지. 그런데 불현듯 '내가 이래도 되나?'라는 느낌이 엄습했다네. 순찰하는 경찰을 피했고, 어제 공항 직원이 여권 검사를 하면서 날 봤을 때 얼마나 불안했는지 다시 떠올랐네. 트리에스테……. 거긴 달라. 그곳은 교도소 영향권 안에 있으니까. 하지만 이곳은 그 모든 것에서 떨어져 있지 않나……. 믿을 수 없네. 아까 이곳에 오면서 이런 생각을 했지. 난 하와이로, 호놀룰루로 날아갈 수도 있다. 아무도 막을 수 없다……. 그런데 바로 그 순간 불안이 밀려와서 자네에게 전화를 했다네."

레이랜드가 숀 크리스티에게 전화를 건 다음, 둘은 그의 출판사로 향했다. "내가 교도소에 수감됐었다는 거, 숀도 알고 있나?" 레이랜드는 고개를 저었다. "안다고 해도 그 역시 나와 똑같이 생각할 걸세. 하지만 말할 필요가 없었지."

숀과 린은 그들이 아는 몇 개 안 되는 러시아어 단어로 안드레이에게 인사했다. 두 사람은 그를 무엇보다도 러시아어가 모국어인 사람, 그 어려운 언어와 문학의 비밀을 내면에 지니고 있는 사람으로 맞이했다. 안드레이의 제2모국어가 바스크어라는 사실을 알게 된 두 사람은 완전히 매혹되어버렸다. 두 사람이 계속 러시아어와 바스크어 문장을 들으려 했으므로 안드레이는 바스크어 시 한 편을 낭송했다. 그는 차를 마시면서 로만 네미로프가 보낸 편지를 번역해서 읽어줬다. "바실리 스미르노프의 원고는 시정으로 가득하군요. 그 이유만으로도 작품을 번역하고 싶습니다. 그 외에 내가 겨울의 리가 만을 안다는 것도 적합한 이유가 됩니다.

난 살을 에는 자연이 보여주는, 거부하는 듯한 텅 빈 아름다움을 알아요. 우리 인간은 뭔가 아주 쓸모없고 방해가 된다는 느낌을 주지요. 건강한 사람처럼 걸을 수 있던 젊은 시절에 어떤 여자와 그곳에 간 적이 있습니다. 우리 둘 모두 공간을 채우는 정적에, 엄청나게 광범위한 그 정적에 귀를 기울였지요. 그 추억이 한순간 너무 아파서 원고를 내려놓고, 거절하는 답장을 당신에게 보내야겠다고 생각했습니다. 하지만 잠시 후에 스미르노프 언어의 시정을 영어로 옮기려는 시도가 잃어버린 과거에 대한 고통을 극복하는 데 도움이 될지도 모른다고 느꼈지요. 그러니 해보겠습니다. 사장에게 내가 어떨 때는 빠르고 어떨 때는 느리다고, 게다가 뻔뻔할 만큼 고집이 세며 마감 압박은 절대로 견디지 못한다고 말씀 전해주십시오." 숀은 네미로프의 사진을 꺼냈다. "편지가 얼굴에 어울리는군요. 그렇지 않습니까?" 그가 말했다.

이틀 후 그들은 브라이턴으로 갔다. 네미로프가 사는 작은 집은 바닷가에서 멀지 않은 도시 외곽에 있었다. 온통 새까맣게 입은 가냘픈 중년 부인이 문을 열었다. 네미로프 집에 살면서 살림을 돌보는 사람이라고 했다. 학교에서 영어를 가르치다가 일자리를 잃은 그녀를 네미로프가 고용했다. "번역을 하면서 로즈마리에게 언제든 단어를 물을 수 있어야 합니다. 무척 드물게 쓰는 단어라도 말이지요. 그녀는 모든 걸 압니다. 그 어떤 사전보다도 훌륭해요." 세월이 흐르면서 로즈마리는 러시아어를 유창하게 할 수 있게 됐다. "네미로프는 투덜거릴 때면 러시아어로 말해요." 그녀의 말에 그가 미소를 지었는데, 평소의 근엄한 얼굴과 비교하면 놀랄 만큼 따뜻한 미소였다. 네미로프는 연필로 원고를 써서 구식 연필

깎이가 책상에 놓여 있었고, 그걸 본 레이랜드는 학창시절을 떠올렸다. 로즈마리가 예전에는 그의 원고를 타자기로 쳤고 지금은 컴퓨터로 작업하는데, 네미로프 자신은 컴퓨터에 손도 대지 않았다. 그는 안드레이에게 이따금 러시아어로 말을 거는 것만 빼고는 희귀한 관용구까지 포함하여 나무랄 데 없는 영어로 손님들과 대화를 나누었다. 외국인의 흔적은 억양에서만 드러났다. 이미 몇 장 번역해둔 스미르노프의 원고를 그가 낭독했다. "문밖으로 나서면 제일 먼저 들리는 것은 적막뿐이다. 그러다가 시간이 좀 지나면 떨어지는 눈송이 소리가 들린다. 내가 아는 한 가장 나지막한 소리다." 러시아어 억양이 살짝 섞인 채 천천히 말하는 그 문장들은 훌륭한 마법을 품고 있었다. "계속하십시오." 숀이 말했다.

네미로프는 숀이 가지고 온 계약서에 서명했다. 늦은 오후였다. "난 이맘때 보통 바닷가로 갑니다." 네미로프가 말했다. "함께 가시고 싶다면……." 그는 휠체어를 능숙하고 힘차게 다루었다. "여깁니다." 그가 덤불에 숨겨진 만 뒤편의 외딴 곳에서 말했다. "여기서 매일 한동안 머문답니다. 그 후에 작업을 계속할 수 있지요. 계속하기. 매일 계속하는 게 중요합니다."

집으로 돌아와서 네미로프는 로즈마리에게 다시 한번 차를 부탁하면서 샌드위치도 곁들여달라고 했다. 그게 얼마나 낯선 부탁인지 그녀의 얼굴에서 드러났다. 그는 숀의 출판사에 대해, 계획된 시리즈에 대해, 안드레이가 이탈리아 시리즈를 위해 이미 번역한 원고에 대해 질문했다. "네미로프가 이렇게 오래 말한 건 몇 년간 처음이에요." 나중에 손님들과 문간에 서 있을 때 로즈마리가 말했다. "바닷가 그 장소로 누굴 데려간 것도 처음이고요."

기차에서 안드레이는 네미로프가 선물한 러시아어 판《피네건의 경야》를 주머니에서 꺼내 책장을 넘겼다. "이런 언어 곡예라니, 믿을 수 없을 정도야." 그들은 어스름한 바깥을 잠시 내다봤다. "그가 바닷가에서 '계속하기'라고 말하던 모습 말일세. '매일 계속하는 게 중요합니다'라고. 무척 나지막하게 말했는데 너무나 강렬했지." 레이랜드가 말했다. "사무엘 베케트 작품의 등장인물들도 가끔 말하지 않나. '계속'한다고."

"올라가서 오늘에 대해 써야겠어." 나중에 레이랜드와 함께 펜션 앞에 섰을 때 안드레이가 말했다. "여기 도착한 뒤로 일종의 여행 일지를 쓴다네. 예전에는 한 번도 하지 않던 일이지. 현재를 잡아두는 것. 그리고 네미로프와는…… 아주 특별한 현재였네. 매일 스스로에게 '계속하기'라고 말해야 하는 게 어떤지 난 물론 알고 있다네. 하지만 휠체어에서…… 평생……. 그리고 부드럽고 참을성이 많으면서도 단호한 로즈마리의 성격에 자네도 혹시 감탄하지 않았나?"

레이랜드가 집에 도착해보니 소피아는 버크 집에 있었다. 레이랜드도 합석하여 오늘 있었던 일을 이야기했다. "계속하기……. 그래, 맞아." 버크가 말했다. 그런 다음 스미르노프의 책표지가 어떤 모습이면 좋을지 이야기를 나누었다. 눈 덮인 만, 등대. 정적은 어떻게 표현해야 할까?

39

안드레이는 계획보다 오래 런던에 머물렀다. 낮에는 시내를 걷고, 저녁이면 하루 일과를 영어로 썼다. 저녁에 가끔 레이랜드와 소피아에게 들러 이야기를 나누기도 했다. 사람들의 말을 나날이 더 잘 알아듣게 됐고, 이곳을 이미 거의 고향처럼 느꼈다. "언젠가 자네에게 말한 적이 있지." 그가 레이랜드에게 말했다. "감방에서 아이토 아기레의 글을 다양하게 변주해서 쓸 때, 내 목소리가 아니라 아기레의 언어에 머무는 게 불행하더라고 말일세. 자유의 결핍이라는 느낌이었네. 이제 저녁에 펜션에서 일지를 쓸 때면 오로지 나 자신의 언어를 선택하는 느낌이 들지. 다른 언어보다 잘하지 못하는 영어인데 말이야. 신기하지 않나?"

안드레이는 케네스 버크와도 만났다. 두 사람이 이틀 저녁을 함께 보낸 다음 날, 안드레이는 펜션 객실에서 나와 버크 집으로 옮겼다. "우리 이야기를 서로에게 들려줬지." 버크가 레이랜드에게 말했다. "내가 먼저 약국 이야기를 했더니 꽉 닫힌 그 사람이 갑자기 자신을 열어 보였어. 무척 소중한 시간이었지. 그는 카를라 이야기, 계단에서 남자를 밀치던 이야기, 한없이 길었던 교도소에서의 9년에 대해 말했지. 그의 손목에 있는 흉터를 봤다네. 설명할 수는 없지만 누구라도 그를 그냥 좋아할 수밖에 없네. 그가 이렇게 말하더군. '생각해보게. 어느 날 불쑥 사이먼이 내 감방 문을 노크한 거야. 나중에 면회를 왔네. 또 와서는 나를 번역가로 만들었지. 집도 사줬네. 그러고 지금 이곳에 와서 네미로프를, 전설적인 로만 네미로프를 만나게 됐네. 이제 자네까지. 이 모든 게 무척이

나 비현실적이 아닌가? 너무나도 비현실적이지?'"

소피아가 모두를 위해 요리를 했고, 모두 시내로 가서 책방을 둘러봤다. "내일 뭐 하지?" 헤어지기 전에 그들이 서로에게 물었다. 현재를 온전히 공유하는 소중한 나날이었다. 이런 시간이 언젠가 지나가리라는 걸 모두 알고 있었다.

그러다가 1월 말에 패트 킬로이도 이 모임에 추가됐다. 버크는 그를 자기 집에 묵게 했다. "집이 꽉 찼군……. 이런 적은 처음일세. 하지만 이제 익숙해질 정도인걸." 그가 말했다. 레이랜드는 패트를 이곳에서 만나니 트리에스테에서와는 완전히 다르다는 생각이 들었다. 패트는 익숙한 환경이라는 지팡이를 빼앗겨서 살짝 비틀거리는 사람처럼 보였다. 레이랜드에게 노팅 힐 호텔에 면접을 보러 갈 때 함께 가달라고 부탁했다. 패트는 지하철에서 말이 없었다. 그에게서 본 적 없던 우울한 정적이었다. 넥타이 매듭 위치가 올바른지 이따금 확인하고, 구두에 조금 묻은 먼지를 손수건으로 닦았다. 그러고는 당황스러운 표정으로 미소를 지으며 말했다. "내가 할 수 있을지 모르겠네."

그들을 맞은 부인은 무척 싹싹하고 말이나 행동에 아량이 풍부했다. 패트와 레이랜드에게 식당과 주방과 사무실을 보여주고, 요리사와 현재 일하는 종업원도 소개했다. 패트는 아주 천천히 움직였고, 마치 마음속으로 사진을 찍듯이 자주 멈춰 서서 모든 것을 집중해서 관찰했다. 나중에 세 사람은 부인의 사무실에 앉았다. 관대한 채용 조건을 들은 패트는 당황하여 담배를 피워도 되는지 물었다. 부인은 그의 직업 경험과 아일랜드에서 보낸 시간, 트리에스테 트라토리아에 대해 물었다. "이제 돌아올 생각이 있으신가요?" 마지막에 그녀가 물었다. 패트는 눈을 감고 잠시 가만히 있다가 대답했다. "어떨 때는 그렇고 또 바로 다음 순간에는 그렇지 않습니다. 지금 보여주신 게 마음에 들고 제가 할 수 있을 것 같습니다. 그런데 트리에스테에서 보낸 오랜 시간, 거의 25년이라는 세월이 있어서요. 옮기는 건 큰 변화, 아주 큰 발걸음이 될 듯합니다." 부인은 고개를 끄덕였다. 패트와 그의 성격이 마음에 드는 눈치였다. "생각할 시간이 얼마나 필요하신가요?" 그녀가 물었다. "사흘 후에는 알아야 합니다. 저 스스로 말이지요." 패트의 대답에 부인이 미소를 지었다. "좋습니다. 그리고 이것도 알려드리지요. 집을 구하실 때 우리가 도와드릴 거예요. 그때까지는 호텔에 묵으시면 됩니다."

그 후 이틀 동안 패트는 노팅 힐에서 오랜 시간을 보냈다. "어떨지 상상해보려고 하는 걸세." 그가 저녁에 말했다. "무척 세련되고, 아주 편안해. 레스토랑에서 식사를 하고 종업원과 이야기를 나눴네. 가족 때문에 이사를 간다더군. 다 좋은 것 같네. 사실 엄청난 제안이지. 하지만 트리에스테에서 라파엘레에게 앞치마와 지갑과 주문 장부를 건네주는 내 모습을 상상하게 되네. 마지막으로 영원히. 라파엘레 주방 기구들은 오래되어 닳았고 이곳은 모든 게 반짝이는 새것일세. 그런데도 망설여지네. 아니, 어쩌면 바로 그 이유 때문인지도 모르지. 이곳은 바깥에 식탁이 없고 바다도 없어. 그리고 내 집도. 그 집은 상당히 초라하지만 나에겐 소중하지. 그곳에서 이사 나온다고 상상하니 이제야 소중함을 알겠군." 그가 레이랜드에게 몸을 돌리고 말을 이었다. "우리가 트리에스테에서 이야기를 나눌 때, 병들고 늙는 일에 대해서도 말했지. 모국어를 쓰는 이곳이 더 낫지 않겠냐는 말. 사실 어느 정도 그렇기는 할 걸세. 지금도 그렇게 생각하네. 하지만 그게 결정적일 만큼 중요한 건 아니야. 그리고 향수병에 관해서는…… 지금 어느 정도 집에 돌아온 것 같기는 해. 하지만 오랜 세월 동안 많은 것이 낯설어졌네. 어쩌면 이곳이 아일랜드가 아니라 영국이라서 그런지도 모르지."

사흘째 되는 날 아침에 패트는 식사를 하러 레이랜드와 소피아에게 건너왔다. "잠을 거의 못 잤네." 그가 말했다. "이렇게 관대한 제안을 거절하는 건 제정신이 아니라는 생각이 불현듯 들더군. 지금보다 거의 두 배를 벌 수 있어. 게다가 모든 게 무척 세련되었고 트라토리아에서 가끔 벌어지는 대혼란 같은 건 전혀 없겠지. 안드레이도 잠을 못 자고 나에게 와서 앉았네. '자네가 그리울 거야.' 그가 말했지. '그런 사람이 나 혼자는 아닐 테고. 그 생각에 몰두하게 되어 나도 노팅 힐에 갔다네. 레스토랑에서 식사를 하면서 자네가 그곳에서 서빙을 한다고 상상해봤지. 한편으로는 좋았지만 다른 한편으로는 '아니, 패트는 여기 어울리지 않아'라는 생각도 들었네. 나중에 멀리서 거리를 걷는 자네를 보고 한동안 따라갔지. 같은 느낌이었네. 물론 착각하는 것일 수도 있고, 내 감정이 자네보다는 나 자신에 대해 말하는 거겠지.' 상상해보게. 안드레이는 나와 내 결정에 그 정도로 관심이 컸던 거야. 케네스의 잠옷 가운을 입은 안드레이가 내 문제를 골똘하게 생각하며 앉아 있었다고. 난 그가 트라토리아에 오면 반가웠고 서로 싹싹하고 친근하게 대화를 나누었지. 난 이따금 그를 집에 초대할 생각도 했지만 너무 나가는 건 아닌가 싶어서 망설였다네. 그런데 그가 밤에 맞은

편에 앉아서, 나 때문에 노팅 힐에서 하루를 보냈다고 말하는 게 아닌가. 뭐라고 말해야 할지 알 수 없었지. 하지만 그 일이 왠지 모르게 결정적인 작용을 했다네. 난 트라토리아에 남기로 했네."

패트는 호텔에 자신의 결정을 알리고 기차와 페리를 타고 더블린으로, 거기서 더 나아가 일을 시작한 킬케니로 갔다. 그러고 일주일 후에 다시 버크 집에 돌아와서 말했다. "다녀오길 잘했어. 그곳으로도 돌아가고 싶지 않다는 걸 이제 알았으니까. 기차에서 이탈리아인 두 명이 객실로 들어왔는데, 그때 나는 집에 돌아온 것 같았어."

패트와 안드레이는 트리에스테로 돌아가는 비행기표를 함께 예약했다. 레이랜드와 버크와 소피아는 공항에서 보안 검색대를 지나가는 두 사람을 바라봤다. "집이 이제 얼마나 텅 빈 느낌일지 두렵군." 돌아오는 차 안에서 버크가 말했다.

레이랜드는 잠을 이룰 수 없었다. 지난 몇 주 동안 이 집에서 정말 많은 일이 일어났다. 그 일들이 추억 속에서 흘러 지나가는 것만으로는 충분하지 않았다. 생생하게 묘사하고 싶고, 장면과 생각과 언어를 자유롭게 내버려두면서도 동시에 질서를 부여하고 싶었다. 그래서 일어난 일과 감정이 서로 뒤섞이는 것을 자기 자신과 리비아를 위해 써내려가기 시작했다.

카라,

2, 3주 전에 시드니가 왔을 때, 우린 포일스 서점에서 책장을 뒤지고 있었어. 그때 갑자기 난 한쪽 구석에서 존 에스코트를, 예전에 에일즈베리에서 우리가 만난 그 판사를 발견했지.

나는 경악했어. 그 순간을 떠올리는 지금에야 놀라움이 얼마나 깊었는지 실감이 나네. 사실 어떻게 표현해야 할지 전혀 모르겠다. '흘러간 시간에 대한 충격'이라는 게 가장 바른 표현이겠지. 당시에 중년이던 판사는 머리카락과 수염이 잿빛으로 변했고, 등이 조금 굽어 약간 불안정한 자세로 책을 얼굴에 바짝 붙인 채 책장 앞에 서 있었어. 이렇게 되기까지 얼마나 긴 시간이 흐른 건지! 몇 년, 몇십 년! 그 시간은 나에게서도 흘러갔어. "그래서 뭐?" 누군가는 이렇게 말할 거야. 그런 사람에게 이런 깨달음이 왜 놀라운지 설명하기는 어려워. 아니, 불가능할지도 모르지.

판사가 우리 집에 왔고, 난 거실에서 시드니와 소피아, 케네스 버크와 함께 그의 맞은편에 앉아 있었어. 우린 데이비드 클라이번에 대해, 불합리한 그의 판결에 대해 이야기를 나누었지. 에스코트는 당신이 그때 얼마나 흥분했는지 정확하게 기억하고 있었어. 나도 알았지. 다른 사람들과는 완전히 다른 시선으로. 그때 에스코트의 소파에 앉아 있는 당신을 봤으니까. 눈앞에 있던 당신의 옷 하나하나 모두, 당신이 수첩을 무릎에 올려놓고 받아쓰던 모습, 이마로 흘러내린 머리카락을 가끔 쓸어내던 모습, 당신 손가락이 귀걸이를 스치던 모습이 떠올라. 2년 뒤에 르 아브르로 가는 페리 갑판에서 내가 청혼할 때도 당신은 그 귀걸이를 하고 있었지. 그사이에 35년이 지났어. 지났다고 말하고 싶지 않아. 기억 속에서가 아니라 현실에서 다시 한번 그 먼 순간으로 돌아가고 싶어. 물론 허무맹랑한 소원이고, 종이에 쓰인 이 말을 보면 웃음이 터질 지경이야. 하지만 이게 정확한 소원이지. 시간이 흐르지 않는 것. 그리고 내 생각에, 흘러간 시간에 충격을 받은 이유는 이 기이한 소원 때문인 것 같아. 이 충격은 당시의 시간이 정말로 지나가 버렸다는 고요한 놀라움이니까. 당신의 귀걸이를, 그리고 다른 모든 것도 다시는 볼 수 없다는 것.

시드니와 소피아에게 편지를 써서 당신에게 쓴 편지들과 함께 남기려고 했을 때, 난 당신에게 편지를 쓰는 게 당신의 죽음을 마음속으로 부인해서가 아니라고 처음부터 강조했어. 편지로 죽음을 넘어 당신을 계속 살아 있게 하려는 게 아니라고 썼지. 다르다고 말이야. 이건 일종의 나 자신에게 쓰는 편지라고 했어. 정말 그럴까? 이 말을 쓰는 지금 의심이 드네. 당신과의 시간이 지나갔다는 걸, 돌이킬 수 없이 흘러갔다는 걸 가장 깊은 내면에서 인정했더라면 늙은 판사를 보고 왜 그렇게 심한 충격을 받았을까? 난 충격을 이렇게 해석해. 늙은 판사는 당신과 함께한 시간이 다시는 돌아오지 않는다는 살아 있는 증거였던 거야. 얼마 전에 나눈 대화를 다시 떠올려보면 마음속에서 들끓는 저항을 느껴. 중년이 아닌 노인 판사가 앉아 있고, 판결에 흥분하는 목소리가 당신이 아니라는 사실, 이 모든 걸 바꿀 수 없다는 사실에 대한 저항. 난 그동안 내내 남몰래 당신과 함께 살았던 걸까? 에스코트의 늙어가는 외모를 본 충격은 이 모든 게 절망적인 백일몽에 불과했다는 증거 때문이었나?

우리가 처음 함께 살던 해링턴 가든스의 집에도 가봤어. 소피아는 지금 사는 사람이 집에서 나오자 그에게 다가가서, 책에 에워싸인 채 읽기를 배웠던 쪽매널마루에 다시 한번 앉아 보고 싶다고 말했지. 우리가 나이츠브리지에서 구한 샹들리에를 봤어. 낡은 프랑스 소파, 너무 깊은 이탈리아 안락의자 두 개, 뻣뻣한 의자들과 영국 식탁, 철제 받침대가 있는 거대한 침대, 조각이 들어간 무거운 책상, 중고 티베트 양탄자, 뒤죽박죽 섞인 중국산 그릇들……. 이런 걸 사느라 우리가 얼마나 뒤지고 다녔던지! 당신이 '우아하고 나약한 임시 조치'라고 말하던 게 지금도 생생하게 들려. 트리에스테로 갈 때 이 모든 걸 어디에 팔았는지 기억이 나지 않아. 누군가 마지막으로 가지고 간 건 무거운 책상이었어. 난 그걸 트리에스테로 운송하는 건 정신 나간 짓이라고 생각했지. 처음에는 그 책상이 조금 그리웠는데, 얼마 지나지 않아 다락방에 있던 간결한 검은 책상이 편안하게 느껴졌어.

해링턴 가든스에 다녀온 후로 자주 불면의 밤을 보내면서, 당신 아버지가 당신에게 출판사를 물려주지 않았더라면, 그래서 우리가 트리에스테로 이사 가지 않았더라면 우리 삶이 어떻게 됐을까 생각하곤 해. 몰로 아우다체와 만을 비추는 빛, 무자로 가는 페리는 없었겠지. 베라 산틴과 마리아 프시루키스도 만나지 못했을 테고, 패트 킬로이가 우리에게 음식을 서빙하지도, 내가 안드레이의 감방 문을 노크하는 일도 없었을 거야. 우리가 런던에 머물렀거나 〈리베라시옹〉에서 언젠가 당신을 파리로 불렀더라면? 손과 린……. 우리 사이의 우정이 어떻게 생겨났을까? 우리 아이들은…… 이탈리아 학생이 아니라 영국 학생이 됐겠지. 아니면 프랑스? 밤에 이런 일들을 생각할 때마다 당신과 이야기 나누고 싶고, 글을 쓰는 이 순간도 마찬가지야. 하지만 서점 한구석에 서 있던 에스코트 판사는 그때 이후로 얼마나 긴 시간이 흘렀는지 증명했어.

그런데 흘러가는 시간은 지난 몇 주 동안 '더는 존재하지 않는' 게 무엇인지만 가르쳐준 게 아니야. 새로운 것을 보고 겪게 했지. 나를 놀라게 하고, 다른 경험이라는 의미에서 새로운 것 말이야. 소피아가 파올로 미켈리스를 사랑하게 된 것도 그중 하나였어. 처음에는 그 사람 소설의 마법에, 그다음에는 전화 통화에 빠지더니 나중에는 그의 존재 자체에 휩쓸려가는 것처럼 보였지. 당신은 소피아가 사랑에 빠지는 걸 못 봤어. 당신 심장이 멈췄을 때 그 아인 겨우 열일곱 살이었지. 그 후에 한두 명을 만나기도 했고, 또 병원에서 어떤 일이 있었는지는 나도 몰라. 하지만 소피아가 파올로 같은 경우는…… 한 번도 겪지 않았는데, 자기 말로도 그렇다고 하더군. 소피아는 그의 소설을 너무나 잘 알아. 사랑하는 경우에만 그런 일이 가능하지. "다른 책은 이제 읽고 싶지 않아요." 며칠 전부터 이 말을 하고, 몇 시간 동안이나 통화하는 소리도 들려. 우리 둘이, 또는 다른 사람들과 함께 앉아 있을 때면 소피아는 갑자기 사라진 것처럼 보일 때도 있어. 그럴 때면 생각이 밀라노에 가 있는 게 확실해. 언젠가 나와 둘이 식탁에서 조용히 뭔가 먹고 있을 때 소피아가 말했어. "파올로는 사람을 사로잡을 수 있어요." 내가 소피아였다고 해도 다르지 않았을 것 같아. 밀라노 그의 집에서 널빤지에 놓인 종이들을 봤을 때 나도 마법에 걸린 것 같았으니까! 소피아가 파올로에게 느끼는 감정을 그도 소피아에게 느끼는지는 물론 내가 알 수 없어. 그는 언제나 자기 자신과 또 자신의 원고와만 살아왔어. 자기만의 방식으로 이루 말할 수 없이, 놀라울 만큼 포용력이 크지. 하지만 파올로를 생각하고, 그가 소피아와 함께 앉아서 그녀의 애정과 감탄을 즐기는 모습을 눈앞에 떠올리면 그가 자기와 정말 전혀 '다른' 누군가에게 언젠가는 자기 자신을 열게 될지 조금 불안해. 하지만 어쨌든 소피아의 삶이 이런 전환점을 맞았다는 사실이 놀라워. 병원 생활에 갇혀 지내면서 이미 오래전부터 기다려오던 전환점이라는 생각이 살짝 들기도 해. 영국박물관, 도시 탐험, 여기 집과 건너편 버크 집의 겨우살이, 그리고 이제 파올로까지…… 모든 게 서로 어울려. 에스코트 판사와의 시간이 뭔가의 끝이라면 여기서는 하나의 시작이지.

다른 많은 일들도 여기 이 집에서 시작됐어. 특히 케네스 버크와의 우정도 그중 하나야. 내가 이곳에 도착해서 열쇠를 가지고 오려고 그의 집 초인종을 누르던 11월 저녁이 지금도 또렷하게 떠올라. 그는 나를 거부하는 것처럼 보이지는 않았지만 거리를 두었지. 그래서 난 누군가 이 거리를 극복하려고 마음먹는다면 시간이 오래 걸릴 거라고 생각했어. 그러다가 이 지역에 전기가 나갔고, 난 그의 집에서 촛불을 켠 식탁에 앉아 그와 함께 렌즈콩 냄비요리를 먹었지. 그 자리에서 그는 자기가 약사일 때 법을 마음대로 처리한 이야기를 했어. 자신의 행동이 '불법이긴 하지만 옳았다'고 하더군. 그때 이후로 우린 그의 집 또는 이곳에서 자주 함께 시간을 보냈어. 난 조용히 숨이 꺼진 채 소파에 앉아 있는 당신을 우리가 발견하던 그날 밤 이야기와 병원에서의 오진, 그리고 그 오진을 발견한 이야기를 했지. 난파를 당한 두 사람이 서로 대화를 나눈다고 생각되는 순간도 있었어. 하지만 그런 순간이 지속되지는 않았지. 함께하는 새로운 미래가 시작됐어. 프란체스카 마르케세가 트리에스테에 대해 쓴 책의 번역본을 내가 옥스퍼드에서 사 와서 그에게 줬는데, 얼마 후에 그가 컴퓨터로 작업한 책표지 시안으로 나를 놀라게 했어. "20년이나 늦었지. 하지만 내 표지가 더 낫지 않은가?" 그가 말했지. 옛날 트리에스테 동판화였는데, 아마 이상적인 책표지가 됐을 거야. 우린 그 표지를 숀에게 보여줬고, 케네스는 순식간에 앞으로 숀의 출판사 책표지를 디자인할 사람이 됐어. 케네스가 다시 일을 하게 된 거야. 그가 위층 작은 서재에서 새로 산 대형 모니터 앞에 앉아 있다고 생각하면 얼마나 기쁜지!

난 고집과 예민함을 드러내는 그의 창백하고 각진 얼굴에 아주 익숙해져서, 한참 못 보면 그 얼굴이 그리워져. 첼로를 가지고 와서 연주할 때의 얼굴이 가장 좋아. 그럴 때면 케네스는 악기를 들고 그냥 문 앞에 서서 어색한 미소를 짓고 있어. 그가 눈을 감고 연주할 때면 집에는 오로지 음악뿐이야. 소피아가 내려오면 그는 슬쩍 쳐다보는데, 아주 약간이긴 하지만 얼굴이 부드럽고 따뜻해지고 음은 더욱 풍성해지지. 그는 언제나 소피아가 집에 있을 때 와. 가끔 밤에 몸이 반쯤 가려진 채 건너편에서 연주하는 모습이 보이기도 해. 그럴 때면 나는 그의 얼굴과 까칠까칠한 잿빛 머리카락을 상상하지. 얼마 전에는 이미 자정인데도 그의 집에 건너가서 연주를 해달라고 부탁했어. 그는 나를 들이고 아무 말도 없이 연주를 계속했지. 이따금 나를 흘낏 바라봤어. 내가 그 시간에 와서 단순한 부탁을 한 것에 감동한 듯하더군. 돌아오면서 나는 그가 버튼을 하나만 눌러도 자기와 연락이 되게 내 전화를 손봤던 걸 떠올렸어. 첫 번째 발작을 이야기했을 때였지. "난 언제든, 어디든 가겠네." 그때 그가 한 말이었어.

쉼표에 관한 일도 있었어. 내가 번역한 파베세의 일기에 "La ricchezza della vita è fatta di ricordi, dimenticati"라는 문장이 있어. 영어로 번역할 때 쉼표도 가져와야 할까, 없애야 할까? 난 불현듯 케네스에게 물어봐야겠다는 생각이 들어서 건너갔지. 거기서 놀라운 일이 벌어졌어. 내가 왜 그 문제에 골몰하는지 그가 '이해'한 거야. 난 그에게, 빈곤과 궁핍에 직면한 상황에도 쉼표를 찍어야 할지 말지 정말 진지하게 심사숙고할 수 있는지 안드레이가 이따금 고민한다고 말했어. 케네스는 잠시 생각한 후에 대답했어. "나는 빈곤과 쉼표를 비교하는, 그런 중요함의 차등은 없다고 생각하네." 우린 그때 아주 다른 의미에서 친구가 됐어.

그러고 안드레이가 런던으로 왔어. 여행과 이 도시가 그를 얼마나 크게 변화시켰던지! 그동안 우리가 함께한 이야기가 많아. 난 그에게 집을 사줬고, 서명해야 할 때면 그가 얼마나 떠는지도 봤지. 그리고 그는 내가 자기 집에서 발작을 일으키는 걸 목격했어. 그러니까 오래전부터 무척 가까워진 거야. 그런데 이제 내가 예전에 감방 문을 노크했을 때의 그 남자와는 전혀 다른 사람을 또 한 번 경험하고 있어. 지금까지 우리 이야기는 트리에스테에 묶여 있는 것처럼 그곳에서 일어났어. 이제 우리는 열린 곳에 함께 서 있게 된 거야. 안드레이가 불현듯 얼마나 여유만만하게 됐는지! 휠체어에 앉은 로만 네미로프를 만났을 때도 그랬어. 두 사람 모두 러시아어를 할 줄 안다는 사실 때문은 아니었어. 숀이나 나와는 달리 안드레이는 처음부터 올바르고 자유로운 언어와 제스처를 사용했지. 휠체어를 잡는 모습이 얼마나 자연스러웠던지! 전혀 당황하지 않았어! 난 그에게 감탄했고, 눈빛으로 볼 때 숀도 나와 다르지 않았어. 숀과 린의 집에서도 안드레이는 무척 자신 있고 능숙하게 행동했어. 바스크어 시 한 편을 낭송했지. 그가 낭송하는 동안 나는 그가 출소하고 얼마 지나지 않아 당신 출판사에서 도스토옙스키 작품을 낭독하던 모습을 떠올렸어. 그때 이후로 이 사람은 얼마나 먼 길을 걸어왔는지!

그 후에 안드레이와 케네스 버크가 만났어. 두 사람은 서로에게 자기 자신을 열었지. 난…… 나는 이중으로 질투했어. 안드레이 때문에 케네스를, 케네스 때문에 안드레이를. 내가 더는 그들의 유일한 친구가 아니라는 사실에, 그들이 나 없어도—말하자면 나를 지나쳐서— 서로를 위해 뭔가 된다는 그 사실에. 소피아는 그런 나를 바로 간파했어. "아빠만 그분들을 알고 싶군요. 한 명씩 따로 둘 모두." 나중에 식사 때 소피아는 내 팔에 손을 얹고 말했어. "안드레이는 케네스에게 카를 압트 이야기는 하지 않을 거예요. 아빠와 둘만의 비밀인 거죠. 그것 말고도 수천 가지 일도요."

패트 킬로이와 안드레이가 함께 떠나는 걸 볼 때도 나는 약간 질투했어. 그냥 조금이긴 하지만 그래도 질투였지. 나는 스스로를 달래며 패트가 노팅 힐에 대해서는 대부분 나와 의논했다고 혼잣말을 했어. 그리고 무엇보다도 우리 사이에는 류블랴나가 있고. 안드레이가 트리에스테에 살기 때문에 패트가 결국 그곳을 선택했다고 생각하다니…… 세상에, 내 감정은 얼마나 허무맹랑하고 편협하고 자기중심적인지! 하지만 어쩌면 이해하기 힘든 질투는 아닐지도 몰라. 더 복잡하고 의미 있는 질투일 수도 있지. 두 사람이 공항에서 가는 걸 본 순간 불현듯 그들이 나의 도시로 간다고, 나는 여기보다 그곳 소속이라는 걸 느꼈어. 하지만 나는 지하철에서 옆에 앉은 버크와 소피아가 있는 여기 소속이기도 해. "무슨 일이에요?" 소피아가 물었고, 케네스도 의아하다는 눈길로 날 봤지. 두 도시와 그 두 곳에서의 내 삶을 어떻게 해야 할까?

40

며칠 후에 소피아는 거리에서 우연히 사진작가 필립 애쉬크로프트를 만났다. 해링턴 가든스에 갔을 때 소피아가 아버지의 책에 에워싸여 읽기를 배운 쪽매널마루에 다시 한번 앉게 해달라고 부탁한 그 사람이었다. 둘은 함께 커피를 마셨는데, 그는 자기 일에 대해 이야기하고 소피아를 작업실에도 데리고 갔다. "사진작가가 되는 건 어떨까, 하는 생각이 불현듯 들었어요." 저녁에 그를 만난 이야기를 하다가 소피아가 덧붙였다. "애쉬크로프트가 말한 대로라면 자유로워서 마음에 들어요." 둘은 트리에스테에 대해서도 이야기했는데, 애쉬크로프트는 그곳에 작업실을 둔 동료의 주소를 소피아에게 건넸다. 소피아는 예전에 한 번 그랬듯이 버크의 카메라를 빌려서 시내를 돌아다니다가 저녁에 그의 컴퓨터로 사진을 봤고, 그는 소피아에게 사진 작업하는 법을 알려줬다. 그 후 며칠 동안 소피아는 우울한 표정으로 집을 돌아다니고, 버크의 개 빌리와 오래 놀고, 어릴 때처럼 자꾸 레이랜드 옆에 있으려고 했다. 파올로 미켈리스와 가끔 전화를 하기도 했지만 통화 시간이 점점 짧아졌고, 전화한 후에는 기분이 안 좋을 때도 있었다. "밀라노에 가야겠어요." 그러던 어느 날 소피아가 말했다. "그래야 파올로가 유령이 되지 않을 것 같아요. 그가 어떤 사람인지 전혀 기억나지 않을 때가 있어요." 그러고 며칠 후에 그곳으로 떠났다.

소피아는 전화를 자주 걸고 무슨 일이 있었는지 자세히 말하고 싶어했는데, 특히 흔들리는 감정 이야기를 많이 했다. 파올로와 함께 소설의 배경 가운데 하나인 로마에 갔지만 계획보다 일찍 돌아왔다. "파올로는 포용력이 크고 솔직해요." 소피아가 말했다. "아빠도 잘 아시잖아요. 하지만 너무 자기 세계에, 특히 소설 작업에 빠져 살아요. 호텔 객실에서조차 밤에 일어나서 글을 쓰더군요. 그럴 때면 그에게 나는 전혀 존재하지 않는 듯했어요. 이제 트리에스테로 가요. 내 집을 보고, 골목을 걷고 싶어요. 어쩌면 애쉬크로프트의 동료에게 들를지도 모르겠어요."

그 다음번에는 운하 옆 레이랜드의 집에서 전화를 걸어왔다. "파도바에서 내려 시드니를 찾아갔어요. 마지막 시험을 막 끝냈대요. 만족스럽지는 않지만 다 지나갔다며 기뻐하더군요. 시드니가 검은 카스트에 대해서 했던 말 기억하세요? 그 애는 그들의 의식을 거부했잖아요. 줄리에타 집에서 차를 마신 후에 시드니는 콘티 책을 번역하는 사무실을 보여줬어요. 보충 수업을 하는 세미나실도요. 그러고 난 놀랄 만한 일을 했지요. 시드니에게 파올로 이야기를 한 거예요. 밀라노에서, 그리고 여행중에 얼마나 힘들었는지에 대해서도요. 시드니의 반응은 아주 탁월했어요. 잘못된 말은 전혀 하지 않았지요. 나를 기차역에 데려다주고, '몸조심해'라고 하더군요. 예전에 한 번도 하지 않던 방식으로."

"병원 복도를 걸어봤어요." 다음번 통화에서 소피아가 말했다. "거리에 있는 모레티를 멀리서 봤어요. 그러니 병원에서 그를 만나지 않는다는 건 확실했지요. 내 감정이 어떻게 되는지 알고 싶었어요. 변한 게 없더군요. 병원으로 돌아가고 싶지 않아요. 한두 가지, 특히 간호사실 문에 걸린 사진들을 보니 마음이 아팠어요. 하지만 결국 내 결정은 변한 게 없어요. 런던에서 보낸 몇 주가 얼마나 큰 거리두기를 가능하게 했는지 놀라워요."

이 통화 후에 레이랜드는 트리에스테가 그리워져서 일주일 후에 그곳으로 향했다. 거리 모퉁이를 돌기 전에 집을 돌아봤다. 이제 이곳이 온전히 자기 집이라는 생각이 들었다. 모퉁이를 돌다가 다시 한번 돌아가서 삼촌의 책상이 놓인 방의 창문을 건너다봤다. 돌아오면 그곳에서 스스로 만든 이야기를 써보겠다고 생각했다. 아니면 최소한 짧은 글이라도. 삼촌이 그에게 자신의 목소리를 찾으라고 재촉하는 편지를 썼던 그 책상에서. 그 목소리는 리비아에게 편지를 쓰는 목소리와는 다를 터였다. 고유한 등장인물과 고유한 행위를 꿈꾸는 느낌은 과연 어떨까? 그 이야기 속에서 스스로를 알아가고 표현하는 느낌은?

소피아가 공항으로 그를 마중 나왔다. “평소와 달라 보이시네요.” 둘이 함께 그의 집에 앉아 잠시 쉰 후에 소피아가 말했다. “많이는 아니고 조금 달라요.” 그는 망설이다가 대답했다. “난…… 뭔가 내 것을 써보기로 마음먹었다. 하지만 일단 너만 알고 있어. 이미 오래전부터 하던 생각인데 자신이 없더구나. 런던으로 돌아가면 시작해보려고 해. 아마 이런 내 결심을 네가 느낀 모양이다. 시간이 필요하니 번역 하나를 거절했지. 생각만 해도 현기증이 나네. 상상해보렴. 난 그동안 번역자로서 온갖 문장을 썼는데…… 이제 내 문장을 써야 해! 아까 비행기에서 내려다보며, 원본이 없는 이야기를 시작하는 것은 허공에 뛰어드는 것과 같다는 생각을 했다.”

소피아는 그동안 사진작가 필립 애쉬크로프트의 동료를 만났다. 그는 인물사진을 찍지만, 다큐멘터리 제작팀의 소속이기도 했다. 그 팀은 오랫동안 병원에 입원해서 지내야 하는 환자들이 어떻게 변하는지, 삶에 대한 모든 관점이 어떻게 달라지는지에 관한 다큐멘터리를 계획하고, 병원과 의학에 대해 잘 알고 조언을 해줄 수 있는 사람을 구하는 중이었다. 혹시 그 일이 소피아에게 적합하지 않을까? “또 의학이에요.” 소피아가 말했다. “하지만 다른 관점이고, 하얀 카스트와는 거리를 두고 있지요. 생각해보겠다고 대답했어요.”

둘은 패트 킬로이를 만나러 트라토리아로 갔다. 레이랜드는 런던에서 만난 후 이곳에서 다시 만나니 패트가 달라 보이는 것 같았다. 그들이 앉은 자리로 올 때도 자신감이 넘쳤고, 서 있는 자세도 달라서 바닥에 더 단단하게 발을 붙인 듯했다. 머문다는 결심을 통해 자기 자신에게 한 걸음 더 가까워진 모양이었다. 그러나 알고 보니 그게 전부가 아니었다. 식당 주인인 라파엘레가 암에 걸려 더는 식당을 운영할 수 없게 됐다. "나더러 운영할 생각이 있냐고 묻더군. 난 일주일 동안 고민하며 잠도 제대로 못 잤네. 안드레이 집에 자주 갔지. 그런 다음 넘겨받겠다고 했네. 이제 가게 운영을 배워야 한다네. 장보기라든가 뭐 그런 것들. 하지만 어딘지 모르게 라파엘레는 내 불안을 잠재울 줄 알지. '자네, 할 수 있어.' 그가 이렇게 말하고 내 어깨에 손을 올렸네. 나를 그렇게 높이 평가하는 줄 몰랐는데 말이지. 어쨌든 나는 흥분해서 평소보다 훨씬 일찍 잠이 깬다네. 엄청난 변화야. 그동안 언제라도 그만둘 수 있다는 생각으로 여기서 일했지. 더는 안 되네. 잠을 못 자고 누워 있을 때 가장 많이 하는 생각일세. 이제 나는 식탁과 의자, 접시와 식사 도구, 프라이팬 등 모든 걸 다르게 만진다네. 아니, 어쨌든 그런 생각이 들어. 요리사와 피자 베이커와 다른 종업원은 그 소식을 정말 멋지게 받아들였네. 나를 포옹했지. 동료로서뿐 아니라 그 이상으로. 요즘 라파엘레와 대화를 많이 나누는데, 사적인 이야기도 하지. 예전부터 그랬더라면 좋았을걸. 라파엘레에게는 아주 나이가 많은 어머니뿐이야. '질병과 다가오는 최후에 대해 안다는 것. 특히 아침 무렵에 가장 힘들다네.' 라파엘레가 한 말일세." "검은 달." 레이랜드의 말을 패트가 받았다. "잿빛 나날."

소피아와 헤어진 후에 레이랜드는 몰로 아우다체에 앉았다. 배 한 척이 도착하자 그는 철썩거리는 물에 다리를 담갔다. 리비아와 트리에스테에 왔을 때 처음 그랬던 것처럼, 그리고 미래가 다시 생겼다는 걸 알게 된 가을에 다시 그랬던 것처럼. 그 순간 무슨 일인가 일어났다. 레이랜드는 그게 뭔지 금방 알아채지는 못했다. 집에 돌아와서 침대에 누운 후에야 서서히 깨달았다. 인생에서 일어나는 반복…… 이게 소설 주제 가운데 하나가 될 수도 있을 것 같았다. 질서와 안전감을 주는 반복이 어떤 점에서 좋은지, 그런 반면 삶이 지루하다는 권태와는 또 어떤 연관이 있는지. 레이랜드는 몸을 일으켜 앉았다. 오랫동안 은밀하게 동행해오다가 이제 거기에 맞는 정확한 언어를 찾을 만큼 명백해진 감정, 소설의 주제는 그 감정을 드러냄으로써 생겨나는 걸까? 은퇴한 노인, 모든 것이 지겨워진 남자, 무엇보다도 어쩔 수 없이 되풀이되는 일들이 지겨워진 남자에 관한 이야기도 괜찮을 것 같았다. 자신의 감정을 서서히 인정하는 과정을 다루는 게 중요할 듯했다. 불현듯 그 남자의 모습이 눈앞에 떠올랐다. 베레모 아래로 헝클어진 허연 머리카락이 보이는 마른 남자, 담배 파이프와 지팡이와 개 한 마리. 뮌헨으로 가는 비행기에서 남프랑스, 특히 뤼베롱에 관한 영화가 상영됐다. 반복 때문에 고통을 당하는 남자는 뤼베롱 인근 어느 마을의 끝 집에 산다고 가정해도 될 터였다. 한동안 머물기로 한 펜션일 수도 있다. 이름은? 국적은 프랑스인가? 아니면 자신에 대해 명확하게 알고자 멀리 그곳으로 간 영국인? 에릭이라고 하면 어떨까?

레이랜드는 첫 번째 등장인물을 찾았다는 느낌으로 잠이 들었다. 그러나 다음 날 아침에는 아무것도 남지 않고 사라져버렸다. 게다가 예전에 부두에서 다리를 물에 담갔던 것이 삶의 지루함으로 기억되다니 기이하기까지 했다. 전자는 몇 개 없는 탁월한 일화이자 해방 및 새로운 시작과 연관된 단면이었고, 후자는 살면서 겪는 수많은 반복이었다. 언제나 이럴까? 상상력이 놀랍고 이해하기 어려운 길을 가며 만들어낸 장면들이 얼마 지나지 않아서 흩날려 사라져버릴까? 이게 이야기꾼의 일상다반사일까?

레이랜드는 출판사로 향하는 익숙한 길을 걸었다. 그 길을 가는 게 달랐다. 출판사가 아직 자기 소유일 때와도, 지난번에 마지막으로 갈 때와도 달랐다. 그는 이따금 멈춰 서서 이 차이를 묘사할 말을 찾았다. 잠시 후에 출판사 건너편 카페에 앉아 카를로타의 서빙을 받으며, 자기 자신의 글을 쓰겠다는 결심을 하면 낯익은 도시를 어떤 식으로 다르게 걷는지도 소설의 주제가 되지 않을까 생각했다. 달라진 건 '정확하게' 뭘까? "문학적인 언어란 제대로 이해하자면 '정선된' 언어가 아니라 무엇보다도 '정확한' 언어야." 리비아가 자주 하던 말이었다. 메리 앤 애쉬퍼드도 글을 쓸 때 정확성의 열정에 대해 말하곤 했다. 앞으로 이야기를 쓰면서 등장인물들의 경험을 묘사할 정확한 언어, 그 자신의 경험도 드러나는 언어를 찾을 때는 과연 어떨까? 그리고 그건 도대체 어떤 종류의 정확성일까?

레이랜드가 사무실에 들어섰을 때 카테리나 미찬은 구술을 하는 중이었다. 그는 리비아와 자기가 이리저리 오가던 그곳에서 구술 녹음기를 들고 이리저리 오가는 그녀를 보고 잠시 당황했다. 그러다가 곧 정신을 추스르고, 자기가 출판사 소유주일 때 손님들이 앉던 의자에 자리를 잡았다. 베라 산틴과 마리아 프시루키스도 와서 합석했다. 비토리오 알바네세가 이제 더는 일하지 않고 다른 사람이 회계를 본다고 했다. 그들은 레이랜드에게 새로운 프로그램을 보여주고, 점점 더 성과가 커가는 러시아 망명 작가 시리즈에 대해 알려줬다. 그는 로만 네미로프를 방문했던 일을 말하고, 파올로 미켈리스의 소설 이야기도 나누었다. 나중에 레이랜드는 베라 산틴과 마리아 프시루키스와 따로 대화하면서 그새 그들과의 사이가 약간 서먹해졌다는 사실을 깨달았다. 아주 살짝이긴 했지만 느낄 수 있었다. 두 사람은 그에 대해…… 그러니까 새로운 삶이 어떤지 묻지 않았다. 어쩌면 너무 큰 기대였는지도 모른다. 게다가 출판사 내부 아닌가. 하지만 아무리 그렇다고 해도…….

레이랜드는 시내를 다니며 예전처럼 커피와 그라파를 마시고 계속 걸었다. 지금 트리에스테에 있으면서 어떤 기분을 느끼지? 그는 런던에서 느꼈던 향수병을 떠올렸다. 그런데 향수병이 뭐야? 왜 이런 의문이 불현듯 드는 걸까? 그는 다시 바에 들어가서 앉았다. 갑자기 기분이 나아졌다. 아직 산발적이고 무질서하기는 해도 글쓰기에 대한 깊은 생각이 그의 내면에서 새로운 각성을 불러일으켰다. 글쓰기는 각성과 같은 걸까?

스테파노 디 로시가 들어왔다. "만나서 반가워." 그가 말했다. "당신이 그리운 날도 있어. 그럴 때면 우리가 함께한 드라이브와 그때 당신이 시정에 대해 했던 말을 떠올리곤 해. 시정이 우리에게 현재를 열어준다고, 그게 현재를 온전히 현재로 두는 하나의 방식이라던 말을. 그때 어둡고 외딴 예배당에서 모자이크를 복원하는 여자 이야기를 했지. 기억나? 난 여름부터 쉬려고 해. 아무것도 하지 않고, 나에게 어떤 일이 벌어지나 보려고." 레이랜드는 글쓰기에 대해 말하려는 유혹을 한순간 받았지만 디 로시는 시간이 없었고, 나중에 돌이켜보니 다행이라는 생각이 들었다. 버크에게는 말하게 될까? 아마도 언젠가는 말하겠지. 숀에게는 하지 말아야겠다. 그런데 이유가 뭘까? 메리 앤 애쉬퍼드에게는 절대로 말하지 말아야지. 갑자기 친근한 사이인지 거리가 있는지에 대한 새로운 척도가 생긴 것 같았다.

"런던이 나에게 얼마나 중요했는지 자넨 아마 짐작도 못 할 걸세." 나중에 레이랜드가 집에 찾아갔을 때 안드레이가 말했다. "마치 내가 그때부터 이 세상에 제대로 돌아온 기분이야. 그때 이후로 지나치게 떨지 않고 돈을 찾을 수 있고, 은행에서 서명할 일이 생기면 그저 잠깐만 망설이지. 불안이 언제라도 다시 찾아올 수는 있다고 생각하네. 하지만 런던에서 돌아온 후로 불안에 맞서서 더 잘 대항할 수 있다네." 둘은 패트 킬로이 이야기도 했다. "그가 여기 자주 왔어." 안드레이가 말했다. "난 라파엘레의 제안을 받아들이라고 그를 설득했지. '자네는 손쉽게 할 수 있어'라고 말이야. 내 생각에 패트는 살면서 그런 말을 너무 듣지 못한 것 같아. 요즘 난 계속 그 식당에 가고, 얼마 전에는 그의 집에도 갔네. 시집이 책장 가득 있더군. 켈트어 시집과…… 놀랍게도 그리스어 시집도 있었지. 패트가 색소폰을 잠시 연주했네. '내가 정말 할 수 있다고 생각하나?' 헤어질 때 그가 물었지. 나는 '물론이야. 노팅 힐보다 훨씬 더 자네에게 어울려'라고 대답했네."

레이랜드는 글쓰기에 대해 그에게 말해야 할지 망설이다가 에움길을 선택했다. "자네, 아이토 아기레 소설을 읽고 그의 언어와 상관없이 자네만의 변주를 쓰려고 했는데 쓰지 못했다고 했지. 이유가 뭐였나?" 안드레이는 한동안 말이 없었다. "내가 그의 주제에서 벗어나지 못했기 때문인 것 같네. 주인공 앙투안 페랑은 특정한 결합 체계, 언어의 특정한 조직에서 태어나지. 이 조직을 그냥 바꿀 수는 없네. 그랬다가는 등장인물이 사라질 테니까." "다른 주인공, 다른 주제가 필요했군?" 안드레이가 고개를 끄덕였다. "그런데 찾지 못했나?" "그 안에서는. 난 내가 했던 행위와 수감 기간 내내 싸웠으니까." "출소한 후에는?" "이따금 생각하기는 하지. 그러나 아직 그럴 준비가 되지 않았네. 어쩌면 나 자신의 목소리를 시도하기란 나에게 너무 벅찬 일인지도 몰라. 재능 문제지. 아니면 다른 이유일지도 모르고. 나 자신의 언어를 만난다는 공포. 어쨌든 이미 자네에게 말했듯이, 런던에서 영어로 하루 일을 쓰면서 나 자신과 만난다는 느낌을 받긴 했네. 하지만 소설을 쓴다는 건 그것과는 완전히 다르겠지." 한동안 침묵이 흐른 후에 안드레이가 말했다. "내 생각에는 자네가 자기 글을 쓰려는 것 같군. 왜 그런지는 모르겠지만 어쩐지 그런 느낌이야." 레이랜드는 고개를 끄덕였다. "그런데 말을 하기에는 아직 이르고?" 레이랜드는 다시 한번 고개를 끄덕이고 되물었다. "카를 압트는 그런 시도를 한 적이 있나?"

안드레이는 전혀 예상치 못한 대답을 했다. "그런 생각은 절대 하지 않을 거야. 스스로 말하는 건 잘난 척이라고 생각할 테니까. 예전에 자네에게 그의 베를린 집 이야기를 한 적이 있지 않은가. 안마당으로 이어지고 푸시킨 사진이 걸려 있는 집 말일세. 푸시킨…… 글쓰기란 그런 거지. 또는 톨스토이라든가. 그건…… 변변찮은 카를 압트가 결코 발을 들여놓을 수 없는, 완전히 다른 세계였네. 그리고 내 생각에 그는 단어를 사랑해서 아주 낯선 단어들을 최대한 많이 알고 싶어하긴 했지만, 음악을 사랑하듯 단어 자체를 사랑한 것 같네. 거기서 자기 이야기를 만들어내는 건…… 아니야, 그와는 어울리지 않을 걸세."

레이랜드는 밤거리를 걸었다. 이따금 멈춰 서서 주위를 둘러보기도 했다. 나는 이 도시를 어느 정도나 고향처럼 느끼는 걸까? 집에 도착해서 한동안 어둠 속에 그대로 앉아 있었다. 그러다가 책상 앞에 앉아 생각을 명확하게 정리하고자 했다.

카라,

트리에스테는 언제까지나 당신의 도시, 아이들의 도시로 남을 거야. 아까 우리가 예전에 살던 집을 지났어. 그곳에서 우리가 함께한 삶이…… 끔찍할 만큼 멀게, 다른 한편으로는 마치 어제처럼 느껴지기도 하더군. 내가 가장 행복했던 시절이야.

내가 종말을 본 곳도 트리에스테였지. 병원을 지나왔어. 이 모든 게 겨우 8개월 전 일인가? 펜이 미끄러졌던 여기 이 책상에서 공포를 느끼지 않고 다시 글을 쓸 수 있게 됐다는 사실이 기뻐. 아니, 공포를 거의 느끼지 않는다는 게 더 맞는 말이지.

다음부터 출판사에는 들르지 않을 것 같아. 그들 잘못이 아니야. 난 그저 이제 그 사람들과 같은 소속이 아닐 뿐이지. 카를로타의 카페에 앉아서, 오진을 열흘만 일찍 알았더라면 모든 게 여전히 내 소유일 거라고 생각하는 건 의미가 없고 나에게 좋은 영향도 끼치지 않아. 하지만 어떻게 잊겠어? 결과가 손쉽게 달라졌을 수도 있다는 걸 다른 사람들도 아니까 그들을 만나면 당혹스러워. 하지만 내가 마치 출판사는 존재하지도 않는다는 듯이 이 도시를 돌아다닐 수도 없잖아. 내가 아는 모습 그대로 시내에 솟아 있는데.

난 이곳으로 계속 다시 올 거야. 소피아 때문에라도 그렇지만 안드레이와 패트 때문이기도 하지. 여기 집을 처분하고 햄프스테드에만 사는 건 상상할 수 없어. 그러면 페리 여행은 어떻게 할 수 있겠어? 만에 드리우는 빛은? 그게 사라진다면 절단 수술을 받은 기분일 거야. 그래, 안 돼. 이곳에서의 내 삶도 계속 이어져야 해. 어떤 식으로든. 난 이곳에서 수많은 책을 번역했어. 그러니 앞으로 계속하지 못할 이유는 없겠지? 책 한 권을 일부는 이곳에서, 일부는 다른 곳에서 번역하지 못할 이유도 없고.

하지만 내 이야기를 쓴다는 다음 발걸음은 런던 워런 숀 삼촌의 책상에서 이루어질 거야. 여기서 글쓰기를 시작하는 건 상상이 되지 않아. 이유는 모르겠지만 어쨌든 확실해. 물론 머릿속으로는 이미 시작했어. 이곳 침대에서 반쯤 잠에 취한 채. 머리카락이 희고 베레모를 쓴 남자, 담배 파이프를 물고 개를 데리고 있는 어떤 은퇴한 사람이 사는 게 지겨워졌다고 상상해봤어. 특히 반복되는 온갖 일에 지쳤지. 오늘 아침 잠에서 깼을 때 등장인물은 흩어져 날아가버렸어. 다시는 오지 않을 거라고 생각했지. 그런데 지금 당신에게 편지를 쓰다 보니 불현듯 다시 나타나네. 그의 모습이 눈앞에 보이고 그가 어떤 사람인지 첫 윤곽이 느껴져. 그는 원래 파리에 사는데, 이제 자기 자신도 포함하여 모든 것에서 거리를 두려고 뤼베롱에 펜션을 빌렸어. 난 지금 이 정도만 알고 있어. 아니면 알고 있다고 착각하거나. 어제 잠들기 직전에 그의 이름을 에릭이라고 할까 고민했는데, 옳지 않은 생각이었어. 이 이름으로는 아무 일도 일어나지 않을 거야. 루이가 괜찮을 것 같다. 루이 퐁텐. 그래, 이 이름이 좋겠어. 왜 등장인물에게는 특정한 이름이 어울리고 다른 이름은 그렇지 않은 걸까? 언어의 울림과 등장인물의 감각은 서로 어울려야 해. 하지만 난 아무리 노력해도 이게 무슨 뜻인지 설명할 수 없을 거야.

루이 퐁텐. 그의 직업은 뭐였을까? 누구와 인생을 함께했지? 뭘 두려워했나? 행복한 순간은 언제였을까? 이 모든 걸 찾아내야 해. 글을 쓰기 시작하기 전에 어느 정도나 미리 정해둬야 할까? 난 수많은 책을, 수많은 이야기를 번역했는데 글쓰기에 대해 아는 게 별로 없어. 이미 말했듯이 루이는 삶이 지겨워졌어. 완전히 지겨워졌지. 아직 제대로 시작하지도 않았지만, 나는 이미 알 것 같아. 그가 자신의 감정이 이미 오래전부터 그저 반복되기만 했음에, 특히 이제는 무엇에도 놀라지 않는다는 사실에 지겨워한다는 걸. "난 이제 더는 새로운 경험을 하지 못한다." 그는 아마 이런 문장을 말할 수도 있겠지. 그래서? 이제 어떻게 해야 하지? 아마 이게 주제가 될 것 같아. 조금 전에 오랫동안 창가에 서서 운하를 내려다봤어. '트리에스테…… 그러니까 여기가 루이 퐁텐이 시작되는 도시이기도 하겠군.' 이런 생각을 했지. 원래는 런던에 가서 버크의 집을 바라보며 시작하려고 했는데 말이야. 난 이 주제에 놀랐어. 아니, 사실 별로 안 놀랐을까? 새로운 미래가 열렸음에도 나도 속으로는 지겨운 건가? 난 루이와 그의 개 라울과 함께 뤼베롱으로 올라가는 자갈길을 걷고 있어. 그의 발걸음과 그의 생각에 완전히 들어가 있는 바로 이 순간, 난 글쓰기가 이제 곧 시작된다는 행복한 초조함을 처음으로 느껴.

41

"키아라 팔라디오 이야기를 출간하지 않기로 결심했어." 프란체스카 마르케세가 말했다. 그녀는 레이랜드에게 전화를 걸었다가, 그가 트리에스테에 있다는 소식을 듣고 바로 기차에 올랐다. 이제 둘은 그의 집에 함께 앉아 있었다. "예전에 내가 이 원고는 다른 사람과 아무 관계가 없는 것 같다고 말한 적 있잖아. 오로지 나만을 위해 썼다고. 우리가 지난번에 만난 이후로 이 느낌은 점점 더 강해지고 또렷해졌어. 때때로 흔들리는 순간도 있었지만 결정적으로 마음먹게 된 어떤 일이 생겼어. 가슴에서 뭔가 발견됐어. 수술할 수 있다고, 예후가 좋다고 해. 하지만 이건 하나의 전환점, 단면이지. 다음 주에 입원해. 뭔가 있다는 걸 알게 된 날, 밤늦게까지 원고를 읽었어. 그 이야기를 사랑하지만 이제는 완결된 느낌이었지. 종이에서만이 아니라 내 내면에서도. 그리고 책이 나오고 일어날 모든 일을 예상하니 출간이 아무 의미가 없다는 생각이 들었어. 원고를 아름답게 제본해서 귀중품을 보관하는 금고에 넣어뒀지."

둘은 페리를 타고 무자에 다녀왔다. "병원에서 집으로 돌아오는 길에 대성당에 가서 앉았어.” 프란체스카가 말했다. “예전에 당신과 그랬던 것처럼. 다른 사람들이 키아라의 이야기를 읽을 수 있다는 상상이 그 순간 무척 낯설게 느껴졌지. 출간된 책들을 돌이켜 생각해보니 불편했어. 난 그 모든 책과 더불어, 그 책들을 통해 살아왔어. 그렇게 만들어진 언어가 낯선 사람들과 관계가 있나? 대성당에 앉아서 생각해보니 전혀 모르겠더군. 특히 사실을 다루는 소설에서의 언어는 가장 은밀한 것이지. 그런데 이걸 공개한다는 건 정신 나간 생각 아닐까? 제정신인가?”

파올로 미켈리스가 얼마 전에 그녀를 찾아왔다고 했다. “파올로가 런던에서 보낸 나날과 당신네가 그의 책에 보인 관심, 카테리나 미찬이 책을 출간할 수도 있다는 전망을 이야기했어. ‘언젠가 내 책이 서점 진열창에 있는 모습을 상상해봐.’ 그가 말했지. 파올로는 키아라 팔라디오에 대해서는 전혀 알지 못해. 그와 나는 상황이 아주 달라. 그의 경우에는 첫 작품이고 10년 동안 작업했지. 이야기를 나누다 말고 그가 불현듯 사실 진열창으로 나서기는 싫다고 하더군. ‘난 내 삶에 머물고 싶어.’ 먹을 걸 좀 요리했어. 그가 뭔가 다른 일에 대해 말하고 싶은 눈치였거든. 그는 소피아와 로마 여행을 했대. 당신도 물론 알고 있겠지. 그 도시를, 소설에 등장하는 모든 장소를 소피아에게 보여줬다고 해. ‘그 여행을 통해 ‘우리의 도시’를 만든 게 아니라 그녀에게 ‘내 도시’를 보여줬어.’ 잠시 후에 이렇게 덧붙였지. ‘은둔 생활 때문에 다른 사람에게 나를 열어 보이고 함께 경험하는 게 어떤 건지 잊어버린 것 같다는 느낌이 불현듯 들었어. 상대방이 소피아인데도 말이야. 소피아는 내 소설을 너무나 잘 알아! 이 세상에 그것보다 더 중요한 건 없다는 듯이. 여행 내내 소피아는 날 위해 내 옆에 있었는데, 나는…… 나는 전혀 그러지 못한 것 같아. 여행중에는 잘 느끼지 못했어. 돌아올 때, 그러고 다시 집에 돌아왔을 때 우리는 너무 조용했지. '일단 트리에스테로 갈게. 생각 좀 해야겠다.' 그녀가 말했어."

레이랜드는 프란체스카를 역까지 데려다줬다. 그녀가 기차 문간에 섰다. "아름답게 제본되어 금고에 놓인 당신 원고를 상상하고 있어." 레이랜드가 말했다. "거기서 얼마나 강력한 힘이 나오는지, 얼마나 큰 자유가 배어나는지!" 수술 결과를 알고 싶다는 그의 말에 프란체스카는 고개를 끄덕였고, 기차가 출발하자 손을 들어 올렸다.

다음 날 레이랜드는 시드니를 만나러 파도바로 갔다. 대학에서 만나기로 했는데 너무 일찍 도착했다. 강의에 함께 가겠다고 시드니와 여러 번 약속했지만 지키지 못했었다. '왜 이렇게 강의실이 두려울까? 거기 들어가면 난 왜 그리 작게 느껴지나?' 늘 이런 생각이 들곤 했다. 그런데 이제 뭔가 달라진 느낌이었다. 페르난도 콘티가 나중에 강의할 강의실에 들어가서 앉았다. 강의실은 아직 텅 빈 상태였다. 지금 나는 왜 작게 느껴지지 않을까? 루이 퐁텐이 있어서? 기차를 타고 오면서 루이의 직업을 궁리해봤다. 그는 언제나 정확한, 지나치게 정확한 사람이었다. 공증인? 법률사무소에서 일하는, 완벽하게 믿을 수 있는 성실한 동료? 어떤 회사에 없어서는 안 될 회계 담당자? 건축사무소의 지독하게 꼼꼼한 엔지니어? 결과는 얻지 못했지만 상관없었다. 레이랜드는 기차와 자기 내면에서의 여행을 즐겼다. 그러고 이제 존경할 만한 대학의 강의실에 앉아 있는데도 불안하지 않았다. 바깥으로 나가 복도를 어슬

렁거렸다. 옥스퍼드 킹스 칼리지의 거룩한 잔디를 신발로 마구 헤집던 아버지가 눈앞에 떠올랐다. 루이 퐁텐은 아버지와 비슷한 점이 있나? 외모는 닮지 않았지만, 살아가는 방식과 많은 것에서 실패했다는 점에서. 그도 그래서 지금 지겨운 걸까?

"아빠, 여기 매일 계셨던 분 같네요." 시드니가 그에게 다가오며 말했다. 콘티의 강의가 시작되려면 아직 시간이 좀 남아서 시드니는 아버지에게 자기 사무실을 보여주고 시험 이야기도 했다. 다시 돌아가니 강의실이 차기 시작했다. "아버지를 강의에 모시고 오는 데 성공할 줄은 몰랐어요." 시드니가 말했다. 레이랜드는 아들의 어깨를 슬쩍 만지며 말했다. "여기 전혀 나쁘지 않구나." 그러고는 웃음을 터뜨렸다. 둘은 프랑스와 영국 헌법을 서로 비교하는 콘티의 강의를 들었다. 트리에스테에서 했던 강연과 마찬가지로 사상의 투명성과 수사학적 노련함이 이번에도 레이랜드를 사로잡았다. 콘티는 이리저리 거닐며 가끔은 바닥을, 또 가끔은 청중을 바라보며 강의했다. 강의 내용이 적힌 종이를 보는 일은 거의 없었다. 소중한 옛날 단어가 많이 등장했다. "난 고대인입니다." 그가 트리에스테에서 식사 때 한 말이었다. 강의는 유감스럽게도 너무 순식간에 끝났다.

저녁에는 콘티의 동생 줄리에타 롬바르디 집에 모두 초대받았다. 오빠가 부엌에서 동생을 돕는 모습이 레이랜드의 마음에 들었다. 유명한 교수이자 대학교 평의회 회원 같은 모습은 전혀 보이지 않았다. 식사를 하면서, 아주 젊어서 법학 교수가 됐으나 나중에 이른바 붉은 여단과의 연관성 때문에 해직된 파올로 미켈리스의 아버지 이야기가 화제에 올랐다. "우린 언론 보도를 모두 훑었어요." 콘티가 말했다. "난 한마디도 믿지 않았지요. 레오나르도 미켈리스는 그럴 사람이 아니었으니까. 그의 강연을 듣고 책도 읽었어요. 의심할 여지 없이 좌파 성향은 맞고, 공산주의자로 무솔리니 치하에서 쫓기는 몸이었지요. 하지만 미켈리스는 무척 정직한 사람이었어요. 나중에 밀라노 카페에서 그를 본 적이 있어요. 그저 그림자만 남았더군요."

저녁 시간이 흐르면서 자비심에서 아내를 죽인 엔리코 네스타의 판결에 대한 이야기가 나왔다. 시드니는 한발 물러나 있었다. 그가 책을 번역하고 자기에게 일자리를 준 사람과의 충돌을 원하지 않는다는 게 느껴졌다. 그러나 괜한 조심성이었다. "죽고자 하는 사람은 도움을 보장받을 권리가 헌법에 뿌리내리고 있어야 합니다. 존엄의 문제지요." 콘티가 말했다. 레이랜드가 데이비드 클라이번에 대해 이야기하자, 줄리에타는 판결을 믿을 수 없다고 했다. "말도 안 되게 '멍청한' 판결이에요!" 그녀가 고함을 질렀다. "그건 살인과는 완전히 달라요. 전혀 다른 '행위'예요!" 리비아가 예전에 에일즈베리 에스코트 판사 집에서 소리친 것과 거의 같은 말이었다.

레이랜드는 예전과 달리 줄리에타의 초대에 응하여 밤에 그 집에서 묵었다. 시드니에게서 듣기만 하던 금빛 배출구가 달린 물주전자를 보고 소리도 들었다. 줄리에타의 집에서 산다는 게 시드니에게 과연 무슨 의미인지 느낄 수 있었다. 다음 날 시드니는 아버지에게 도시를 안내했다. 엘레나가 살던 집도 지나게 됐는데, 시드니는 잠시 말이 없다가 입을 뗐다. "얼마 전에 길에서 엘레나를 만났어요. 아주 이상하더군요. 밤낮으로 인생을 함께했는데 이제 아무것도 남은 게 없어요. 형식적이고 메마른 말만 주고받았어요. 예전에 내가 그다지도 좋아했던 그녀의 걸음걸이조차 낯설더군요."

오후에 두 사람은 시드니의 사무실에 앉아, 그동안 시드니가 번역한 콘티 책의 원고를 훑어봤다. "아빠, 조금 달라 보이시네요. 더 느긋한 거 같아요." 나중에 시드니가 말했다. 레이랜드는 잠시 망설였다. 소피아에게 이미 말했는데 시드니에게 말하지 않을 이유는 없지 않을까. "직접 이야기를 써보기로 했다. 나 자신을 위해서만. 내가 할 수 있는지, 어떻게 될지 알아보려고 말이야." 그 말에 시드니가 환호성을 울렸다. "우리 모두 너무나 오랫동안 기다리던 소식이에요! 하지만 그 이야기를 꺼낼 용기는 없었어요. '네 아빠는 부담감을 느낄 거야'라고 엄마가 말씀하시곤 했으니까요. 주제와 등장인물이 이미 정해졌나요?" 레이랜드는 아니라고, 아직 모두 열린 상태라고, 워런 손의 책상에 다시 앉게 되면 시작할 거라고 대답했다.

줄리에타가 전화를 걸어 교회 연주회가 있는데 두 사람도 함께 가겠는지 물었다. 음악을 듣는 동안 레이랜드의 눈앞에 루이 퐁텐이 지금까지보다 더 선명하게 떠올랐다. 루이는 자신의 삶을 결정하려는 신에게 하고 싶은 말은 없었지만, 얼마 전까지만 해도 아릿한 냉기가 감도는 교회와 오르간은 사랑했다. 그러다가 이마저도 반복 때문에 지루해지기 시작했고, 그는 이 권태로움에 경악했다. 루이는 아직 음악을 들을까? 음악과 관련해서 그가 뤼베롱에 가지고 온 것은 뭘까? 옆에 앉은 시드니와 줄리에타는 루이 퐁텐에 대해 몰라야 했다. 아무도 알아서는 안 되었다. 알면 모든 게 파괴될 테니까. 레이랜드는 프란체스카 마르케세가 창조적 과정에 대해 했던 말을 떠올렸다. “그 모든 과정에는 정적과 과묵함이 필요해. 누군가에게 흘낏 보게 허락한다면 그건 실수지. 실수하는 거야. 신비로움을 파괴하는 거니까. 그 과정은 신비하니까.” 레이랜드가 그녀의 소설에 대해 이야기하려고 밀라노로 찾아갔을 때 그녀가 한 말이었다. 또렷하게 기억났다. 그때 그는 프란체스카의 말에 아주 집중하여 귀를 기울였고, 이 말이 언젠가는 자신에게 필요하리라고 느꼈다. 이제 때가 됐다.

다음 날 시드니는 아버지를 역에서 환송했다. “글 쓰실 때 행운이 깃들길 빌어요. 이것도 물론 닳고 닳은 표현이긴 하지만요.” “아니, 그렇지 않아.” 레이랜드가 말했다. “사실 딱 들어맞는 말이지. 행운이 있어야 한다고 생각해. 자기 자신과의 행운.”

기차가 출발하자마자 하늘이 어두워지고 검은 구름이 몰려오더니 비가 무섭게 퍼붓기 시작했다. 빗물이 유리창을 채찍질하는 바람에 깜짝 놀란 레이랜드는 텅 빈 객실의 유리창에서 좀 떨어져 앉아 눈을 감고 루이 퐁텐에 의지했다. 그러나 루이는 그를 배신했다. 불현듯 이름 하나 말고는 아직 아무것도 없다는 느낌을 받았다. 시드니에게 이야기를 하는 게 나았을까? 대화를 통해 처음 윤곽을 정해야 했나? 프란체스카 마르케세가 말했던 것처럼 침묵이 절대적일까? 글을 쓰는 사람과 상황에 따라 달라지는 게 아닐까?

소피아가 역으로 마중 나와서 함께 집으로 갔다. 다큐멘터리를 해야 할지 잘 모르겠다고 했다. 소피아는 마음을 정하지 못한 채 이리저리 거닐었다. 오늘 저녁까지 대답을 해줘야 한다고 했다. “적당한 일이 아니라고 판단하면 언제든 런던으로 다시 오면 된다.” 레이랜드가 말했다. 소피아는 저녁에 전화를 걸어 제작에 참여하겠다고 했다. “런던에서는 어떻게 지낼지 모르겠어요.” 그녀가 한 말이었다. 레이랜드는 소피아를 집에 데려다주고 잠시 함께 있었다. “파올로와 난…… 불현듯 더는 통화를 할 수 없어요. 계속 말을 더듬게 돼요.” 소피아가 말했다. 그러고 레이랜드가 나올 때 덧붙였다. “트리에스테에 머무는 법을 다시 배워야겠어요.”

다음 날 소피아는 그를 공항에 데려다줬다. 둘은 함께 커피를 마셨다. “아빠는요? 굉장한 일을 앞두고 계시잖아요.” “그래, 이따금 굉장하다고 생각하기도 하고 이따금은 또 아무것도 아니라는 생각도 드네. 그저 문장일 뿐이고, 아무도 그걸 알 필요는 없지. 내 언어를 읽을 생각을 하면 좀 두렵기도 하단다. 나를 그 언어로 읽는다는 게.”

공항 게이트 옆 서점에서 뤼베롱과 인근 마을에 관한 책 한 권이 눈에 띄었다. 레이랜드는 비행기에 타자마자 책장을 넘기기 시작했다. 루이 퐁텐은 어디에 살면 좋을까? 비행이 시작되고 한참 지나서 그의 상상에 꼭 어울리는 장소가 나타났다. 메랭돌이었다. 골목 몇 개, 작은 교회와 시청, 학교와 우체국, 산으로 올라가는 여러 갈래 길. 그중 하나의 길 끝에 루이 퐁텐이 빌린 집이 있었다. 밝은색 자연석, 뒤랑스 강이 내다보이는 커다란 테라스, 작은 올리브 숲. 루이의 차는 긁힌 자국이 많은 검은색 구형 시트로엥이었다. 라울이라는 개가 뒷좌석에 앉아 함께 다녔다. 레이랜드는 눈을 감고 집에 가구를 배치해봤다. 긴 탁자가 놓인 넓은 부엌, 꽃무늬 그릇이 들어 있는 찬장, 목재 프레임 침대, 빨강과 하양 체크무늬 식탁보가 깔린 길쭉한 탁자, 벽난로, 이따금 켜는 구식 텔레비전. 루이가 늦여름에 이곳에 도착했을 때 이미 있던 가구들이었다.

뮌헨 공항에서 레이랜드는 사람들과 떨어져 앉았다. 루이에게 여전히 직업을 만들어주지 못했다. 공증인, 회계 담당자, 엔지니어……. 아니, 이런 직업에 대해서는 모르는 게 너무 많았다. 직업 생활의 반복과 권태에 대해 독자가 푹 빠질 정도로 설득력 있게 묘사할 수 없다는 뜻이었다. 레이랜드 맞은편에 나이 든 어떤 남자가 앉더니 낡은 서류가방에서 책을 한 권 꺼냈다. 《프랑스어의 어려운 점들Difficultés du Francais》이라는 책이었다. 남자는 알이 둥근 돋보기를 썼다. 레이랜드는 그 남자가 책을 읽으며 이따금 안경을 만지는 모습이 루이 퐁텐의 모습일 수도 있다고 생각했다. 루이는 김나지움에서 프랑스어를 가르치는 교사일 수도 있겠지. 단어와 문법에서만이 아니라 두루두루 무척 정확한 동료. 그는 프랑스 언론인 베르나르 피보의 유명한 구술을 실수 없이 받아썼다. 하지만 이제는 모든 것에, 바뀌는 학생들에게 계속 반복해서 설명해야 하는 온갖 규칙에 짜증이 났고 그렇게 사랑했던 프랑스어에 권태를 느낄 때도 이따금 있었다. 권태는 언어를 넘어 삶 전체로 뻗어나갔다. 불행한 삶이었다고 말할 수는 없었다. 이제 지겨워졌을 뿐. 비행기가 히스로 공항에 착륙했을 때 레이랜드는 등장인물이 한층 구체적이 됐다는 걸 깨달았다. 하지만 문장은 아직 하나도 없었다. 언제나 이런 식일까? 상상이 훨씬 앞서서 달려나가고 개별적인 문장은 천천히 만들어지며 따라오는 걸까?

워런 숀의 집에 들어가 사방에 불을 켰다. 소피아가 짐을 몇 개 남겨둬서 다행이었다. 적막에 대항하는 데 도움이 됐다. 버크의 집 유리창은 모두 캄캄했다. 왜 트리에스테에 남지 않았던가? 레이랜드는 천천히 짐을 풀었다. 텔레비전을 켰다가 몇 분 만에 다시 껐다. 그러다가 결국 책상에 앉아, 트리에스테에서 사 온 크고 두툼한 노트를 똑바로 내려놓았다. 그곳에서 산 연필도 준비했다. 왜 그곳에 남지 않았던가? 루이 퐁텐이라는 이름이 탄생한 그곳에. 침실로 올라가 침대에 누웠다. 그러니까 루이가 자기 자신에게서 도망쳐 향한 곳은 메랭돌이었다. 이걸 말하는 게 중요할까? 자기 자신에게서 도망쳤다는 말을? 비행기에서는 상상 속 장면들이 이루 말할 수 없이 생생해서, 집의 거친 자연석을 손으로 만지고 햇살에 잠긴 올리브나무의 은빛 반짝임을 눈앞에서 보는 듯했다. 그러나 비 내리는 햄프스테드의 저녁이 되니 모든 것이 불분명하고 비현실적이었다. 만약 아무 이야기도 나오지 않는다면?

케네스 버크의 집에 불이 켜졌다. 레이랜드는 그곳으로 건너갔다. "집이 내내 빌어먹을 만큼 어둡더군." 버크가 말했다. "하루에 두 번씩 건너가봤네. 하지만 계속 비어 있었지." 레이랜드는 패트 킬로이에게 일어난 변화를 설명했다. "다음에 자네가 갈 때는 나도 같이 가야겠네. 그 식당을 보고 싶어." 버크가 말했다. 레이랜드는 자신이 파도바 강의실을 정복한 일도 이야기했다. "이유가 뭔지 아나?" 망설이다가 말을 이었다. "평소보다 나 자신에게 더 가까웠던 순간이었다네." 나중에 레이랜드는 잠을 이루지 못한 채 어둠 속에 누워 생각했다. 등장인물을 계속 발전시키고 생기를 불어넣는 데 성공한다면 언젠가 버크에게 루이 퐁텐에 대해, 그리고 가상의 인물에게서 나오는 기이한 힘에 대해 이야기할 날이 올 거라고.

42

다음 날 아침 레이랜드는 책에서 메랭돌과 뤼베롱에 관한 페이지를 오려내어 책상 앞쪽 벽에 붙였다. 그런 다음 글을 쓰기 시작했다.

루이 퐁텐은 오르막길을 천천히 차를 몰고 올라가 마지막 집 앞에 멈춰 섰다. 비탈길에 밝은색 자연석으로 지어진 집으로, 2층에 넓은 테라스가 있었다. 노을이 내리기 시작했다. 파리에서 여기까지 오는 데 하루 종일 걸렸다. 휴게소마다 내려서 커피를 앞에 두고 오랫동안 앉아 돌아갈까 말까 고민했다. 뤼베롱 기슭의 작은 마을에 머무는 게 그에게 뭘 가져다줄 수 있단 말인가? 삶의 권태, 영원히 반복되는 삶에서 뭐가 달라질까? 학교에서 그의 후임자가 이 집을 추천하고 임대인과 연결해줬다. 임대인은 전직 멜론 농부인 장 레스코였다. 철도회사가 그의 땅을 사들였고, 그는 그 돈으로 나란히 놓인 집 두 채를 구입하여 한 채는 자기가 살고 한 채는 임대했다. 레스코가 집에서 나와 퐁텐에게 다가왔다. "퐁텐 씨죠?" 거친 손을 내밀어 악수를 청했다. 퐁텐은 개 라울을 차에서 내려줬다. "착하지." 레스코가 개를 쓰다듬으며 말했다. 그런 다음 퐁텐을 안내해서 테라스로 이어지는 계단을 올라가 문을 열었다. 부엌 탁자에 커피와 설탕과 빵이, 냉장고에는 우유와 치즈가 들어 있었다. "일단 이 정도 준비했습니다." 레스코가 말했다. "합의한 대로 아래층에는 아무도 살지 않는 거지요?" 퐁텐의 질문에 레스코가 대답했다. "이따금 세를 들어오는 사람이 있긴 하지만, 당신이 머무는 동안은 들이지 않겠습니다." 둘은 테라스로 나가서 드넓은 뒤랑스 계곡을 바라봤다. 레스코는 퐁텐에게 담배를 건네고 불을 붙여줬다. "저쪽 건너편 비탈에 불빛이 보이지요? 아비뇽에서 엑상프로방스로 가는 기차입니다. 두 시간마다 한 대 있어요. 그걸 놓치면 초조해집니다." 그는 삐걱거리는 테라스 단철 문을 닫고 계단을 내려갔다. 아래에서 몸을 돌려 손을 들어 올렸다. "안녕히 주무세요!"

퐁텐은 짐을 푼 다음 커피 잔과 담배 파이프를 들고 개와 함께 테라스에 앉았다. 한참 후에 자리에서 일어나 실내 전등을 모두 껐다. 이렇듯 맑고 깨끗하게 별이 빛나는 하늘은 처음이었다. 별들은 차례로 줄을 지어 상상할 수 없을 만큼 깊은 공간으로 한없이 도망치는 듯했다. 왜 이런 모습을 예전에는 한 번도 못 봤을까? 이렇게 긴 시간 운전한 건 아주 오랜만이라서 피곤했다. 어제저녁 파리에 있는 집에서 이 집 사진을 보면서, 낯익은 가구도 계획도 없이 저녁에 혼자 테라스에 앉아 있다면 과연 어떨지 답답한 마음으로 생각했다. 걱정하던 불안은 없다는 걸 서서히 느꼈다. 어딘가에서 개 한 마리가 정적을 향해 짖자 라울이 귀를 쫑긋 세웠다. 퐁텐은 가지고 온 사료를 주고 다시 앉았다. 잠시 후에 아비뇽에서 출발한 기차가 건너편 계곡을 지나갔다. 벌써 두 시간이 지났나?

레이랜드는 너무 시장해서 배가 아팠다. 창문을 열어 연기를 내보내고 재떨이를 비웠다. 아까 장 보는 걸 잊어버렸다. 장을 봐서 돌아오니 버크가 문간에 서 있었다. "렌즈콩 수프 어떤가? 1인당 작은 소시지 두 개씩 곁들여서." 레이랜드는 식사에 집중할 수 없었다. 정신이 메랭돌 테라스에 가 있었지만 버크가 눈치채지 못하게 하려고 애썼다. 식사가 끝난 후 버크가 그사이에 숀 크리스티를 위해 만든 책표지 두 장을 보여주고서야 정신이 완전히 돌아왔다. 그러고 린의 건강 상태, 점점 더 기억력이 사라지고 혼동하는 엄마 때문에 걱정하는 숀에 대해 들었다. 두 사람은 함께 저녁 뉴스를 봤다. 예전이라면 그 후에도 잠시 더 머물렀겠지만 레이랜드는 원고를 읽으려고 마음이 급해서 금방 자리를 떴다.

원고를 읽으면서 루이 퐁텐의 메랭돌 도착을 몇 번이고 새롭게 경험했다. 퐁텐과 함께 밤이 깃든 테라스에 다시 앉는 일이 얼마나 쉬운지 놀라울 정도였다. 너무나 생생하고 깊은 경험이라서 리비아에게 말할 수밖에 없었다.

카라,

나 드디어 시작했어! 워런 숀 삼촌이 나더러 직접 펜을 잡으라고 편지를 쓴 그 책상에서 첫 소설을 쓰기 시작했지. 삶이 지겨워진 퇴직 교사 루이 퐁텐은 뤼베롱의 작은 마을에 도착해. 루이 퐁텐. 이제 그 사람을 다른 이름으로는 상상할 수가 없군. 이상하게 들리긴 하지만 이게 그의 자연스러운 이름이라고 말하고 싶어. (무슨 말인지 나도 정확하게 모르겠지만 어쨌든.) 그가 빌린 집 사진을 벽에 붙여뒀는데, 그걸 볼 때면 그곳에 완전히 가 있는 느낌이야. 상상력은 굉장한 농도와 무게의 경험을 불러오지. 물론 번역을 할 때도 '다른 사람들'이 만들어낸 장소와 장면을 늘 생생하게 상상하긴 했어. 하지만 그때의 내 상상력은 그저 '공감'하는 거였지. 하지만 이제는 돌멩이 하나하나와 층계와 난간, 테라스에서 바라보는 풍경, 정적 속에 울리는 모든 소음을 만들어내야 해. 임대인 장 레스코가 인사하러 오게 한 사람도 나였고, 나중에 어둠 속에서 퐁텐을 테라스에 앉아 있게 한 사람도 나였어. 이 모든 건 어디서 올까? 당연히…… 나에게서 나오지. 하지만 정확하게 어디서? 이야기가 펜 끝에서 흘러나올 때 특별히 나를 사로잡고 흥분하게 만든 세부사항이 하나 있었어. 벽에 걸린 사진을 보면 테라스가 있는 숙소 아래쪽, 땅이랑 맞닿은 층에 자그마한 숙소가 하나 더 있어. 루이는 세상에서 물러나서 오게 된 집에 다른 사람들이 사는 걸 견디지 못할 거야. 그건 확실하지. 그래서 집주인 장 레스코와 그렇게 합의를 봤고 확답을 받았어. 그런데 내가 일부러 계획한 건 아니지만, 누군가 그곳에 '들어'오리라는 건 이미 명백해 보이도록 썼어. 그 일로 루이는 당황할 거고, 여기 아래 남쪽 지방에서 그에게 어떤 일이 일어날지는 그걸로 결정될 거야. 무슨 일이 벌어질지 아직은 자세히 모르지만 이 사실을 안다는 게 얼마나 흥미진진한지!

곧 자정이야. 오늘 내 첫 소설에서 겨우 두 단락을 썼어. 하루 종일 걸렸지. 내가 확실하게 아는 건 이제 멈출 수 없다는 사실이야!

레이랜드는 밤에 여러 번 잠에서 깨어 아래층 책상으로 가서, 자기가 루이 퐁텐에 대해 쓴 글을 읽었다. 이게 뭔가가 되기는 할까? 아닌가? 결국은 수면제를 먹고 점심때까지 잤다. 잠옷 차림으로 커피를 마시면서 퐁텐 이야기를 어떻게 이어나갈지 고민했다. 번역자가 아니라 이야기를 직접 엮는 사람이 되면 결정할 게 너무 많다는 사실이 놀라웠다. 루이는 이제 그냥 잠을 자러 갈까? 그 전에 뭔가 좀 먹나? 침실은 어떤 모습일까? 개 라울은 어디서 자나? 이 모든 걸 묘사해야 할까? 그건 어떻게 결정하지? 레이랜드는 펜을 들었다.

'아침 무렵, 바람이 불기 시작했다. 쉭쉭거리는 위협적인 중압감과 휘몰아치는 힘이 너무 강해서 실내에 있으면서도 피할 곳을 찾아야 한다는 느낌이 들었다. 이곳에 부는 한랭하고 건조한 미스트랄 바람. 퐁텐은 그걸 잊고 있었다. 깜짝 놀라 일어나서 덜컹거리는 유리창 덧문을 모두 닫고 개를 안심시켰다. 잠시 후에 그는 선잠에 빠졌다. 나중에 장을 보러 마을로 갔을 때, 빵집에서 나오는 두 여자가 '돌풍'이라고, '라팔레 드 방rafales de vent'과 '쿠 드 방coups de vent'이라고 말하는 소리를 들었다. 두 사람은 머리에 두른 스카프를 턱 아래에서 단단하게 매듭으로 묶었다. 바람의 위력이 그들의 단어에 실리고, 또 그 반대이기도 한 것 같았다. 바람에 대고 크고 힘겹게 외친 말이 자신의 힘과 폭력성을 점점 더 키워가는 듯했다. 얼음처럼 싸늘한 바람을 얼굴에 맞으며 두 여자의 말에 귀를 기울이고 서 있는 동안, 퐁텐은 간단하고 낯익은 이 단어들을 처음 듣고 그 뜻을 비로소 제대로 이해하는 기분이었다. '쿠coup'는 주먹으로 치는 펀치 같은 단어라서 자기도 모르게 주머니 안에서 주먹을 쥐었다. '라팔rafale'은 계곡을 휩쓸며 지나는 세차고 요란한 재넘이를 떠오르게 했다. 두 개의 '아a' 발음이 계곡에 어둠을 드리웠다. 그 순간 퐁텐은 그렇게 흐리고 위협적인 '아'는 예전에 한 번도 못 들어본 것 같다고 생각했다. 모든 빛을 집어삼키는 듯했다. 두 여자는 치마를 펄럭이며 바람이 갇혀 흔들리는 장바구니를 들고 헤어져, 바람에 맞서 버티느라 붉어진 얼굴로 입술을 앙다물고 각자 다른 방향으로 갔다. 빵집에 있는 사람들은 모두 판매대 뒤쪽 환풍관에서도 휘파람 소리와 쉿쉿 소리를 내며 부는 이 '강한 바람le vent violent'에 대해 이야기했다. 반항하는 말이라도 몇 마디 하지 않으면 바람에 버티기가 불가능해 보였다.'

강하고 폭력적인 바람에 대해 묘사하는 일이 레이랜드 마음에 들었다. 그는 이 바람이 온난다습한 바람인 시로코와 달리 차고 살을 에는 듯하다고 상상했다. 자신이 덜덜 떨며 현장에 있다는 느낌이 들 때까지 여러 단어와 관용구를 사용해봤다. 사람들이 바람을 묘사할 때 쓰는 단어에 퐁텐이 주의를 기울이지 않는다는 건 당연히 불가능했다. '쓰기란 자기 모습을 비춰보는 일이다.' 레이랜드가 생각했다. 다음 문장들을 읽으면서 다시 한번 같은 생각을 했다.

'하나같이 파랗게 칠한 많은 덧문들이 이날 닫혔다. 어두운 실내에서 소리 없이 나와 덧문을 당기는 손이 좁은 골목을 지나는 퐁텐의 눈에 이따금 들어왔고, 경첩이 돌며 삐걱대는 소음이 들렸다. 그러면 집들은 빗장을 걸어 잠근 전선으로 변해서 사람을 거부하는 느낌을 줬다. 그러면 사람들은 거부당하고 배제되어 이제 혼자였는데, 아무도 없는 바깥 자연 한가운데 있는 것과는 달랐다. 오히려 그 이상이었다. 퐁텐 생각에는 거칠고 냉혹한 방식으로 혼자라고 표현할 수 있을 것 같았다. 불에 탄 안개처럼 쓰고 매운 냄새가 허공에 떠 있는 듯했다. 그런 게 있기나 하다면.

퐁텐이 돌아오자 라울은 문을 다급하게 긁었고 퐁텐에게 뛰어올랐다. 그는 라울을 쓰다듬고 사료를 준 다음 안심시키는 말로 달랬다. 음식을 좀 만들어 거실에 앉았다. 덧문은 잠겨 있었다. 뭘 해야 할까?'

레이랜드는 이제 어려워졌다는 걸 깨달았다. 루이를 괴롭히고 이곳으로 몰고 온 감정이 뭔지 알아내는 게 중요했다. 루이와 함께 어스름한 거실에 앉아 그의 내면에서 무엇이 움직일지, 그가 이제 뭘 할지 기다려야 했다. 그와 동시에 자기 자신의 감정도 철저하게 규명해야 했다. 레이랜드는 이 소설에서 자기 자신의 '언어'를 찾는 것보다 훨씬 더 많은 게 중요하다는 사실을 불현듯 깨달았다. 해야 할 일이 훨씬 더 크고 흥미진진한 동시에 또한 더 두려워졌다. 자신의 '경험'을 찾아내야 했다. 루이 퐁텐과 함께 자기 자신에게 머물러야 했다. 자신을 확인하기 위해 어떤 인물을 만들어내야 하다니, 이는 역설이 아닌가?

'루이는 오랫동안 흔들의자에 앉아 바람 소리에 귀를 기울이며 라울에게 말을 걸고, 파이프를 피우면서 시간을 보냈다. 마지막으로 펜션에 머문 때는 7년 전, 잔과 함께 브르타뉴에서였다. 그 후 얼마 지나지 않아 잔은 심장병으로 사망했다. 그때 이후로 그는 삶의 의미를 더는 느끼지 못했다. 많은 것이 그저 반복으로 이루어져 있다는 사실은 이미 그 전에도 그를 괴롭혔다. 잔은 다른 많은 일에서도 그렇듯이 이것 역시 웃어넘길 줄 알았다. 그녀가 사망한 후에 달이 가고 해가 갈수록 반복은 점점 더 귀찮고 부담스러워졌다. 잔은 마지막까지 모든 것에 관심을 보였고 그 호기심으로 그도 함께 휩쓸어갔다. 그 후 루이의 호기심은 메말랐는데, 특히 자기 자신에 대해 더욱 심했다. 잔이 브르타뉴 펜션에 도착하고 나서 뭘 했더라? 방마다 살펴보고, 장마다 열어보고, 구석구석 자세히 보는 등 집 전체를 둘러보던 잔의 모습이 떠올랐다. 나도 그렇게 해볼까?'

레이랜드는 루이가 집 전체를 다니며 모든 물건을 만져보게 했다. 잔이라면 그랬을 터였다. 집은 성탄절 구유에 놓는, 점토와 테라코타로 만든 작은 장식 인형 '상통santon'으로 가득했다. 책장에 꽂힌 사진 앨범을 보니 이 집은 장 레스코가 사들이기 전에 작은 피규어를 만드는 수공업자santonnier의 소유였던 듯했다. 책장에는 프로방스 언어로 쓰인 시집도 있었는데, 루이는 그 언어를 다 알지는 못했다. 조르주 심농이 쓴 범죄소설도 무척 많았고, 여행객들이 두고 간 듯한 독일어와 영어 소설도 있었다. 전축을 켜보니 작동했다. 루이는 가지고 온 레코드판을 꺼냈다. 바흐와 슈베르트 피아노곡이었다.

'불현듯 바람이 잠잠해졌다는 걸 깨달았다. 덧문을 열었다. 교회 시계가 6시를 알렸다. 잠시 후에 아비뇽에서 출발한 기차가 지나갔다.'

레이랜드는 어떻게 이어가야 할지 알 수 없었다. 루이 퐁텐을 어떻게 해야 할지 확실하지 않았다. 뭘 이야기하려고 했는지, 어떤 경험을 말하려고 했는지. 그가 삶에 지쳤고 지겨워한다는 것, 그건 알았다. 그 아이디어로 시작했다. 하지만 어떻게 전개해야 할까? 그는 노트를 덮어 옆으로 밀쳤다. 나에게 이야기꾼으로서의 능력이—그게 뭐든— 있기는 한 걸까?

전화벨이 울렸다. 소피아가 다큐멘터리 팀과 함께 첫날을 보냈다. 레이랜드는 소피아가 받은 인상을 쏟아내는 말을 들으면서, 통화 덕분에 메랭돌에서 떨어져 나와 현실세계로 돌아온 게 얼마나 기쁜지 깨달았다. "그냥 단순한 관찰자로 병원에 있으려니 기분이 이상했어요. 해방된 느낌이었지만 동시에 갈등도 느꼈지요. 나를 아는 간호사들은 호기심도 보였지만 대부분 회의적으로 날 바라봤어요. 카메라맨과 함께 있는 나를 약간 배신자 보듯이 하더군요." 그러고는 아빠는 어떤지, 벌써 뭘 좀 썼는지 물어왔다. "아주 조금. 말할 것도 못 된다." 그가 대답했다. "어렵나요?" "생각보다 훨씬 어렵구나. 모든 걸 생각해내야 하니까. 그리고 특히 뭘 이야기하지 '않을지도' 계속 결정해야 한단다. 물론 이미 알고는 있었지만 직접 부딪쳐보니……." 소피아가 웃음을 터뜨렸다. 지금 아버지 집에 함께 있다면 좋겠다 말하고는 전화를 끊었다.

레이랜드는 첼시의 크리스티 집에서 저녁 시간을 보냈다. 파베세의 《삶의 힘》 교정지와 책표지가 왔다. 생각에 잠긴 남자와 햄프스테드 히스 공원 벤치에 놓인 원고라는 버크의 모티브를 담은 책표지였다. 레이랜드와 숀은 린과 함께 저녁을 먹은 다음, 둘만 거실에 앉았다. "이상한 습관이 생겼어." 숀이 말했다. "과거로 돌아가서, 그때 할 수 있던 일을 지금도 여전히 할 수 있을까 스스로에게 질문하지. 대부분은 아니야. 그 모든 여행, 공항과 한없는 운전, 작가나 다른 출판사나 은행과의 복잡한 거래……. 예전에는 어디서 그런 자신감과 어떻게든 될 거라는 확신을 얻었는지 모르겠어. 요즘은 책상에 쌓인 우편물 무더기만 봐도 저걸 어떻게 처리해야 하나…… 화들짝 놀란다네. 자네도 그런 느낌 아나? 자신이 불현듯 너무 '작게' 느껴지는 기분 말일세." "그럼, 나도 알지." 레이랜드가 대답했다. "게다가 아주 잘 안다네. 사장으로 일할 때도 리비아의 노련함이 불쑥 그리울 때면 그런 기분이 들었지. '당연히 하실 수 있어요.' 그럴 때면 베라 산틴이 이렇게 말하며 모든 걸 정리해서 준비해줬다네. 지금도 이따금 그런 느낌이 드는데, 발작이 일어날 수도 있다는 생각과 연관이 있지. 아무도 날 도와주지 못하는 어딘가에서 발작이 일어난다는 생각 말일세." "그것 말고 다른 일도 있네." 숀이 말했다. "이따금 너무 피곤해. 영혼이 지쳤다고 표현해야 할까. 자네 도움 덕분에 출판사는 다시 잘 운영되네. 그런데도 가끔 더는 어떻게 해야 좋을지 모르겠어. 반복되는 수많은 일도 나를 지치게 만드네. 늘 똑같은 과정, 자주 나누는 똑같은 대화, 똑같은 손님들. 인생이 그저 요란한 의식으로만 이루어진 것 같아. 저녁에 집에 올라가면 예전에는 알지 못하던 감정을 이따금 느껴. 지겨움이지. 무슨 말인지 알겠나?"

지하철에서 레이랜드는 덜컹이는 바퀴 소리를 들으며, 반복이라는 삶의 경험이 숀과 루이 퐁텐의 경우에 어느 정도나 비슷하고 얼마나 서로 다른지 알아내려 애썼다. 숀은 직업상의 이야기, 출판사 일을 이야기했다. 레이랜드는 퐁텐의 경험은 더 깊고 포괄적이라고 생각했다. 인생 전반에 걸친 경험이고, 다양한 종류의 감정 반복과 자기 자신에 대한 호기심 상실이라고. "난 이제 더는 새로운 경험을 하지 못한다." 레이랜드가 트리에스테에서 퐁텐의 생각이라고 짐작한 처음 몇 문장 가운데 하나였다. 그러나 퐁텐의 생각이나 혼잣말로는 충분하지 않았다. 이야기가 전개되는 방식 안에서 그것이 어떻게 '드러날지'가 중요할 터였다. 레이랜드는 집에 돌아와서도 어떻게 하면 해결할지, 어느 정도의 범위여야 할지 곰곰이 생각했다. 자기 자신을 만족시키는 경험일까? 퐁텐이라는 등장인물을 통해 나지막하지만 심란한 경험을 언어로 표현하고자 했다. 그 경험이 레이랜드 자신에게도 해당하고, 그를 고민하게 하니까. 하지만 레이랜드를 불안하게 하고 잠들지 못하게 하는 뭔가가 있었다. 끔찍한 진단이 오류로 밝혀진 후 다시 열린 미래를 갖게 된 사람으로서 느끼는 감정과 그 경험은 어떻게 어울릴까? 내면에 단절이 생겼거나 아니면 둘 사이에 더 깊은 연관성이 있지만 내가 그냥 이해하지 못하는 건가?

다음 날 레이랜드는 여행안내서와 지도를 사서, 퐁텐이 메랭돌 주변을 돌아다니는 모습을 묘사했다. 퐁텐은 일단 라울과 함께 뤼베롱의 돌길을 오랫동안 산책했다. 그런 다음 말르모흐로 넘어가 카바용으로, 거기서 아비뇽으로, 나중에는 다른 방향인 루르마랭으로 가서 엑상프로방스까지 갔다. 레이랜드는 며칠 동안 이 소풍에 대해 서술했는데, 이렇게 머릿속으로 소풍을 가는 건 아름다웠지만 어떤 결과로 이어지지는 않았다. 이 묘사를 퐁텐의 경험에 녹아들게 할 수 없으므로 이야기가 정말로 전개되지는 않았던 것이다. 레이랜드는 실망하고 자기 자신에 대한 회의에 빠져 그 페이지를 지우고 노트를 밀쳐버린 뒤 시내로 향했다. 차를 타고 가다가 특히 좋아하는 거리에서 내렸다. 해링턴 가든스와 포일스 서점을 지나고 극장에도 갔지만 이 모든 게 도움이 되지 않았다. 이야기에 진전이 없다는 사실에 사로잡혀서 자기 눈앞에 있는 것을 보지 못했다.

퐁텐을 3인칭으로, 그러니까 그를 바깥에서 관찰하는 것으로 시작한 게 잘못이었을까? 1인칭으로 퐁텐이 자기 자신에 대해 묘사하는 게 나았을까? 이 의문에 불현듯 다급해진 레이랜드는 노트와 펜을 사서 레스토랑의 조용한 한쪽 구석에 앉았다.

'나는 오르막길을 천천히 차를 몰고 올라가 마지막 집 앞에 멈춰 섰다. ……파리에서 여기까지 오는 데 종일 걸렸다. ……뤼베롱 기슭의 작은 마을에 머무는 게 나에게 뭘 가져다줄 수 있단 말인가?'

이렇게는 불가능했다. 전체적인 어조와 분위기가 옳지 않았다. 그리고 이 기록이 누구를 향해야 한단 말인가? 그랬다, 지금까지 레이랜드가 유지한 퐁텐과의 거리는 옳았다. 이 거리로도 그는 퐁텐의 내면이 어떤지 표현할 수 있었다. 그런데 그의 내면은 정확하게 '어떤 모습'일까?

"좀 전에 자네가 집에 오는 걸 봤네." 버크가 말했다. "우울해 보이더군. 발을 끌면서 걷고……." 그래서 초인종을 눌렀다고 했다. 둘은 레이랜드의 부엌에 앉아 뭘 좀 먹었다. 레이랜드는 프란체스카 마르케세가 했던 말, 글쓰기의 신비를 위해서는 침묵이 필요하다는 말을 생각하며 망설였다. 며칠째 혼자 고민하고 있었다. 그러나 앞에 앉아 있는 사람은 그저 아무나가 아니라 케네스 버크였다. 결국 입을 열었다. "진전이 없다네." "뭐가?" "내 소설, 내 첫 번째 이야기가." 버크의 표정이 변했다. "드디어! 워런 숀은 자네가 자기 글을 써야 한다고 얼마나 자주 말했는지 모른다네. 난 자네에게 그 말을 할 용기가 나지 않았지." 레이랜드는 망설이다가 루이 퐁텐과 메랭돌에 대해 말하기 시작했다. 버크는 질문이나 논평을 하며 끼어들지 않고 올바른 방식으로 신중하게 귀를 기울이

다가 레이랜드의 말이 끝나자 입을 열었다. "루이 퐁텐이 마음에 드네. 그에 대해서 아는 게 별로 없는데도 이미 마음에 들어. 라울은 무슨 종인가?" "자이언트 슈나우저." "퐁텐 이야기를 어떻게 전개해야 할지 모르겠다고?" 레이랜드는 고개를 끄덕였다. "퐁텐을 어떻게 해야 할지 아직 정하지 못했나?" 그가 다시 고개를 끄덕이자 버크가 말을 이었다. "내가 감히 조언을 할 수는 없지. 내가 그런 일에 대해 뭘 알겠나. 하지만 퐁텐의 내면에 뭔가 변화를 일으킬 다른 인물들이 등장할 때가 된 것 같군. 멜론 농부…… 그 사람이 손님인 퐁텐을 자기 집에 한번 초대하는 건 어떨까? 그리고 아래층에 원래 약속과 달리 누군가 들어오는 거지. 그런 다음 무슨 일이 벌어지는지 기다려보게. 퐁텐에게, 그리고 자네에게 말일세."

레이랜드는 나중에 어둠 속에 누워, 버크에게 고백하길 잘했다고 생각했다. 버크는 비밀을 지키고 그에게 질문을 퍼붓지도 않을 테니까. 그리고 버크는 퐁텐을 좋아했다……. 기묘하고 놀랍게도 이 사실이 중요했다. 이제 루이가 예전과 다른 방식으로 '존재'하게 된 것이다.

평소보다 일찍 잠에서 깬 레이랜드는 해결책을 찾았다. 퐁텐이 일기를 쓰게 하면 어떨까. 긴 성찰이 아니라, 많은 말을 품고 있는 짧고 간결한 메모. 이렇게 하면 루이는 직접 말을 하게 되고, 독자에게는 등장인물의 내면을 볼 수 있는 새로운 길이 열릴 터였다. 레이랜드는 들뜬 마음으로 커피를 들고 책상 앞에 앉았다. 퐁텐은 알베르 카뮈의 집이 있던, 또 그가 묻힌 루르마랭에 다녀왔다.

'루르마랭 카뮈의 묘지. 내 앞에 학급 아이들. 카뮈를 읽기에는

모두 너무 어리다. 의식으로서의 삶. 모든 것에서 도망치고픈 엄청난 욕구.'

퐁텐은 아비뇽에서 돌아온 후에는 이런 메모를 남겼다.

'교황청. 과대망상. 이 얼마나 우스꽝스럽고 부자연스러운 태도인가. 그 후에 프낙 매장. 플레이아드 총서.* 학생 때는 먹을 것을 아껴서 매달 한 권씩 읽었다. 그 매력은 지금 어디에 있나?'

퐁텐은 엑상프로방스에서 우연히 교회 연주회에 가게 됐다.

'음악도, 오르간도 나에게서 얼마나 멀리 떨어져 나갔는지 충격을 받음.'

뤼베롱에서의 산책에 관한 메모도 있었다.

'자연에게는 인간이 거의 필요하지 않다. 자연은 얼마나 자족하는가. 소멸할 때까지 그냥 앉아 있고 싶다는 소망. 하지만 라울은? 많이 뛰어 지쳐서 혀를 늘어뜨린 라울. 나를 향한 라울의 눈빛. 라울을 홀로 남겨두는 건 불가능하다.'

저녁에 프란체스카 마르케세가 밀라노 병원에서 전화를 걸어와, 수술이 잘됐다고 알려줬다. "내 소설을 여기로 가지고 왔어. 그렇게 결정해서 다행이야. 이제 이 원고는 예전보다 훨씬 더 큰 가치가 있어." 그 후에 레이랜드는 퐁텐의 메모로 다시 돌아왔다. 낯선 사람들이 이걸 읽고 여기에 대해 이야기한다고 상상해봤다. 이 얼마나 혼란스러운 생각인가!

다음 날 레이랜드는 임대인 장 레스코가 오후에 퐁텐의 집을 노크한다고 썼다. 장 레스코는 자기 집에서 커피를 마시자며 퐁텐을

* 갈리마르 출판사에서 출간하는 총서.

초대했다.

'거실에 들어섰을 때 퐁텐은 잠시 숨이 멎는 듯했다. 레스코의 아내가 휠체어에 앉아 있었다. 레스코는 그가 놀란 걸 알아보고 아내 옆으로 다가가 어깨에 손을 올리고 말했다. "크리스틴은 오래전에 바깥에서 사고를 겪었습니다. 정원 사다리에서 떨어졌어요." 윤곽이 섬세한 크리스틴의 얼굴에 비탄이나 씁쓸함이라고는 전혀 엿보이지 않았다. 그녀는 휠체어를 굴려 퐁텐에게 다가와 악수를 청하고 말했다. "언젠가는 인정하는 걸 배우게 된답니다." 세 사람은 식탁에 앉았다. 레스코가 커피를 따르고 작은 케이크가 든 그릇을 퐁텐에게 밀어줬다. "파리에서 오셨지요. 그것까지는 압니다. 어떤 일을 하셨습니까? 아니면 아직도 하시나요?" 퐁텐이 은퇴한 교사라고, 프랑스어를 가르쳤다고 대답하자 크리스틴이 말했다. "나도 교사였지요. 초등학교에서요." 두 사람이 베르나르 피보의 구술을 함께 받아 적었다는 사실이 밝혀졌다. 그는 파리의 홀에서, 그녀는 텔레비전 앞에서. "나는 절대 아닙니다." 레스코가 말했다. "내가 '개chieng'나 '모서리coing'*라고 말한다면 나에게 철자를 물으시면 안 돼요. 그 직업이 끝까지 즐거웠나요?" 그가 물었다. "마지막 몇 년은 아니었어요." 퐁텐이 대답했다. "컴퓨터……와 친해지지 못했습니다. 그리고 학생들도…… 점점 더 어려지고 낯설어졌지요. 동료들 사이에서 나는 무뚝뚝하고 뿌루퉁한 사람으로 소문이 나 있었지요." "그런 소문에 별로 신경 쓰시지 않았을 것 같은데요?" 크리스틴이 말했다. "대부분은 괜찮았고

* 각각 옳은 철자는 chien, coin.

또 어떤 날은 그러거나 말거나 했지요. 하지만 그 말이 마음 아픈 날도 있었답니다. 내가 왜 그런지 아무도 관심을 보이지 않았으니까요." "은퇴 후의 삶은 어떤가요?" 크리스틴이 물었다. "메말랐다고 말할 수 있을 겁니다. 그래요, 그렇게 표현할 수 있겠지요. 몇 년 전에 아내 잔이 사망한 후로는 혼자 삽니다." "책을 많이 읽으시겠네요." "예상보다 적게 읽습니다. 모든 문장이 닳은 것처럼 보여서요." "여행은?" "흥미를 잃었어요. 모든 게 언제나 너무…… 똑같습니다." "난 정말 여행을 많이 다니고 싶어요! 몇 시간이고 계속 달릴 거예요." 크리스틴이 말했다. 저녁에 퐁텐이 테라스에 앉아 아비뇽에서 출발한 기차가 계곡을 지나가는 모습을 지켜보고 있을 때, 건너편에서 크리스틴이 집 앞으로 휠체어를 움직여갔다. 둘은 서로 손짓으로 인사했다. 한참 후에 퐁텐은 안으로 들어가 빨강과 하양 체크무늬 식탁보가 깔린 탁자에 앉아 글을 썼다. '크리스틴 레스코는 휠체어에. 여행하고 싶은 그녀의 동경. 삶을 향한 배고픔. 창피하다. 하지만 왜? 내 감정은 내 것인데.'

레이랜드는 이제 아래층에 누군가 들어와야 할 때라고 생각했다. 퐁텐에게 이틀 더 자유로운 시간을 주어 심농의 소설을 읽게 하고, 뭔가 흥미로운 일을 찾았지만 허사로 끝난다는 내용으로 글을 썼다. 그런 다음 일이 벌어졌다.

'퐁텐은 오후 낮잠에서 화들짝 깨어났다. 집 앞에 차 한 대가 멈춰 섰다. 라울이 짖었다. 그는 얼굴을 비비고 창가로 다가가서, 자기는 바깥을 볼 수 있지만 바깥에서는 보이지 않게 자리를 잡았다. 장 레스코와 어떤 여자가 차에서 이젤을 꺼내 아래층으로 가지고 들어갔다. 그다음은 여행 가방 차례였다. 레스코와 여자가 계단을 올라와 노크했다. "퐁텐 씨, 쉬시는데 죄송합니다." 레스코가 말했다. "여동생 줄리를 소개해드리려고요. 한동안 아래층에서 살게 됐습니다. 우리 약속과는 다르다는 거, 잘 압니다. 그런데 부득이한 상황이라서요. 줄리는 포에 사는데, 건물에 불이 나서 붕괴 우려가 있답니다. 당분간 돌아갈 수 없어요." 퐁텐은 그녀에게 어색하게 악수를 청했다. "최대한 조심할게요." 그녀가 말했다. 그러고 둘은 계단을 내려갔다. 그제야 퐁텐은 자기가 한마디도 하지 않았고 입이 바짝 말랐다는 걸 깨달았다. 물을 한 컵 마시고 침대에 걸터앉았다. 흥분한 라울을 겨우 달랬다. 아래층에서 돌바닥에 의자를 끄는 소리가 들려왔다. 퐁텐은 소스라치게 놀랐다. 잠시 후에 짐을 싸기 시작했다. 봉투에 돈을 넣어 탁자에 놓아두었다. 가방을 자동차로 가지고 가서 트렁크에 넣었다. 트렁크 문을 닫는데 줄리가 옆에 와서 섰다. "내가 여기 사는 게 그 정도로 불편하신가요? 이 집이 방음이 잘 안 된다는 건 나도 알아요. 하지만 몇 가지 대책을 세울 수 있어요." "당신 때문이 아닙니다." 퐁텐이 대답했다. "난 혼자 있으려고 이곳에 왔어요. 그런데 이제 모든 게 뒤죽박죽이 됐습니다. 집으로, 파리로 돌아가야겠어요." 그는 라울을 뒷좌석에 들여보내고 차에 탔다. 줄리가 차에 바짝 다가서는 바람에 그는 창문을 내렸다. "키슈*를 준비할게요. 하나 가지고 왔거든요. 대화를 좀 나눠보죠. 그런 다음에 가셔도 늦지 않잖아요." "난 모든 것에서 도망치려고 여기 온 겁니다. 대화도 포함해서요. 말이란…… 언제나 똑같습니다." "일단 드셔보세요! 키슈는……

* 치즈나 베이컨이 들어간 에그 타르트.

시간이 오래 걸리지도 않아요. 개도 데리고 오세요." 퐁텐은 잠시 망설이다가 차에서 내려, 라울의 목줄을 잡고 줄리의 집으로 들어갔다.'

그사이에 햄프스테드는 저녁이 됐다. 그동안 레이랜드는 글을 쓰는 하루가 긴 동시에 짧다는 사실을 알고 있었다. 머릿속과 종이 위에서 너무나 많은 일이 벌어지기 때문에 길었고, 그것 말고는 아무 일도 생기지 않아서 짧았다. 하루 종일 메랭돌에 머물렀기에 소피아의 전화가 반가웠다. 소피아는 다큐멘터리 쪽 사람들에게 익숙해지기 시작했다. 원래는 카메라 뒤편에서 의학적 지식으로 자문만 해주기로 했다. 그런데 그녀가 환자들에게서 이야기를 이끌어내는 방식이 탁월하다는 사실이 드러나서 점점 더 화면에도 노출됐다. "다음 다큐멘터리에도 함께하겠냐고 벌써 묻더라고요. 글쓰기는 어떠세요?" "진전이 있다. 아주 새로운 종류의 시간과 나날과 몰입을 경험하는 중이야. 내가 그곳에, 그 장소와 장면에 얼마나 깊이 들어가 있는지 놀라울 정도지. 하지만 '이제 어떻게 해야 할지 모르겠다'라는 느낌으로 매일 아침을 시작한단다." "등장인물들과 얼마나 가까우세요? 친밀감이 어느 정도인가요? 대답하시기 힘들 것 같네요. 게다가 전화로는 더더욱."

소피아의 질문이 저녁 내내 머리를 떠나지 않아서 레이랜드는 리비아에게 이 일을 설명하고자 했다.

카라,

나는 루이 퐁텐이 아니고 그와 비슷하지도 않지만 무척 가까워……. 그래, 맞아. 소피아가 고른 단어가 옳아. "당연하지. 네가 그 사람을 만들어냈잖아"라고 말하는 사람도 있을 테지. 하지만 그렇게 간단하지 않아. 내 생각에, 우리는 처음부터 끝까지 계속 낯선 채로 남는 인물을 만들어낼 수는 있을 거야. 그런데 증오하거나, 경멸하거나, 아무 관심도 없는 소설 속 인물에게 오래도록 깊게 몰두할 수 있을지는 모르겠어. 그래도 어떤 이유에서든 거리를 두고 싶은 인물은 분명히 존재해. 하지만 루이 퐁텐이 구식 시트로엥을 타고 집이 있는 거리를 올라가는 순간부터 나는 그와 함께, 그의 옆에 늘 있었어. 소설이 1인칭 시점이 되는 건 싫었어. 고민할 것도 없이 결정을 내렸지. (길을 걷다가 갑자기 불안해져서 급하게 몇 문장 시도해보긴 했지만 바로 포기했어.) 하지만 그와 동행하는 시선이 비인칭이어서도 안 돼. 그냥 무관심한 통신원의 보고서에 불과해서는 안 되지. 누군가 자기 자신으로 존재하는 걸 포기하지 않고서도, 루이 퐁텐이라면 과연 어떨지 쉽사리 상상할 수 있어야 해. 그의 메모를 통해 생각과 감정을 명확하게 경험함으로써 가능할 거야. 그런데 쉽게 이해하기 어려운 것도 있어. 바로 음색이지. 이 남자가 말하지 않더라도 그를 드러내는 음색……. 달리 더 낫게 표현할 수가 없군. 우리가 바람 소리를 들을 때면 이 남자가 어떻게 바람 소리를 듣는지도 동시에 들어. 그는 모든 문장에 존재해. 자기가 등장하지 않는 문장에서조차. 화자와 독자는 그보다 더 많이 아는 게 없고 비밀도 없어. 그들이 아는 것은 그도 모두 알아. 그리고 그를 다루든 아니든 모든 문장에는 그의 내면에 숨겨진 메아리가 있고, 독자는 그걸 제대로 깨닫지 못하면서도 듣게 되지. 지난번 편지에서 난 이제 멈출 수 없다고 썼지. 이야기되고 싶은 내 내면의 무언가를 뜻한 말이지만, 이 음색 때문에 더욱 멈출 수 없는 것이기도 해. 나는 그걸 점점 더 많이 듣고 싶어. 이 음색에는 내가 계획한 게 아니라 그저 어쩌다가 생긴 미묘한 분위기가 있어. 이따금 그를 퐁텐이라고 부르는데, 그럴 때는 무뚝뚝한 보고서 느낌이 살짝 나지. 또 이따금 그가 루이일 때는 그의 어깨에 손을 얹은 채 독자와 함께 동행하고 싶어.

당신, 루이를 좋아할까? 루이를 만들어낸 나를 좋아할까? 그는 저 위쪽 뤼베롱의 바위에 앉아서, 소멸할 때까지 그냥 앉아 있고 싶다는 소망을 느껴. 거친 자연을 보며 자연에게 인간이 얼마나 불필요한지 깨닫는 거야. 나는 이게 그를 안심시키고 위로해주는 생각이라고 상상해. 나도 그 위에서 이렇게 느끼고 생각하게 될까? 루이 내면에는 나를 놀라게 하는 폭력적인 면도 존재해. 그럴 때면 그가 곧장 라울을 생각하는 게 다행이야. 나는 루이가 헝클어진 하얀 머리에 베레모를 쓰고 파이프를 문 채 바위에 앉아 있는 모습을 떠올리면 기분이 좋아. 방금 그를 그냥 거기 계속 앉혀둘까 하는 혼란스러운 생각을 했어. 줄리가 있든 말든. 고독한 그에 관한 내 내면의 그림을 캔버스에 옮길 수 있는 화가가 있다면 좋겠어. 이야기 대신 그림……. 이게 더 본질에 가깝지 않을까? 그런데 도대체 어떤 본질? 루이는 아비뇽에서 우울증에 관한 책을 두 권 샀어. 처음에는 한 권만 책장에서 꺼냈다가 곧장 다급하게 손을 움직여 다른 책도 꺼냈지. "이제 확실하게 알고 싶다." 나중의 손 동작이 품고 있는 말이었어. 그는 흔들의자에 앉아서, 또는 갓에 줄이 달린 구식 독서등 아래에서 책을 읽었지. 여기서 한 장, 저기서 한 장. 이튿날에는 책을 다 치웠어. 그게 문제가 아니었지. 정신적인 장애, 질병 때문이 아니었어. 그러면 뭘까? 루이는 고통스럽다거나 뭔가 부족한 사람처럼 보이지는 않아. 그를 지치게 하는 건 자기가 저녁에, 다음 날, 다음 달에 어떤 느낌일지 너무 지나치게 미리 다 알 수 있다는 사실이야. 이따금 그는 깜짝 놀라서, 전혀 새롭지 않은 이런 예상 가능성을 몇 년이고 몇십 년이고 자기가 어떻게 견뎠는지 스스로에게 물어보곤 해. 그러고 가끔 라울을 쓰다듬어. 그러면 개에게 어떤 일이 일어날지는 예상 가능해. 한 번도 다른 적이 없어. 이런 예상 가능성은 전혀 괴롭지 않아.

43

퐁텐은 아래층 줄리 집에 앉아서 키슈를 먹었다. 레이랜드는 앞으로의 이야기 전개에 대한 계획이 없다는 사실이 끔찍했다. 벽 앞에 선 느낌과 약간 비슷했다. 퐁텐과 줄리가 '아무' 이야기를 하거나 '아무' 행동을 하는 것으로는 충분하지 않았다. 뭔가 루이를 움직여서 변하게 하는 것이어야 했다. 영원한 동일성과 예상 가능성의 단조로움을 깰 수 있는 것. 어떻게 해야 할지 모를 때면 자주 그러듯이, 레이랜드는 지하철에 앉아 리듬감 있게 덜컹거리는 바퀴 소리에 귀를 기울였다. 이틀 동안 도움이 될 만한 일은 많이 일어나지 않았지만 승객들을 보면서 줄리의 외모를 서서히 상상할 수 있었고, 그녀가 미소를 짓거나 놀란 표정으로 귀를 기울이거나 단호하게 반박할 때면 퐁텐이 어떤 감정일지 짐작하게 됐다. 레이랜드는 줄리의 성격 중에서 부드러운 단호함이 마음에 들었고, 루이 역시 거기서 벗어나지 못할 터였다. 그녀는 그가 반대할 수 없는 뭔가를 해야 했다. 조용하면서도 설득력 있는 것. 그게 뭘까?

사흘째 되던 날 레이랜드는 리젠트 스트리트를 따라 걷다가 그림, 특히 초상화가 많이 전시된 어떤 화랑 앞에 멈춰 섰다. 지나가는 구름 사이로 이따금 햇살이 비칠 때면 진열창이 거울처럼 그의 모습을 비췄다. 자신이 피곤하고 속수무책인 것처럼 보인다고 생각했다. 인생에서 새로운 것을 발견한 사람의 모습은 전혀 아니었다. 오히려 퐁텐처럼 모든 것이 지겨워진 사람 같았다. 그는 화랑으로 들어가 잠시 둘러보고 바깥으로 나왔다. 지하철에서 뭔가 일어났다. 햄프스테드에 도착하기 직전에 불현듯 아이디어가 떠올랐다. 이젤을 가져온 줄리가 초상화를 그려주겠다고 루이를 설득해야겠군. 루이는 그런 일을 한 번도 겪지 못했을 테니 호기심이 생길 거야. 레이랜드는 급하게 집으로 돌아와 외투를 소파에 내던지고 책상 앞에 앉았다.

'줄리는 그릇을 치우고 커피를 내왔다. 자리에 앉기 전에 옆방에 가서 스케치북을 가지고 왔다. 그런 다음 퐁텐을 자세히 바라보더니 연필로 그림을 그리기 시작했다. "아, 안 됩니다……. 나는…… 난 그런 거 싫어요." 루이가 반대하며 자리에서 일어나려고 하자 줄리가 말했다. "몇 분만, 몇 분만 시간을 주세요. 난 초상화를 잘 그린답니다. 학창시절부터 잘 그렸어요. 교사를 모두 그렸지요. 어떤 때는 호의적으로, 또 어떤 때는 짓궂게 그렸답니다.

예술대학에서도 특히 초상화에 집중했어요." 그러고는 그를 가만히 보며 말했다. "당신 얼굴은 초상화를 그리기 좋군요." "담배 피워도 되겠습니까?" 퐁텐이 묻자 줄리는 고개를 끄덕였다. 그는 파이프를 꺼내 속을 채우고 불을 붙였다. 잠시 후에 줄리는 스케치북을 들어 올려 그에게 보여줬다. "이건…… 믿지 못할 지경이군요." 루이가 말했다. "이렇게 적은 선만으로……." "좀 더 오래 머무신다면 더 많이 알아보실 수 있을 거예요." 삼십 분 후에 줄리가 그에게 그림을 보여줬다. "이게 정말 나라고요?" 루이가 그림을 잠시 보다가 물었다. "정말 나입니까?" "흐음, 초상화는 늘 그렇답니다." 줄리가 대답했다. "사진이 아니라 특징적인 인상을 표현하니까요……. 그림을 그리는 사람이 받는 인상이지요." "그러니까 당신이 나를 이렇게 본다는 뜻이군요." 줄리가 그림을 자세히 바라보다가 말했다. "다음번에는 또 달라질 거예요. 채색을 해보고 싶은데, 그러려면 여기 좀 더 오래 머무셔야 해요." 문을 노크하는 소리가 들리고 장 레스코가 들어오더니 퐁텐에게 말했다. "아, 보아하니 이미 친해지셨군요. 줄리가 초상화도 그렸고요. 크리스틴이 두 사람을 내일 저녁식사에 초대하고 싶다는데 혹시 괜찮으시겠어요?"

'이제 떠날 수 없겠군.' 나중에 루이는 테라스에 앉아 아비뇽에서 출발한 기차의 불빛을 바라보며 생각에 잠겼다. 차에서 이미 가방을 가져와 짐을 다시 풀었다. 줄리가 준 그림이 거실 탁자에 놓여 있었다. 서로 거의 모르는 사이였지만 둘 사이에는 이제 기묘하게 친밀한 관계가 만들어졌다. 그가 지금까지 전혀 알지 못하던 관계였다. 가끔 그림으로 다가갔다. 어떤 순간에는 자신의 모습이 보였고, 또 바로 다음 순간에는 너무나 낯설어서 완벽한 타인의 얼굴보다 더 멀어 보였다. 그는 거울 앞에 가서 섰다. 이것도 마찬가지 아닐까? 낯익은 동시에 소름 끼칠 만큼 낯선 모습?'

레이랜드는 거울로 다가갔다. 나는 나를 좋아할까? 이 얼굴과 눈길이 호감이 가나? 즐겁게 사진을 찍은 적이 없었고, 리비아와 아이들이 찍어준 몇 장 안 되는 사진은 모두 트리에스테에 있었다. 잠을 이룰 수 없었다. 소설이 전환점을 맞았고 자신이 예상하지 못한 주제를 얻었음을 느꼈다. 파리 집에서 오랫동안 은둔생활을 하면서 낯가림이 심해진 퐁텐은 이제 불현듯 그를 알아내려고 시도하는 화가의 눈길과 마주하게 됐다. 그는 자신이 본 것에 의견을 말함으로써, 특히 뭔가 느낌으로써 그것과 마주해야 할 터였다. 그려진 얼굴에서 그가 알지 못하던 뭔가가 나올까?

레이랜드는 줄리가 퐁텐의 초상화를 다섯 장 그렸다고 서술했다. 루이는 아침에 커피를 마신 후에 모델이 되어 오후까지 환한 빛을 받으며 줄리의 집 소파에 앉아 있는 데 익숙해졌다. 내면의 발걸음을 처음 내디딘 후에는 전혀 어렵지 않았다. 담배를 피울 수도 있었다. 초상화 가운데 두 점은 책을 읽는 모습이었다. 모든 그림이 자신의 내면으로 향한 남자를 보여줬고, 세상과 관계를 맺으려는 모습은 하나도 없었다. 오히려 세상이 그의 의지와 반대로 그에게 부딪치는 느낌이었다. 줄리는 그에게 파리 집을 묘사해달라고 부탁하고, 책장 앞에 놓인 깊숙한 안락의자에 앉은 모습을 한 장 그렸다. 이 집에 딸린 자그마한 올리브 숲에 있는 그를 그리기도 했다. 그림을 다 그린 후 퐁텐은 마을로 가서 피자를 사 왔다. 식사를 하면서 두 사람은 서서히 조심스럽게 서로에 대해 알아갔다.

'"보시다시피 난 당신을 타인에게 자신을 그다지 개방하지 않는 사람으로 그리는 중이에요." 줄리가 말했다. "교사로서 매일 수많은 사람과 만나셨겠지요. 그때 어땠나요?" "다른 사람들을 그 모습 그대로 받아들였지만, 나 자신에 대해서는 거의 말하지 않았습니다. 교무실 한쪽 구석에 내 자리가 있었고 사람들에게 존중받았지요. '저분은 라루스 사전을 외울 수 있어. 그리고 프루스트도 모두 읽었고.' 그들은 이렇게 말했습니다. 사람들은 대부분 그런 나를 받아들였어요. 특히 학생들이 그랬지요. 학생들은 참견하지 않고 내버려두면 좋아했습니다. 오랫동안 그렇게 잘 유지됐어요." "그러다가 어떤 일이?" "학생들이 달라졌습니다. 존중이란 찾아보기 힘들게 됐어요. 그리고 단어에 흥미도 보이지 않았지요. '저 교사는 고루해.' 이렇게 말했습니다." "그래서 어떻게 하셨어요?" "뒤로 물러나서 은퇴를 기다렸습니다."

그때부터 퐁텐에게는 마을로 가는 일이 달라졌다. 자신의 발걸음이 단단해지고, 빨라지고, 단호해졌다고 느꼈다. 집으로 올라오려면 돌아야 하는 모퉁이에 그 마을의 유일한 카페가 있었다. '네 개의 바람 카페'라는 빛바랜 글씨가 문에 쓰여 있었다. 창문 앞 나무 단에는 탁자 하나와 의자 네 개가 놓여 있었는데, 퐁텐이 보기에는 사람들이 그곳에 앉아 커피를 마신다는 게 비현실적인 것 같았다. 조명이 오래전에 꺼지고 사람들이 떠난 무대의 측면처럼 보였다. 문지방을 스치며 달그락거리는 문을 열고 들어서면 마감이 되지 않은 지저분한 돌바닥에 소박한 탁자와 의자들이 놓인 공간이 나타났다. 대부분 베레모를 쓴 남자들이 맥주나 와인 유리병을 앞에 두고 앉아 있었다. 금연 규정과는 상관없이 담배를 피웠고, 담배 연기는 천창의 깨진 전등에서 쏟아지는 서늘한 빛의 원뿔을 서서히 지나갔다. 거친 체크무늬 셔츠를 입고 판매대 뒤편에 선 남자는 매부리코 모양의 파이프 담배를 피우고 있었다. 어두운색 자루는 남자가 씹어서 색이 연해져 있었다. 다들 별로 말이 없었다. 구석에 있는 개에게 말을 걸 때면 장 레스코처럼 '개'는 'chieng'이라고, '구석'은 'coing'이라고 잘못 말했다. 파리는 너무 멀리 있었다.

퐁텐은 이곳에 온 이후 처음으로 카페에 들어갔다. 남자들이 모두 고개를 틀어 그를 빤히 바라봤다. 퐁텐은 하나 남은 구석 탁자에 앉았다. "관광객이오?" 주인이 다가와 묻자 퐁텐은 고개를 끄덕였다. "환영합니다!" 주인이 인사하고 커피를 가져다줬다. 그 직후에 다른 사람들과 달라 보이는 어떤 남자가 카페에 들어섰다. "선생님, 안녕하십니까?" 남자들이 손을 들어 올리며 인사했다. 그 남자가 퐁텐이 앉아 있는 탁자에 와서 합석했다. "자크 모로입니다. 이곳에 왕진을 오는데, 병원은 건너편 말르모호에 있지요."'

마지막 단어는 거의 알아볼 수 없었다. 레이랜드 손에서 펜이 굴러 떨어졌다. '흥분하지 말자. 이건 편두통일 뿐이야. 두어 시간 후에는 지나간다.' 그가 생각했다. 소파 옆 탁자에 전화기가 놓여 있었다. 그는 책상에서 힘겹게 몸을 일으켜 가구들을 짚으며 움직여서 소파에 털썩 주저앉았다. 버크와 연결되는 버튼을 누르고, 전화가 연결되자 말했다. "발작." 바로 달려온 버크는 쿠션과 담요를 가지고 와서 레이랜드가 편하게 자리 잡게 해준 다음 말했다. "자네도 알다시피 금방 지나가네." "뇌…… 기분…… 혈액순환."

레이랜드의 말에 버크는 고개를 끄덕이고 마실 것을 가지고 왔다. "뉴스, 이해." 레이랜드의 말에 버크가 물었다. "다 이해하는지 확인하고 싶어서 뉴스를 보고 싶은 거지?" 레이랜드가 고개를 끄덕이자 버크는 텔레비전을 켰다. "괜찮나?" 레이랜드는 또 고개를 끄덕였다. 나중에 버크는 그를 부축하여 계단을 올라 위층 침실로 갔다. "발작이 지나갈 때까지 여기 있겠네. 일단 빌리만 잠깐 봐주고."

발작은 바깥이 환해졌을 때 지나갔다. 레이랜드는 소피아의 침대에서 깜박 선잠이 든 버크를 깨웠다. "네 번째 발작인데, 여전히 경악스럽군." 레이랜드의 말에 버크가 제안했다. "오늘은 빈둥거리며 같이 지내세. 아무거나 하고 싶은 걸 하면서. 해크니에 함께 가겠나? 내 약국이 더는 존재하지 않는다는 걸 직접 확인할 때가 됐네. 소피아가 찍어온 사진을 본 후에 좀 피했지. 하지만 이제 그럴 시간이 됐어."

둘은 별다른 인상을 주지 못하는 신축 건물 앞에 섰다. 그사이에 몇몇 가구가 입주한 듯했다. "생각보다는 쉽군." 버크가 이렇게 말하고 건물 앞쪽 도로에 있던 자갈을 걷어찼다. "이제 가세." 그는 레이랜드에게 자기 가족이 예전에 살던 집을 보여줬다. "우리 집 사정은 나쁘지 않았어. 아버지는 약사 집안 출신이었고, 직물 공장 딸이었던 엄마는 내가 지금 사는 집을 물려받았지. 난 외동이었고, 부모님은 형편이 닿는 한 날 위해 뭐든 하셨네. 첼로를 사주셨지. 중등학교 마지막 학년에 엄마가 돌아가셨고 그 후에 난 약학을 공부하기 시작했네. 아버지와 같이 살았어. 아버지를 위해서였지만 나 자신을 위해서이기도 했네. 아버지는 내가 첼로를 연주하면 좋아하셨지. 대학 친구들이 함께 연주하려고 집에 올 때면 아버지는 아주 큰 냄비에 스파게티 카르보나라를 요리하셨는데, 잊을 수 없는 맛이었다네. 아버지와 나는 이탈리아 영화를 좋아해서 뭐든지 다 봤지. 하지만 사회적 불의를 향한 내 분노는 아버지와 공유할 수 없었네. 아버지가 그걸 못 봤다거나 관심도 없이 내버려두셨다는 뜻은 아닐세. 아버지가 보시기에 내 분노는 너무 격렬해서 섬뜩했던 거지. 아버지는 어릴 때부터 병약하고 예민하고 상처를 쉽게 받았는데, 나중에도 늘 똑같았어. 심근경색을 앓고서 내게 약국을 물려주게 됐을 때 아버지는 성대한 식사 자리에서 모든 열쇠를 넘겨주셨지. '잘하렴!' 아버지 목소리는 격앙된 감정 때문에 거칠었네. 내가 직업상 규정을 어겼을 때 아버지는 얼마나 큰 상처를 받으셨을까!"

"공놀이를 하는군." 나중에 어떤 식당에서 식사를 할 때 레이랜드가 말했다. 버크는 무슨 말이냐는 표정으로 그를 바라봤다. "우리가 조금 전에 공원을 지날 때 공놀이하는 남자들을 봤잖아. 난 그때 머릿속으로 불현듯 메랭돌에 가 있었다네. 그곳에 동네 남자들이 모이는 카페가 있는데, 난 퐁텐이 카페에 들어가는 모습을 묘사했네. 방금 든 생각인데, 남자들이 나중에 공놀이를 하러 가면서 퐁텐에게 함께 가겠냐고 물어본다고 써야겠군. 퐁텐은 좋아할 테지. 게임을 할 때는 말을 많이 할 필요가 없잖아. 그는 담배를 피우며 가끔 공을 던지는, 말수가 적은 남자들을 지켜볼 거야. 그러고 이건 그저 시간을 죽이는 게 아니라고, 지루함에 대항하는 단순한 수단이 아니라고 생각하게 될 테고. 그 남자들은 지루해하지 않네. 그들은 그저 거기 존재하면서 현재를 사는 거야. 흥미진진한 현재는 아니지만 하나의 현재일세. 루이는 이렇게 생각하게 될 테지. 잔의 죽음 이후에 나는 현재를 사는 걸 잊어버렸나? 그 전에는 현재를 살았던가? 잔은 나에게 현재를 줬어. 하지만 난 내 현재를, 나에게 고유한 현재를 소유했던가?"

버크는 그의 말에 귀를 기울이느라 음식 먹는 걸 잊었다. "퐁텐이 예상 외로 공놀이에 능숙할 수도 있지 않을까? 계속 이겨서 그 팀의 스타가 되는 건 어때?" 버크의 질문에 레이랜드가 대답했다. "그래. 그리고 모든 것이 예상 가능하진 않고, 모든 것이 반복되지는 않는다는 사실을 오랜만에 경험하게 될 테지. 그게 뭔가 작은 일이거나 큰 의미가 없는 일이라고 해도 말이야." "우리가 마지막으로 그에 대해 이야기를 나눈 뒤로 또 뭐가 달라졌나? 아래층에 누군가 이사 오지는 않았나?" 레이랜드는 줄리와 초상화 이야기, 그리고 퐁텐의 메모에 대해 말했다.

'나를 그린 그림. 그러니까 다른 사람은 나를 이렇게 보는군. 다른 사람들에게 나는 이런 모습이야. 숨어서 살 수 있다는 망상이 사라지네. 그게 좋은 일인지 나쁜 일인지 확실하지 않아. 망상, 그게 왜 필요할까?'

"소설을 완성하면 읽고 싶네. 내가 첫 번째 독자가 될 수 있나?" 버크의 말에 레이랜드는 고개를 끄덕이고서 말했다. "내가 가장 마음에 드는 점이 뭔지 아나? 전혀 떠들썩하지 않다는 거지. 강렬한 일은 아무것도 일어나지 않아. 요란한 극적 드라마가 아니지. 루이 내면에는 처음에 그가 전혀 느끼지 못하는 작고 나지막한 움직임뿐이야." "주인공에게 또 어떤 일이 있었나?" "집주인이 초대했네. 그의 아내 크리스틴은 휠체어에 앉아 있지. 그가 여행할 홍미를 잃었다고 하자 크리스틴은 여행의 그리움을, 세상을 돌아다니고 싶은 마음을 이야기하네. 나중에 집에 돌아온 루이는 부끄러움을 느끼지. 그러다가 이런 메모를 하네. '창피하다. 하지만 왜? 내 감정은 내 것인데.' 난 루이가 이렇게 자기 편에 서는 게 좋다네. 그가 자기 자신과 자신의 감정을 위해 싸우는 게 마음에 들어. 그가 언젠가 다시 파리로 돌아가면 예전보다 더 자기 자신과 가까울 거라고, 내면에 더 큰 확신이 생길 거라고 상상해보네."

다음 며칠 동안도 레이랜드와 버크는 시내를 돌아다니며 즉흥적인 영감대로 움직였다. "발작의 여파가 여전하군." 이따금 레이랜드가 말했다. "두려움, 펜에 대한 두려움이라는 형태의 여파지. 펜을 잡기만 하면 바로 미끄러지고, 모든 게 처음부터 반복될 것 같아." 그는 일주일 후에야 다시 책상에 앉았다.

카라,

이제 봄이 왔어. 공원에 펼쳐진 접이용 의자 대부분에 사람들이 자리를 잡은 따뜻한 4월이야. 케네스와 나는 뚜렷한 의도나 계획 없이 많은 것을 함께했고 무척 즐거웠어. 이따금 삼십 분쯤 아무 말도 없이 의자에 나란히 앉아 있기도 했지. 케네스와는 그런 일이 가능해. 11월에 이곳에 도착해서 그에게서 열쇠를 건네받던 그날 저녁이 떠오르더군. 그때 이후로 반년이 흘러갔어. 우리 사이가 얼마나 많이 달라졌는지! 그에게 루이 퐁텐 이야기를 들려줬어. 그냥 모험을 했는데, 그러길 잘했지. 이제 루이는 예전과는 다른 방식으로 존재해. 케네스는 이야기에 기여하기까지 했어. 내가 곧 글로 표현하게 될 전환점이지. 많이 설명하지 않아도 그는 내가 뭘 중요하게 생각하는지 무척 잘 알아. 특히 겉으로 보기에는 사건이 거의 일어나지 않는 나지막한 이야기가 될 거라는 사실을 처음부터 알아챘지. 사실 내가 루이의 불안정성과 불확실성, 상반된 가치의 양립과 감정의 동요, 견해와 생각을 다룬다는 사실은 전달하기 어려워. 루이가 자기 자신에게서 일어나는 일을 이해하지 못한다는 것도. 4주 전에 글쓰기를 시작할 때만 해도 나는 경험을 언어로 말하려는 시도가 지속적으로 실패한다는 것, 이게 이렇게 큰 주제가 될지 몰랐어. 확고한 계획은 아니었지만 난 루이가 원래 이야기와는 관계없는 다양한 생각을 하고, 말하고, 글을 쓰게 만들었어. 하기야 조화를 이룰 필요도 없었지. 언어로 하는 경험은 어떤 의식 속을 맴돌아. 언어가 실제로는 결코 정확하지 않고, 침묵하는 경험에서 벗어난다는 의식이야. 언어의 단절과 모순은 말로 표현할 수 없는 것을 암시하지. 루이의 경우에는 그래. 하지만 바로 내가 그렇다는 걸 매일 조금씩 더 알게 돼. 더듬더듬 그의 경험을 맴돌면서 나는 나에게 더 가까워지는 글을 쓰고 있어. 결국은 경험을 언어로 표현하는 데 실패함으로써 어쩔 수 없이 이 경험을 정말 정확하게, 아주 정확하게 알게 되고 내면의 윤곽을 깨닫게 되는 걸까? 모든 글쓰기의 배후에는 이런 원동력이 숨어 있는 건가? 수십 년 동안 번역을 하면서 나는 이런 고요한 사건의 증인이었는데, 내 글을 쓰게 된 이제야 깨닫기 시작하는 걸까?

케네스보다 내가 언제나 앞서 있는 게 중요해. 상상이 항상 몇 걸음 앞서야 하지. 원래 말르모흐에 병원이 있는데 메랭돌로 왕진을 오는 의사 자크 모로의 경우도 마찬가지야. 루이는 카페에서 그를 만나. 그곳에는 공놀이 그룹 사람들도 앉아 있었는데, 나중에 그들은 루이를 놀이에 함께 데리고 가. 난 루이와 의사가 예기치 못한 우정을, 루이가 계획보다 메랭돌에 더 오래 머무는 데 기여할 우정을 맺게 될 거라고 상상해. 줄리와 크리스틴도 그럴 거라고 상상하지만 자세한 건 나도 아직 알지 못해. (여기서 '알다'라는 단어는 얼마나 독특한 감각인지!) 아직 아주 많은 것들이 가능해. 이야기가 여러 갈래로 가지를 치는 걸 막을 필요는 없겠지? 사건이 루이의 안팎에서 한 번은 이렇게, 또 한 번은 저렇게 뻗어나가는 것 말이야. 상상은 원래 자유가 있는 장소라는 사실을 난 요즘 정말 또렷하게 느껴.

44

레이랜드는 메리 앤 애쉬퍼드를 베이스워터 로드에서 만났다. 그녀는 귀가하던 길이었다. 차 한잔하러 들르지 않겠냐고 레이랜드에게 물었다. 메리 앤은 달라 보였다. 취하지 않고 더 건강해 보였고, 걸음걸이도 안정감 있고 단단했다. 하지만 레이랜드는 그와 동시에 크게 실망한 기미도 엿보인다고 생각했다. 집은 예전보다 정리가 잘되어 있었다. 빈 술병도 더는 보이지 않았고, 레슬리가 머물던 공간의 문들은 닫혀 있었다. 메리 앤은 차를 따르고 담뱃불을 붙였다. "사서 교육을 받기 시작했어요." 그녀가 말했다. "뭔가 단순하고, 단단하고, 명료한 것이죠. 주제와 언어를 찾는 일도, 죽은 은유와의 싸움도 하지 않아요. 그런 게 더는 없다는 사실이 마음에 들어요. 큰 근심이 사라졌어요. 하지만 그 근심이 그립기도 하답니다. 난 여전히 책과 관련이 있지만 방식이 다르지요. 이따금 진열창에 들어 있는 내 책을 보기도 해요. 그러면 '옛날 일이지'라고 생각해요." "지금 당신이 새 책을 쓰지 않는다고 해서 예전 책들의 가치가 사라지는 건 아닙니다." 레이랜드가 대답했다. 메리 앤은 희미하게 미소를 지으며 말했다. "물론 그렇긴 해요." 그녀는 뭘 할지 모른 채 방 한가운데에 잠시 서 있었다. 그러다가 책장으로 가서 레이랜드가 작업한 《비 오는 나날》 이탈리아어 번역본을 꺼냈다. "조금 읽어주시겠어요?" 메리 앤은 그가 이탈리아어 번역문을 읽어주는 걸 언제나 무척 좋아했다. 다리를 끌어당겨 소파에 앉아, 예전처럼 눈을 감았다. "아니, 아니에요." 몇 문장 읽지 않았을 때 그녀가 말했다. "안 돼요. 이제 안 되네요. 다 지나갔어요." 그러고는 책을 다시 책장에 꽂았다. 그러고는 몸을 돌리기 전에 눈물을 닦았다.

레이랜드는 긴 거리를 걷다가 지하철을 탔다. 작별할 때 메리 앤은 용감한 표정으로 문간에 서 있었다. 레이랜드는 그런 그녀가 자랑스러웠다. 숀과 린에게 그 이야기를 하러 첼시로 갔다. "한때 환호를 받던 작가가 쉰 살이 넘어 사서가 된다는 걸 상상해보게! 발밑에 다시 단단한 땅을 얻으려고 말이야. 이거…… 엄청난 일 아닌가?"

크리스티 모자는 다음 달에 레이랜드가 번역한 파베세의 일기 《삶의 힘》이 출간될 거라고, 레이랜드가 그 책을 낭독하면 좋겠다고 말했다. 버크가 표지 디자인을 한 그 책은 눈을 뗄 수 없을 만큼 아름다웠다. 레이랜드는 자기 것 외에 버크에게 줄 견본도 한 권 챙겼다. 그다음 달에는 러시아 망명 작가 시리즈 첫 권인 바실리 스미르노프의 《정적》이 로만 네미로프의 번역으로 출간될 예정이었다. 네미로프는 몇 주 만에 원고를 번역했고, 숀은 얼른 출간하려고 했다. 그사이에 네미로프는 다음 번역 몇 건을 계약했다.

파베세 낭독회는 첼시에 있는 제프리 라킨 서점에서 열렸다. 레이랜드는 닐 맥케너를 바로 알아봤다. 늙고 병들어 보였다. 레이랜드는 자신의 영원하고 음흉한 비평가가 왔다는 게 아무렇지도 않아서 자신에게 놀랐다. 그런데 그가 불가능하다고 여겼던 일이 벌어졌다. 낭독회가 끝났을 때 맥케너가 다가와 떨리는 손으로 악수를 청한 것이다. "당신 번역이 예전 것보다 낫습니다. 훨씬 더 나아요. 축하합니다." 그는 레이랜드의 시선이 자신의 병색이 완연한 얼굴로 향하는 걸 눈치챘다. "예, 난 병들었지요. 이제 시간이 많이 남지 않았습니다. 그래서 이곳에 와서 말을 해야겠다고 생각했어요. 그래요, 당신에 대해 안 좋은 글을 많이 썼는데, 늘 옳았던 건 아닙니다. 너무 많이 상처받지 않으셨길 바랍니다." "괜찮습니다." 레이랜드는 이렇게 대답하고 다시 한번 그와 악수했다.

메리 앤 애쉬퍼드가 글쓰기를 포기하고 닐 맥케너가 그에게 화해를 청했다는 두 가지 사건에 레이랜드는 예상보다 크게 마음이 쓰였다. 글을 쓰지 못하는 날도 있었다. 그럼에도 상상은 계속 진전되어 레이랜드를 몇 번이고 다시 놀라게 만드는 길을 갔다. 그는 머릿속으로 다시 한번 공놀이하던 남자들이 있던 곳, 퐁텐이

의사 자크 모로를 만난 카페로 갔다.

"“프랑스어 교사라고요?” 의사가 말했다. “열두 살짜리 딸이 하나 있답니다. 이름은 콜레트인데, 맞춤법 때문에 절망하고 있지요. 아이와 이야기를 좀 나눠주시겠어요?” 퐁텐은 다음 날 오후에 말르모흐로 갔다. 의사 집에서 만나기로 한 시각까지는 한참 남아서, 퐁텐은 환한 골목을 천천히 걸어 교회에 가서 긴 의자에 앉았다. 누군가 오르간을 연주했다. 얼마 전 엑상프로방스에서 교회 연주회를 들었을 때 음악이, 그것도 오르간이 거의 감동을 주지 않고 자기에게서 미끄러져 내리는 것 같아서 깜짝 놀랐었다. 지금은 왜 다를까? 오르간 연주자가 실수를 하고 또 해도 아무 상관이 없었다. 미미하고, 텅 비고, 조명도 좋지 않은 이 교회에서 모든 것이 불현듯 현재였다. 혹시 약속과 연관이 있는 걸까? 누군가에게 자신이 필요하다는 사실과? 나중에 카페에 앉았을 때 그는 오랫동안 느끼지 못하던 햇살을 느꼈다. 줄리에게 전화를 걸어서 라울은 잘 있는지 물었다. 그런 다음 모로의 집 초인종을 눌렀다.

콜레트의 엄마는 그가 애타게 기다리던 도움을 줄 수 있는 바로 그 사람이라는 듯이 퐁텐을 맞았다. 그러고 콜레트가 노트와 빨간 펜을 앞에 두고 앉아 있는 방으로 그를 안내했다. 아이가 틀린 건 지극히 흔한 실수 때문이었고, 퐁텐이 시간을 들여 설명하자 콜레트는 점차 침착해졌다. 내일 다시 올 수 있느냐는 물음에 퐁텐은 그러겠다고 약속하고, 더 좋은 문법책을 가지고 오겠다고 말했다. 의사가 집으로 돌아왔다. 그들은 퐁텐에게 식사를 하고 가라고 권했다. 퐁텐은 나중에 다시 한번 조용한 곳을 지났다. 메랭돌, 말르모흐. 이 이름들은 갑자기 얼마나 큰 의미를 갖게 됐는가.

돌아오는 차에서 교회 오르간을 생각하다가, 파리에서 짐을 쌀 때 잠시 망설이다 집어넣은 바흐와 슈베르트의 음악을 듣고 싶은 마음이 처음으로 생겼다. 줄리에게 함께 듣겠는지 물었다. 라울은 집에서처럼 구석에 조용히 엎드려 있었다. 시간이 늦어지자 줄리가 불쑥 예술 공부에 대해, 건축가인 남편과의 결혼 생활과 아들에 대해, 적대감 없이 친구로 남는 데 성공한 이별에 대해 이야기했다.

늦은 밤 아래층 줄리 집에 불이 꺼졌을 때, 퐁텐은 일기장을 들고 테라스 탁자에 앉아 작은 등을 가까이 끌어당기고 일기를 쓰기 시작했다. '콜레트. 다시 한번 열두 살이 되기, 온갖 희망과 불안을 안고 다시 한번 출발점에 서기……. 난 그걸 원하나? 잔과 똑같이. 하지만 다른 직업으로?'

퐁텐은 그 주에 매일 콜레트를 찾아갔다. "이제 곧 가족의 일원이 되겠군요!" 의사가 말했다. 퐁텐은 다른 습관도 하나 갖게 됐다. 크리스틴 레스코와 체스를 두게 된 것이다. 얼마 전에 줄리와 레스코 집에서 식사할 때, 크리스틴이 고요한 많은 날에 유명한 체스 경기를 재연하며 보낸다는 사실을 알게 됐다. 루이는 학창시절에 체스를 잘했지만 체스판 앞에 앉아보기는 무척 오랜만이었다. 크리스틴과 체스를 둘 때마다 졌다. 하지만 승패가 중요한 게 아니었다. 말을 많이 하지 않고 크리스틴과 함께 있으면서 그녀의 삶에 대한 느낌을 키워갔다. 두 사람은 보들레르와 랭보, 베를렌의 유명한 시를 많이 외울 수 있었다. "난 이 시들을 초등학생에게 낭송해줬어요. 다들 아마 미쳤다고 생각할 거예요. 물론 아이들이 이해하지 못하는 것도 많았지요. 하지만 몇 가지는 이해했고, 들으면서 꿈을 꾸듯 아주 조용해지는 표정도 보였답니다. 아이들도 어떤 식으로든 시정을 이해해요. 그리고 이따금 저녁때 남편이 시를 낭송해달라고 부탁하는 날도 있어요. 내 휠체어 때문에 절망하여 힘겨운 날을 보낸 저녁이지요." 크리스틴이 시를 암송하기 시작하면 퐁텐이 끼어들어 함께 끝까지 낭송할 때도 있었다. 크리스틴의 목소리는 따뜻한 알토 음이었다. 낭송이 끝나면 크리스틴은 눈을 감고 있었는데, 퐁텐은 그녀가 눈물을 참는다는 걸 눈치챘다. "왜 한 달만 묵으려고 하십니까?" 장이 물었다.

공놀이도 퐁텐의 습관이 됐다. 그는 느린 움직임을 사랑하기 시작했다. 의례적인 동작, 공들이 닿을 때의 울림, 담배를 문 남자들의 거친 농담, 담배 때문에 노랗게 물든 손가락, 그것 말고는 거의 말이 없다는 점도. 누군가 질문을 하기까지 시간이 한참이나 걸렸다. "파리는?" 또 다른 누군가가 물었다. "직업은?" "난 학교가 정말 싫었다오. 아, 정말 얼마나 증오했던지!" 누군가 말했다. 그들은 퐁텐이 나타나면 각자 베레모를 톡톡 두드렸고, 그가 갈 때면 "안녕히!"라고 인사했다.'

이 지점에 이르렀을 때 레이랜드는 퐁텐이 일기에 메모하는 것 말고 다른 방식으로, 즉 편지를 통해 자기 목소리를 내게 만들어야겠다고 결정했다. 루이는 편지를 즐겨 쓰는 사람이 아니었고, 마지막으로 쓴 편지는 잔의 장례식이 끝난 후에 조문 편지에 대한 답장이었다. 그는 책상 앞에 앉아, 칼레에 사는 누나에게 편지를 썼다.

사랑하는 셀린 누나,

우리가 서로 마지막으로 소식을 전한 게 언제던가. 천식은, 그리고 앙리 매형 다리는 좀 어때? 직업 활동이 끝나고 은퇴해서 아직도 힘들어?

뤼베롱의 작은 마을 메랭돌에서 이 편지를 쓰고 있어. 마을 끝 펜션에서 개 라울과 함께 머무는 중이야. 라울 이야기는 한 번도 하지 않았던 것 같군. 내가 여기서 뭘 찾느냐고? 지금까지도 정말 뭐라고 대답해야 할지 모르겠다. 잔이 여전히 존재하는 파리의 집을 내가 얼마나 사랑하는지는 누나와 매형도 잘 알 거야. 하지만 최근에 그 집이 감옥 같다는 느낌이 들 때도 있어서, 여기 몇 주 머물면서 다른 걸 보고 싶다는 생각을 하게 됐지. 하지만 문제는 집이 아니야. 그곳은 공간의 감옥이 아니라 경험의 감옥이지. 내가 경험을 정지한 상태가 괴로워. 어떤 움직임도, 발전도 없어. 모든 게 현재의 부재라는 기이한 상황과 짝을 이룬 반복에 불과하지. 사물이 제대로 그 자리에 없고, 내 행동도 그렇고, 이상하게 들릴지 몰라도 나조차 현재에 올바르게 있지 않아. 예전 같지 않다는 말이야. 아니면 이건 그냥 착각일까? 사실 언제나 이런 상태였나? 하지만 잔과는 그렇지 않았어. 심리학과 관련된 걸 읽어봤지만 나에게 해당하는 건 없더군. 아마 내 영혼이 삶에 지쳤다고 말할 수 있겠지.

그런데 여기 머무는 2주 동안, 눈에 안 띄는 작은 일이긴 하지만 몇 가지 움직임이 있었어. 누군가 내 초상화를 그렸고, 난 어떤 여자아이에게 과외를 하고, 장애가 있는 어떤 사람과 체스를 두고, 공놀이도 배웠지. 놀랍게도 난 이 게임에서 자주 이겨. 밤에 테라스에 앉아 별이 반짝이는 밤하늘을 올려다볼 때면 뭔가 변했다는 걸 느끼곤 해. 음악에서도 이제 다시 예전처럼 현재의 맛이 느껴져. 눈을 뜨는 것과 약간 비슷해. 하지만 마음속 깊은 곳에는 이 모든 게 다 무슨 의미인가라는 의문이 여전히 남아 있어. 모호하고 은유적인 의문이 아니라 닳고 닳은 생활감정의 표현으로서 말이야. 내가 이 모든 것을 언제라도 끝내는 게 가능한지 안다면 더 잘 지낼 것 같아. 하지만 이곳에 이제 겨우 2주 머물렀을 뿐이고, 한 달 후에는 다른 느낌일지도 모르지. 파리에 도착했을 때 누나의 편지가 와 있다면 반가울 거야.

루이

레이랜드는 루이에게 친구가 있는지 고민해야 할 시점이라고 생각했다. 편지를 쓸 수 있는 친구들. 루이는 상냥하고 싹싹해서 지인이나 동료와 잘 지내던 사람이었다. 하지만 우정이라는 단어의 묵직한 의미에서 케네스 버크처럼 완전히 신뢰하는 친구도 있을까? 아니면 패트 킬로이나 안드레이 같은 친구는? 레이랜드는 루이보다 몇 살 많고 언제나 일종의 멘토로 여긴 남자를 상상할 수 있을 것 같았다. 루이에게 항상 호의를 보였고, 그의 조언과 판단에 따라 계획을 세워도 되는 그런 사람. 레이랜드의 상상에 따르면 그 친구는 상당히 아파서 이 편지는 전체적으로 그 점을 배려했다.

사랑하는 모리스,

우리가 마지막으로 만났을 때 당신은 병원에서 막 퇴원했는데, 그런 것치고는 비교적 잘 지내는 편이었어. 나는 당신이 베개를 베고 느긋하게 누워 있는 모습에 감탄했지. "괜찮아질 거야." 당신이 말했어. "설령 그렇지 않다고 하더라도 난 이미 상당히 오래 살았지." 상을 받은 소설이 협탁에 놓여 있었어. 당신의 판단은 언제나 공정하고 균형 잡혀 있었지! 청렴결백…… 이게 올바른 단어야. 난 당신을 젊은 교사로 이렇게 경험했고, 나중에는 학업의 동반자였어. 그 후에 나도 교사가 됐는데, 당신은 다른 학교 교장으로 임명됐어. 당신은 내가 교장이 되는 걸 보고 싶었겠지. 내가 자신 없는 말을 하면 당신은 절대 듣지 않으려고 했어. 잔은 당신과 내가 만나는 걸 늘 좋아했어. 잔의 무덤가에 함께 서 있어줘서 고마워. 그 후에 더 자주 만나고 싶었는데 왜 그러지 않았는지 모르겠네.

난 몇 주 시간을 보내려고 뤼베롱의 작은 마을에 와 있어. 앞으로 뭘 해야 할지 잘 몰라. 예전에 나를 감동시키던 많은 일들이 지루해졌어. 우리 둘이 그렇게 좋아하던 우리 언어도 광채를 잃었지. 얼마 전에 그 사실을 나 스스로 인정한 후에 무척 놀랐어. 당신이 지금 여기 있다면 그 이야기를 할 텐데. 이곳에서 우연히 어떤 여자아이의 맞춤법 공부를 도와주게 됐는데, 그 일에 다시 즐거움을 좀 느끼고 있긴 해. 하지만 언어와 관련된 일만 이런 게 아니야. 사실 모든 것이 나에게서 미끄러져 내리는 것 같고, 자연 속에서 오래 거닌 후에 소멸할 때까지 그냥 앉아 있고 싶다는 생각이 들더군.

그사이에 나를 다시 삶으로 되돌리는 일이 몇 가지 생겼어.

밤에 별이 빛나는 하늘을 보면 큰 안도감을 느껴서 별 관찰을 놓치지 않는데, 예전에는 전혀 하지 않던 행동이야. 하지만 당신이 병원에서 했던 말과 연관해서 한 가지 의문이 계속 남아 있어. 질병이 삶이 언제 끝나는지 결정하는 것을 왜 우리가 견디며 받아들여야 할까? 그걸 스스로 결정하는 게 누구나 누릴 당연한 권리라고 왜 생각하지 않을까? 누군가 '이제 그냥 충분하니까'라고 말하는 게 왜 훌륭하고 정당한 사유로 간주되지 않을까? 우리가 이 문제에 대해 직접 이야기한 적은 없지만, 당신이 나를 이해하는 사람이라는 생각이 들어.

우리가 함께 듣던 음악을 이곳으로 가지고 왔어. 오늘 저녁에 들으면서 내 생각은 당신에게 가 있겠지. 내가 파리로 돌아가자마자 가장 먼저 찾아가는 사람도 당신이 될 테고.

루이

이 편지를 끝낸 날 저녁, 레이랜드는 오랫동안 조용히 앉아 있었다. 퐁텐이 던진 질문이 그의 내면에서 메아리쳤다. 이게 나 자신의 질문이기도 할까? 충분한, 그냥 충분한 순간이 오면 느끼게 될까? 퐁텐과 비교하면 그 순간은 아직 먼 미래에 놓여 있었다. 그에게는 소피아와 시드니가, 그리고 퐁텐에게는 없는 친구들이 있었다. 이제 뭔가 새로운 것도 더해졌다. 자신의 상상으로 하는 작업, 자신의 말과 자신의 목소리를 찾는 글쓰기였다. 고유한 미래를 내면에 간직하고 있는 이 일은 얼마나 오래 지속될까?

생각 한가운데로 전화벨 소리가 파고들었다. 소피아가 언제 다시 트리에스테에 올 거냐고 물었다. 다른 사람들도 묻는다고 했다. 안드레이와 패트 킬로이는 케네스 버크를 데려오라고 말했다고 한다. 레이랜드는 버크와 이야기해보겠다고 약속하고, 통화가 끝난 후 그에게 건너갔다. "다음번에 함께 가겠다고 약속했네. 패트의 술집에 가보려고 말이야." 버크가 대답했다. "난 언제라도 갈 수 있어. 그런데 자네, 퐁텐 작업을 중단할 수 있겠나? 아니면 원고를 가지고 갈 건가?" 레이랜드는 아니라고, 퐁텐은 오로지 저 건너편 워런 숀 삼촌의 책상 앞에만 존재한다고 대답했다.

둘은 사흘 후에 비행기를 탔다.

45

버크와 함께 트리에스테를 돌아다니던 레이랜드는 지금까지 두 개로 나뉘어 진행된 삶이 하나로 녹아드는 느낌이 들었다. 버크도 뭔가 대단한 일을 경험했다. "지금까지 난 이 모든 걸 자네가 하는 말과 프란체스카 마르케세의 책으로만 알고 있었는데, 이제 자네와 함께 여기서 내 눈으로 직접 보는군!" 그가 크게 소리쳤다. 둘은 공항에서 레이랜드의 집으로 갔다. 버크는 운하가 내려다보이는 방을 레이랜드가 보여주자 감동했다. "이제 부두를 보고 싶네. 자네의 부두를." 이렇게 말하는 버크는 10년은 젊어 보였다. 두 사람은 몰로 아우다체 가장자리에 앉아 다리를 늘어뜨리고 흔들었다. 버크는 선글라스를 벗고 눈을 가늘게 떴다. "이런 빛이라니." 건너편에 배 한 척이 도착하자 파도가 일어 밀려왔다. "조심!" 버크의 말에 레이랜드는 "아니, 반대지"라고 대답하고는 파도에 다리를 담갔다. 당황하던 버크는 웃음을 터뜨리고 끌어올렸던 다리를 물로 뻗었다. 버크가 이곳에 있다는 사실은 축제였다. 두 사람 모두 축제라고 여겼는데, 그 축제에는 물방울이 뚝뚝 떨어지는 바짓단과 신발로 페리를 타고 난간에 기댄 채 무자로 가는 것도 포함됐다. "다시는 여길 떠나고 싶지 않네." 버크가 말했다.

두 사람이 저녁에 소피아의 집에 가자 그녀가 버크의 목에 매달렸다. 런던에서는 한 번도 하지 않던 행동이었다. "우리 셋……. 약간은 햄프스테드에 있는 것 같은 기분이에요. 그러면서도 아주 다르네요." 소피아가 말했다. 그러고 다큐멘터리 작업에 대해 천천히 설명하기 시작했다. 흥미로운 것과 피상적인 것, 지나친 효과를 노리는 태도, 카메라가 환자들을 향할 때의 수치심 문제, 하지만 다른 한편으로는 이런 상황을 보여주는 게 얼마나 중요한지에 대해서, 그리고 팀 안에서 이루어지는 정치적 대화에 대해서도 말했다. "팀은 일을 확장하려고 해요. 여러 도시에서 많은 다큐멘터리를 만들려고 하지요. 병원을 통해 사람들이 달라지는 점이라는 똑같은 주제로요. 남몰래 분노하긴 하지만, 많은 것이 달리 어쩔 도리가 없다는 사실을 보여주려는 시도도 있어요." 레이랜드는 얼마 전에 걸려온 소피아의 전화를 제대로 해석했다. 그녀는 계속해야 할지 그만둬야 할지 몰라서 그의 조언을 원했던 것이다. 버크는 많은 질문을 던졌고 온 마음으로 귀를 기울였다. 레이랜드는 소피아가 성탄절에 그의 집에 걸었던 겨우살이와 파올로 미켈리스 앞에서 버크가 보이던 당혹감을 떠올렸다. "난 이 모든 게 중요하다고 생각한다." 버크가 입을 열었다. "하지만 결국은 네가 이 분야에서 잘해낼 수 있는지, 너 스스로 널 어떻게 보는지가 중요하겠지.” “지금 내 입장이 된다면 잘해낼 것 같으세요?” 버크는 망설이다가 고개를 저었다. “난 뭔가를 제대로 잘해낸 적이 없어.” “내가 그걸 어떻게 알아낼 수 있을까요?” “한동안 계속하면서 깨어 있는 거지.” 소피아가 레이랜드를 바라보자 그도 고개를 끄덕였다.

그 후 며칠 동안 레이랜드는 버크에게 트리에스테를 안내했다. 레이랜드가 커피와 그라파를 마시던 바에 가고, 출판사 건너편 카페에 앉아 카를로타의 서빙을 받았다. 버크가 출판사 전면을 보다가 물었다. “1년 전만 해도 모두 자네 소유였지. 안 그런가?” 레이랜드는 고개를 끄덕였다. “여전히 마음이 아프겠지?” “점점 덜하긴 하지만 이따금 꿈을 꾼다네. 하지만 꿈에서 책상 앞에 앉아 있는 사람은 내가 아니라 거의 언제나 리비아야.” “그 책상을 볼 수 있을까?”

카테리나 미찬과 베라 산틴은 예상치 못한 방문에 기뻐했고 마리아 프시루키스도 데리고 왔다. 버크는 숀 크리스티를 위해 만든 책표지 이야기를 했다. 나중에 거리로 다시 나왔을 때 그가 말했다. “자네가 얼마나 힘들지 이제 더 확실하게 느껴지네.” 레이랜드는 오진이 열흘만 일찍 발견됐어도 상황이 완전히 달라졌을 거라고 이야기했다. 그러고 런던에 도착한 날 워런 숀의 부엌에서 이 열흘을 생각하다가 자기도 모르게 물컵을 움켜쥐는 바람에 생긴 엄지의 작은 상처를 보여줬다. “그 열흘이 아니었더라면 내가…… 아니, 우리가 지금 여기에 있는 일도 없었겠지.” 버크가 말했다.

그 후에 둘은 비아 델 코로네오를 따라 걸었다. 버크가 교도소 앞에 멈춰 섰다. “안드레이가 여기 수감되어 있었나?” 레이랜드가 고개를 끄덕였다. "얼마나?" "9년." "분노해서 휘두른 단 한 번의 주먹질 때문에?" 레이랜드는 또 고개를 끄덕였다. 버크는 발끝을 천천히 돌리며 가루만 남을 때까지 담배꽁초를 밟았다. "택시를 타지. 안드레이가 보고 싶네. 지금 당장."

안드레이는 한창 일을 하던 중이어서 책상이 원고와 쪽지로 가득했다. "며칠째 사람 구경을 못 했어." 그는 친구들의 방문에 무척 반가워했다. 세 사람은 런던에서 함께 보낸 나날을 이야기했다. "난 여전히 그 추억에 잠겨 있네." 안드레이가 말했다. 그런 다음 지금 작업중인 번역에 대해 이야기했다. 버크는 러시아 원고를 보여달라고, 좀 낭독해달라고 부탁했다. "상상이 가나? 로만 네미로프가 나에게 편지를 썼다네!" 나중에 안드레이가 말했다. "그냥 썼어. 능숙하게 편지를 쓰는 사람이 아니라서 문장들이 좀 뻣뻣하긴 하네. 그래도 정말 기뻤지. 그 사람은 아무에게도 편지를 쓰지 않는다는 소문이 있다네." 레이랜드는 그에게 패트 킬로이를 자주 만나는지 물었다. "일주일에 몇 번씩 그곳에 가네. 패트는 내가 돈을 내지 못하게 하지. 우리가 지금 간다면 자네들 역시 돈을 내지 못할 걸세."

트라토리아는 달라진 모습이었다. 새 식탁보와 천 냅킨, 그리고 탁 트인 공간 위쪽에는 종이 초롱등 여러 개가 달려 있었다. 패트는 예전보다 잘 차려입었고, 손님도 평소보다 많았다. 마지막 손님이 나간 후에 패트는 친구들 식탁에 와서 앉았다. 그는 이 상황에 서서히 익숙해진다고 말했다. "노팅 힐 일자리를 받아들이지 않아 정말 다행이야! 그거 아나? 이탈리아어 고급반 강좌에 등록했다네. 실수하거나 어휘력이 부족할 때 갑자기 짜증이 났지. 그리고 뭔가 다른 이유도 있는 것 같네. 난 이제 완전히 소속되려는 거야. 이곳에 완전히. 여기, 이탈리아에." 그는 친구들에게 주방과 사무실 등 뒤쪽 공간을 보여줬다. "컴퓨터, 결산, 은행 업무, 편지 왕래처럼 여전히 소름 끼치는 일도 몇 가지 있네." 버크가 그의 어깨에 팔을 둘렀다. 그 동작에 런던에서 함께 보낸 나날의 신뢰와 애정이 숨어 있었다. "시간 있을 때 말만 하게. 그러면 내가 와서 다 설명해줄 테니. 며칠씩 걸려도 상관없네."

나중에 그들은 고요한 밤의 항구를 따라 걸었다. 패트와 뒤처져서 걷던 레이랜드가 말했다. "자네가 한 가지 알았으면 해. 돈 걱정이 생기면…… 바로 말하게. 자네를 도울 수 있다면 기쁠 거야. 정말이야. 아주 기쁠 거야." "그걸……." 패트는 목이 잠긴 소리로 입을 뗐다. 제대로 말하는 데는 시간이 좀 필요했다. "그걸 알게 되니 좋군. 정말 아주 좋아. 이따금 그 문제 때문에 두려워서 밤에 잠이 깨기도 한다네."

레이랜드와 버크는 트리에스테에 일주일 머물렀다. 시드니가 파도바에서 왔다. 페르난도 콘티 책의 번역을 거의 끝냈고, 마지막 몇 가지를 레이랜드와 의논하고자 했다. 나중에 둘은 한동안 말없이 앉아 있었다. 시드니는 그렇다고, 일자리에는 적응을 잘한다고 말했다. 그러면 무슨 다른 문제라도 있는지 물었다. "얼마 전에 엘레나를 만났어요. 지난번 만났을 때처럼 낯설지는 않더군요. 한순간 희망을 품었지요. 하지만…… 아니에요. 이런 게 언젠가 지나가기는 할까요?" 그는 소피아 누나가, 아니 트리에스테 전체가 그립다고 했다. "그리고 우리의 모든 과거도요." 레이랜드는 시드니가 앉은 소파로 자리를 옮겨 아들을 안았다. "런던은 멀지 않

아. 두어 시간밖에 안 걸린다. 언제든 올 수 있다는 거, 너도 알지?" 나중에 역에서 포옹할 때 시드니의 안경이 미끄러져서 땅에 거의 떨어질 뻔했다. 레이랜드는 아들에게 안경을 씌워줬다. "잘 지내세요, 아빠." 시드니가 말했다. "글도 잘 쓰시고요." 레이랜드는 말없이 고개를 끄덕였다. 기차가 움직이기 시작하자 둘은 서로 시야에서 사라질 때까지 손을 흔들었다.

아들과 헤어진 날, 레이랜드는 밤에 잠이 깨어 책상 앞에 앉았다. 이곳으로 오기 전에 그는 버크에게 루이 퐁텐에 대해서는 오로지 런던에서만 쓸 수 있다고 말했다. 놀랍고 행복하게도 그게 사실이 아님을 깨달았다.

'퐁텐은 놀라서 몸을 움찔했다. 그사이에 아래층 돌바닥에서 의자를 끄는 소리에 익숙해졌고 얼마 전에 줄리가 하루 집을 비웠을 때는 그 소리가 그립기까지 했다. 지금 다시 의자들이 움직이는 소리가 들렸지만 소음 패턴이 낯설었다. 그는 테라스로 나갔다. 줄리가 젊은 남자와 집에서 나와 위를 올려다봤다. "내 아들 필립이에요." 그녀가 말했다. "필립, 이분은 루이 퐁텐 씨야. 한동안 이곳에서 지내시지." 줄리는 집 앞 탁자에 커피 세 잔을 차렸고, 퐁텐은 그 자리에 앉으면서 전혀 힘들지 않게 합석하는 스스로에게 놀랐다. 이야기를 나눠보니 필립은 리옹에서 예술사와 고고학을 공부하는 중이며, 포에 있는 집에 화재가 난 후에 엄마가 어떻게 지내는지 살피러 온 거였다. 밝은색 곱슬머리에 어두운색 눈동자에서 내뿜는 시선이 깨어 있는 젊은이였다. 상처받기 쉬운 젊은이로군. 퐁텐이 생각했다. 필립의 말에 따르면 건축가인 아버지는 아들의 전공에 동의하지 않았다. 그는 밥벌이가 안 되는 예술이라고 자주 말했다. 줄리는 장을 보러 가고, 퐁텐은 필립과 함께 그대로 앉아 있었다. 청년은 퐁텐이 전공을 어떻게 선택했는지 알고 싶어했고, 퐁텐은 어느새 자신의 대학교 시절 전부와 교사로 보낸 시절에 대해 이야기하고 있었다. "아버지는 자기 이야기를 이렇게 한 적이 전혀 없어요." 필립은 이렇게 말하고, 그가 저녁을 함께 먹어야 한다고 고집을 부렸다.

잠자러 가기 전에 퐁텐은 메모를 남겼다. '아들이 있다는 것. 잔이 아이를 낳을 수 없다는 사실에도 우린 불행하지 않았다. 읽을 책과 해야 할 여행이 넘쳤으니까. 하지만 내 말에 귀를 기울이고 질문을 하고 조언을 구하는 필립. 마음에 드는 상황이었다.'

다음 날 아침, 집 앞에 탁구대가 서 있고 필립이 엄마와 탁구를 치고 있었다. 퐁텐은 테라스에서 커피를 마셨다. 계산해보니 파리 프랑스어학과 지하실에서 탁구를 친 게 53년 전 일이었다. 그곳에는 두 그룹이 있었다. 학업성적이 좋은 그룹과 탁구를 잘 치는 그룹. 책벌레인 퐁텐이 지하실에서도 점점 더 실력이 좋아지자 다른 사람들은 짜증을 냈다. 이제 필립이 손짓을 하며 그에게 함께 경기하자고 불렀다. "너무 오래됐다네!" 퐁텐이 외쳤다. 그러나 필립이 그 주장을 받아들이지 않았으므로 결국 탁구채를 잡았다. 녹슬었던 동작이 점점 나아졌다. 그때 일이 벌어졌다. 필립이 보낸 스매싱 볼을 넘기려고 몸을 숙였을 때, 루이는 허리를 에는 듯한 격렬한 통증을 느껴 움직일 수 없었다. 필립이 달려와서 부축했지만 한 걸음도 떼지 못했다. 그러자 필립이 그를 들어 올려 침대로 안고 갔다.

자크 모로가 매일 왕진을 와서 그를 치료했는데 이따금 콜레트도 함께 왔다. 줄리와 필립은 그를 위해 요리를 했다. 장 레스코는 케이크를 가지고 왔다. 필립은 리옹으로 돌아가는 날을 미루었다. 다시 앉아서 글씨를 쓸 수 있게 됐을 때 퐁텐은 '마치 가족처럼'이라고 메모했다.'

잠에서 깬 버크는 책상 앞에 앉아 있는 레이랜드를 발견하고 물었다. "설마 퐁텐은 아니겠지?" 레이랜드는 미소를 지으며 맞다고 했다. "하지만 지금 분명히 그 이야기를 해주고 싶지는 않겠군." "나중에." 레이랜드가 대답했다. 트리에스테에서의 마지막 날을 둘은 물 위에서 보냈다. "이 여행을 한 후로 런던과 트리에스테가 아주 가까이 붙어 있다는 느낌이 드네." 레이랜드가 말했다. "그리고 내가 퐁텐에 대해 이곳과 런던에서 모두 쓸 수 있다는 건 엄청난 발견이야. 집에 있다고 느끼는 데는 이 두 도시가 필요하지 않은 것 같아. 글을 쓰는 것만으로 충분할 듯하군." 저녁에 두 사람은 소피아와 안드레이를 패트의 술집에서 다시 만났다. "이곳과 런던 사이를 운행하는 셔틀을 만들자. 무료고, 우리만 탈 수 있고, 언제라도 이륙할 수 있는 셔틀 말일세." 패트가 말했다.

밤늦게 집에 돌아온 후에 레이랜드는 지난 며칠 동안 받은 인상을 자기 자신과 리비아를 위해 붙잡아 두고 싶은 갈망을 느꼈다.

카라,

케네스 버크와 트리에스테를 걷는 것……. 그건 마치 이 도시에 새로운 시간의 층이 또 한 번 드리우는 느낌이었어. 너무나 끔찍하게 갑자기 끝나버린, 당신과 아이들과 함께한 시간. 그 후에 출판사에서 보낸 내 시간. 모든 것이 끝난 것 같던 진단 후의 시간. 그다음 새로운 미래와 런던에서 이곳을 방문할 때의 시간. 그리고 이미 낯익지만 이제 케네스와 함께 걸으면서 내가 그에게 보여줄 수 있으니 약간은 다시 새것이 된 이 도시의 시간.

어제는 파올로 미켈리스가 전화를 했더군. 그가 소설을 다 썼어. 우체국에 가서 카테리나 미찬에게 원고를 막 부쳤다고 했어. "생각해봐." 그가 전화로 몇 번이나 말했지. "10년이야!" 축하하려고 그를 런던으로 초대했어. 그런 다음에는 그 소설 번역을 바로 시작할 거야.

하지만 무엇보다도 루이 퐁텐에 대해 계속 써나가야지. 케네스는 내 이야기에서 무엇이 중요한지 윤곽을 알아. 아는 사람은 케네스뿐이지. 소피아와 시드니도 글쓰기에 대해 물었는데, 내가 회피하는 대답을 하자 더는 묻지 않더군. 다행이라고 생각했어. 하지만 조금 실망하기도 했지. 둘의 분별 있는 거리가 나를 홀로 내버려두는 듯한 느낌도 들었으니까. 하지만 다른 한편으로는 케네스와 나만 이 비밀을 공유한다는 게 뭔가 소중하기도 해. 이런 감정은 얼마나 동요가 심하고 불명확한지!

자, 지금까지 진행된 걸 보면 퐁텐의 내면에는 밝은 것과 어두운 게 있어. 그는 소소한 일들 속에서 삶으로 돌아와. 이걸 깨어나는 것과 같다고 말해. 하지만 그가 남쪽으로 올 때 함께 가져온 어두운 감정들은 그대로 남아 있어. 이 인물의 성격은 이렇지. 당신은 어떤 걸 읽고 싶고, 어떤 걸 읽고 싶지 않아? 어두운 면이 남는 것에 대해 뭐라고 말하고 싶어? 당신과 이 모든 걸 나누지 못해서 얼마나 불행한지!

다음 날 아침, 비행기가 아직 구름 위에 있을 때 레이랜드는 퐁텐의 이야기가 어떻게 전개될지 설명했다. "그가 매일 조금씩 더 메랭돌에 소속되는군." 버크가 대답했다. "이제 자넨 마치 아무 일도 없었다는 듯이 그를 처음 계획대로 4주 후에 그곳을 떠나게 할 수는 없네." 레이랜드가 고개를 끄덕였다. "그를 시험 삼아 파리로 보내볼까 고민중이라네. 집에 앉아 있기, 낯익은 물건들을 만져보기, 전화 벨소리를 들으면서 받지는 않기, 돌바닥에 끌리는 의자 소음과 필립의 질문을 그리워하기. 내 생각에 퐁텐은 리옹으로 그를 찾아갈 것 같네. 크리스틴과 콜레트는 어떻게 될까." "그리고 줄리는?" "나도 아직 전혀 몰라."

히스로 공항을 향해 하강비행이 시작됐다. "퐁텐을 언젠가 메랭돌로 완전히 이사하게 할 수도 있겠지." 버크의 말에 레이랜드는 깜짝 놀라 고개를 돌렸다. "그러면…… 흠, 짧은 이야기가 아니라 장편소설이 될 텐데." "그게 뭐 어때서?" 버크가 말했다.

비행기가 착륙했다. 두 사람은 여권을 심사하는 줄에 서 있었다. 이제 레이랜드 차례였다. 여권을 건네받은 직원이 그를 꼼꼼히 뜯어봤다. 그런 다음 여권을 돌려주며 말했다. "선생님, 귀국을 환영합니다."

DAS GEWICHT DER WORTE
by Pascal Mercier

언어의 무게

1판 1쇄 발행 2023년 4월 3일 **1판 6쇄 발행** 2024년 3월 18일

지은이 파스칼 메르시어 **옮긴이** 전은경
펴낸이 박강휘
편집 박규민 박정선 **디자인** 정윤수
마케팅 이헌영 **홍보** 반재서 이태린

발행처 김영사
주소 경기도 파주시 문발로 197(문발동) 우편번호10881
등록 1979년 5월 17일(제406-2003-036호)
구입 문의 전화 031)955-3100 **팩스** 031)955-3111
편집부 전화 02)3668-3290 **팩스** 02)745-4827 **전자우편** literature@gimmyoung.com
비채 블로그 blog.naver.com/viche_books
인스타그램 @drviche **트위터** @vichebook
ISBN 978-89-349-8119-0 03850 책값은 뒤표지에 있습니다.

비채는 김영사의 문학 브랜드입니다.